DE PURITEINEN

Jack Cavanaugh

De Puriteinen

*Uit het Engels vertaald
door P.J. de Gier*

Vierde druk

de groot goudriaan

Erdee Media Groep

bibliotheek

Vierde druk

CIP-Gegevens koninklijke bibliotheek, Den haag

Cavanaugh, Jack

De Puriteinen : roman / Jack Cavanaugh : [vert. uit het Engels
door P.J. de Gier]. - Kampen: De Groot Goudriaan
Vert. van: The Puritans. - Wheaton: Victor Books, 1994
ISBN 90-6140-379-0
ISBN-13 978 90 6140 379 1
NUR 302/337
Trefw.: romans : vertaald.

© 1994 Jack Cavanaugh (Victor Books) Wheaton, Illinois
© 1994 (Ned. editie) Uitgeverij De Groot Goudriaan – Kampen
Omslagillustratie: Chris Cocozza
ISBN 90 6140 379 0
ISBN-13 978 90 6140 379 1
NUR 302/337

Zoals bij een werk van deze omvang gebruikelijk is ben ik aan veel mensen dank verschuldigd.

Graag wil ik Barbara Ring, Carolyn Jensen, Carol Rogers en John Mueller bedanken – jullie commentaar op het manuscript was bijzonder waardevol; jullie vriendschap stel ik zelfs nog op hoger prijs.

Dank aan Linda Holland. Je geloof dat ik in staat zou zijn dit boek te schrijven maakt mij nederig. Bedankt dat je mij de kans gegeven hebt.

Art Miley wil ik bedanken voor zijn enthousiasme in mijn carrière als schrijver; toen mij het contract voor het schrijven van dit boek werd aangeboden was je enthousiaster dan wie dan ook.

David Malme wil ik bedanken voor zijn professionele raad die net zo waardevol was als zijn humoristische suggesties voor het boekomslag.

Mijn dank aan Greg Clouse en de medewerkers van Victor Books. Ik beschouw jullie als gewaardeerde medewerkers.

Dankbaar herinner ik mij ook Linda Schiwitz. De kritiek van de mensen bij jou thuis heeft me geprikkeld en geïnspireerd. Ik kijk uit naar de dag dat we elkaar weer zullen zien en ik je kritiek op dit boek kan horen.

HOOFDSTUK 1

Het beste wat Drew Morgan ooit overkwam was een gevolg van het ergste wat hij ooit in zijn leven deed. Drew Morgan vond liefde en geloof toen hij vrome mensen veel leed veroorzaakte.

Het grootste deel van zijn leven droeg hij de zware last van zijn schuld met zich mee – zelfs nadat de mensen hem vergeven hadden en zelfs na dat hij met één van hen trouwde. Pas in de laatste maanden van zijn leven werd hij van deze kwelling bevrijd.

De schuldgevoelens van Drew Morgan verdwenen op de dag dat hij van God een openbaring ontving. Het was een eenvoudige boodschap, die slechts uit één zin bestond:

God is barmhartig voor de slechtste der mensen

Wat openbaringen betreft kon het natuurlijk op geen enkele manier vergeleken worden met de openbaring die de apostel Johannes ontving op het eiland Patmos. Maar voor Drew Morgan betekende het de bevrijding van een last waaronder hij zijn hele leven gebukt ging.

De nakomelingen van Drew Morgan hielden in de eeuwen na zijn dood zijn openbaring en zijn erfenis levendig. In iedere generatie vond er in de familie Morgan een ceremonie plaats om een nieuwe behoeder van het geloof der vaderen aan te wijzen. Tijdens de ceremonie wees de vorige behoeder en bewaarder van de familiebijbel een opvolger aan die de geestelijke erfenis van de familie moest bewaken, net zoals Drew Morgan, hun verre voorvader in 1654 had gedaan. De naam van de opvolger werd dan toegevoegd aan de vooraan in de Bijbel staande lijst van de voorafgaande behoeders van het geloof. Hij moest er op toezien dat de familie Morgan in de komende generatie het geloof niet zou verzaken.

Het hoogtepunt van de ceremonie was het moment dat het verhaal van de familie Morgen verteld werd. Het was traditie geworden dat het altijd met dezelfde woorden begon: "Het verhaal van de familie Morgan begint op het kasteel Windsor, op de dag dat Drew Morgan bisschop Laud ontmoette. Want op die dag ging het bergafwaarts met Drew Morgan."

Drew huiverde toen de massieve houten deur kreunde en kraakte op zijn ijzeren scharnieren. Het was net het gekraak van de beenderen van een oude man die na een lange nacht slaap ontwaakt. Hij keek achter zich. Er was niets te zien. De bewaker met de forse kaken was nergens te bekennen. Hij hield zijn adem in en hij duwde weer verder alsof hij door zijn adem in te houden het gekraak van de deur zou kunnen voorkomen. Toen er net voldoende ruimte was om zijn hoofd door te steken, leunde Drew tegen de deurpost. Voor zich zag hij een lange gang. Helemaal aan het eind daarvan bevond zich een van de vloer tot het plafond reikend - raam. De gang splitste zich daar en leidde naar andere delen van het kasteel.

Er bewoog niets. Drew trok zijn hoofd terug. Op de uitgestrekte binnenplaats die tussen hem en de muren van het kasteel lag, was geen enkele activiteit waar te nemen. Goed. Iedereen was nog bij de ontvangst. Hij was er zeker van dat hij weggeslopen was zonder dat iemand iets gemerkt had.

Terwijl hij met zijn ene arm het verboden bundeltje tegen zich aanklemde, duwde Drew met zijn andere arm de houten deur verder open, sprong over de drempel en duwde zo vlug en voorzichtig mogelijk de deur weer achter zich dicht.

Hij bleef lange tijd met zijn rug tegen de ruwhouten deur staan en drukte het bundeltje tegen zijn borst. Het schouwspel voor hem was schitterend. Precies waarnaar hij op zoek was. Drew Morgan bevond zich plotseling in een andere wereld.

Het schouwspel bood een prachtige ridderlijke aanblik, heel iets anders dan de oppervlakkige aankleding die tegenwoordig zo kenmerkend was voor de St. George Hall. Alles getuigde van pracht en praal, van weelde en status. De wereld die in deze zaal vertegenwoordigd werd, getuigde van het edeler Engeland – van de tijd van Camelot toen de mannen nog in moed, deugd en eer geloofden en de vrouwen mooi en kuis waren.

Het zachte, late namiddaglicht stroomde door het indrukwekkende raam naar binnen en vervulde de zaal met een warme lichtglans. Drew voelde zich alsof hij op verboden grond liep.

Allerlei voorwerpen uit de tijd van koning Arthur stonden langs de volle lengte van de muren van de zaal opgesteld, slechts aan weerszijden onderbroken door een paar dubbele deuren. Aan de muur gehangen wapenschilden getuigden van de vergane glorie van edele families: een auerhaan met gespreide vleugels vertegenwoordigde de familie Hallifax; een met een bijl zwaaiende leeuw bovenop een kasteeltoren was het symbool van de familie Gilbert; en de griffioen van de familie Swayne stak zijn zwaard triomfantelijk omhoog. Dit waren wapenschilden waarop iemand trots kon zijn, heel iets anders dan het familiewapen van de familie Morgan: een van een halsband voorzien rendier. Welke ridder liet zich nu door een rendier met een halsband intimideren? En wat nog erger was, het rendier had een grijns op zijn lippen. Wie had er nu ooit gehoord van een grijnzend rendier?

Zijn oog werd getrokken door iets op het wapenschild van de Gilberts. Hij liep wat naar voren om het beter te kunnen zien. Op het onderste rechter kwadrant waren vier lange insnijdingen aangebracht. Drew betastte vol ontzag de groeven... de tekenen van de strijd. *Bracht de slag, waar deze groeven van getuigden, de krijger ten val? Werd hij door de volgende slag gedood?*

De klik van een deurklink schrikte Drew op. Het geluid kwam van de gang om de hoek aan het eind van de zaal. Hij hoorde een deur opengaan, toen stappen en stemmen. Zijn ogen vlogen van links naar rechts. Waar moest hij heen? Weer terug naar de binnenplaats? Nee, want daar zou de bewaker met de forse kaken wel eens kunnen staan. De stemmen werden luider. Drew rende naar de linkerdeur in de zaal. Op slot. De stemmen werden nog luider. Hij snelde door de zaal en probeerde de andere deur. De deurklink ging omhoog. De deur ging naar binnen toe open. Drew glipte door de opening en sloot de deur achter zich, maar niet helemaal; hij wilde niet dat de klik van de klink hem zou verraden.

"Ik ontmoet haar vanavond in dat kamertje naast de provisiekamer," zei een stem. De stem van een jonge man.

"Echt waar?" De tweede stem klonk nog jonger dan de eerste.

"Ja natuurlijk! Ze wil dat ik haar kus."

Drew keek door de kier van de deur. De personen van wie hij slechts de stemmen gehoord had, kwamen in zicht toen ze langs de deur liepen. Twee bedienden die jonger waren dan Drew. Beiden droegen grote zilveren schalen die door een zilveren deksel bedekt waren. De deksels hadden een hertekop als handvat. De geur van hertevlees drong door de kier van de deuropening.

"Zei ze ook dat ze jou wilde kussen," vroeg de jongste.

"Natuurlijk niet, stomkop!"

"Hoe weet je dat dan?"

De stem van de oudste jongen werd dieper. "Als je zo oud bent als ik, weet je gewoon wanneer een vrouw gekust wil worden."

Drew zag hoe de jongste jongen zijn schaal met een trillende hand in evenwicht probeerde te houden toen hij de deur die naar buiten leidde probeerde te openen. De oudste jongen zei dat hij op moest schieten, maar hielp hem niet. Een ogenblik later waren ze vertrokken. Alleen de geur van het hertevlees bleef nog hangen.

Drew slaakte een zucht. Toen hij zich omdraaide, zag hij iets dat hem naar adem deed snakken.

De schilden in de zaal hadden hem verrukt, maar wat hij in deze kamer zag, bracht hem helemaal van zijn stuk. Rechtopstaand tegen de met goud ingelegde muren van het hele vertrek stonden middeleeuwse harnassen als een leger stijf naast elkaar. Met ontzag gleed Drew's blik van het ene naar het andere harnas, de hele kamer door. Er waren allerlei soorten harnassen uit Engeland, Frankrijk en Duitsland. Harnas na harnas bekijkend liep Drew in het midden van de kamer rond.

Het bundeltje dat Drew droeg viel met een plof op de grond. Hij was helemaal verbijsterd. Het was net alsof hij door ridders omringd werd. *Zo was het dus om koning Arthur te zijn*, dacht hij. Plotseling werd hij Sir Morgan, ridder van de Tafelronde.

"Mederidders," bulderde hij met een stem die naar zijn vaste overtuiging ook koning Arthur in een dergelijke situatie gebruikt zou hebben, "ik dank u dat u gehoor hebt gegeven aan mijn oproep. Van gezaghebbende zijde heb ik vernomen waar de heilige graal zich bevindt. Zoals u weet is het zoeken naar de graal geen gewone speurtocht; slechts wiens hart zuiver en oprecht is zal hierin slagen."

Sir Morgan bekeek de wapenrustingen tot hij een Frans harnas vond. Erheen schrijdend zei hij: "Lancelot, jij bent zonder enige twijfel de meest geschikte ridder van ons. Maar je hebt geen kans gezien je begeerte naar Guinevera te beheersen. En daarom ben jij het niet waardig de speurtocht te ondernemen."

"Sir Gawain..." Drew keek het vertrek rond om een Gawain te vinden. Toen zijn oog viel op een harnas van Duitse makelij, hield hij midden in zijn zin op. Het was zo buitengewoon mooi dat het de denkbeeldige ridder als een magneet aantrok. Drew kon niet alleen zijn eigen spiegelbeeld in het blinkende harnas zien, maar ook de details van de kamer achter hem. Het harnas was onberispelijk, het werk van een meester die honderden jaren daarvoor gestorven was. Drew liet zijn vingers licht over de borstplaat en speerhouder glijden. Hij lichtte het vizier op en was toen bijna teleurgesteld dat hij geen gezicht kon zien van de ridder die hem aankeek.

Deze helm verdient het hoofd van een ridder!

Drew lichtte plechtig de helm van de schouders van het lege harnas. Dat ging verrassend genoeg heel gemakkelijk. Hij tilde de helm met een ceremonieel gebaar op en zette die op zijn eigen hoofd. Even was het donker en toen zag Drew de wereld vanuit het gezichtspunt van een ridder. Met slechts een smal spleetje in het vizier was die aanblik beperkt, maar voor Drew was het geweldig. Hij lachte van opwinding en het geluid daarvan weergalmde in zijn hoofd. Hij keek naar het nu hoofdloze harnas, grinnikte en dacht: "Waarom ook niet?"

Hij legde de helm op de vloer en haalde het harnas uit elkaar. Hij kleedde zich tot op zijn ondergoed uit en gooide zijn vest, wambuis en broek op de grond. Daar hij niet wist hoe hij verder moest gaan, besloot hij van beneden naar boven te werken. Eerst deed hij de ijzeren schoenen aan, de scheenbeenplaten en de gebogen stukken voor zijn bovenbenen. Hij gespte het heupstuk aan, het maliënkolder en maakte dat aan de zijkant vast. Vervolgens deed hij de borstplaat aan. Hij schoof de boven- en onderstukken over zijn armen en verbond die bij de ellebogen met kleine gespen.

Het halsstuk sloot als een ketting van gebogen, aan elkaar verbonden plaatjes om zijn nek.

Met ieder uitrustingsstuk dat hij aandeed, voelde Drew een verandering in zichzelf plaats vinden. De wapenrusting gaf hem een gevoel van gezag en moed dat hij nog nooit eerder had ervaren. Hij wist zeker dat als er een draak de zaal zou binnenkomen, hij die zou kunnen verslaan. Als er een maagd in gevaar zou verkeren, zou hij haar kunnen redden. In zijn eentje kon hij iedere vijand, die koning of vaderland zou uitdagen, aan.

De gedaanteverwisseling was bijna volledig. Alleen de helm moest nog op. De zaal weergalmde van het geklank van de wapenrusting toen hij zich uitstrekte om de helm te pakken. Tot zijn schrik bemerkte hij echter dat hij niet verder dan zijn knieën kon bukken. Hij ging weer overeind staan, paste het harnas wat aan en probeerde het opnieuw, maar hij kon niet dichter bij de helm komen. "Wat een ridder," dacht hij, "ik kan mezelf nog niet eens aankleden!"

Met grote moeite slaagde Drew erin op zijn knieën te komen en de helm op te rapen, die hij vervolgens op zijn hoofd zette. (Zijn gezichtsveld werd door het vizier beperkt). *Zo, voor elkaar.* Het weer overeindkomen bleek echter een nog moeilijker opgave te zijn. Zichzelf in evenwicht houdend met zijn linkerhand, slaagde hij erin zijn rechterbeen naar voren te zwaaien. Zijn voet stevig neerzettend, duwde hij zichzelf op. Hij kwam wel op zijn voeten te staan, maar hij zag geen kans zijn evenwicht te bewaren. Hij waggelde de zaal door als een verdoofde strijder die net een hevige slag had ontvangen. Tenslotte zag hij kans om rechtop te staan. Sir Morgan de Dappere stond in zijn volle lengte trots voor zijn mederidders.

Nu had hij nog een wapen en een schild nodig. Per slot van rekening is een ridder zonder zwaard zo goed als naakt. Drew liep rinkelend naar een slagzwaard dat onder een schild aan de muur hing met daarop het symbool van de familie Buckingham.

Op datzelfde moment sloeg de buitendeur dicht. Er kwam iemand aan! Hij hoorde weer stemmen, deze keer stemmen van mensen die veel ouder waren dan de jongens die hem voorbijgelopen waren. Hoewel de persoon die sprak ongetwijfeld een volwassen man was, was er toch een opmerkelijk zeurende klank in zijn stem.

De stemmen werden luider. "Laten we hier naar binnen gaan," zei een andere stem. "Ik wil niet dat iemand ons kan afluisteren."

Drew liep zo vlug mogelijk en al rinkelend naar de muur en voegde zich in de gelederen van zijn mederidders, er voor zorgend dat hij op één lijn met hen kwam te staan. Op zijn weg daarheen probeerde hij zijn kleren achter de wapenrustingen te schoppen.

Op dat moment ging de deur van de zaal open. Drew deed zijn best zijn adem zo veel mogelijk in te houden en zijn hart tot bedaren te brengen. De kleinste beweging zou het harnas doen rinkelen.

Hij kon wel horen wat de mannen zeiden, maar daar zijn gezichtsveld door de helm beperkt werd, kon hij ze aanvankelijk niet zien. Er waren slechts twee stemmen. De tweede stem klonk hoger, maar had onmiskenbaar een klank van minzaam gezag.

"Bent u er zeker van dat Lord Chesterfield loyaal is?" vroeg de hoge stem.

Het was even stil. Door de volgende vraag vermoedde Drew dat het antwoord op de vraag uit een knik bestaan had.

"Hoe weet u dat?"

"Gedurende de Heilige Week hoorde ik hem met Lord North praten," antwoordde de zeurderige stem. "Ze praten over de moeilijkheden die deze... deze puriteinen veroorzaakten in Essex. Ik hoorde hem tegen North zeggen..."

"*Lord* North," corrigeerde de hoge stem.

"...*Lord* North dat de puriteinen in Devonshire harde werkers waren en dat ze zolang ze goede kwaliteit wollen stoffen zouden leveren met rust gelaten zullen worden."

De twee mannen kwamen nu in het gezichtsveld van Drew. De man met de zeurderige stem was een gewone burger; zijn kleren waren schoon maar eenvoudig. Hij had zware zwarte wenkbrauwen die als hij sprak op en neer gingen. De andere was een geestelijke. Hij liep met zijn handen gevouwen op zijn omvangrijke buik.

Op dat moment ontdekte de geestelijke het bundeltje in het midden van de kamer. Drew onderdrukte een kreun. Hij was het hele bundeltje vergeten! Met grote moeite bukte de geestelijke zich en raapte het bundeltje op. Hij draaide het om en om, bekeek het en begon toen de stoffen verpakking eraf te wikkelen. Er kwam een boek uit te voorschijn. Hij bladerde het door en terwijl hij dat deed kreeg hij een droog lachje op zijn gezicht.

"Wat is het, uwe genade?" vroeg de burger.

"O, niets van betekenis," antwoordde de geestelijke. Hij begon het boek weer in te pakken, hield er toen mee op en stond een ogenblik in gedachten verzonken. Hij bekeek de omtrek van de zaal en begon aan de kant tegenover Drew. Zijn ogen gingen langs de muur tot de hoek, toen over de achtermuur. Drew trok zijn hoofd in de helm zo ver mogelijk terug zonder daarbij het harnas te bewegen. De onderzoekende blik van de geestelijke ging langs de rij en kwam steeds dichterbij. Er liep een huivering over Drew's rug. Was het verbeelding of aarzelde de blik van de geestelijke een ogenblik toen die op hem gericht was?

Met een diepe zucht en een klap op het boek, zei de geestelijke: "Wel Elkins, we kunnen het beste maar weer terug gaan naar de receptie voordat iemand ons misschien mist. De opmerking van Lord Chesterfield is niet genoeg. Ik wil een bewijs van zijn loyaliteit. Ik verwacht een volgend rapport als ik voor de jacht naar Devonshire kom."

Drew sloeg de twee mannen gade tot ze uit zijn gezichtsveld verdwenen waren. Hij hoorde de deur open en dicht gaan. Maar hij bewoog zich pas toen hij de buitendeur hoorde. Toen was alles weer stil.

Voor de tweede keer die middag was Drew maar net aan ontdekking ontsnapt. Hij loosde een diepe zucht en liep naar voren om zichzelf meer ruimte te geven. Hij kon zich beter zo snel mogelijk van het harnas ontdoen en weer teruggaan naar de ontvangst. Hij had een goed gevoel over zichzelf. Hij was bijna twee keer gesnapt en hij had dat doorstaan met de koelbloedigheid van een doorgewinterde ridder. Helemaal niet zo slecht voor iemand zonder enige oefen....

"Halt, heer ridder!"

Drew draaide zich vliegensvlug naar links en kwam oog in oog te staan met de geestelijke die nog steeds zijn boek vasthield. Een ogenblik later zwaaide de deur open en de man die Elkins genoemd werd, stormde naar binnen. "U had gelijk, uwe heiligheid," schreeuwde hij op Drew wijzend.

De twee mannen kwamen op hem af en waren zichtbaar geamuseerd. Drew liep achteruit, maar zijn voet raakte verstrikt in een kledingstuk dat niet ver genoeg weggeschopt was. Met maaiende armen tuimelde Drew achterover en viel tegen het harnas aan dat naast hem stond. Er volgde een waar tumult. Eerst viel Drew en vervolgens vielen opeenvolgend alle harnassen als dominostenen op de grond. Door slechts één enkele misstap was de dappere Sir Morgan geveld en met hem viel een kwart van zijn mederidders.

Toen hij op de vloer lag, kon Drew door de beperking van zijn blikveld door het vizier slechts de geribbelde gewelven van het plafond zien. Hij probeerde tevergeefs overeind te komen. Hij was net zo hulpeloos als een torretje dat op zijn rug lag.

Er was wat geruis van kleding voordat er een rond rood gezicht in zijn blikveld verscheen. De geestelijke zat op handen en knieën en gluurde door de spleet in het vizier.

"En laten we nu eens zien of onze gevallen ridder een gezicht heeft," zei de geestelijke.

Het vizier op de helm werd naar boven geschoven en Drew kwam oog in oog met de geestelijke. De ogen van de man puilden lichtelijk uit, maar waren verder helder en scherp. Hij had een brede met grijs doortrokken snor en een naar de laatste mode geknipte baard, het soort baard dat ook de koning droeg en die alleen de kin bedekte en aan het eind tot een punt gekamd was.

"Dat is nog een jong gezicht, zou ik zo zeggen," zei de nog steeds geamuseerde geestelijke. "Heeft het gezicht ook een naam?"

Drew overwoog zijn mogelijkheden. Hij kon een naam verzinnen en zich door bluf proberen uit de netelige situatie te redden. Hij zou ook helemaal zijn mond kunnen houden. Het probleem was dat hij niet wist hoe groot de moeilijkheden waren waarin hij was terechtgekomen. Bestond er een wet tegen het zich vermommen als ridder? Als hij ertoe gedwongen werd zou hij natuurlijk de waarheid kunnen vertellen.

"Geef de geestelijke antwoord!" schreeuwde Elkins en hij schopte Drew tegen zijn been. Dat deed geen pijn, het harnas ving de schop op waar het ook voor ontworpen was.

"Laat dit maar aan mij over!" riep de geestelijke naar Elkins. "En niet schoppen. Wil je soms het harnas beschadigen?"

Hij keerde zich weer tot Drew en hij herhaalde zijn vraag, deze keer krachtiger: "Heeft het gezicht ook een naam?"

Drew probeerde te knikken, maar daar hij op de vloer lag bewoog de helm niet. Het gevolg was dat zijn neus in de opening op en neer ging.

"Wel, hoe luidt die? Zeg mij je naam, jongen."

"Drew."

"Drew," zei de geestelijke, bijna alsof hij de naam proefde. "Drew, Drew. Is dat een afkorting voor Andrew?"

"Drew begon opnieuw te knikken, bedacht zich toen en zei in plaats daarvan: "Ja."

"Is dat alles. Alleen maar Drew?"

Drew hoopte dat hij zijn vader er buiten kon laten. Maar nu zat er niets anders op dan als een echte ridder te handelen en de consequenties van zijn daden te aanvaarden. "Morgan. Drew Morgan."

De geestelijke keek plotseling onthutst. "De zoon van Lord Percy Morgan?"

"Ja."

"Zo, zo," zei de geestelijke, kennelijk niet op zijn gemak. Kreunend en steunend ging hij weer staan en hij torende hoog boven Drew uit. "Laten we de ridder overeind zetten," zei hij tot Elkins. En dan tot Drew: "Kunt u uw armen optillen, Sir Morgan?"

Drew lichtte zijn beide armen op. De geestelijke greep de ene arm vast en de burger de andere. Toen ze hem overeind hesen, sloeg het vizier weer dicht, wat een luid gerinkel in Drew's oren veroorzaakte.

"Elkins," zei de geestelijke, "ga naar de zaal en haal Lord Morgan. Breng hem naar mijn kamer in de kapel."

"Hoe moet het dan met de jongen, uwe genade? Stel dat hij wil ontsnappen?"

De geestelijke sloot zijn ogen en sprak toen op een toon waarmee men gewoonlijk kinderen aanspreekt: "De jongen kan nergens heen. In dit harnas kan hij maar nauwelijks lopen. Ik weet zeker dat ik hem wel bij kan houden als hij er van door wil gaan."

Als Elkins al beledigd was door de minzame toon, liet hij het niet merken. Plichtsgetrouw ging hij op weg om zijn opdracht uit te voeren.

"Zet die helm af," beval de geestelijke. "Dan kan ik je beter zien."

Drew gehoorzaamde. Toen zijn hoofd uit de helm kwam, ontmoette Drew's blik de koude ogen van de geestelijke. Drew sloeg zijn ogen neer.

"Kijk me aan!" schreeuwde de geestelijke.

Drew keek op.

"Je moet iemand altijd in de ogen kijken! Nooit je ogen neerslaan! Hoe vernederend je nederlaag ook is."

Drew dwong zich ertoe de man die hem bij zijn ridderspel had betrapt aan te kijken. Eerst kostte dat veel moeite, want de blik van de geestelijke had de kracht van een slagzwaard, maar hoe langer Drew keek, hoe gemakkelijker het voor hem werd de blik van de geestelijke te doorstaan. En als hij zich niet vergiste zag hij een zekere geamuseerdheid in die staalharde ogen.

"Goed," zei de geestelijke. Hij stak Drew's boek onder zijn arm en liep naar de deur. "Volg mij." Hij liep naar de gang zonder achterom te kijken.

"En mijn kleren dan?" vroeg Drew.

"Je draagt alle kleren die je nu nodig hebt," antwoordde de geestelijke zonder zich om te keren.

De helm onder zijn arm dragend volgde Drew. Iedere stap in de gang en het binnenhof kondigde rinkelend zijn aanwezigheid aan.

Op het moment dat hij naar buiten stapte, wilde Drew dat hij zich om kon keren en weer naar binnen gaan. De ontvangst van de koning was voorbij en het leek wel of de helft van de Engelse adel op de binnenplaats rondliep. Met het eerste gekletter van zijn gepantserde voet op de straatkeien werden alle hoofden in zijn richting gedraaid.

De eerste reactie was stilte en Drew hoopte dat ze hem ongestoord in de nacht zouden laten verdwijnen, maar zo gelukkig was hij niet. Het duurde even voordat zijn aanwezigheid tot de menigte doorgedrongen was. Per slot van rekening waren er honderden jaren voorbij gegaan sinds er een ridder op een receptie van de koning was verschenen.

"Kijk nu toch eens! Sir Lancelot!" schreeuwde iemand.

Iedereen brulde van het lachen.

Verscheidene mensen holden op hem af. Drew liep weg, zo snel als mogelijk was in het harnas. Een kalende man met een dikke buik die zich kennelijk meer dan tegoed had gedaan aan de wijn van de koning deed net of hij een paard bereed. Hij daagde Drew uit voor een steekspel.

"Als je op zoek bent naar een deugdzame maagd om die te bevrijden," schreeuwde een man met een donkerharige dame aan zijn arm, "dan wil ik je wel vertellen dat die in het hele kasteel niet te vinden is." Zijn vriendin gierde van het lachen en stootte haar begeleider in de ribben. De geestelijke trok zich schijnbaar niets van het tumult aan en liep doelbewust over het pad langs de toren naar de St. George kapel. Drew deed zijn best hem bij te houden.

Toen ze zagen dat hun bron van vermaak zou ontkomen, grepen twee mannen Drew bij de arm en probeerden ze hem terug te voeren naar de binnenplaats.

"Laat de jongen met rust!" Het was de hoge stem van de geestelijke.

Aanvankelijk waren de kwelgeesten niet bereid hem los te laten, maar toen ze zagen wie het bevel gegeven had, lieten ze hem onmiddellijk los.

Al rinkelend liep Drew zo snel mogelijk naar de open deur.

"Wat is er met die ridder, uwe genade?" riep één van de mannen.

De geestelijke antwoordde hem met het sluiten van de deur.

HOOFDSTUK 2

"Dit boek verraadde je." De geestelijke hield het boek, dat uit Drew's bundeltje kwam, omhoog zoals hij een bewijsstuk in een gerechtshof omhoog zou houden.

Drew stond in een kleine, nauwelijks gemeubileerde kamer achter de St. George kapel. De meubels bestonden uit een houten lessenaar en twee rechte stoelen, een ervoor en een ernaast. Er lagen allerlei papieren en kaarten op de lessenaar. Sommige daarvan hingen over de rand en werden vastgeklemd door een stapel boeken er bovenop. Naast een aantal kandelaars bestond de enige versiering aan de muren uit een crucifix boven de lessenaar. Dit was niet het soort kantoor waarin men zijn gasten aangenaam bezighoudt, maar eerder een wijkplaats waar men ongestoord wil werken.

De geestelijke trok een stoel naar zich toe en ging met waardigheid zitten. Hij bood Drew geen stoel aan, wat maar goed was, want Drew was er niet zeker van of hij met een harnas wel kon gaan zitten. De geestelijke legde het boek van Drew op zijn omvangrijke schoot en vouwde er zijn handen overheen. Hij zei een poosje niets. Hij keek alleen maar naar Drew. Langzaam verspreidde zich een vaderlijk lachje om zijn lippen – zo'n lachje dat kinderen te zien krijgen als ze ergens op betrapt worden.

Op het boek kloppend zei de geestelijke: "Door dit boek wist ik waar je was. Dat hoopje kleren op de grond bevestigde mijn vermoedens alleen maar." Er verscheen een vragende uitdrukking op zijn geamuseerd gezicht. "Waarom was het boek in kleding gewikkeld?"

Drew schraapte zijn keel. "Mijn vader wilde niet dat ik het mee zou nemen naar Londen."

Er was een ongemakkelijke stilte toen de geestelijke op verdere uitleg wachtte. Drew voelde zich niet op zijn gemak. Het harnas knarste. "Mijn vader denkt dat ik er te veel in lees. En daarom verberg ik het boek in mijn kledingkist."

"En je was van plan het boek te lezen terwijl je een harnas droeg?"

"Nee." Drew bloosde. "De ontvangst was erg saai en daarom sloop ik weg en haalde het boek op. Ik heb er even in zitten lezen en besloot toen het kasteel eens te gaan bekijken. "Dit", hij wees op zijn harnas, "kwam zo maar bij me op."

De geestelijke hield het boek omhoog en las de titel daarvan hardop voor: "*De dagen der ridders* geschreven door Geoffrey Berber." Hij lachte jongensachtig. "Ik moet dit boek wel vijftig keer gelezen hebben toen ik een jongen was." Hij keek op en kon een lachje niet bedwingen. "Als jongen zou ik ook geprobeerd hebben een harnas aan te trekken als ik daartoe de kans had gekregen."

Toen de geestelijke het boek weer bekeek en het doorbladerde alsof hij naar iets zocht, voelde Drew zich niet op zijn gemak. Hij was helemaal in de war. Hij had dit niet in het minst verwacht. De geestelijke had Elkins op zijn nummer gezet en de dronken edelen met een enkele zin geïntimideerd. Toen Drew de kamer was binnengegaan was hij voorbereid op een woede-uitbarsting van terechte verontwaardiging. Maar in plaats daarvan zat er tegenover hem een vreemde geestelijke met een grijns op zijn gezicht.

Plotseling sloeg de geestelijke het boek dicht en zei: "Wie is je favoriete ridder?"

"Favoriete ridder?"

"Ja, je favoriete ridder. Je geeft toch wel de voorkeur aan één van de ridders?"

"Wel, "stamelde Drew terwijl het harnas knarste, "als ik aan één van de ridders de voorkeur moet geven dan denk ik dat ik Sir Gawain kies."

De geestelijke fronste zijn wenkbrauwen. "Gawain? Gawain, niet Lancelot? Lancelot was de grootste kampioen."

Opnieuw voelde Drew zich niet op zijn gemak. Kennelijk had hij de verkeerde ridder uitgekozen. Maar op dat moment voelde hij zich door iets anders ongemakkelijker dan door het maken van een verkeerde keus. Hij wilde graag gaan zitten, zijn armen over elkaar slaan, of wat dan ook, als hij maar niet hoefde te blijven staan. Nu begreep hij waarom ridders altijd rechtopstaand werden afgebeeld – dat was niet omdat ze zo waardig waren, maar omdat ze niet in staat waren te bukken.

"Lancelot was de kampioen," zei hij, zijn helm onder zijn andere arm nemend. "Hij was de beste bij toernooien en in het gevecht, maar in moreel opzicht was hij zwak. Hij kon zijn begeerte niet beheersen. En door die zwakte werd de Ronde Tafel vernietigd en koning Arthur gedood."

"Juist." De geestelijke streek geamuseerd en bedachtzaam door zijn puntbaard. "Vertel eens Andrew, heb je ooit zulke sterke gevoelens voor een vrouw gehad als Lancelot voor Guinevera?"

"Natuurlijk!" zei Drew.

De geestelijke trok zijn wenkbrauwen op.

"Nou ja, misschien niet zo sterk. Maar er zijn belangrijker zaken in de wereld dan vrouwen!"

"O ja? Een ongebruikelijke opmerking voor iemand van... hoe oud? Zeventien? Achttien?"

"Achttien."

"Juist ja. Vertel eens Andrew, met de wijsheid van je jaren, welke dingen er dan belangrijker zijn dan vrouwen?"

18

"Gerechtigheid bijvoorbeeld... en loyaliteit! Op dat punt faalde Lancelot. Hij verraadde zijn koning en zijn mederidders door met de koningin naar bed te gaan."

De geestelijke lachte, maar niet afkeurend. "Weet je zeker dat je de zoon van Lord Percy Morgan bent?"

Plotseling drong het lawaai van boze stemmen op de gang door. De deur barstte open en Lord Morgan stormde binnen, gevolgd door Lady Evelyn en Philip, Drew's moeder en broer.

Zelfs bij het binnenstormen van een kamer bleven Drew's ouders wat ze waren: Engelse edelen. Lord Morgan was iemand die geloofde dat hij moest laten zien hoe rijk hij was. Zijn donkergroene fluwelen vest met wijde splitmouwen was bestikt met gouddraad en afgezet met edelstenen. Over zijn vest droeg hij een mouwloze bontmantel. Een gouden medaillon-ketting met daarop de beeltenis van een grijnzend van een halsband voorzien rendier, hing om zijn nek. Hij was niet groot, maar wat hij in lengte te kort kwam, werd gecompenseerd door zijn luidruchtigheid. Meer dan eens had Drew zijn vader horen zeggen: "Een kleine man met een harde stem is een reus."

Als er iemand in Engeland was die net zo hard en soms zelfs harder kon schreeuwen dan Sir Morgan, was het wel Drew's moeder. Ook op het gebied van de mode was ze de gelijke van haar echtgenoot. Het was een vrouw die ontzettend dankbaar was dat ze in een tijd leefde dat bescheidenheid en eenvoud niet in de mode waren. Ze was van top tot teen gekleed op een manier die haar status duidelijk tot uitdrukking bracht. Voor de koninklijke receptie droeg ze een pruik van goudblond haar, die veel mooier was dan haar eigen dofbruine haar. De pruik was door Lady Morgan's kapster gemaakt van het goudblonde haar van een bedelaarskind dat ze zag toen ze in Londen aan het winkelen was. Ze lokte het verschrikte kind in haar koets en bood haar twee pennies voor haar haar. De overhandiging van het geld en het afknippen van het haar gebeurden zo snel dat het verwaarloosde kind niet de tijd kreeg er nog eens over na te denken.

De pruik van Lady Morgan werd van achteren ondersteund door een rabato, een door draad versterkte kraag in de vorm van vleugels en afgezet met kant. De voorzijde van de witte japon van de dame vertoonde een driehoekig front vol edelstenen. Het was van glanzend materiaal gemaakt en had de vorm van een omgekeerde driehoek, waarbij een punt naar iedere schouder reikte en de onderste punt net tot onder haar middel. Haar rok viel modieus over de heupen en was net kort genoeg om de met edelstenen versierde kousen te laten zien.

Op de kleding van Lady Morgan was vrijwel iedereen aan het hof jaloers. Ze was echter niet tevreden met vrijwel iedereen. Ze was pas echt gelukkig als *iedereen* aan het hof jaloers op haar was. En dit kreeg ze voor elkaar door het dragen van haar paarlen halssnoer.

De keuze van haar juwelen voor de receptie waren in de maanden die aan de gebeurtenis voorafgingen het onderwerp van planning en onderhandelen geweest. Ze zou pas tevreden zijn als ze onder de deftige mensen van Londen een jaloezie kon veroorzaken waarover nog weken na de gebeurtenis gepraat zou worden.

Het paarlen halssnoer dat ze droeg was de belangrijkste schat van de reis van Sir Francis Drake rond de wereld. Drake verkreeg het halssnoer – tezamen met zoveel goud, zilver en edelstenen dat de *Golden Hind* zwaarbeladen huiswaarts zeilde – door een aantal aanvallen uit te voeren op de Spaanse nederzettingen aan de kust van Californië. De enige vrouw die het halssnoer tot dusverre in het publiek gedragen had, was koningin Elisabeth geweest. Na de dood van de koningin was het halssnoer zonder veel ophef teruggeschonken aan de familie Drake, die het achter slot en grendel bewaarde tot de Morgans het kochten.

Op deze receptie werd het halssnoer na tientallen jaren weer voor het eerst aan het publiek vertoond. En het sierde Lady Morgan's witte en delicate hals, die nu echter van boosheid rood en gespannen was.

Lord Percy: "We zijn het publieke vermaak van het koninkrijk. In het verleden heb je ook wel stomme dingen uitgehaald, maar nog nooit zoiets als..."

Lady Evelyn: "Maanden van planning, een klein fortuin, en waarvoor allemaal? Praat iedereen nu over de edelstenen van de Morgans? Nee, ze praten over mijn idiote zoon die in een harnas..."

Lord Percy: "Je had geen slechter tijdstip kunnen kiezen. We hebben uren gewacht om met koning Charles te praten en we waren net voorgesteld..."

Lady Evelyn: "En dan komt die rauwbonk in de zaal en vertelt iedereen dat mijn zoon betrapt is bij het rondsluipen door het kasteel en dat hij een..."

Lord Percy: "Je bent het meest koppige en hardnekkige kind dat ik ken. Als we naar huis gaan..."

"Lord Morgan," schreeuwde de geestelijke.

Lady Evelyn: "Ik ben mijn hele leven nog niet zo beschaamd geweest..."

Lord Morgan: "Je krijgt met de zweep tot je..."

"Lord en lady Morgan! Houdt op alstublieft!"

De stem van de geestelijke was schril, maar luid en bezat een autoriteit die door het geklaag van de twee slachtoffers heendrong.

Lord Morgan keerde zich haastig om om te zien wie de moed had hem in de rede te vallen. Toen hij de inmiddels staande geestelijke zag, verloor Lord Morgan's gezicht aile kleur. Zijn mond viel open.

"Bisschop Laud!" stamelde hij. "Uwe genade, vergeef mij, ik zag u niet. De pummel die ons inlichtte zei er niet bij dat u het was die deze waardeloze zoon van mij vasthield. Wees ervan verzekerd dat de knaap voorbeeldig gestraft zal worden. Zijn handelingen zijn dwaas en niet te verontschuldigen. Als we thuis zijn zal hij met de..."

Met opgeheven hand viel bisschop Laud de edelman in de rede. Het werd weldadig stil in de kamer. De bisschop nam niet meteen het woord. Drew wist niet of hij nadacht of alleen maar van de stilte genoot. Toen Drew zijn gewicht van zijn ene op zijn andere voet verplaatste, knerpte het harnas. Zijn moeder rolde met haar ogen en zuchtte verachtelijk.

Toen bisschop Laud op Drew toeliep, deden de Morgans een stap opzij. De bisschop keek hem in de ogen. Nog juist op tijd slaagde Drew erin zijn ogen niet neer te slaan. Hij herinnerde zich de woorden van de bisschop: *Sla nooit je ogen neer! Hoe vernederend je nederlaag ook is, nooit bang zijn om een man in de ogen te zien!* Drew keek bisschop Laud strak aan en de bisschop glimlachte.

"Er is niets gebeurd. Straf de jongen niet."

"Als dat uw wens is, uwe genade," sputterde Lord Morgan. "Maar mag ik u vertellen dat dit niet de eerste keer is dat de jongen zich als een dwaas aanstelt. Als u het mij vraagt is de beste manier om met imbecielen om te gaan..."

"Andrew en ik hebben veel gemeen," viel bisschop Laud hem in de rede. "Een liefde voor boeken (de bisschop klopte op het boek in zijn hand). Een liefde voor de legenden over koning Arthur." Zich tot Lord Morgan wendend, vervolgde de bisschop: "Ik mag uw zoon wel. Hij heeft karakter en ik geloof dat hij in staat is moedig te zijn."

"We hebben hem alle mogelijke kansen geboden, uwe genade," zei Lady Morgan, "maar de jongen is lui en ongedisciplineerd. Hoewel we hem zelfs naar Cambridge gestuurd hebben..."

"Cambridge?" De bisschop keerde zich tot Drew. "Ben je in Cambridge geweest?"

Drew knikte.

"Ik ben in Cambridge hoofd van de universiteit geweest. Ik zou graag eens herinneringen met je ophalen."

"Weet u," zei Lord Morgan met stemverheffing, "de jongen doet niets anders dan dagdromen."

"Weet u," zei bisschop Laud met een zelfde intensiteit, "Ik zou willen dat hij naar Londen kwam om hier bij mij te wonen. Ik heb werk voor hem waarbij hij zijn talenten kan gebruiken."

"Wilt u een priester van mijn zoon maken?" vroeg Lady Evelyn.

De bisschop snoof. "Nee mevrouw, geen priester. Ik heb moedige jonge mensen nodig voor de uitvoering van speciale opdrachten. Hij zal koning Charles en mij helpen om Engeland te redden van haar vijanden. Heb je belangstelling Drew?"

"Ja, uwe genade, ik heb belangstelling," zei hij.

"Goed," galmde de bisschop. Tot Lord Morgan zei hij: "Sta mij uw zoon een paar jaar af. Daarna zal ik hem naar u terugsturen, goed opgeleid om de familie Morgan te leiden tot ongekende weelde en grootsheid."

Drew glimlachte. De bisschop wist precies hoe hij iets van Lord Morgan gedaan moest krijgen. Drew's vader stemde enthousiast toe.

"Andrew," zei de bisschop, "Doe dat harnas af. Voor dat je naar huis gaat om je zaakjes te regelen moet je me nog even op komen zoeken. Ik heb iets dat ik je wil geven."

HOOFDSTUK 3

De dag dat hij van kasteel Windsor naar Londen reed, had het eerste opwindende hoofdstuk van de avonturen van Drew Morgan moeten worden. In plaats daarvan werd het een nachtmerrie van vervelende vertragingen. Het leek er wel op of een aantal boosaardige kwelgeesten de opdracht had gekregen hem te achtervolgen en hem in alle mogelijke richtingen te leiden behalve de goede.

De dag begon veelbelovend. De reis van Windsor naar Londen was een mooie rit. Een kille wind blies Drew in het gezicht. De hoefslag van zijn prachtige zwarte paard werd een cadans die de wereld liet weten dat Drew Morgan op weg was naar zijn bestemming.

Hij was nog nooit eerder alleen naar Londen gereisd, maar vandaag werd een nieuw tijdperk ingeluid. De opdracht voor vandaag was tweeledig: hij was op weg om voor de familie zaken te doen en moest een paar kelken ophalen die zijn vader bij een Londense goudsmid had besteld; belangrijker nog was dat hij op weg was voor Engeland, zijn eerste opdracht voor de bisschop van Londen.

Zijn paspoort tot het koninklijke avontuur was een door de bisschop van Londen zelf ondertekende brief, die hij op zijn hart droeg en die hem machtigde een boek te lenen uit de persoonlijke bibliotheek van de bisschop. Dat was de reden geweest waarom bisschop Laud hem nog wilde zien voordat hij Windsor zou verlaten.

Toen hij de brief aan Drew overhandigde, vertelde de bisschop zijn nieuwe assistent wat er van hem verwacht werd. "Andrew," zei hij, "Engelands grootste vijand is niet langer Spanje of een andere mogendheid van het vaste land. De grootste vijand van Engeland is momenteel opstand in eigen land. De geest van veel Engelsen is vervuld met ketterij en ze zijn opstandig geworden. Je kunt ze niet herkennen aan hun kleding, want sommigen van hen zijn rijk en sommigen zijn arm. Maar hun hart zit vol kwaad. Ze lopen zo maar vrij rond door steden en dorpen en ze trekken daarbij onschuldige gezichten. Het is onze taak deze verraders te ontmaskeren en deze lieden, die Engeland willen vernietigen, ten dode toe te vervolgen. Dat is geen gemakkelijke taak, want we zijn op zoek naar lafaards die het op zwakkelingen voorzien hebben, terwijl ze zich verschuilen achter een mantel van anonimiteit."

De bisschop toonde Drew een pamflet, waarvan op het titelblad een houtgravure stond van een hond met een mijter op en het gezicht van bisschop Laud. "Dit is een voorbeeld van hun werk," zei hij. Een andere bladzijde van het vlugschrift opslaande, las hij voor:

Laud, kijk eens naar uzelf. Wees er zeker van dat uw leven gevaar loopt. Gij zijt de fontein van alle verdorvenheid. Bekeer u van uw torenhoge verdorvenheid voordat ge uit deze wereld zal worden weggenomen. En wees er zeker van dat noch God, noch de wereld zo'n walglijke raadgever of oorblazer kan verdragen.

De bisschop vouwde het vlugschrift op. Erop wijzend zei hij: "De ellendeling die dit geschreven heeft, is gepakt en gestraft. Hij werd ontmaskerd door een ijverige jongeman, die veel op jou lijkt. Luister goed naar wat ik zeg. Luister altijd goed naar gesprekken, let op ieder stukje bewijs dat de schrijvers, drukkers en uitgevers van opstandige brochures zoals deze kan ontmaskeren."

Het gezicht van de bisschop kreeg een pijnlijke uitdrukking. Hij leek op een man die leed aan een steeds weer terugkomende ziekte. "Er is in het bijzonder één schrijver," mompelde hij, "die ik wil hebben. Justin… dat is niet zijn werkelijke naam. Daar ben ik zeker van. Als je ooit iets over Justin hoort, al is het nog zo weinig, wil ik dat onmiddellijk weten! Begrepen?" De kaakspieren van de bisschop verstrakten terwijl hij sprak en hij werd vuurrood. Drew was blij dat hij Justin niet was. Hij zou niet graag het voorwerp van de toorn van de bisschop zijn.

Drew knikte onderdanig.

"God is mijn getuige," zwoer de bisschop, "ik krijg hem te pakken!"

De emotionele uitbarsting van de bisschop was spoedig voorbij. Even later was hij weer vrolijk tot op het dwaze af. "Geef Timmins deze brief," zei hij met jongensachtige opwinding, "daarin staat dat hij jou één van mijn favoriete boeken moet geven, dat nog beter is dan Berber's *De dag van de ridder!* Je zult het prachtig vinden, daar ben ik zeker van." Zijn handen op Drew's schouders leggend, zei hij: "Andrew kom zo snel mogelijk naar mij in Londen."

De opdracht die Drew gekregen had om vandaag naar Londen te gaan, kwam goed uit. Als hij toch in Londen was, kon hij meteen de vier zilveren kelken die zijn vader bij de goudsmid op de Strand had besteld, ophalen. Dat bespaarde de Morgans niet alleen een omweg naar Londen, maar het maakte ook de kans kleiner dat ze in het publiek nog verder belachelijk gemaakt zouden worden om de heldendaden van hun geharnaste zoon de dag daarvoor.

Lord Morgan had Drew aanwijzingen willen geven hoe hij de werkplaats van de goudsmid zou kunnen vinden. Drew was echter vroeg opgestaan en daar hij graag aan zijn reis wilde beginnen, vertrok hij voordat zijn vader wakker werd. Hij realiseerde zich niet dat hij aanwijzingen nodig had – hij kende de goudsmid waarmee zijn vader altijd zaken deed.

Drew zou het grootste deel van de morgen nodig hebben om Londen te bereiken. Hij zou het boek van de bisschop ophalen en de kelken van zijn vader en dan de familie weer voor donker ontmoeten bij de herberg King Alfred te Basingstoke. Daar zou Lord Morgan de kunstig gemaakte zilveren kelken persoonlijk laten zien aan zijn goede vriend, de burgemeester van Basingstoke en zich vermaken over de vergeefse pogingen van de burgemeester zijn afgunst te verbergen.

Zo was het plan – voordat al die boosaardige kwelgeesten op hem losgelaten werden.

Om Londen binnen te komen stak Drew de Ridderbrug over, een gebeurtenis die, naar hij dacht, niet zo maar een samenloop van omstandigheden was nu hij aan zijn eerste opdracht van de bisschop begon. Toen hij bij het punt kwam waar de weg zich splitste in drie richtingen, noordelijk naar Paddington, oostelijk naar St. Giles en zuidelijk naar de Thames, zette hij Pirate, zijn zwarte paard tot spoed aan.

Pirate was die dag erg prikkelbaar en werd ongetwijfeld hiertoe aangezet door de kwelgeesten. Als hij zijn goede dag had, reageerde hij nauwgezet en leek hij net zoveel van het avontuur te houden als Drew. Als hij zijn slechte dag had, en dit was één van zijn slechtste, dan was hij nukkig.

Drew reed rechtstreeks naar London House, de bisschoppelijke residentie in de stad. Hij klopte op de houten deur die even later wijd openging. In de deuropening stond een grote dikke man die een grote, witte voorschoot droeg.

Zeggen dat de man dik was, was eigenlijk zwak uitgedrukt. Het leek bijna wel of hij uit vleesballen was gemaakt. Zijn ronde hoofd stond op een rond lichaam. Een nek had hij blijkbaar niet.

"Zo, jij bent nog een jonkie," zei hij. Als hij praatte sprongen zijn wangen die aan zijn mondhoeken schenen vastgeplakt op en neer. "En wat zou ik voor u kunnen doen?" Hij veegde zijn vlezige handen krachtig met een handdoek schoon.

Uit beleefdheid zette Drew zijn muts af. Kennelijk was de man ingenomen met dit gebaar want zijn rode wangen sprongen naar de zijkant en er verscheen een brede grijns op zijn gezicht. "Ik zou graag willen... ik bedoel dat ik mijnheer Timmins zou willen spreken."

"O, dat is nou jammer," zei hij, zijn vingers met de handdoek schoonmakend. "Hij is vandaag niet hier. Je kunt het beste morgen terugkomen."

"Morgen?" Er klonk paniek door in zijn stem.

"Ja, zo is het," zei hij, Drew's probleem ter harte nemend. "Als u een dringende zaak hebt..."

Drew knikte dat dit inderdaad het geval was.

"...kunt u hem in Whitehall opzoeken."

Dat betekende vertraging. Drew zou er heen moeten rijden, Timmins zien te vinden en dan hier weer terugkomen om het boek op te halen. Dat zou veel te lang duren.

"Misschien kunt u mij helpen," zei Drew.

Die gedachte scheen de dikke kok plezier te doen.

"Kunt u een boek uit de bibliotheek van de bisschop voor mij halen? Ik heb een brief van de bisschop..."

De kok deinsde terug en zijn mond werd net zo rond als de rest aan hem.

"O nee! Er is geen denken aan dat ik zonder zijn toestemming de studeerkamer van de bisschop mag binnengaan!"

"Maar ik heb een brief..."

Het ronde hoofd van de kok danste krachtig heen en weer.

"Is er niemand anders die mij zou kunnen helpen?"

"Ik ben bang dat alleen mijnheer Timmins dat kan."

De kwelgeesten trokken hem naar Whitehall of hij dat nu wilde of niet.

Twee uur later stond Drew ongeduldig naast een zonnewijzer in de besloten hof van Whitehall, de residentie van koning Charles I. De tuinen bestonden uit zestien stukken grond met gras, bloemen en heggen die in een vier bij vier patroon waren aangelegd. Drew wist dat er zestien stukken waren, want hij had ze verscheidene keren geteld. Terwijl hij op Timmins wachtte had hij ook de schaduw van de zonnewijzer anderhalf uur verder zien kruipen.

Een uitdrukkingsloze paleiswacht had hem naar deze plaats gebracht en hem verteld daar te blijven staan en niet rond te gaan lopen. Op weg naar de plaats had de wacht met het gevest van zijn sabel gespeeld en Drew dacht dat het maar beter was zijn instructies op te volgen.

Ten slotte kwam er een kalende man met een afgepaste, zakelijke tred op hem af. Achter op zijn hoofd liep een krans van sneeuwwit haar van oor tot oor. Hij liep stijf rechtop en zijn handen waren gebald.

"Ben jij de jongeman met een boodschap van bisschop Laud?"

"Bent u mijnheer Timmins?"

"Niet brutaal zijn, jongen. Heb je een boodschap?"

"Het spijt me als ik brutaal lijk, maar mijn boodschap is voor mijnheer Timmins."

"*Ik ben Timmins*!"

Zonder nog iets te zeggen overhandigde Drew hem de brief.

Timmins opende de brief, keek er even naar en vloekte. "Een boek?" Hij verfrommelde de brief en gooide hem in de heg. Toen draaide hij zich om en liep weg.

Aanvankelijk wist Drew niet wat hij moest doen. Hij raapte de brief weer op en hem glad strijkend rende hij achter Timmins aan. Met een sprong plaatste hij zichzelf voor Timmins en versperde hem de weg.

Het spijt mij dat ik u ongerief veroorzaak, mijnheer Timmins, maar helemaal naar Whitehall gaan om u te vinden was ongeriefelijk voor mij. Ik moet Londen binnen een uur verlaten. De bisschop wil dat ik dat boek meeneem. Bent u van plan zijn orders op te volgen of niet?"

Timmins keek hem zo woedend aan dat Drew zich meer op zijn gemak gevoeld zou hebben als de paleiswacht de punt van zijn sabel op hem gericht had.

"Zorg dat je over *precies* anderhalf uur op London House bent."

Timmins liep langs Drew heen naar het paleis.

Anderhalf uur? Drew kon de kwelgeesten bijna horen schateren van plezier.

De morgen ging over in de vroege namiddag en Drew was nog steeds in Londen. Er was tenminste één troost. In de tussentijd kon hij de kelken van zijn vader op gaan halen. Dat zou ongeveer een half uur in beslag nemen zodat hij nog een uur de tijd had om de stad waarvan hij zo hield te bekijken.

Voor Drew bood Londen alles wat hij thuis miste. Het voortdurende geratel van de karren en rijtuigen was de hartslag van een stad die van leven trilde. Afgezien van het naargeestige geschreeuw van zijn moeder was Morgan Hall stil en doods. Londen veranderde voortdurend en had iedere dag weer nieuwe uitdagingen. Op Morgan Hall was de enige uitdaging het voortdurende gekibbel te ontlopen – het geschreeuw van zijn vader naar zijn moeder over geld, het geschreeuw van zijn moeder naar iedereen die maar in de buurt was, zijn jengelende en snotterende broer.

Toen Drew en Pirate hun weg zochten tussen de drom van kooplui, bouwlieden en waterdragers die de Strand bevolkten, barstte hij in lachen uit. Over een paar dagen zou dit zijn nieuwe thuis zijn. Mannen en vrouwen dromden samen op de straathoeken; op de achtergrond was het geluid van hamerslagen te horen. Vrouwen met kruiken stonden bijeen rond de gemeenschappelijke wateropslag waarvan volop gebruik werd gemaakt. Zwetende dragers met het gewicht van hun last op de schouders zochten moeizaam hun weg. Hij hield van dit alles.

Er waren meer dan vijftig goudsmeden op de Strand. Drew reed rechtstreeks naar de werkplaats waar zijn vader altijd zaken deed. Toen hij echter informeerde naar de kelken van zijn vader, zei de eigenaar van de winkel, een man die Carados heette, dat hij geen opdracht voor vier zilveren kelken van Lord Percy had ontvangen. Drew hield vol dat de kelken besteld waren. Ze begrepen alle twee tegelijk wat dit betekende. Lord Morgan had wel zilveren kelken besteld, maar bij een andere goudsmid. Carados was woedend.

"Al twintig jaar lang moet ik zijn onduldbaar gekibbel over prijzen verduren! Al twintig jaar lang verkoop ik aan hem voor minder dan aan wie dan ook. En wat doet hij? Hij steekt me in de rug! Hij zal wel naar Bors gegaan zijn! Die onderkruiper! Ondankbare! D'r uit! D'r uit! En zeg die Judas van een vader van je dat ik niets meer met hem te maken wil hebben!"

Er waren vijftig goudsmidwerkplaatsen op de Strand. Wie van die vijftig had de zilveren kelken van zijn vader? De kwelgeesten schaterden.

Bors. Carados zei dat het vermoedelijk Bors was. Hij kon maar het beste daar beginnen. Maar waar was de werkplaats van Bors?

Tegen de tijd dat hij de kleine werkplaats van Simon Bors gevonden had, was een half uur verstreken. Daar wachtte hem een zelfde situatie als in Carados' winkel. Lord Morgan had de opdracht aan Bors beloofd, maar de uiteindelijke opdracht was nooit verstrekt. Nu wist Bors waarom en hij was razend. Drew werd voor de tweede keer op die dag uit de winkel van een goudsmid gegooid.

Wat nu te doen. Er waren nog steeds achtenveertig andere goudsmeden en hij had er geen idee van waar hij moest beginnen.

"Psst! Hier!"

Een broodmagere man riep hem vanuit een steeg aan. Drew herkende hem als één van de bedienden van Bors. Hij gebaarde heftig naar Drew. "Voor een pond vertel ik je wie de kelken voor je vader maakte." De ogen van de man kwamen geen ogenblik tot rust, maar bij de geringste beweging schoten ze heen en weer.

"Een pond!" Drew keek de man achterdochtig aan.

"Ik ben de man die je vader op een goedkopere goudsmid gewezen heb." Hij stak zijn hand uit voor het geld.

Drew vertrouwde hem niet, maar een andere keus had hij niet. Hij haalde een pond uit zijn zak. Hij hield het pond in zijn vuist geklemd en zei: "Eerst de naam van de goudsmid."

"Waar zie je me voor aan? Voor een dief?"

"Eerst de naam."

"Goed dan," siste de man, "Gareth."

"En waar kan ik de winkel van Gareth vinden?"

De man mompelde een vloek. "Jij bent zo groen als gras, niet?"

Drew maakte het gebaar om het pond weer in zijn zak te steken.

Weer een vloek van de winkelbediende. "Helemaal aan het eind van de Strand, tegenover het stenen waterreservoir."

Drew overhandigde de man het muntstuk.

Zeg tegen je vader dat hij de volgende keer iemand stuurt die droog is achter zijn oren," sneerde de man.

Helemaal aan het eind van de Strand. Waar zou het ook anders kunnen zijn dan *helemaal aan het eind* van de Strand! De verkeersdrukte in de straat nam toe. De kwelgeesten spanden nu tegen hem samen en zorgden ervoor dat iedere persoon, dier en wagen Drew in de weg liep. De dichte drom mensen en dieren veroorzaakte een ondraaglijke stank. De zenuwen waren gespannen. Een grote mond werd zo gegeven. Daar hij over de hele lengte van de Strand verdrongen werd, kostte het hem twee keer zoveel tijd als onder normale omstandigheden het geval zou zijn geweest. Pirate had inmiddels zijn buik vol van de stad. Hij weigerde af en toe Drew te gehoorzamen en hij probeerde zelfs een voetganger te bijten. Gelukkig kreeg hij alleen de hoed van de man te pakken.

Eindelijk bereikte een uitgeputte Drew de werkplaats van Gareth. De goudsmid wilde graag zijn werk aan Drew laten zien, maar Drew had te veel haast. Hij zou nooit op tijd in London House zijn. Jammer dan. Gareth was één van de weinige vriendelijke gezichten die hij die dag gezien had.

Drew stopte de kelken, die in fluweel verpakt waren, in zijn zadeltas. Hij besteeg Pirate en hij begon aan de terugtocht over de Strand.

"Ik zei over precies anderhalf uur!" Timmins schreeuwde, toen de deur van London House openvloog. De dikke kok stond op de achtergrond zijn dikke handen te wringen. *"Denk je dat ik niets beters heb te doen dan kindermeisje spelen voor een stom jong?"* Timmins gooide Drew een groot boek toe en sloeg de deur dicht.

De grootte van het boek deed Drew wankelen. Het was een reusachtig groot boek, veel groter dan hij verwacht had. Hij begon zich af te vragen of hij het al de tijd dat hij op weg zou zijn naar Morgan Hall op zijn schoot moest dragen. Met veel moeite slaagde hij erin het boek in zijn zadeltas te stoppen. De kelken lagen onderin en daardoor stak een derde van het boek eruit. De flap van de zadeltas kon niet over de bovenkant van het boek vastgemaakt worden, maar dat deed er niet toe. Het boek zat zo stevig in de zadeltas dat er niets uit kon vallen.

De zon stond al laag aan de hemel toen Drew uiteindelijk aan het laatste deel van zijn reis begon. Maar zijn vervelende kwelgeesten wilden hem niet laten gaan zonder een laatste afscheidsschot. Juist op het moment dat Drew de teugels van Pirate wilde grijpen, beet het paard in zijn hand waardoor zijn vinger gekneusd werd en er een donkerrode snee op zijn handpalm ontstond.

Drew nam het paardenveer over de Thames. Het rivierwater klotste traag tegen de houten zijkanten van de pont. In tegenstelling tot Drew had die geen enkele haast. Drew was ongeduldig, hij moest zijn verloren tijd inhalen. Het was al laat in de middag en Basingstoke was nog wel een halve dag rijden ver. Hij zou pas ver na donker thuis zijn en zijn vader zou woedend zijn.

De pont legde aan bij Lambeth en Drew zette Pirate tot galop aan, daarbij hopend dat de kwelgeesten die hem de hele dag achtervolgd hadden, hem nu verder met rust zouden laten.

Hij was ruim een uur ten zuiden van Londen toen hij haar aan de kant van de weg naast een bosgebied in het hoge gras zag liggen. Een paar meter daar vandaan graasde een ezel. Toen hij dichterbij kwam, kon Drew een zwak gekreun horen. Haar blonde haar lag rond haar hoofd uitgespreid en ze bedekte haar gezicht met haar benedenarm.

Drew sprong van zijn paard en holde naar haar toe. Het was een jonge vrouw en kennelijk arm. Haar kleding was gescheurd en haar benedenarm was vuil. Het vuil was oud en niet het gevolg van het zojuist gebeurde ongeval.

Ze schrok toen Drew haar arm aanraakte.

"Ik doe je niets," zei hij. Hij tilde zachtjes haar arm van haar gezicht. Drew schatte dat ze veertien of vijftien jaar was. Ze was opmerkelijk mooi. Ze sloeg haar ogen op en een paar stralend blauwe ogen keken hem aan. Toen ze hem zag, probeerde ze te gaan zitten. Ze viel weer terug en Drew greep haar bij de schouders.

"Dank u dat u stopte, mijnheer," zei ze op een onschuldige zachte toon.

Drew werd door haar schoonheid in beslag genomen; hij had nog nooit zo'n mooi meisje gezien. Hij wist dat de meeste meisjes zonder resultaat uren bezig waren om eruit te zien als dit meisje van nature – ze had hoge jukbeenderen en blosjes op haar wangen, haar oogwimpers leken wel de stralen van de zon en haar lippen waren zo vol en lieflijk dat het een genot was haar woorden te zien vormen.

"Ben je... ben je gewond?" stamelde Drew.

"Ik weet het niet," zei het meisje terwijl ze haar rug kromde en haar hoofd heen en weer bewoog om na te gaan of ze ergens pijn had. "Het was zo vriendelijk van u te stoppen en me te helpen," lispelde ze.

Drew sloeg bescheiden zijn ogen neer. "Ik kon toch niet zomaar voorbijrijden en je hier laten liggen. Dat zou toch iedereen gedaan hebben."

"Nee," protesteerde het meisje, "niet iedereen..."

Drew keek weer op.

Het mooie gezicht van het meisje werd plotseling vertrokken door een gemene grijns. "...niet iedereen," proestte ze, "alleen maar een dwaas!"

Plof! Er werd met iets diks en puntigs op zijn hoofd geslagen. Hij viel voorover in de armen van zijn schone maagd. Ze duwde hem van zich af. Het laatste wat hij zich herinnerde waren de boomtoppen die afstaken tegen de late avondlucht.

Boze kreten maakten hem wakker. Waar was hij? Thuis? Het zou niet de eerste keer zijn dat hij door ruzie en geschreeuw wakker werd.

"Steek hem gewoon dood!" schreeuwde een stem. Dat was niet de stem van zijn moeder.

Drew deed zijn ogen open, maar het enige wat hij kon zien, was gras.

"Dood hem!"

Hij herinnerde het zich plotseling. Het meisje... de pijn. Hij lag met zijn gezicht naar beneden in het gras.

"Ik zal hem vasthouden en jij doodt hem!"

Drew probeerde overeind te springen. Zijn poging ging vergezeld met een stekende pijn in zijn achterhoofd.

"Ik zal hem vasthouden en jij doodt hem!" schreeuwde de stem opnieuw. Drew herkende de stem. Het was de vrouw voor wie hij gestopt was om te helpen.

Zich verzettend tegen de pijn, probeerde hij op zijn knieën in het lange gras te gaan zitten. Het gebons in zijn hoofd was zo hevig dat zijn gezichtsvermogen erdoor vertroebeld werd en dat hij zijn gevoel voor evenwicht kwijt was. Pas na een paar pogingen lukte het hem op zijn knieën overeind te komen. Hij hield zijn handen voor zijn gezicht in de hoop zijn aanvallers tegen te houden tot zijn hoofd weer helder was.

"Dood hem! Dood hem!" gilde ze.

Er kwamen geen slagen. Er kwam geen aanval. Drew's uitgestrekte armen voelden niets. Toen zijn hoofd een beetje helderder werd, besefte Drew dat de stemmen van ver kwamen. Hij keerde zich in hun richting en knipperde een paar keer met zijn ogen. Iedere keer dat hij knipperde, kon hij beter zien.

Midden op de weg zag hij zijn schone maagd en een korte vuile man. Ze holden in rondjes achter Pirate aan. Het meisje hield de teugels en het paard steigerde en sloeg. De man vloekte toen hij de zadeltas probeerde te grijpen. Zodra hij greep op het boek kreeg, draaide Pirate zijn hoofd om en beet naar de man. Zijn bloederige linkerarm liet duidelijk zien dat hij verscheidene keren gebeten was.

"Houd hem stil! Houd zijn hoofd naar voren," schreeuwde de man.

"Dat lukt niet," schreeuwde het meisje terug. "Maak hem nou maar dood!"

"Stop!" schreeuwde Drew. Meteen daarop wenste hij dat hij dat niet gedaan had. Met het uiten van dat woord kwam de pijn in zijn hoofd in volle hevigheid terug. Zijn gezicht vertroebelde weer en werd toen langzaam weer helder.

De oude man trok een dolk uit zijn riem. Pirate hinnikte en probeerde achteruit te lopen, maar het meisje trok hem weer terug. Drew begon op de dieven af te lopen en hield daarbij zijn achterhoofd vast in een poging de stekende pijn bij iedere stap te verminderen.

"Pa!" gilde het meisje en ze wees met haar hoofd naar Drew.

De oude man draaide zich om en richtte zijn mes op Drew. "Kom maar op, jongen," siste hij tussen zijn zwarte en vol gaten zittende tanden door. "Er zitten onderin die knapzak bekers en ik durf er wat onder te verwedden dat ze van goud of zilver zijn. Ik wil ze hebben en jij moet ze voor mij pakken."

"Bekers?" zei Drew met een vragende uitdrukking op zijn gezicht.

"Denk maar niet dat ik gek ben!" gilde de oude man met zijn hand door zijn peper- en zoutkleurig haar strijkend. "Ik heb ze door die zak heen gevoeld."

"O, die tinnen bekers," zei Drew. "Die zijn niet van goud en ze zijn zeker al je inspanning niet waard."

"En wat zou een kerel in zulke mooie kleren dan wel met tinnen bekers moeten doen?"

"Je weet maar nooit," zei Drew, "misschien kom ik wel drie vrienden tegen met een vaatje wijn."

"Ach wat!" De oude man vloekte en stak met zijn mes naar Drew. Drew moest achteruit springen om niet gestoken te worden. Het paard steigerde opnieuw en het meisje kon hem nog maar net houden.

"Ik zal je een voorstel doen, jongen," sprak de oude man verachtelijk. "Jij haalt die bekers uit de zak en ik laat je vrijuit gaan. De bekers voor je leven. Afgesproken?"

Drew keek naar het mes, de oude man en het meisje. Hij had nog nooit met een man met een mes gevochten. In feite had hij nog nooit met iemand anders gevochten dan zijn broer als de kleine wezel hem bespotte. Hij had een of ander wapen nodig, maar wat?

"Ik zal je de bekers geven en jij laat me ongemoeid met mijn paard vertrekken, ja?"

"Vertrouw hem niet, pa," schreeuwde het meisje.

"Ik vertrouw niemand!" snauwde de oude man terug. En toen tot Drew: "Haal eerst de bekers eruit en dan praten we verder." Tot het meisje: "Prissy! Je houdt de teugels stevig vast, hoor je? Laat hem ze niet uit je handen rukken!"

De man met het mes liep van het paard vandaan, maar hij bleef wel dicht genoeg bij om te kunnen steken. Drew liep naar Pirate toe en sprak op kalmerende toon tegen hem. Hij klopte het paard op de hals en keek naar het meisje. Het paard vasthoudend, had ze grote schrikogen en was ze erg gespannen.

Het kostte Drew enige tijd het vastgeklemde boek uit de zadeltas te wringen. Toen het er voor tweederde uit was, gaf Drew een ruk.

Juist op het moment dat het boek eruit kwam, viel de oude man naar Drew uit en schoof hem opzij. Het gewicht van het boek en de kracht van de duw, deden Drew wankelen. Hij struikelde maar zag kans overeind te blijven.

Het mes tussen zijn tanden houdend, stak de oude man alle twee zijn handen in de zadeltas. Hij haalde er twee van de zilveren kelken uit, hield ze omhoog en lachte triomfantelijk.

Drew zag zijn kans. Met alle twee zijn handen zwaaide hij het grote boek als een slagzwaard omhoog en het boek smakte in het gezicht van de man, waardoor hij op de grond viel. Toen zijn mes en de bekers uit zijn handen vlogen greep hij naar zijn gezicht en schreeuwde. Er stroomde bloed uit de neus van de man, een diepe snee legde zijn linker wang open en door de open wond waren zijn rotte kiezen zichtbaar.

Drew stond als aan de grond genageld en hield nog steeds het boek vast. De man probeerde op zijn knieën te komen en bedekte met zijn ene hand zijn gebroken neus en met zijn andere de wond in zijn gezicht. Drew's ogen vingen een snelle beweging op. Het meisje had de dolk opgeraapt en stormde op hem af, het mes hoog boven haar hoofd houdend. Ze deed een uitval en hij hield het boek omhoog om zich te beschermen. Het mes sneed door de omslag en drong door tot het midden van het boek. Het zat zo vast in het boek dat het meisje niet in staat was het er meteen weer uit te trekken. Drew duwde het boek naar voren, waardoor het meisje struikelde en tegen haar vader aanviel. Toen greep hij de dolk en rukte het uit het boek.

Met haar kreunende vader aan haar voeten keek het meisje in ontzetting naar hem op. Drew boog zich met het boek in de ene en de dolk in de andere hand over hen beiden heen.

"Help je vader overeind en maak dat je wegkomt," zei hij.

Het meisje staarde hem aan met een uitdrukking op haar gezicht die het midden hield tussen paniek en verwarring.

"Schiet op, weg hier!" schreeuwde Drew.

Langzaam hielp het meisje haar vader overeind. Voordat ze in het bos verdwenen, keek ze nog verscheidene keren naar Drew om.

Lange tijd stond Drew hen na te staren. Een bloedspoor gaf hun aftocht aan. Hij kon het trillen van zijn armen en benen niet stoppen. Hij moest braken en zijn hoofd bonsde verschrikkelijk. Wie weet hoe lang hij daar zonder iets te doen was blijven staan als niet een nieuwe angst bij hem opgekomen was. *Stel je voor dat het meisje met hulp terug zou komen.*

Met trillende handen en wankelende knieën raapte hij de kelken op, wikkelde ze weer in hun verpakking en stopte ze weer in de zadeltas. Zo vlug als hij kon wrong hij het beschadigde boek weer op zijn plaats, sprong op Pirate en ging op weg naar Basingstoke. Het duurde bijna een uur voordat zijn trillende ledematen weer tot rust kwamen en in zijn geest beleefde hij alles steeds weer opnieuw. Hij besefte dat hij geweldig veel geluk had gehad. Terwijl hij bewusteloos op de grond had gelegen, had hij wel gedood kunnen worden. Hij had doodgestoken kunnen zijn. De dieven zouden erin geslaagd kunnen zijn de kostbare kelken van zijn vader te stelen.

Hoe meer hij erover nadacht, en hoe verder hij zich van de plaats van de mislukte overval verwijderde, hoe trotser hij op zichzelf werd. Dat had hij toch maar goed gedaan. Hij was uit medelijden voor dat meisje gestopt. Hij had dapper gevochten toen hij had kunnen wegrennen. Het was zijn eerste gevecht tegen het kwaad en hij was er als overwinnaar uit tevoorschijn gekomen.

Het late uur en de beproevingen van die dag hadden hem van alle energie beroofd, maar niettemin reed hij fier als een ridder na de slag huiswaarts.

HOOFDSTUK 4

King Alfred Inn was een herberg uit de Middeleeuwen die gebruikt werd door de rijken en de edelen. Al meer dan 150 jaar verwelkomde het houten, aan een enkele balk boven de deur hangend uithangbord koningen en koninginnen, hertogen en hertoginnen en andere adellijke lieden. Volgens de overlevering was de herberg de favoriete en veelvuldig gebruikte ontmoetingsplaats van Hendrik VIII met één van zijn maitresses. Naar men zei verleende de herberg hem en vier van de zes vrouwen, met wie hij na verloop van tijd trouwde, onderdak. Daarmee was de status van de herberg gegroeid en haar gastenregister werd een soort namengalerij van de Engelse politici en adel, waaronder ook degenen die alleen maar een rustplaats wilden na een lange reis of een luxe geheime uitwijkplaats voor hun avontuurtjes.

Het gebouw stond goed zichtbaar op de hoek van de straat. Gasten konden door slechts een paar stappen te doen hun rijtuig verlaten en de grote eetzaal van de herberg betreden, waar ze op koninklijke wijze bediend werden.

De herberg was genoemd naar Alfred, koning van Wessex, die algemeen bekend stond als Alfred de Grote. Alfred's moed en medelijden vormden een deel van de Engelse folklore en verhalenvertellers konden op een aandachtig gehoor rekenen als ze gingen vertellen hoe de West-Saksische koningen hun wapens neerlegden aan de voeten van de Deense strijdkrachten, dat wil zeggen alle koningen met uitzondering van één: Alfred. De alleenstaande koning verzamelde in het geheim een leger en viel de Denen aan in 878, zeven weken na Pasen en leverde slag bij Edington. De Denen werden niet alleen verslagen, maar hun koning Guthrum werd tot het christendom bekeerd en gedoopt en Alfred werd zijn beschermheer.

Omdat hij zelf voortdurend op reis was geweest, was Alfred de Grote een geschikte geestelijke beschermheer voor Engelse reizigers. Hij bracht twee bezoeken aan Rome; het eerste bezoek vond plaats in 853 en het tweede in 855. Zijn liefde voor boeken bepaalde de aankleding van de naar hem genoemde herberg. Alfred was van mening dat de beste manier om Engeland tot een leidende natie te maken, bestond uit het onderrichten van de jeugd. Hij verzamelde veel boeken en hielp zelfs een aantal belangrijke boeken uit die tijd te vertalen in het Engels. De King Alfred herberg bezat een indrukwekkende verzameling boeken en als de familie naar Londen heen en weer reisde, snuffelde Drew Morgan graag in al die boeken.

Lord Percy, Lady Elwyn en Philip waren op een voor hem zo kenmerkende manier in Basingstoke aangekomen. Een aantal van hun bedienden was vooruit gegaan en hadden de herbergier een lijst van dingen overhandigd die de Morgans tijdens hun verblijf nodig zouden hebben. Nadrukkelijk werd gezegd wat ze wilden eten en wie er wel en niet uitgenodigd mochten worden hun gast te zijn.

Zodra het rijtuig van de Morgans in zicht kwam, werd de klok geluid om daarmee hun aankomst aan te kondigen. Toen ze de grens van het stadje bereikten, werden ze officieel door de burgemeester welkom geheten en een optocht van ambtenaren en muzikanten geleidde hen naar de King Alfred herberg.

Als tegenprestatie toonden de Morgans zich edelmoedig en strooiden met loftuitingen en geld. Met veel vertoon overhandigde Lord Morgan een aanzienlijk bedrag aan de stad voor de armen en behoeftigen.

Iedereen speelde zijn rol voortreffelijk en zo bleef de gevestigde orde gehandhaafd. Als de stad de Morgans niet op deze manier behandeld zou hebben, zou de familie het gevoel gekregen hebben dat ze niet als adel beschouwd werden en zonder adel zou de burgerij zich zorgen maken over de financiële stabiliteit van hun land. Als de Morgans de mensen geen geld gegeven zouden hebben, zouden ze daarmee de landadel in opspraak brengen. En wat nog erger was, als hun vrijgevigheid op de een of andere manier in twijfel getrokken zou worden, zouden de mensen kunnen denken dat de Morgans niet zo rijk waren als men wel algemeen aannam – wat in werkelijkheid het geval was. Lord en Lady Morgan leefden ver boven hun middelen en Percy Morgan had er al moeite mee om een dubbeltje uit te geven. Maar om de schone schijn op te houden liet hij, eenmaal te Basingstoke aangekomen, de beurs rinkelen.

Op deze manier gedroegen de Morgans zich als adel, waren de burgers dankbaar en bleven de Engelse maatschappelijke verhoudingen gehandhaafd.

Voordat Drew de kans had af te stijgen, verscheen er een staljongen met een dansende lantaarn uit het niets.

"Meester Morgan?"

Terwijl hij afsteeg, gromde Drew bevestigend.

"We wachten al uren op u." Uit de wijd opengesperde ogen van de zes of zeven jaar oude jongen sprak bezorgdheid. Het was een blik waaruit moeilijkheden af te lezen waren en dat hij blij was dat die niet op hem betrekking hadden.

"Is mijn vader boos?"

De staljongen knikte en de ogen van de jongen werden nog groter.

Drew bukte zich onder Pirate om de zadelriem los te maken. Het paard liet het toe. Het drukke verkeer in Londen, het gevecht met de dieven en de lange reis hadden al zijn nukkigheid doen verdwijnen.

"Dat zullen wij wel doen, mijnheer. U kunt het beste maar meteen naar binnengaan."

Drew trok aan de zadelriem. "Nee, ik doe het zelf wel..." De riem wilde niet loskomen. Hij trok opnieuw, deze keer zo hard dat Pirate zich verplicht gevoelde een waarschuwende grom te uiten. Maar de riem bewoog nog steeds niet.

"Houd het licht eens hier, zodat ik de gesp kan zien."

De jongen liet de lantaarn zakken en de met modder bespatte buik van Pirate kwam in zicht.

"Daarom konden ze de zadeltas niet loskrijgen!" riep Drew uit. "De riem zit klem in de gesp!"

Drew ging overeind staan en begon aan het boek van de bisschop te trekken. "Ik breng deze dingen zelf naar binnen," zei hij tot de staljongen. "Laat jullie smid eens naar die gesp kijken en laat hem proberen die los te krijgen."

"Ja mijnheer," antwoordde de jongen terwijl hij toekeek hoe Drew het boek heen en weer schoof en het uit de zadeltas haalde.

Een woedende vader die binnen op hem wachtte, een gesp die niet in orde was en een boek dat niet uit de zadeltas wilde komen; de staljongen kwam tot de conclusie dat er in het leven van deze bijzondere reiziger nog al wat dingen verkeerd gingen.

Terwijl Drew het boek probeerde los te krijgen, begon hij voor zichzelf een verklaring voor zijn late aankomst te formuleren. Zijn inleiding was eenvoudig: Terwijl de rest van de familie van een gemakkelijk tochtje van Windsor naar de luxueuze herberg in Basingstoke had genoten, had hij een verwoede strijd geleverd met een reeks kwelduivels en hij had een gevecht met dieven maar net overleefd. Hij zou hen overtuigen dat hij niet gestraft, maar juist voor zijn volharding en overwinning geluk gewenst moest worden. Het boek van de bisschop, de buil op zijn hoofd en de dolk van de dieven zouden als bewijs voor zijn verhaal aangevoerd kunnen worden. De kroongetuigen zouden de zilveren kelken zelf zijn. Ondanks alle moeilijkheden was hij in staat ze veilig aan zijn dankbare vader te overhandigen.

Toen Drew de eerste van de vier kelken uit de zadeltas haalde, schoof de fluwelen verpakking eraf. Een lichtstraal van de lantaarn van de jongen weerkaatste als een schitterde ster. De lichtstraal bracht Drew op een wonderlijke gedachte. *Deze kelk is mijn heilige graal! Het is het symbool van mijn overwinning, een herinnering aan de overwinning op de aanhoudende krachten van het kwaad! Zoals een ridder de heilige graal aan zijn koning zou aanbieden, zo zal ik deze vier gralen aan mijn vader aanbieden.*

Drew schikte gehaast zijn kelken om ze aan te bieden. Hij haalde de verpakking van ieder kelk af. De verpakking als tafelkleden gebruikend, drapeerde hij ze over het boek van de bisschop. Toen zette hij de vier kelken daarop en plaatste de dolk in het midden. Vol bewondering keek hij naar zijn werk; het was een bewijs voor zijn gevecht en overwinning.

De staljongen deed zijn best om net te doen of dit voor de gasten van de herberg tot het normale gedragspatroon behoorde. Hij was niet in een positie om zich vrolijk te maken over iets dat zijn superieuren eventueel zouden kunnen doen, hoe vreemd dat ook mocht zijn. Terwijl Drew zorgvuldig met beide handen zijn koninklijk geschenk in evenwicht hield, opende de staljongen de deur van de herberg. Drew stond in alle nederigheid rechtop, slaakte een diepe zucht en stapte de herberg binnen om de lof van zijn familie in ontvangst te nemen.

"Waar heb jij gezeten?" barstte Lord Percy uit.

De stem kwam helemaal van achter uit de kamer. Hoewel het ernaar uitzag dat de maaltijd vrijwel beëindigd was, deden de vele runderbotten en de wijnflessen, die overal op de tafel en de vloer verspreid lagen, vermoeden dat het een heel feest was geweest. Beide ouders stonden achter de tafel en Philip zat op zijn eentje aan de andere kant. Er waren nog steeds meer dan een dozijn gasten in de kamer, maar de burgemeester was daar niet bij.

Voordat Drew een volgende stap in de kamer kon zetten, schreeuwde zijn moeder. Ze wees naar de kelken. Lord en Lady Morgan snelden naar Drew toe en graaiden de kelken van het boek. Met hun rug naar de gasten toe probeerden zij de kelken in de plooien van hun kleding te verbergen.

"Hé Percy! Waarom verberg je die kelken?" schreeuwde één van de gasten. Drew had de man nog nooit gezien. Hij zakte terug in zijn stoel, zijn buik omhoog en zeer dronken. "Breng ze eens hierheen. Laten we er eens uit drinken."

Noch Lord noch Lady Morgan draaide zich om. "Geef ze aan mij," fluisterde Lady Morgan. "Ik zal ze naar onze kamer brengen."

Lord Morgan keek over zijn schouder. De ogen van iedereen in de kamer, zowel van gasten als van de bedienden, waren op hen gericht. Plotseling vloekte hij. Met een wilde zwaai sloeg hij Drew in het gezicht.

Drew zag de klap niet aankomen. De slag deed hem tegen de deurpost belanden en hij sloeg met zijn reeds verwonde hoofd tegen het hout. Hij zag een lichtflits en toen hij tegen de deur sloeg, voelde hij de pijn losbarsten. Hij kon niets meer zien, maar hij hoorde hoe het boek en de dolk op de vloer naast hem vielen.

De klap was er de oorzaak van dat Lord Percy de twee kelken die hij wilde verbergen, moest loslaten. Ze vielen rinkelend op de vloer. Onmiddellijk zakte Lady Morgan op haar knieën en ze probeerde de twee kelken met haar rok te bedekken. Maar Lord Morgan hield haar deze keer tegen.

"Dames en heren", riep hij, lang genoeg wachtend om te bukken en de twee kelken op de vloer op te rapen, "Mag ik de eerste zijn – o nee, de tweede," hij blikte sarcastisch naar Drew, die net van de vloer opstond, "die in het openbaar de nieuwste aanwinst van de zilvercollectie van de familie Morgan laat zien. De onverwachte tentoonstelling van vanavond hebt u aan mijn domme zoon, Andrew Morgan, te danken!"

Lord Morgen zette alle vier de kelken met een klap op de dichtstbijzijnde tafel en er barstte een spottend applaus voor Drew los. Waar hij ook keek, overal zag Drew met troebele ogen mensen applaudisseren en om hem lachen, ook een paar van de bedienden.

"Waarom sloeg u mij?" schreeuwde hij naar zijn vader.

"Wat krijgen we nou?" riep Lord Percy op sarcastische toon uit. "De idioot heeft een stem! Hij is niet stom... alleen maar dom!"

Door de hele zaal klonk gelach.

"Waarom sloeg u mij?" vroeg Drew opnieuw.

"Houd je mond en ga naar boven naar je kamer!" schreeuwde Lady Morgan. Haar armen waren over haar borst gevouwen en ze wiegde heen en weer als een kind met buikpijn.

"Nee!" protesteerde Drew. "Ik wil weten wat ik verkeerd gedaan heb om zo'n behandeling te krijgen!" Hoogst zelden verzette Drew zich tegen zijn ouders; Philip deed dat veel vaker. Misschien stroomde de adrenaline waardoor hij eerder op die dag zo'n succes had gehad nog steeds door zijn bloed en hij kwam tot de conclusie dat er nog voldoende was voor een volgend gevecht.

"De jongen wil weten wat hij verkeerd gedaan heeft," schreeuwde Lord Percy in ongeloof. "Is er behalve deze stommeling in deze kamer nog iemand anders die niet weet wat hij verkeerd gedaan heeft?"

Er klonk spottend gelach op. De achtergebleven gasten genoten kennelijk meer van dit schouwspel dan van de opvoering van de zanger en de mandolinespeler eerder op de avond.

"Goed," zei Lord Percy en hij zette zijn handen op zijn heupen om op de publieke uitdaging van zijn zoon in te gaan. Lord Morgan ging vervolgens te werk of hij een petitie voor het Hoge Gerechtshof indiende. "Heer kanselier," hij boog voor zijn dikke dronken vriend, "leden van de raad," hij knikte met zijn hoofd naar de ene kant van de kamer, "en heren rechters van Engeland," hij knikte naar de andere kant van de kamer. "Ik heb de bedoeling te bewijzen dat deze stommeling," hij wees op Drew, "de grote misdaad van openbare stompzinnigheid beging."

Met afschuw vouwde Drew zijn armen over elkaar.

"Hij beweert onwetend te zijn edelachtbaren," vervolgde Lord Percy. "Dat ben ik helemaal met hem eens. Hij is onwetend. Ook blijkt hij dom, hersenloos en warhoofdig te zijn!"

In de zaal weerklonk gelach en geschreeuw. "Schuldig! Schuldig! Schuldig!" schreeuwden een aantal gasten, met hun kroezen op de tafel slaande.

"Kom ter zake," riep Drew.

Lord Morgan hief zijn hand op voor stilte. "Ter zake. Ja, ter zake. Ik zal ter zake komen door de beschuldigde een vraag te stellen: Ben je wel eens eerder met je familie op reis geweest?"

"Ja natuurlijk!"

"Natuurlijk!" bouwde Lord Morgan hem na. "En als je met je familie op reis was, wie haalde dan altijd de bagage uit het rijtuig?"

"Philip en ik," antwoordde Drew langzaam. Hij begreep waar zijn vader heen wilde.

"Deze keer moest ik het helemaal alleen doen terwijl mijn broer voor ridder in Londen speelde!" zei Philip. De woorden werden niet al te duidelijk uitgesproken. Kennelijk had hij toen zijn ouders niet opletten van de wijn gedronken. Maar hij wilde zich de kans om zijn broer in het openbaar voor gek te zetten niet voorbij laten gaan.

Opnieuw hief Lord Morgan zijn hand op. "Eén domme zoon tegelijk, alsjeblieft!" Zich tot Drew wendend: "Kun je ons vertellen *waarom* ik jou en je broer de bagage uit het rijtuig laat halen terwijl er toch zoveel flinke bedienden rondlopen om dat voor ons te doen?"

Drew begreep dat zijn vader hem te pakken had. Het was algemeen bekend dat sommige bedienden de zakken die ze naar de kamer droegen, schudden om te horen of er geld rinkelde of dat ze er probeerden achter te komen wat er in de zakken zat door de vorm en het gewicht van de zakken te bekijken. Als ze vermoeden dat er geld of waardevolle voorwerpen in zaten, gaven ze dat door aan hun makkers, die de reizigers de volgende dag een aantal mijlen buiten de stad in een hinderlaag lieten lopen. Om dit te voorkomen liet Sir Morgan altijd zijn zoons de bagage uitladen.

"Ik begrijp het," zei Drew nederig. "Ik dacht niet..."

"Hij dacht niet!" Lord Morgan was niet van plan te stoppen. "Dat is de eerste intelligente opmerking die de jongen in jaren gemaakt heeft!"

"Ik heb een fout gemaakt. Het spijt me!" schreeuwde Drew.

"Ja, nu heeft hij spijt." Lord Morgan trok een pruilend gezicht naar het hof. "Tussen hier en Winchester stellen de dieven zich nu in rijen op om te zien wie mij het eerst kan beroven en dat spijt hem nu!"

Drew draaide zich om om de kamer te verlaten. Lord Morgan greep hem bij de arm en trok hem terug. "We zijn nog niet klaar," zei hij. "Om te beginnen wil ik weten waar je de kelken gehaald heb, want ik heb je niet verteld welke goudsmid in Londen ze gemaakt had."

"Ik ging eerst naar de winkel van Carados."

"Maar hij had ze niet, hè?"

"Nee."

"Hoe reageerde hij toen je hem om iets vroeg wat hij niet gemaakt had?"

"Hij werd boos."

"Boos?"

"Nou goed, woedend. Hij zei dat hij nooit meer zaken met u wilde doen."

Lord Morgan streek bedachtzaam over zijn kin. "Zo zo," zei hij, "maar hoe kwam je er achter wie de kelken wel gemaakt had?"

"Mijnheer Carados dacht dat Simon Bors de opdracht gekregen had."

"Lord Morgan kromp ineen "Simon Bors! Maar hij had de kelken ook niet, hè?"

"Nee," zei Drew schaapachtig. "Eén van mijnheer Bors bedienden vertelde mij dat Gareth de opdracht voor de kelken kreeg."

"Dus dames en heren van het gerechtshof," schreeuwde Lord Morgan, "niet alleen de helft van de dieven van Engeland staat klaar om mij te beroven, maar ook de helft van de goudsmeden van de strand wil nooit geen zaken meer met me doen! Waaraan heb ik zo'n zoon verdiend?"

Luid gelach.

Drew had er genoeg van. Het was verkeerd geweest de kelken open en bloot binnen te brengen en het was verkeerd geweest dat hij Windsor zonder aanwijzingen verlaten had, maar hij was vastbesloten deze mensen te laten weten wat hij allemaal had meegemaakt om die kelken veilig hier te krijgen.

"Wilt u niet weten waarom ik zo laat hier ben?" schreeuwde Drew naar zijn vader, "of waarom mijn kleren gescheurd en vuil zijn? Of waarom ik een diepe snee achter op mijn hoofd heb?"

"We krijgen nog meer! Een avonturenverhaal!" riep Lord Morgan uit. Hij ging aan het hoofd van de tafel staan en vouwde zijn armen. "Alsjeblieft, vertel ons eens een opwindend verhaal."

"Wel," begon Drew, "net buiten Londen werd ik aangevallen."

"Aangevallen? Waarom zou iemand een arme dwaas aan willen vallen die met vier zilveren kelken op een boek uit Londen wegrijdt?"

Bulderend gelach.

"Zoiets zien mensen in Londen toch iedere dag!" voegde Lord Morgan eraan toe.

De man met de dikke buik moest zo hard lachen dat hij van zijn stoel rolde.

"De kelken zaten in mijn zadeltas!" Drew moest schreeuwen om verstaan te worden. "Twee dieven vielen mij aan. Eén sloeg me op mijn hoofd. Ze probeerden de kelken te stelen, maar ik heb met ze gevochten en ze afgeslagen."

De zaal werd stil.

"Ik neem aan dat de dieven alle twee twee meter lang waren," zei Lord Morgan.

"Nee, ze waren geen twee meter." Drew begon in te zien dat hij een verloren strijd streed.

"Vertel ons eens iets meer over die gevaarlijke dieven," drong Lord Morgan aan. "Waren het twee volwassen mannen?"

"Eén was een man."

"En die andere dan? Een aap?"

"De één was een oude man en de ander was een meisje."

"Dit is mijn zoon die een ridder zou kunnen zijn!" schreeuwde Lord Morgan. "Helemaal in zijn eentje versloeg hij de overweldigende legermacht van een oude man en een meisje!"

"Ze hadden een mes!" protesteerde Drew. Hij raapte het mes van de vloer op en hield het omhoog.

"Vertel eens," zei zijn vader, "hoe heb je dat laffe stel ontwapend?"

Drew legde uit hoe hij zich beschermd had met het boek van de bisschop. Hij hield het boek omhoog en stak er de dolk in om iedereen te laten zien hoe diep de dolk was doorgedrongen.

Lord Morgan liep plechtig op zijn zoon toe en pakte het boek van hem over. Hij bekeek het aandachtig.

"Is dit het boek van de bisschop?" vroeg hij.

Drew knikte.

Lord Morgan hield het boek boven zijn hoofd. "Dames en heren van het hof, het boek van de bisschop van Londen. Mijn zoon heeft het boek van de bisschop van Londen vernield!"

Overal om zich heen zag Drew mensen die hem uitlachten. Sommigen hielden hun buik vast en anderen veegden de tranen uit hun ogen. Hun gezichten zagen rood en vertrokken. Eén man begon onbedaarlijk te hoesten.

"Op een enkele dag heeft mijn oudste zoon, de hoop van de volgende generatie, kans gezien alle dieven van Engeland op mijn spoor te zetten; in het Londense zakendistrict heeft hij mij geruïneerd; en ongetwijfeld zal ik geëxcommuniceerd worden omdat hij het boek van bisschop Laud vernield heeft!"

Drew draaide zich om en stormde de herberg uit. Deze keer hield niemand hem tegen.

De volgende dag maakte de familie Morgan zich gereed voor vertrek. Lord Percy Morgan regelde een openbare ceremonie waarbij hij de vier kelken aan zijn vriend de burgemeester gaf met de instructie die te verkopen en het geld daarvan aan de armen en behoeftigen van de stad te geven. In het geheim regelde hij dat één van de bedienden van de burgemeester de kelken, als ze een paar mijl op weg waren, weer terug zou brengen. De regeling kostte hem natuurlijk wel het een en ander, maar onder de omstandigheden was het de enige manier die hij kon bedenken om niet beroofd te worden.

Drew kreeg nog een keer ruzie met zijn vader, deze keer tussen hen samen. Hij deelde zijn vader mee dat hij onmiddellijk naar Londen zou terugkeren en niet mee zou gaan naar Morgan Hall. Lord Morgan weigerde en hij zei dat hij in het licht van de gebeurtenissen van de vorige dag er nog eens over na moest denken of Drew wel terug mocht naar Londen. Drew dreigde weg te lopen; Lord Morgan dreigde hem te onterven en het eerstgeboorterecht aan Philip te geven. Als het alleen maar om geld gegaan zou zijn, had het Drew niet kunnen schelen. Maar hij kon zo maar niet van Morgan Hall weglopen; er was te veel geschiedenis en bezit aan Morgan Hall verbonden. Hij kon Morgan Hall niet in handen van zijn wezelachtige broer laten vallen. Met tegenzin stemde Drew erin toe naar huis te gaan.

Van Basingstoke tot Morgan Hall reed Drew op Pirate als een bijrijder mee en hield een wakend oogje in het zeil. Drew deed dat liever dan bij zijn ouders en broer in het rijtuig mee te rijden.

Eindelijk bereikten zij de stad Winchester die slechts vijf mijl van huis lag. De Morgans namen de hoofdweg naar het oosten en passeerden de Great Hall, waar eens koning Arthur's Ronde Tafel gevestigd was. Normaal gesproken zou Drew daar gestopt zijn en dan later zijn familie weer ingehaald hebben. Maar vandaag reed hij voorbij zonder zelfs een blik in die richting te werpen.

De Morgans reden door Kingsgate, een van de vijf oorspronkelijke poorten en gebouwd in de dertiende eeuw. Toen ze de brug overstaken en het platteland opreden, doemde Morgan Hall in de verte op. Het was een twee verdiepingen tellend landhuis en een van de mooiste van Engeland, in pracht alleen vergelijkbaar met Theobalds en Longleat. Maar voor Drew was het de meest gevreesde gevangenis in Engeland.

HOOFDSTUK 5

De plagende streling van haar vingernagel op de rug van zijn hand zond een plezierige huivering door het lichaam van Marshall Ramsden. Hij sloot zijn ogen om de aandrang op haar speelse aanraking te reageren te weerstaan.

"We hebben geen tijd," fluisterde hij. "We moeten dit voor het aanbreken van de dag gedrukt hebben."

"Dat weet ik," pruilde ze, terwijl ze de inktvlekken op zijn hand natrok. "Maar ik hoopte dat we vanavond vroeg klaar zouden zijn zodat we samen konden zijn."

Marshall schoof het onderste blad van de drukpers langs zijn geleiders onder de drukplaten. Hij liep naar de zijkant van de pers en greep met beide handen de stang die de drukplaten met de metalen letters tegen het papier aan zouden drukken. Giechelend dook Mary onder de stang en zijn armen door zodat ze vlak voor hem kwam te staan.

"Je bent gek!" zei Marshall glimlachend.

"Gek op jou," antwoordde ze en gaf hem een speels kusje op zijn lippen.

Marshall liet de stang los en trok Mary Sedgewick naar zich toe. Alle weerstand van even daarvoor was verdwenen en hij omhelsde zijn geliefde vurig, die toevallig ook nog de dochter van zijn professor was en zijn compagnon in de misdaad.

Marshall Ramsden was een derdejaars theologiestudent aan de universiteit van Cambridge en de zoon van een bekende drukker in Londen. Zijn vader, een hard werkend lid van het drukkersgilde, had zich omhoog gewerkt en was een van de drukkers van de koning geworden. In 1611 was hij één van de door koning James met zorg uitgekozen groep drukkers die de geautoriseerde Engelse vertaling van de Bijbel moest drukken, waartoe het besluit genomen was op de conferentie van Hampton Court. Het drukkerscontract was de vervulling van een levenslang gekoesterde droom van Marshall's vader. Hij was een vroom man die een grote liefde voor de Bijbel had. De gedachte dat geslachten Engelsen geleid zouden worden door een bijbeluitgave die op zijn drukpersen gedrukt was, schonk hem grote voldoening.

Als enige zoon werd Marshall opgevoed om het beroep van zijn vader op te volgen. Maar al als jonge jongen toonde hij meer belangstelling om te lezen wat gedrukt was dan in het drukken zelf. En daar het meeste drukwerk van zijn vader van godsdienstige aard was, kreeg hij al op jonge leeftijd te maken met geestelijke lectuur.

Jaren lang koesterde Marshall de geheime gedachte aan een loopbaan in de theologie. Omdat hij bang was dat zijn vader hem niet zou begrijpen en dat hij misschien gekwetst zou worden door een ander beroep te kiezen, zag hij er tegen op het zijn vader te vertellen. Toen het gezin op een zondag in het voorjaar terugkeerde van de dienst in de St. Pauls kathedraal, gaf God Marshall gelegenheid te spreken.

Toen het rijtuig over London Bridge reed, bespraken hij en zijn vader de schriftlezing tijdens de dienst. Die was uit het eerste hoofdstuk van de profeet Jeremia. God had tot de profeet gesproken en gezegd: "Eer Ik u in moeders buik formeerde, heb Ik u gekend, en eer gij uit de baarmoeder voortkwaamt, heb Ik u geheiligd; Ik heb u de volken tot een profeet gesteld." Marshall's vader zei dat hij geboeid werd door Gods voorkennis over de profeet. Marshall zei dat hij vooral geraakt was door een daarop volgend vers in het hoofdstuk: "Zie, Ik geef Mijn woorden in uw mond."

Daarop had hij zijn vader verteld dat hij zich door God geroepen voelde theologie te gaan studeren en het Evangelie te verkondigen, dat God Zijn woorden in Marshall's mond zou leggen en geen inkt onder zijn vingernagels. Marshall zou niet verbaasder hebben kunnen zijn over de reactie van zijn vader.

"Ik heb mijn hele leven besteed aan het drukken van woorden die anderen hebben geschreven," zei zijn vader, "en ik hoopte daarbij dat ik op een bescheiden manier een aandeel mocht hebben in de verkondiging van Gods Woord in Engeland." Hij greep zijn zoon bij de schouders. "En nu vertel je mij dat God je roept om Zijn boodschap te verspreiden door jouw woorden en pen!" Zijn vader hield even op om zijn emoties de baas te worden. "Ik ben overweldigd door vreugde!" riep hij uit. "Mijn enige verlangen is dat ik lang genoeg zal leven om jouw woorden op mijn pers te drukken."

Om redenen Hem alleen bekend besloot God niet aan dit verlangen van de drukker te voldoen. Vader Ramsden stierf toen Marshall tweedejaars te Cambridge was, maar niet voordat hij zijn liefde voor de Bijbel aan zijn zoon had doorgegeven.

Door deze liefde gedrongen, was Marshall bereid Justin's illegale brochures te drukken op de drukpersen van de universiteit van Cambridge. Door zijn professor in de theologie, William Sedgewick, kwam hij in aanraking met de leer van de predikers der puriteinen. En door de dochter van zijn theologieprofessor kwam hij in aanraking met de verrukkingen van de liefde en de gevaren van het illegaal drukken.

De Engelse puriteinen waren ervan overtuigd dat de Bijbel Gods blauwdruk voor het leven was. Zij maakten zich in toenemende mate bezorgd over de kerkelijke hoogwaardigheidsbekleders, met name over bisschop Laud, die het Engelse volk terug wilde voeren naar het roomskatholicisme. De bisschop hield zich streng aan zijn agenda. Nadat hij tot bisschop was benoemd, bestond zijn eerste taak uit koning Charles een lijst te overhandigen met de namen van Engelse geestelijken. Naast iedere naam had hij een "O" of een "P" gedrukt. Geestelijken die orthodox waren, zouden bevorderd worden als de gelegenheid zich voordeed. Degenen die puritein waren zouden voor promotie overgeslagen worden, het moest hen moeilijk gemaakt worden en ze zouden met alle beschikbare middelen uit het ambt verwijderd moeten worden.

De andersdenkenden reageerden voornamelijk op twee manieren op de vervolging van Laud. Sommigen waren van mening dat de situatie hopeloos was. Ze ontvluchtten het land – eerst naar Holland en vervolgens naar de Nieuwe Wereld. Omdat ze er voor kozen zich af te scheiden van de kerk van Engeland, werden ze separatisten genoemd.

De tweede groep bestond uit mensen die hun kerk niet zo gemakkelijk in de steek wilde laten. Zij probeerden de kerk te zuiveren van de roomse invloed en werden bekend als puriteinen.

De puriteinen waren vastbesloten en vasthoudend. Ze waren er vast van overtuigd dat God hen zou gebruiken de kerk van Engeland te redden. De gedachte te vluchten zoals de separatisten gedaan hadden, zou getuigen van gebrek aan geloof. Al zou het generaties lang duren, ze waren vast besloten hun kerken te zuiveren. Hun doel was hun leven, hun kerk en hun land te baseren op de Bijbel, niet op rituelen of traditie.

De wapens van de puriteinen bestonden uit prediking en het verspreiden van pamfletten, waarin bisschop Laud op de korrel werd genomen. Om de prediking onder controle te krijgen, voerde de bisschop een aantal vernieuwingen door, waardoor de kerkdiensten beperkt werden door een orde van dienst, het voorgeschreven "Book of Common Prayer". Daar prediking een openbare aangelegenheid is, was die gemakkelijk te controleren. Maar een einde maken aan de verspreiding van vlugschriften was een heel andere zaak.

Door de wet werd het uitgeven van drukwerken in Engeland beperkt tot een aantal drukkers in Londen en de twee persen van de universiteiten van Oxford en Cambridge. Voor iedere publikatie die op hun persen gedrukt werd, moesten de drukkers een vergunning hebben.

Door deze wetten zagen de puriteinen zich genoodzaakt voor het drukken van hun vlugschriften ondergronds te gaan. De straffen die op het ontduiken van de wetten stonden, waren zwaar. Als een puriteinse schrijver gevangen genomen werd, werd hij verhoord in de Star Chamber. De opgelegde straf hield dikwijls tevens in dat één of beide oren werden afgesneden en een brandmerk op de wangen met de letters "S" en "L" –

wat stond voor "seditious libeler."[1] De puriteinen gaven de letters echter een nieuwe betekenis: *Stigmata Laudis* – het brandmerk van Laud.

Dat waren de straffen die Marshall Ramsden en Mary Sedgewick konden verwachten als ze gevangen werden genomen. Hoewel ze Justin – een schuilnaam die aangenomen was om daarmee een vroeg-christelijke martelaar te eren – nooit ontmoet hadden, geloofden ze in zijn boodschap. In tegenstelling tot andere pamfletschrijvers was Justin's toonzetting niet antagonistisch, ook viel hij Laud niet persoonlijk aan. Zijn argumenten waren bijbels, redelijk en krachtig. Justin's benadering, die van gezond verstand getuigde, spraken mensen als Marshall en Mary zo zeer aan dat ze er het gerecht en brandmerken mee wilden riskeren als de woorden maar over heel Engeland verspreid werden.

Mary was één van de eersten die zich bij de verzetsgroep in Cambridge aansloot. Zij introduceerde Marshall, een meer dan welkome aanvulling, daar hij met drukpersen wist om te gaan. Mary had de taak de gedrukte pamfletten op verspreidingspunten dicht bij het terrein van de universiteit af te leveren. En wat begonnen was als een passie voor de geschriften van Justin had zich ontwikkeld tot een passie tussen Marshall Ramsden en Mary Sedgewick.

Als een man en een vrouw elkaar omarmen op een manier zoals Marshall en Mary op die vroege uren in de drukkerij, wordt het universum gereduceerd tot een eenvoudige vergelijking: één man + één vrouw = het hele universum. Koningen, landen, scholen en politiek bestaan niet meer. Gezin, familie en vrienden verdwijnen alsof ze nooit geboren zijn. Zelfs de tijd neemt vakantie. Voor de twee geliefden deed niets er meer toe behalve het universum dat ze samen deelden.

De deur van de drukkerij werd opengegooid en een seconde later weer dicht. Mary schrok zo van het geluid dat ze haar hoofd tegen de stang van de drukpers stootte. Tegen de binnenkant van de deur leunend stond een student, Essex Marvell genaamd, één van de vreemdste maar meest trouwe vrienden van Marshall. De eerste dag dat ze elkaar ontmoetten had hij gezegd: "Noem me maar 'S'. Dat doet iedereen."

"S" was helemaal buiten adem, zijn kleren waren nat van het zweet en de schrik was in zijn ogen te lezen, het soort schrik dat de adrenalineproduktie tot het maximale opvoert.

"Ze komen eraan," schreeuwde hij.

Hij behoefde niet uit te leggen wie die "ze" waren want dat was niet belangrijk. Iedereen die met pamfletten van Justin betrapt werd, kon zijn oren wel inleveren en zijn wangen voor brandmerken aanbieden.

"Mary, weg hier. Wij zorgen wel voor de platen en de pamfletten."

---

[1] oproerige lasteraar.

Mary aarzelde maar heel even. Ze keek met verschrikte ogen naar hem en ze wilde wel dat ze nog tijd had om te vertellen hoe veel ze van hem hield. Marshall glimlachte naar haar. Hij begreep haar wel.

"S," Marshall wees naar de stapel pamfletten die op een plank lagen te drogen, "stop die in die zak. Ik haal de platen uit de pers."

"Zal ik de deur vergrendelen?" vroeg "S" gejaagd.

"Nee," schreeuwde Marshall terug. "Alleen die pamfletten in de zak."

"S" rende naar de stapel pamfletten en begon ze haastig in een canvaszak te proppen, die gebruikt werd om de pamfletten van het terrein van de universiteit te brengen. Marshall greep de stang van de oude pers en trok hem tot het eind naar zich toe. Hij trok de stang uit het gat van het wormwiel en plaatste het in het andere gat. Daarna trok hij de stang weer naar beneden. Bij nieuwe persen worden de persplaten met één ruk aan de stang van het papier gehaald, maar universiteiten hebben zelden nieuw materiaal. Als Marshall niet sneller werkte, kon het simpele feit van de zuinigheid van de universiteit er voor zorgen dat hij gevangen genomen werd.

Er zou geen tijd meer zijn om de drukplaten te verwijderen en de letters er uit te nemen. Marshall moest de drukplaat eruit halen en die ergens verstoppen. Hij keek op. Mary was niet meer te zien. "S" stopte zo snel mogelijk pamfletten in de zak.

Marshall werkte aan het wormwiel en hij bad dat het snel genoeg zou gaan. Nog twee keer rond en dat zou voldoende zijn. Toen bleef de schroef vastzitten. Buiten de werkplaats hoorde hij lawaai. Hij greep naar de aaneengedrukte letters aan de rand van de plaat en schroefde ze los.

Net toen Essex zijn canvaszak in een laag kastje gooide, sloeg de deur die morgen voor de tweede keer open. Deze keer ging de deur echter niet dicht, maar het bleef een gapend gat. Door het gat sprongen twee soldaten naar binnen die gevolgd werden door een fraai uitgedoste edelman. De soldaten richtten hun wapens op de studenten.

Marshall herkende in de edelman George Macaulay, de ambtenaar die belast was met het toezicht op alle drukpersen en publikaties in Cambridge. Marshall had daarvoor wel eens vergunningen om te drukken van hem gekregen. De edelman was buitengewoon lang en op het ziekelijke af mager. Zijn mond was voortdurend in afkeuring vertrokken en vormde een omgekeerde U, waardoor hij er uit zag als een pop.

"Goede morgen, heren," begroette de poppemond hen. Zijn weloverwogen genomen lange passen gaven blijk van het vertrouwen dat de gebeurtenissen van die morgen hem welverdiende lof zouden bezorgen.

"U ook een recht hartelijk goede morgen, mijnheer," antwoordde Marshall duidelijk.

Macaulay bleef staan en keek met een woeste blik rond. Hij hield niet van misdadigers met humor. Essex had niet de sterke zenuwen van

Marshall. De jongere student leunde tegen de deur van de kast waarin hij zojuist de zak met pamfletten had gegooid. Zijn voeten waren bij de enkels gekruist en hij had zijn armen over zijn borst gevouwen. Zijn vingers bewogen zenuwachtig onder zijn oksels.

"Het is een beetje vroeg om aan iets legaals te werken," zei Macaulay terwijl hij naar Marshall en de pers toeliep. "Heb je wel vergunning voor dit drukwerk?"

"Om eerlijk te zijn niet, mijnheer. Ik heb het u ook maar niet gevraagd omdat ik wist dat u die toch niet zou geven."

Macaulay werd geërgerd door het feit dat zijn prooi geen angst voor hem toonde. "Laat mij eens naar die plaat kijken," snauwde hij.

"Dat zou ik graag doen," zei Marshall met een grijns, "maar de plaat zit vast in de pers. Ik krijg hem er niet uit."

Macaulay wenkte naar de soldaat die bij Marshall stond en zei: "Help hem de plaat eruit te krijgen."

De soldaat zette zijn wapen tegen de zijkant van de pers.

"U pakt die kant en ik de andere," instrueerde Marshall. "Hij zit echt goed vast, maar ik denk dat een goede ruk voldoende zal zijn. Klaar? Ik tel tot drie. Eén, twee, drie!"

De twee mannen trokken met alle macht. De plaat vloog uit de pers. De letters vlogen overal heen. De op een vogelverschrikker lijkende edelman moest zijn gezicht met zijn handen bedekken toen de letters op hem neer regenden. Een paar letters maakten een afdruk op zijn huid en kleren en er waren onduidelijke d's, k's en w's te zien.

"Hé, ik denk dat hij toch niet zo vast zat!" grinnikte Marshall.

De soldaat die Marshall zonder het te willen hierbij geholpen had, vond het niet leuk. Hij hield de lege plaat nog steeds vast en hij gooide hem naar de lachende drukker. De vlakke kant raakte Marshall en deed hem op de grond tuimelen. De soldaat liep op hem toe en zette zijn voet op Marshall's borst.

"We zullen wel eens zien wie er lacht als je in de Star Chamber wordt verhoord," schreeuwde Macaulay, de inktspetters op zijn kleren met een zakdoek afvegend. "Kijk eens wat er in die kast zit!" schreeuwde hij naar de tweede soldaat die naast Essex stond. "Je vriend was niet snel genoeg," brieste Macaulay.

De soldaat schoof de lichtgewicht Essex opzij. Toen moest hij op de vloer gaan zitten om de canvaszak achter uit de kast te halen.

Essex stond er vlakbij en wachtte tot de soldaat weer achteruit kroop. Op het moment dat de te voorschijn komende wacht weer ging staan en juist zijn evenwicht probeerde te krijgen tussen bukken en rechtop staan, greep Essex de tas, duwde de wacht op de grond en sprong naar de achterdeur. Marshall liet de wacht die over hem gebogen stond, struikelen toen hij de vluchtende Essex wilde onderscheppen.

De achterdeur vloog open en in een oogwenk was Essex vertrokken. Het volgende moment kwam de eerstejaars student de kamer weer binnengevlogen. Er verscheen een grote, dom uitziende wacht in de deuropening.

"Denk je dat ik zo stom ben de achterdeur onbewaakt te laten?" hoonde Macaulay.

"Als je het mij vraagt dan denk ik inderdaad dat u daar stom genoeg voor bent," antwoordde Marshall. De wacht die hij had laten struikelen, legde hem het zwijgen op door een schop in zijn ribben.

Tegen de grote wacht in de deuropening schreeuwde Macaulay: "Haal er een pamflet uit en lees dat hardop voor. Laten we eens zien of dat net zo grappig is als die vrolijke drukker op de vloer."

"Ik kan niet zo goed lezen, Meester Macaulay," protesteerde de wacht.

"Dat geeft niet," antwoordde Macaulay. "Je kunt de gevangenisstraf voor deze jongen voorlezen. Ik weet zeker dat de grappige drukker je graag met de moeilijke woorden wil helpen."

De wacht haalde zijn schouders op. Hij was er niet helemaal zeker van, maar uit Macaulay's antwoord maakte hij op dat hij in ieder geval een pamflet voor moest lezen. Hij stak een reusachtige hand in de zak en trok er een uit. Met onhandige vingers sloeg hij een bladzijde op en staarde naar de woorden. Er verspreidde zich een grijns over zijn gezicht. Hij keek op en zei: "Hé, dit is even goed!"

"Lees het hardop voor!" riep Macaulay.

De wacht begon te lezen:

DELILA EN DE VAL VAN HET HOOFD VAN DE FACULTEIT

Toen ze gehoord had dat Dean Winters grof was
Besloot ze zelf te gaan zien.
Toen hij de klas binnenliep was ze...

"Ach wat!" schreeuwde Macaulay en hij rukte het pamflet de wacht uit de hand. Hij sloeg hier en daar een bladzij om en las zelf.

Nog steeds op de vloer liggend zei Marshall met een glimlach: "Het is wel geen Shakespeare, maar ik vind het wel aardig."

"Ik ook," zei de wacht.

"Stommeling!" schreeuwde Macaulay naar de wacht die het dichtst bij de kast stond, "je hebt de verkeerde zak gepakt!"

"Er was slechts één zak in de kast," protesteerde de man.

"Kijk nog eens!"

Macaulay stond met zijn handen op zijn heupen over hem heengebogen toen de wacht de kast nog eens onderzocht. De wacht viel op zijn knieën en kroop op handen en voeten half in de kast. Met zijn achterste uit de kast stekend, riep hij: "Net wat ik zei," zijn stem weergalmde in de kast, "er zit verder niets in de kast!"

Onder het toeziend oog van de wacht stond Marshall op. "Kijk eens, ik weet niet wat u hier verwachtte te vinden. Maar de mensen hier zijn gek op dat Delila vervolgverhaal. Ze kunnen er niet genoeg van krijgen. Ze betalen er zo maar een halve kroon voor!"

"Genoeg!" schreeuwde Macaulay. "Doorzoek de hele werkplaats!" De soldaten openden iedere la en kast. Ieder stuk papier werd bekeken. Ze vonden half afgemaakte boeken, toneelstukken en advertenties, maar geen puriteinse vlugschriften.

"Breng ze naar buiten!" tierde Macaulay nadat de laatste la doorzocht was.

Marshall en Essex werden de werkplaats uitgevoerd. Macaulay was de laatste die naar buiten ging. Hij keek nog eens rond, vloekte en sloot de deur. Hij droeg de zak met de wulpse lectuur met zich mee; hij ging in ieder geval niet met lege handen weg.

Het eerste morgenlicht viel door de ramen van de werkplaats en het licht viel op de gordingen van het plafond. Op de vloer leek het wel of een paar vandalistische studenten had huis gehouden. Drukletters en lood lagen over de vloer verspreid. De drukplaat van de drukpers stond half open en bij het wormwiel half naar beneden. De pers zelf zat helemaal onder de inkt. Laden en kastdeuren stonden half open. Overal lagen stukken papier van allerlei vorm en grootte. Alles was stil.

Toen het zonlicht tot bovenaan de muur viel en aan zijn dagelijkse afdaling van het plafond naar de vloer begon, verstoorde een licht gepiep de stilte. Het was het geluid van hout tegen hout, het soort geluid dat een houten vat maakt als het deksel wordt opengebroken. Vanuit de kast waar eerder de helft van een Britse soldaat had uitgestoken, verscheen een kleine vrouwenhand en schoof de kastdeur verder open. Vanuit haar nauwe schuilplaats achter de binnenwand van de kast kroop Mary Sedgewick naar buiten. Ze trok een canvaszak achter haar aan die precies leek op de zak die Macaulay had meegenomen. Deze zak bevatte echter de puriteinse vlugschriften die geschreven waren door de schandelijke Justin en gedrukt door haar geliefde Marshall.

Mary verloor geen tijd. Ze liep snel door de achterdeur naar buiten. Om zich te beschermen tegen de ochtendkilte en ook om de zak te verbergen die ze in haar armen droeg, gooide ze een te grote mantel over haar schouders. Net als iedere jonge vrouw die een ochtendwandeling gaat maken, stapte ze kittig verder.

Ze liep naar Bridge Street en liep toen in noordelijke richting. Een paar minuten later stak ze de Cambridge rivier over waaraan de universiteitsstad zijn naam te danken had. Ze passeerde Magdalene College tussen St. Peter's en St. Giles en liep vervolgens langs een oud middeleeuws kasteel in de richting van het platteland. Ze nam de weg die naar de boerderij van de familie Platt voerde.

Terwijl ze verder liep wenste ze zichzelf geluk dat ze het er zo goed had afgebracht. Maar dat vertrouwen was slechts van korte duur. Even later verraadden haar bevende handen en wankelende benen haar.

"Mijnheer Platt," riep ze, nauwelijks in staat zichzelf te beheersen.

Een vriendelijke oudere man kwam uit de schuur tevoorschijn. Hij was gekleed om weer een dag de strijd aan te binden met de grond, de dieren en de elementen. Toen hij Mary's stem hoorde en zag hoe zeer ze in de war was, stak hij zijn armen uit en Mary klemde zich aan hem vast. Tussen de snikken door vertelde ze hem over de gebeurtenissen in de drukkerij.

"Hebben ze Marshall voor die obscene pamfletten gearresteerd?" vroeg Platt.

Ze knikte.

"Goed," zei hij, "dan is de schade minimaal. Misschien zijn we een drukker kwijt, maar niet de drukpers."

"Maar Marshall en Essex zullen van de universiteit verwijderd worden," huilde ze.

"Ja, dat wel," gaf hij toe, "maar ze behoeven in ieder geval niet naar de Star Chamber."

Mary snoot haar neus. "Ik ben blij dat Marshall's vader dit niet meer behoeft mee te maken. Hij zou zo teleurgesteld zijn geweest als Marshall niet op Cambridge zou afstuderen."

Je moet onze overleden broeder niet te kort doen, meisje. Uit wat ik van Marshall over zijn vader gehoord heb, heb ik begrepen dat hij een man Gods was. Hij zou trots geweest zijn op zijn zoon die de moed had voor zijn geloof uit te komen."

"Ik ben toch zo boos," zei Mary rechtop gaan staand. "Waar is die straf eigenlijk voor nodig? Waarom kunnen we niet gewoon een paar onschuldige pamfletten of blanco stukken papier in die zak doen als we ze omruilen?"

Boer Platt zuchtte diep. Hij had de vergaderingen van het puriteinse verzetscomité bijgewoond, waarop de plannen besproken waren. Er waren verscheidene plannen op tafel gekomen, ook de ideeën die Mary net genoemd had, maar het plan dat die morgen in de drukkerij zijn dienst had bewezen, was uiteindelijk aangenomen.

"Je moet de menselijke kant van de zaak bekijken, meisje," legde de boer uit. "Macaulay wist dat er iets illegaals gedrukt werd. En hij zou niet rusten voor hij dat gevonden had, zelfs al zou dat betekenen dat hij de muren van de drukkerij moest slopen. En daarom laten we hem iets illegaals vinden. Daar zocht hij wel niet naar, maar niettemin is het een misdaad. Aan zijn plichtsgevoel is voldaan en na een terloops onderzoek laat hij het er bij zitten."

Mary legde haar hoofd tegen Platt's borst. De redenering klonk redelijk, maar de pijn in haar hart werd er niet minder om. "Zijn deze pamfletten dit allemaal werkelijk waard?" vroeg ze.

Platt antwoordde door een pamflet uit de canvaszak te halen. Hij begon te lezen:

In het leven van ieder mens komt een moment dat hij een beslissing moet nemen. En ik bedoel niet het soort beslissingen dat het resultaat van de dag of het jaar of zelfs van zijn leven bepaalt, maar een beslissing die het lot van de wereld voor komende generaties zal bepalen.

De tijd is aangebroken dat we zo'n beslissing moeten nemen.

De keuze waar we voor staan is niet moeilijk. Eenvoudig gesteld is het deze: Zullen we Gods wetten in acht nemen of zullen we toegeven aan de verlangens van mensen? Zullen we de Bijbel gehoorzamen of de voorschriften van de bisschop van Londen?

De vraag die voor ons ligt is eenvoudig; zo is ook het antwoord daarop eenvoudig. Gedachtig aan de woorden van Petrus moet ons antwoord zijn: "Men moet Gode meer gehoorzaam zijn dan mensen" (Hand. 5:29).

Hoe zouden we als christenen een andere keus kunnen maken zonder ons geloof te verloochenen?

Alleen in de Bijbel vinden we Gods volmaakte verklaring van hoe we moeten leven. De Heere God, Die bepaald heeft ons een volmaakt plan voor ogen te stellen, is in staat dat uit te voeren en dat heeft Hij in het verleden ook gedaan.

Natuurlijk geeft God Zijn volk zeer duidelijke inzettingen, want het is de verdienste van een goede wet dat er zo weinig mogelijk onduidelijkheid bestaat.

De duidelijkheid van Gods morele en rechterlijke wet laat duidelijk zien wie God is. Zijn wet is eeuwig. Door geen enkele aardse koning, raadsvergadering of bisschop kan die herroepen worden.

Of de Bijbel is Gods volmaakte Woord of het is dat niet.

Of we kiezen ervoor Hem te gehoorzamen of we doen dat niet.

De keuze die voor ons ligt is eenvoudig. Een beslissing nemen is niet moeilijk; leven overeenkomstig onze keuze zal grote moed en een groot geloof vereisen.

Dit zijn gevaarvolle tijden. Wie kent de hoogte van de prijs die we nog moeten betalen. De keuzen die we echter maken zijn niet alleen bepalend voor ons, maar ook voor onze kinderen en kleinkinderen. Hoe hoog de prijs dan ook moge zijn, hij zal het waard zijn.

Dit is geen tijd voor de lafhartigen. Ook is het niet de tijd om de andere wang toe te keren, want we zijn niet beledigd. We zijn bedrogen. Dit is voor godzalige mannen en vrouwen van Engeland de tijd om hun toekomst te kiezen.

Wat mijzelf betreft, ik kies God. Ik schiet liever tekort in het gehoorza-
men van God dan er in te slagen mensen te behagen.
AH

Platt legde het pamflet op zijn knieën. "Marshall zal er trots op zijn dat
hij een aandeel had in de verspreiding van deze boodschap," zei hij.

Mary veegde haar ogen af en knikte.

"Je kunt nu beter naar huis gaan, meisje," zei Platt. Ik neem de
pamfletten hier van je over.

Later op die dag verlieten de pamfletten van Justin de boerderij van Platt
in de dubbele bodems van melkvaten op de kar van een melkveehouder.
De melkveehouder gaf ze weer door aan andere contacten die ze naar het
oosten, naar Newmarket, Thetford en de stad Norwich brachten, waar één
van de pamfletten werd afgeleverd bij eerwaarde Thomas Calmers, de
priester van de parochie Spixworth.

Ds Calmers sloot de deur van zijn studeerkamer en las de uitdaging van
Justin. Op zijn bureau lag een rondschrijven van bisschop Laud dat aan
de kerken van Norwich was gericht. In de circulaire instrueerde de
bisschop zijn priesters dat ze tijdens het preken de juiste voorgeschreven
kleding moesten dragen. Ook stond erin te lezen dat het altaar aan de
oostzijde van de kerk moest worden geplaatst. Er moest een hek om het
altaar worden geplaatst zodat het niet voor de gemeente toegankelijk zou
zijn. Het niet nakomen van de in de circulaire genoemde instructies zou
onmiddellijke disciplinaire maatregelen tot gevolg hebben, waaronder de
inhouding van het levensonderhoud van de geestelijke. Dat zou overigens
niet de enige disciplinaire maatregel zijn.

Toen de eerwaarde Calmers het pamflet van Justin gelezen had, was het
door tranen bevlekt. In de tweeëndertig jaar van zijn bediening had hij
nooit gedacht dat het zover komen zou. Maar hij kon de twee tegengestelde
ideeën niet zonder meer naast zich neer leggen. Tussen zijn geloof en zijn
kerk waren, als bij een ongelukkig echtpaar, niet te verzoenen geschillen
gerezen. Eens waren ze onafscheidelijk en nu haatten zij elkaar. Hoe zou
hij tussen die twee kunnen kiezen?

Over het pamflet en de circulaire gebogen, die naast elkaar op zijn bureau
lagen, huilde en bad Calmers het grootste deel van de middag. Toen de
zon onderging en het donker werd in de kamer, stond ds Calmers langzaam
op, alsof hij een zware last te torsen had. Hij nam de twee drukwerken
van zijn bureau en stak het pamflet in zijn zak en de circulaire van de
bisschop gooide hij in het vuur.

Een landjonker van Corby verspreidde het laatste pamflet van Justin in het
noorden, in Peterborough, Leicester en Nottingham. In Derby, net ten

westen van Nottingham, las een vader van negen kinderen het pamflet tijdens de avondmaaltijd voor aan zijn gezin. Hij bad dat God zijn kinderen zou bewaren bij het geloof. Toen dankte hij voor de ouders van Justin die ongetwijfeld een grote invloed hadden gehad op de geestelijke opvoeding van hun zoon.

Naar het zuiden vonden de pamfletten hun weg naar Londen en Canterbury. Vandaar uit werden ze naar het zuidwesten verspreid, naar Bristol, Exeter en Plymouth. In Edenford, een dorpje aan de rivier Exe, bestudeerde Ambrose Dudley, de secretaris van het stadje, het pamflet aandachtig. Hij omcirkelde een aantal zinnen in het pamflet die kenmerkend waren voor de stijl van de schrijver. Hij vouwde het pamflet op en legde het achter in zijn Bijbel.

In heel Engeland lazen mensen het pamflet van Justin: matrozen in Portsmouth, kaarsemakers in Swindon, advocaten in Ipswich en een schoolmeester in Coventry.

In Northampton legde één van Laud's jongens het eerst de hand op het laatste pamflet van Justin. Zoals hem opgedragen was, bracht hij het onmiddellijk naar bisschop Laud in London House.

Er was moed voor nodig om het pamflet te overhandigen. Hij had verhalen van de andere jongens gehoord over Laud's woedende reactie op die verleidende lectuur. Maar door wat hij gehoord had was hij niet voorbereid op wat hem die dag te wachten stond.

De bisschop ontving het pamflet en beloonde de jongen met een shilling, hem daarbij prijzend voor zijn ijver. Toen liet hij de jongen gaan om het pamflet alleen te kunnen lezen. Omdat de jongen een beetje teleurgesteld was dat hij de woede-uitbarsting van de bisschop niet kon meemaken, liep de jongen door de gang terug en deed de deur juist ver genoeg open om door de kier naar binnen te kunnen kijken. De bisschop zat ineen gedoken voor het vuur en las aandachtig. Er kwam geen geschreeuw; hij ging niet met dingen smijten; hij vloog niet overeind. Niets. Alleen het op en neer gaan van zijn borst tijdens het lezen.

Teleurgesteld stond de jongen op het punt te vertrekken, toen de bisschop een halve bladzij uit het pamflet scheurde en het in zijn mond stak. Langzaam en vastbesloten kauwde de bisschop op het papier en slikte het door. Weer scheurde hij er een bladzij uit, kauwde erop en slikte het door. Daarna nog een en nog een. Terwijl de bisschop bladzij na bladzij opat werd zijn gezicht roder en roder en het zweet stroomde van zijn voorhoofd en langs de zijkant van zijn gezicht.

Het enige geluid wat te horen was, was het scheuren van de bladzijden en het lugubere geluid van iemand die iets door moet slikken. Na een poosje was hij klaar. Het pamflet was verdwenen. De bisschop staarde in het vuur, zijn gezicht nog steeds rood en bezweet. Toen kwam er een gerommel uit zijn borst dat in woorden overging: "Ik ontmoette hen als een beer, die van jongen beroofd is, en verscheurde het slot huns harten, en Ik verslond ze aldaar als een oude leeuw; het wild gedierte des velds verscheurde hen. Hosea 13:8."

HOOFDSTUK 6

Morgan Hall, het prachtige landhuis van de familie Morgan, vormde een betwist gebied tussen twee generaties Morgans. Het werd gebouwd in de gloriedagen van koningin Elizabeth en gefinancierd met van Spaanse schepen veroverd goud – een praktijk die door de koningin werd aangemoedigd. Morgan Hall was oorspronkelijk ontworpen als een afspiegeling van de persoonlijkheid van zijn zeevarende eigenaar. In de afgelopen jaren was het statige landhuis echter stelselmatig gerenoveerd om aan de smaak van de nieuwe generatie Morgans te voldoen, die zich drukker maakte over weelde en status dan over de wensen van de oorspronkelijke bouwer.

Admiraal Amos Bronson Morgan, een van Engelands meest gevierde zeehelden, bouwde Morgan Hall in 1590. De ongeschoolde zoon van een scheepsbouwer uit Plymouth, Amos, was een bijzonder mens, die zich door veel te lezen zelf had ontwikkeld. Hij was een expert op het gebied van moderne scheepsbouw en de Griekse literatuur.

Amos Morgan's uitgebreide kennis moest voor een groot deel toegeschreven worden aan zijn vader; een aantal dingen leerde Amos direct van zijn vader en andere dingen leerde hij omdat zijn vader hem juist verbood daar kennis van te nemen.

Als een zichzelf opgewerkt hebbende zakenman vond Edward Morgan boekenwijsheid verspilde tijd. Hij weigerde Amos naar school te sturen en hij gaf zijn zoon zelf een praktische opleiding. De jongen leerde rekenen door prijskolommen van voorraden en de lonen van de werknemers op te tellen. Hij leerde wiskunde door het benodigde drijfvermogen van schepen te berekenen. Het oplossen van zakelijke problemen aan de havens bracht hem logica bij. Amos leerde lezen door contracten, bouwtekeningen en afleveringsbonnen te bestuderen. Tegen de tijd dat hij vijftien was, wist Amos alles van zijn vaders bedrijf in de scheepsbouw af.

Ondanks zijn vaders beperkte lesrooster, ontwikkelde Amos de neiging om veel te lezen; tegen de tijd dat hij een jaar of achttien was verlangde hij net zo naar boeken als de meeste jongens van zijn leeftijd naar een meisje. Hij droomde ervan af te studeren aan de universiteit van Oxford met zijn geweldige bibliotheken en statig geklede professoren, maar Edward Morgan wilde daar niet van horen. De jongen bezat alle kennis die nodig was om het familiebedrijf over te nemen. Einde onderwerp.

Edward Morgan had een belangrijk uitgangspunt van vaderlijke opvoeding over het hoofd gezien – verbied een jongen iets te doen, zelfs studeren, en dat is dan precies datgene wat hij zal gaan doen. Dat was ook met Amos Morgan het geval.

Bijna al het geld dat hij verdiende, besteedde Amos aan het kopen van boeken bij de plaatselijke boekverkoper in Plymouth. 's Avonds of op welk ogenblik van de dag ook dat hij even bij de havens gemist kon worden, verdiepte hij zich in zijn geheime aankopen. Hij werd al gauw geboeid door de Griekse literatuur. Homerus was zijn favoriet, met name de reizen van Odysseus. Amos las de *Odyssee* zo vaak dat hij met gesloten ogen hele stukken woord voor woord kon opzeggen. Door het lezen van Homerus kwam hij tot de overtuiging dat zijn bestemming lag in het bevaren van schepen, niet in het bouwen daarvan.

Amos deed zijn eerste nautische ervaring op aan boord van de *Minion*. John Hawkins, de schipper van de *Minion* was de zoon van een Engelse familie die met de slavenhandel uit Afrika een fortuin verdiende.

Op een middag in het voorjaar, toen Morgan senior met de heer Hawkins een contract voor het bouwen van vier nieuwe schepen doornam, besprak Amos zijn toekomstplannen met de jonge Hawkins. Onder de indruk van de vastbeslotenheid van de jongen, nam John Hawkins Amos aan als lid van zijn bemanning. Toen Edward Morgan van de overeenkomst tussen de twee jongelui hoorde, werd hij zo woedend dat hij het contract over de scheepsbouw bijna ongedaan maakte. Maar Amos had een leeftijd bereikt dat zijn vader hem alleen nog maar met fysiek geweld van zijn plannen kon afbrengen. Amos Morgan betaalde een hoge prijs voor de verandering in zijn loopbaan: zijn vader sprak nooit meer tot hem.

Hoewel John Hawkins zesentwintig jaar ouder was dan Amos, werden ze dikke vrienden. Hun vriendschap was gebaseerd op de gevaren die ze samen doorstaan hadden, zoals die keer dat zij in San Juan de Ulua aanlegden voor reparatie van hun schip.

Er waren in totaal tien Engelse schepen. Maandenlang hadden ze in het Caribische gebied gevaren om Afrikaanse slaven te ruilen voor West-Indische suiker, goud en huiden, ondanks de commerciële reguleringen van de Spanjaarden. De Spanjaarden dachten dat de Nieuwe Wereld van hen was en stelden dienovereenkomstig regels op. De Engelsen toonden weinig ontzag voor Spaanse aanspraken en regelgeving. Als er iets was wat een Engelse zeeman nog liever deed dan Spaans gebied plunderen dan was het wel het breken van de Spaanse voorschriften.

Op de dag dat de schepen van John Hawkins het anker hadden laten vallen in de haven van San Juan de Ulua, verschenen er Spaanse schepen. De Spaanse commandant liet Hawkins weten dat zijn schepen bevoorraad moesten worden en of Hawkins maar zo vriendelijk wilde zijn om in de haven plaats voor hem te maken. Daar de Spaanse vloot de haveningang al blokkeerde, begreep Hawkins dat hij niet veel keus had. Hij manoeuvreerde zijn schepen dicht bij elkaar en de Spanjaarden liepen de haven binnen en gingen naast hen liggen. Zodra ze het anker hadden laten vallen, kropen gewapende Spanjaarden over de zijkant van hun schepen. De Engelsen werden volkomen verrast.

Het was Amos Morgan's eerste gevecht; het was ook de eerste dag dat hij een mens doodde en tegen het vallen van de avond had hij heel wat ervaring opgedaan.

Het zat de Engelse zeelui die dag niet mee. Slechts twee schepen zagen kans te ontsnappen, de *Minion* en de *Judith* van Drake.

Nog maanden daarna had Amos hartzeer over het voorval te San Juan de Ulua. Hij verloor die dag verscheidene vrienden. Ook zorgde het voorval er voor dat hij de Spaanse arrogantie hartgrondig ging haten en hij zinde voortdurend op wraak. Hij kon er echter weinig aan doen – totdat John Hawkins werd benoemd tot thesaurier van de Engelse marine. Toen de thesaurier een beroep deed op zijn kennis van de scheepsbouw om de rekening met de Spanjaarden te vereffenen, ging Amos hier gretig op in.

John Hawkins en Amos Morgan ontwikkelden een nieuwe klasse Engelse schepen. Het was een riskant ontwerp. Ten eerste waren de schepen kleiner dan de Spaanse galjoenen. Alle kanons werden breedzij geplaatst, ongeveer in het midden van het schip, waardoor de stabiliteit bevorderd werd. De zijkanten van het schip liepen vanaf het kanondek enigszins naar binnen tot aan het bovenste dek. Het gevolg was dat deze schepen lager, sneller en zeewaardiger waren dan alle andere schepen die de oceanen bevoeren.

Een kleiner formaat schip betekent eveneens een kleiner formaat kanonnen. Hawkins en Morgan rustten de schepen uit met lange afstand kanonnen, die varieerden van 9- tot 32-ponders. De kanonnen waren veel kleiner dan de Spaanse 50-ponders, maar ze hadden een langer schootsbereik en ze waren nauwkeuriger.

Het nieuwe scheepsontwerp bracht ook een nieuwe strategie met zich mee. De tot dan toe gebruikelijke marine tactiek was op de vijand af varen, de kanons afschieten, het schip rammen en het vijandelijke schip bestormen. Deze nieuwe Engelse schepen waren echter ontwikkeld om op afstand te vechten. Als ze traditionele tactieken zouden gebruiken, waren ze geen partij voor de Spanjaarden. Voor de ontwikkeling van een nieuwe slagorde deed Hawkins een beroep op Sir Francis Drake, die een nieuwe strategie voor de Engelse vloot ontwierp. Toen deze strategie ontwikkeld was, was alles klaar. Alles wat nu nog nodig was, was een gelegenheid om hun nieuwe ideeën te testen. Die gelegenheid deed zich voor in juli 1588.

De grote Spaanse vloot, op weg naar Engeland, werd het eerst waargenomen vanuit Cornwall. Philips II van Spanje had met de zegen van de paus een onoverwinnelijke armada uitgezonden om Engeland te veroveren en het land te doen terugkeren in de schoot van het rooms-katholicisme. Philips noch de paus trokken zich iets aan van het feit dat Engeland niet wilde terugkeren in de schoot der kerk; ze hadden besloten dat het Gods wil was en nu gingen ze op weg om die ten uitvoer te brengen.

Er werd groot alarm gegeven. Amos Morgan, nu kapitein van zijn eigen schip de *Dutton*, gaf met alle andere kapiteins gehoor. De Engelse vlootcommandant, Charles Howard, gelastte dat alle schepen zich te Plymouth moesten verzamelen. Dat werd bijna een fatale mislukking. De samentrekkende Spaanse vloot slaagde er bijna in de Engelse vloot in de haven op te sluiten. De slag was bijna al voorbij voordat die begonnen was. Doordat hun schepen dicht op elkaar in de haven lagen, zouden de Engelsen gedwongen worden tot man tegen man gevechten, een strijd die ze vrijwel zeker zouden verliezen. Het nieuwe scheepsontwerp redde hen die dag.

De lichtere, snellere Engelse vloot zeilde snel de haven uit en zeilde westwaarts voor de boeg van de Spaanse schepen langs die niet snel genoeg waren om hen af te snijden. Eenmaal op open zee hadden de Engelsen het voordeel van de wind en ze konden nu de nieuwe strategie van Sir Francis Drake in de praktijk brengen.

Bij drie aanvallen zagen de kleinere, snellere Engelse schepen kans om buiten het bereik van de zware Spaanse kanonnen te blijven. De lange afstands kanonnen bestookten voortdurend de dicht op elkaar varende Spaanse vloot. De kleinere kanonnen waren niet groot genoeg om de Spaanse schepen ineens te vernietigen, maar als bijen bleven ze om de schepen heenzwermen en bestoken. Niet in staat om de aanvallen af te slaan, trokken de Spaanse schepen zich terug in de haven van Calais.

Dagen lang bleven de Spanjaarden daar liggen in de hoop de Engelsen de haven in te lokken zodat ze een traditioneel gevecht zouden kunnen leveren. Er zat geen schot in de slag tot Sir Francis Drake met een nieuw plan kwam.

Net na middernacht werden zes Engelse schepen in brand gestoken en de haven van Calais in gezeild. De Spaanse kapiteins werden hierdoor gedwongen hun ankers te kappen en de haven te ontvluchten. Ze zeilden rechtstreeks in het kanonvuur van de wachtende Engelse schepen. De Spaanse Armada was uit elkaar geslagen en ze kregen niet weer de kans hun gevechtsformatie aan te nemen.

Zelfs de wind keerde zich tegen de Spaanse vloot. "Gods adem," noemde Drake deze stormwind. God zelf leek in te grijpen voor de Engelse zaak. De Spaanse vloot werd verspreid en veel schepen leden schipbreuk. Van de 130 schepen die uit Spanje vertrokken waren, kwamen er na verloop van tijd slecht 76 terug. Voor de Engelsen werd het een complete overwinning. Zij hadden minder dan 100 doden te betreuren en niet één schip was door de eens onoverwinnelijke vloot van Spanje tot zinken gebracht.

De Spaanse dreiging was afgewend en het volk en de koningin wilden graag hun dankbaarheid tonen aan de stoutmoedige Engelsen die hen gered hadden. John Hawkins, Francis Drake en Amos Morgan werden nationale helden. Naast andere beloningen die hij ontving, werd Amos bevorderd tot admiraal. Kort daarop bekleedde hij allerlei functies aan het hof en werd overladen met eer en rijkdom – een rijkdom die hij zijn hele leven niet zou kunnen opmaken, temeer niet omdat hij een sober leven leidde dat voornamelijk gewijd was aan zijn schip en aan zijn groeiende bibliotheek.

Het was koningin Elizabeth zelf die hem het plan aan de hand deed zijn geld in een landgoed te investeren. Koop wat land en bouw een huis, adviseerde ze. Toen hij liet merken dat hij nauwelijks geïnteresseerd was een huis te bezitten, waar hij toch maar hoogst zelden zou verblijven, voorspelde de koningin hem dat dit wel zou veranderen als hij ouder werd, dat er een dag zou komen waarop hij blij zou zijn met een plaats waar hij in alle rust voor het vuur gezeten zijn boeken zou kunnen lezen. Meer uit beleefdheid dan uit het verlangen naar een eigen huis, begon Amos Morgan naar huizen en land uit te kijken. Hoe langer hij rondkeek, hoe meer belangstelling hij kreeg.

Hij werd vooral gedreven door zijn verlangen naar een eigen bibliotheek, een verlangen naar een rustplaats voor zijn toenemend aantal boeken en een plaats waarheen hij zou kunnen uitwijken als hij niet op zee was. Het gevolg was dat Amos Morgan een groot heuvelachtig gebied juist ten oosten van Winchester kocht, niet ver van Portmouth waar zijn schip in de haven lag.

Misschien dat het te maken had met zijn scheepsbouwkundige vaardigheden die zich lieten gelden of misschien vatten de wijze woorden van de koningin post, maar voor het eerst in zijn leven werd Amos Morgan helemaal in beslag genomen door zijn persoonlijke bouwproject. Hij was betrokken bij ieder onderdeel van het huis, vanaf het ontwerp tot de inrichting. Toen Morgan Hall klaar was, kon Amos Morgan's schepping zijn plaats innemen naast de mooiste landhuizen van Engeland.

Longleat bestond al. Een prachtig Italiaans renaissance huis, dat in 1580 gebouwd werd en dat bekend stond om zijn prachtige wandtapijten, schilderijen, porselein en meubilair en natuurlijk om zijn grote zaal met massief eiken balken en reusachtige hertengeweien uit Ierland die aan de muur bevestigd waren.

Daarnaast was er Theobalds met zijn woudmotieven, de favoriete verblijfplaats van James I. Binnenin het huis waren bomen, bossages en takken te zien die zo echt leken dat, als de deuren open stonden, de vogels naar binnenvlogen om zich er in te nestelen. Theobalds had ook andere spectaculaire dingen te bieden, zoals bijvoorbeeld de kamer waarin op het plafond de sterrenhemel was afgebeeld, tezamen met een uurwerkmechanisme dat tijdens de seizoenen de zon en de planeten in hun baan hield.

Morgan Hall was een waardige aanvulling op de statige buitenverblijven. Net als bij de andere waren de interesses van de bouwer er uit af te lezen. Het herenhuis was een mengeling van Amos Morgan's drie grote liefdes: klassiek Grieks, de oceaan en het gedrukte woord.

Om de twaalf voet hoge, gewelfde deur te bereiken, moest een bezoeker aan Morgan Hall acht marmeren, een halve cirkel vormende, stoeptreden bestijgen en tussen zes Corinthische zuilen doorlopen.

Eenmaal binnen stond hij in een gewelfd portaal met drie identieke boogvormige deuren die naar verschillende delen van het huis leidden. Tussen de bogen stonden twee marmeren, antieke pilaren, die ontdekt en opgegraven waren uit de bedding van de rivier de Tiber in Rome.

Omhoog kijkend zag de bezoeker de balustraden van de tweede verdieping naar de koepel daarboven, waar een afbeelding van God was geschilderd, omgeven door de blijkbaar verplichte engelen en half geklede vrouwen die zo kenmerkend zijn voor klassieke kunst.

De noordelijke gang doorlopend kwam de bezoeker in de ontvangkamer. Nog verder lopend kwam hij in de met ceder beklede eetzaal.

De oostelijke gang leidde naar twee paar trappen, de ene tegen de rechter en de andere tegen de linker muur met in het midden een overloop. De linkertrap was voor vrouwen en de rechter voor de mannen. Het verschil tussen beide was de lambrizering van de leuning. De lambrizering van de trap voor de mannen bestond uit open houtsnijwerk. De lambrizering van de trap voor de vrouwen had hetzelfde ontwerp maar slechts in gesloten reliëf, waardoor de enkels van de dames onttrokken werden aan de vrijpostige blikken van de mannen. De admiraal was meer heer dan de meesten die onder zijn bevel stonden.

Het zuidelijke portaal bij de ingang werd het meest door gasten gebruikt. Het voerde naar de grote zaal waar partijen, danspartijen en banketten werden gegeven. De zaal was lang en ruim met een houten vloer die zo glom dat de dingen die aan de muur hingen erin weerspiegeld werden. De muren waren met reusachtige zeetaferelen versierd – zowel schilderijen als wandtapijten. Het plafond vertoonde verscheidene cirkelvormige basreliëfs die ovale schilderstukken van de blauwe lucht en bewolking voorstelden. In de zaal staande kreeg iemand de indruk bij mooi weer op zee te zijn.

In het midden van de oostelijke muur van deze zaal, leidden twee deuren naar het meest geliefde vertrek van de admiraal, zijn persoonlijke bibliotheek. Hier bewaarde hij zijn meest gewaardeerde bezittingen – zijn boeken, dingen die hij van de koningin gekregen had en een aantal wapens, waaronder zijn eerste zwaard, dat zo vele keren zijn leven had gered in de baai van San Juan de Ulua. Zijn boekencollectie bevatte Cicero, Livius,

Seutonius en Diodorus Siculus. Ook bezat hij Gerard's *Herbal*, Elyot's *The Governour* en de gedichten van Philip Sidney.

Drie van de vier muren van de bibliotheek stonden van boven tot beneden vol boeken. De oostelijke muur bevatte een aantal dubbele glazen deuren die toegang verschaften tot een overdekte gang en uiteindelijk tot de tuin. Met uitzondering van guur weer stonden de deuren altijd open, waardoor de kamer met frisse lucht en licht vervuld werd. Ook met slecht weer kon de admiraal van het buitenlicht genieten dat door de glazen ruiten naar binnen viel. Morgan Hall was één van de eerste huizen in Engeland waarin glas gebruikt werd voor de ramen en zelfs voor de deuren. Het glas was tegen hoge kosten van het vaste land geïmporteerd. De dikke vierkante ruiten waren in lood gezet en het glas zelf was niet erg helder. Als de deuren gesloten waren kon men slechts vage gestalten zien bewegen aan de andere kant, maar ze waren in ieder geval helder genoeg om het licht door te laten en dat wilde de admiraal.

Het woongedeelte op de verdieping bestond uit kamers die in het midden van het huis waren geplaatst zonder ramen en deuren die naar buiten voerden. Een gang rondom het huis en glazen deuren gaven toegang tot kleine balkons die op regelmatige afstanden van elkaar waren aangebracht. De admiraal liep dikwijls door deze gang rondom zijn huis met een verrekijker in de hand om zijn bezit gade te slaan, zoals hij over de dekken van zijn schip liep voor hij zich ter ruste begaf.

Morgan Hall was de uitwijkplaats van de admiraal en de plaats van de partijen die een man van zijn positie zo af en toe moest geven. Tot ieders verbazing en nog het meest van de admiraal zelf, werd Morgan Hall ook het liefdesnestje voor een pas getrouwd paar.

Het zag er niet naar uit dat de admiraal op zoek was naar een vrouw. Hij was altijd van mening geweest dat het voor een zeeman geen pas gaf om te trouwen omdat hij voor maanden of zelfs voor jaren van huis kon zijn. Zijn filosofie ten aanzien van het andere geslacht was rationeel, weloverwogen en kenmerkend voor een overtuigde vrijgezel. De enige zwakheid daarin was dat hij in zijn redenering geen rekening hield met de liefde.

Georgiana Reynolds was een lot uit de loterij. Of om het met de woorden van de admiraal te zeggen, ze was de droom van een zeeman – een tropisch paradijs dat geheel onverwachts aan de einder van iemands leven opdoemt.

Hun ontmoeting vond niet toevallig plaats. Een machtige hand, koningin Elizabeth, bracht hen samen. De koningin had de admiraal altijd graag gemogen; hij was bescheiden, vriendelijk en niet zelfzuchtig en een uitzondering aan het hof. Het was haar koninklijke mening dat zo'n man een goede vrouw nodig had en ze nam het op zich er een voor hem te zoeken. Toen haar oog op Georgiana Reynolds viel, ging de koningin nog net niet zo ver dat zij het huwelijk beval, maar dat was ook niet nodig want zodra zij elkaar ontmoetten was er sprake van liefde op het eerste gezicht.

Georgiana was schoon als de dageraad. De jonge, bescheiden dochter van een Engelse edelman werd het licht en het leven in het bestaan van Amos Morgan. Twee maanden na hun eerste ontmoeting trouwden zij met elkaar. Het leven op Morgan Hall was nog nooit zo aangenaam geweest. Het paar hield van boeken en buitenshuis wandelen. De zon en de wind konden altijd tot Morgan Hall doordringen en iedere avond liep het gelukkige paar arm in arm over hun terrein.

Amos Morgan's jonge bruid verruimde de horizon van haar geliefde door hem de wonderen van hun geboorteland te laten zien. Amos kwam erachter dat het rijden met Georgiana in een koets beter was dan de beste dag op zee. Daar ze zijn liefde voor geschiedenis kende zette Georgiana een reis uit die hen langs verscheidene historische plaatsen voerde. In het noorden zagen ze het Romeinse fort Housestead en de muur van Hadrianus en de overblijfselen van de Fosse Way in het zuiden. Ze bezochten Stonehenge, Scarfell Pike en Land's End. Vijf maanden lang reisde het gehuwde paar met grote blijdschap rond. Toen kwam er plotseling een abrupt einde aan hun reis. Georgiana moest het bed houden. Ze was zwanger.

De admiraal had er eigenlijk nog nooit over nagedacht vader te worden. Hoe meer hij er nu over nadacht, hoe minder het idee hem aanstond. Een baby zou een indringer zijn, een ongewilde rivaal die Georgiana's aandacht en liefde zou opeisen. Hij wist dat hij een egoïst was, maar dat kon hem niet schelen. Zijn geliefde vrouw was het centrum van zijn leven geworden. Met een baby in huis zou dat nooit meer hetzelfde zijn.

Georgiana echter was in de wolken. Ze was helemaal opgewonden dat ze een kind van de admiraal droeg en ze nam de ongemakken van de zwangerschap op de koop toe. Ze kende de reserve van de admiraal ten aanzien van het kind, maar ze was ervan overtuigd dat dit wel zou veranderen als het kind er eenmaal was.

Sommige vrouwen zijn niet geschikt om kinderen te dragen en Georgiana was één van hen. Vanaf het begin had ze een moeilijke zwangerschap. Met de maanden verwelkte haar zonnig uiterlijk. Toen het kind geboren zou worden, was Georgiana zwak en ziekelijk.

Achttien uur lang probeerde Georgiana haar kind te baren. Ze kronkelde en schreeuwde en kneep in de hand van haar vroedvrouw en knarste haar tanden in doodstrijd. Twee keer moest haar natte bed van schone lakens worden voorzien. Ze was uitgeput. Zoals één van de aanwezigen het beschreef: "Ze was meer versleten dan een stuk zeep waarmee de hele dag gewassen is." Maar Georgiana gaf niet op. Niets kon haar tegenhouden het kind te baren.

De aanwezige vroedvrouw beschreef de geboorte als een levensruil. Tijdens de hele bevalling was het duidelijk dat er slechts één overlevende zou zijn – of moeder of kind. Toen het moment van geboorte aanbrak, was het, zoals de vroedvrouw haar verhaal vertelde, alsof Georgiana haar leven overhevelde in het lichaam van haar kind. Op het moment dat de baby geboren werd, stierf Georgiana.

Zoals Amos Morgan geen groter vreugde had gekend als op het moment dat hij Georgiana ontmoette, zo kende hij geen groter verdriet dan toen ze stierf. Zijn leven was op de klippen gelopen.

Om van zijn verdriet afgeleid te worden, zocht hij zijn toevlucht bij zijn eerste liefde – de zee. Hij huurde kindermeisjes en leraars om zijn zoon tijdens zijn afwezigheid op te voeden. Vanaf het moment dat Percy twee maanden oud was tot aan zijn volwassen worden, zag hij zijn vader maar heel af en toe op vakantiedagen en een paar bijzondere dagen van het jaar. Het gevolg was dat er nauwelijks een band tussen de twee bestond. Dit kwam duidelijk aan het licht toen hij een bruid koos en haar naar Morgan Hall voerde.

Percy Morgan huwde Evelyn North – een van *de* Norths. Hij trouwde niet uit liefde met haar. In feite was er geen sprake van enige romantiek tussen hen; hun huwelijk was een verbintenis die door nauwgezette berekening tot stand kwam en waar beiden garen bij sponnen. Maar het was een huwelijk waarvoor de romantische admiraal nooit enig begrip kon opbrengen, laat staan dat hij het er mee eens was. Zowel de bruidegom als de bruid waren ambitieuze opportunisten en ieder van hen had iets dat de ander wilde hebben. Hoewel de Norths tamelijk welgesteld waren, kwam hun rijk in gevaar door onvoldoende liquide middelen. De familie Morgan kon hieraan tegemoet komen. De admiraal had volop geld. Aan de andere kant bezaten de Norths iets wat Percy zeer begeerde – een hoger adellijk aanzien. Koningin Elizabeth was gestorven en de regerende koning kende Amos Morgan niet. De admiraal stond aan het hof nog wel in aanzien, maar op beleefde afstand; hij kon wel met hen verkeren, maar was niet één van hen. In de huwelijksonderhandelingen speelde Percy Morgan zijn vaders geld uit tegen de adel van de Norths.

Zodra Evelyn Morgan de lady van het huis werd, begon ze dingen te veranderen. De admiraal, die zijn leeftijd voelde en niet meer naar zee kon, bracht zijn dagen door in zijn uitwijkplaats de bibliotheek. Hij mocht zijn nieuwe schoondochter niet zo erg, maar hij deed zijn best haar te accepteren.

Als ze sprak over veranderingen in Morgan Hall, weigerde hij beleefd maar categorisch ieder voorstel. En naar mening van de admiraal bleef het bij die weigering. Hij onderschatte echter de vastbeslotenheid en sluwheid van zijn schoondochter.

Als het er om ging haar zin te krijgen was Evelyn een bloedhond; ze gaf pas op als ze haar zin had gekregen en ten aanzien van haar nieuwe huis was ze niet van plan het onderspit te delven voor een of andere aangespoelde zeeman. Bij iedere gelegenheid die zich voordeed, en die ze zelf dikwijls schiep, gaf Lady Morgan uiting van haar ongenoegen over de kleuren van de kamer, de schilderingen en het meubilair. Als er gasten op Morgan Hall kwamen, bleef ze de hele dag over haar klachten doorzeuren. In bed viel ze er haar echtgenoot voortdurend mee lastig zodat Percy tenslotte in een andere kamer ging slapen. Overdag vertelde ze de bedienden wat er allemaal verkeerd was in Morgan Hall. Om kort te gaan, iedereen die oren had kon horen hoe zeer Evelyn Morgan het huis verafschuwde dat Amos Morgan gebouwd had.

De donkere houten lambrizering van de ontvangkamer was haar meest geliefde mikpunt. "Ik wordt er helemaal depressief van!" schreeuwde ze. Evelyn's meningen werden altijd in absolute vorm weergegeven; grijze gebieden bestonden voor haar niet. "Het is *beslist* zo donker hier als in een hol. Ik zweer je dat ik geen dag langer kan leven in zo'n kamer!" Als er gasten kwamen liet ze hen altijd eerst de ontvangkamer zien, om daarmee de toonzetting en het onderwerp van de komende avond vast te stellen. "Is dat niet *vreselijk* naargeestig?" vroeg ze dan. "Denkt u ook niet dat deze kamer veel mooier zou zijn met licht eiken of essenhout?" Als dan de gasten beleefd toegaven, bracht ze hun bijval in hun bijzijn onder de aandacht van de admiraal. "Luister mijn beste," zei ze dan, daarbij zijn arm grijpend zoals een volwassene dat bij een kind doet, "Margaret is het helemaal met me eens. Al dat donkere hout in de ontvangkamer is *absoluut* onmogelijk. Daar *moet* iets aan gedaan worden."

Zoals de gestadige drup van het water de rots uitholt, holde Evelyn Morgan de vastbeslotenheid van de admiraal uit.

In het late voorjaar van 1625 won Lady Evelyn Morgan het gevecht over de ontvangkamer en ze liet een lambrizering van licht eiken aanbrengen. Het bleek dat de admiraal een tactische fout gemaakt had. Door haar een overwinning te gunnen dacht hij dat hij wat rust zou krijgen; maar het tegenovergestelde was het geval. De bloedhond had het spoor gevonden en ging met nog grotere intensiteit verder. Haar volgende doelwit vormde de zeeschilderingen in de grote zaal.

"Al die afbeeldingen van bruisende golven en rare bootjes maken me *absoluut* misselijk," zei ze, daarbij haar tengere hand op haar maagstreek leggend. "Iedere keer als ik ze zie, wordt ik groen en geel. Heb jij dat ook niet? Daar *moet* iets aan gedaan worden."

Ze liet andere, voor die tijd zo kenmerkende, schilderingen aanbrengen – mollige, roze, naakte vrouwen die op een sofa lagen of ontvoerd werden door satyrs terwijl verschrikte engelen daarboven huiverend toekeken. "Het lijkt wel een bordeel," sputterde de admiraal walgend.

Schilderij voor schilderij, paneel voor paneel en kamer voor kamer ontstal Evelyn Morgan aan Morgan Hall van Amos tot hij alleen zijn bibliotheek nog overgehouden had. Daar hield hij stand.

Drew was toen veertien. Hij herinnerde zich dat zijn grootvader zijn zwaard aangordde, het zwaard waaraan het bloed van de Spanjaarden te San Juan de Ulua gekleefd had, en Lady Morgan dreigde met lichamelijk letsel als ze ooit zou proberen zonder zijn toestemming de bibliotheek binnen te gaan. Dronken door overwinning was Lady Morgan op zekere avond zonder uitnodiging en onaangekondigd de kamer binnen gegaan. Amos was razend geworden. Drew had verschillende keren gedacht dat zijn moeder in tweeën gehakt zou worden als het zwaard van de admiraal haar slechts op centimeters miste. Die avond dreef de admiraal Lady Morgan uit de bibliotheek zoals hij zijn vijanden van het dek van zijn schip gedreven had. Gedurende zijn leven durfde ze geen stap meer in de bibliotheek te zetten.

De rest van zijn dagen bracht de admiraal in eenzaamheid door. Hij had een te zwakke gezondheid om weer naar zee te gaan of een langdurige strijd met zijn schoondochter te voeren. Hij trok zich terug in zijn wereld van boeken.

Drew bracht hele dagen met zijn grootvader in de bibliotheek door, soms om zijn moeders buien te ontlopen en soms om de verhalen van zijn grootvader te horen. Er ontstond een speciale band tussen grootvader en kleinzoon. Ze hielden elkaar als het ware in evenwicht. Met zijn verhalen over de zee bracht admiraal Morgan wat avontuur in het nogal saaie bestaan van Drew; en Drew gaf de admiraal hoop dat met de volgende generatie Morgan Hall weer in handen zou vallen van iemand die zijn waarden en doelstellingen deelde. Hun bijzondere band maakte het leven draaglijk.

Drew was nog steeds in een slechte bui toen de familie van haar uitstapje naar kasteel Windsor thuiskwam. Philip was het eerste uit het rijtuig, gevolgd door Lady Morgan. Lord Morgan die zijn dure vijvers met tropische vissen wilde inspecteren, ging zonder het huis binnen te gaan direct naar de tuin.

Drew gleed van zijn paard, dat de hele weg vanaf Basingstoke, overeenstemmend met de gemoedsstemming van zijn meester, moeizaam voortgeploeterd had. Hij haalde zijn bagage uit het rijtuig met het beschadigde boek van de bisschop, de dolk en natuurlijk Geoffrey Berber's *De dagen van de ridder*. Zelfs hier vandaan kon hij het geschreeuw van zijn moeder en Philip binnen horen, iets over ramen en bedienden en een dronkaard. *Hoe kon ik er toch ooit over peinzen mijn gelukkige thuis te verlaten?* mompelde Drew.

De massieve eiken deur raakte iets en stopte halverwege toen hij hem met zijn heup openduwde. Hij stak zijn hoofd door de opening en hij zag dat een oude zeemanskist de deur blokkeerde. *Wat doet die hier?* Drew duwde harder. De kist schoof gemakkelijk opzij. *Die moet leeg zijn,* dacht hij terwijl hij erlangs liep.

Aan de rechterkant van de grote hal stond zijn moeder te schreeuwen en op de gesloten dubbele deuren te bonzen die toegang gaven tot de bibliotheek van de admiraal. "Je hebt zeker weer met dat zwaard lopen te zwaaien, jij ouwe hond!" Ze sloeg met haar vuisten op de deuren. "Dank zij jou is het hier steenkoud!"

"Laat grootvader met rust!" schreeuwde Drew naar haar. "Het is zijn huis!"

"Je moet niet zo tegen me spreken!" richtte Lady Morgan, rood van kwaadheid, zich tot hem. "Je zit in grotere moeilijkheden dan hij," schreeuwde ze. "Ga naar je kamer!" Zich weer tot de deur wendend riep ze: "Als je denkt dat je de deur kunt barricaderen met die oude zeemanskist heb je het goed mis. Dat stelde niets voor, ouwe!"

Lady Morgan zweeg en verwachtte een antwoord. Maar er kwam geen antwoord. De admiraal had er nooit eerder moeite mee gehad terug te schelden. Drew liep op de deuren af en luisterde naar mogelijke geluiden daar achter. Maar er was niets te horen.

"Misschien is hij ziek," zei Drew.

"Misschien is hij wel dood," antwoordde Lady Morgan. Bij het horen van die woorden trok er een grijns over haar gezicht die weer snel verdween. "Nee, dat is onmogelijk. Zo gelukkig kan ik niet zijn."

"Grootvader?" riep Drew.

Geen antwoord.

Hij probeerde de deuren. Ze zaten op slot.

"Grootvader!" Drew keek met stijgende verbijstering naar zijn moeder. Haar gezichtsuitdrukking maakte hem misselijk. De grijns was weer terug en werd door de kleur van haar gezicht nog geaccentueerd. Het was een grijns van overwinning.

Drew liet de dingen die hij droeg op de vloer vallen en rukte aan de deuren, maar ze wilden niet open.

Hij snelde de hal uit en liep om naar de glazen deuren van de bibliotheek aan de andere kant – door het gekoepelde portaal en tussen de twee trappen door naar de achterdeur. Hij kon zijn vader op handen en voeten over zijn visvijver gebogen zien liggen, zijn gezicht maar net boven het water. Drew rende naar de deuren van de bibliotheek. Ze waren alle twee open. Drew had zo'n vaart dat hij bij het nemen van de bocht door de deuropening tegen de deurstijl smakte.

"Grootvader!" schreeuwde hij.

Drew keek de kamer rond. Boven de rugleuning van zijn grootvaders stoel die voor de haard stond, kon Drew het hoofd van de oude man zien. Een paar slierten grijs haar bedekten het gladde hoofd, net als gras dat door rotsspleten heen groeit. En net als een rots bewoog zijn grootvader niet. De enige beweging die Drew kon zien was het dansen van de vlammen in de haard.

Drew liep op zijn bewegingloze grootvader toe.

"Grootvader?"

Geen antwoord.

Hij aarzelde. Als zijn grootvader dood was, wilde hij dat niet weten. Maar wat als hij hulp nodig had? Heel langzaam keek Drew om de rand van de stoel. Admiraal Morgan's ogen waren gesloten. Een brede grijns lag over zijn gezicht.

"Had je een goede reis, jongen?" vroeg admiraal Morgan.

Het nieuws dat admiraal Morgan nog in leven was, verziekte de rest van de dag voor Lady Morgan. Drew bleef met zijn grootvader in de bibliotheek, de enige plaats waar hij zich veilig voelde voor de spottende opmerkingen van zijn moeder.

"Weerzinwekkend!"

Steunend op zijn zwaard stond de admiraal bij de open glazen deur en keek naar zijn zoon, Lord Morgan die in de visvijver gluurde. Drew zat gemakkelijk in een stoel met zijn ene been over de leuning gezwaaid en bladerde een boek door.

"Kust hij die vissen?"

Drew keek op. "Hij praat tegen hen."

De admiraal schudde zijn hoofd. "Volgens mij kust hij ze."

Met een diepe zucht stond Drew op en liep naar zijn grootvader toe. Lord Morgan zat nog steeds op zijn knieën met zijn gezicht slechts een paar centimeter boven het water. Zijn lippen bewogen. Op het wateroppervlak was plotseling wat gespetter en een heldere oranje kleur te zien.

"Ja, hij kust ze inderdaad," gaf Drew toe.

De tuinen waren Percy Morgan's bijdrage aan Morgan Hall. Hij had persoonlijk een groep tuinlieden aanwijzingen gegeven hoe ze een weideveld moesten veranderen in een doolhof van heggen, wandelpaadjes en watervallen.

Lord Morgan verdeelde zijn prachtige tuin in wat hij "landen" noemde. Er was een land van vruchten waar sinaasappels, appels en een half dozijn soorten bessen groeiden. Er was een bosland, wat in miniatuur enigszins leek op het bekende Sherwood Forest. In een vallei vol gras stonden tafels met banken en die werd voorjaarsweide genoemd. Zelfs naar adellijke maatstaven was dit alles zeer indrukwekkend, maar Lord Morgan's meest geliefde en indrukwekkende ontwerp was zijn land met tropische vissen.

Verspreid over zijn hele terrein bevonden zich een aantal in elkaar overlopende zoutwatervijvers. Het kostte Lord Morgan en zijn tuinlieden meer dan drie jaar een systeem te ontwikkelen waarin tropische zoutwatervissen gehouden konden worden. Twee keer per maand moest het systeem ververst worden met water dat per wagen uit de zee werd aangevoerd.

Lord Morgan had een lopend contract met een aantal scheepskapiteins die hem van vis uit het Caribisch gebied moesten voorzien. Voor de eigenaren van de schepen was dit een winstgevende zaak: zo hadden ze retourvracht nadat ze hun lading van Afrikaanse slaven in West-Indië hadden gelost. De vis-minnende heer van Morgan Hall stond erom bekend dat hij voor een zeldzame vis net zoveel betaalde als een handelaar kon krijgen voor een jonge, stevige mannelijke slaaf.

"Dat is nou het verschil tussen ons," zei admiraal Morgan tot Drew, met zijn zwaard wijzend op zijn zoon naast de visvijvers. In mijn tijd bestreden de Engelsen de Spaanse agressie. Nu bestrijden de Engelsen schimmels aan de vissen."

Met veel gesnuif strompelde de admiraal weer terug naar zijn stoel voor de haard, zijn zwaard gebruikend als een wandelstok. Drew sloeg hem met bezorgdheid gade. *Maak ik me te veel zorgen door de schrik van net of loopt grootvader echt langzamer dan anders?* Bij het bereiken van de stoel draaide de admiraal zijn rugzijde naar de stoel zoals een schip gewend wordt naar de haven. Zijn zitvlak bleef even boven de zitting hangen. Toen liet hij zich met een kreun in zijn stoel zakken. Eenenzeventig jaar en naar wereldse maatstaven oud en bedaagd zat hij met gesloten ogen naar adem te happen.

"Hier zie je voor je hoe de tijd tot verval leidt," zei hij met een vermoeide en krakende stem. "Jongen, mijn dagen lopen snel ten einde. En daar ben ik blij om. Ik wil in deze ellendige tijd niet langer leven."

Drew zei niets, maar wachtte af. Het was niet voor het eerst dat de admiraal zo sprak. Het feit dat hij over de dood praatte verontrustte Drew niet; soms voelde hij zichzelf juist intens leven als hij daarover sprak. Daarom bleef Drew zwijgen en hij hoopte dat hij een verhaal over vroeger zou gaan vertellen dat hem helemaal in beslag zou nemen.

De admiraal vervolgde: "Drake is dood. Hawkins is dood. De dagen van Engelands glorie zijn dood en begraven." Hij zuchtte diep. "Dood zijn is maar het beste. Het is een vloek zolang te leven. Drake en Hawkins worden tenminste niet gedwongen hun geliefde Engeland voor hun ogen in verval te zien geraken."

Wel, dacht Drew, *het is in ieder geval een begin. Hij praat in ieder geval over Francis Drake en John Hawkins. Misschien moet ik hem een handje helpen.*

"Grootvader, waarom waren er mensen die een hekel hadden aan Sir Francis Drake?"

De admiraal opende één oog en keek hem daarmee achterdochtig aan. Hij onderkende Drew's poging wel. Niettemin glimlachte hij, sloot zijn oog en liet zijn hoofd achter tegen de stoel leunen.

Succes! In die houding ging grootvader altijd zitten als hij een verhaal ging vertellen. Drew wachtte terwijl de admiraal probeerde beelden uit het verleden op te roepen; hij zou alles hebben willen geven om ook de beelden te zien die zijn grootvader kon zien aan de andere zijde van die gerimpelde oogleden.

"De meeste mensen haatten Drake," zei de admiraal. "Ze noemden hem een parvenu." Hij sprak het woord uit met een overdreven Frans accent.

"*Parvenu?*"

"Een nieuwkomer. Een poen. Drake heeft nooit bekend gestaan als iemand met hoge beschaving. Hij heeft altijd dat westerse accent gehouden." De admiraal glimlachte. "Als Drake geen familie van Hawkins zou zijn geweest, zou de grote Drake als een arme boer geleefd en gestorven zijn." Amos stootte een lachje uit waardoor hij een hoestbui kreeg. Voordat hij verder ging veegde hij zijn mond met een zakdoek af. "Maar was hij niet moedig! Die parvenu haalde ons steeds weer uit de nesten, omdat hij dingen durfde te doen waaraan een normaal mens zelfs niet zou durven denken."

Weer een hoestbui, deze keer heviger. Toen hij uitgehoest was, zonk de admiraal zwak en zwetend terug in zijn stoel.

"Maar nu is Drake dood," mompelde hij in ademnood. "Hawkins ook." Hij wachtte even. "Waarom ben ik dan nog steeds hier?"

"Misschien omdat ik u nodig heb," zei Drew aarzelend.

Amos glimlachte daarop. Hij boog zich voorover en klopte zijn kleinzoon op zijn hand. "We zijn goed voor elkaar geweest, niet?" zei hij. "Maar jou tijd komt nu. Het is tijd dat je uitvliegt en je eigen avonturen gaat beleven."

Hierdoor werd Drew herinnerd aan zijn recente ontmoeting met de dieven net buiten Londen. "Dat vergat ik bijna. Ik heb een avontuur beleefd!" Drew sprong op en haalde het boek van de bisschop en de dolk uit de andere kamer op. Hij toonde ze trots en vertelde zijn verhaal aan zijn grootvader die aandachtig luisterde. De admiraal hield het mes vlak bij zijn slechte ogen en bekeek aandachtig het boek. Hij stelde er vragen over en complimenteerde Drew met het feit dat hij zo slim was geweest het boek als wapen te gebruiken. Drew vertelde ook dat de bisschop hem had uitgenodigd om naar Londen te komen.

"De bisschop van Londen?" De admiraal fronste zijn wenkbrauwen. "Ik had nooit veel op met die godsdienstige figuren. Wat zou je precies voor hem moeten doen?"

"De bisschop zei dat ik Engeland zou moeten beschermen tegen binnenlandse vijanden. Ik moet aan hem rapporteren en hij brengt rechtstreeks verslag uit aan koning Charles."

"Binnenlandse vijanden, zei je?" De admiraal bladerde door het beschadigde boek en keek hoe diep het mes erin was doorgedrongen. "Een goed boek," liet hij weten. "Ik houd wel van Layfield. Er staan veel feiten in, maar laat je daardoor niet afleiden van het verhaal."

Hij gaf het boek aan Drew terug en vervolgde: "Binnenlandse vijanden... die zijn het moeilijkst te vinden. In mijn tijd was dat gemakkelijker. Je wist wie je vijanden waren. Dat waren die smeerlappen die over het boord van je schip kropen en in het Spaans vloekten en je aan hun zwaard probeerden te rijgen."

"Bedoelt u dat ik niet naar Londen moet gaan?" vroeg Drew.

De admiraal dacht een ogenblik na en begon toen te praten, maar weer kreeg hij een hoestbui. Toen die eindelijk over was, hapte hij naar adem. Tenslotte zei hij: "Nee, dat bedoelde ik niet. Eigenlijk denk ik dat je moet gaan. Vanavond nog."

"Vanavond?"

"Waarom niet?"

"Ik kan nu niet gaan. Als ik nu ga, zal vader Morgan Hall aan Philip geven. Ik wil Morgan Hall niet verliezen, zeker niet aan Philip. Ik wil het voor u bewaren, grootvader, en de zeeschilderingen weer laten herstellen en het weer net zo maken als u deed."

De admiraal leunde in zijn stoel achterover en probeerde wat lucht te krijgen. "Niemand weet beter dan ik hoe moeilijk het is Morgan Hall op te geven," hijgde hij. "Maar er is in het leven nog meer dan Morgan Hall. En soms komt het voor dat, als je bereid bent dingen die je lief zijn op te geven, je dingen tegenkomt die je nog dierbaarder zijn. Zoals bijvoorbeeld mijn Georgiana." Bij het noemen van de naam van zijn vrouw werden de ogen van de admiraal vochtig. "Weet je, als Georgiana en ik Morgan Hall verlieten hadden we een bepaald systeem. Ik zette de koffer klaar en zij pakte hem in. En dan gingen we op vakantie. Als ik maar bij haar was, vergat ik alles over schepen en avonturen. Ik vergat zelfs Morgan Hall." Toen hij zich tot Drew wendde, liep er een traan langs zijn gerimpelde wang. "Er is niets in de wereld dat meer voor mij betekent dan Morgan Hall. Behalve jij. Drew, blijf niet om mij hier. Ga. Vanavond nog. Ga je eigen avontuur tegemoet. Bouw je eigen Morgan Hall. Ga weg en vindt je eigen Georgiana."

"Nee grootvader, ik kan altijd later nog gaan...."

De oude man hief zijn hand op en liet Drew niet uitspreken. "Iedere rechtgeaarde kapitein zou zijn leven voor zijn schip willen geven. Maar er zijn momenten dat een schip niet meer te redden is en het is een wijze kapitein die dat moment onderkent en het commando geeft: 'Verlaat het schip.' Mijn zoon, Drew, de slag is verloren. Verlaat het schip."

Drew werd innerlijk verscheurd. Hij wilde naar Londen gaan, maar hij wilde ook zijn grootvader niet alleen laten. En de gedachte dat Philip Morgan Hall zou erven was ondraaglijk.

"Neem dit met je mee." Admiraal Morgan reikte hem het in de schede zittende zwaard aan.

"Grootvader, uw zwaard? Dat kan ik niet aannemen."

"Onzin! Je zult het nodig hebben om Engeland tegen zijn binnenlandse vijanden te beschermen. Ik zou je ook graag mijn boeken geven." Zijn ogen gingen liefkozend over zijn boeken. "Maar het zijn er teveel. Dit kun je met je meenemen. En daardoor zal je altijd aan mij blijven denken."

Met eerbied nam Drew het zwaard van zijn grootvader aan. "Ik zal proberen dat u trots op mij kunt zijn," zei hij. En hij voegde daaraan toe: "Maar ik heb nog niet gezegd dat ik nu al zal gaan."

Die nacht werd Drew wakker door het geluid van hoesten in de gang naast zijn kamer. Het was de admiraal. Drew luisterde toen het geluid langzaam langs zijn deur ging. Hij wilde opstaan maar bedacht zich toen. Misschien was grootvader alleen maar bezig met zijn nachtelijk inspectie ritueel. Als dat zo was, wilde hij waarschijnlijk niet gestoord worden. Drew luisterde naar het tweeledige geluid van schuifelende voeten en gehoest dat zich naar het einde van de gang verplaatste, de hoek omsloeg en verder ging langs de andere kant van het huis. Het geluid verwijderde zich en de schuifelende voetstappen waren niet langer hoorbaar, maar het gehoest wel. Zijn grootvader was kennelijk de verste hoek omgeslagen en was weer op zijn terugweg, want het gehoest werd weer luider.

Toen hoorde hij stemmen. Gekijf eigenlijk. Zowel Lord als Lady Morgan schreeuwden tegelijk. Lord Morgan noemde de admiraal een stommeling om zo midden in de nacht rond te lopen en Lady Morgan schreeuwde naar hem omdat hij op zijn rondwandeling alle deuren en ramen had opengedaan. Het geschreeuw werd voortgezet toen ze de oude man naar zijn kamer brachten. Drew hoorde een deur slaan en toen niets meer.

De volgende dag werd Drew laat wakker. Hij liep naar beneden naar de keuken om een bediende op te zoeken die hem iets te eten zou kunnen geven. Er was echter niemand. Hij liep door de hal naar de vertrekken van de bedienden. Die waren leeg. De eetzaal, de ontvangzaal en steeds nog niemand te zien. Pas toen hij door het portaal de grote zaal in liep zag hij iets dat hem verontrustte. De dubbele deuren van de bibliotheek stonden wijd open. Toen Drew naar de deuropening toeliep, zag hij dat het in de bibliotheek donkerder was dan gewoonlijk omdat de tuindeuren gesloten waren. Hij liep verder en zag voor het eerst die morgen een teken van leven. Alicia, het dienstmeisje, stofte de boekenplanken. Alle andere bedienden waren druk bezig met het schoonmaken en verplaatsen van dingen. Zijn moeder stond met haar handen in haar zij in het midden van de kamer en gaf de bedienden bevelen.

"Wat doet u in grootvaders bibliotheek?" schreeuwde hij. "Hij heeft u toch gezegd daar geen voet in te zetten!"

"Nu is het mijn bibliotheek," zei ze koeltjes.

"Het zal nooit u bibliotheek worden. Niet zolang grootvader nog..."

Drew kon zijn zin niet afmaken. De glimlach op het gezicht van zijn moeder was dezelfde vertrokken glimlach die ze gisteren vertoond had, toen ze dacht dat de admiraal dood was.

"Hij is toch niet dood?" schreeuwde Drew. "Ik hoorde hem vannacht nog op de gang!"

"Je hoorde een oude man sterven," zei zijn moeder kortaf en toen gaf ze twee bedienden opdracht de stoel van grootvader voor de haard weg te halen en die naar de opslagplaats te brengen.

Drew kon zich geen grotere ontwijding van de bibliotheek van zijn grootvader voorstellen. Hij draaide zich snel om en rende weg. Boven aan de trap gekomen vloog hij naar de kamer van zijn grootvader. De admiraal lag zonder dekens op zijn bed toen Drew de kamer binnenkwam. Hij had zijn nachthemd aan en lag koud en bewegingloos op het bed. Niemand was bij hem, niemand betreurde hem. Zijn zoon was waarschijnlijk in de tuin zijn vissen aan het voeren. Wie wist waar Philip was? En zijn schoondochter was druk bezig de laatste sporen van de admiraal op Morgan Hall uit te wissen.

Drew vond een deken en bedekte zijn grootvader. Drew was nooit erg godsdienstig geweest, maar nu wilde hij wel dat hij een gebed kon uitspreken. Hij probeerde in gedachten een paar gepaste woorden te formuleren, maar de gedachten die bij hem opkwamen leken niet in het minst op een gebed. Hij werd steeds woedender. Drew Morgan keek voor de laatste keer naar de bedekte gestalte van zijn grootvader en wist wat hem te doen stond.

Door zijn woede voortgedreven, rende hij naar zijn kamer, greep het zwaard van de admiraal en liep regelrecht de trap af naar de bibliotheek. Hij stormde de kamer binnen als een man die een vesting bestormt.

"Eruit! Iedereen eruit!" schreeuwde hij met zijn zwaard zwaaiend naar de verschrikte bedienden die de boeken en wat ze ook maar droegen op de grond lieten vallen en in grote angst wegrenden.

"Drew Morgan! Weet je wel wat je doet?" gilde zijn moeder.

Drew draaide zich snel om en keek haar aan. Alle in de loop der jaren opgehoopte haat kwam bij hem boven. Als hij later aan het voorval terugdacht, moest Drew bekennen dat hij moord in de zin had en dat het alleen Gods weerhoudende hand was die hem voor het doden van zijn moeder bewaarde.

"Jij!" hij liet zijn zwaard zakken tot de punt op haar gericht was. "De kamer uit! Dit is je kamer niet en zal het ook nooit worden. ERUIT!"

"Hoe durf je?" schreeuwde ze. Ze bleef niet alleen staan maar ze deed zelfs een stap in Drew's richting.

Drew reageerde met een zwaai van zijn zwaard en veegde het tafelblad met een slag leeg. Een vaas, een paar boeken en een lege beker vlogen de kamer door. "Als je hier niet binnen vijf tellen weg bent dan zal je bij de zesde tel grootvader vergezellen! EEN!"

"Drew doe niet zo dwaas." Ze trok niet terug, maar ze kwam ook niet dichterbij.

"TWEE!"

Alle bedienden vluchtten weg.

"DRIE!"

Drew deed een stap naar zijn moeder toe. Ze begon heel langzaam in de richting van de dubbele deuren naar de gang te lopen.

"VIER!"

In de deuropening staande, zette ze haar voeten stevig neer en bleef voor het laatst staan.

"VIJF!"

Met opgeheven zwaard viel Drew aan. Lady Morgan vluchtte weg, maar niet voordat ze beloofd had met Drew's vader terug te komen.

Drew gooide de deuren achter haar dicht en deed ze op slot. Toen deed hij de tuindeuren op slot en ging in het midden van de kamer staan, voorbereid op het beleg dat, zo hij wist, zeker zou volgen.

Van achter de deuren volgde een spervuur van bedreigingen en vervloekingen. Lord en Lady Morgan stonden vier uur lang achter de deuren van de bibliotheek te schreeuwen en te tieren. Ook Philip liet af en toe een honende opmerking horen, maar hij had er gauw genoeg van en de strijd beperkte zich tot Drew en zijn ouders. Laat in de avond werden ze tenslotte zo schor dat ze zich terugtrokken.

Daar, in de stilte van de bibliotheek, treurde Drew over de dood van zijn grootvader. Hij liet zijn hand vol eerbied over de boeken in de boekenkast gaan en sprak de titels daarvan fluisterend uit; van sommige herinnerde hij zich zijn grootvaders beoordeling over de bekwaamheid van de schrijvers of het gemis daaraan. Hij zat op een stoel en riep de verhalen, die hij hier in deze kamer gehoord had, terug in zijn herinnering en hij had de neiging op te kijken in de verwachting de verteller te zien – het hoofd achterover, de ogen gesloten, zijn gebruikelijke houding als hij vertelde. Soms ging hij midden in de bibliotheek op de vloer zitten met zijn armen om zijn knieën en huilde alleen maar.

Kort voor het aanbreken van de morgen, toen het aan de andere kant van de glazen deuren lichter begon te worden, dacht Drew over zijn situatie na. Hij had geen voedsel en bezat niets. Hoe lang zou hij het hier kunnen uithouden? En wat dan? De ontzetting van de bibliotheek was wel juist geweest, maar de bibliotheek blijvend bezet houden was een heel ander verhaal. Nu hij weer redelijk begon te denken, leek de bezetting van een bibliotheek nogal belachelijk en een niet zo bijster slimme zet... *Een verstandig kapitein weet op het juiste moment te zeggen: 'Schip verlaten'. Had grootvader dat niet gezegd? De strijd is verloren. Verlaat het schip. Verlaat het schip.*

Toen de eerste zonnestralen over de oostelijke horizon vielen, ging Drew naar zijn kamer en pakte zijn spullen bij elkaar, waaronder ook het boek van de bisschop en de dolk. Het zwaard van zijn grootvader voor zich uit houdend, sloop Drew de trap af en door de bedienden ingang sloop hij naar de stal. Hij zadelde Pirate, vlug en voorzichtig om de stalknechten niet wakker te maken, en hij reed weg van Morgan Hall.

Toen hij nog een laatste keer achterom keek zag hij de zeemanskist naast één van de Corintische zuilen op het voorportaal staan. Door alle opschudding van de vorige dag hadden de bedienden geen kans gezien die op te ruimen. Toen schoten hem zijn grootvaders woorden te binnen:

Georgiana en ik hadden een systeem als we Morgan Hall verlieten. Ik zette de koffer klaar. Zij pakte die in. En dan gingen we op vakantie. Als ik maar bij haar was vergat ik alles over schepen en avonturen. Ik vergat dan zelfs Morgan Hall."

De admiraal had Morgan Hall nu voor de laatste keer verlaten.

HOOFDSTUK 7

"Heb je ooit iets gedood?"

"Hoe bedoel je?"

"Torren. Vliegen. Heb je die wel eens doodgemaakt?"

"Zeker. Waarom vraag je dat?"

"Ook wel eens iets groters?"

Drew kon de richting die het gesprek met Eliot nam niet waarderen. "Laten we ergens anders over praten," zei hij.

Eliot Venner snoof verachtelijk. "Nee, niet tot je mijn vragen beantwoord hebt. Heb je wel eens iets groters doodgemaakt dan een tor?"

Terwijl ze langs een landweg die uit Londen voerde liepen, bekeek Drew zijn zondagse metgezel eens nader. Hij kende Eliot pas een paar maanden, maar hij kende deze vreemde, roodharige jongen al goed genoeg om te beseffen dat dit soort gesprek heel gewoon voor hem was. "Ik kwam eens een slang tegen in de tuin van mijn vader," zei Drew behoedzaam. "Mijn broer en ik hakten hem met een schop doormidden."

"Gaf het je een goed gevoel?" Eliot's ogen lichtten op toen hij de vraag stelde.

"Wat bedoel je met 'Gaf het je een goed gevoel'?"

"Nou, voelde je je goed nadat je die slang gedood had?"

"Je bent niet goed wijs, Venner."

"Dat weet ik." Eliot glimlachte toen hij dat zei. "Als ik een torretje dooddruk, krijg ik een opgewonden gevoel." Toen Drew niet antwoordde was het even stil. Toen vroeg Eliot: "Heb je je wel eens afgevraagd hoe het moet zijn om een mens te doden?"

"Houd je mond, Eliot."

Eliot haalde zijn schouders op. Hij was een wilde jongen die een ruig leven geleid had. Zijn wilde uiterlijk werd door zijn doordringende ogen en zijn rode haardos nog benadrukt. De pupillen van zijn ogen verdwenen bijna in het wit van zijn ogen, waardoor het leek of hij altijd in een staat van verwildering verkeerde. Meer dan eens had Drew gezien dat Eliot die vreemde ogen, gepaard gaande met een gemene grijns, tot zijn eigen voordeel had aangewend. Die hadden een lugubere en intimiderende uitwerking. Als je in staat was die indringende ogen te ontwijken, zag je zijn wilde rode haardos. Zijn haar was niet alleen ongekamd, maar het leek wel of zijn haar door een explosie uit zijn hoofd te voorschijn was gekomen.

Eliot was wat korter maar wel een paar jaar ouder dan Drew. Hij had een pokdalig gezicht en hij liep een beetje kreupel. Zowel het een als het ander was een gevolg van zijn harde jeugd in de straten van Londen. Eliot Venner was een harde jongen die intimideerde, maar toch mocht Drew hem wel. Er was in Eliot nog iets overgebleven van een kleine jongen en er viel altijd wel iets leuks met hem te beleven, behalve als hij zo raar deed als nu.

"Hoe ver is het nog?" vroeg Drew.

De twee jongens liepen in noordelijke richting over de stoffige weg. Het was een zonnige middag en het eenrichtingverkeer was drukker dan gewoonlijk op een zondag. Door het drukke verkeer hoopte Drew dat hij niet te veel zou opvallen. Het laatste wat hij wilde, was gearresteerd worden op het moment dat hij een niet wettige gebeurtenis bijwoonde op de dag voor zijn eerste opdracht.

"Nog een mijl," zei Eliot. "Het zal de moeite waard zijn, geloof me."

"Ik weet het nog niet zo zeker. Een gevecht van een beer tegen honden lijkt me eigenlijk helemaal niet zo leuk."

"Je zult het prachtig vinden," krijste Eliot. "Ik had toch ook gelijk over Rosemary, of niet soms?"

Drie maanden lang was Eliot Drew's leermeester geweest in alles wat met de basisbeginselen van spioneren tot en met een introductie in het nachtleven van Londen te maken had. Wat het opsporen van puriteinen betrof, was Eliot bisschop Lauds meest succesvolle spion, hoewel zijn motieven bepaald niet geestelijk waren. Maar voor een jongen, die op de straten van Londen was opgegroeid, was het een prima baan. Hij kon liegen, stelen en rondsluipen en hij werd er nog voor betaald ook.

De bisschop had de twee jongelui met elkaar in contact gebracht omdat hij wilde dat Drew de beste leermeester zou krijgen die hij had. Maar hij was teleurgesteld toen Drew uit vrije verkiezing deel ging nemen aan Eliot's nachtleven. De bisschop was helemaal op de hoogte van Eliot's uitgaansleven; hij vond het wel niet goed, maar hij liet het toe. Hij wist hoe moeilijk het voor Eliot was om weken of maanden aan een stuk zich als christen voor te doen om het vertrouwen van zijn slachtoffers te krijgen. Per slot van rekening had de jongeman een uitlaatklep voor zijn jeugdige begeerten nodig. Tussen de opdrachten door had hij daar het beste tijd voor. Bisschop Laud verwachtte geen moreel verantwoord gedrag van Eliot en hij moedigde dat ook niet aan; dat zou het uiteindelijke werk niet ten goede komen.

Ten aanzien van Drew had de bisschop edeler plannen. Maar daar hij de intensiteit van de wensen van jongelui kende, besloot hij dat het verkeerd zou zijn Drew te verbieden Eliot te vergezellen. Daarom keek bisschop Laud voorlopig de andere kant op. De tijd zou aanbreken dat Drew's opleiding voorbij was en dat de jongelui niet langer met elkaar om zouden gaan.

Intussen maakte Eliot Drew vertrouwd met de verschillen van de plaatselijke herbergen. Drew gaf meer de voorkeur aan eenzaamheid dan aan gezelschap en hij had nooit een buitensporig verlangen naar bier of wijn gehad. Zelfs toen hij student in Cambridge was, was hij liever op zijn kamer blijven lezen dan met zijn medestudenten aan de zwier te gaan. Maar Eliot leerde hem drinken en Drew werd zijn gewillige leerling. Het kwam nog al eens voor dat leraar en leerling op de Londense straatkeien, in hun eigen vuil liggend, wakker werden.

Drinken was niet de enige maatschappelijke onhebbelijkheid die Eliot Drew bijbracht. Hij bracht zijn leerling ook in aanraking met werkende vrouwen. In een herberg op Mile End Road stelde Eliot Drew aan Rosemary voor. Hij zei dat het een beloning was voor de studieresultaten van de eerste week. Toen Eliot het meisje voorstelde, was Drew al niet helemaal nuchter meer. Hij dacht dat Eliot wilde dat hij een afspraakje zou maken en hij bedankte beleefd. Helemaal perplex over Drew's onbegrip barstte de hele herberg in een schunnig gelach uit. Overal waar hij keek zag hij wijdgeopende monden met zwarte tanden erin die verachtelijk lachten toen Rosemary verleidelijk draaiend op hem af kwam. Drew kreeg een vuurrood gezicht. Hij liep langs de spottende slons heen. Hij moest hier weg, weg.

De volgende morgen werd hij misselijk wakker – lichamelijk door de drank maar ook misselijk van zichzelf over wat er de vorige avond gebeurd was. Hij had altijd gefantaseerd dat zijn eerste keer een romantisch spel met zijn versie van Guinevera zou zijn, een blonde schoonheid voor wie hij zijn leven zou willen opofferen. Hij betwijfelde of er iemand in de herberg was geweest die er ook zulke romantische ideeën op nahield. Had Eliot werkelijk gedacht dat hij met een kroegdeern zou slapen die naar zweet en verschaald bier rook en die met de passieloze beroepsmatigheid van iemand die de kost verdient te werk ging.

Drew waste zich hardhandig en beloofde zichzelf nooit meer met Eliot uit te gaan. Maar een paar weken later, toen de herinnering wat vervaagd was, voegde Drew met zijn leermeester in een andere herberg een nieuwe mijlpaal aan zijn opleiding toe.

Toen Eliot en Drew Fleet Ditch naderden, waar het gevecht tussen de beer en de honden zou plaatsvinden, zagen ze honderden toeschouwers, een heidense gemeente van Londense poorters. Toen het moment van het gevecht dichterbij kwam, namen de gebruikelijke geluiden van opgewondenheid toe – rauw gelach, luidruchtige weddenschappen en grove grappen. Het feit dat de voorstelling illegaal was, deed de opwinding nog toenemen. Toen Eliot Drew door de menigte leidde, bleek dat hij zich hier helemaal thuisvoelde; maar Drew was nog nooit van zijn leven met zoveel ongewassen mensen in aanraking geweest.

Het middelpunt van de belangstelling werd gevormd door een bruine beer in een kooi die er ziek uitzag en die door al het lawaai kennelijk bang was. Eén van zijn ogen zat half dicht en zijn linker zijde en schouder vertoonden grote haarloze littekens. In de menigte werd gemompeld dat de beer te oud en te aftands was en dat de baas van het spektakel hen bedroog. Toen een van de bazen dat hoorde, greep hij een lange paal en stak daarmee venijnig door de tralies naar de beer. Die gromde zo krachtig dat zelfs de geharde omstanders terugsprongen. Er klonk een luid gelach op toen de dichtstbij-staande omstanders elkaar beschuldigden bang te zijn. De critici waren voldaan en de baas van de beer vond dat hij een goede demonstratie had gegeven.

Eliot porde Drew met zijn elleboog in de ribben: "Ik zei je al dat dit goed zou worden."

Drew antwoordde niet.

Toen de toeschouwers in een kring waren geplaatst langs de kant van een brede, droge sloot die van alle begroeiing was ontdaan, begon de voorstelling. In het midden stond een grote houten paal.

Plotseling sprong er van de rechter kant van de sloot een magere ezel te voorschijn die door vier honden achterna werd gezeten. Op zijn rug zat een doodsbange, schreeuwende aap. Toen de menigte dit vreemde schouwspel zag, steeg er een gebrul op. Eliot schreeuwde het hardst van allemaal. Zijn gelach was net zo vreemd als de rest aan hem; het was een uitbarsting van gierend gelach. Het klonk als het geluid van een opgewonden hyena, dacht Drew. Een paar mannen aan het eind van de sloot joegen de ezel weer terug en die liep weer langs de menigte heen, de aap nog steeds schreeuwend op zijn rug en de honden bijtend naar zijn poten.

Er waren een paar stevige kerels nodig om de beer uit zijn kooi te halen en hem met een ketting vast te leggen aan de paal. Toen dat gebeurd was, stak één van hen een paar zevenklappers af en gooide die aan zijn voeten. Toen ze explodeerden brulde en danste de beer in paniek, wat de menigte erg leuk vond. Er werden nieuwe honden losgelaten en drie van hen vielen de beer aan.

De toeschouwers werden nog opgewondener. Ze schreeuwden allerlei obsceniteiten naar de beer en ze vuurden de honden aan die onder de verscheurende klauwen van de beer door doken. Drew wierp een blik op Eliot en hij zag een wilde blik in zijn ogen terwijl hij voortdurend op zijn onderlip beet. Er liep een druppel bloed langs zijn kin. Drew keek langs de menigte. Overal om hem heen bevonden zich Eliots – de ogen wijd open gesperd, tot razernij gebrachte beesten, hongerend naar geweld, schreeuwend om bloed en moordbelust. Hij werd er misselijk van.

De beer hield stand tegen de honden.

"Ze sturen er eerst de oude honden op af," schreeuwde Eliot tegen Drew, het bloed met de rug van zijn hand van zijn kin afvegend. "Ze willen niet dat de beer te gauw doodgaat."

De honden blaften en wierpen zich op de beer en kregen zo nu en dan een stuk vacht te pakken. Meer bang gemaakt dan echt gewond hield de beer zich met wilde zwaaien van zijn machtige klauwen de honden van het lijf. De honden bleven zo veel mogelijk buiten bereik van de beer. Eén was wat te onvoorzichtig en een woeste zwaai deed hem in het stof tuimelen. De hond liet een gehuil horen, stuiptrekte en bleef toen stil liggen. Zijn hele zijkant was door de klauw van de beer opengereten.

De menigte schreeuwde verwensingen naar de beer en schreeuwde om meer honden. Er werden nog drie honden losgelaten – bulldogs, die speciaal getraind waren om bij zulke gebeurtenissen beren en stieren te doden. Ze vielen de beer aan alsof ze bezeten waren; met vurige ogen beten en hapten zij naar alles wat hen voor de bek kwam – de beer, de oude honden en zelfs naar elkaar.

De oude bruine beer begon moe te worden. Er waren te veel tegenstanders. Als hij er één wegsloeg, kwamen er drie voor in de plaats die in zijn poten beten. Zijn vermoeidheid ruikend, sprongen de honden naar zijn kop en schouders en probeerden hem op de grond te trekken. De beer sloeg één van de buldogs de arena uit. De helemaal gek geworden hond raakte de grond, vloog een paar keer over de kop maar stond weer gauw overeind en nam weer deel aan het gevecht, zich kennelijk niets aantrekkend van zijn verwondingen.

Overal om Drew heen begonnen de toeschouwers te roepen dat de beer dood moest. Ze hadden vuurrode gezichten, ze staken hun nek uit, hun aderen klopten en in hun bloeddoorlopen ogen stond waanzin te lezen. Dit waren gewone mensen die iedere dag in Londen in allerlei beroepen werkzaam waren. Maar op deze zonnige middag waren ze doodsfanaten. Het enige wat hen bevredigen kon was de dood van de beer.

Plotseling gooide de beer twee bulldogs, die zich aan zijn borst vastgebeten hadden, van zich af. Langzaam en majestueus strekte hij zich in zijn volle lengte uit. Het was alsof hij zijn omgeving vergeten was. Groot en weer sterk keek hij op naar de lucht boven de kam van de arena en hij liet een luid gebrul horen. Het was geen kreet van pijn, maar een trots gebrul, sterk en helder, het soort geluid dat hij als jonge beer, op een voorjaarsdag alleen in het veld, gemaakt zou kunnen hebben.

De honden waren niet onder de indruk. Ze beten genadeloos naar hem. De menigte kwam in beweging toen de honden kans zagen de beer op de grond te trekken. Hun muilen rood van het bloed van de beer, vielen de honden met nog grotere razernij aan. De mensen klapten in hun handen, sprongen in het rond en betuigden luidkeels hun bijval.

"Ik zei je toch dat het geweldig zou zijn?" Eliot was nog helemaal opgewonden toen hij en Drew terugliepen naar de stad.

Drew kon het niet opbrengen te antwoorden.

"Het was wel niet de beste voorstelling die ik heb gezien," zei Eliot, zich voorafgaande gebeurtenissen voor de geest halend, "maar het was wel goed. Soms vechten stieren beter dan beren. Afgelopen zomer heb ik een stier een hond aan de horens zien rijgen en hij gooide hem helemaal..."

Drew versnelde zijn pas en liep vooruit.

Eliot stopte en keek hem na. "Ik denk dat een gevecht tussen honden en een beer niet voor iedereen geschikt is." Hij haalde Drew weer in en zei: "Maar wat Rosemary betreft had ik toch maar gelijk, of niet soms?"

De maandagmorgen begon stralend en Drew stond op met een emotionele kater. Aan de ene kant was hij opgewonden omdat hij vandaag zijn eerste opdracht van de bisschop zou krijgen; maar aan de andere kant had hij de hele nacht over het gevecht tussen de honden en de beer gedroomd en hij werd nog steeds geplaagd door de dood van de beer. In zijn droom had de beer hem steeds aangekeken alsof Drew iets zou kunnen doen om zijn dood te voorkomen. Omdat hij zijn nare gevoelens niet van zich af kon schudden, had Drew een afkeer van zichzelf, maar hij kon het gezicht van de beer niet uit zijn gedachten bannen.

Bisschop Laud was al op zijn knieën in de tuin bezig met een schopje geultjes langs zijn rozebedden te graven.

"Andrew!" begroette de bisschop hem enthousiast. "Wat een prachtige morgen, niet?"

Drew's antwoord klonk niet zo enthousiast maar wel beleefd.

De bisschop taxeerde zijn toestand. "Zeker met Eliot aan de zwier geweest?"

Drew knikte.

"Een kater?"

Drew schudde zijn hoofd.

"Nou ja, het zijn mijn zaken niet." De geestelijke ging staan en veegde het vuil van zijn knieën. Hij was kennelijk teleurgesteld. "Laten we het daar nu niet over hebben. Je weet hoe ik daar over denk. Ander onderwerp, ik kreeg een brief van je vader."

Drew luisterde aandachtig. Sinds hij van huis weggelopen was, had hij geen enkel contact met zijn familie gehad.

"Hij beantwoordde mijn brief. De brief die ik verzond toen we Pirate terugbrachten."

Toen Drew, na de dood van zijn grootvader, Morgan Hall verliet, was hij regelrecht naar London House gereden. Toen hij daar aangekomen was, had hij bisschop Laud de omstandigheden die hem hadden doen terugkeren naar Londen uitgelegd. Op advies van de bisschop was Pirate de volgende dag teruggebracht naar Morgan Hall. Op die manier kon Drew niet beschuldigd worden van paardediefstal. Verder was bisschop Laud blij geweest Drew in zijn huis te kunnen ontvangen, al waren de omstandigheden waardoor hij terugkeerde niet bepaald ideaal. Hij had met onverdeelde belangstelling geluisterd naar Drew's verslag over hoe het boek van de bisschop zijn leven had gered. Bisschop Laud was niet boos geworden door het feit dat zijn boek beschadigd was. Hij was helemaal verrukt over het feit dat het boek het middel was geweest waardoor Drew gered was.

De daarop volgende dagen had de bisschop Drew voortdurend bij zich gehouden. Hij had zelfs een extra bed in zijn slaapkamer laten plaatsen. Drew voelde zich een beetje opgelaten door al de aandacht die de bisschop aan hem besteedde. Maar nog nooit eerder in zijn leven had hij zoveel aandacht en zorg gekregen als die de bisschop voor hem toonde en hij vond het wel aardig.

's Avonds laat, in het donker, praatten zij over koning Arthur en de kruistochten en het leven in Cambridge. Tot Drew's genoegen vertelde de bisschop hem schandaaltjes over een paar vormelijke en zwaarwichtige professoren in Cambridge die altijd veel indruk op hem gemaakt hadden.

Toen Drew met Eliot optrok, kreeg hij zijn eigen slaapkamer. Maar het andere bed werd niet uit de slaapkamer van Laud weggehaald en Drew ging daar slapen als de bisschop en hij verwikkeld waren in een discussie over de dagen van de ridders.

Voor het grootste deel van die tijd had Drew zich nog nooit zo gelukkig gevoeld. De gedachte dat zijn grootvader gestorven was en dat hij Morgan Hall aan Philip was kwijtgeraakt was wel pijnlijk, maar hij was zeer tevreden met zijn nieuwe leven en thuis. De grote dikkerd, die hem op zijn eerste bezoek aan London House begroet had, giechelde en proestte nog steeds als hij hem zag. Drew vond hem een raar mens, maar hij hield van de maaltijden die hij klaarmaakte. Timmins gedroeg zich, zoals zijn gewoonte was, onverstoorbaar en sprak alleen maar tot Drew als dat noodzakelijk was. Drew vond dat best. Om kort te gaan, London House was zijn thuis geworden en Drew had niet meer aan zijn familie en Morgan Hall gedacht totdat de bisschop de brief van zijn vader noemde.

"Wil je niet weten wat hij zegt?" vroeg de bisschop.

"Eigenlijk niet."

"Wel, hij zegt eigenlijk niet zoveel," vervolgde de bisschop, aan Drew's opmerking voorbijgaand. "Er waren veel mensen op de begrafenis van je grootvader."

"Ik denk dat het voor mijn moeder een heel feest was."

"En hij bedankt ons dat wij het paard teruggebracht hebben."

"Ons?"

"Nou ja, mij."

"Hij had zeker niets persoonlijks tegen mij te zeggen?"

De bisschop aarzelde.

"Dat dacht ik al," zei Drew. "Maar dat geeft niet. Ik heb nu een nieuw leven en ik wil graag mijn eerste opdracht gaan uitvoeren."

De bisschop staarde Drew aan. Het leek erop of hij iets pastoraals wilde gaan zeggen, maar toen van gedachten veranderde. "Je hebt gelijk," zei hij, "Laten we beginnen. Ik heb iets voor je in mijn studeerkamer."

De studeerkamer van de bisschop was indrukwekkend en had wel wat weg van de bibliotheek van de admiraal op Morgan Hall. Alleen stonden er meer theologische boeken.

Bisschop Laud overhandigde hem een Bijbel. "Ik wil dat je die aanneemt," zei hij. "Het is een geschenk."

Drew bladerde door de Bijbel.

"Heb je wel eens eerder in de Bijbel gelezen?"

"Nee, dit is de eerste keer dat ik er een vasthoud."

Als de bisschop al verbaasd was, liet hij dat niet merken. "Wel, het kan geen kwaad als je die eens zou lezen, maar daarvoor geef ik hem niet aan je. Kijk eens naar de eerste bladzij."

Drew sloeg de eerste pagina op.

"Dit is de King James-vertaling, voor het eerst gedrukt..." de bisschop pauzeerde terwijl hij even rekende, "bijna twintig jaar geleden. Ik geef je deze Bijbel om twee bijzondere redenen: ten eerste zullen de puriteinen er woedend om worden. Ze denken dat het helemaal verkeerd is die te gebruiken en zullen proberen je te bekeren tot het lezen van de Geneefse Bijbel. Ten aanzien van deze vertaling zijn ze onredelijk en koppig. Als je net doet of je je door hun argumenten laat overtuigen, kun je er zeker van zijn dat ze je mogen. Gebruik dat tot je voordeel. Maar de tweede, belangrijker reden dat ik je deze Bijbel geef, is dat je hem moet gebruiken om in het geheim met mij contact te houden."

Drew keek niet begrijpend op.

De bisschop legde uit: "Ik heb een eenvoudige geheimcode voor je bedacht als je mij een boodschap wilt sturen. De code is gebaseerd op deze Bijbelvertaling. Met dezelfde vertaling ben ik in staat om je boodschappen te ontcijferen. Voor ieder ander zal de boodschap onzin lijken."

De bisschop legde Drew de code die hij had bedacht verder uit. Zijn code was gebaseerd op ieder deel van de Bijbel een nummer te geven. Ten eerste kregen alle Bijbelboeken een nummer, Genesis nummer één en Openbaring nummer zesenzestig. De hoofdstukken en verzen waren al genummerd en indien nodig konden ook de woorden in een tekst genummerd worden. Gebaseerd op dit systeem kon iedere boodschap gecodeerd worden door woorden uit de Bijbel aan elkaar te rijgen op een nieuw stuk papier.

"Op die manier kun je hele verzen of zinnen uit de Bijbel gebruiken," vervolgde de bisschop. "Stel bijvoorbeeld dat je iemand ontdekt die we zoeken. Je boodschap zou er dan als volgt uit kunnen zien..." De bisschop overhandigde Drew een stuk papier. Er stonden een aantal getallen op: (43/1/45/8-11).

"Goed onthouden," zei de bisschop, "boek, hoofdstuk, vers, woorden." Drew opende de Bijbel en zocht het drieënveertigste boek op. "Het Evangelie van Johannes," las hij hardop.

"Juist."

Drew zocht het paginanummer op dat werd aangegeven. "Eerste hoofdstuk vers 45," las hij weer hardop. Hij telde de eerste zeven woorden. "De boodschap luidt: *'We hebben hem gevonden.'*"

"Prachtig!" riep de bisschop uit. Hoe beter je de Bijbel zal leren kennen, hoe gemakkelijker zal het voor je zijn boodschappen te formuleren. Probeer dit eens. Het is een boodschap van mij aan jou." Weer gaf de bisschop hem een stuk papier. Daarop stond de kryptische boodschap gedrukt: (6/1/17/20-23) (40/5/14/13) (5/1/7/5-6).

Drew fronste zijn voorhoofd en ging aan het werk. In het zesde Bijbelboek, Jozua, hoofdstuk 1, vers 17, woorden 20-23 stond te lezen: *"God zal met u zijn."* Hij krabbelde dat op een stuk papier. Van het Evangelie van Matteüs kwam slechts één woord: *"op."* Hij voegde het woord toe aan de voorafgaande zin. Vervolgens kwamen er twee woorden uit Deuteronomium: *"uw reis."*

"Lees hardop voor," beval de bisschop.

"God zal met u zijn op uw reis." Zonder op te kijken zei hij: "Geweldig! Maar waarom heeft Eliot me dat niet geleerd?"

"Eliot weet hier niets van," zei de bisschop, zijn handen op Drew's schouders leggend. "Dit is een persoonlijke code. Jij en ik zijn de enigen die hier iets van af weten."

Drew verstrakte. De bisschop voelde zijn reactie en veranderde van onderwerp. "Je eerste opdracht is voor Norwich. Kijk eens wat je kunt ontdekken over een man die Peter Laslett heet. Hij is de curator van Norwich en ik vermoed dat hij de zaak der puriteinen is toegedaan."

De predikant van Norwich was een humorloze man van vijftig jaar die zijn geloof zeer serieus nam; in feite nam Peter Laslett alles serieus. Hij was ervan overtuigd dat te veel plezier slecht was en hij scheen vast besloten in zijn kerkdiensten hiertegen iets te doen. De gezangen werden zeer langzaam gezongen, in een tempo waarbij een ieder die ze zong in ademnood kwam. Maar in verhouding tot de preken van Laslett was het tempo waarin de gezangen gezongen werden zeer hoog.

Als de hulppredikant van Norwich preekte, pauzeerde hij aan het eind van iedere zin. Hij sloeg dan zijn ogen op alsof hij in een donker laatje, diep in zijn hoofd, naar de volgende woorden zocht. Na één van Laslett's diensten uitgezeten te hebben, was Drew er vast van overtuigd dat, als hij erin zou slagen deze man van de preekstoel te halen, iedereen in Norwich hem een staande ovatie zou geven.

Na deze eerste dienst bijgewoond te hebben, benaderde Drew de predikant met een verzoek om hulp. Voor zijn eerste opdracht koos Drew één van Eliot's meest beproefde methoden. Hij kwam vuil, in lompen gehuld en hongerig in Norwich aan. Als voorbereiding op zijn komst in Norwich had Drew een week lang in dezelfde kleren rondgelopen en hij had twee dagen niets gegeten. *"Niets is overtuigender dan een rommelende maag,"* had Eliot gezegd, *"Zoiets kun je niet nadoen."*

Drew vertelde de predikant dat zijn vader en moeder gestorven waren toen hij nog jong was en dat hij daarom gedwongen werd op de straten van Londen te bedelen. Maar door het slechter worden der tijden waren bedelaars niet meer in staat van aalmoezen te leven en ze waren daarom gedwongen te stelen om aan eten te komen. Een paar harde criminelen hadden hem betrapt in hun gebied en hadden hem een pak slaag gegeven en hem gedwongen voor hen uit stelen te gaan. Hij was het stelen en liegen zat geworden en was Londen ontvlucht. Alles wat hij nu wilde, was een plaats te vinden waar hij op een eerlijke manier zijn brood zou kunnen verdienen.

Laslett trapte erin.

"Hoe ellendiger je je voordoet, hoe mooier ze het vinden," had Eliot Drew gezegd. "Dat geeft een beter verhaal als ze moeten getuigen."

Daar Laslett een weduwnaar was, nodigde hij Drew uit om bij hem te blijven. Drew gebruikte in Norwich niet zijn eigen naam. Laslett kende hem als Gilbert Fuller. Toen de vrouwen van de kerk hoorden dat er een tweede potentiële huwelijkskandidaat bij de curator woonde, kwam er geen eind aan de uitnodigingen om te komen eten van eenzame vrouwen en moeders met huwbare dochters. Eén van de uitnodigingen kwam van een oude vrijster, mejuffrouw Adams genaamd.

Toen Drew op een zondagmiddag door mejuffrouw Adams op het eten was uitgenodigd, maakte hij een paar fouten. Haar broer Orville, een begrafenisondernemer uit Londen, was ook aanwezig en werd achterdochtig toen Drew de namen van een paar straten in de achterbuurten van Londen niet bleek te kennen. Drew wendde geheugenverlies voor door langdurig gebrek aan voedsel; of misschien was zijn vergeetachtigheid wel te wijten aan een geheimzinnige ziekte die hij de vorige winter maar net overleefd had. Iedereen scheen genoegen met deze verklaring te nemen en Drew dacht er niet meer over na. Met het verstrijken van de tijd bemerkte Drew echter dat er een scheur in zijn netwerk van leugens dreigde te ontstaan. Het werd steeds moeilijker zich al de details van zijn steeds uitgebreidere verhaal te herinneren.

Toen Drew een paar weken later opstond en zich aankleedde om naar de kerk te gaan, bleek de curator afwezig te zijn. Dat leek Drew vreemd en hij dacht dat er iets belangrijks aan de hand moest zijn. Hij was er zeker van dat hij in de kerk de reden voor de afwezigheid van de curator wel zou horen. Op het moment dat hij de kerk inliep, zag Drew dat een aantal overtredingen, die hij opgeschreven had om aan bisschop Laud door te geven, gecorrigeerd waren. De meest opvallende verandering was de plaats van het altaar. Het was verplaatst naar de oostelijke muur van de kerk en er was een ruw, haastig gemaakt hekwerk omheen gezet. Toen de dienst begon verscheen Peter Laslett in de voorgeschreven toga. Sinds Drew's aankomst was dit de eerste keer dat hij er een droeg. Drew was verbaasd maar maakte zich verder geen zorgen.

Zoals in Norwich gebruikelijk was, werden de gezangen ook die zondagmorgen zeer langzaam gezongen. Toen de eerwaarde Peter Laslett zijn tekst uit Jeremia 9 begon voor te lezen, zakte Drew onderuit om weer een preekmarathon aan te gaan horen. Bij het lezen keek hij aan het einde van iedere zin even naar Drew.

"Neemt u in acht, een ieder voor zijn naaste," las de curator, "en stelt op niet één broeder uw vertrouwen, want iedere broeder is een aartsbedrieger, en iedere vriend gaat rond met kwaadsprekerij."

Laslett veegde zijn voorhoofd af en ging verder.

"De een leidt de ander om de tuin en waarheid spreken zij niet; zij hebben hun tong gewend aan leugenspreken, met draaierij matten zij zich af. Hier woont onderdrukking op onderdrukking, bedrog op bedrog; zij weigeren Mij te kennen, luidt het woord des Heeren. Daarom, zo zegt de Heere der heerscharen: Zie, Ik smelt en toets hen, want hoe moet Ik doen ten aanzien van de dochter mijns volks? Een moordende pijl is hun tong, die bedrog spreekt; met zijn mond spreekt men van vrede met zijn naaste, doch in zijn binnenste legt men zijn hinderlaag."

De curator keek op. Het duurde even voor hij sprak, maar toen hij sprak was zijn toon afgepast en weloverwogen. "Broeders en zusters, u heeft gehoord dat de Schrift spreekt over de kwaadsprekende naaste. Ik geloof dat we zo'n naaste vandaag onder ons gehoor hebben. Een bedrieglijke naaste. Een naaste die zijn hinderlaag legt en die hoopt ons op iets te betrappen." Laslett sprak op zijn gebruikelijke langzame toon, maar iedereen in de gemeente luisterde aandachtig naar hem.

"Deze valse naaste is iemand die onze hulp zocht en we hebben hem opgenomen. Hij is in onze huizen onze gast geweest en hij at van onze tafels, maar hij behoort niet bij ons."

Peter Laslett keek rechtstreeks naar Drew en terwijl hij sprak werd hij moediger. "Hij beweert op de straten van Londen opgegroeid te zijn, maar hij kent de straatnamen niet. Hij beweert geen scholing ontvangen te hebben, maar hij heeft een woordenschat die bij een goed geschoold iemand past. Hij beweert geen familie te hebben en alleen maar mensen van de straat te kennen, maar hij heeft wel opmerkelijk goede tafelmanieren. Broeders en zuster in Christus, ik ben bang dat we iemand in ons midden hebben die een verbond met de duivel, de aartsleugenaar, gesloten heeft."

De prediker sloot zijn ogen en boog zijn hoofd. Iedereen in de kerk hield zijn adem in en wachtte op wat er nog meer zou komen. In zijn dertigjarige bediening had Peter Laslett nog nooit zo'n aandacht in zijn diensten gehad.

"Mijnheer Gilbert Fuller, als dat tenminste uw echte naam is, wilt u alstublieft gaan staan en ons tot eer van God uw getuigenis geven!"

Alle ogen werden op Drew gericht. Sommigen keken alleen maar verbaasd, maar anderen keken als de aanvallende honden bij het berengevecht. Drew sprong op en vluchtte door een raam aan de zijkant weg. Hij hield de Bijbel die de bisschop hem gegeven had stevig vast en hij bleef doorrennen tot hij een paar mijl buiten de stad was.

Eliot had hem voorbereid op een dergelijke mogelijkheid. Hij moest dan via een omweg langzaam naar Londen terugkeren. Voor de veiligheid van de bisschop was het nodig dat niemand hem naar London House zou kunnen volgen.

Drew reisde langs de kust van de Noordzee naar Sherington in het noorden. Daar schreef hij een gecodeerde boodschap aan de bisschop.

Bisschop Laud stond op het punt aan tafel te gaan toen hij Drew's boodschap ontving. Ondanks de protesten van zijn dikke kok, verontschuldigde hij zich en ging naar zijn studeerkamer. Hij nam zijn Bijbel, die precies leek op de Bijbel die hij Drew gegeven had. De boodschap was maar kort en bestond maar uit zeven cijfers: (23/6/5/4-10). Vertaald luidde de boodschap: *"Wee mij! Ik ga ten onder."*

Drew's tweede opdracht lukte beter. De bisschop zond hem naar Bedford in de vruchtbare vallei van de rivier de Ouse, juist ten noorden van Londen en ten westen van Cambridge. Vastbesloten om van zijn fouten te leren, gebruikte Drew een verhaal dat gemakkelijker te onthouden was en meer in overeenstemming met zijn achtergrond. Na zijn aankomst in de stad woonde hij een kerkdienst bij en zag hij na afloop van de dienst kans om met de dominee in gesprek te komen. Na de kerk van Peter Laslett waren de diensten van Robert Sewell een aangename verrassing. Drew werd in het bijzonder getroffen door zijn welsprekendheid. Waarschijnlijk had hij les gehad in Cambridge of Oxford.

Onmiddellijk bij zijn binnentreden van de kerk wist Drew dat hij een mogelijke overwinning kon boeken. Het altaar was niet tegen de oostelijke muur geplaatst en de dominee droeg geen toga. Dit waren zeer zeker overtredingen van de kerkelijke voorschriften, maar wat Drew vooral opviel was dat er weinig aandacht aan het Gebedenboek besteed werd. Alle dominees hadden de strikte opdracht gekregen zich in hun diensten te houden aan het "Book of Common Prayers". Het houden van eigen preken werd ontmoedigd. De bisschop stond daarop. Bij het houden van een eigen preek kon gemakkelijk een eigen mening verkondigd worden en dat werd niet getolereerd. De bisschop had besloten dat er in iedere kerk in Engeland dezelfde dienst gehouden zou worden. Deze gemeenschappelijkheid in de eredienst maakte hen tot de Kerk van Engeland. De bisschop bepaalde ook dat er uitsluitend gebeden mocht worden uit het Gebedenboek. Als iemand zomaar om van alles en nog wat kon bidden, wie weet wat hij dan allemaal zou gaan vragen? Hij kon maar beter de door de kerk goedgekeurde gebeden gebruiken.

Drew twijfelde er geen moment aan dat Robert Sewell, de dominee van Bedford, een puritein was. Hij bad zo maar uit zijn hoofd en hield zijn eigen preken. Drew luisterde, maakte aantekeningen en richtte zich op zijn doel.

Er was slechts één probleem en dat was Abigail, de dochter van de dominee. In de drie maanden dat Drew te Bedford verbleef, leerden hij en Abigail elkaar goed kennen. Ze was aardig, verlegen en had de diepste kuiltjes in haar wangen die Drew ooit gezien had. De twee maakten 's avonds lange wandelingen door het met hoog gras begroeide terrein achter de pastorie. Ze praatten over allerlei onbelangrijke dingen en over hun verwachtingen en dromen, over dingen waar ze van hielden en waar ze een hekel aan hadden. Het was de eerste keer dat Drew zich bij een meisje op zijn gemak voelde.

Het was maar goed dat hij niet te lang in Bedford bleef, want zijn gevoelens voor Abigail werden steeds sterker. En gevoelens kunnen voor een spion dodelijk zijn.

Bedford werd Drew's eerste overwinning. Toen Sewell met zijn misdaad werd geconfronteerd, gaf hij zijn schuld ronduit en onbeschaamd toe. Het gevolg was dat hij om zijn daden onder censuur kwam en zijn leven als gemeentedominee moest opgeven. Voor Drew was alles goed gegaan: hij vergaarde zijn informatie zonder betrapt te worden en gaf alles in code door aan bisschop Laud. Het was de eerste keer dat Drew een brief ondertekende. Terwijl hij tijdens een preek het eerste gedeelte van het Nieuwe Testament doorbladerde, deed hij een verrassende ontdekking. Na in zijn gecodeerde boodschap de bisschop over zijn succes geïnformeerd te hebben, ondertekende Drew het rapport met (41/3/18/2). De 2 stond voor *"Andrew."*

Alles in Bedford was meegelopen, maar er zat een bijsmaakje aan – Drew's gevoelens voor Abigail. Drew zou nog meer in verlegenheid zijn gebracht als hij Abigail nog een keer gezien had na de beschuldigingen die tegen haar vader waren ingebracht. Drew kwam er nooit achter of het een samenloop van omstandigheden was, of dat haar vader dat zo geregeld had, maar in ieder geval maakte het alles gemakkelijker voor hem.

Als Drew's tweede opdracht al geslaagd mocht heten, dan was zijn derde opdracht wel helemaal een succes te noemen. Dit keer was hij werkzaam in de stad Cochester. Zijn opdracht luidde dat hij een andere dominee, de eerwaarde Preston Oliver, in de gaten moest houden. En hoewel Oliver schuldig bevonden werd aan puriteinse opruiing, haalde Drew nog een grotere prijs binnen.

Het verhaal dat Drew in Colchester ophing, was dat hij wegens puriteinse neigingen van de universiteit van Cambridge verwijderd was. Dominee Oliver waardeerde niet alleen Drew's plichtsbetrachting, maar stelde hem ook voor aan een jongedame, die een vriend had die hetzelfde had meegemaakt. De naam van het meisje luidde Mary Sedgewick; haar vriend, Marshall Ramsden, was ook van Cambridge weggestuurd. De officiële lezing was dat hij betrapt was bij het drukken van scabreuze lectuur. Oliver vertelde hem echter nog een ander verhaal. Hij vertelde dat Marshall een godvrezende jongeman was met de hoogste idealen en dat hij in werkelijkheid van de universiteit verwijderd was om zijn niet gewaardeerde theologische inzichten.

Vanaf het eerste moment dat Drew Mary ontmoette, vond hij haar aardig. Ze was openhartig, vrolijk en buitengewoon vriendelijk. Toen ze Drew's verhaal hoorde, nam ze hem bij de hand en trok hem letterlijk mee door de straten van Colchester naar een smidse, waar Marshall als leerling werk gevonden had.

Aanvankelijk voelde Drew zich enigszins bedreigd door Marshall's knappe uiterlijk en vlotheid. Hoewel hij haar nog maar net had ontmoet, was hij jaloers op de manier waarop Mary naar hem keek. Maar die gevoelens verdwenen snel en al gauw waren de drie onafscheidelijk. Tot laat in de avond lachten zij om allerlei verhalen over Cambridge; 's zondagsmiddags gingen ze samen picknicken en ze discussieerden over hun meest geliefde boeken.

Het duurde niet lang voor Mary Drew uitnodigde met haar mee te gaan op een van haar tochten om de pamfletten te verspreiden. Alleen maar om haar gezelschap te houden, zei ze; als ze toevallig gevaarlijke mannen tegen zouden komen, zou Drew haar kunnen beschermen. Marshall toonde geen enkele jaloezie. Hij vertrouwde Mary en hij liet duidelijk merken dat hij ook Drew vertrouwde.

Het duurde niet lang of Drew en Marshall drukten samen op een geheime drukpers de pamfletten van de beruchte Justin. De twee vonden het leuk om in elkaars nabijheid te zijn. Drew werd op de hoogte gesteld van de vluchtroutes en de verborgen deur. Mary kwam hen dikwijls 's avonds laat eten brengen. Bij tijd en wijle waren ze zo luidruchtig dat het een wonder was dat hun werkzaamheden geheim bleven.

Het moeilijkste wat Drew ooit in zijn leven tot nu toe had moeten doen, was het aangeven van Marshall Ramsden en Mary Sedgewick aan bisschop Laud. Hij had nog nooit met iemand anders zo'n goede relatie gehad en hij kon zich nauwelijks voorstellen dat Marshall en Mary een bedreiging voor Engeland zouden kunnen zijn. Ongetwijfeld waren het wetsovertreders, maar Drew hield van hen. Terwijl hij worstelde om tot een besluit te komen, stelde hij zijn rapport aan de bisschop twee weken uit.

Marshall en Drew waren bezig met hun drukwerkzaamheden toen de drukkerij werd overvallen. Net als de vorige keer werden ze van te voren gewaarschuwd en verdween Mary uit het gezicht. Het zetsel werd op de grond gegooid en de zakken met het drukwerk werden verwisseld. Maar deze keer was er geen Essex Marvel om bij de verwisseling te helpen. In plaats daarvan was er Drew Morgan, de undercover agent van bisschop Laud.

Marshall Ramsden en Mary Sedgewick werden gearresteerd, verhoord en op grond van de getuigenverklaring van Drew veroordeeld.

De zaak Ramsden/Sedgewick was Drew's eerste geval dat in de beruchte Star Chamber werd behandeld, zo genoemd omdat het plafond van de kamer met sterren was bezaaid. Drew keek gekweld toe toen zijn verklaring werd voorgelezen en gevolgd werd door de daadwerkelijke bewijsvoering. Er was geen jury. Toen de bewijsvoering had plaatsgevonden, spraken de leden van het hof van hoog tot laag hun oordeel uit. Hun gemeenschappelijk oordeel werd verwoord door de opperste rechter. Ze werden schuldig bevonden aan samenzwering tegen koning en kroon.

Toen het oordeel werd uitgesproken en uitgevoerd, toonden Marshall noch Mary enig berouw. Ze werden gegeseld en hun wangen werden gebrandmerkt met S.S. – "Sower of Sedition" (oproerling). Daar Marshall's misdaad nog groter was, werd ook zijn linkeroor afgesneden.

HOOFDSTUK 8

"Waar tob je over?"

"Wat?" Drew keek uit zijn boek op. Hij hing over de leuningen van een stoel in de bibliotheek van bisschop Laud. De bisschop die achter zijn bureau zat dat bezaaid met papieren was, legde zijn pen neer en bestudeerde de jongen.

"Je zit al uren naar dezelfde bladzijde te staren."

Drew schraapte zijn keel en ging rechtop zitten. "Ik had er mijn gedachten niet bij."

De bisschop hervatte zijn werk niet en verwachtte kennelijk verdere uitleg.

"Ik zat aan mijn laatste opdracht te denken."

"Die heb je geweldig goed uitgevoerd, Andrew," riep de bisschop uit. "Ik ben er erg blij mee. In feite zat ik te denken..." De bisschop ging staan, strekte zich uit en liep naar de voorkant van zijn bureau. Op de rand van het bureau gaan zittend en daardoor een aantal stukken papier kreukend, vervolgde hij: "Ik ga op reis naar het westen. Voor een jachtpartij eigenlijk, hoewel ik een grondige hekel heb aan die sport. Maar de koning heeft me gevraagd hem te vergezellen en ik heb al te vaak zulke verzoeken afgewezen.Ik zou graag willen dat je met me mee zou gaan. Dat zou een goede onderbreking voor je zijn, precies wat je nodig hebt. En je gezelschap zou de reis voor mij veraangenamen." Hij stopte. Er verscheen een geslepen grijns op zijn gezicht en hij zei: "Bovendien kun je daar een oude vriend ontmoeten."

"Wie dan?"

"Elkins."

Drew fronste zijn wenkbrauwen. Hij herkende de naam niet. "Weet je nog – je ontmoette hem op kasteel Windsor." De bisschop grijnsde nog breder. "Voor zover ik mij herinner droeg je toen een harnas."

Het huis van Lord Chesterfield was een groot landhuis, dat ontworpen en gebouwd was door een jonge, veelbelovende architect die Inigo Jones heette. Het ontwerp was traditioneel; de buitenkant van het huis had de gebruikelijke symmetrische vorm; vanuit de lucht gezien zou het eruit gezien hebben als een reusachtige E. Het waren vooral de gewelfde plafonds en de schilderingen van landelijke taferelen die aantoonden waarom de architect zo veelbelovend was.

De rechte zijde van het landhuis lag op de rand van een zacht glooiend, met gras begroeid terrein, dat naar de rand van het bos afliep, waar de koninklijke jacht gehouden zou worden. Drew leunde met gekruiste armen tegen het gebouw en keek met toegeknepen ogen hoe de jagers zich verzamelden. De zon was nog maar net boven de horizon verschenen en scheen de gecostumeerde figuren die rondliepen in de rug. Het was vrij koud; als de mensen met elkaar praatten werden er kleine ademwolkjes zichtbaar. Het gras was zwaar van de dauw en vertoonde door het heen en weer geloop van de jagers duizenden sporen.

Drew maakte geen haast om zich bij hen te voegen. Slechts tegen het huis te leunen en de warmte van de zon te voelen stemde hem tevreden. Zijn ogen sluitend, verzonk hij in zijn eigen gedachten. Hij had er geen zin in gehad naar Devonshire te komen, maar bisschop Laud had erop gestaan en zei dat het hem goed zou doen. De vier dagen durende reis naar het zuidwesten van Engeland was zowel interessant als saai geweest. Tijdens de lange reis was er niets opwindends gebeurd, maar hij was nog nooit in dit deel van het land geweest en de verwachting na iedere bocht in de weg iets nieuws te ontdekken, bracht een zeker plezier met zich mee. Ook bleek de bisschop gelijk te hebben ten aanzien van de heilzame werking van de vakantie. Hoe verder Drew van Londen verwijderd raakte, hoe minder hij achtervolgd werd door de verminkte gezichten van Mary Sedgewick en Marshall Ramsden. Deze morgen was er alleen zon, gras en bomen en het beloofde een ongecompliceerde dag te worden.

"Wel, als dat Sir Drew niet is!"

Drew rook hem voor hij hem zag. Elkins. De ranzige adem van de man rook naar verschaald bier en hij zag eruit of hij het vuil en zweet van een hele week werk met zich meedroeg. Zijn bruine en gele tanden die door zijn grijns heen zichtbaar waren, waren maar een paar centimeter van Drew's gezicht verwijderd.

Drew sloot zonder te antwoorden zijn ogen. Hij wist eigenlijk niet wat hij zeggen moest. Hoe zou iemand zich moeten verdedigen die betrapt werd op het dragen van een harnas? Hij wilde wel dat de stank zou verdwijnen en Elkins met zich meenam.

"Hé man, is dat nou de manier om een vriend te behandelen die belangrijk nieuws te vertellen heeft?"

"Nieuws?" Drew deed zijn ogen open.

"Nieuws van Lady Guinevera, natuurlijk," schaterde Elkins. "Ze wacht in haar kamer op je, als je weet wat ik bedoel." "Je maakt me misselijk. Laat me alleen." Drew sloot zijn ogen weer.

"Wat voor ridder ben jij eigenlijk? Iedere ridder die ik ken heeft zijn zwaard altijd klaar voor gebruik."

Geërgerd ademde Drew diep in, wat hij meteen betreurde. De hete, doordringende geur van de ongewassen knecht verstikte hem bijna. "Neem me niet kwalijk," zei Drew, Elkins opzij duwend. "Ik denk dat de bisschop me nodig heeft."

"Ik loop wel met je mee," en Elkins liep gelijk met hem op. "Ik moet ook naar de bisschop toe."

Drew probeerde op het natte terrein de bekende dikke gestalte van bisschop Laud te ontdekken. Overal waar hij keek zag hij heren en dames in hun mooiste jachtkostuums. Het tafereel voor hem had meer weg van een gekostumeerd bal dan van een jachtpartij. Mannen met pluimen op hun hoed stonden met dames te flirten die schitterende japonnen droegen met hier en daar wat juwelen en veel kant. De gasten hadden zich verzameld rond lage tafels die onder de takken van majestueuze bomen stonden. Een kristalhelder stroompje liep van de helling naar beneden, zijn weg zoekend over de uitgesleten rotsbodem.

De tafels waren afgeladen met koud kalfsvlees, koude kip, rundvlees en eend, duivenpastei en koude lamsbout. En hoewel het nog vroeg in de morgen was, waren er wagens en karren met vaten zeer goede wijn die tot de feestvreugde kon bijdragen.

Overal om zich heen zag Drew mensen die het evenwicht probeerden te bewaren tussen vrolijkheid en adellijk gedrag; als ze zich iets te vrolijk gedroegen zouden ze voor gewone burgers gehouden kunnen worden en als ze te veel zouden letten op hun adellijke afkomst zouden ze misschien al de pret missen.

Zijn oog werd getrokken door een wuivende beweging. Het was bisschop Laud die naar hem gebaarde dat hij bij hem moest komen. Aanvankelijk moest hij zijn hand boven zijn ogen houden tegen de zon om na te gaan of het werkelijk bisschop Laud was. Er stonden twee andere personen bij de bisschop. Hij kon niet goed zien wie ze waren. Hij herkende de bisschop alleen door de manier waarop hij naar hem zwaaide; het gebaar van de dikke armen had hij al zo vaak gezien. De bisschop ging niet vaak uit en daarom oefende hij dagelijks met boeken die hij boven zijn hoofd in evenwicht probeerde te houden. De beweging die Drew's oog trok, was precies hetzelfde, maar dan zonder boeken.

Pas toen Drew de drie tot op een paar passen genaderd was, herkende hij één van de andere personen – Charles I, koning van Engeland.

"Uwe majesteit," zei de bisschop, "sta mij toe u Andrew Morgan voor te stellen."

Drew boog vanuit zijn middel. "Majesteit."

"Zo, dit is dus de jongeman waarover je mij verteld hebt," zei de koning, Drew met geamuseerde ogen opnemend. "De bisschop is nogal op je gesteld, jongeman," vervolgde hij, "en hij is niet zo gauw van iemand onder de indruk."

"Dank u, uwe hoogheid." Drew boog opnieuw.

De dertig jaar oude koning was verrassend persoonlijk, een karaktertrek die hij niet van zijn stijve, humorloze vader James I geërfd kon hebben. Tot nu toe had Drew de koning alleen nog maar op een afstand gezien. Dichterbij gezien waren de meest opvallende trekken van de koning zijn kalme, bijna luie oogopslag en ogen die omkranst werden door lang zwart haar. Zijn glimlach werd nog geaccentueerd door een snor en een puntbaard die bij de Engelse adel in de mode was. Zijn lange dunne vingers omstrengelden een rijk versierde beker.

Een snelle blik achter de koning liet zien dat iedereen om hem heen – heren en dames, magistraten en hofambtenaren – getuigen waren van dit koninklijke gesprek. Ze gingen wel door met hun eigen gesprek, maar intussen waren hun ogen en oren op de koning gericht.

"En dit," de bisschop gebaarde naar de derde persoon van het gezelschap, "is Lord Chesterfield, onze genadige gastheer."

Chesterfield knikte naar Drew. Zijn uiterlijk was net zo koud en stijf als de plooikraag die hij droeg. Drew had nog nooit zoveel plooien en kant aan een man gezien. Door de levenslange passie van zijn moeder voor prachtig kant was Drew er goed mee op de hoogte. Het kant dat Lord Chesterfield droeg was het mooiste dat hij ooit gezien had.

Drew knikte terug.

"Ik ben werkelijk verrast dat u gekomen bent," zei de koning tot bisschop Laud.

"U heeft mij uitgenodigd, uwe majesteit."

"Ja, ja," wuifde de koning de opmerking met zijn beker af, waardoor de wijn in het rond vloog. "Maar ik was er zeker van dat u wel weer iets belangrijks zou verzinnen om in Londen te blijven. Dat doet u altijd."

Het gezicht van de bisschop werd rood. "Mijn enige wens is u te dienen," antwoordde hij zwakjes.

"O mijn beste bisschop, wees niet zo vervloekt overgevoelig," zei de koning op geërgerde toon. "Ik bedoelde daar niets mee." Zich tot lord Chesterfield wendend voegde de koning fluisterend daaraan toe: "De bisschop houdt niet zo van het buitenleven. Maar ik weet zeker dat hij een veel enthousiaster deelnemer zou zijn als u uw bos bevolkt zou hebben met puriteinen in plaats van met herten."

Lord Chesterfield lachte gemaakt om deze koninklijke humor, een lach die abrupt eindigde toen een jongen van een jaar of acht met een zwarte wilde kuif tussen hem en de koning doorschoot. Chesterfield schopte naar de jongen, maar miste hem. Hij maakte een gebaar naar Elkins die op eerbiedige afstand van de koning was blijven staan.

Elkins uitte een gesmoorde verwensing en ging achter de jongen aan.

"Mijn excuses voor mijn zoon, uwe hoogheid," was alles wat Chesterfield zei, maar hij was kennelijk woedend.

Drew probeerde zonder succes een glimlach te onderdrukken. Hij herkende de vaderlijke woede op het gezicht van Lord Chesterfield. Het was nog niet zo lang geleden dat hij dat jongetje was geweest dat op officiële gelegenheden rondrende. Nu stond hij bij de koning van Engeland, bisschop Laud (ongetwijfeld de tweede machtigste man in het land) en een vooraanstaand edelman. Maar hij was het meest trots op het feit dat hij erkenning kreeg voor zijn daden ten behoeve van Engeland en niet omdat hij rijk was. Zijn grootvader, admiraal Amos Bronson Morgan, was omgegaan met de koningin van Engeland. Nu zette zijn kleinzoon deze edele traditie voort. Dit was een dag die Drew nooit zou vergeten.

Op een teken van Lord Chesterfield kondigden trompetten het begin van de jacht aan. De met gras bedekte terreinen werden een kolkende zee van paarden, honden en jagers. Volbloed paarden lieten zich door stalknechten gewillig optuigen en ze vormden een afspiegeling van de adel van hun meesters. Honden blaften en trokken aan hun riemen toen hun meesters azijn op hun neuzen smeerden om daarmee hun speurzin te verhogen. Lord Chesterfield paradeerde trots met zijn windhonden. Hij bezat een kennel met bloedhonden, maar daar dit een drijfjacht zou zijn, koos hij zijn windhonden. Bovendien zou de snelheid van zijn windhonden de langzamere bloedhonden van zijn gasten verre overtreffen. De jagers inspecteerden hun veldflessen om er zeker van te zijn dat ze voldoende wijn bij zich hadden, ze keken hun wapens na en gaven hun dames een laatste kus of maakten een geestige opmerking tegen hen voordat ze op jacht gingen.

Het zou te veel eer zijn de gebeurtenis een jacht te noemen. Hoewel de meeste deelnemers ervaren jagers en valkeniers waren, ging het in eerste instantie om het sociale gebeuren en daarom werden de dieren slechts geleidelijk aan gedood. Zodra de trompetten weerklonken, stormden de jagers de bossen in waarin meer dan vierhonderd herten waren losgelaten en ze joegen en schoten op alles wat op een dier leek. Ze gingen daarmee door tot het volgende trompetgeschal hen weer terug zou roepen naar de verzamelplaats waar omheen een afzetting was geplaatst. De knechten dreven dan de dieren vanuit het bos in een door palen gevormde looppren. Doordat de looppren steeds nauwer werd dromden de dieren steeds dichter op elkaar en de edelen doodden ze daarna. Op die manier kon de gastheer er voor zorgen dat al zijn gasten met een jachtbuit huiswaarts keerden.

"Drew, ik wil dat jij met mij mee gaat." De bisschop trok aan Drew's arm. De geestelijk droeg een kruisboog en wat pijlen. Drew glimlachte droogjes. Een geestelijke met jachtwapens vond hij nogal vreemd.

"Weet jij iets van die dingen af?" vroeg de bisschop.

"De kruisboog?"

De bisschop bekeek het wapen alsof hij niet wist welke kant van de boog hij van zich af moest keren. Als antwoord op de vraag van de bisschop nam Drew het wapen van hem over en laadde het. De trompetten schalden.

De bloedhonden werden losgelaten en Lord Chesterfield liet zijn windhonden gaan. Terwijl het gezelschap naar het bos stormde, klonk er een daverend hoefgetrappel. Drew overhandigde voorzichtig de geladen boog aan de bisschop.

"Heeft u ooit met een kruisboog geschoten?" vroeg Drew.

"Toen ik jonger was, veel jonger." De gedachte aan zijn jeugd, die door de kruisboog werd opgeroepen, scheen de bisschop met jeugdige energie te vervullen. Hij haalde diep adem en zei: "Weet je, ik voel me goed nu ik hier ben. Misschien krijg ik vandaag wel één van die herten te pakken. Dat zou wat zijn als ik er één zou schieten. Ik zou zijn kop in mijn bibliotheek kunnen hangen, op de plaats boven die kleine lessenaar bij de haard. Dat zou er een goede plaats voor zijn, denk je ook niet?"

Sinds Drew in London House was komen wonen, had hij de bisschop in allerlei stemmingen meegemaakt, die varieerden van depressiviteit die veroorzaakt werd door grote zorgen tot zijn huidige gemoedsstemming van vrolijke dwaasheid. Drew hield het meest van de bisschop als hij in die laatste stemming was.

"Laten we ons hert gaan schieten!" De bisschop liep vrolijk de heuvel af naar het bos. "Waar is Elkins? Die zou toch met ons meegaan."

"Ik weet zeker dat we uw hert te pakken krijgen zonder zijn hulp, uwe genade," opperde Drew.

De bisschop draaide zich verbaasd om. "Uwe genade, waarom zo formeel, Andrew?" Hij trok zijn wenkbrauwen op toen hij vervolgde: "O, het gaat om Elkins, hè? Je wilt niet dat hij meegaat." De bisschop sloeg zijn arm om Drew heen en sprak zachtjes. "Ik mag hem ook niet. Hij is een vuil, verachtelijk schepsel, maar voorlopig kunnen we goed van zijn diensten gebruik maken."

Het gebied overziende, zag de bisschop zijn informant van Devonshire bij de rand van het bos staan. De bediende had de zoon van Lord Chesterfield kennelijk ingehaald en de jager was nu de opgejaagde geworden. De jongen draaide om de knecht heen als een lastige bij; hij schopte naar hem, kreeg eerst een arm en toen een been te pakken. Elkins probeerde hem van het lijf te houden.

"Elkins! Kom hier, ik heb je nodig!" schreeuwde de bisschop. De knecht draaide zich om en knikte, gaf de jongen met opgeheven vinger een lesje en liep toen naar de bisschop toe. De jongen was niet onder de indruk. Hij klemde zich als een bloedzuiger aan zijn been vast.

"Zoon, ga weg!" De bisschop maakte een afwerend gebaar. "Ga weg, we hebben nog meer te doen. Ga weg, zeg ik."

De jongen liet de knecht los. Hij ging met zijn handen in zijn zij staan en keek naar de bisschop alsof hij zich afvroeg of hij deze stem wel of niet zou moeten gehoorzamen. De jongen kwam tot de conclusie dat hij maar beter kon gehoorzamen, of misschien bedacht hij iets beters te gaan doen, want hij rende naar het bos en verdween.

Nu de bisschop zijn jachtpartij bij elkaar had, trokken ze het bos van Lord Chesterfield binnen, daarbij een andere richting kiezend dan alle andere jagers. Daar waren twee redenen voor: ten eerste had de bisschop zaken te bespreken met Elkins en hij wilde niet dat iemand hen zou kunnen afluisteren; en ten tweede beweerde Elkins een plaats te weten waar herten graasden. De bisschop kreeg nog meer zin een hert te schieten.

Drew kwam langzaam achteraan. Hij betwijfelde of ze een hert te zien zouden krijgen en helemaal of ze in staat zouden zijn er een te schieten. Ze zouden allemaal wel voor de stank die Elkins verspreidde op de vlucht slaan.

Terwijl zij door het bos slopen, bracht de knecht luid fluisterend aan bisschop Laud verslag uit over Devonshire. Elkins vertelde dat in Devon de puriteinse gevoelens sterk leefden. De gevoelens waren diep en de toewijding was groot, maar tot nu toe waren er, voor zover hij wist, geen openlijke handelingen verricht waarvoor iemand vervolgd zou kunnen worden. Hij berichtte ook dat Lord Chesterfield, hoewel hij de puriteinse zaak niet was toegedaan, de puriteinen niet wilde vervolgen omdat het hardwerkende lieden waren en goede pachters. Hun produkten, met name hun kantwerk, waren van de hoogste kwaliteit en brachten veel winst op. Chesterfield wilde niets doen wat deze winst in gevaar zou kunnen brengen.

Juist die morgen, zo vervolgde Elkins, had de plaatselijke hulppredikant van Edenford, een man met de naam Christopher Matthews het rapport over de jaarlijkse wolproduktie aan Lord Chesterfield overhandigd. Bij het horen van de naam van de hulpprediker stak de bisschop zijn hand op en bracht Elkins tot zwijgen. De bisschop dacht even na en vroeg toen de knecht verder te gaan. Elkins zei dat hij zijn meester in zijn gesprek met de hulppredikant had afgeluisterd. Hij zei dat Lord Chesterfield had gezegd: "Zolang jullie je werk doen en de pacht betalen en je geloof voor jezelf houden, zullen jullie met rust gelaten worden."

Die laatste opmerking ontlokte de bisschop een luide grom, zo luid dat een konijn onder een bosje er door opgeschrikt werd. Het dier rende voor hen uit, holde even over het pad en verdween toen in het dichte kreupelhout.

"O nee," schreeuwde Elkins. Zijn ogen waren wijd opengesperd en zijn mond was vertrokken.

Drew kon zich de angst van de man niet voorstellen. *Wat is dit voor een soort man dat hij bang is voor een haas?*

"De haas, dat is een slecht voorteken," riep Elkins uit.

"Onzin," zei de bisschop en liep door.

"Als je toevallig," citeerde Elkins uit onbekende bron, "een haas, een patrijs of een ander bang dier tegenkomt, levend van veevoer of gras, is dat een slecht voorteken dat voorspelt dat je de rest van de dag alleen maar narigheid zult hebben!"

"Dat is gewoon bijgelovige onzin."

De bisschop met Drew vlak achter zich, liep haastig verder over het smalle pad. De verschrikte knecht volgde met tegenzin op een afstand.

Nu de zaken waren afgehandeld, keerde de vrolijke stemming van bisschop Laud weer terug. Hij sloop met zijn boog door het bos en zong fluisterend een liedje om het hert te lokken.

Het was die morgen in het bos van Lord Chesterfield een vreemd gezicht: drie zogenaamde jagers slopen achter elkaar aan naar de voederplaats; voorop een dikke bisschop die het enige wapen droeg, gevolgd door een magere pseudo-avonturier en een smerige burger die de rij sloot. Het zou inderdaad een wonder zijn als dit ongebruikelijke jachtgezelschap zelfs maar een hert te zien zou krijgen.

"Ik heb nooit geweten dat jagen zo opwindend was," fluisterde de bisschop, zich naar hen omdraaiend.

De knecht legde een vuile vinger op zijn lippen en gaf een teken dat ze stil moesten zijn. Toen wees hij met dezelfde vinger in de lucht en wees naar een rij dichte bosjes. De voederplaats van de herten. Zo zacht als met zijn zware gestalte mogelijk was, baande de bisschop zich een weg door de bosjes, de kruisboog in aanslag.

Zijn teleurstelling was onmiskenbaar.

Toen Drew tot de open ruimte achter de bosjes was doorgedrongen, zag hij een beekje maar geen hert. Om zichzelf te bewijzen, wees Elkins op de sporen van hun prooi. Hij liet hun de bomen zien waartegen de herten met hun gewei hadden geschaafd; aan de hand van de hoogte van de schaafplekken op de bomen schatte hij hun grootte en hij zei dat de schaafplekken er op wezen dat de geweien van de herten een gevorkt uiteinde hadden. Uit de sporen maakte hij op dat één van de herten een volwassen bok moest zijn; de hoefafdruk was breed en de tenen wijd uit elkaar.

Maar de bisschop toonde geen belangstelling; hij was te zeer teleurgesteld niets gevonden te hebben waarop hij kon schieten.

Plotseling was er geritsel aan hun rechterkant in de bosjes. De drie jagers stonden stokstijf. Weer geritsel.

Drew's hart bonsde toen hij de bisschop met wijd opengesperde ogen de kruisboog naar de dichte begroeiing zag opheffen. De bosjes bewogen weer, alsof een dier er bessen van at. De bisschop richtte. Het was beslist een groter dier, geen konijn. De bisschop stelde zich schrap.

Elkins fluisterde hem toe: "Uw adem inhouden voor u schiet."

De geestelijk ademde diep in en hield toen zijn adem in. In de bosjes ritselde het weer. Drew glimlachte; bisschop Laud zou nog jaren lang vertellen over deze jacht.

Er klonk een klik en een gefluit toen de bisschop schoot. De pijl schoot door de lucht en drong het kreupelhout met een plof binnen. Een zwaardere plof wees erop dat de bisschop zijn doel geraakt had. Er klonk geluid van hulpeloos slaande poten tegen de grond, toen stilte.

"U heeft hem!" schreeuwde Drew.

"Een prachtig schot, uwe genade!" echode Elkins.

De korte dikke bisschop ging in zijn volle lengte overeind staan. In gedachten kon Drew de trotse geestelijke zijn verhaal al horen vertellen aan koning Charles en hun gastheer. Door zich in deze mannelijke sport onderscheiden te hebben, zou het aanzien van de bisschop onder alle mensen aan het hof nog verder toenemen.

De bisschop overhandigde de kruisboog aan Drew en liep triomfantelijk naar de bosjes toe waar de prooi achter verborgen lag. Hij duwde de bosjes uit elkaar en verstijfde toen.

Er was iets verkeerd. Dodelijk verkeerd. De schouders van de bisschop zakten naar beneden en hij maakte een fluisterend geluid.

"Bisschop?"

Geen antwoord. Daar stond de bisschop. Doodstil.

De begroeiing was zo dik dat Drew zich aan de bisschop moest vasthouden en zich voor hem langs moest buigen om te zien waar de geestelijke naar stond te staren. Toen hij het zag schroeide de angst zijn keel dicht.

De zoon van Lord Chesterfield!

De pijl van de bisschop had de linkerwang van de jongen doorboord en stak aan de achterzijde van het hoofd uit. Zijn linkerhand hield nog steeds de schacht van de pijl omklemd. Voor hij stierf had hij geprobeerd die eruit te trekken.

"Mijn God, vergeef mij!" Bisschop Laud viel op zijn knieën en huilde.

HOOFDSTUK 9

Drie dagen nadat hij van Devonshire naar Londen was teruggekeerd, vond Drew een briefje op zijn kussen liggen. Er stond slechts een korte kryptische zin op: (18/3/3-8).

Zelfs voordat hij de zin vertaald had, voelde Drew zich niet op zijn gemak. Het handschrift was hoekig en onzeker en niet kenmerkend voor de bisschop, die gewoonlijk grote en vloeiende cijfers en letters schreef. Maar dat was niet alles wat Drew van het briefje verontrustte. Nog nooit tevoren had de bisschop hem een gecodeerde boodschap gezonden als ze beiden in London House verbleven. Daartoe was ook nooit aanleiding geweest. Waarom was er nu wel een geheim briefje nodig? Waarom kon de bisschop het hem gewoon niet vertellen?

Sinds het ongeluk tijdens de jacht had bisschop Laud, de rots in de branding van de Kerk van Engeland, zich zeer onzeker gedragen. Tijdens de vier dagen durende terugreis naar Londen was hij zwijgzaam en somber geweest. Hij at niets. Drew zag hem nooit slapen. Gedurende de hele reis zat de bisschop in een hoekje van het rijtuig en keek hij uit het raampje. Door het hotsende rijtuig werd hij heen en weer geschud en hij leek wel op een verfomfaaide pop. Toen ze op London House waren aangekomen liep de bisschop de trappen naar zijn kamer op als een veroordeelde gevangene die naar de executieplaats gaat. Een op slot gedraaide deur verborg hem voor de rest van de wereld.

Er werden verscheidene pogingen gedaan de bisschop er toe te brengen zijn deur te openen. Hij reageerde niet op de zoete smeekbeden van de dikke kok en ook niet op Timmins, die het eerst op de rustige toon van de diplomaat probeerde en toen op luide commandotoon. Ook Drew maakte zijn zorgen kenbaar, maar niets hielp. Twee dagen lang had Londen geen bisschop. Het was net of hij dood was. Toen verscheen het briefje op Drew's kussen.

Voor zover Drew wist, was dit de eerste keer dat de bisschop contact zocht sinds het ongeval. Hij opende zijn Bijbel en vond de bladzijde. Het was uit het boek Job. Drew krabbelde de vertaling onder de code op het briefje:

'De dag verga waarop ik geboren werd; de nacht die zeide: een jongske is ontvangen. Die dag zij duisternis, God in den hoge vrage niet naar hem, geen lichtglans bestrale hem. Mogen donkerheid en diepe duisternis beslag op hem leggen, moge wolkgevaarte zich over hem legeren, zonsverduiste-

ring hem verschrikken. "

Hij las de boodschap steeds opnieuw en wist niet wat hij ermee aan moest.

De volgende morgen was er geen verandering. Drew zat na het ontbijt in de bibliotheek van de bisschop met het briefje in zijn hand. Hij zou er graag met iemand over willen praten, iemand die wist wat hij ermee moest doen.

"Heb je niets beters te doen dan hier te zitten en op je duim te zuigen?"

Drew keek op. Eliot stond in de deuropening. Met luchtige vrolijkheid plofte Drew's langharige vriend in een stoel tegenover hem.

"Hoe was de jacht in Devonshire? Nog iets geschoten?"

"Niet precies."

"Niet precies? Wat betekent dat? Je hebt wel of je hebt geen hert geschoten."

"Ik heb geen hert geschoten."

"Dat verbaast me niets. Ik wed dat je het niet eens geprobeerd hebt."

Drew schudde zijn hoofd.

"Nee, dat dacht ik al. Jij bent geen figuur om iets te doden." Eliot krabde krachtig op zijn hoofd, waardoor zijn haar nog meer in de war raakte. "Waar is de bisschop?"

"In zijn kamer. Ik denk niet dat hij vandaag te spreken is."

"Is hij ziek?"

"Niet precies, maar hij is niet te spreken."

"Niet te spreken? Wat heeft dat te betekenen? Ik zou hem vanmorgen ontmoeten. Ik ben net terug van Scarborough." Eliot zwaaide in de lucht, "Vergeet dat ik dat zei, want dat mag niemand weten. Maar ik denk niet dat de bisschop het erg zal vinden als jij het weet." Om zich heen kijkend om te zien of ze alleen waren, sperden Eliot Verner's onbehaaglijk kijkende ogen zich ver open en vertoonden een duivelse blijdschap. "Er is daar een prediker die een paar nieuwe letters op zijn wangen zal krijgen. Laud zal verrukt zijn – hij zit al een hele tijd achter die kerel aan!"

Drew staarde zijn pokdalige vriend strak aan. Hij moest nodig met iemand over de bisschop praten. Zou hij met Eliot kunnen praten? Hij was bepaald geen medelijdend type, maar aan zijn toewijding aan de bisschop viel niet te twijfelen. En de toestand van de bisschop ging hem ook aan. Toch aarzelde Drew nog steeds en hij wist niet waarom. Dat verontrustte hem.

Drew bleef Eliot zo lang aanstaren dat Eliot zich onbehaaglijk ging voelen. "Waarom kijk je zo naar me?"

Drew probeerde te bedenken hoe hij moest beginnen. "De bisschop vertrouwt ons echt, hè?"

De sombere toon van Drew's stem opmerkend, leunde Eliot naar voren.

"Ja, hoezo?"

Drew zei niets. Iets binnenin hem zei dat dit verkeerd was.

"Nou, vertel op!" schreeuwde Eliot. "Er is iets met de bisschop aan de hand, hè?" Eliot sprong plotseling op. "Hij is toch niet gewond, hè?"

"Ik weet het niet," zei Drew.

"Alweer ik weet het niet!" Eliot werd boos. "Vertel me wat er aan de hand is!" schreeuwde hij.

Drew vertelde Eliot alles over het ongeluk met dodelijke afloop en hoe ze dat daarna hadden verborgen. Terwijl de bisschop boven het lichaam van Lord Chesterfield's zoon had zitten huilen, wilde hij niet getroost worden. Ook kon Drew hem niet van de jongen wegtrekken. Vooral de pijl, die uit het hoofd van de jongen stak, leek hem te ontzetten. Een paar keer stak de bisschop zijn hand ernaar uit, maar trok hem dan weer terug. Drew greep daarop de pijl bij de schacht en trok hem uit het hoofd van de jongen. Dat ging moeilijker dan hij gedacht had. Hij wilde de pijl opzij gooien toen de bisschop hem greep. Aanvankelijk was Drew bang dat de bisschop zich met de pijl zou verwonden, maar hij scheen er zijn kalmte door terug te krijgen. Hij drukte de pijl, die de dood van de jongen veroorzaakt had, tegen zijn borst en wiegde heen en weer.

Elkins was er niet beter aan toe dan bisschop Laud. Hij stond stokstijf en stond met open mond naar de jongen te staren.

Er klonk trompetgeschal. Het signaal dat iedereen weer naar de omheining moest komen.

Drew probeerde opnieuw te bisschop overeind te trekken. Hij bood aan het Lord Chesterfield te vertellen. Bij het noemen van de naam van hun gastheer werd de bisschop razend. Hij greep Drew bij de arm en kneep er hard in. Er stond paniek in zijn ogen te lezen.

"Nee, nee, hij mag het niet weten!" schreeuwde de bisschop. "Niemand mag het ooit weten!"

"Maar het was een ongeluk!"

"Nee!" Het gezicht van de bisschop was rood en vochtig. Hij viel op zijn knieën. Nog steeds met één hand de pijl vasthoudend, begon hij met zijn andere hand grond over de dode jongen te scheppen.

Toen greep Drew in. Het kostte heel wat moeite, maar ten slotte kon hij Elkins overhalen hem te helpen. Samen trokken ze de bisschop van het lichaam weg en ze zetten hem een eindje verder tegen een boom.

Naast de beek stond tussen twee reusachtige eikebomen een grote struik. De takken van de struik konden gemakkelijk uit elkaar gebogen worden. Drew besloot dat dat de beste plaats was om de jongen te begraven. De vers gedolven aarde zou onder de takken van de struik verborgen worden.

Nadat ze een ondiep graf gedolven hadden, waarbij ze drie takken als een schop gebruikten, droeg Drew de jongen naar het gat in de grond en legde hem naast de kruisboog. Hij vulde het graf weer op en vroeg de bisschop toen of hij een gebed wilde uitspreken. De bisschop keerde zich zonder iets te zeggen om.

Drew beschreef Eliot hoe hij met de bisschop bij het huis van Chesterfield was aangekomen juist op het moment dat de koning onder gejuich van de verzamelde menigte zijn hert velde. De reebok lag op zijn rug en toen de koning er met een mes op afging, drukte de hoofdjager de kop van het hert met zijn knie tegen de grond. De bisschop huilde en drukte zijn hoofd tegen Drew's borst toen de koning een stuk vlees uit de borst van het hert sneed. Het was een uitstekend stuk vlees.

Drew beëindigde zijn verhaal met: "Drie dagen geleden zijn we thuisgekomen. Voor zover ik weet heeft hij nog met niemand gesproken. Drew beduimelde het stukje papier in zijn hand. Zou hij het Eliot laten zien?

"Hoor je enig geluid uit de kamer komen?"

Drew schudde zijn hoofd.

"Misschien heeft hij wel een eind aan zijn leven gemaakt." Eliot liep op de trap toe.

"Eliot wacht. Ik heb dit." Drew stak het papiertje omhoog en gaf het aan Eliot.

Eliot begon te lezen. "Dit is niet het handschrift van de bisschop," zei hij.

"Nee, het is het mijne "

"Je zei toch dat het van de bisschop was."

"Ja dat is het. Meer kan ik je echt niet vertellen."

"Wat zijn dat voor nummers bovenaan?"

"Dat kan ik je niet vertellen."

Eliot keek geërgerd op.

"Meer kan ik je niet vertellen. Ik weet dat het een briefje van de bisschop is." Drew wachtte tot Eliot de brief uitgelezen had en zei toen: "Wat denk je? Denk je dat het een zelfmoordbrief is?"

Eliot schudde zijn hoofd. "Ik weet het niet," zei hij. "Het klinkt te mooi voor een zelfmoordbrief. Waarom zou hij zo'n mooie afscheidsbrief schrijven? Waar heb je hem gevonden?"

"In mijn kamer. Hij moet het daar achtergelaten hebben toen ik sliep."

Eliot zakte weer in zijn stoel. "Als dit een afscheidsbrief was, waarom zou hij die dan aan jou geven. Waarom zou hij het niet gewoon laten vinden als ze zijn lichaam zouden vinden?"

Dat klonk Drew redelijk in de oren.

Eliot verfrommelde het stuk papier en gooide het op de vloer. Hij sprong weer op.

"Waar ga je naartoe?"

Eliot antwoordde niet. Hij sprong, twee of drie treden tegelijk nemend, de trap op. Even later hoorde Drew Eliot schreeuwen en op de slaapkamerdeur van de bisschop bonzen. Dit ging geruime tijd door. Toen keerde Eliot terug.

"En? Had je geluk?" vroeg Drew.

Eliot schudde zijn hoofd en nam zijn plaats tegenover Drew weer in. Hij nam zijn hoofd in zijn handen en wreef in zijn wilde ogen.

"Hij leeft in ieder geval. Dat weet ik in ieder geval zeker."

"Hoe weet je dat? Sprak hij tegen je?"

"Nee, maar ik hoorde een schrapend geluid – een stoel of zoiets die verschoven werd."

De jongens zaten een poosje zwijgend bij elkaar.

"Heb ik je ooit verteld hoe de bisschop en ik elkaar ontmoet hebben?" Eliot boog naar voren en steunde zijn hoofd met zijn handen. "Hij betrapte mij toen ik Timmins beurs probeerde te rollen."

"Nee zeg!" lachte Drew.

"Wis en waarachtig wel!" lachte Eliot met hem mee. "Ik moet toen een jaar of zeven, acht geweest zijn."

"Wat gebeurde er?"

"In plaats van me gevangen te nemen, nam hij mij mee naar huis. Hij heeft nooit uitgelegd waarom hij dat deed. Maar als hij dat niet gedaan had, was ik zeker dood geweest. Het was een jaar waarin er een pestepidemie heerste. Iedere dag hoorde je de kerkklokken luiden voor de doden. Hele families vonden de dood; in de steeg waarin ik woonde, stierven dertig kinderen. Ik werd toen ook ziek en de bisschop bracht mij hier in huis. Hij was de eerste persoon die zonder enige reden aardig tegen me was."

Drew glimlachte. "Ik weet wat je bedoelt."

"Waar heb jij hem voor het eerst ontmoet?" vroeg Eliot.

"Op kasteel Windsor."

Eliot schudde zijn hand of hij een snaarinstrument bespeelde. "Hola-diee, en verder?"

"Het was tijdens een receptie van de koning."

"En toen?'

"Hij betrapte me toen ik mij in een harnas verborg."

Eliot gierde van het lachen. Hij lachte zo hard dat hij uit zijn stoel viel en over de vloer rolde. Zijn op een hyena lijkend gelach deed de dikke kok de kamer in stormen. Toen hij zag wie het was, ging hij weer weg, zijn handen aan een doek afvegend en zijn hoofd schuddend.

Het grootste deel van de middag vertelden de jongens elkaar verhalen over bisschop Laud. Eliot vertelde hoe de bisschop kleren voor hem had gekocht, en dat het toen de eerste keer was dat hij kleren droeg die niet afgedragen of gestolen waren. Drew vertelde hoe de bisschop de leegte in zijn leven, die door de dood van zijn grootvader was ontstaan, had opgevuld. Er waren ernstige en vrolijke verhalen. Een toevallige voorbijganger zou gedacht hebben dat het een nachtwake voor de bisschop moest zijn.

De schaduwen in de kamer werden langer toen Eliot vroeg: "Valt Elkins eigenlijk wel te vertrouwen?"

"Hoe bedoel je?"

"Zal hij zijn mond houden over het ongeluk?"

Drew had daarover nog niet nagedacht. "Ik denk het wel."

Stilte.

Eliot stond op. "Als de bisschop naar me vraagt, moet je hem maar vertellen dat ik een poosje weg ben."

"Zomaar, weg? Anders niet? Hoe staat het met je rapport over Scarborogh?"

"Dat kan ik hem wel vertellen als ik weer terug ben."

Weer alleen ging Drew aan het bureau van de bisschop zitten en opende de King James Bijbel van de geestelijke. Nog steeds niet op de hoogte van de inhoud, kostte het hem het grootste deel van de avond de juiste woorden te vinden voor een brief. Het zou gemakkelijker geweest zijn als hij de brief in zijn eigen woorden had kunnen stellen, maar daar bisschop Laud het kennelijk gepast gevonden had hem een gecodeerde boodschap te sturen, voelde hij zich verplicht om op dezelfde manier te antwoorden.

Met vaste hand schreef hij: (23/41/10/1-11) (20/17/17) (20/18/24/10-20) (41/3/18/2). Vertaald luidde het: *"Vrees niet; want ik ben met u: zie niet angstig rond. Een vriend heeft ten alle tijd lief, en een broeder wordt in de benauwdheid geboren. Soms is een vriend aanhankelijker dan een broeder. Andrew."*

Hij nam de brief mee voor het avondeten en las hem verscheidene keren nog eens door. Pas toen hij die avond naar zijn slaapkamer ging, liep hij langs de gesloten deur van de slaapkamer van de bisschop en schoof de brief onder de deur door.

Toen het morgenlicht van de nazomer door het raam op zijn gezicht viel werd Drew wakker. De vogels floten en hij kon de bloemen in de tuin van de bisschop ruiken. Drew stond op en rekte zich uit. Toen hij dat deed, zag hij een stuk papier op de grond liggen. Hij herkende de welgevormde nummers als het handschrift van de bisschop: (9/2/1/6-8) (22/5/4/1-2) (20/6/27/12-13) (66/22/5/29-32).

Zonder zich aan te kleden greep Drew de Bijbel en een pen. Bij het decoderen van de boodschap werd steeds in de Bijbel gebladerd. Toen hij de boodschap ontcijferd had, bedacht hij hoe veel gemakkelijker het was om een boodschap te vertalen dan er een te schrijven. Zijn pen neerleggend, las hij de vertaling: *"Mijn hart springt op van vreugde, mijn geliefde. Tot in alle eeuwigheden je vriend."*

Toen hoorde hij de bisschop neuriën en de voetstappen van zijn sandalen in de tuin. Drew glimlachte. *De bisschop was weer terug!*

"Christopher Matthews is een slang."

De bisschop van Londen gebaarde met zijn vork naar Drew en sprak tussen de happen schapevlees door. "Hij is een gevaarlijk man. Als hij en die mensen die net zo zijn als hij, niet tot staan gebracht worden, wordt de hele structuur van de kerk vernield. Hij moet tot zwijgen gebracht worden."

Drew schoof zijn bord opzij en concentreerde zich op wat zijn leermeester zei over zijn volgende opdracht. Als alle anderen aan tafel al klaar waren, at de bisschop dikwijls nog vijftien of twintig minuten door. Maar vanavond zaten ze slechts met hun tweeën aan tafel.

"Ik begrijp niet waarom hij zo gevaarlijk is," zei Drew. "Hij is toch alleen maar de hulppredikant van een klein dorp."

De bisschop slikte snel door om hem te kunnen antwoorden. "Daarom is hij juist zo gevaarlijk," zei hij met zijn vork nadrukkelijk op Drew wijzend. "Een deken in Oxford zou het niet in zijn hoofd halen al die puriteinse propaganda te spuien, omdat hij weet dat we hem dan nog voor de avond te pakken hebben. Het zijn juist die predikers in de achteraf dorpjes die de grootste schade aanrichten. Ze misleiden hun ongeletterde gemeenteleden." De vork bewoog heftig op en neer. "Nee, *misleiden* is niet het goede woord. Ze *beheksen* hun mensen. Want zodra de ketterijen eenmaal verkondigd zijn, zijn die behekste mensen dikwijls bereid die ketterijen te verdedigen!"

"Ik begrijp nog steeds niet waarom die dorpjes een bedreiging vormen. Wat maakt het voor verschil als er hier en daar verspreid over het land een paar van die afgescheidenen voorkomen? Als je de belangrijke, grote plaatsen onder controle hebt dan beheers je toch het hele land, of niet soms?"

De bisschop knikte. "Jij bent heel anders dan al die andere jongens van mij," zei hij. "Je stelt intelligente vragen. Dat is verfrissend." Hij kauwde op een aardappel terwijl hij zijn antwoord formuleerde.

"Het is een kwestie van eenheid, Drew. 'Er is slechts één lichaam en één Geest, gelijk gij ook geroepen zijt in de ene hoop uwer roeping, één Heere, één geloof, één doop, één God en Vader van allen.' Efeze, hoofdstuk 4. De afgescheidenen ondermijnen de eenheid van ons geloof. Terwille van de eenheid staan we op de gelijkvormigheid van alle kerken. Ieder willekeurig kerklid moet welke kerk in Engeland dan ook kunnen binnengaan en daar dezelfde kerkdienst aantreffen. Daarom hebben we ook het gebedenboek. Zo'n lid moet weten dat de voorganger door de kerk is aangesteld en instemt met de leer der kerk – de toga is het symbool dat hij door de kerk is aangesteld. En dat lid moet ook kunnen verwachten dat de dingen van God als heilig zullen worden beschouwd – daarom staat er overal om het altaar een hekwerk zodat de mensen het niet kunnen ontwijden door het als een gewone tafel te gebruiken waaraan ze zaken kunnen doen, of waarop ze van alles neer kunnen leggen of er lichtzinnige brieven aan kunnen schrijven."

Bisschop Laud schepte de laatste aardappelen op toen hij verder ging.

De puriteinen zijn vastbesloten de eenheid van het geloof te ondermijnen. Ze staan erop hun eigen preken te houden. Veel van die mannen zijn ongeletterde en leeghoofdige dwazen, toch beweren ze namens God te spreken! Zelfs in de openbare gebeden wijken ze af van de voorgeschreven gebeden en laten zij hun onkunde zien door voor te wenden dat ze de mensen tot Gods troon leiden! Terwille van het geloof en voor de eenheid van de kerk moet deze schadelijke leeghoofden het zwijgen opgelegd worden! En ik zal koste wat kost ieder obstakel uit de weg ruimen tot Engeland van de laatste van die ketters verlost is!" Hij zweeg, keek op naar Drew en grinnikte. "Einde van de preek."

Drew glimlachte terug. Het was goed te zien dat de bisschop weer blaakte van levenslust. "Wanneer vertrek ik?" vroeg hij.

De vraag scheen de bisschop helemaal van zijn stuk te brengen. Hij was nog niet klaar met eten, maar hij legde zijn vork neer en schoof zijn bord opzij. Drew had nog nooit eerder gezien dat de bisschop zijn eten liet staan.

"Morgenochtend," was alles wat hij zei. Er stonden tranen in de ogen van de bisschop.

Drew slikte en sloeg zijn ogen neer.

"Ik had Eliot willen sturen," zei de bisschop. "Maar ik heb geen idee waar die uithangt."

"Ik weet zeker dat die terug zal komen," zei Drew.

"O zeker, dat denk ik ook. Ik vertrouw Eliot. Maar het is alleen... wel, ik heb mezelf ervan proberen te overtuigen dat je nog niet klaar bent voor deze missie. Dan zou je bij mij kunnen blijven. Maar ik heb alleen mijzelf voor de gek gehouden. Je bent er klaar voor. Je kunt deze opdracht net zo goed aan als Eliot, misschien zelfs wel beter want je bent slimmer. De waarheid is dat deze opdracht wel een paar maanden kan gaan duren en ik wil je niet graag laten gaan."

Drew bloosde en speelde met zijn lepel. "Denkt u dat het zo lang zal duren?"

"Edenford is een hechte gemeenschap. Je zult niet zo gauw hun vertrouwen winnen. Het zal tijd kosten, maar," bisschop Laud sloeg met zijn dikke hand op de tafel, "ik kan persoonlijke motieven niet zwaarder laten wegen dan Gods zaak. Moge God je reis naar Edenford voorspoedig maken, Andrew, en moge Hij je spoedig bij mij terugbrengen."

De weg naar het westen bracht spookachtige herinneringen bij Drew terug. Slechts een paar weken daarvoor had hij op hun terugtocht naar Londen op deze weg een verslagen bisschop Laud vergezeld. Hij probeerde er niet aan te denken. Maar zo af en toe zag hij iets langs de kant van de weg dat de herinneringen weer boven bracht waardoor hij gevoelens kreeg die hij liever wilde vergeten.

Hij besloot dat hij die ongewenste gevoelens het beste kon tegengaan door zich op zijn opdracht te concentreren. Hij overdacht zijn voorbereidingen en zijn plan opnieuw. Hij zou per paard naar Bridgewater rijden. Daar zou hij zijn paard achterlaten en te voet de weg naar Edenford afleggen, een afstand van ongeveer dertig mijl. De weg leidde langs Wellington, Halberton en Tiverton. Hij koos bewust voor die lange wandeling; bij zijn aankomst in Edenford wilde hij eruit zien als iemand die van ver kwam en arm was. Hij had oud brood uit Londen bij zich dat tegen de tijd dat hij in het dorp zou aankomen beschimmeld zou zijn. Het was een idee van de bisschop geweest. De geestelijke zei dat hij het idee uit de Bijbel haalde. Drew vroeg zich af of hij nog meer spionagetrucs uit de Bijbel zou kunnen halen. Hij besloot vaker in het boek te gaan lezen. De enige dingen die hij naast wat kleren bij zich had waren de Bijbel, die hij nodig had om boodschappen te coderen en te decoderen, en het zwaard van zijn grootvader om zich tegen struikrovers te verdedigen.

Op de vierde dag kwam Drew in Devonshire aan. De weg liep over een hoge heuvelrug en bood een uitgestrekt panorama van omheinde gebieden en lagere heuvels die allemaal een steile helling hadden. Vanaf Triverton liep hij langs de rivier de Exe, een schone heldere rivier die in Exmoor zijn bron had en uitstroomde in het Kanaal, juist ten zuiden van de stad Exeter, de hoofdstad van Devonshire. Zijn hele verdere reis liep Drew langs de rivier. De weg naar Edenford liep over de heuvels evenwijdig aan de Exe. Door de rode aarde van de heuvels liep aan beide zijden van de rivier een laag leisteen en door de bossen en velden bood het landschap een prachtige aanblik. Na de rivier overgestoken te zijn over een stenen brug met drie bogen kwam Drew in Edenford aan.

"Blijf staan, jongeman!"

Drew was nog maar net over de brug toen hij door een oude man met een dikke buik en een witte wilde haardos werd tegengehouden. De man droeg een musket en uit respect voor het geweer bleef Drew staan.

"Wat kom je hier doen," hijgde de oude man. Hij sprak op een lijzige, slome toon. Hij loensde en hij vertrok zijn lippen om er gemeen uit te zien.

"Ik kom hier eigenlijk niets doen," zei Drew. "Ik ben zo maar een reiziger."

"Waar hoor je thuis?" Het geweer bewoog op en neer toen de oude man zijn vragen stelde.

"Wel, je zou kunnen zeggen dat ik van het ene thuis naar het andere op weg ben."

"Bedoel je dat je twee verblijfplaatsen hebt?" Het geweer zakte en de norse blik van de poortwachter verdween toen hij kennelijk stond na te denken over de ongelooflijke mogelijkheid dat iemand twee huizen had.

"Nee, ik bedoel dat ik op het ogenblik geen thuis heb."

De grijns kwam weer terug op zijn gezicht. De oude man greep zijn geweer stevig vast en bracht het vizier naar zijn oog. "Handen omhoog," schreeuwde hij. "Je staat onder arrest!"

"Hé, wacht eens even!"

Maar de poortwachter wachtte geen moment. "En laat dat zwaard op de grond vallen!" Hij sloot zijn linkeroog en met het rechteroog keek hij door het vizier naar Drew.

Drew liet het zwaard van zijn grootvader langzaam op de gronden glijden en stak daarna zijn handen weer in de lucht. "Op wiens gezag wordt ik gearresteerd?"

"Op mijn gezag, jij vervloekte parvenu! Ik ben de bewaker van dit dorp."

Parvenu? Waar heb ik dat woord eerder gehoord? O ja! Zo noemden sommige mensen Sir Francis Drake. Opschepper. Hij kwam toch ook uit dit achtergebleven gebied in Engeland?

Als je aan de verkeerde kant van een geweerloop staat, ziet alles er misschien een beetje overdreven uit, maar Drew kon het beven van de handen van de wachter niet waarderen en zeker niet de bevende vinger die om de trekker spande. Op een kalme, overbeleefde toon vroeg hij: "En wat mijnheer, als ik vragen mag, zijn de beschuldigingen?"

"Ik heb de plicht alle schelmen, zwervers en bedelaars op te pakken."

"En wat ben ik?"

De bevende wachter wist daar zo gauw geen antwoord op. "Dat weet ik niet helemaal," zei hij tenslotte, "maar je bent vast één van die drie. De secretaris zal wel uitmaken wat je bent." Daar de man kennelijk niet bijster slim maar wel vastbesloten was, vond Drew het nog niet zo'n gek idee zijn lot in handen van de nog niet ontmoete ambtenaar te leggen.

De secretaris van Edenford leek op een vogelverschrikker die Ambrose Dudley heette. Hij woonde in het witstenen huis vlak bij de brug. Achter zijn bureau gezeten, de pen in de hand en over zijn brilleglazen heenkijkend, herinnerde hij Drew aan een schoolmeester.

"Wat heb je daar, Cyrus?" zei de schrijver toen Drew voor het bureau geleid werd.

"Ik denk dat het een schelm is, Ambrose," zei de bewaker op zijn lijzige toon.

"Een schelm, hè?" De secretaris begon in een boek te schrijven.

"Ik ben geen schelm!" protesteerde Drew.

De schrijver slaakte een diepe zucht, hield op met schrijven en keek op, kennelijk verstoord dat zijn schrijven onderbroken was.

"In ieder geval denk ik dat ik geen schelm ben. Wat is de officiële definitie van een schelm?"

Ambrose snoof verachtelijk en keerde zich weer tot zijn boek. Toen hij gevonden had wat hij zocht, las hij op vlakke toon voor: "Een schelm is iemand die om een ernstig vergrijp op de schouder gebrandmerkt werd." Hij keerde terug naar de bladzij waar hij gebleven was en begon weer te schrijven.

"Wacht even!" riep Drew. "Dat bewijst dat ik geen schelm ben!"

De secretaris keek met walging op. "O ja?"

"Zeker! Kijk als u wilt maar naar mijn schouder. U zult daar geen brandmerk vinden!"

De secretaris keek naar de bewaker die alleen zijn schouders maar ophaalde.

"Een bedelaar dan," zei de schrijver en begon weer te schrijven.

"Nee! Wacht! Ik ben ook geen bedelaar!"

"Jongeman, als je niet ophoudt mij lastig te vallen, laat ik je arresteren voor het feit dat je een ambtenaar verhindert zijn plicht uit te oefenen."

"Mijnheer, ik wil niet brutaal zijn, maar kunt u iemand aanwijzen die zegt dat ik gebedeld heb of hem iets gevraagd heb?"

De schrijver keek weer naar de bewaker die opnieuw zijn schouders ophaalde. De vogelverschrikker legde weloverwogen zijn pen neer, zette zijn bril af en sloeg met zijn handen op het register. "Dan kun je ons misschien helpen deze zaak op te lossen," zei hij.

"Ik ben echt een eerlijk man, mijnheer," zei Drew ernstig. "Ik zou u graag willen helpen bij alles wat u verlangt."

De secretaris knikte. "Zeg mij dan eens, meester..."

"Morgan. Drew Morgan." Drew had om een aantal redenen van te voren al besloten tijdens deze opdracht zijn ware naam te gebruiken. Ten eerste, omdat deze opdracht waarschijnlijk lang zou gaan duren, was een eenvoudig verhaal het beste. Ten tweede, omdat hij zover in het westen was, voelde hij zich veilig. De kans dat iemand in Edenford ooit van zijn familie had gehoord of ooit met hen te maken had gehad, was vrijwel uitgesloten.

"Meester Morgan. Waar woont u?"

"Mijn huis staat ten oosten van Winchester."

"Is dat uw eigen huis of huurt u het?"

"Nee, niet precies. Het is het huis van mijn ouders."

"Juist," zei de schrijver. "U woont dus bij hen?"

"Nee," zei Drew. "Niet meer."

"Juist. Bent u op weg naar een nieuwe verblijfplaats?"

"Ik reis zo maar wat rond en ik ben niet naar een bepaalde plaats op weg. Ik ben van plan naar Plymouth te gaan en daar aan te monsteren op een koopvaarder tenzij er onderweg zich iets anders voor zou doen."

"Hoe lang bent u al zeeman?"

"Kijk, ik ben ook geen zeeman. Ik bedoel, ik denk dat ik wel zeeman wil worden, maar ik ben nog nooit op zee geweest."

De secretaris keek naar de bewaker. "Een zwerver," zeiden ze gelijktijdig. De schrijver zette zijn bril weer op en begon weer te schrijven. "Nee, wacht!"

Maar voor Drew verder kon protesteren, keerde de schrijver van Edenford zich naar de eerste bladzij van zijn boek en las: "Een zwerver: iemand zonder vaste woon- of verblijfplaats."

Drew zweeg. Hij wist niet wat hij hierop antwoorden moest. De beschrijving was op hem van toepassing.

De secretaris bleef doorschrijven en zei: "Je wordt hier vastgehouden tot de schout komt. Je krijgt dan de kans je tegenover hem te verdedigen."

"Hoe lang gaat dat duren?" vroeg Drew.

"Een week, misschien iets langer."

"Gooit u mij voor een hele week in de kerker?"

"We hebben geen kerker," zei de bewaker. "Overdag loop je met mij mee door de straten en 's nachts zal de nachtwaker je bewaken."

Drew probeerde zich voor te stellen hoe het zou zijn om gedurende een week met de dikke bewaker door het stadje rond te lopen. Iedereen zou hem zien. De eerste indruk die ze van hem zouden krijgen was dat hij een misdadiger was. Hoe zou hij daarna hun vertrouwen kunnen winnen? Dreigde zijn opdracht nu al te mislukken? Zou hij meteen weer naar Londen moeten terugkeren? Eliot zou hem genadeloos uitlachen. En de bisschop zou zeker teleurgesteld zijn. Hij hoorde weer de afscheidswoorden van de bisschop: *"Je kunt deze opdracht net zo goed uitvoeren als Eliot, misschien zelfs nog wel beter, want je bent slimmer."* Hij moest iets doen om zijn missie te redden.

"Er is hier in Edenford toch wel iemand aan wie ik mijn zaak voor kan leggen," riep Drew uit.

"Hij praat niet als een zwerver," zei de bewaker.

"De wet houdt geen rekening met iemands woordenschat," kaatste de secretaris terug.

"Maar mijnheer, mijn eer als heer staat op het spel. Ik heb toch wel het recht mijn goede naam te verdedigen voordat die onherstelbaar wordt aangetast?"

Hardop nadenkend over Drew's vraag, zei hij: "De wet is nogal duidelijk over dit soort zaken. Maar in het dorpshuis is vanavond een vergadering. We kunnen hun raad vragen over wat we met je moeten doen tot de schout komt."

Het dorpshuis van Edenford was niet meer dan een grote vuile schuur aan de Marktstraat; aan de zijkant bevonden zich stallen en de vloer bestond uit aarde met stro. Kort na zonsondergang kwamen de leiders van het dorp bijeen en ze waren nogal verstoord over Drew's aanwezigheid. Toen ze binnenkwamen keken velen van hen nogal nors naar hem; anderen vroegen achterdochtig waar hij de laatste tijd gezeten had en hij probeerde hun vragen beleefd te beantwoorden. Er werd veelvuldig naar hem gewezen, zodat Drew zich begon af te vragen of hij er wel verstandig aan gedaan had zich op deze vergadering te beroepen.

Drew was het eerste onderwerp op de agenda. Ze spraken niet over zijn schuld of onschuld; het feit dat hij beantwoordde aan de beschrijving van een zwerver was voor hen voldoende. De discussie ging over wat ze met hem moesten doen zolang de schout nog niet was gearriveerd. Een man, over wie Drew later hoorde dat hij de herbergier was, stelde voor hem in de herberg op te sluiten. Anderen waren het hier niet mee eens en zeiden dat dit een nodeloze belasting voor het dorp zou vormen. Uiteindelijk werd besloten dat hij met de bewaker door de straten zou lopen, tenzij iemand hem onderdak wilde verschaffen.

"De jongen kan wel zo lang bij mij blijven."

Alle ogen richtten zich op de spreker. Het was een vriendelijk ogende man van gemiddelde lengte met donkere ogen en haar. Een reus van een man die naast de spreker zat, zei: "Dat is te ver doorgedreven naastenliefde. Hoe zit dat met je dochters? Als hij het eens zou zijn?"

De spreker keek vriendelijk naar Drew en klopte zijn grote vriend op de harige arm. "Mijn aanbieding blijft gehandhaafd," zei hij luid genoeg om het iedereen te laten horen.

Daar niemand een beter idee had, kwam men overeen dat Drew bij de man zonder naam zou intrekken.

De secretaris stelde daarop de vraag of Drew bij de vergadering aanwezig kon blijven of dat hij verwijderd zou moeten worden. De heftigheid van de discussie verbaasde Drew. Hij kon zich niet voorstellen wat een klein plaatsje te bespreken zou hebben dat zoveel opwinding bij haar bewoners kon veroorzaken. Uiteindelijk werd besloten dat Drew niet mocht blijven en dat Cyrus Furman, de bewaker, met hem buiten de vergaderruimte zou wachten. Iedereen was het daarmee eens, behalve Cyrus.

De bewaker bracht Drew naar buiten. Terwijl ze naar buiten liepen, greep een man naast de deur Drew bij de arm en uitte door opeengeklemde vuile tanden een bedreiging: "Als je een van die meisjes maar aanraakt, dan vil ik je levend, jongen!"

Cyrus Furman vervulde zijn plicht naar de letter, maar niet naar de geest. Hij nam Drew mee net buiten het dorpshuis en bleef toen bij de deur staan zodat hij kon horen wat er binnen aan de hand was. De luide, opgewonden stemmen binnen waren buiten in de koele avondlucht goed te horen en Drew had er geen moeite mee de discussie te volgen.

De dorpscrisis had met een moord te maken. Bij de rivier was een klein eindje stroomopwaarts van de noordelijke brug een lijk gevonden. De brute moord moest kort daarvoor gepleegd zijn. De borst en de rug vertoonden verscheidene steekwonden en de ogen van de man waren uitgerukt.

"Is het lichaam geïdentificeerd?" Drew herkende de stem van de schrijver, Ambrose Dudley.

"Zeker," antwoordde een onbekende stem. "Het is het lichaam van Shubal Elkins, de knecht van Lord Chesterfield."

HOOFDSTUK 10

Edenford was een dorp met een geheim. Bijna iedereen in het dorp wist dat er een geheim was, maar niet iedereen wist wat dat geheim precies was. Sommigen dachten dat ze het geheim kenden, maar dat was niet zo; en degenen die het geheim wel kenden, stelden er zich tevreden mee de anderen in hun onwetendheid te laten.

Edenford dat op een glooiende helling lag, met aan de ene kant een rivier en aan de andere kant een bergketen, stond in heel Engeland bekend om zijn produktie van wollen stoffen en op het vasteland om zijn fijne kantproduktie. De stad Edenford was gesticht door de Chesterfields en het leefde van de wolproduktie.

William Chesterfield, de overgrootvader van Lord Chesterfield, was de stichter van Edenford en zijn eerst bekende inwoner. Lang daarvoor had een allang vergeten Saksische koning daar gewoond, zoals nog te zien was aan de verkruimelde ruïne van een kasteel op de helling van de heuvel. Maar niemand wist meer hoe die koning geheten had, wanneer hij geleefd had of gestorven was of wat dan ook maar.

De eerste bewoning op de vlakte van Edenford was slechts een hut geweest die daar was neergezet door zijn ondernemende stichter. Chesterfield had een kudde schapen geërfd en hij was van plan daar een fortuin mee te verdienen, wat hem ook heel aardig lukte. De daarop volgende generaties Chesterfields bouwden verder op de verworvenheden van hun voorvaderen tot een reiziger bijna vijf mijl noordelijk tot aan de buitenwijken van Tiverton moest reizen voor hij het einde van het groot-grondbezit van de Chesterfields had bereikt.

William Chesterfield vestigde de wolhandel in Edenford door zijn kudden te vergroten en huizen voor zijn arbeiders te bouwen. Zijn zoon breidde het familiebedrijf nog verder uit door spinnerijen en grote bleekvaten op te richten en meer arbeiders aan te trekken; zijn zoon, de vader van Lord Chesterfield, bouwde Chesterfield Manor, vergrootte de familiehandel en trok zelfs nog meer arbeiders aan. Lord Chesterfield inde de pacht, bewaarde het beste kant voor zichzelf en leefde overdadig van de vruchten van de arbeid van zijn voorouders.

Voor bijna honderd jaar waren Edenford en kwaliteits wolprodukten vrijwel synoniem, maar pas met de komst van de Matthews kreeg het dorp zijn reputatie voor het kantwerk.

De vrouw van de hulppredikant van Edenford, Jane Matthews, werkte in een wolspinnerij. Ze was een bekwaam arbeidster met snelle handen en vlugge vingers. Ze vond haar werk echter saai en ze droomde ervan iets te gaan doen dat uitdagender en artistieker was – zoals bijvoorbeeld het maken van kant.

Toen haar moeder stierf, erfde Jane haar moeders schamele bezittingen. Daaronder bevond zich wat sierlijk kantwerk uit Antwerpen. Jane had altijd bewondering gehad voor ingewikkelde patronen. Ze gaven haar de indruk van zomerdagdromen en droefgeestige fantasieën. Ze verlangde er hevig naar zelf van die witte fantasieën te maken.

Jaren lang bestudeerde ze nauwgezet het Antwerpse kantwerk van haar moeder en volgde ieder vezeltje van het kant aandachtig. Toen ze van haar eerste kind in verwachting was, begon ze het zelf te proberen. Tegen de tijd dat twee jaar later haar volgende levensvatbare kind geboren werd, liet ze haar werk zien aan een paar mededorpsbewoners, die er erg van onder de indruk waren. Toen haar dochters respectievelijk twaalf en tien jaar werden, was het gerucht over haar werk tot Lord Chesterfield doorgedrongen en hij liet haar naar Chesterfield Manor komen om haar werk eens te bekijken. Hij was onder de indruk, van de kwaliteit van het kantwerk, maar vooral ook de gelegenheid nog meer geld te verdienen. Jane Matthews behoefde niet meer naar de wolspinnerij en werd uitsluitend aan het kantwerk gezet.

De vraag naar haar kantwerk overtrof verre haar produktiecapaciteit en daarom gaf Lord Chesterfield haar de opdracht haar kunst ook aan anderen te leren. Hoewel vele van haar leerlingen goede kantwerkers werden, kon niemand van hen de kwaliteit van Jane's kantwerk evenaren, totdat ook haar twee dochters belangstelling kregen. Toen Jane stierf, was de kwaliteit van het kantwerk van haar oudste dochter net zo goed als dat van haar moeder.

Jane Matthews stierf aan tering in de winter van 1627. Het was een winter die in heel Edenford veel slachtoffers eiste. Veertien mensen stierven, waaronder negen kinderen. In het openbaar vertoonde Lord Chesterfield in gepaste mate zijn verdriet over het verlies van Edenford en in het bijzonder over het verlies van Jane Matthews. In het geheim was hij echter best gelukkig. Omdat hij erop gestaan had dat Jane haar kunde aan anderen zou onderwijzen, zou zijn kantproduktie door haar dood niet in gevaar komen; haar dochters konden haar plaats innemen.

Jane Matthews was bijna drie jaar geleden gestorven toen haar echtgenoot, Christopher, de spion van bisschop Laud uitnodigde zijn intrek bij hem en zijn gezin te nemen.

"Een vervelende zaak."

De gastheer van Drew leidde hem voorbij de dorpskerk die gelegen was aan de rand van een door bomen omzoomd stuk gemeenschappelijke weidegrond.

"Ik kan me maar moeilijk voorstellen waarom iemand een ander zou willen vermoorden," zei hij, "en ik kan nog moeilijker begrijpen waarom iemand het lichaam zou willen verminken."

Drew was langs dezelfde weg Edenford binnengekomen. Aan beide uiteinden van het dorp bevond zich een van drie stenen bogen voorziene brug die toegang gaf tot de andere oever van de rivier de Exeter. Voor een reiziger betekende deze noord-zuid verbinding slechts een korte omleiding op de weg van Tiverton naar Exeter. Tenminste als Cyrus Furman hem niet tot staan bracht.

"Ik zag Cyrus naast de deur staan," vervolgde Drew's gastheer, "dat kan ik hem niet kwalijk nemen. Door deze moord is iedereen zenuwachtig. Hoe dan ook, ik neem aan dat je alles gehoord hebt, ondanks dat je naar buiten gestuurd werd."

Drew keek naar zijn gastheer. De man zag er op het oog betrouwbaar uit. Hij was aan de kleine kant, maar wel stevig. De rimpels rond zijn ogen en zijn zware zwarte wenkbrauwen gaven zijn gezicht een uitdrukking of hij zich voortdurend zorgen maakte.

"Ik moest wel horen wat er gezegd werd," zei Drew.

De gastheer lachte. Het was een hartelijke lach zonder enige terughoudendheid. "Er kan een heleboel over de mensen van Edenford gezegd worden," zei hij, "maar niet dat ze verlegen of rustig zijn!"

"Neem mij niet kwalijk, mijnheer." Drew bleef midden op de weg staan toen zijn metgezel een weg insloeg die van het dorpsplein naar de heuvel leidde. "Ik weet niet wie u bent of waar u mij heenbrengt."

Zijn gastheer keerde zich met een schaapachtige grijns naar hem toe. "Nee, ik moet me verontschuldigen," zei hij blozend. "Ik ben bang dat ik door al deze verwarring mijn manieren ben vergeten." Hij stak zijn hand uit. "Ik ben de hulpprediker van Edenford. Mijn naam is Matthews, Christopher Matthews."

Toen hij de man een hand gaf, trok er een gemeen lachje over Drew's gezicht.

De maan verlichtte hun weg toen Christopher Matthews zijn gast van de gemeenschappelijke weidegrond heuvelopwaarts leidde. Ze sloegen de High Street in, een straat die parallel liep aan de hoofdweg. Deze weg was niet zo breed en goed bestraat als Market Street. Het was een smalle straat met keien, met aan weerskanten kleine huizen die tegen elkaar aangebouwd waren. De huizen vormden een slordige rij alsof ze zich tegen een gemeenschappelijke vijand moesten verdedigen. Er hing een geur van gekookte vis en gebraden vlees in de straat; het geluid van stemmen en het dansende kaarslicht dat hier en daar door de kieren van de luiken scheen, gaf de straat een gezellig karakter. Dit was een hechte gemeenschap in iedere betekenis van het woord.

Matthews bleef stevig doorlopen tot ze bij het laatste huis van de straat kwamen. Als ze waren doorgelopen zouden ze in een korenveld terecht gekomen zijn. De predikant reikte naar de deurklink van het twee verdiepingen tellende huisje. De onderste helft rustte op een granietstenen fundering. Twee van luiken voorziene vensters aan de linkerkant van de smalle houten deur namen de hele breedte van de voorgevel in beslag. Boven hun hoofd staken balken uit de gevel waarop de tweede verdieping rustte, waardoor er een afdak boven de deur ontstond. Boven de balken gaven vier wit omlijste vensters uitzicht op het smalle straatje. Iemand die uit het bovenste venster hing zou gemakkelijk iemand anders aan de overzijde een hand kunnen geven. Het huisje helde aanmerkelijk over naar de linkerkant, iets wat Drew verontrust zou hebben als er niet meer dan een dozijn huisjes daarnaast hadden gestaan, die het overeind hielden.

"Dit is dan voor vannacht je gevangenis," zei Matthews met een droog lachje. Toen Drew niet teruglachte, zei hij: "Vergeef me, vriend. Dat was niet zo'n leuk grapje. Zowel Cyrus als Ambrose bedoelen het goed. Ze doen gewoon hun werk en beschermen de stad. Als ik jou was zou ik me maar niet al te druk maken over de beschuldigingen. Als de schout hier op de marktdag komt, wordt alles wel opgelost. Ik geloof niet dat je tot het gevaarlijke soort behoort. Als ik dat wel gedacht zou hebben, had ik je natuurlijk nooit mee naar huis genomen."

Ik ben gevaarlijker voor jou dan je denkt, dacht Drew bij zichzelf. Hij probeerde een hekel aan de predikant te krijgen, maar vond dat steeds moeilijker worden.

Matthews zwaaide de deur open. Op het eerste gezicht maakte het meisje dat aan de andere kant van de kamer de tafel aan het dekken was, nauwelijks indruk op Drew. Het geluid van de deur deed haar opkijken. Haar donkerbruine haar viel achterover en lieten een paar stralende grijze ogen en een ontspannen, warme glimlach zien. Het werd al spoedig duidelijk dat de schittering van haar ogen en de glimlach uitsluitend voor haar vader waren bedoeld. Toen ze Drew zag kreeg ze een achterdochtige blik in haar ogen en veranderde haar glimlach in een gespannen trek.

"Goed nieuws, meisjes!" kondigde Matthews vrolijk aan. "We krijgen een knappe gast in huis!"

Het niet langer glimlachende meisje aan de tafel vouwde haar armen over elkaar. Met de messen in de ene en de vorken in haar andere hand leek ze op een gewapende griffioen op het blazoen van een ridder.

Vanaf de trap aan de linkerkant kwam een hartelijker ontvangst.

"Pappa!"

Een tenger figuurtje vloog naar beneden en viel in de uitgestrekte armen van Matthews. Uit haar vormen bleek duidelijk dat het geen kind meer was, maar ze was klein genoeg om helemaal in de armen van haar vader te verdwijnen. Heldere blauwe ogen keken over haar vaders schouder heen om een blik van de vreemdeling op te vangen. Haar lange stijle haar, haar warme gelaatskleur en betoverende glimlach brachten Drew in verwarring. Ze had iets dat hem beroerde zoals hij nog nooit eerder door een vrouw was beroerd. Zijn gevoelens waren zo hevig dat hij er bijna bang van werd. Voor het eerst in zijn leven begreep Drew hoe Lancelot zich had gevoeld toen hij voor het eerst Guinevera zag.

"Meester Morgan, laat ik u mijn twee grootste aardse schatten voorstellen. Dit is mijn oudste dochter Nell." Hij gebaarde naar het ernstig kijkende meisje bij de tafel.

Drew maakte een korte buiging, die Nell met een knikje en een kort "Meester Morgan" beantwoordde.

"En deze giechel," hij drukte het jongste meisje tegen zich aan, "is Jenny. We hebben net haar zestiende verjaardag gevierd."

"Meester Morgan," zei ze bedeesd.

Drew legde een ridderlijke toon in zijn stem. "Altijd blij een mooi meisje te ontmoeten," zei hij.

Er kwam een diepe zucht van de andere kant van de kamer. "Kan ik u even spreken, vader? In de keuken?" Niet op antwoord wachtend, gooide Nell de vorken en messen op tafel en schreed statig naar de deur.

Zo Matthews zich al opgelaten voelde door het bevel, liet hij dat niet blijken. Hij wees naar de plaats naast de haard en zei: "Je kunt je spullen daar wel neerzetten. Verontschuldig me nu even."

Jenny liep achter haar vader aan; haar haar zwaaide heen en weer. Ze draaide zich even om en glimlachte voor ze in de keuken verdween.

Drew stond alleen in de nederige woning van de predikant. Nederig was zwak uitgedrukt. De kamer was lang en smal met aan de rechter kant de gebruikelijke haard en aan de linkerkant een smalle trap die naar boven leidde. De haard, waarin nu het avondmaal gekookt werd, vormde de belangrijkste lichtbron na zonsondergang. Er stonden twee kandelaars op de tafel en bovenaan de trap scheen wat licht waarvan de herkomst niet duidelijk was. De hele kamer was net zo groot als de helft van Drew's slaapkamer op Morgan Hall.

Het meubilair bestond uit zes stoelen en twee tafels. Vier stoelen met een rechte leuning stonden rond de grootste tafel die nog niet voor het avondeten gedekt was; een vijfde stoel was onder de kleinere tafel aan de linkerkant geschoven, onder de twee ramen die uitzicht boden op de straat. Op de tafel lagen stapels kantwerk, loden gewichten, scharen en bollen wol. Een schommelstoel met een hoge rugleuning stond op een groot geweven vloerkleed bewegingloos voor de haard. Het vloerkleed was het enige kleed dat de houten vloerplanken bedekte.

Drew haalde de tas van zijn schouder en plaatste die rustig naast de haard. Hij herinnerde zich plotseling dat zijn zwaard in beslag genomen was en hij bedacht dat hij de predikant daarnaar moest vragen.

Door de open keukendeur drongen fluisterende stemmen door, maar Drew kon niet horen wat er gezegd werd. Hij wilde dichter naar de keukendeur toelopen, maar bedacht zich toen. *Het geheim om achter iemands geheimen te komen is net te doen of je niet geïnteresseerd bent,* herinnerde hij zich Eliot's instructie. *Niet te gauw informatie willen krijgen. Wees geduldig en vriendelijk en probeer hun vertrouwen te winnen. Dat is de beste manier om zo veel mogelijk van hen te horen te krijgen.*

Bovendien was het het risico niet waard. Zonder enige twijfel vormde hij het gespreksonderwerp in de kamer ernaast. Hoe het oordeel ook uit zou pakken, hij zou al het mogelijke doen om in ieder geval voor het avondeten te blijven.

De eerste maaltijd met je prooi is het belangrijkste – en het gevaarlijkste, herinnerde hij zich dat Eliot gezegd had. Het woord *prooi* was Drew niet zo erg bevallen; dat verlaagde zijn werk tot beestenwerk. Drew vond het beter om zijn werk te vergelijken met dat van een spion die in het kamp van de vijand probeert informatie los te krijgen.

Op dat moment verscheen Jenny uit de keuken met een paar tinnen borden. Ze keek niet meteen naar Drew, maar de ondeugende glimlach om haar lippen gaf aan dat ze zich van zijn tegenwoordigheid bewust was. Ze plaatste de tinnen borden op de tafel – een, twee, drie en vier. Toen Drew naar haar opkeek, bloosde ze. Toen ze merkte dat Drew haar gadesloeg, trok ze zich weer snel terug naar de keuken.

Samen eten is zoiets als schapen die een wolf uitnodigen om met hen mee te eten. Drew herinnerde zich Eliot's schelle gegrinnik toen hij dit zei. *En laat ik je dit vertellen, godsdienstige mensen houden van eten. En als ze eten, praten ze. Zet een bord eten voor een puritein en hij zal je zijn diepste geheimen vertellen! Als ze eten probeer ik me voor te stellen hoe hun wangen eruit zullen zien als ze eenmaal gebrandmerkt zullen zijn!*

"En wat hoop je uiteindelijk te vinden?"

Christopher Matthews stak weer een stuk schapevlees in zijn mond en kauwde bedachtzaam toen hij naar Drew opkeek voor een antwoord. Er stond een bescheiden maal van koud schapevlees, gekookte griesmeelpap en tarwebrood op tafel. Drew was net klaar met zijn verhaal dat hij voor deze gelegenheid verzonnen had. Veel van wat hij verteld had, was waar, maar hier en daar moest hij het wat opsmukken om hun sympathie te winnen.

Zo vertelde hij bijvoorbeeld dat hij de zoon van een welgestelde Engelse landedelman was en dat hij tijdens zijn jeugd vaak slecht behandeld was. Dat was waar. Maar hij vertelde ook dat zijn vader een dronkaard was en af en toe buiten zinnen raakte, terwijl in werkelijkheid Lord Morgan zelden of nooit dronk. Twee glazen wijn waren al voldoende om hem van de kaart te doen gaan. Drew loog ook over zijn grootvader en zei dat hij een diep religieus man was geweest. De predikant was verheugd te horen dat een nationale held als admiraal Amos Morgan zo'n ontzag voor God had. Tenslotte loog Drew over het gevecht dat de aanleiding was geweest dat hij Morgan Hall ontvlucht was. Hij beweerde dat zijn vader hem met het zwaard in de vuist uit het huis had verjaagd toen Drew blijk had gegeven in godsdienstige zaken geïnteresseerd te zijn. Hij besloot met te vertellen dat hij een jaar lang van plaats naar plaats getrokken was tot hij tenslotte door de bewaker van Edenford gevangen genomen werd.

"Wat hoop je uiteindelijk te vinden?" herhaalde Drew de vraag van zijn gastheer. "Hoe bedoelt u?"

"In Plymouth. Waarom wil je aanmonsteren op een koopvaarder in Plymouth?"

Drew haalde zijn schouders op en roerde wat in zijn pap. *"Doe net of je in de war bent en of je lijdt,"* had Eliot gezegd. *"Daar houden ze van. Ze denken dan dat je een gemakkelijk doelwit voor bekering bent."*

De predikant glimlachte. "Wel, één ding weet ik zeker. God bracht je hier met een speciale bedoeling."

Matthews zat rechts van Drew aan het hoofd van de tafel. De meisjes zaten tegenover Drew en luisterden terwijl de mannen het gesprek voerden. Nell zat in een gereserveerde houding netjes rechtop te luisteren. Jenny zat Drew rechtsteeks aan te kijken, in ieder geval tot hij naar haar opkeek want toen sloeg ze haar ogen neer.

"O, ik zie nog wel," zei Drew, "in ieder geval hartelijk bedankt voor uw gastvrijheid."

Terwijl hij dat zei kon hij het niet nalaten een blik op Nell te werpen. Maar ze keek onverstoorbaar voor zich uit.

"En vergeet de herbergzaamheid niet, want hierdoor hebben sommigen, onwetende, engelen geherbergd," haalde de predikant uit de Bijbel aan.

Nell keek verwonderd op. "Vader! U wilt toch niet beweren dat meester Morgan een engel is!"

Matthews lachte luid. Met een twinkeling in zijn ogen zei hij: "Dat weet je maar nooit!"

"Dat zou best eens kunnen," zei Jenny zachtjes en had er toen meteen spijt van. Toen iedereen naar haar keek, bloosde ze diep en rende met haar lege bord naar de keuken.

"Meester Morgan," Nell schoof haar bord opzij en leunde met haar gevouwen armen op de tafel. "U zei dat uw grootvader een godsdienstig man was. Op welke manier dan wel?"

"Drew. Noem me alsjeblieft Drew."

Nell knikte toestemmend maar wachtte op verdere uitleg.

"Hij ging bijvoorbeeld dikwijls naar de kerk," bood Drew aan.

Nell knikte instemmend maar wachtte op verdere uitleg.

"En, uh, hij bad altijd."

"Bidden?"

"Zeker! Grootvader bad voor alles – voor de koningin, Morgan Hall, zijn schepen, de nederlaag van Spanje..."

Nell glimlachte. Iets wat hij gezegd had amuseerde haar kennelijk en hij voelde zich niet op zijn gemak.

"En grootvader las ook dikwijls in de Bijbel. Hij was altijd in de Bijbel aan het lezen." Omdat hij wist hoezeer de puriteinen op de Bijbel gesteld waren, wist Drew dat hij zich door het vertellen van dit verhaal op solide grond bevond. "Grootvader kende de Bijbel goed. Net voor hij stierf gaf hij mij trouwens een Bijbel. Die neem ik overal mee naar toe. Daarover was mijn vader het meest geërgerd – dat ik in de Bijbel ging lezen. Maar ik vertelde hem dat de Bijbel Gods Woord is en dat niemand mij er vanaf kon houden die te lezen. Toen verjoeg hij mij uit het huis."

Kennelijk had het verhaal over de Bijbel succes. Nell was weer ernstig geworden en leek niet langer de spot met hem te steken. "Heb je die Bijbel nu bij je?"

Drew knikte en liep naar zijn tas bij de haard.

"Welke vertaling is het?"

De bisschop had gezegd dat hij de Bijbelvertaling in zijn voordeel kon gebruiken. Nu had hij de kans. "Vertaling?" Drew deed net of hij geen idee had waarover ze het had. "Het is natuurlijk een Engelse vertaling," zei hij.

Nell kreeg weer een spottend lachje om haar lippen. Hij werd er werkelijk door geïntimideerd.

"Er bestaan meer Engelse vertalingen," merkte de predikant op. Zijn toon was warm en vaderlijk. Het was duidelijk dat hij de minzame spot van zijn dochter niet deelde. "Mag ik je Bijbel eens zien?" vroeg hij.

Drew haalde de Bijbel tevoorschijn en overhandigde die aan de predikant. Matthews sloeg hem open en las de titelpagina. Hij keek op naar Nell en zei: "De King James."

"Dat dacht ik wel," antwoordde Nell sarcastisch. "Ik kan Jenny beter gaan helpen met de afwas." Ze stond op, greep een paar borden van de tafel en verdween in de keuken.

"Is er iets verkeerds met mijn Bijbel?" Drew deed of hij verbaasd was.

"Je bent onze gast," antwoordde de predikant, de Bijbel aan Drew teruggevend. "Het spijt me als we je beledigd hebben."

"Nee, alstublieft, ik wil graag leren. Het is duidelijk dat u mijn Bijbel niet goed vindt en ik weet niet waarom. Waarin verschilt hij dan met uw Bijbel?"

Matthews bestudeerde Drew's gezicht om na te gaan of hij serieus was of dit alleen maar uit beleefdheid zei. "Laten we voor het vuur gaan zitten," zei hij.

Terwijl Drew zijn stoel naar de haard trok, liep Matthews naar boven en kwam terug met een andere Bijbel. Hij ging in de schommelstoel met de hoge leuning zitten. "Dit is mijn Bijbel." Hij gaf hem aan Drew. "Het was de Bijbel van mijn vader. Hij was schoenmaker in Exeter. Net als jouw grootvader een zeer vroom mens."

Drew bladerde de Bijbel door. "Wat is het verschil met mijn Bijbel?"

Deze Bijbel wordt de Genève-Bijbel genoemd. Die werd vertaald in een tijd van grote vervolging, tijdens de regering van Mary Tudor. In die tijd vluchtten veel godzalige lieden naar het vasteland, in het bijzonder naar Genève. Deze Bijbel werd uitgegeven door die verbannen mensen, die slechts aan één ding dachten – in de behoefte te voorzien van de nood van mensen die weigerden zich te laten intimideren door een aardse kroon."

"En die van mij is geen Genève-Bijbel?"

Matthews opende Drew's Bijbel en sloeg het titelblad op. Hij wees naar de woorden die er stonden.

Drew las hardop: "De Heilige Bijbel, bevattende de boeken van het Oude- en Nieuwe Testament, opnieuw vertaald uit de oorspronkelijke talen: en op bevel van Zijne Majesteit met voorafgaande vertalingen nauwgezet vergeleken en herzien. Aangewezen om in de kerken gelezen te worden. Gedrukt te Londen door Robert Baker, drukker in dienst des konings. Anno Domini 1611."

"Jouw Bijbel is ontstaan als een gevolg van de Hampton Court Conferentie," voegde Matthews toe. "Heb je daar wel eens van gehoord?"

"Ja, die naam heb ik wel eens gehoord."

"Toen in 1603 koningin Elisabeth overleed en James van Schotland tot koning gekroond werd, werd hem door de puriteinen een bezwaarschift aangeboden. Dat bezwaarschrift kreeg de naam 'de Millenary Petition' omdat er duizend handtekeningen onder stonden. Mijn vader was één van de ondertekenaars. Ik was pas dertien in die tijd. Ik herinner mij nog hoe opgewonden de mensen de werkplaats van mijn vader in en uit liepen. 'Nu krijgen we tenminste een koning die het met onze leerstellingen eens is,' zeiden ze. Algemeen werd aangenomen dat de nieuwe koning ons zou helpen de laatste sporen van het katholicisme te verwijderen en een nieuwe op de Bijbel gebaseerde kerk te stichten. Het leek erop of God onze gebeden verhoord had."

Achter Drew kletterden de laatste borden toen Jenny ze van tafel haalde. Nell glipte achter de twee mannen om naar boven. "Op bevel van de nieuwe koning werd het jaar daarop de Hampton Court Conferentie belegd. Vol verwachting stuurden wij onze beste leiders erheen. De conferentie bleek een ramp voor ons te worden. Toen onze vertegenwoordigers het onderwerp van de woordverkondiging in de kerken ter tafel brachten, werd de koning woedend. Hij zei dat als de voorgangers werd toegestaan af te wijken van het Gebedenboek, iedere Jack en Tom, Will en Dick de kans zouden krijgen de koning en zijn raadgevers te bekritiseren als ze dat maar wilden. Zich tot de bisschoppen van de Kerk van Engeland wendend, zei hij dat als de puriteinen ooit hun gezag in twijfel zouden trekken, de koning zijn hoogste gezag in de kerk zou verliezen. Hij vertelde onze vertegenwoordigers dat ze zich dienden aan te passen of dat hij hen anders het land zou uitjagen, of erger."

Matthews leunde voorover en klopte op Drew's Bijbel. "Deze Bijbelvertaling ontstond als een gevolg van deze conferentie." De predikant ging weer rechtop zitten, nam de Bijbel van Drew over en sloeg een paar bladzijden om. "De koning liet ze zelfs een paar waarschuwingen tegen ons in het voorwoord schrijven," zei hij terwijl hij een paar bladzijden doornam. Toen hij het gedeelte waarnaar hij zocht gevonden had, vervolgde hij: "De vertalers verwachtten belasterd te worden 'door verwaande Broeders, die er hun eigen denkbeelden op na houden en die slechts houden van wat ze zelf bedacht hebben en wat ze zelf op hun aambeeld hebben klaargemaakt.' Wij zijn de 'verwaande Broeders' die ze bedoelen. En hier, 'Tenslotte hebben we aan de ene kant de scrupuleusheid van de puriteinen vermeden, die de van ouds kerkelijke woorden weglaten en ze door nieuwe vervangen, zoals bijvoorbeeld "wassen" door "dopen" en "gemeente" in plaats van "Kerk". Maar wij wensen dat de Schrift voor zichzelf spreekt, als in de tale Kanaäns, zodat het zelfs door de meest eenvoudige begrepen kan worden.'"

Matthews sloot het boek. "Ze hadden gelijk toen ze veronderstelden dat we hun vertaling niet zo maar zonder meer zouden aanvaarden. We hadden al een vertaling. Die was niet het produkt van een conferentie die door haat werd gedreven, maar die was tot stand gekomen door godzalige mannen die God slechts in alle vrede wilden dienen."

"Papa! Je verveelt meester Morgan maar!" Jenny stond in de keukendeur haar handen aan een handdoek af te vegen.

"Nee!" gaf Drew ten antwoord, "ik heb veel geleerd."

"Zijn jullie klaar met de vaat?" vroeg Matthews.

"Ja, papa."

"Dan wordt het tijd dat je de boekhouding gaat doen."

"Nell is al boven," antwoordde Jenny terug.

Matthews knikte begrijpend. "Dan kun je maar beter ook naar bed gaan. Zeg onze gast welterusten."

Jenny glimlachte verlegen. "Welterusten, meester Morgan."

"Drew, alsjeblieft, noem me Drew."

"Welterusten Drew." Ze giechelde en rende de trap op.

"Kan ik nog iets voor je doen voor we naar bed gaan?" vroeg Matthews.

HOOFDSTUK 11

Het zou nog drie dagen duren voordat Drew voor het gerecht moest verschijnen. Tijd genoeg voor hem om voldoende bewijzen te verzamelen en Edenford te ontvluchten voordat hij voor de hoge commissaris zou moeten verschijnen.

Al bij hun eerste ontmoeting had Christopher Matthews een fatale zwakheid laten zien – hij was zo openhartig dat hij daardoor gemakkelijk gearresteerd zou kunnen worden. De predikant beloofde een waardevolle bron van bewijzen tegen zichzelf te worden. Toch was Drew zo voorzichtig geduld te beoefenen. Dit was een bijzonder geval voor de bisschop. Maar omdat het nog drie dagen zou duren voor hij voor de schout zou moeten verschijnen, was Drew van mening dat hij nog voldoende tijd zou hebben om bewijzen tegen Matthews te verzamelen voordat de Marktdag zou aanbreken.

Dorpjes als Edenford hadden niet de bevoegdheid hun eigen rechtspraak te regelen. Ze waren afhankelijk van een lokale bewaker zoals Cyrus Furman en ambtenaren zoals Ambrose Dudley om wetsovertreders aan te houden, tot een daartoe aangestelde ambtenaar de aanklacht kon horen en een besluit kon nemen. Voor de meeste dorpen werd dit eens per maand gedaan door de hoge commissaris of de hoofdman over honderd zoals hij soms werd genoemd. De optredende commissaris sprak wettelijk recht namens de vrederechter in een bepaald gebied dat hem toegewezen was. Gewoonlijk was hij een edelman, maar ook kleine landeigenaren konden als ondercommissaris benoemd worden als er geen gekwalificeerde of geïnteresseerde edelman in het gebied aanwezig was. Edenford had echter een hoge commissaris, een edelman van Exeter met de naam David Hoffman.

Hoffman was een man die bijna net zo breed was als dat hij lang was en was een nuchtere kerel. Vanaf zijn elfde jaar was hij alleen nog maar in de breedte gegroeid. Hij was kort en bespaarde geen geld op eten maar wel op kleding. Het gevolg was dat hij op een volle zak graan leek. Zijn armen en benen staken aan het eind van zijn versleten en rafelige mouwen en broekspijpen uit en tussen de knopen van zijn vest kwam zijn overhemd te voorschijn.

Hij was enig kind en nooit getrouwd en David Hoffman's enige liefde in het leven was eten. Elf jaar daarvoor, op de dag dat Christopher tot hulpprediker van Edenford was benoemd, was het gezin Matthews getuige geweest van de eetobsessie van de hoge commissaris. De Matthews hadden Hoffman uitgenodigd gebruik te maken van hun gastvrijheid om met hen de benoeming te vieren. Nell was toen zeven jaar oud geweest. Wat ze die dag te zien kreeg zou haar haar levenlang bijblijven.

Vanaf het moment dat de hoge commissaris het huis binnenkwam tot het moment dat hij weer naar buiten waggelde, deed hij eigenlijk niets anders dan eten en drinken. Tot ieders verbazing was de man een zeer behendig eter; zijn handen brachten in volmaakte samenwerking voortdurend voedsel naar zijn mond. Nell herinnerde zich hoe hij door gebrek aan lucht af en toe gedwongen werd te stoppen; zijn hoofd ging dan achterover en hij hapte als een vis naar lucht. Hoe langer hij at, hoe roder zijn gezicht werd tot het zweet van zijn slapen stroomde en van zijn geschoren kin op de over zijn enorme buik gespannen broek viel.

Nog weken daarna had Nell nachtmerries. Ze droomde voortdurend dat de hoge commissaris op het vloerkleed openbarstte.

Afgezien van de eetgewoonten van de hoge commissaris had Edenford het wat de rechtspraak betrof slechter kunnen treffen. David Hoffman kende de belangrijkste wetten en zelfs de meeste minder belangrijke en hij deed meestal goede gerechtelijke uitspraken. Dat kwam omdat hij van zijn werk hield. Weliswaar kon het ambt soms drukkend zijn: de commissaris moest oproerlingen, schurken en zwervers oppakken en toezicht houden op de herbergen. Er werd ook een beroep op hem gedaan om degenen die hij gearresteerd had bij de gerechtshoven af te leveren en tijdens de oogsttijd moest hij voor arbeiders zorgen.

Maar om een aantal redenen slaagde Hoffman er altijd in om op alle gebied goede prestaties te leveren. Ten eerste hield hij van het respect dat met het ambt samenhing; ook gaf het hem de gelegenheid veelvuldig uitgenodigd te worden als tafelgast waarmee hij zijn eerste liefde dus kon eren – eten.

Toen de corpulente commissaris zich in de late zomer van 1629 gereed maakte voor zijn reis naar het noorden om zijn regelmatige ronde te doen, maakte hij zich zorgen. Rapporten uit Londen wezen erop dat er moeilijkheden in het dorp Edenford zouden kunnen ontstaan. Hoffman hoopte dat het mee zou vallen en dat die moeilijkheden gauw over zouden zijn. Hij wilde niets ondernemen dat zijn herbenoeming over een half jaar in gevaar zou kunnen brengen.

Drew had nog nooit een gezin als dat van de Matthews gekend. Tijdens zijn spionagewerk had hij wel bij andere puriteinse families gewoond en anderen had hij kunnen gadeslaan. Maar niet een daarvan leek op dit gezin. Ze waren op de een of andere manier anders, vooral de predikant.

Het duurde lang voordat Drew het verschil onder woorden kon brengen. Toen drong zich een vergelijking aan hem op die zijn indrukken in beelden omzette. De meeste mensen, zo bleek uit zijn bevindingen, beoefenen hun godsdienst zoals een schooljongen zijn lessen opzegt of zoals een leerjongen het werk van zijn meester probeert na te bootsen. Ze proberen iets te worden wat ze niet zijn. Christopher Matthews *beoefende* zijn geloof echter niet. Hij en zijn geloof waren ondeelbaar. Aan hem denken als aan iemand die zijn geloof beoefende zou hetzelfde zijn als aan een vogel denken die probeerde te vliegen. Vogels vliegen omdat ze vogels zijn. Christopher Matthews leefde net zo moeiteloos en vrij uit zijn geloof omdat het een deel van hemzelf was.

Iedere dag bij de ontbijttafel zei Christopher Matthews: "Wat kunnen we vandaag eens voor God doen?" Wat Drew het meest verbaasde was niet dat de predikant dit iedere morgen weer vroeg, maar het feit dat hij het meende. Als hij de deur van zijn woning uitliep, ging hij werkelijk op zoek naar iets dat hij voor God zou kunnen doen, alsof dat de natuurlijkste zaak van de wereld was.

De predikant volgde een dagelijkse routine. Net zomin als een gans er aan zou denken zijn wintertrek niet uit te voeren zo dacht Matthews er niet aan om van deze routine af te wijken. Matthews stond 's morgens tussen drie en vier uur op en besteedde dan een paar uur in gebed. Daarna riep hij zijn gezin bijeen voor het morgengebed en het zingen van een paar psalmen. Hij las dan een hoofdstuk uit de Bijbel en bad vervolgens opnieuw, daarbij de gebeden van zijn dochters aan God voorleggend. 's Avonds werd er opnieuw uit de Bijbel gelezen, deze keer gepaard gaande met een korte uitleg. Dan trok het hele gezin zich in afzondering terug om over het gelezen Bijbelgedeelte na te denken, hun leven in het licht daarvan te bezien en ze schreven daarbij hun gedachten op in een dagboek.

Als er geen dames aanwezig waren geweest, zou Drew gedacht hebben dat hij in een klooster woonde.

Twee dagen lang vergezelde Drew Matthews bij zijn dagelijkse werkzaamheden. Gedurende die tijd kwam hij erachter dat de man zoiets als de taak van een burgemeester in Edenford vervulde. De meeste grond was nog steeds het bezit van de Chesterfields, een erfenis uit de Middeleeuwen toen de heer van het landgoed in een kasteel op de heuvel woonde en door lijf-eigenen omringd werd. Het oude politieke systeem was verdwenen, maar economisch gezien behield het nog steeds diezelfde structuur. Zo was het ook hier. De familie Chesterfield en het stadje Edenford waren op die manier economisch aan elkaar gebonden.

In deze eenheid verschafte de familie het land en de politieke en economische invloed van de naam Chesterfield; het dorp vervaardigde de goederen die de inkomsten opleverden. Normaal gesproken gingen beide partijen goed met elkaar om. Het was wel geen volmaakt huwelijk maar het was leefbaar.

Christopher Matthews vormde de verbindende schakel tussen beide partijen. Toen hij en zijn jonge bruid voor het eerst naar Edenford gekomen waren, was hij een eenvoudige schoenlapper geweest, die het vak van zijn vader geleerd had. Hij had geen politieke ambities gehad en dacht er ook niet aan predikant te worden. Het dorp had behoefte aan een schoenmaker en hij had behoefte aan een klein dorp waar hij een gezin kon stichten en rustig zijn dagen zou kunnen doorbrengen.

In die tijd werd het dorp bediend door de parochiepriester van Tiverton die in verscheidene plaatsen predikant was. Dit was niet ongebruikelijk. Als een enkele parochie geen predikant kon onderhouden dan diende hij vaak meerdere plaatsen. Maar zelden kon hij al zijn gemeenten goed dienen, maar voor plaatsen als Edenford was het in ieder geval beter dan helemaal geen predikant te hebben.

Een twistgesprek tussen de Chesterfields en de priester bracht verandering in het pastorale leiderschap van Edenford. De priester had het huwelijk van de dochter van Chesterfield ingezegend tegen de wil van haar vader. Hij had dat gedaan omdat de vader van de bruidegom, Lord Weatherley, de predikantsplaats voor Taunton betaalde. Het huwelijk duurde niet lang en ook de priester bleef niet lang predikant in Edenford.

Om te voorkomen dat zoiets nog eens zou kunnen gebeuren, besloot Lord Chesterfield dat hij zijn eigen predikant nodig had, iemand die alleen hem verantwoording schuldig was. Terwijl hij er een zocht, besloot hij dat het niet een professionele kracht behoefde te zijn. Opgeleide predikanten hadden de neiging hun godsdienst te serieus te nemen en mengden zich vaak in dingen waar ze niets mee te maken hadden. Hij wilde een gewoon iemand en geen geestelijke. Hij zag hierin verschillende voordelen: ten eerste zou het traktement lager kunnen zijn, want een lekepredikant had bovendien zijn inkomsten uit zijn beroep; een ander voordeel was dat een lekepredikant het te druk zou hebben met zijn vak en daardoor zou hij geen tijd hebben om zich druk te maken over het geestelijke leven van de Chesterfields. In eerste instantie was hij op zoek naar iemand die de inwoners van Edenford zou kunnen blij maken met de vereiste zondagse erediensten, die beschikbaar zou zijn op het moment dat er godsdienstige zaken aan de orde waren en die zich verder niet met hem zou bemoeien.

Hij vond de juiste man in zijn eigen dorp. Christopher Matthews was de meest godsdienstige leek in Edenford en dus werd de functie aan de schoenmaker aangeboden. Eerst weigerde Matthews, die zichzelf niet in staat achtte een geestelijk leider te zijn, maar zijn vrouw Jane haalde hem ertoe over de functie te aanvaarden. Ze redeneerde dat dit een door God gezonden mogelijkheid was om het dorp op bijbelse leest te schoeien. Toegevend aan het geloof van zijn vrouw in hem, werd de schoenmaker de hulpprediker.

Binnen enkele maanden nam de misdaad in het dorp af en de produktiviteit steeg. Toen Lord Chesterfield eens informeerde hoe dit kwam, ontdekte hij dat dit te danken was aan het rustige leiderschap en het sterke karakter van Christopher Matthews. De hulpprediker had ieder huis in het dorp bezocht en hij drong er bij de bewoners op aan godzalig te leven. Hij daagde ze uit Gods wegen te bewandelen. Als ze na zes maanden er niet beter aan toe waren, zouden ze daarna mogen doen wat ze wilden en zou hij hen verder met rust laten. Binnen twee maanden was het een ander dorp en Christopher Matthews was hun Mozes, hun profeet en leider.

Aanvankelijk voelde Lord Chesterfield zich bedreigd door Matthews' plotseling toegenomen invloed in zijn dorp. Maar aan de andere kant was hij ingenomen met de toegenomen produktiviteit en de afname van de problemen. Hij loste het probleem voortvarend op. In plaats van de hulpprediker aan banden te leggen, besloot hij hem nog groter gezag en macht te verlenen en – daar draaide het om – de predikant was voor alle dingen die met het zakenleven in Edenford te maken hadden alleen verantwoording schuldig aan hem.

Ook nu weer weigerde Matthews aanvankelijk. Hij was niet uit op nog meer macht. Hij wilde alleen maar de geestelijke leider voor de mensen zijn. Opnieuw was het zijn vrouw die hem ervan overtuigde het te accepteren. Zij zag de benoeming als een tweerichtingen verkeersweg. Hij zou niet alleen de Chesterfields vertegenwoordigen bij de bevolking, maar hij kon ook de vertegenwoordiger van de bevolking bij Lord Chesterfield zijn en zodoende de leefomstandigheden van de dorpelingen verbeteren.

Onder zijn leiderschap bloeide de wolhandel in Edenford als nooit te voren – de schapenfokkerij, het scheren, het spinnen, het weven, het schoonmaken en drogen en het bleken van de stoffen. De grootste bijdrage aan de handel van Edenford was echter de ingewikkelde kantmakerij die door de dames Matthews ter hand werd genomen.

De schaduwen in Edenford begonnen langer te worden toen Drew, Christopher Matthews en David Cooper naar de gemeenschappelijke weidegrond liepen. De hele morgen was Drew de hulpprediker gevolgd van het ene naar het andere bedrijf en hij was verbaasd geweest over de ontvangst. Als jongen had hij gezien hoe zijn vader zaken deed en hij had daaruit opgemaakt dat zakendoen een kwestie van schreeuwen, dreigen en te keer gaan was. Maar in Edenford was dat niet het geval. De eigenaars van de bedrijven begroetten Matthews hartelijk. De zaken werden op vriendelijke toon besproken en gingen gepaard met een handdruk. Tegen de middag vroeg Drew zich hardop af of Matthews wel vijanden had.

"Dat is een vreemde vraag," antwoordde de predikant. Hij wierp een blik op Cooper die bij de vraag dreigend keek. "Waarom zou je willen weten of ik vijanden heb?"

De vraag was niet zo gelukkig geweest en kon gemakkelijk verdenking op Drew laden. "Neem mij niet kwalijk als ik u beledigd heb," stamelde hij. "Maar ik stel die vraag omdat waar ik vandaan kom zaken altijd in een vijandige sfeer worden afgehandeld. Iedereen is hier zo vriendelijk."

"Dat komt omdat we meer dan buren zijn. We vormen een familie."

Familie... Dan geen familie als de mijne! Zo vriendelijk waren ze nooit tegen elkaar.

Op iedere plaats waar ze kwamen, behandelde de predikant iedereen met wie hij sprak als de meest belangrijke burger van heel Edenford. En Drew bemerkte dat zijn vrees om door de inwoners voor een misdadiger te worden aangezien geheel ongegrond was. Hij moest zich in feite steeds weer te binnen brengen dat hij eigenlijk de gevangene van deze man was. Overal waar zij kwamen, stelde Matthews hem voor alsof hij een op bezoek zijnde ambtenaar uit Londen was.

Drew had mevrouw Weathersfield ontmoet, een weduwe die zei dat ze iedere dag bad dat Matthews' dochters een geschikte echtgenoot zouden vinden. Het was geen geheim dat ze ook bad of ze zelf een echtgenoot zou mogen vinden en bij voorkeur de predikant zelf. Matthews gaf haar een paar stuivers voor eten. Toen Nell later ontdekte dat het geen geld van de kerk was, maar dat het uit Matthews eigen zak kwam, werd ze boos. Het was niet de eerste keer dat haar vader te veel geld weggaf zodat ze zelf niet voldoende geld hadden om eten te kopen. Daar kwam nog bij dat hij Drew Morgan mee naar huis genomen had – nog een persoon om te voeden.

Drew had ook David Cooper ontmoet, de dorpsschoenlapper en Matthews jeugdvriend uit Exeter. De vaders van de twee vrienden waren alletwee schoenmaker geweest toen ze opgroeiden. Cooper had op de dag dat hij gearresteerd was naast Matthews gezeten in het dorpshuis. Het was een grote harige man met een bijpassende brede glimlach. Zijn zware haardos en baard en zijn dikke armen herinnerden Drew meer aan een smid dan aan een schoenmaker. Toen Matthews de vertegenwoordiger van Lord Chesterfield was geworden en het dorp zonder schoenmaker was komen te zitten, was hij op Matthews uitnodiging naar Edenford gekomen.

In de werkplaats van de schoenmaker deed Matthews net of hij een schoeneninspecteur was en hij probeerde Cooper te betrappen op slordig werk. Dat viel echter niet mee want Cooper leverde keurig werk. Toen besloten de twee vrienden dat ze er voor de rest van de dag genoeg van hadden. Ze namen Drew met zich mee.

Ze brachten de middag verder door met kegelen. De twee vrienden waren aan elkaar gewaagd en waren betere spelers dan Drew, die nog maar een keer in zijn leven gekegeld had. Kegelen werd beschouwd als een sport voor de gewone man en was eigenlijk beneden de waardigheid van een edelman.

Na de eerste twee spelen, die beide door de predikant gewonnen werden, stelde Drew er zich tevreden mee in het gras te gaan liggen en toe te kijken. Hij vond het leuk om naar hun rivaliteit te kijken. Toen de predikant voor de derde keer gewonnen had, werd de schoenmaker kwaad en hij smeet een paar ballen op de grond. Zijn boosheid verdween echter weer net zo snel als dat ze opgekomen was.

"BEWAAK JE OP DEZE MANIER EEN GEVANGENE?"

De boze stem kwam achter Drew vandaan. Het was Ambrose Dudley. Hij was rood aangelopen en hij spuwde zijn woorden tussen zijn gele tanden door uit. De oude Cyrus Furman, die de oude musket van het dorp droeg, sukkelde achter hem aan.

"Meester Morgan loopt niet weg, nee toch hè, Drew?" In tegenstelling tot Dudley die hem een gevangene genoemd had, gebruikte Matthews nadrukkelijk Drew's naam en titel.

Nog steeds in het gras liggend, glimlachte Drew en schudde van nee.

"Dit is onverantwoordelijk. Helemaal onverantwoordelijk!" riep de schrijver. "Hij zou best eens de moordenaar van Shubal Elkins kunnen zijn!"

Weer wendde de predikant zich tot Drew. "Je bent toch geen moordenaar?"

"Nee." Hij plukte een paar grassprietjes.

De prediker was in een speelse stemming, maar Dudley bepaald niet. Met opeen geklemde kaken keek hij van de een naar de ander.

"Maak je maar niet ongerust, Ambrose." Matthews liep op hem toe. "De jongen loopt niet weg en op de Marktdag is hij nog hier."

Dudley weigerde zich gerust te laten stellen. "Als hij er niet meer is, zal dat jouw schuld zijn! Kom mee, Cyrus." De boze schrijver draaide zich om en schreed weg. Zijn oudere metgezel haalde zijn schouders op en slenterde achter hem aan.

Matthews keek naar Cooper. "Ik denk dat we hem voor een partijtje kegelen hadden moeten uitnodigen."

De drie staken de weg over die het kegelveld scheidde van de rivier en liepen de helling naar het water af. Toen ze met hun handen gevouwen onder hun hoofd op hun rug lagen, vertelde Cooper dat er op Marktdag een zending schoenen naar Londen moest. De predikant vroeg Drew of hij wel eens in Londen was geweest. Drew noemde terloops het uitstapje van zijn familie naar kasteel Windsor, maar hij vertelde niets over het harnas en bisschop Laud.

"Ben je naar de St. Michael's kerk geweest?"

"Ik ben daar wel eens geweest," antwoordde Drew. "Maar ik heb er geen diensten bijgewoond."

"De laatste keer dat ik in Londen was, ben ik er geweest," zei de predikant. "Maar ik denk niet dat ik daar God zou kunnen dienen."

"Waarom niet?" vroeg Cooper.

"Er zijn daar een aantal dingen die me hinderen. Ten eerste is de kerk prachtig mooi. Mij leidt dat af. Ik denk dat ik meer om me heen zou zitten kijken dan dat ik aan God zou denken. En buiten de kerk verzamelen zich de armen, de daklozen en de hongerigen op de stoepen. Daar leven ze. Een paar keer op een dag probeert een bewaker ze daar weg te jagen. Ik kan dat tot op zekere hoogte wel begrijpen. Ze zorgen voor een reusachtige bende, urineren op de pilaren en ze laten hun rommel overal op de traptreden achter. Waar ik me nog de grootste zorgen over maak, is dat deze mensen denken dat ze door dicht bij de kerk te zijn ook dicht bij God zijn."

Het gesprek over kerkgebouwen ging over in een gesprek over de geschillen in de kerk tussen de bisschoppen en de puriteinen en vervolgens over de vervolging van de puriteinen sinds William Laud tot bisschop van Londen was benoemd. Door de verandering van onderwerpen voelde Drew zich niet op zijn gemak, maar het leek erop dat het gesprek niet bedoeld was om zijn standpunt hierover kenbaar te maken.

"Als ik aan Laud denk, moet ik denken aan een verhaal dat ik pas hoorde," zei Matthews rechtop gaan zittend.

"Alles doet jou altijd aan een verhaal denken," zei Cooper kortaf.

"Dat is waar. Maar ik denk dat Laud's daden hem nog eens duur te staan zullen komen."

"Nou, hoe is dat verhaal?"

Matthews ging met een zucht overeind staan. "We hebben nu geen tijd meer voor verhalen. We moeten naar huis."

"Nee, blijf zitten," riep Cooper. Hij trok Matthews weer op de grond en hield hem vast. "Eerst wil ik je verhaal horen!"

Drew keek geamuseerd toe. Hij had nog nooit volwassen mensen zo zien handelen. Mensen die hij kende maakten geen grapjes met elkaar. Daardoor zou de afstandelijkheid in gevaar komen. Iemand zou het als zwakheid kunnen zien en er dan zijn voordeel mee kunnen doen.

"Goed, goed! Ik zal het verhaal vertellen, maar ga van me af, jij grote os!" schreeuwde Matthews. "Ik kan maar amper adem halen!"

Cooper liet hem los, maar zat klaar om hem weer beet te pakken als hij weg zou willen gaan. Matthews ondernam echter geen vluchtpoging en nadat hij zich afgeklopt had begon hij met zijn verhaal:

Er was eens een man, een arme man, die het in zijn hoofd haalde struikrover te worden. Hij legde zijn vrouw uit dat dat een veel gemakkelijker en winstgevender manier was om aan de kost te komen dan dag en nacht te werken. De volgende morgen ging hij gewapend met een knuppel op weg en hij bevond zich op zeker moment ergens tussen Newark en Grantham op de weg naar Londen. Daar haalde een heer op een paard hem in. De arme man wachtte op de heer en toen hij dicht genoeg bij was, greep hij de teugels van het paard.

"Blijf staan en geef je geld," schreeuwde hij met opgeheven knuppel.

De heer op het paard begon te lachen. "Zou een dief een dief willen beroven," riep hij uit. "Ik ben zelf ook een rover, arme dwaas! Je moet wel een dwaas zijn of iemand die dit voor de eerste keer doet, want je doet het helemaal verkeerd!"

"Ik heb het nog nooit eerder gedaan."

"Dat dacht ik al," zei de heer. "Luister daarom naar mijn raad en knoop die goed in je oren. Als je besluit een man te beroven, moet je nooit de teugel grijpen en zeggen dat hij moet blijven staan: het eerste wat je moet doen is hem neerslaan. En als hij tegen je praat, geef je hem nog een klap en je zegt: 'Houd je mond, schelm!' Pas daarna is hij bereid je terwille te zijn."

Zo liepen ze samen ongeveer een mijl met elkaar mee terwijl de heer de arme man zijn kunst leerde. Toen ze door een zeker dorp liepen, kwamen ze bij een gevaarlijke weg. De arme man zei tegen zijn leraar: "Mijnheer, ik ben waarschijnlijk hier beter bekend dan u. Dit is een gevaarlijke weg en iedereen die hier overheen gaat, loopt gevaar beroofd te worden. Maar als u daar door die poort gaat en langs dat veld rijdt, dan behoeft u niet over dat slechte deel van de weg."

De heer volgde zijn advies op en volgde de man door de poort. Toen ze aan de andere kant van de poort waren, gaf de arme man de heer een klap op het hoofd zodat hij tegen de grond tuimelde.

De heer riep uit: "Mijnheer! Is dit je dankbaarheid voor het advies dat ik je gegeven heb?"

"Houd je mond, schelm," schreeuwde de arme man en hij gaf hem nog een klap. En toen hij helemaal aan zijn genade was overgeleverd, pakte hij hem bijna vijftig pond en zijn paard af. Toen reed de arme man zo snel mogelijk naar huis en naar zijn vrouw.

Toen hij thuiskwam, zei hij: "Lieve vrouw, ik vind dit een zwaar beroep en ik wil er niets meer mee te maken hebben, maar ik zal tevreden zijn met wat ik nu heb. Ik heb hier een goed paard en ik heb vijftig pond in mijn zak dat aan een heer toebehoorde. Ik heb erover nagedacht en aangezien hij ook een dief is, kan ik er niet voor vervolgd worden en daarom kan ik nu rustig gaan leven."

David Cooper wreef over zijn snor en grinnikte. "Dat was een mooi verhaal," zei hij.

Ook Drew vond het een goed verhaal.

"Maar ik heb nog wel een vraag," zei Cooper. "Waarom doet Laud je aan dit verhaal denken?"

Christopher Matthews ging staan en rekte zich uit. "Het is al laat," zei hij. "Dat vertel ik je onderweg."

De anderen liepen met hem mee. Er vielen nu lange schaduwen over de weg.

"Zoals ik het zie," legde hij uit, "is Engeland de arme man in het verhaal – hongerig, wanhopig en een weg zoekend om te overleven. Bisschop Laud komt langs rijden, de heer in het verhaal. Hij vertelt ze dat hij zich ook zorgen maakt over Engelands hopeloze toestand en dat de puriteinen de schuld van die ellendige situatie zijn. En daarom leert hij hun de puriteinen te haten en te doden. Wat hij niet in de gaten heeft, is dat de haat die hij hen leert, zich op zekere dag tegen hem zal keren. Ik denk dat, nadat alles gezegd en gedaan is, Engeland zal overleven, maar Laud niet."

Het drietal liep zwijgend langs de dorpsweide.

De hulpprediker verbrak de stilte en zei: "Ik bid God dat Hij zijn ogen zal openen voor het te laat is."

Op de derde dag van Drew's gevangenschap, de dag voor de Marktdag, liet Matthews Drew achter bij Nell en Jenny. Hij had het over belangrijke, vertrouwelijke zaken, toen ze na het morgengebed naar de dorpsput liepen om water te halen. Hij liet Drew de keus: hij kon thuisblijven bij de meisjes of Matthews kon regelen dat hij met de dorpswacht door de straten kon lopen.

Drew probeerde zich zijn keuze mogelijkheden voor te stellen: de dag doorbrengen met twee aantrekkelijke dames of door de straten van Edenford slenteren met een humorloze oude man. Hij behoefde niet lang na te denken. Een middag flirten met Jenny stond hem wel aan. Wat hem verbaasde was dat hij ook graag bij Nell bleef. Haar intelligentie en zelfverzekerdheid intimideerden hem, toch voelde hij zich tot haar aangetrokken, zonder dat hij daar een verklaring voor had.

Toen de twee mannen bij de bron aan het water putten waren, rende David Cooper op hen toe en trok Matthews terzijde. Ze stonden een paar minuten druk te fluisteren. Drew bleef water ophalen en deed net of hij niet luisterde. In werkelijkheid deed hij zijn uiterste best om te horen wat ze zeiden. Hij ving niet veel op, slechts een paar woorden – "zending" en "afleveren" en "wanhopig".

"Ik ben bang dat ik je hier zal moeten achterlaten," zei de predikant zich tot Drew wendend. "Zeg maar tegen Nell en Jenny dat ik waarschijnlijk pas laat thuiskom. Ze zullen het wel begrijpen." Toen voegde hij er met een schaapachtige glimlach aan toe: "Dat gebeurt nu eenmaal altijd in mijn werk."

Drew zag de twee vrienden gehaast vertrekken naar de werkplaats van Cooper. Ze waren nog niet ver toen ze Ambrose Dudley tegenkwamen. Er ontstond een verhitte discussie waarbij de schrijver verschillende malen met een benige vinger naar Drew wees. Even later liepen Matthews en Cooper weer verder. Dudley werd achtergelaten en stond met zijn handen in de zij naar Drew te kijken.

Net doende of hij hem niet zag, tilde Drew de emmers op. In plaats van naar High Street en het huis van de Matthews te lopen, liep hij van de heuvel af naar Market Street, de straat die naar de zuidelijke brug voerde de stad uit. Op het moment dat hij de hoek omsloeg, keek hij uit zijn ooghoeken snel achterom. Dudley volgde hem snel. Drew versnelde zijn pas en liep achter de huizen van High Street langs. Tegen de tijd dat hij het eind van de rij huizen bereikt had, was hij de vogelachtige schrijver ver vooruit. Hij rende naar rechts de weg op tussen het korenveld en de huizen en toen weer naar rechts High Street op. Zonder te kloppen stormde hij het huis van de Matthews binnen waardoor Jenny en Nell die aan de tafel voor het open raam met hun kantwerk bezig waren, verschrikt opkeken.

"Ssst!" Hij zette haastig de emmers neer en trok een stoel bij waardoor hij uit het open raam kon kijken.

"Meester Morgan! Wat ben je in vredesnaam..."

"Ssst!" siste Drew weer en wees naar het open raam.

De meisjes keken verwonderd naar elkaar, maar keken niettemin toch uit het raam. Een poosje gebeurde er niets. Drew begon zich eigenlijk af te vragen of er wel iets zou gebeuren. Misschien had Dudley hem opgegeven.

Op dat moment verscheen er eerst een lange neus bij de rand van het open raam en toen het hele gezicht van de schrijver. Van binnenuit werd hij door drie gezichten aangestaard.

"Goedemorgen, Meester Dudley," zei Jenny vrolijk.

Drew zwaaide.

De verraste en in verlegenheid gebrachte schrijver zei niets.

Hij richtte zich op en liep luid snuivend de straat uit.

De drie barstten in lachen uit. Jenny giechelde en Nell proestte. Opnieuw werd Drew door zijn gevoelens verrast. Het lachen van Nell betoverde hem. Haar grijze ogen twinkelden en haar glimlach liet een paar witte, regelmatige tanden zien. Hij vond het geweldig haar zo te zien lachen en was blij dat hij tot haar vrolijkheid had bijgedragen.

"Waar ging het allemaal om?" vroeg Nell.

Drew pakte de volle emmers weer op om ze naar de keuken te brengen. "Ik denk dat hij bang was dat ik weg zou lopen. Je vader liet me bij de put achter. Hij ging met Meester Cooper mee en zei dat hij pas laat thuis zou komen."

Toen hij dit zei, werd Nell onmiddellijk weer ernstig, en kreeg ze een bezorgde uitdrukking op haar gezicht. Het viel Drew op omdat Nell allang de leeftijd te boven was dat een meisje teleurstelling zou tonen dat haar vader niet thuis zou komen eten. Er zat meer vast aan de afwezigheid van de predikant dan men Drew wilde laten geloven.

Nell zette zich weer aan het werk alsof er verder niets aan de hand was. "Bedankt voor je boodschap," was alles wat ze zei.

"En bedankt dat je niet weggelopen bent," kraaide Jenny.

Nell keek afkeurend.

Het grootste deel van de morgen waren de meisjes bezig met hun werk en keek Drew toe. Hij keek het meest naar de meisjes. Nell werkte vlijtig. Wat voorovergebogen omlijstten haar donkerbruine krullen haar gezicht. De brede brug van haar neus scheidde die twee intrigerende grijze ogen die nog meer opvielen door dikke volle wenkbrauwen; ze had volle lippen. Er lag voortdurend een zweem van een glimlach rond haar mond en ogen. Dat was Drew nog niet eerder opgevallen.

Jenny was iets kleiner dan haar zus. Ze had een blanke huid, die volmaakt bij haar stijle bruine haar paste dat tot aan haar middel kwam. Drew vond het prachtig als ze het achterover haar schouders gooide als het voorover viel en haar in de weg zat.

De meisjes waren hetzelfde gekleed. Katoenen met kant afgewerkte blousen en stemmig gekleurde rokken. De grootste overeenkomst tussen de twee zussen was dat ze alletwee lange gracieuze vingers hadden die aan draden trokken of behendig en kunstzinnig fijne draden opwonden.

Drew had nooit eerder gezien hoe zo'n ingewikkeld produkt tot stand kwam. Maar daar hij in een rijke familie was grootgebracht, had hij eigenlijk nog nooit gezien hoe iets gemaakt werd.

"Dit wordt *punto a groppo* genoemd," zei Nell.

"Kantklossen," vertaalde Jenny.

Eerst werd er op een stuk perkament een patroon getekend, waar gaten in geprikt werden om aan te geven waar de spelden moesten komen. Terwijl het kantwerk gemaakt werd, hielden de spelden de draden op hun plaats. Het perkament werd dan op een kussen gelegd en de draden werden aan de spelden vastgemaakt. Het andere uiteinde van de draden werd om een klos gewonden, waaraan het kantwerk zijn naam te danken had. Oorspronkelijk werden hier botten voor gebruikt. De draden werden tenslotte op allerlei manieren om de spelden heen geslagen, waardoor er knooppunten ontstonden die door fijne draden met elkaar verbonden waren. Het uiteindelijke produkt was een fijnmazig ontwerp dat door alle modebewuste mensen begeerd werd.

Hoe indrukwekkend en intrigerend het kantwerk ook was, de fijne handen die het maakten waren nog veel betoverender. Nell's slanke vingers dansten met grote vaardigheid rond de spelden. Haar handen bewogen in een rustig tempo ritmisch op en neer, als een heer en een dame op de dansvloer, die zo op elkaar zijn ingespeeld dat iedere beweging van de een de andere doet volgen.

"Meester Drew, het is niet erg beleefd zo te staren." Nell had een lichtelijk geamuseerde trek op haar gezicht.

"Neem me niet kwalijk," stamelde Drew. "Maar je werk fascineert me."

"Heb je nog nooit eerder iemand zien werken?"

De toonzetting van haar opmerking ontging Drew niet.

"Nell, Meester Drew is onze gast," verdedigde Jenny hem. "Zo mag je niet tegen hem spreken!"

"Misschien niet," antwoordde Nell met een stem waaruit niet de minste spijt bleek. "Ik denk dat ik er niet aan gewend ben een gezonde man over de vloer te hebben die de hele dag niets doet."

"Nell!" Zich tot Drew wendend zei ze: "Ik vind het erg leuk dat je hier bent, meester Drew, al schijnt mijn zuster daar anders over te denken."

Drew zat met zijn armen gevouwen rechtop in zijn stoel. "Ik ben bereid alles te doen wat ik kan – zolang het tenminste legaal is."

Zijn grapje sloeg niet aan en er kwam geen antwoord.

"Meester Drew, als je het echt meent, kun je iets voor ons doen om de tijd door te brengen."

"Zeg me wat het is en ik zal het graag doen."

Kun je goed voorlezen, meester Drew?" vroeg Nell.

Drew haalde zijn schouders op. "Ik denk het wel."

"Terwijl wij werken zou je ons kunnen voorlezen."

"Dat zou ik kunnen doen," zei Drew. "Wat zou je willen horen?"

"De Bijbel graag," zei Nell.

"Drew greep zijn kans om Nell eveneens met gelijk sarcasme te betalen: "Dat lijkt me een voortreffelijke keus," riep hij uit. "En ik weet zeker dat je het niet erg zult vinden als ik uit mijn Bijbel lees, de Bijbel die op last van koning James vertaald is."

Jenny snakte naar adem. "Ik denk niet dat papa dat goed zal vinden," zei ze.

Zo Nell ook al van haar stuk gebracht was, liet ze dat niet merken. Ze werkte ijverig verder. "Ja, dat zou ik graag willen," zei ze kalm.

"Nell!" Jenny liet haar werk in haar schoot vallen en keek vol ongeloof naar haar zus.

"Maar als je het niet erg vindt," vervolgde Nell, "dan kies ik het gedeelte dat je voor moet lezen. Jij hebt de vertaling al gekozen."

Drew trok de Bijbel uit zijn tas naast de haard. "Prima," zei hij.

Toen Drew weer naar zijn stoel liep, kondigde Nell haar keus aan. Jenny zat stil op haar stoel, helemaal in de war door het feit dat haar zus het goed vond dat er hier in huis hardop uit die verfoeilijke vertaling gelezen zou worden.

"Wat moet ik voorlezen?" vroeg Drew, op zijn stoel vallend.

"Het Hooglied van Salomo, hoofdstuk 4."

Drew zette zich aan het werk het Bijbelboek te vinden door naar de inhoudsopgave te kijken. Hij begon bij Genesis en wees met zijn wijsvinger de Bijbelboeken aan. "Eens kijken... Hooglied van Salomo... Hooglied van Salomo..." Hij zag niet dat Jenny vuurrood werd.

Nell keek geamuseerd naar hem. "Lees je de Bijbel vaak, meester Morgan?"

"Altijd," zei Drew zonder op te kijken.

"Het is in het midden van..."

"Gevonden!" Drew sloeg de bladzijden om tot het juiste paginanummer. Toen zei hij hardop: "Hoofdstuk 4... vers 1. Hier is het!" Hij ging rechtop zitten en begon te lezen: "Zie, gij zijt schoon mijn vriendin..." Hij stopte en keek verlegen. Jenny giechelde. Nell bleef ernstig kijken.

"Ga alsjeblieft verder," zei ze "je leest goed."

Drew begreep dat hij er tussen genomen was, maar hij wilde niet opgeven. Dit was een krachtmeting en hij was niet van plan Nell Matthews de overwinning te laten. Met luide stem las hij verder: "Uw ogen zijn duivenogen..."

"Meester Morgan?"

Drew keek gestoord op.

"Zou je opnieuw willen beginnen... vanaf het begin? En vergeef mijn zus dat ze zit te giechelen."

Jenny bond wat in.

Drew schraapte zijn keel en begon opnieuw, deze keer nog luider: "Zie, gij zijt schoon, mijn vriendin, gij zijt schoon; uw ogen zijn als duivenogen tussen uw vlechten; uw haar is als een kudde geiten, die het gras van de berg Gilead afscheren. Uw tanden zijn als een kudde schapen, die geschoren zijn, die uit de wasstede opkomen, die al tezamen tweelingen voortbrengen en geen onder hen is zonder jongen. Uw lippen zijn..."

Drew's stem werd minder luid. Jenny giechelde onbeheerst, zelfs Nell had er moeite mee haar houding te bepalen. "...als een scharlaken snoer en uw spraak is liefelijk; de slaap uws hoofds is als een stuk van een granaatappel tussen uw vlechten. Uw hals is als Davids toren, die gebouwd is tot ophanging van wapentuig, waar duizend rondassen aanhangen, altemaal zijnde schilden der helden. Uw twee..."

Nu bloosde Drew. Hij had een paar woorden uit dit Bijbelboek gedecodeerd, maar hij had het verder nooit gelezen. En ook de priester in zijn kerk te Winchester had dit gedeelte tijdens de dienst nooit gelezen. "Nu niet ophouden," lachte Nell, "je doet het goed."

Drew knarste zijn tanden. "Uw twee borsten zijn gelijk twee welpen, tweelingen van een ree, die onder de leliën weiden."

Op dat moment liepen er twee vrouwen langs het open raam, met ogen waarin ontsteltenis te lezen viel. Jenny verborg haar gezicht in een kussen. Haar schouders schokten onbeheerst toen ze haar lachbui probeerde te smoren. Ook Nell hield het niet langer uit. De tranen rolden langs haar wangen en ze probeerde eveneens haar lachen te bedwingen.

Drew sloot het boek. "Dat is voor vandaag wel genoeg," zei hij. "Ik denk dat ik maar eens een wandeling ga maken." Toen de deur achter hem sloot, hoorde hij het gierende gelach van de vrouwen binnen.

HOOFDSTUK 12

De Marktdag was somber en koud. Er hingen zware grijze wolken in de lucht die met regen dreigden maar waar toch geen regen uitkwam. Op iedere andere dag zou de stemming van de bevolking in overeenstemming zijn geweest met de somberheid van het weer, maar niet vandaag. Het was Marktdag en de hardwerkende mensen van Edenford waren niet van plan hun vertier door een paar donkere wolken te laten bederven. Bovendien stond er op deze Marktdag nog iets bijzonders op de agenda: Drew Morgan zou voor de rechtbank moeten verschijnen.

Het was de bedoeling dat de zitting halverwege de morgen gehouden zou worden. Dat kwam door het feit dat de hoge commissaris Hoffman geen man was die van vroeg opstaan hield. Daarna moest hij natuurlijk ontbijten, wat soms tot het middagmaal toe duurde. De mensen van Edenford namen het tijdschema van de hoge commissaris voor lief. Ze hadden geen haast; als de beschuldigde nu nog niet weggelopen was, konden ze er wel van uitgaan dat hij ook wel zou blijven tot commissaris Hoffman klaar was met eten.

Intussen probeerden de mensen van Edenford zich zo goed mogelijk te vermaken. Het vrouwvolk liep in groepjes van drie of vier van het ene kraampje naar het andere en terwijl ze groenten, fruit en kaas kochten, fluisterden en lachten ze met elkaar. De mannen gingen zoals gewoonlijk bij elkaar op de trappen naar de kerk zitten of op de stoep voor de werkplaats van David Cooper. Hun gesprek varieerde van de wolhandel tot politiek en godsdienst (want in die tijd kon je niet over het één praten zonder ook het andere te noemen) en van de slechte resultaten bij het kegelen tot pure roddelpraat. De jongemannen trokken zich meestal samen op het grasveld bij de kerk waar ze met elkaar worstelden, hardloopwedstrijden hielden of tegen een bal schopten.

Zonder al de geuren zou het natuurlijk geen Marktdag zijn. De muffe zware geur van een wolplaats maakte plaats voor de zoete geuren van versgebakken brood, bloemen, kaas en de grondige geur van zojuist geplukte groenten.

Drew liep met het gezin Matthews naar beneden de heuvel af naar de Marktstraat. Ieder van hen, inclusief de prediker, droeg een soort bundel of mand. De meisjes hadden eten en hun Bijbels meegenomen en allerlei andere dingen die ze in de loop van de dag nodig zouden kunnen hebben. Door een windvlaag waaide Drew's vilten hoed over de weg in de richting van de zuidelijke brug. De Matthews wachtten op hem toen hij erachter aan rende. Hij moest tot halverwege de weg naar de brug lopen voor hij hem te pakken had.

Misschien zou ik beter gewoon door kunnen blijven rennen, dacht hij. Ondanks Christopher Matthews' verzekering dat alles wel in orde zou komen, maakte de gedachte aan de rechtspraak hem toch zenuwachtig. Misschien was het wegwaaien van zijn hoed wel een waarschuwingsteken dat hij maar beter kon ontsnappen zolang dat nog mogelijk was. Hij had hier eigenlijk al weg moeten wezen. Maar de laatste dagen hadden niets nieuws opgeleverd. Verder was er nog die zaak van het dorpsgeheim. Hoe zou hij kunnen vertrekken met de wetenschap dat er een geheim was dat hij niet kende? Drew drukte zijn hoed stevig op zijn hoofd en liep tegen de wind in naar de wachtende Matthews en zijn verhoor toe.

Van de dorpsweide, achter de Matthews, kwam het geluid van geschreeuw en gegrom. Nell en Jenny hadden zich al omgekeerd om te zien waar al die commotie vandaan kwam. Twee mannen met ontbloot bovenlijf waren met elkaar aan het worstelen. Eén van de twee was een harige reus met een rood hoofd en de ander had een gemiddelde lengte en een donkere haardos. Jenny boog zich naar Nell en fluisterde haar iets in het oor. Nell duwde haar weg.

De man met het rode hoofd speelde met zijn kleinere en zwakkere tegenstander. De donkerharige man die Drew nog nooit eerder gezien had, keek dreigend en gespannen. Wat hij ook probeerde, hij slaagde er niet in zijn tegenstander, die groter, sterker en vlugger was, vast te grijpen. Hoe harder de donkerharige man zijn best deed, hoe gefrustreerder hij werd. Met zijn hoofd naar beneden viel hij aan. Drew vond dat hij op een bal leek die naar een grote kegel toerolde. Net voordat ze elkaar zouden treffen, deed de reus een stap opzij, greep de passerende man bij het bovenlijf en gooide hem in de lucht. De donkere man belandde met zwaaiende armen en benen voor de voeten van een paar omstanders.

Het gejuich van de omstanders horend, stak de rode reus in triomf zijn handen in de lucht. Toen viel zijn blik op Nell en de grijns op zijn bezwete gezicht werd nog breder. Hij scheen het bijzonder prettig te vinden dat ze getuige was geweest van zijn overwinning.

De donkerharige worstelaar was echter niet bereid met zijn nederlaag genoegen te nemen: de arrogantie van de rode reus maakte hem woedend. Overeind komend, de vuisten gebald, viel hij de reus van achteren aan en gaf hem een hevige slag in de nierstreek.

De pijn van de slag was op het gezicht van de reus af te lezen. Met verbazingwekkende snelheid draaide hij zich om, sloeg de donkere man tegen de grond en bleef hem met zijn vuisten bewerken.

Er waren vier sterke mannen voor nodig om de reus van zijn bloedende tegenstander af te trekken. Eén van de mannen was Christopher Matthews.

Toen hij oog in oog met de predikant kwam, trok er een blik van schaamte en verwarring over het gezicht van de rode reus en hij veegde met de rug van zijn hand een bloedneus af. Hij blikte naar Nell die vol afschuw toekeek. Ze schudde haar hoofd, draaide zich om en liep naar de marktkraampjes.

"Nell, wacht!" riep de rode reus haar achterna.

Ze antwoordde niet, maar liep verder.

"Nell," jammerde hij, "hij sloeg mij het eerst!"

Drew boog zich naar Jenny. "Hebben Nell en hij iets met elkaar?"

Jenny glimlachte, blij dat ze zo dicht bij Drew stond. Ze boog zich naar voren om nog dichter bij hem te komen. "Dat zou hij wel willen," fluisterde ze, "maar hij heeft geen schijn van kans."

"Waarom zegt Nell dan niet dat ze niet in hem geïnteresseerd is?"

Dat is niet zo gemakkelijk voor haar. Onze familie was al bevriend met de Coopers voor wij geboren waren. Het is net familie van elkaar."

"Coopers? Is hij een Cooper?"

Jenny knikte en wierp een blik op Drew's lippen. "Zijn vader is David Cooper, de schoenmaker."

Nu hij de familieband kende, kon Drew enige overeenkomst zien – de massieve armen en borst, een breed voorhoofd en diepliggende ogen. Hij was groter dan zijn vader en net zo harig. Alleen de rode kleur was zo verschillend.

"Nell en James werden twee maanden na elkaar geboren," ging Jenny verder, "en onze families zijn overeengekomen dat ze een keer met elkaar gaan trouwen. Vooral James is het daarmee eens."

"Verwacht je vader dat Nell met James zal gaan trouwen?"

"Ik heb hem dat nooit hardop horen zeggen, maar hij en meester Cooper zijn dikke vrienden. Hij zou blij zijn als ze met elkaar zouden trouwen."

Ervan overtuigd zijnde dat Nell toch niet met hem wilde praten, schuifelde de rode reus met neerhangende schouders terug naar zijn vrienden. Toen hij opkeek zag hij Drew vlak bij Jenny staan. Hij keek strak naar Drew en richtte zich in zijn volle lengte op.

Het leek onvermijdelijk. Drew wist dat als hij zijn zaken in Edenford niet snel zou kunnen afronden, hun paden zich zouden kruisen. Hij vond dat vooruitzicht niet leuk.

Tegen half elf was de hoge commissaris goed wakker en wel gevoed en er was voor het middagmaal nog voldoende tijd voor een rechtszitting. Bij goed weer vonden de verhoren meestal plaats op de dorpsweide naast de kerk, maar op de dag dat Drew Morgan verhoord zou worden, was het weer zo slecht dat men zich gedwongen zag deze in de kerk te houden. Drew liep naast Christopher Matthews de kerk binnen. Op de houten kerkbanken zaten de toeschouwers dicht opeen. Toen Drew en de predikant door het gangpad naar voren liepen, slaagden Nell en Jenny er in een zitplaats halverwege te vinden. James Cooper en een paar andere jongelui zaten vlak achter hen. Nell hield haar hoofd gebogen toen ze passeerden. Was ze aan het bidden of probeerde ze alleen maar de rode reus achter haar niet te zien? Jenny glimlachte geruststellend en ze bewoog haar slanke vingers in een wuivend gebaar.

De vensterluiken waren gesloten tegen de wind, waardoor het binnen donker en somber was. Door de kieren klonk af en toe het gefluit van de wind.

Hoewel alle zitplaatsen al waren bezet, bleven er toch nog steeds nieuwe mensen binnenstromen. Ze stonden twee tot drie rijen dik langs de muren van het gebouw. Voor Drew leek het of iedereen in een knorrige stemming verkeerde en of ze naar een gevecht uitkeken.

Drew en Matthews gingen op de voorste bank zitten die gereserveerd was voor de gedaagden en de getuigen. Drew kon het niet nalaten te glimlachen toen hij zag dat de avondmaalstafel, in strijd met de voorschriften van bisschop Laud, niet tegen de oostelijke muur geplaatst was en dat er ook geen hekwerk omheen was geplaatst. De bisschop zou woedend zijn als hij zou zien dat de dikke hoge commissaris achter de tafel zat en die gebruikte voor de rechtszitting.

Voordat de beschuldigingen tegen Drew werden voorgelezen werden er twee andere gevallen behandeld – een geschil over geld tussen twee mannen die samen een huis bouwden en een zaak over bezitsverlies waarbij een dood varken betrokken was. Het bleek dat een dronken man het varken van zijn buurman doodgestoken had omdat hij het voor een demon aanzag.

Nadat de hoge commissaris het bedrag tussen de twee bouwers had vastgesteld en de varkensdoder verplicht had het varken terug te betalen, riep hij Drew op om voor de vergadering te gaan staan. In zijn hoedanigheid als stadsschrijver las Ambrose Dudley de aanklacht tegen Drew voor. Vanaf het podium kon Drew Nell en Jenny duidelijk zien. Het gezicht van Nell was nog steeds zonder enige uitdrukking; haar vingers speelden met de franje van haar omslagdoek. Jenny beet op haar onderlip.

Dudley's hoge stem bracht het gemompel van de menigte tot zwijgen. "Meester Drew Morgan wordt hierbij beschuldigd van landloperij."

Toen werd de schrijver gevraagd zijn geval voor te leggen. "In de uitoefening van zijn plicht heeft Cyrus Furman, de stadswacht, meester Drew Morgan drie dagen geleden in hechtenis genomen. Meester Morgan kwam vanuit het noorden en liep van Bridge Road Edenford binnen. Hij was hiermee gewapend."

Beide handen gebruikend hield Dudley het zwaard van Drew's grootvader boven zijn hoofd zodat iedereen het kon zien. Het gemompel werd weer sterker.

"In de veronderstelling dat meester Morgan een landloper was of nog erger, bracht Cyrus de man naar mij toe, waarop ik hem een grondig verhoor afnam. Uit mijn onderzoek bleek dat hij geen vaste verblijfplaats had in de plaats waar hij vandaan kwam en ook geen vaste verblijfplaats waar hij heen ging – hij is dus een landloper."

De hoge commissaris boog zich over zijn boek en schreef iets op, terwijl iedereen wachtte. Het gekras van zijn pen en het gehuil van de wind door de vensterluiken waren het enige geluid. Opkijkend zei hij: "Nog meer?"

De broodmagere schrijver trok zijn vest recht en schraapte zijn keel. Toen hij weer sprak, was de toon van zijn stem lager en dieper om er meer gezag in te leggen. "Zeker. Ik verdenk meester Drew Morgan ervan Shubal Elkins vermoord te hebben!"

De ruimte gonsde van geluid. Verscheidene mensen sprongen op en hingen over de rugleuningen van de banken. Ze schreeuwden en schudden hun vuist tegen Drew. Als een opkomende vloedgolf bewogen zij zich naar hem toe, een scheldende, opdringende en woelige muur van boze gezichten. James Cooper stak met hoofd en schouders boven hen uit. De rode reus had een verwrongen grijns op zijn gezicht en baande zich een weg naar voren.

Tot Cyrus Furman's voordeel moet gezegd worden dat hij zich tussen de gevangene en de woedende menigte opstelde. Daar er in de kerk geen vuurwapens werden toegelaten, had hij niets bij zich om zijn gevangene te beschermen dan alleen zijn lege handen. De hoge commissaris sprong op, hamerde op de avondmaalstafel en riep om orde. Christopher Matthews sprong naast de wacht en riep luidkeels om kalmte, maar het geluid van de woedende mensen overstemde hem.

De predikant duwde Drew tegen de muur en beschermde hem met zijn lichaam. De dreigende menigte bleef echter opdringen. Pas toen ze een halve meter van de predikant verwijderd waren, hielden ze stil. Ze schreeuwden en dreigden, maar de predikant van Edenford week niet.

Matthews maakte gebruik van deze impasse. "Deze man heeft Shubal Elkins niet vermoord!" schreeuwde hij.

"Maar de schrijver zei dat hij het gedaan heeft!" Een man met een breed voorhoofd en een pluizige baard wierp zich als woordvoerder van de menigte op. Terwijl zij hun bijval betuigden, drong de menigte weer op.

"Waaruit blijkt dat dan?" schreeuwde Matthews terug.

"Hij deed het met zijn zwaard," zei de zwarte baard.

"Zei de schrijver dat dan? Dat de moord met het zwaard gepleegd werd?" Er werd instemmend geroepen en geknikt.

"Is dat even interessant. Ambrose Dudley heeft het lichaam niet eens onderzocht. Ik wel. En ook Cyrus en David Cooper hebben het gezien." Hij overzag de menigte en zocht naar de stadswacht die aan de kant stond en door twee mannen werd tegengehouden. "Cyrus, kunnen de verwondingen op het lichaam van Shubal Elkins door een zwaard veroorzaakt zijn?"

"Waarschijnlijk niet," antwoordde Cyrus. "De verwondingen waren te klein. Waarschijnlijker is dat er een mes gebruikt is."

"Cooper?" riep de predikant over de hoofden van de aanklagers heen naar de schoenmaker, die achterin de kerk stond.

"Het moet een mes geweest zijn," schreeuwde Cooper terug. "Niets wijst erop dat het met een zwaard gedaan is."

"Morgan kan het ook met een mes gedaan hebben!" Dat was de stem van Ambrose Dudley. Hij stond veilig vooraan in de kerk achter de avondmaalstafel en de hoge commissaris.

Op dit moment kwam de hoge commissaris tussenbeide. "Heb je een mes op de jongen gevonden?"

"Hij kan het wel in de bosjes bij de rivier gegooid hebben of misschien heeft hij het wel begraven." De schrijver sprak met een hoge en onzekere stem.

"Toen de jongen gearresteerd werd, heb je geen mes bij hem gevonden?" herhaalde de commissaris.

"Nee, dat niet," zei de schrijver met tegenzin.

De commissaris stelde de volgende vraag: "Is er enig ander bewijs dat deze jongen iets te maken zou hebben met de moord?"

"Op het moment van de moord was hij in de buurt!" antwoordde Dudley. "Het lichaam werd zondag laat gevonden. En op maandag kwam Drew Morgan uit de richting waar de moord is gepleegd. Edelachtbare, ik geloof nog steeds dat Morgan het gedaan heeft. Dat voel ik. Ik weet altijd als mensen iets verbergen en dat doet hij!"

De dikke commissaris haalde een kanten zakdoek te voorschijn en veegde het zweet van zijn voorhoofd en slapen. "Meester Dudley, zoals u zult weten zijn indrukken geen deugdelijke bewijsvoering. Ook is een man niet schuldig omdat hij in de buurt van een misdaad was. Als u geen betere bewijzen heeft, zal ik de beschuldiging van moord tegen meester Morgan als niet ontvankelijk verklaren."

"Maar de beschuldiging van landloperij bestaat nog steeds!" zei Dudley. "Daar is geen twijfel over mogelijk!"

"Daarover zullen wij een besluit nemen." De hoge commissaris sprak krachtig en een beetje geërgerd. "Maar wat u betreft, stadsschrijver, laat het goed tot u doordringen dat uw handelswijze in deze zaak afkeurenswaardig is! U heeft uw persoonlijke mening boven de feiten gesteld. U heeft de stad onnodig door uw beschuldigingen in beroering gebracht. En er bestaan ernstige aanwijzingen dat u geprobeerd heeft het recht in eigen hand te nemen. Deze rechtbank zal het besluit nemen om met het bestuur van deze stad te vergaderen om u een geëigende straf op te leggen."

Er volgde een niet voorziene pauze waarin iedereen zijn plaats weer opzocht. Drew bedankte zijn beschermers voor hij weer zijn plaats op het podium innam. De zee van gezichten voor hem vertoonden allerlei uitdrukkingen; sommigen, zoals Nell en Jenny, zagen wit van schrik, anderen keken hem achterdochtig aan, terwijl weer anderen duidelijk teleurgesteld keken omdat ze hem niet konden ophangen.

Toen alles weer rustig was, richtte de commissaris zich tot Drew. "Wat heeft u te zeggen op de beschuldiging dat u een landloper bent?"

"Ik ben een reiziger en meer niet," antwoordde Drew. "Ik vorm geen bedreiging voor deze stad."

"Hij geeft geen antwoord op de vraag," schreeuwde Dudley.

Er verscheen een geërgerde trek op het gezicht van de commissaris. "Neem mij niet kwalijk, mijnheer Dudley, maar ik ken mijn taak, als u me mijn gang zou willen laten gaan."

Dudley vouwde zijn armen en keek dreigend.

"Hij heeft gelijk, meester Morgan," vervolgde de commissaris, "u antwoordt niet op mijn vraag. Heeft u een permanente verblijfplaats?" Er volgde een lange pauze waarin Drew zijn best deed iets te bedenken dat hem zou kunnen ontslaan van deze kleine maar lastige vervolging.

"Is de vraag te moeilijk voor u, meester Morgan?"

Christopher Matthews stond op. "Als hij hier zou willen blijven dan heeft meester Morgan een permanente verblijfplaats in mijn huis."

Jenny sloeg geluidloos haar handen in elkaar als om haar vader te huldigen. Nell's mond zakte een ogenblik open. Ze sloot haar mond weer gauw en bleef met stijf op elkaar geklemde lippen zitten.

"Dat is zeer edelmoedig van u, hulpprediker," antwoordde Hoffman, "maar nauwelijks ter zake doende. Uw gebaar komt nadat de overtreding heeft plaatsgevonden. Laat ik mijn vraag herhalen. Meester Morgan, had u vier dagen geleden, toen u door de stadswacht werd gearresteerd, een vaste verblijfplaats?"

"Nee mijnheer," antwoordde Drew. "Maar ik houd staande dat ik geen bedreiging voor de stad vormde. Ik kwam hier alleen langs op mijn weg naar Plymouth."

"Plymouth? Om wat voor reden?"

"Om aan te monsteren op een handelsschip."

"Juist ja." De commissaris speelde met de huidplooien onder zijn kin. "Is er een scheepskapitein die u verwacht?"

"Nee mijnheer."

"Bent u ooit eerder lid van een scheepsbemanning geweest?"

Drew dacht erover om te liegen dat dit het geval was, maar hij herinnerde zich de problemen die hij daardoor had gehad op zijn eerste missie in Norwich, waar hij door zijn vele leugens tegen de lamp gelopen was. Het was beter om zijn verhaal eenvoudig te houden en op een andere manier hier onderuit zien te komen. "Nee mijnheer," zei hij.

"Kunt u enig bewijs leveren dat ons kan overtuigen dat uw verhaal over Plymouth waar is?"

"Nee mijnheer."

Terwijl de commissaris wat in zijn boek schreef, weerklonk er een golf van gemompel in de kerk. Toen hij klaar was, richtte de commissaris zich tot Dudley. "In het licht van de recente uitbarsting ben ik mij er ten volle van bewust hoe overbodig de volgende vraag is, maar om aan de procedure te voldoen, moet ik hem stellen. Droeg meester Morgan enig wapen toen hij in hechtenis werd genomen?"

"Jazeker," zei Dudley snel en kennelijk verheugd. De schrijver legde het zwaard op de avondmaalstafel voor de commissaris neer. De commissaris trok het zwaard uit de schede, stak het omhoog en bekeek het lemmet.

"Behoort dit zwaard u toe?" vroeg hij Drew.

"Jawel mijnheer."

"Waarom droeg u dit bij u?"

"Ter bescherming, mijnheer."

"Bescherming? Tegen wie of wat?"

"Struikrovers. De wegen in Engeland zijn niet zo bijster veilig voor reizigers."

De commissaris stemde met een grom in terwijl hij het zwaard verder bekeek. "Een paar weken geleden was ik in Collumpton," zei hij op een toon alsof hij hardop nadacht. "Het lijkt erop dat daar een struikrover aan het werk is tussen Collumpton en Bradnich. U bent toch niet toevallig die struikrover?"

"Nee mijnheer!"

"Als ik mij niet vergis is dit een marinezwaard," merkte de commissaris op. "Toch zegt u dat u nog nooit op zee geweest bent."

"Het was van mijn grootvader." Drew bedacht of het wijs was de naam van zijn grootvader wel of niet te noemen en besloot toen dat de commissaris er misschien van onder de indruk zou komen. "Mijn grootvader was admiraal Amos Morgan."

Deze keer was het gemompel in de kerk nog luider en er werd onderling veel gefluisterd.

De commissaris keek op van het zwaard en keek onderzoekend naar Drew. "Interessant," zei hij. "Leeft admiraal Morgan nog?"

"Nee mijnheer. Hij is in het begin van dit jaar gestorven."

"Hmm," was alles wat de hoge commissaris zei.

Het was een ogenblik stil.

De commissaris legde het zwaard op de tafel. "Zo is het dan. Ik weet zeker dat een edel man als hij zich zou schamen voor het feit dat zijn kleinzoon een landloper geworden is. Heeft u nog iets anders ter verdediging aan te voeren?"

Drew's hersens draaide op volle toeren. Hij had geen gevoel van paniek; hij was alleen maar met stomheid geslagen. Hij probeerde van alles te bedenken, maar hij kon nergens op komen dat hem zou kunnen vrijpleiten als hij zijn missie in Edenford niet in gevaar wilde brengen. Zou zijn werk nog te redden zijn als hij schuldig zou worden bevonden? Wat was eigenlijk de straf voor een landloper? Hij wist het niet.

"Mag ik iets zeggen?"

Alle ogen richtten zich op de spreker op de eerste bank. Het was Christopher Matthews.

De commissaris gaf de predikant met een hoofdknik toestemming.

"Als u mij toestaat zou ik iets ter verdediging van de beschuldigde willen aanvoeren."

Weer een knik van de commissaris.

"Volgens de definitie die door onze schrijver is voorgelezen, lijkt er weinig twijfel over te bestaan dat Drew Morgan een landloper is."

"Vader!" Jenny kon zichzelf niet inhouden. Zelfs de onverstoorbare Nell had een verbijsterde uitdrukking op haar gezicht.

Matthews vervolgde: "Hij mag dan een landloper zijn, maar hij is niet slecht en hij vormt zeker niet een bedreiging voor onze stad. Hoewel ik hem pas drie dagen ken, heb ik toch meer tijd met hem doorgebracht dan ieder ander in deze ruimte."

"Dat doet nauwelijks ter zake," zei Ambrose Dudley opspringend. Hij wendde zich tot de commissaris. "De goede mensen van Edenford vertrouwden erop dat Christopher Matthews de gevangene zou bewaken tot aan zijn verhoor. Een taak die hij, naar ik vrees, slecht uitvoerde. Op zeker moment zag ik ze samen kegelen! De predikant werd toevertrouwd hem te bewaken, niet om hem te vermaken!" Er klonk luid gelach op.

"Op een ander moment liet de predikant de gevangene zo maar zonder enige bewaking op straat achter! De jongen zou zo maar hebben kunnen weglopen!"

"Dat bewijst precies wat ik zei," kaatste Matthews terug. "Drew heeft volop de gelegenheid gehad weg te lopen en hij heeft dat niet gedaan!"

"Hij liep niet weg omdat hij wist dat ik hem volgde," riep de schrijver.

"Ja, die ene keer," antwoordde Matthews. "Maar ik houd vol dat als Drew Morgan had willen weglopen, hij daarvoor alle gelegenheid heeft gehad. Maar dat heeft hij niet gedaan. Als hij echt een misdadiger zou zijn, zou hij vandaag niet hier zijn." Matthews ging zitten.

De commissaris zuchtte. Het nam meer tijd in beslag dan hij gedacht had en hij begon honger te krijgen. Hij keek naar de schrijver die ongetwijfeld wilde antwoorden.

"Het feit blijft bestaan," zei Dudley, "dat Drew Morgan geen vaste verblijfplaats had op de dag dat hij gevangen genomen werd. Volgens de Engelse wet is hij een landloper en hij dient als zodanig gestraft te worden." Dudley ging zitten en keek triomfantelijk rond.

Met grote tegenzin vroeg de commissaris: "Wil iemand nog wat zeggen?"

Drew keek de zaal rond. Nell en Jenny zaten met gebogen hoofd dicht bij elkaar. Achter hen scheen de roodharige James Cooper alle interesse in de rechtspraak verloren te hebben. Hij zat naar het plafond te staren. David Cooper stond met grote, harige armen over zijn borst gevouwen, achter in de kerk tegen de muur geleund.

"Als ik nog wat mag zeggen." Deze keer stond Christopher Matthews op met de Bijbel van zijn vader in de hand.

Ambrose Dudley sloeg zijn ogen op.

Op dat moment zwaaide de deur achter in de kerk open, en liet een koude tochtstroom binnen. De klachten van degenen die achterin stonden duurden maar even toen ze zagen wie de laatkomer was. De commissaris ging rechtop in zijn stoel zitten. Toen Drew zag wie het was, verschoot hij van kleur. Het was maar goed dat iedereen naar de achterdeur keek, want het duurde even voor hij weer tot zichzelf gekomen was.

Lord Chesterfield sloot de deur weer achter zich. Geheel door zichzelf in beslag genomen, deed hij net of hij een lege ruimte betrad. Zijn overjas uittrekkend besteedde hij veel aandacht aan het in orde maken van zijn kleding. Hij streek plooien glad en schikte het kant aan zijn mouwen. Hij was er als edelman aan gewend dat hij door iedereen aangestaard werd en dat hij bediend werd; dat verwachtte hij in feite ook en hij hield ervan. Nadat hij zijn kleren geschikt had, keek hij naar de hoge commissaris. "Gaat u verder waarmee u bezig was," zei hij, een achteloos gebaar makend.

"Het is een eer u in ons midden te hebben," zei de commissaris. "Ik zou het zeer op prijs stellen als u naast mij op het podium zou willen plaatsnemen."

Na weer een aantal handbewegingen waarmee hij het aanbod van de commissaris afwees, zei hij: "Gaat u door met uw werk. Als u de zaak afgesloten heeft, heb ik iets tot de mensen te zeggen."

Vier mannen die op de achterste bank zaten, boden Lord Chesterfield hun zitplaats aan. Hij nam alle vier plaatsen in beslag en spreidde zijn overjas breed uit. Ter wille van Lord Chesterfield herhaalde de commissaris de aanklachten en wees naar de beklaagde. Drew Morgan keek gespannen naar Lord Chesterfield's reactie. Er was een blik van herkenning en toen een licht fronsen. Een ogenblik later was zijn gezichtsuitdrukking weer die van de verveelde edelman die verplicht was het alledaagse gekibbel van dorpelingen aan te horen.

De commissaris zei Christopher Matthews verder te gaan. Als de commissaris geweten had wat de predikant van plan was te gaan zeggen, dan zou hij Drew schuldig verklaard hebben en met de zaak klaar geweest zijn.

Matthews schraapte zijn keel. "Zoals ik al zei, bestaat er in overeenstemming met de Engelse wetgeving nauwelijks twijfel aan het feit dat meester Morgan zich schuldig heeft gemaakt aan landloperij. Er staat echter iets hogers op het spel."

Ambrose Dudley gromde afkeurend.

"Laat mij uitspreken, beste schrijver. Want we weten dat u een goede christen bent." Ambrose Dudley schrok zichtbaar toen de predikant hem zo direct aansprak. "Meester Dudley, hoe lang woont u al in Edenford?"

Dudley verstijfde. "Drie jaar," antwoordde hij kortaf. Waarvan één jaar en twee maanden als stadsschrijver."

"We kennen deze man drie jaar en twee maanden," zei Matthews. "Op een kleine uitzondering na heeft hij zijn plicht trouw vervuld. Hij bezoekt altijd trouw de kerkdiensten. Zelfs ten aanzien van zijn handelingen ten opzichte van Drew Morgan kunnen we alleen maar tot de conclusie komen dat hij doet wat hij het beste acht voor Edenford."

Overal zag men verbaasde gezichten, vooral de commissaris keek vragend. De mensen hadden geen enkel probleem met het karakter van Ambrose Dudley. Ze begrepen niet waarom de predikant dit nu aan de orde stelde.

In antwoord op hun verbaasde gezichten zei de predikant: "Ik zeg dit om duidelijk te maken dat het nu niet gaat over de uitoefening van zijn plicht als schrijver, want zoals altijd heeft hij zijn werk uitgevoerd met het oog op onze belangen en overeenkomstig de wetgeving van Engeland. Ik houd echter staande dat het nu niet gaat over de vraag of Drew Morgan nu wel of niet een landloper is volgens de Engelse wet, maar of de Engelse wet ten aanzien van landlopers wel in overeenstemming is met Gods wet!"

Geen aandacht bestedend aan de te verwachten reactie van de menigte en voordat de commissaris hem kon stoppen, ging Matthews verder.

"Volgens de Engelse wet is het onwettig de Engelse wegen te bewandelen zonder een duidelijke bestemming of een vaste verblijfplaats te hebben. Als Abraham, de verkoren vader van het volk Israël, vandaag en onder de Engelse wet zou leven, dan zou hij nu naast meester Morgan in de beklaagdenbank staan!" Zijn Bijbel openend, las de predikant: 'Door het geloof is Abraham, geroepen zijnde, gehoorzaam geweest om uit te gaan naar de plaats, die hij tot een erfdeel ontvangen zou, en hij is uitgegaan, niet wetende waar hij komen zou.' Volgens de Engelse wetgeving zou het hele volk Israël nu gearresteerd moeten worden!" De predikant las verder: "'En de Heere deed hen veertig jaar in de woestijn dwalen.' Zowel Abraham als het gehele volk Israël zouden schuldig bevonden worden aan het breken van de Engelse wet. Ik vraag me wel af wie we verder nog zouden moeten arresteren?"

De predikant stelde de vraag retorisch, maar ergens uit de rijen kreeg hij een zacht antwoord. "We zouden Jezus moeten arresteren! De Heere zelf gaf toe dat hij een zwerver was." Het was Nell. Uit haar herinnering puttend, citeerde ze: "Jezus zeide tot hen: 'De vossen hebben holen en de vogelen des hemels hebben nesten, maar de Zoon des mensen heeft niets waarop Hij het hoofd kan nederleggen.' Het Evangelie volgens Matteüs, hoofdstuk 8, vers 20."

Een andere stem, deze keer schor en mannelijk van achter uit de kerk. "We zouden allemaal gevangen genomen moeten worden," zei David Cooper. "Zegt het boek Hebreën niet dat we op aarde allen gasten en vreemdelingen zijn?"

De commissaris sloeg verscheidene keren met zijn hand op de tafel. "De predikant is de enige die geacht wordt het woord te voeren," zei hij. En zich dan tot de predikant richtend: "Ik geef toe dat er andere zwervers zijn geweest. Zij leefden echter in een andere tijd en op een andere plaats. Dit is Engeland in het jaar onzes Heeren 1629. En het is tegen de wet om een landloper te zijn."

Matthews knikte. "Wat ik wil zeggen is het volgende: Wat moeten wij als Christenen doen als de wet van Engeland niet in overeenstemming is met de wet van God? Welke wet moeten wij dan gehoorzamen?"

De commissaris was van zijn stuk gebracht. Dit was duidelijk een vraag waar hij niet mee te maken wilde hebben. Hij keek hulpzoekend naar Lord Chesterfield. Chesterfield staarde met een uitdrukkingsloos gezicht terug.

De commissaris zat een ogenblik bewegingloos, zijn hoofd omhooggehouden door zijn arm die op de avondmaalstafel leunde. "U zult nog steeds moeten aantonen dat Gods wet iets zegt ten aanzien van landlopers dat de wet van Engeland weerspreekt," zei hij tenslotte. De Bijbelverzen die u aanhaalde, wijzen er niet op dat de wetten in de bijbelse tijd verschillen van de wetten die we vandaag hebben. U heeft mij er niet van overtuigd dat God nadrukkelijke bevelen ten aanzien van landlopers gegeven heeft." De commissaris leunde tevreden met zichzelf achterover in zijn stoel.

Zijn overwinning duurde echter maar kort. De predikant sloeg de Bijbel ergens open op een plaats die door een stuk papier was aangegeven. Pas toen realiseerde Drew zich dat deze hele verdediging zorgvuldig was voorbereid. De predikant had tot nu toe de touwtjes stevig in handen gehouden. "Uit Gods wet zoals we die vinden in het boek Leviticus, hoofdstuk 19, het 34e vers: 'De vreemdeling, die als vreemdeling bij u verkeert, zal onder u zijn als een inboorling van ulieden, gij zult hem liefhebben als uzelven; want gij zijt vreemdelingen geweest in Egypteland: Ik ben de Heere, uw God.' Dit is Gods wet ten aanzien van zwervers, reizigers zoals Abraham of zoals Drew Morgan."

De hoge commissaris krabde op zijn hoofd. Hij keek naar Drew alsof hij wilde proberen te begrijpen waarom er zoveel aandacht aan zijn zaak werd besteed.

Naar achter in de zaal kijkend, zei de commissaris: "Lord Chesterfield, dit is uw stad. Ik ben aan u verantwoording schuldig. De jongen lijkt onschuldig. Wat wilt u dat ik met hem doe?"

Lord Chesterfield snoof. Kennelijk raakten de zaken die aan de orde waren hem niet. "Het kan me niet schelen wat u met de jongen doet," zei hij.

Toen hij hoorde dat net Lord Chesterfield niet kon schelen hoe zijn uitspraak zou zijn, zei de commissaris: "Mijn uitspraak luidt dat we in het geval Drew Morgan, hem zullen verwelkomen als een vreemdeling in Edenford overeenkomstig de regels van Gods heilig Woord."

De korte viering die hierop volgde was niet uitbundig. De viering gold uitsluitend het gezin Matthews en een glimlach van David Cooper. De meeste mensen waren teleurgesteld dat de uitspraak betekende dat er geen strafgericht aan de opwinding van de Marktdag werd toegevoegd.

In de daarop volgende jaren zou het verhoor van Drew in de schaduw gesteld worden door een gedenkwaardiger voorval van die dag: de aankondiging van Lord Chesterfield.

Na de rechtspraak liep Lord Chesterfield naar voren naar het platform. Er ontstond een algemeen geroezemoes onder de stadbewoners – Lord Chesterfield had zijn rouwkleding verwisseld voor de gebruikelijke heldere kleuren en het overvloedige kant hoewel de rouwtijd nog niet verstreken was.

Uit naam van de stad condoleerde de predikant Chesterfield met de dood van zijn zoon.

Lord Chesterfield nam die met een terloopse knik in ontvangst en schraapte zijn keel. Daarop deelde hij de mensen van Edenford twee dingen mee, die direct op hun van invloed waren. Ten eerste werd op last van koning Karel meegedeeld dat de belasting ten behoeve van de vloot verhoogd zou worden van 50 naar 75 pond. Deze toename zou de afname van 25 pond scheepsgeld dat van het naburige Tiverton geëist werd, compenseren.

Ten tweede werd meegedeeld dat John de la Barre, een vooraanstaand handelaar in kleding uit Exeter en die de meeste aandelen van de wolfabricage van Edenford bezat, door de koning bescherming was aangeboden. Met andere woorden, de stad zou niet alleen de 850 pond, die de handelaar de stad schuldig was, niet ontvangen, maar ze waren ook niet in staat om hem gerechtelijk aan te vechten.

De dubbele slag voor de economie van de stad was catastrofaal. Het deed de inkomsten van een jaar werk van de mensen te niet en ze waren machteloos om er iets aan te doen.

Edenford was niet de eerste stad die op deze wijze getroffen werd. De handelwijze van de koning in dit soort zaken was niet discutabel. Zijn regelgeving voor Edenford paste in een duidelijk patroon. Zoals in zoveel andere dorpen had de koning zo besloten omdat ze puriteins waren.

HOOFDSTUK 13

De vervolgde had de vervolger verdedigd. De ironie hiervan ontging Drew niet. Als Christopher Matthews zijn mond gehouden had en de corpulente commissaris en de magere schrijver hun gang had laten gaan, zou hij zichzelf hebben kunnen vrijwaren voor de lange arm van Laud. Maar de hulpprediker wist natuurlijk niet dat hij zijn vijand verdedigde.

Sinds de rechtszitting was er een rustige week voorbij gegaan. Drew lag voor de haard in de woonkamer van de predikant op zijn bed. De gebeurtenissen in Edenford in ogenschouw nemend, kwam hij tot de conclusie dat Christopher Matthews het hem gemakkelijk maakte.

Hij zette de bewijzen die hij tegen de predikant kon aanvoeren op een rijtje: de man had koning James belasterd en de vader van koning Charles beschuldigd van immoraliteit; de avondmaalstafel stond niet op de juiste plaats en er was ook geen hekwerk omheen geplaatst. Die beschuldiging was niet te weerleggen. De hele stad was getuige geweest van het misbruik dat de hoge commissaris tijdens de rechtszitting hiervan had gemaakt. Zelfs als niet één bewoner zou willen getuigen tegen hun predikant dan was er nog altijd Lord Chesterfield. Hij had het ook gezien.

Bij de gedachte aan de met kant versierde lord vroeg Drew zich af of Lord Chesterfield hem tijdens de rechtszitting had herkend. Even had het daarop geleken. Maar nu wist Drew het niet meer zo zeker. Dat bracht hem op een volgende verontrustende gedachte. Zou Lord Chesterfield willen getuigen tegen een man die voor zijn winstgevende wolhandel van doorslaggevende betekenis was?

Een geluid boven aan de trap trok Drew's aandacht. Het was het geluid van een groot boek dat gesloten werd, gevolgd door het verschuiven van een stoel over de houten vloer. Drew schatte dat het een uur geleden was dat Nell, Jenny en de predikant welterusten hadden gezegd. Er kwam echter nog steeds licht uit de studeerkamer van de predikant. Hij zat waarschijnlijk aan zijn preek voor de komende zondag te werken. Drew slaakte een zucht. Hij wilde dat de predikant naar bed zou gaan. Voor het decoderen van een boodschap van de bisschop voelde hij zich pas veilig als iedereen sliep.

Hij had de boodschap die morgen vroeg ontvangen. Ze was hem overhandigd – hoe kon het ook anders – door Christopher Matthews. De koerier had tegen Matthews gezegd dat Drew waarschijnlijk te vinden zou zijn in Tiverton, Exeter of Plymouth. De predikant zag het als Gods leiding dat de koerier bij hem naar Drew informeerde toen hij door Edenford trok. Natuurlijk wist Drew dat het niets met Gods voorzienigheid te maken had. De koerier was precies verteld waar Drew te vinden was.

Drew keek weer omhoog naar de trap. Het licht brandde nog steeds. Bleef de predikant de hele nacht op? Drew ontvouwde het papier waar de boodschap van de bisschop op stond. Hij bedacht dat het niet waarschijnlijk was dat hij op dit late uur betrapt zou worden en hij besloot het risico maar te nemen.

De vertrouwde ronde cijfers op de bladzijde zorgden ervoor dat Drew heimwee naar Londen kreeg – naar de bibliotheek van London House, de maaltijden van de dikke kok en de late gesprekken met de bisschop over ridders en avonturen. Dat alles contrasteerde nogal met zijn huidige haveloze omgeving.

Voor het vuur gezeten, opende hij de Bijbel op zijn knieën en decodeerde de boodschap Er stond te lezen: (50/1/3) (53/2/3/1-8) (20/11/5/11-18) (53/2/5) (60/4/17/1-9) (50/4/1/4-21)) *"Ik dank God als ik uwer gedenk. Dat niemand u verleide. De verdorvenen zal vallen door zijn eigen verdorvenheid. Herinnert u zich niet dat toen ik bij u was u over deze dingen gesproken heb. Want de tijd van het oordeel is gekomen. Zo dan mijn geliefde en zeer gewenste broeder, mijn blijdschap en kroon, staat alzo in de Heere, geliefden."*

Drew fronste zijn wenkbrauwen. De boodschap verontrustte hem. Hij ging overeind zitten en las de boodschap opnieuw. Waarom was de bisschop zo gauw bezorgd over de missie. De boodschap was wel in vriendelijke bewoordingen opgesteld, maar kennelijk was er sprake van een zekere twijfel bij de bisschop te bespeuren. *"Dat niemand u misleide."* Waarom dacht de bisschop dat hij misleid werd. *"Herinnert u zich niet, dat toen ik bij u was, u over deze dingen sprak?"* Drew deed zijn uiterste best om zich het gesprek te herinneren waarop de bisschop doelde. Sloeg dat op het gesprek dat volgde op het verhoor van Marshall Ramsden? Dat zou wel eens kunnen. De bisschop was misschien bang dat hij een emotionele binding aan Christopher Matthews zou kunnen krijgen. Of kreeg de bisschop van de een of de ander misschien verkeerde informatie?

En dan was er nog die zin over de tijd: *"Want de tijd van het oordeel is gekomen."* Wilde Laud daarmee zeggen dat zijn tijd in Edenford beperkt was? En als dat zo was, hoe kort dan wel? En waarom?

Hoewel de boodschap werd afgesloten met een sentimenteel slot, wat hij al verwacht had, verontrustte het hem dat Laud van mening was dat hij niet in staat zou zijn om zijn missie tot een goed einde te brengen.

Toen de vlammen in de haard uitdoofden en er alleen nog wat sintels nagloeiden, stopte Drew de gecodeerde boodschap voor in zijn Bijbel, en lag daarna op zijn rug naar de balken in het plafond te staren die van de ene naar de andere muur liepen. Hij dacht aan de bisschop, de man die er voor had gezorgd dat hij de ellende van Morgan Hall kon ontvluchten, één van de twee mannen die zijn bevrijding hadden bewerkstelligd – zijn grootvader was de andere geweest. De één had hem weggeroepen, de ander had hem weggestuurd. *"Schip verlaten! Schip verlaten!"* Hij glimlachte toen hij zich de woorden van zijn grootvader herinnerde. Nu hij een aantal maanden van Morgan Hall weg was, kon hij niet meer begrijpen waarom Morgan Hall zo'n aantrekkingskracht op hem uitoefende. Philip mocht het hebben. Hij zou nog iets veel mooiers bouwen, iets dat alleen van hem zou zijn, iets dat niemand hem af kon nemen.

Natuurlijk was de aantrekkingskracht van Morgan Hall destijds de admiraal geweest. Drew vroeg zich af of hij op Morgan Hall zou zijn gebleven als zijn grootvader niet gestorven zou zijn.

"Ik had nooit zoveel op met die godsdienstige mensen." Dat had de admiraal toch over de bisschop gezegd? Drew grinnikte zachtjes. Hij vroeg zich af of zijn grootvader en de bisschop vrienden zouden zijn geweest als ze elkaar ooit ontmoet zouden hebben.

Ze hebben veel met elkaar gemeen, dacht Drew, *alletwee waren het idealisten die ten koste van alles Engelands eer zochten. De bisschop streed voor de eer van Engeland in de kerk en de admiraal had op zee voor de eer van Engeland gevochten.* Een ander gemeenschappelijk punt was dat ze beiden alleen waren. Geen van beiden hadden ze echte vrienden. Ja, de admiraal had John Hawkins en Georgiana natuurlijk, maar dat was voor de tijd van Drew geweest. De bisschop had Timmins, maar dat was nauwelijks een vriend te noemen, meer een vertrouwde raadsman. Voor zover Drew kon nagaan, stond Drew hen nader dan wie dan ook. Hij was goed voor hen en zij waren goed voor hem geweest.

De admiraal en de bisschop waren beiden van nederige afkomst geweest en ze waren beiden opgeklommen in hun beroep. De admiraal was de zoon van een scheepsbouwer geweest en Laud kwam uit een koopmansfamilie in kleding. Drew bewonderde het meest in beide mannen dat het sterke persoonlijkheden waren die zich hun dromen niet lieten ontnemen, bevlogen mannen, die wisten waar ze voor stonden en die bereid waren daar voor te vechten, wat dat ook zou kosten.

Op dat moment kwam er een vervelende gedachte bij Drew op, een soort koude douche die het vuur van de gedachten aan grootsheid bluste. Voordat hij die verwerkt had, vatte een tweede gedachte bij hem post die net zo verontrustend was. Drew's ogen schoten heen en weer terwijl hij er verder over nadacht.

De eerste verontrustende gedachte was dat hij in tegenstelling tot de admiraal en de bisschop geen opvattingen had waarvoor hij bereid was te vechten. Wie had er ooit van een ridder gehoord zonder ideaal? De bisschop streed voor het behoud van de Kerk van Engeland, een zaak waarvoor hij zou willen sterven. De admiraal vocht voor Engeland tegen de Spaanse agressie, een edele zaak die hem bijna het leven had gekost. *Waar vecht ik eigenlijk voor? Engeland? De koning? En tegen wie vecht ik eigenlijk? Wie zijn mijn vijanden? Grootvader haatte de Spanjaarden, Laud de puriteinen. Wie haat ik eigenlijk?*

Hij dacht aan Marshall Ramsden en Mary Sedgewick, maar hij voelde geen haat tegen hen. *En hoe stond het met Christopher Matthews? Jenny? Nell? Zijn dat mijn vijanden?* Drew kon zich maar moeilijk voorstellen dat zij een bedreiging voor de Engelse kroon vormden en hij kon ook geen enkele haat tegen hen opbrengen. De dingen waar ze voor stonden waren belachelijk en hun daden waren onwettig, maar de puriteinen waren niet de opstandige samenzweerders waar hij hen voor gehouden had. Zijn gebrek aan bevlogenheid tegen zijn vijanden verontrustte hem.

De tweede verontrustende gedachte die uit de eerste voortkwam, was dat hij helemaal alleen was. Hij had niet alleen geen ideaal, maar hij had ook geen vriend van zijn eigen leeftijd met wie hij vertrouwelijk omging.

Er waren ogenblikken waarop Drew zichzelf wijs maakte dat hij niemand nodig had. Maar soms was er iets in hem dat hem deed verlangen naar een relatie met anderen, een vrouw, maar ook vrienden. Hij had niemand.

Hij was jaloers op Christopher Matthews, een man die door liefde omringd werd. Hij hield van zijn dochters en die hielden van hem. Hij had goede vrienden, waarvan David Cooper er een was, maar de hele stad leek van hem te houden. Het leek erop dat zelfs God van hem hield. Drew had nog nooit iemand gezien die God zo openlijk liefhad en die er zo zeker van was dat God hem liefhad.

Wie houdt er eigenlijk van mij? De mensen met wie ik het meest vertrouwd ben zijn de bisschop en Eliot. Wie nog meer? Niemand. Van wie houd ik eigenlijk?

Daar hij geen antwoord wist, voelde hij zich nog eenzamer en leger. De hele nacht moest Drew hier verder over nadenken. Hij had geen ideaal en hij kende geen liefde.

Drew draaide zich om en om tot de slaap hem eindelijk overmande. Zijn laatste gedachten waren aan Nell Matthews gewijd.

De oude houten stoel kraakte toen Nell achteroverleunde en haar dagboek op haar vaders bureau van zich afschoof. Ze wreef boos over haar vermoeide ogen en vouwde toen haar armen over haar borst. Het dagboek, een ganzepen en een inktpot lagen voor haar, samen met haar Bijbel en een paar blanco vellen papier. Het dagboek lag voor haar klaar om haar dagelijkse geestelijke overpeinzingen in op te schrijven. De bladzij was onbeschreven en dat maakte haar woedend. Het was niet dat ze geen gedachten had, want die maalden door haar hoofd. Maar het waren geen geestelijke overwegingen. Haar gedachten waren bij Drew Morgan.

"Zo, en wat kunnen we deze dag voor God doen?"

Christopher Matthews' handen lagen bovenop de Bijbel gevouwen. Ze hadden zojuist uit de Bijbel gelezen en hun morgengebed uitgesproken. Hij keek ieder die aan tafel zat aan en verwachtte een antwoord.

Drew dacht nog steeds over de Bijbellezing na. In het voorgelezen schriftgedeelte had Jezus een blindgeboren man genezen. De genezing had veel tegenstand opgeroepen om redenen die Drew niet begreep. Hij wilde de predikant vragen het uit te leggen, maar dan zou Nell hem waarschijnlijk als een stommeling beschouwen en daarom vroeg hij maar niets. Wat hij in het verhaal zo mooi vond, was de manier waarop Jezus zijn vijanden behandelde. Iets wat Jezus zei maakte zo'n indruk op Drew dat hij de predikant vroeg de woorden te herhalen zodat hij ze op kon schrijven. Wat Nell ervan dacht kon hem niet schelen. "Ik moet werken de werken Desgenen, Die Mij gezonden heeft, zolang het dag is: de nacht komt wanneer niemand werken kan." Jezus was iemand met een opdracht. Net als zijn grootvader en de bisschop, had Jezus een opdracht te vervullen en niemand kon Hem daarvan afhouden.

Daar was dat woord weer – opdracht, missie. Het leek er wel op of iedereen een opdracht had. Iedereen behalve hijzelf.

Toen, wonderlijk genoeg, trokken de wolken plotseling op en zag hij zijn opdracht. Heel duidelijk. *Wat heb ik mijn hele leven gewild? Avontuur en eer. Het leven van een ridder! Ik wil dat er verhalen over mij verteld worden, dat er jongens zijn die op mij willen lijken en dat mijn naam genoemd wordt met die van Arthur, Lancelot en Gawain.*

Mijn opdracht ben ik zelf! Ik zal voor mijzelf een reputatie opbouwen van rijkdom en eer. Hoe kan ik die opdracht vervullen? Door de dankbaarheid van de koning en het hof te verwerven. De koning is de persoon die eer, faam en rijkdom verleent. En als de koning in ruil daarvoor puriteinen wil hebben, dan zal ik hem die bezorgen.

Drew voelde zich plotseling opgewonden. Hij was een man met een opdracht. En niets zou hem daarvan kunnen weerhouden. "Ik moet werken, de werken desgenen, die mij gezonden heeft." Drew hield van die woorden. Drew vroeg de predikant naar het verband van die woorden. Het zou een goede zin kunnen zijn in zijn volgende boodschap aan de bisschop.

Nell was de eerste die haar vaders vraag beantwoordde. "Jenny en ik moeten het kant voor Lord Chesterfield afmaken. Daar zijn we vrijwel de hele dag mee bezig. En voor zover ik Lord Chesterfield ken, zal hij vandaag twee of drie keer een bediende sturen om te zien of het al klaar is. Ik wil bidden dat de Heere ons een groot geduld zal geven, zowel ons als Lord Chesterfield."

Matthews keek naar zijn jongste dochter. Die hield haar blik op de tafel voor haar gericht en zei: "Nell heeft al gezegd wat we vandaag gaan doen.

En nu de rechtspraak voorbij is hoop ik dat we meester Morgan ervan kunnen overtuigen dat hij in Edenford moet blijven." Ze bloosde en boog haar hoofd nog dieper.

"Ik zou hier kunnen blijven en jullie de Bijbel voorlezen terwijl jullie aan het werk zijn," bood Drew aan.

Nu bloosden beide meisjes. Jenny begon te giechelen en Nell volgde haar. De niet begrijpende predikant keek van hen naar Drew en zei: "Mis ik misschien wat?"

Het gegiechel veranderde in geschater.

Grijnzend zei Matthews tot Drew: "Ik neem aan dat jij hier verantwoordelijk voor bent."

Lachend trok Drew zijn schouders op en keek onschuldig.

Nog steeds grijnzend stond Matthews op en beduidde Drew dat hij hem moest volgen. Hij leidde Drew naar buiten. "Drew," zei hij, "ik wil je laten weten dat je hier net zo lang kunt blijven als je wilt. Dat is wel het minste wat we kunnen doen in aanmerking nemende wat de stad je heeft aangedaan."

"Dank u," antwoordde Drew. " Maar ik denk dat ik al te lang een beroep op uw gastvrijheid heb gedaan."

"Heb je er al over nagedacht wat je nu gaat doen?"

Zeker wel, dacht Drew bij zichzelf. Hij antwoordde Matthews: "Ik weet het nog niet zeker. Ik denk dat ik verder ga naar Plymouth, maar ik weet het nog niet. Ik weet niet of ik wel zeeman wil worden."

"Ik kan goed begrijpen dat je zo snel mogelijk uit Edenford wilt vertrekken. We hebben je nou niet bepaald een goede ontvangst gegeven."

Drew grinnikte. "Misschien klinkt het wel gek," zei hij, "maar die was niet eens zo slecht. Ik ben van deze plaats gaan houden. Op een paar uitzonderingen na zijn de mensen wel aardig. Iedereen schijnt gelukkig te zijn. Het is net een grote familie. Ik hoop dat ik nog eens in een stad als Edenford kan wonen."

"Waarom een stad als Edenford? Waarom word je geen lid van deze familie?"

Drew aarzelde doelbewust voor hij antwoordde. "Dat zou ik wel willen... maar ik weet niets van de fabricage van wol af. En ik zou niet weten waar ik zou moeten wonen."

"Als je je daar zorgen over maakt, je kunt gewoon bij ons blijven wonen."

Op dat antwoord had Drew gehoopt. En hij kreeg het precies zo als hij het hebben wilde.

"Ik weet het niet," zei hij. "Dat zou een hele belasting voor u zijn. Bovendien heb ik geen werk."

"Ja, daar heb ik ook al over nagedacht. Ik zou je een voorstel willen doen," zei Matthews.

Ze kwamen aan het einde van High Street en sloegen de richting in van de zuidelijke brug. Terwijl ze met elkaar spraken keken ze elkaar niet aan. Terwijl ze verder liepen keken ze naar de grond.

"Drew, sinds de korte tijd dat ik je heb leren kennen, ben ik je gaan bewonderen. Tijdens het verhoor heb ik je aandachtig gadegeslagen. In een gespannen situatie hield je je positieven bij elkaar. Dat is een zeldzame eigenschap. Ik dacht op dat ogenblik: 'God moet wel grote plannen met deze jongeman hebben.' En daar ben ik nu helemaal zeker van." De predikant zweeg een ogenblik om de woorden te laten bezinken. Toen zei hij: "Ik zou je willen helpen om God's plan voor je leven te ontdekken."

Dit gaat te gemakkelijk, dacht Drew.

"Ik zou je wel als mijn assistent willen aanstellen."

"Als hulpprediker?" Drew bleef staan en keek de predikant met ongeloof aan.

De predikant lachte. "In zekere zin, ja. Dat zou ook betekenen dat ik je in geestelijk opzicht van alles zou moeten leren. Of je uiteindelijk wel of geen predikant van Edenford zou worden, moeten we natuurlijk aan God overlaten. In eerste instantie dacht ik eerder aan de wolindustrie van Edenford."

Voortlopend dacht Drew hierover na. Hij was niet echt geïnteresseerd. "Ik voel mij gevleid," zei hij.

Nu bleef Matthews staan. Hij keek Drew strak aan. "Voor mij zou het een gebedsverhoring zijn. Laat ik dat uitleggen. In de Bijbel had de apostel Paulus een zoon in de Heere – een aangenomen, geestelijke zoon met de naam Timotheüs. Jaren lang heb ik gebeden dat God mij ook een geestelijke zoon zou geven." De predikant zweeg en keek nadenkend. Met trillende stem zei hij toen: "Drew, ik geloof dat jij de verhoring op mijn gebed bent."

Drew behoefde niet te doen of hij verbaasd was. Hij was door de emoties van de predikant volkomen van zijn stuk gebracht. Hij wist niet wat hij zeggen moest.

"Ik wil je vragen of je er voor wilt bidden. We kunnen je niet veel aanbieden, alleen maar een plaats voor de haard. Maar je kunt zo lang blijven als je wilt of totdat je jezelf een woning kunt permitteren. Als je liever ergens anders zou wonen, zouden we wel een regeling kunnen treffen met Charles Manly, onze herbergier."

Drew was zeer verrast door het onverwachte vertoon van emotie en hij zou het zich niet beter gewenst kunnen hebben. Christopher Matthews maakte zijn werk wel erg eenvoudig. Hij nodigde Drew uit om een lid van de gemeenschap te worden, en als hij maar eenmaal hun vertrouwen gewonnen had, zou hij wel achter hun geheim komen. Met gesmoorde stem zei Drew: "Ik zal erover nadenken."

Natuurlijk behoefde hij helemaal niet na te denken. Hij gooide een vislijn uit en de vis hapte onmiddellijk. Het enige wat hem nu te doen stond was de buit binnen te halen en die niet te verliezen.

Wekenlang hing het onheilspellende nieuws van Lord Chesterfield als een donkere wolk boven de stad. De donkere economische vooruitzichten hadden op alle aspecten van het leven in Edenford hun invloed.

De zondagmorgen brak aan en het beloofde een stralende dag te worden. Het was zo'n dag waarop atheïsten wel in God zouden willen geloven, zodat ze iemand zouden kunnen bedanken. De bloemen langs de rivier keken in verrukking hemelwaarts om God te eren. De frisse lucht, het warme zonlicht en de blauwe lucht vormden een trio van lofprijzing terwijl de velden, de bomen en de wateren daar beneden dansten.

Maar de bevolking van Edenford had daar geen oog voor. De scheepsbelasting die de koning hen opgelegd had, en de begunstiging van de lakenhandelaar de la Barre bedekten hun ogen als een donkere bril.

Toen David Cooper de deur van zijn werkplaats uitstapte op weg naar de kerk had hij geen aandacht voor het stralende hemelgewelf boven hem. Hij zag de stapel niet betaalde rekeningen op zijn werkbank voor zich. Hij zou de mensen wier namen op de rekeningen voorkwamen, groeten en zien dat ze door hem gemaakte schoenen droegen die ze niet betaald hadden. Hoe zouden ze ook kunnen betalen? De koning had ze van hun inkomen beroofd. Hij begreep hun situatie wel, maar begrepen ze ook zijn situatie? Hij moest kiezen. Hij kon leer kopen om schoenen te maken of hij kon eten kopen voor zijn gezin. Maar alletwee was niet mogelijk.

Cyrus Furman, de stadswachter schuifelde zoals hij gewoon was naar de kerk, zijn ziekelijke vrouw met magere, bleke armen aan zijn zijde. De afgelopen winter was voor zijn Rose niet zo best geweest en ze was bijna gestorven. Twee keer was ze met ademen opgehouden, maar ze was weer bij gekomen. Maar de ziekte had wel zijn tol geëist. Haar kracht was verloren gegaan en ze was erg mager geworden. Sinds haar ziekte hadden de Furmans twee keer zoveel tijd nodig om naar de kerk te wandelen. Na iedere tien stappen moest Rose stilstaan om te rusten. Met zijn vrouw aan zijn arm wachtte Cyrus geduldig tot ze weer op adem gekomen was.

Hij had geen oog voor de bloemen die wuivend langs de kant van de weg stonden. Hij vroeg zich af hoe het met Rose verder zou gaan. Als stadswachter was zijn inkomen afhankelijk van de verkoop van wollen stoffen. Hoe zou de stad hem kunnen betalen nu de schuld van de la Barre was kwijtgescholden? Hoe zou hij voor Rose kunnen zorgen?

Charles Manley en Ambrose Dudley, alle twee vrijgezel, liepen zoals gewoonlijk samen naar de kerk. Ze letten niet op het koesterende zonnetje. Ze waren heftig met elkaar in discussie.

"We zouden moeten weigeren de scheepsbelasting te betalen!" gromde Manley.

"Dat heeft Barstaple geprobeerd," antwoordde Dudley.

"Wat gebeurde er?"

"De afgescheidenen werden gegeseld en aan de schandpaal gebonden." Manley dacht daarover na.

"Wat me zo boos maakt," zei Dudley, "is dat de scheepsbelasting niet nodig is."

"Hoe weet je dat?"

"De laatste keer dat ik in Londen was, liep ik toevallig graaf Northumberland tegen het lijf. Hij vertelde mij dat hij de afgelopen winter voor de kust bij slecht weer had gepatrouilleerd. Hij was niet alleen geen vijandelijke schepen tegen gekomen, maar hij had ook nauwelijks vreemde schepen gezien. Hij zei dat hij uiteindelijk maar weer naar de haven was teruggekeerd. Patrouilleren was niet nodig. Er bestond geen enkel gevaar."

"Waarom moeten we dan belasting betalen?"

"Omdat de koning gewoon meer geld wil zien, zo simpel ligt dat. Hij doet net of er een crisis op handen is en dan kan hij weer meer belasting heffen."

Behalve de predikant en zijn twee dochters waren de twee vrijgezellen gewoonlijk de eerste kerkgangers die bij de kerk aankwamen. Deze zondag vormde daarop geen uitzondering. De twee mannen vonden het vreemd dat de kerkdeuren nog gesloten waren toen ze aankwamen. Had de predikant zich verslapen? Toen ze aan de deurklink trokken, bleek tot hun niet geringe verbazing de deur op slot te zitten.

"Meester Manley, meester Dudley, hierheen!"

De mannen keken in de richting waar de zachte stem vandaan kwam. Het was Jenny Matthews. "We houden vandaag hier kerk." Ze bracht hen onder een paar bomen aan de zuidzijde van het kerkgebouw. Voor hen strekte de dorpsweide zich uit. Daar vonden ze de predikant, Nell en Drew Morgan.

"God zij met u, heren," begroette hen de predikant.

De vrijgezellen fronsten hun wenkbrauwen toen ze hem de hand schudden en waren kennelijk niet blij met de verandering.

De predikant legde uit: "Het zou zonde zijn om op zo'n prachtige dag als vandaag in de kerk bij elkaar te komen."

Hun gezichtsuitdrukking liet duidelijk zien dat ze het daarmee niet eens waren. En veel anderen dachten er net zo over.

De kinderen vonden het prachtig. Ze renden achter elkaar aan en rolden door het gras. De volwassenen stonden in kleine groepjes bij elkaar en Drew vond het net een bijenkorf. Eén groepje wees iemand aan om hun afkeur bij de predikant te verwoorden. Christopher Matthews luisterde beleefd en ging toen verder met de voorbereiding van de dienst.

"Waar moeten we gaan zitten," riep iemand.

Matthews spreidde zijn armen wijd uit en wees op het gras.

Nog meer gemopper, deze keer luider en met opstandig commentaar.

De predikant diende ze van repliek. "De spijziging van de vijfduizend," riep hij. "En Jezus beval de scharen in het gras te gaan zitten, Mattheüs 14:19." Hij stond daar rechtovereind en met een gezaghebbende blik in zijn ogen. "Als de Heere vond dat het gras een geschikte plaats is om op te gaan zitten, moeten wij dat ook maar vinden."

Drew leerde die dag iets over de puriteinen. Ze zijn bereid alles te doen als het maar in de Bijbel staat. Tot zijn verbazing ging iedereen – de vrijgezellen, de kerkmeesters, de Coopers en zelfs de oude Cyrus en Rose Furman – in het gras zitten.

De kerkdienst begon. Hoewel de omgeving heel anders was, was de dienst precies hetzelfde als de dienst in de St. Michael kerk in Londen en alle andere staatskerken in Engeland. In het afgelegen Edenford beantwoordde de dienst aan zijn doel. Door de predikant werden de bekende zinnen uitgesproken, de gemeente antwoordde op de juiste momenten, er werden de traditionele liederen gezongen en al deze dingen brachten een gevoel van orde en rust over de geplaagde mensen, zoals een anker kalmte brengt aan een schip in een zomerstorm.

Dit gedeelte van de dienst zou de bisschop van Londen zeker behaagd hebben. Zin voor zin en woord voor woord werd de goedgekeurde liturgie gevolgd. Met het vervolg zou hij niet zo gelukkig geweest zijn – de prediking, in het bijzonder de onbeperkte prediking van een niet bestudeerde, onbevoegde predikant.

De oude preken van 1563 waren uitgeschreven voor slecht opgeleide predikanten en moesten hardop aan de gemeenten worden voorgelezen. Maar de puriteinen wilden daar niets mee te maken hebben. Zij hielden van verkondiging, een boodschap uit de Bijbel die door hun eigen predikant werd uitgelegd en toegepast. Ze wilden weten wat de Bijbel zei over het leven, over het huwelijk, over kinderen en werk, over scheepsbelasting en wispelturige koningen. Zij wilden meer dan het anker der traditie, ze wilden een frisse wind van de kapitein van hun schip.

De verkondiging werd zo populair dat veel puriteinen twee preken op een zondag wilden horen. Bisschop Laud verbood een tweede woordverkondiging en beval dat er in de middagdienst catechisatieonderwijs moest worden gegeven. De mensen wilden zo graag de woordverkondiging horen dat veel puriteinen bereid waren naar een naburige plaats te lopen voor een tweede preek als er in hun eigen gemeente maar één keer gepreekt werd.

De predikant van Edenford preekte twee keer per zondag en gaf tussen de diensten in catechisatieonderwijs. De gezinnen speelden daarop in. Ze namen manden met voedsel mee en aten tussen de twee diensten op de dorpsweide.

Met de gesteldheid en de indringendheid van een oudtestamentische profeet, ging Matthews in op het recente schrikbarende nieuws voor de bevolking van Edenford.

"Wat moeten we nu doen? Dat is de meest gehoorde vraag sinds Marktdag. Wat moeten we nu doen? Die vraag wordt me gesteld door vrouwen bij de waterput, door mannen bij de bleekvaten, door winkeliers, door mannen en vrouwen thuis en door mijn eigen dochters tijdens het eten. Wat moeten we nu doen?"

Matthews pauzeerde even. De onbeantwoorde vraag hing als de bijl van de beul boven het hoofd van de mensen.

"We stellen de verkeerde vraag," vervolgde hij. Wat moeten we nu doen, is de vraag van hulpeloze en hopeloze mensen. Het is de vraag van mensen die zelf met een oplossing willen komen. En mensen die alleen maar naar zichzelf kijken voor een oplossing voor de problemen van het leven, putten water uit een zeer ondiepe bron.

Welke vraag moeten we dan wel stellen? Dat zal ik u zeggen. We moeten onszelf de vraag stellen: Wat wil God nu dat we doen zullen?

Zijn we zo vervuld van trots dat we denken dat ons iets vreemds en ongebruikelijks overkomt? Dat we de enige mensen zijn die zo'n crisis meemaken? Dat God zo kortzichtig is dat Hij ons in Zijn Woord geen raad geeft hoe we moeten handelen?"

De predikant opende zijn Bijbel. "Toen God's Zoon op aarde was, gebeurde er iets dergelijks. In die dagen legde de Romeinse keizer belastingen op. De Joden hielden net zomin van de belasting van de keizer als wij van de belasting van de koning. Sommigen waren van mening dat ze daarom maar geen belasting moesten betalen, maar Jezus dacht daar anders over." De predikant las uit de Bijbel voor: "En zij zonden uit tot Hem hun discipelen met de Herodianen zeggende: Meester wij weten dat Gij waarachtig zijt en de weg Gods in waarheid leert en naar niemand vraagt; want Gij ziet de persoon des mensen niet aan; zeg ons dan, wat dunkt U, is het geoorloofd de keizer schatting te geven of niet? Maar Jezus, bekennende hun boosheid, zeide: Gij geveinsden, wat verzoekt gij Mij? Toont Mij de schattingpenning. En zij brachten Hem een penning. En Hij zeide tot hen: Wiens is dit beeld en het opschrift? Zij zeiden tot Hem: Des keizers. Toen zeide Hij tot hen: Geeft dan de keizer wat des keizers is, en Gode wat Gods is."

De predikant haalde een muntstuk uit zijn zak. Zwijgend bekeek hij weloverwogen beide zijden. Drew werd te veel in beslag genomen om te zien welke munt het was. Het zou zowel een shilling als een halve kroon kunnen zijn.

"Het draagt de beeltenis van een Engelse koning. En we zijn onderdanen van de Engelse kroon. Als Jezus hier vandaag zou staan en als we Hem deze munt zouden overhandigen en Hem zouden vragen: Wat wil God dat we zullen doen?, dan zou Hij ongetwijfeld zeggen: Geeft de koning wat des konings is en Gode wat Gods is."

De predikant stak de munt weer in zijn zak.

"Wat zou God willen dat we zullen doen? Dat we de scheepsbelasting aan de koning zullen betalen!"

Er kwam geen enkel commentaar. Dit was geen dorpsvergadering, maar een kerkdienst en de dorpsprediker preekte. Maar een paar mensen schoven onrustig heen en weer.

"Ik weet wat de meesten van u denken," zei de predikant, op de reactie ingaand. "U zegt nu tot uzelf: Maar hoe moeten we die scheepsbelasting betalen?"

Verscheidene mannen in de gemeente knikten.

De predikant sloeg zijn versleten Bijbel voor de tweede maal open. Voordat hij eruit voorlas, gaf hij een beschrijving van de omstandigheden. "Ik denk dat het een dag was die erg veel leek op de dag van vandaag, toen Jezus deze woorden sprak. De zon scheen. De lucht was helder. En Jezus' volgelingen zaten op de helling van een heuvel en wachtten op een woord van God. Het waren arme mensen, arbeiders. Het waren geen geleerde mensen, want als Jezus tot geleerden had willen spreken, had Hij zich wel tot het Sanhedrin gericht. Het waren geen rijken en edelen, want als Jezus de rijken en edelen had willen aanspreken, was Hij wel naar het paleis gegaan. In plaats daarvan richtte hij zich tot mensen die op de helling van een heuvel zaten en die geen geld en zekerheid bezaten. En Hij zei hun het volgende: 'Daarom zeg Ik u: Zijt niet bezorgd voor uw leven, wat gij eten en wat gij drinken zult, noch voor uw lichaam, waarmede gij het kleden zult; is het leven niet meer dan het voedsel, en het lichaam dan de kleding? Aanziet de vogels des hemels, dat zij niet zaaien, noch maaien, noch verzamelen in de schuren, en uw hemelse Vader voedt nochtans dezelve; gaat gij dezelve niet zeer ver te boven? Wie toch van u kan, met bezorgd te zijn, één el tot zijn lengte toedoen? En wat zijt gij bezorgd voor de kleding? Aanmerkt de leliën des velds, hoe zij wassen; zij arbeiden niet en spinnen niet, en Ik zeg u, dat ook Salomo, in al zijn heerlijkheid, niet is bekleed geweest als één van deze. Indien nu God het gras des velds, dat heden is en morgen in de oven geworpen wordt, alzo bekleedt, zal Hij u niet veel meer kleden, gij kleingelovigen? Daarom zijt niet bezorgd, zeggende: Wat zullen wij eten of wat zullen wij drinken, of waarmede zullen wij ons kleden? Want al deze dingen zoeken de heidenen, want uw hemelse Vader weet dat gij deze dingen behoeft. Maar zoekt eerst het koninkrijk Gods en Zijn gerechtigheid, en al deze dingen zullen u toegeworpen worden.'"

Langzaam en met eerbied sloot de predikant de Bijbel. Hij keek de gezichten voor hem aan. Rose Furman lag tegen de borst van haar man aan, haar ogen gesloten en haar gerimpelde gezicht naar de zon gewend.

Op zachte toon herhaalde de predikant een gedeelte van de Bijbellezing.

"'Weest daarom niet bezorgd... want uw hemelse Vader weet dat gij al deze dingen behoeft.' Wat wil God dat we doen zullen? Hij wil dat we de koning de scheepsbelasting betalen. Hoe gaan we die betalen? God kent onze behoeften. Hij zal daarin voorzien. Intussen moeten wij door geloof bij God's Woord leven. Het geloof kent geen lange gezichten. Geloof tobt niet. Het geloof laat een mooie dag als vandaag niet verloren gaan door de zorgen over morgen. 'Dit is de dag, die de Heere gemaakt heeft: laten we ons daarin verheugen!'"

De reactie van Edenford op de preek van de predikant verbaasde Drew. Hoewel de omstandigheden niet veranderd waren, was toch alles anders. De mensen maakten weer een praatje met elkaar en lachten en de kinderen speelden weer. Aan hun stemming zou je denken dat de koning de belasting verlaagd had en dat John de la Barre besloten had het geld terug te betalen dat hij hen verschuldigd was.

Gezinnen zaten over het grasveld verspreid bij elkaar; sommigen zaten in de schaduw van de bomen die langs de weg stonden en anderen genoten van de zon. Nell en Jenny hadden een broodmaaltijd met kaas en fruit klaargemaakt. Terwijl Drew met hen zat te eten, kwam er een stroom mensen langs die met de predikant wilden praten. David Cooper was een van de eersten.

"Bedankt dat je mij er weer aan herinnerd hebt dat God boven alles staat," zei hij, zijn vriend omhelzend. James was bij hem en knielde neer naast Nell en zei iets op fluistertoon tegen haar dat Drew niet kon verstaan. Nell reageerde door koeltjes haar schouders op te halen.

Toen de Coopers weg waren, kwam Cyrus Furman met zijn vrouw langs. De predikant informeerde naar de gezondheid van Rose en stelde het oudere echtpaar gerust dat er iets op gevonden zou worden om de uitbetaling van de stadswacht te verzekeren.

De Furmans werden gevolgd door de vrijgezellen Manley en Dudley en de familie Pierce. En dat hield zo aan tot het hele dorp was langs gekomen. Het gesprek met al de mensen was bijna altijd hetzelfde.

"Zo gaat het nu altijd," zei Jenny zachtjes tot Drew, die zag dat de predikant zonder succes voor de vierde keer probeerde een hap van zijn brood te nemen. "Dat is nou het leven van het gezin van een predikant," voegde Nell daaraan toe.

De zondagmiddag was bestemd voor het onderwijs uit de catechismus. De predikant gaf de kinderen les en werd daarbij geassisteerd door één van zijn dochters die elkaar per week afwisselden. Die zondag was Jenny aan de beurt. Tot zijn grote blijdschap werd Drew met Nell alleen gelaten.

Samen pakten ze de overgebleven restanten van de maaltijd in de mand. Daarna ging Nell tegen een boom zitten en schikte haar rok netjes over haar uitgestrekte en over elkaar gekruiste benen. Ze sloeg de bewoners van Edenford gade die met elkaar op het grasveld aan het spelen waren en wreef in haar handen. Ze wreef langs haar vingers van beneden naar boven en het leek wel of ze probeerde haar knokkels eruit te wrijven. Toen ze daarmee klaar was, leunde ze tegen de boomstam, vouwde haar armen en sloot haar ogen.

Drew lag op zijn zij en leunde met zijn hoofd op zijn hand. Hij keek naar een paar mannen die helemaal aan het einde van het veld met elkaar aan het kegelen waren. Tersluiks wierp hij zo af en toe een blik op Nell. Toen ze haar ogen sloot behoefde hij niet langer te doen of hij niet naar haar keek. Ze had zachte wangen en een mooie huid. Ze had een wipneusje en volle lippen.

"Zit je me aan te staren," vroeg ze met haar ogen nog steeds gesloten.

"Verbeeld je maar niets!"

"Als je dat doet, is het in ieder geval niet de eerste keer."

Drew keek een andere kant op. Midden op het grasveld was een aantal jonge mannen in een kring gaan staan. John Cooper stond in het midden en hield een andere jongen in de houdgreep. Door het geschreeuw van de omstanders opende Nell haar ogen. Haar ogen schoten vuur toen ze James herkende. Ze leunde met haar hoofd tegen de boomstam en zuchtte afkeurend.

"Wat is er aan de hand?"

"Dat!" Ze wees naar de worstelaars.

"Ik begrijp het niet."

Haar stem klonk sarcastisch toen ze antwoordde: "Dat verbaast me niets. Maar als zijn vader erachter komt dat James weer op zondag aan het worstelen is, dan zwaait er wat voor hem."

Zijn rol van de onwetende heiden spelend, zei Drew: "Mag hij dan niet op zondag worstelen?"

"Natuurlijk niet!"

Drew wist zeer goed dat worstelwedstrijden en andere recreatieactiviteiten op zondag door een wet van James I beschermd werden tot groot ongenoegen van de puriteinen.

Sport op zondagmiddag was een tiental jaren een controversieel onderwerp in Engeland geweest. Het was begonnen in 1616 toen een delegatie van bedienden en arbeiders in Lancashire op de komst van koning James gewacht hadden, die uit Schotland terugkeerde. Toen hij aangekomen was, hadden ze geklaagd dat de kerkelijke leiders geen enkele vorm van recreatie op zondagmiddag toestonden. Het uiteindelijke resultaat van dit voorval was dat koning James het *Book of Sports (boek over de sport)* liet verschijnen waarin bepaald werd dat mensen allerlei vormen van sport op zondagmiddag mochten beoefenen. Het besluit van de koning maakte de puriteinen boos en ze lieten dat ook heel duidelijk merken. Hun argumenten waren echter tot dovemansoren gericht.

Om zijn gezag over de puriteinen te onderstrepen, beval koning James dat zijn *Book of Sports* in alle kerken vanaf de kansel moest worden voorgelezen. De meeste predikanten gaven met grote tegenzin toe. Sommigen zagen kans om aan de besluiten die letterlijk moesten worden uitgevoerd, een gezochte uitleg te geven. Zo was er bijvoorbeeld een kerk waarin de kerkmeester het *Book of Sports* voorlas, terwijl de predikant met zijn handen over de oren in de voorste bank zat. Een andere predikant las het *Book of Sports* voor en las daarop volgend de Tien Geboden. Er waren een paar predikanten die de moed hadden het bevel van de koning niet op te volgen. Als dit ontdekt werd, werden ze gestraft.

"Denk je werkelijk dat het verkeerd is op zondag met elkaar te worstelen?"

"Dit is de dag des Heeren," was het korte antwoord. "En wat voor James Cooper nog belangrijker is, zijn vader gelooft dat het verkeerd is."

"Ga je het meester Cooper zeggen?"

Er kwam een getergde uitdrukking op Nell's gezicht toen ze naar de twee jongens die nu over de grond rolden, keek. "Als ik hier niet ben, kan ik ook niets zien en kan ik ook niets vertellen," zei ze opstaand. Ze klopte het gras van haar kleding en liep naar de weg. Zich tot Drew wendend, die nog steeds in het gras lag, zei ze: "Je laat toch een hulpeloos meisje niet alleen vertrekken, hè?"

Het was maar goed dat Drew al op de grond lag, want anders was hij misschien door Nell's uitnodiging op de grond getuimeld. Hij sprong overeind en liep naar haar toe.

"Waar gaan we heen?"

Ze gaf hem een arm. "Dat vertel ik je niet. Je zult me moeten vertrouwen."

Nell Matthews leidde Drew over de Chesterfield weg naar het landhuis van Chesterfield. De stoffige weg voerde steil omhoog. Ze passeerden het einde van twee huizenrijen, die net zo dicht op elkaar stonden als de huizen in High Street waar de Matthews woonden. De weefgetouwen van Edenford stonden in een groot gebouw achter de tweede rij huizen. "Daar werkte mijn moeder voordat ze kant ging maken," zei Nell. Achter het gebouw met de weefgetouwen lag een veld dat overliep in de voet van de berg.

Drew had weinig aandacht voor gebouwen en landschap. Hij was zich er alleen maar van bewust hoe dicht Nell wel bij hem was. Haar arm in de zijne te voelen, haar zij tegen de zijne te voelen drukken en het feit dat haar gezicht slechts een paar centimeter van het zijne verwijderd was, waren gevoelens die hem bijna bedwelmden. Toen ze op andere dingen wees die met de wolindustrie samenhingen, keek hij naar haar wangen die door de wandeling een kleur hadden gekregen, naar haar haar dat om haar hoofd waaide en naar de bruine vlekjes in haar grijze ogen.

"Laten we hier even uitrusten." Ze hadden de rij bomen op de heuvel bereikt. Nell bleef staan, trok haar arm uit die van Drew en keerde zich om naar het dorp. Met tegenzin volgde Drew haar voorbeeld. Nu ze elkaar niet langer een arm gaven, stapte hij bescheiden opzij.

Vanaf deze hoogte konden ze heel Edenford zien, de daken van de huizen, de kerk en de dorpsweide, waar de worstelwedstrijd nog steeds verder ging. Het meest in het oog springend was de rivier de Exe met Bridge Street die er twee keer overheen liep met twee gelijke stenen en van drie pijlers voorziene bruggen. Een flikkerend licht aan de linkerkant op verre afstand trok Drew's aandacht. "Wat is dat daar?"

Nell volgde Drew's blik. "O, dat is Williams meer. En het bos daar ver weg behoort aan Lord Chesterfield toe. Hij zet er allerlei wild in uit en hij nodigt zijn rijke vrienden uit om er te komen jagen."

Daar doodde bisschop Laud de zoon van Lord Chesterfield, bedacht Drew. *En daar werd Shubal Elkins lichaam gevonden.*

"Het is een interessant meer," vervolgde Nell. Zelfs in de winter vriest het nooit dicht. Het wordt waarschijnlijk gevoed door onderaardse thermische bronnen. Ik zal je er 's winters eens mee naar toe nemen zodat je het zelf kunt zien. Als je dan tenminste nog steeds hier bent."

Als je tenminste nog steeds hier bent. Het was zomaar een terloopse opmerking geweest, maar voor Drew klonk het als een profetie. Als alles ging zoals gepland was, zou hij allang weg zijn. Maar dat zou ook voor Christopher Matthews gelden. Die gedachte maakte ongewenste gevoelens bij hem los; hij was vastbesloten zijn missie te vervullen en hij dwong zichzelf ertoe er niet aan te denken wat voor gevolgen dat voor Nell zou hebben.

"Kom op." Nell greep zijn hand. "Dit wilde ik je laten zien." Ze trok hem van de weg af, een grasrijke helling op. Toen ze op de kam van de heuvel kwamen, lagen er voor hen plotseling oude muren van een kasteel dat eens over de vallei had uitgezien. De verkruimelde muren waren gedeeltelijk aan drie zijden door bomen overgroeid alsof het bos probeerde de grond die de bouwer van het kasteel had gebruikt weer terug te nemen.

Nell liep naar het midden van wat eens een grote zaal geweest moest zijn. De vloer was bezaaid met plekken onkruid. "Vind je het leuk?"

"Dit is geweldig!" Drew's blik volgde de toppen van de gebroken muren die verder in het bos verdwenen. De muren waren nergens hoger dan een meter, maar de hele omtrek van het kasteel was nog goed zichtbaar, doorgangen, zalen en opslagruimten. Het was prachtig.

"Je moet eens bedenken dat hier eens iemand geleefd heeft," zei Nell. "Ze stond op de plaats waar ik nu sta en maakte zich misschien zorgen over haar kinderen die bij de rivier aan het spelen waren, over haar echtgenoot of die wel zou terugkeren van een oorlog, en of ze wel genoeg voedsel voor de winter zouden hebben."

"Wie heeft hier gewoond?" vroeg Drew.

"Dat weet niemand in het dorp," antwoordde ze. "Alles wat we weten is dat het een Saksische koning was."

"Jammer hè?"

"Wat?"

"Dat er iemand geleefd heeft of misschien wel een hele familie waarvan niemand zich iets meer herinnert. Ik bedoel, deze mensen hadden ook hun hoop, dromen, ambities, en niemand weet meer iets van hen. Ze zouden net zo goed nooit geleefd kunnen hebben."

De twee zwegen en dachten aan de onbekende familie.

Nell en Drew liepen elkaar achterna van de ene naar de andere zaal, bekeken de oude stenen, vertelden elkaar om de beurt hoe ze dachten dat het oorspronkelijke bouwwerk er had uitgezien, raadden naar de bestemming van de diverse vertrekken en ze probeerden zich voor te stellen hoe het moest zijn geweest in zo'n kasteel te wonen.

Na een poosje ging Nell op een muur naast een lage boomtak zitten. Drew ging tegenover haar op een grote rechthoekige steen zitten. De grote steen hoorde daar niet. Het was dezelfde soort steen als waarvan de muren waren opgetrokken, maar hij was te groot om een van de stenen van de muur te zijn geweest. En hij behoorde ook nergens anders bij. Hij vormde een geheim net als het mysterie van de bewoners van het kasteel en het geheim van het dorp dat beneden aan de rivier lag.

"Mijn vader is nogal met je ingenomen." Nell's opmerking deed hem weer tot de werkelijkheid terugkeren.

"Waarom denk je dat?"

"Dat zal ik je vertellen." Nell trok de lage boomtak naar zich toe en speelde met de bladeren terwijl ze praatte; ze veegde ze schoon en maakte er een waaier van. "Papa houdt van iedereen, maar in zijn waardering voor hen is hij nogal kieskeurig. Jou waardeert hij. Als dat niet het geval was geweest, had hij je nooit met Jenny en mij alleen gelaten een paar dagen geleden."

"Ik ben blij dat hij dat deed."

"Ik weet niet wat hij in jou ziet," zei Nell, haar neus optrekkend.

Drew fronste. "Waarom zeg je dat?"

Nell liet de bladeren los en de tak sprong omhoog. Ze legde haar handen op de rand van de muur en leunde voorover. "Je hebt geen beroep, geen toekomst en geen persoonlijk geloof. Ik weet niet eens of je wel in God gelooft."

"Natuurlijk geloof ik wel in God," protesteerde Drew.

"O ja? Wat geloof je dan eigenlijk? Vertel mij eens over je God."

"Ja." Drew dacht snel na. Nog nooit eerder had iemand hem gevraagd zijn geloof onder woorden te brengen. Hij ging ervan uit dat hij wel geloof had; in ieder geval dacht hij dat hij wel een soort geloof had, maar om dat nu onder woorden te brengen was heel iets anders.

"Ik wacht." Er klonk een zelfingenomenheid in Nell's stem door die Drew woedend maakte.

"Wel, in ieder geval bevindt Hij zich daar!" Drew wees omhoog.

Nell keek op. "In de bomen?"

Ze stak de spot met hem. "Natuurlijk niet. Hij is in de hemel!"

"O juist," zei Nell. "En wat doet Hij dan de hele dag in de hemel?"

Daar had Drew nog nooit over nagedacht. De enige beelden die bij hem boven kwamen, waren die van de Griekse mythologie, waarin de goden promiscueus en hatelijk waren en er behagen in schepten het leven van de mens te bemoeilijken. "Hij verhoort gebeden en doet andere dingen die bij Hem horen," stamelde Drew.

"Dingen die bij Hem horen." Nell onderdrukte een giechel.

"Jazeker, dingen die bij Hem horen. Hoe kan ik nu weten wat dat voor dingen zijn. Ik ben nooit in de hemel geweest!" Drew sprong van zijn steen op en liep van de geamuseerde predikantsdochter vandaan. Hij deed slechts een paar stappen en zei toen: "Heb je me hier gebracht om me voor de gek te houden?"

Nell hield op met giechelen. Ze greep weer naar de boomtak. "Nee, het spijt me." Ze begon bladeren af te trekken. "Dat was gemeen van me. Alleen vind ik het vreemd dat iemand die op reis een Bijbel bij zich draagt er zo weinig van af weet."

"Misschien wil ik er wel meer uit leren."

Nu was het Nell's beurt zich beschaamd te voelen. Ze staarde naar de bladeren die ze er een voor een aftrok. "Als je werkelijk de Bijbel wilt leren kennen, dan is mijn vader de persoon die je daarbij kan helpen," zei ze.

"Dat weet ik." Drew was blij met de wending van het gesprek waardoor de aandacht niet langer op hem viel. Hij liep terloops naar Nell toe en ging naast haar op de stenen muur zitten, maar niet al te dichtbij. "Hij heeft me vanmorgen werkelijk verbaasd. Hij kan veel beter preken dan ik dacht."

"De meeste mensen zijn verbaasd." Nell glimlachte met nauwelijks verborgen trots.

"Heeft je vader op de universiteit gezeten?"

Nell schudde haar hoofd. "Nee, alles wat hij geleerd heeft, heeft hij geleerd van zijn vader in een schoenmakerij."

"Maar hij kent de Bijbel zo goed. En hij kan ook zo goed preken." Er schoot Drew iets te binnen. Hier deed zich een kans voor om iets over de hulpprediker te weten te komen. "Ik denk dat hij ook wel goed zal kunnen schrijven," zei hij.

Nell lachte. "Nee," zei ze. "Mijn vader is alleen verbaal maar goed. God heeft hem gezegend met grote welsprekendheid. Maar als hij moet schrijven, brengt hij er weinig van terecht. Ik denk dat hij dat te serieus neemt en er te veel zijn best op doet.

De vis beet niet. Daar de predikant zo welbespraakt was, dacht Drew dat hij wel één van die beruchte puriteinse pamfletschrijvers zou kunnen zijn, misschien Justin zelf wel. Maar Nell's commentaar liet van die theorie niets over. Tenminste als ze de vraag niet als een valstrik had gezien en haar vader beschermde.

Het gesprek verliep. Geen van beiden leken haast te hebben om te vertrekken, maar ze wisten niet meer waarover ze konden praten. Nell was de eerste die het zwijgen verbrak.

"Drew, wat wil jij eigenlijk met je leven?"

Dit is niet een vrouw om zomaar even een praatje mee te maken, dacht Drew. *Eerst vraagt ze me over God en nu wil ze weten wat het doel van mijn bestaan is. Dit is bepaald geen vrijerspraatje.* Hij was die dag al eerder het doelwit van Nell's spot geweest en hij was nu dan ook voorzichtig. "Dat weet ik werkelijk niet," zei hij.

"Over wat soort dingen droom je dan?"

Hij keek haar strak aan. Er lag geen spottende trek op haar gezicht. Haar ogen stonden zacht en vragend. "Ik weet niet of ik je dat wel wil vertellen," zei hij.

Nell's ogen en mond stonden teleurgesteld. Ze sprong van de muur. "We moesten maar teruggaan," zei ze.

"Nell!" smeekte Drew. "De dingen waarvan ik droom kunnen nooit uitkomen."

"Waarom niet?"

Drew aarzelde. Hij wilde eerlijk tegen haar zijn, maar hij wist dat als hij dat zou zijn hij zichzelf kwetsbaar zou opstellen. *Als ze eens zou gaan lachen?* "Ze kunnen niet uitkomen, omdat..." Hij zweeg en keek haar aan. Ze luisterde gespannen en ernstig. "Ze kunnen niet uitkomen, omdat ze tot het verleden behoren. Ik droom over het verleden."

Nell glimlachte. Het was niet de glimlach van iemand die op het punt staat toe te slaan. Haar glimlach was warm en begrijpend; het soort glimlach dat zegt: "Bedankt dat je je gevoelens met mij hebt willen delen." Drew werd er helemaal warm van. "Is het een bepaalde tijdsperiode?" vroeg ze.

Nu hij eenmaal zover was gegaan, kon hij ook wel verder. "Deze periode," zei hij op de stenen wijzend. "Het tijdperk van Camelot en koning Arthur. Het riddertijdperk en van macht en recht. Ik denk dat ik daar zo gek op ben omdat alles veel eenvoudiger was. Je wist wie er goed en slecht was. Mannen vochten om van de wereld een betere plaats te maken en niet alleen maar om hun huis groter te maken dan dat van iemand anders, of om zich beter te kunnen kleden of zodat hun vrouwen kostbaarder edelstenen zouden kunnen dragen."

"Je bent een idealist!" riep Nell uit, duidelijk haar verbazing tonend. "Dat is in deze tegenwoordige wereld niet zo erg eenvoudig."

"En zeer zeker ook niet erg realistisch."

Nell keek naar hem met een uitdrukking op haar gezicht die hij nog nooit eerder had gezien. Het was een blik van bewondering.

"En nu is het jouw beurt," zei Drew. "Waar droom jij van?"

Nell draaide zich om om te vertrekken. "We moeten nu werkelijk teruggaan."

Drew versperde haar de weg. "Nee, nee, dat is niet eerlijk. Waar droom jij van?"

Ze probeerde om hem heen te lopen. Drew greep haar bij haar schouders. Haar ogen schoten vuur alsof ze een zwaard trok. Had hij een fatale fout begaan? Kennelijk was haar reactie een reflex geweest want even later was haar woede verdwenen. Ze keek hem in de ogen. Nu was het haar beurt om te besluiten of ze zichzelf kwetsbaar wilde opstellen. Ze glimlachte en wendde zich van hem af zodat ze hem niet aan behoefde te kijken als ze sprak.

"We hebben iets gemeenschappelijks," zei ze zacht. "Ik ben ook een idealist. We verschillen in het feit dat jij over het verleden droomt en ik over de toekomst. Ik droom van een plaats waar mensen zonder vrees kunnen spreken en niet gedood worden om wat ze zeggen. Ik droom van een land waar eerlijkheid de nationale erfenis is en waar mensen meer moeite doen om vrienden te krijgen dan om weelde te verzamelen." Ze keek snel over haar schouder om zijn reactie te peilen voor ze verder ging. Ze speelde met de tak waar ze al eerder blaadjes vanaf had getrokken. Haar stem was nog zachter toen ze verder ging: "Ik droom van een gemeenschap waar God koning is en waar alle mensen God en elkaar zullen liefhebben. Daar bestaat geen wacht, geen gevangenis en geen gerechtshof. Die zijn niet nodig omdat iedereen net zo bezorgd is over de ander als over zichzelf. En iedereen leeft in vrijheid... vrij van haat, vrij van vrees, in de vrijheid lief te hebben en bemind te worden." Nell liet haar opgevouwen blad op de grond vallen. "Nogal idealistisch, hè?"

Ook Drew sprak nu zacht: "Als je die gemeenschap gevonden hebt, moet je me dat laten weten. Ik zou daar ook graag willen wonen."

Toen Drew Morgan en Nell Matthews de kasteelruïne verlieten, strekten de schaduwen van de late namiddag zich op de hellingen naar het stadje uit, als reusachtige armen die de richting naar huis en de werkelijkheid wezen. Ze liepen zwijgend naast elkaar. Soms raakten hun armen en handen elkaar aan. Drew wilde haar hand vastpakken maar hij deed het niet.

"Dankjewel dat je me hier gebracht hebt," zei hij.

Nell's antwoord was een glimlach. Voor Drew was dat beter dan woorden. Hij had nooit geweten dat je zulke goede gevoelens kon krijgen door iemand te laten glimlachen.

Toen ze naar beneden liepen naar de stad, ving Drew een glimp op van Christopher Matthews die uit de deur van de kerk te voorschijn kwam. Waarom moest alles toch zo ingewikkeld zijn? Om de eer en de glorie te krijgen waarnaar hij zo verlangde, moest Drew de onwettige praktijken van de hulpprediker aan het licht brengen. Daarbij had hij echter geen rekening gehouden met het feit dat hij verliefd zou kunnen worden op de dochter van de predikant.

HOOFDSTUK 14

Op maandagmorgen zou blijken of de goede gevoelens die op zondag door de predikant waren ontstaan van blijvende aard zouden zijn.

Voor de Matthews begon de morgen zoals iedere andere morgen. Christopher Matthews was het eerst op en bad en las in zijn Bijbel. Toen ging hij naar buiten en terwijl hij langs het korenveld aan het einde van High Street wandelde, bad hij verder.

Vervolgens stonden Nell en Jenny op. Ze liepen op hun tenen langs de slapende Drew die op de vloer in de woonkamer lag. Hij werd wakker door het geluid dat de meisjes in de keuken maakten en stond haastig op om zich aan te kleden. Het vervelende van zijn verblijf bij de Matthews was zijn gebrek aan privacy. Hij stopte zijn hemd in zijn broek toen Jenny uit de keuken verscheen met een schaal appels in haar handen.

"O!" was alles wat ze zei en ze dook weer haastig de keuken in.

"Al goed. Ik ben al aangekleed," riep Drew haar na.

Om wat voor reden dan ook, ze kwam niet weer tevoorschijn.

Toen Drew zijn dekens oprolde, ging de deur open en de heer des huizes kwam binnen.

"Meester Morgan," riep de predikant, "het is een prachtige morgen die God ons geeft." Voor de meeste mensen was het goedemorgen wensen een ritueel. Ze behoefden er niet bij na te denken en het had absoluut niets te maken met hun mening over die dag. Maar voor de hulpprediker van Edenford lag dat anders. Als Christopher Matthews zei: "Het is een prachtige dag," dan meende hij dat ook. De combinatie van de klank van zijn stem, de twinkeling in zijn ogen en zijn opgetogen glimlach vormden daarvan een overtuigend bewijs.

"Ik heb veel voor je gebeden, jongeman." De predikant klopte Drew op zijn rug. Voordat Drew kon antwoorden, werd de blik van de predikant door iets achter hem gevangen. "Kijk eens aan, is dat geen lieflijk gezicht," riep hij uit.

Jenny was weer uit de keuken tevoorschijn gekomen met dezelfde schaal appels. "Pappa." Ze bloosde van verlegenheid.

Op zijn dochter toelopend omhelsde de predikant zijn jongste dochter met zijn ene arm. "En waar is mijn andere schoonheid?" vroeg hij.

Ook Nell kwam uit de keuken. Misschien kwam het door het licht of door het feit dat er geen bomen of oude muren aanwezig waren, maar de magische uitstraling die haar op de heuvelhelling had omgeven was verdwenen. *Misschien verwacht ik wel te veel,* dacht Drew. *Ze maakt per slot van rekening het ontbijt klaar, en ze schrijdt geen balzaal binnen.*

De predikant omhelsde zijn oudste dochter met zijn andere arm. "Wel, meester Morgan, hoe lang gaat u ons in spanning houden? Blijft u bij ons of gaat u vertrekken?"

Drew sloeg de gezichten van de familie voor hem gade. Vreemd genoeg vertoonde het gezicht van de predikant de meeste hoop. Er was een smekende blik in Jenny's ogen en Nell keek zelfs niet naar hem. Ze keek naar haar vader.

"Wel... als u me wilt hebben... dan zou ik graag blijven."

"God zij geprezen!" riep de predikant uit, zijn dochters nog steviger tegen zich aan drukkend. Toen liep hij op Drew toe om hem te feliciteren.

Drew stak zijn hand uit. Maar de predikant besteedde er geen aandacht aan en omhelsde hem. Hij sloeg hem daarbij zo krachtig op de rug dat hij nauwelijks adem kon halen. Zich tot de meisjes kerend zei hij: "Is dat geen geweldig nieuws?"

"Ja pappa, geweldig nieuws." Jenny's ogen schitterden toen ze sprak.

"Ja, prachtig," zei Nell en ze legde de lepels en vorken op tafel. Haar antwoord hinderde Drew. Er klonk geen enkele emotie in door.

"Ik moet jullie wat bekennen," zei de predikant. Alle ogen werden op hem gericht. "Ik wist al dat je zou blijven."

Drew keek sceptisch.

"Ik wist het omdat God het me gezegd had," zei de predikant. Hij zei het op een manier of het de gewoonste zaak van de wereld was. "Ik hoorde het vanmorgen. Ik liep in het korenveld en God zei me dat je zou blijven." De predikant greep Drew bij zijn schouders en keek hem recht aan. "Jongen, God heeft iets belangrijks voor jou te doen in Edenford."

Drew wist niet of hij de predikant nu wel of niet moest geloven. Geestelijken zeiden altijd dit soort dingen. Ze zeiden altijd dat het Gods wil was dat er een offer gebracht moest worden of dat het Gods wil was dat ze meer zouden gaan verdienen en dergelijke onzin meer. Meestal was het een poging om door Gods gezag in te roepen hun eigen gang te kunnen gaan. Maar zoals Drew had gezien, was Christopher Matthews anders dan al die andere geestelijken die hij kende. Dit was een man zonder bedrog. In alles wat hij zei en deed was hij betrouwbaar en direct. Als Christopher Matthews zei dat God tot hem gesproken had, was er weinig reden om daaraan te twijfelen.

De week zou voor Drew niet beter hebben kunnen verlopen. Alles verliep volgens plan; nee, alles ging zelfs nog beter dan was voorzien. Het was ongelooflijk. Tegen het einde van de week had hij niet alleen het vertrouwen van de mensen gewonnen, maar was hij ook de held van de stad.

Maandag was de dag om het beleid te bepalen. Drew liep met Christopher Matthews mee van werkplaats naar werkplaats en van huis tot huis, waarbij de predikant probeerde de mensen een economisch plan voor te leggen. 's Middags was er een dorpsvergadering om het plan nader met elkaar te bespreken. De vergadering werd in het dorpshuis gehouden, waar ook Drew aan de mannen van Edenford was voorgesteld. Op voorstel van Nell kwamen de vrouwen bijeen in de kerk. Terwijl de mannen aan het beraadslagen waren, baden de vrouwen.

Tijdens de vergadering oogstte de predikant het zaad dat hij die morgen had uitgezaaid. Het gevolg was dat Edenford een werkplan kreeg om de economische crisis het hoofd te bieden.

Om het eenvoudig te stellen, Edenford werd een gesloten economisch systeem. Er werd een graanderij en een voedseldistributieplaats gevestigd die de aanwezige voedselvoorraad van de stad aan al de mensen van de stad eerlijk zou verdelen zonder daarvoor kosten te berekenen. In ruil daarvoor ontvingen de boeren goederen en diensten van de andere handwerkslieden. Het hele stadje ging van een geldsysteem over op ruilhandel. David Cooper werd tot scheidsrechter aangesteld om geschillen te beslechten. Tenslotte werd er nog een stadsbank opgericht, die gefinancierd werd door het geld van de mensen van het stadje. De bank zou goederen kopen die niet door Edenford zelf werden geproduceerd. Bovendien zou de bank de scheepsbelasting in een totaal bedrag betalen, zodat de hoge commissaris niet van huis tot huis behoefde te gaan om de belasting te innen. De bank was de werkelijke test voor de samenhorigheid van het dorp. De overeenkomst om gezamenlijke actie te ondernemen was één ding, maar al je geld storten in een gezamenlijke schatkist was nog heel iets anders. Niettemin deden ze dat.

Het gevoel van saamhorigheid en bereidwilligheid onder de mensen was indrukwekkend. Dit was voornamelijk te danken aan de predikant. Tijdens de hele gang van zaken bedacht Drew dat dit nooit mogelijk geweest zou zijn in Winchester of Londen. Hij herinnerde zich hoe de compagnons van zijn vader als hongerige haaien door het financiële water zwommen en rondcirkelden om de zwakke plek in de positie van de ander te vinden. Het enige dat soms nodig was, was angst in één van de hunnen te bespeuren. Dan vielen ze gezamenlijk aan en ze trokken pas terug als het slachtoffer volkomen berooid achterbleef en als een afgedankt karkas aan de kant gegooid werd.

De dorpsvergadering verliep niet helemaal vreedzaam. Toen Edward Hopkins zijn mening over de scheepsbelasting naar voren bracht, ontstond er grote beroering. Hopkins was de donkerharige, boze man geweest die James Cooper tijdens de worsteling in de nierstreek gestompt had. Hij beweerde dat hij had gehoord dat de steden Witheridge, Halberton en Crediton net zo door de koning waren behandeld en dat ze net zo woedend waren geworden. Daar spraken ze over verzet, zonodig gewapend verzet. Alleen waren ze, zo zei Hopkins, geen partij voor het leger van de koning. Maar als al de plaatsen van Devonshire samen op zouden trekken, dan konden ze een leger in het veld brengen dat de koning tot andere gedachten zou kunnen brengen.

Heel wat mannen in Edenford, waaronder James Cooper, steunden dit plan van gewapend verzet en heel wat mannen gaven zich op voor het te vormen leger. Toen stelde er iemand voor de hoge commissaris te gijzelen als hij de belasting kwam innen. De toenemende woede bedaarde toen iemand erop wees dat de gijzeling van de corpulente ambtenaar tot niets zou leiden. Hij zei dat de scheepsbelasting veel minder zou zijn dan het bedrag dat gemoeid zou zijn met het voeden van de gevangen genomen commissaris.

Het gelach duurde echter maar even en de steun voor het voorstel tot gewapend verzet werd steeds groter. David Cooper stond op en verklaarde zich een tegenstander van gewapend verzet. Op dat moment zag Drew dat de haaien begonnen rond te zwemmen. Aannemende dat zijn redenering op angst gebaseerd was, vielen ze aan. Het begon met insinuaties over de moed van de schoenmaker. Hopkins beschuldigde Cooper ervan konings-gezind te zijn, de gezant van de koning die zijn getergde onderdanen moest uitzuigen. James Cooper sprong van zijn stoel op. Voordat iemand hem kon tegenhouden, zat hij de donkerharige Hopkins op zijn huid. Dat was de vonk in het kruitvat, en er ontstond een hevige ruzie. Een boer greep David Cooper bij zijn hemd en balde zijn vuist. De schoenmaker was hem te vlug af. Met een vuistslag sloeg hij hem tegen de grond en viel toen boven op hem. Ze rolden als een kegelbal over de vloer en sloegen verscheidene andere vechtende mannen tegen de grond.

BANG!

Het geluid van een musketschot weerkaatste tegen de houten wanden van de schuur. Iedereen verstijfde, maar niemand liet de ander los. De geur van kruitdamp trok door de ruimte en iedereen probeerde te zien wie de schutter was geweest. Boven het hoofd van de predikant van Edenford steeg een wervelend rookwolkje op.

Het was de enige keer dat Drew Christopher Matthews een wapen zag vasthouden. Een wapen scheen niet bij hem te horen, net zo min als een kruisboog bij bisschop Laud. Het wapen was een pistool dat de predikant hoog boven zijn hoofd hield en op het plafond gericht hield. Drew had er geen idee van waar het wapen vandaan kwam of van wie het was.

Met zijn pistool zwaaiend zei de predikant: "Denken jullie dat we zo onze problemen kunnen oplossen? Denken jullie werkelijk dat we een betere wereld kunnen maken door degenen met wie we het niet eens zijn te doden?"

Hij had wel hun aandacht, maar niemand ging weer zitten. Als personen op een schilderij stonden ze bewegingloos, maar ze hielden elkaar met gespannen spieren en rode, vochtige gezichten vast. Iedereen keek naar Christopher Matthews die op het podium boven hen uittorende met beide armen in de lucht geheven en nog steeds het pistool in zijn rechterhand.

Heel langzaam kwam het schilderij tot leven. Zonder verontschuldiging lieten mannen elkaar los. Maar pas toen iedereen weer was gaan zitten, liet de predikant zijn armen zakken en zijn wapen vallen. Met een doffe dreun viel het op de houten vloer. "We hebben wapens die krachtiger zijn dan geweren. We hebben de wapens van God: gebed en geloof!"

"Het gebed zal de koning er niet van weerhouden ons belasting op te leggen!" schreeuwde Hopkins.

"Wie denk je dat er sterker is, de koning van Engeland of God?" riep Matthews terug. "Met de wapens van God versloeg Mozes de machtige farao van Egypte. Met Gods wapens deed Jozua de muren van Jericho vallen en trok hij het Beloofde Land binnen. Met Gods wapens stond de zon stil, viel het vuur van de hemel en stonden mannen uit de dood op. Wat heeft de koning van Engeland dat daarmee vergeleken kan worden?"

Niemand gaf antwoord.

Matthews vervolgde: "'Niet door kracht, noch door geweld, maar door mijn Geest zal het geschieden, spreekt de Heere der heerscharen!' Ik kies ervoor om met de wapens van God te strijden. Wie wil mij daarin volgen?"

De predikant liep naar het midden van het gebouw en knielde neer om te bidden. Zonder wat te zeggen, knielden de verzamelde mannen van Edenford één voor één rond hun predikant. Eerst David Cooper, toen Cyrus Furman, gevolgd door de vrijgezellen Manley en Dudley, toen James Cooper. Zelfs Edward Hopkins knielde neer. De hele mannelijke bevolking van Edenford verootmoedigde zich met Christopher Matthews voor God.

Alleen Drew bleef staan. Hij was alleen en bleef tegen de buitenste muur leunen. Hij overwoog om zich bij hen aan te sluiten, maar besloot dat het daarvoor nog te vroeg was.

Hij keek met ontzag naar de predikant. *Wie is die man eigenlijk?* Nog nooit tevoren had hij iemand gezien die zo'n macht over anderen had. *Hoe krijgt hij dat voor elkaar? Komt het door de woorden die hij gebruikt?* Op zeker moment was het duidelijk geweest dat hij de Schrift geciteerd had. *Hebben Bijbelwoorden zo'n grote uitwerking? Hebben ze soms een soort toverkracht?*

Toen de mannen aan het bidden waren, besefte Drew het verschil tussen bisschop Laud en Christopher Matthews. De dingen die zij met elkaar gemeenschappelijk hadden waren altijd al duidelijk geweest: ze aanbaden beiden dezelfde God. Beiden lazen de Bijbel. Hoewel hun opvattingen hen tegenover elkaar deed staan, waren beiden er vast van overtuigd God te dienen. Maar op deze vergadering kwamen ook hun verschillen duidelijk aan het licht. De bisschop wendde politieke macht aan als een zwaard om God, zijn positie in de kerk en zichzelf te verdedigen. De predikant daarentegen geloofde dat God bij machte was Zichzelf te verdedigen. In plaats van God te beschermen, zocht de predikant bescherming bij God.

Toen het laatste amen weerklonken had, werd er nog een laatste besluit genomen. Donderdag werd uitgeroepen tot een bid- en vastendag voor alle mannen en vrouwen van Edenford. Ook dit was een idee van de predikant. "Op donderdag zal ons vlees en brood bestaan uit gebed en smekingen tot God. We zullen onze kracht in Hem zoeken," zei hij. En met een grijns voegde hij daaraan toe: "We zullen het niet overdrijven. We zullen geen geestelijke vervetting oplopen!"

Op dinsdag kreeg de stad een terugslag.

Alles begon goed. De nieuwe regelingen werden ten uitvoer gebracht en David Cooper bemiddelde tussen de kooplieden en de boeren voor een eerlijke ruil tussen goederen en diensten. Ambrose Dudley werd gekozen tot bankier van de stad. Er werd een raad van vijf mannen gekozen om vast te stellen wat er aangekocht moest worden en hoeveel geld er uitgegeven zou kunnen worden.

Ondanks de verslechterende toestand was men vol goede moed. De meeste gezinnen konden slechts één of twee keer per week vlees eten en sommige helemaal niet. Velen van hen moesten het stellen met een waterige groentesoep en brood dat zo dun gesneden was dat het wel op perkament leek. Moeders bereidden zich voor op de veranderingen bij hun kinderen. Ze zouden holle wangen krijgen, gele ogen en een grauwe huid. Drew herinnerde zich hoe kinderen er dan uit zagen. Hij had zulke kinderen gezien in de stegen van Londen. Hij had er nooit veel aandacht aan geschonken, omdat hij ze maar heel kort gezien had als hij te paard of in het familierijtuig langs hen heen reed. Maar nu zou hij te midden van hen leven. Hij moest bedenken dat het slechts tijdelijk zou zijn. Het zou niet lang duren voor hij weer terug zou zijn in London House en aan de tafel van de dikke kok zou zitten.

Door het gebrek aan hout zouden huizen niet gerepareerd kunnen worden en lekkende daken konden evenmin hersteld worden. Een delegatie onder leiding van Christopher Matthews ging op weg naar het landhuis van lord Chesterfield met het verzoek om een aantal bomen uit het bos te mogen gebruiken voor de meest noodzakelijke reparaties. Chesterfield ontving ze vriendelijk maar wees hun verzoek af. Als hij ze toestond zijn bomen om te hakken, zo verklaarde hij, dan zouden zijn dieren voor de jacht daar niet meer kunnen leven.

Drew kreeg op dinsdag voor het eerst een echt hongergevoel. Niet het gevoel van het-wordt-tijd-dat-ik-weer-eens-iets-eet, maar het soort honger dat een mens verzwakt en dat aan de hele persoon knaagt. Drew bemoedigde zichzelf door zich wijs te maken dat het bij zijn man worden behoorde. *De ridders van de Tafelronde kenden ook ontbering en honger,* zo redeneerde hij. *Als zij ontbering konden lijden dan kan ik dat ook. En bovendien, hongerlijden te midden van een stad vol hongerenden, past goed in mijn plan.*

De terugslag op die dinsdag kwam toen werd ontdekt dat Rose Furman was overleden. Drew vergezelde de predikant op zijn ronde langs de huizen. Toen ze het huis van de Furmans binnen gingen, vonden ze daar de oude Cyrus in zijn schommelstoel heen en weer wiegend met de sterk vermagerde Rose in zijn armen.

Drew had wel eens gehoord dat oude mensen zich dikwijls weer als een kind gingen gedragen. Hij dacht dat Cyrus zijn seniele vrouw in slaap zat te wiegen. Maar toen hij dichterbij kwam zag hij dat haar ene oog half open was en dat haar ledematen verstijfd waren. Ze moest al enige tijd dood zijn.

"Ik had het moeten vertellen," huilde Cyrus. "Maar ik wist dat jullie haar dan zouden weghalen." Hij veegde een paar dunne grijze haarslierten uit haar ogen achter haar oor. "Drieënveertig jaar. We zijn drieënveertig jaar bij elkaar geweest. Als ik haar laat gaan is dat voorbij. Ik wilde alleen maar dat het nog even zou duren."

Christopher Matthews legde zijn hand op Cyrus' schouder. "Je mag haar zo lang als je wilt vast blijven houden."

Maar dat was nu niet belangrijk meer. Op het laatste intieme moment tussen een man en zijn vrouw waren Drew en Matthews plotseling tussenbeide gekomen en dat moment was nu voorbij. Voor altijd.

Het nieuws van het overlijden van Rose Furman drukte zwaar op het dorp. Het was niet de dood op zich die hen terneer drukte; voor de inwoners van Edenford was de dood een onwelkome maar vaak langskomende gast. Het was de dood van Rose. Omdat de Furmans geen kinderen konden krijgen, waren ze helemaal op elkaar aangewezen geweest. Het was wel een wat vreemd en amusant echtpaar geweest. Rose was een sterke en vastberaden persoonlijkheid geweest terwijl Cyrus nogal gemakzuchtig, traag van begrip en onhandig was. Zij ging te keer en klaagde, hij grijnsde wat en haalde zijn schouders op, maar ze hadden veel van elkaar gehouden. Drieënveertig jaar hielden ze van elkaar en de bevolking kon zich de één maar moeilijk voorstellen zonder de ander.

Als ze niet afgeleid zouden zijn geworden door het wonder op woensdag zou de bevolking voor maanden over het verlies getreurd hebben.

Woensdag was de tweede volle dag dat Drew aan het handje van de predikant van Edenford mocht meelopen. Net als de vorige dag maakte de predikant Drew om vier uur wakker voor Bijbelstudie en gebed. Sinds Drew in Edenford was aangekomen, was de predikant twee belangrijke dingen over Drew te weten gekomen: ten eerste dat Drew geen christen was en ten tweede dat hij van avonturen hield, zeker als het op lezen aan kwam. Hij gebruikte dat laatste om aan het eerste tegemoet te komen. De predikant koos het leven van Paulus als onderwerp voor hun Bijbelstudie. Op de eerste dag van hun studie had de predikant Drew Handelingen 27 laten voorlezen, het verslag over Paulus' schipbreuk in de Middellandse Zee. Drew werd gefascineerd door alle nautische gegevens in het verhaal, zoals bijvoorbeeld de door ongunstige wind veroorzaakte passage door de luwte van Cyprus en Kreta; de mislukte onderneming om Fenix te bereiken, een haven die zowel toegang gaf tot het noordwesten als het zuidwesten, waar het schip zou kunnen overwinteren; en het tijdens de storm ondergorden van het schip met touwen om het bij elkaar te houden. Hij werd ook geïntrigeerd door de avontuurlijke geest van Paulus. De apostel leek niet op de geestelijken van Engeland die zich achter kerkmuren van de wereld afzonderden, toga's droegen en vergaderingen bezochten en klaagden dat de Engelsen niet meer geïnteresseerd waren in godsdienst. Bij de apostel Paulus was van dit alles echter niets te bespeuren. Het idee van een avontuurlijke prediker vond Drew wel vreemd, maar het intrigeerde hem eveneens.

De Bijbellezing van die woensdagmorgen ging over Paulus' verdediging van zijn bediening in 2 Korinthe 11:22-33. "Zijn zij Hebreeën? Ik ook. Zijn zij Israëlieten? Ik ook. Zijn zij het zaad Abrahams? Ik ook. Zijn zij dienaars van Christus? (ik spreek onwijs zijnde): ik ben boven hen: in arbeid overvloediger, in slagen uitnemender, in gevangenissen overvloediger, in doodsgevaar menigmaal. Van de Joden heb ik veertig slagen min één, vijf maal ontvangen. Driemaal ben ik met roeden gegeseld geweest, eens ben ik gestenigd, driemaal heb ik schipbreuk geleden, een ganse dag en nacht heb ik in de diepte doorgebracht. In het reizen menigmaal in gevaren van rivieren, in gevaren van moordenaars, in gevaren van mijn geslacht, in gevaren van de heidenen, in gevaren in de stad, in gevaren in de woestijn, in gevaren op de zee, in gevaren onder de valse broeders; in arbeid en moeite, in waken menigmaal, in honger en dorst, in vasten menigmaal, in koude en naaktheid. Zonder de dingen die van buiten zijn, overvalt mij dagelijks de zorg van al de gemeenten. Wie is er zwak, dat ik niet zwak ben? Wie wordt er geërgerd, dat ik niet brande? Indien men moet roemen, zo zal ik roemen de dingen mijner zwakheid. De God en Vader van onze Heere Jezus Christus, Die geprezen is in der eeuwigheid, weet dat ik niet lieg. De stadhouder van de koning Arétas in Damascus bezette de stad der Demaskenen, willende mij vangen. En ik werd door een venster in een mand over de muur nedergelaten, en ontvlood zijn handen."

Terwijl zij op de weg langs het korenveld liepen, bespraken de predikant en zijn leerling het gelezen Bijbelgedeelte. Het was al laat in het seizoen en de halmen waren bruin en zwaar. De morgenlucht was kil genoeg om tijdens hun spreken kleine wolkjes te vormen.

"Ik kan me maar nauwelijks voorstellen dat hij dit alles kon verdragen. Waardoor bleef hij op de been? Waar zocht hij eigenlijk naar?" vroeg Drew.

"Paulus bleef op de been niet omdat hij naar iets *zocht*, maar omdat hij iets *gevonden* had."

"Dat begrijp ik niet."

"Ja, dat weet ik. Je begrijpt het niet omdat je nog op zoek bent naar datgene wat Paulus gevonden had."

"Wat had hij dan gevonden?"

De predikant glimlachte. "Iets dat waard is om voor te leven en voor te sterven."

"Zijn geloof in Jezus, dat bedoelt u toch?"

De predikant bleef staan en bekeek zijn student. De vraag van Drew was theoretisch, niet levensveranderend. Hij liep verder. "Paulus' geloof in Jezus Christus veranderde hem zo volkomen dat hij de rest van zijn leven de toenmaals bekende wereld door reisde en alle ontberingen en beproevingen die dat met zich meebracht verdroeg, om anderen over zijn ontdekking te vertellen."

"Ik begrijp het nog steeds niet. De mensen wilden niet naar hem luisteren. Ze ergerden zich aan zijn boodschap. Wat bereikte hij eigenlijk?"

"Zolang je niet ervaren hebt, wat Paulus meemaakte, zal je het niet begrijpen. Geloof me, daar is alle reden voor. Op zeker moment zal jij dat ook gaan inzien en dan zal je hem begrijpen."

Na het ontbijt en het gebed met Nell en Jenny, hielp Drew de predikant met het verzamelen van informatie voor zijn maandelijkse verslag aan lord Chesterfield. Om een volledig verslag te maken moesten ze alles wat met de wolindustrie in Edenford te maken had, nagaan, van de schapenfokkerij tot de opslag van wollen stoffen.

De schaapherders gaven hem het aantal stuks op, het aantal schapen dat door roofdieren verloren was gegaan (met uitleg, want het was de bedoeling dat de herders de schapen zouden beschermen), en het aantal lammeren dat geboren was. Dieren waarvan aangenomen werd dat ze ziek waren, moesten geïnspecteerd worden. Alles werd op aanwijzing van Christopher Matthews nauwkeurig door Drew opgeschreven.

De spinnewielen stonden in de woonhuizen. Ieder huis werd bezocht en de totale produktie van iedere werker werd genoteerd. Toen waren de weefgetouwen aan de beurt. Die stonden allemaal in één gebouw opgesteld. Ook hier werd de produktie genoteerd en tevens werd de staat van de weefgetouwen bekeken. Een lijst van noodzakelijke reparaties werd aan het rapport toegevoegd.

De twee mannen moesten het dorp weer door om van de weefgetouwen naar de wolpersen aan de rivier naast de zuidelijke brug te komen. Drew had zich nooit gerealiseerd dat er zoveel werk verzet moest worden om eenvoudige wollen kleding te maken. Voor de Morgans was het altijd een kwestie geweest van een bediende naar de stad sturen om het benodigde materiaal te krijgen. De bedienden naaiden dan hun eigen kleren. De kleding voor het gezin Morgan werd natuurlijk in Londen bij de betere kledingzaken gekocht.

Bij de vollermolens zag Drew het gevaar dat aan het maken van kleding verbonden was. Daar werd het materiaal verdicht en gevold door het te spoelen en te pletten. Als de stof gespoeld was, werd het eruit getrokken en geplet met houten pennen die er als reusachtige tanden uitzagen. De molen trok de stoffen met zo'n kracht naar zich toe dat, als iemand te dichtbij stond, de tanden een kledingstuk van iemand zou kunnen grijpen wat een zekere dood zou betekenen. In eerste instantie leek het erop dat het proces de stof zou beschadigen, maar het eindprodukt bewees dat dit niet het geval was.

Het gevolde laken werd dan naar buiten gebracht en op rekken langs de rivieroever geplaatst. Ieder stuk was ongeveer twintig meter lang. De lange stukken wit doek hingen in de wind te drogen. Vervolgens werd het laken heet geperst, gevouwen, dan koud geperst en opgeslagen voor transport naar Exeter. Andere stukken laken gingen eerst naar de verfbaden voordat ze geperst werden.

De verfbaden stonden aan de westzijde van het dorp in een groot houten gebouw dat grensde aan de weidegronden die zacht glooiend omhoog liepen naar de heuvels. Rekken met gekleurde stoffen stonden over het veld verspreid en gaven het landschap het aanzien van een lappendeken van blauw, groen, geel, zwart en rood.

Er waren maar vier baden met kleurstof, één voor iedere primaire kleur en één voor zwart. De groene stof werd gemaakt door het laken eerst in het gele en dan in het blauwe verfbad te dompelen. Het blauwe, gele en zwarte verfbad stonden in een grote ruimte. Het rode verfbad stond in een aparte ruimte. Deze kleurstof varieerde het meest en moest daarom grotere aandacht hebben.

Om de stof te verven werd het laken tussen twee horizontale palen uitgestrekt die door twee mannen werden rondgedraaid, één aan iedere paal. Het laken werd in het bad neergelaten door de ene paal te ontrollen en weer uit het verfbad gehaald door de andere paal op te rollen. Als de stof helemaal ontrold was, werd het proces nog een keer herhaald. Op die manier werd de stof net zolang ondergedompeld tot het de gewenste kleur had. Een kolenvuur onder de verfbaden verhitte de kleurstof bijna tot het kookpunt waardoor de kleurstof vloeibaar bleef.

Toen Drew en Matthews de ruimte met de drie verfbaden binnenliepen, herkende Drew onmiddellijk één van de arbeiders bij het blauwe verfbad aan zijn rode haar. Het was de heetgebakerde James Cooper die op het platform stond en één van de palen ronddraaide. Aan zijn voeten zat een kleine jongen. Drew nam aan dat het zijn broertje was, want hij had het jongetje 's zondagsmiddags gezien op de dorpsweide bij de familie Cooper. De andere arbeider had Drew voor zover hij wist nog nooit eerder gezien.

"Goedemiddag, James, William," groette de predikant toen hij het jongetje op het platvorm zag zitten met enige verbazing: "En de kleine Thomas."

"Dag, meester Matthews!" Thomas zwaaide enthousiast.

"Dominee," groette de roodharige plichtsgetrouw. Hij keek niet naar hen. Zijn ogen waren gericht op de man aan de andere kant van het bad. Het was een grimmige blik, wat Drew niet verbaasde. Iedere keer dat Drew de roodharige reus had gezien had hij ruzie met iemand.

"Goedemorgen dominee," zei William en ging door met het ontrollen van het laken. Het laken moest in beweging blijven, zodat het gelijkmatig geverfd werd.

"Wat doet Thomas hier," vroeg de predikant.

James rolde de stof verder op en zei: "Moeder legt mevrouw Furham af voor de begrafenis en vader houdt zich bezig met de kleermakers en de boeren. Dus werd ik met hem opgescheept." De donkerblauwe stof gleed zachtjes door het bad. Blauwe verfvlekken op het platvorm lieten zien dat het niet altijd zo gemakkelijk ging.

"Denk je dat het daarboven bij jou op het platvorm een goed plaatsje voor hem is?"

"Dat is de enige manier om hem in de gaten te houden."

De predikant keek om zich heen. "Ik denk dat je gelijk hebt. Maar wees voorzichtig. Hoeveel banen heb je vandaag gedaan?"

James spuwde het antwoord bijna uit. "Twee." William bleef naar beneden kijken en ging door met het ontrollen van het doek.

"Is dat alles?"

"Dat is alles," antwoordde James met opeengeklemde tanden.

De predikant bukte zich om onder de kuip te kijken. "Ik zie al wat eraan mankeert. Het vuur is bijna uit. De kolen gloeien nauwelijks." Hij richtte zich weer op. "Waarom is het vuur bijna uit?"

De beide werkers begonnen ogenblikkelijk te schreeuwen en gaven elkaar de schuld voor het uitgaande vuur.

De predikant stak zijn handen op om ze tot bedaren te brengen. "Het kan me niet schelen wiens fout het is. Dat moeten jullie in alle rust en vrede" – hij legde de nadruk op het woord *vrede* – zelf maar uitmaken. Maar zodra jullie klaar zijn met dat doek moet je het vuur weer opporren. Begrepen?"

"Ja mijnheer," zei William. James knikte en staarde nog steeds naar zijn medewerker.

Matthews keek nog een ogenblik naar de beide mannen en besloot dat de zaak was geregeld. Hij liet Drew zien waar hij de uitkomst van het blauwe bad moest noteren en keerde zich naar het gele bad om na te gaan wat daar gepresteerd werd.

Drew noteerde het aantal. Toen hij weer naar de werkers aan de blauwe kuip keek, waren die juist aan het einde van hun baan gekomen.

"Nog een keer," zei William.

James schudde zijn hoofd. "Het is klaar."

"Nog een keer."

"Nee!"

William begon zijn stok weer op te rollen voor nog een bad, maar James hield zijn stok stevig vast. De lus in het laken werd strak getrokken en het blauwe doek kwam uit het verfbad omhoog. William gaf een ruk aan zijn stok. Blauwe spetters vlogen in het rond en vielen op de vloer.

Dat bracht James op een idee. Hij liet de stok door zijn hand rollen en het doek gleed weer in het bad. Hij wilde William laten denken dat hij toegaf. Juist op het moment dat het doek weer onder de oppervlakte verdween gaf de roodharige reus een harde ruk aan zijn stok. Het was zijn bedoeling het doek plotseling strak te trekken en William onder de blauwe verf te sproeien, maar het plan werkte anders uit. Het doek kwam strak te staan en de verf vloog in het rond. Alle verf viel op James en zijn broertje.

William werd bijna hysterisch van het lachen om de mislukte poging van zijn medewerker. Drew stemde met hem in. James en Thomas zagen eruit of ze door een lading bramen bekogeld waren.

Thomas huilde, ten dele door de verrassing, maar ook doordat de verf heet was. Hij probeerde het van zijn armen te vegen, wat tot gevolg had dat de verf nu helemaal over hem verspreid werd.

James werd woedend toen William hem en zijn huilende broertje uitlachte. Hij greep de blauwe stof vast en rukte er zo hard mogelijk aan. De paal van William draaide wild rond en deed hem zijn evenwicht verliezen. Hij viel op het platform en bijna in de kuip. Nu was er aan weerszijden van de kuip sprake van woede. William krabbelde weer overeind en greep zijn kant van het doek. Boven het bad met de hete blauwe verf ontstond een touwtrekwedstrijd.

William was geen partij voor de roodharige reus en Drew was bang dat hij in de kuip getrokken zou worden. Vertrouwend op zijn buitengewone kracht trok James William een eindje naar voren, toen trok hij nog wat harder zodat William moest loslaten of erin vallen. Op dat moment liet James het doek met een ruk vieren. Toen William weer overeind stond, trok James hem weer naar voren. William wist dat hij geen partij was, maar hij wilde niet opgeven.

"JAMES, WILLIAM! Houdt daar onmiddellijk mee op!" Het was de predikant. Alle ogen waren nu op het voorval bij de blauwe kuip gevestigd. "Jullie alletwee, loslaten!" schreeuwde hij.

"Hij begon ermee!" schreeuwde James terug. Hij keek naar beneden naar de predikant of hij zijn zaak wilde bepleiten. William zag deze tijdelijke afleiding als een kans. Hij gaf een plotselinge ruk. De roodharige reus raakte er door uit zijn evenwicht, maar slechts heel even. Hij besteedde zijn aandacht weer volledig aan de trekwedstrijd, hij verstevigde zijn greep en plantte zijn voeten weer stevig op de grond.

Plotseling gleed zijn rechtervoet op het natte platform uit en hij verloor zijn evenwicht. Het doek loslatend probeerde hij zich aan de paal vast te grijpen, maar zijn armen sloegen tegen het opgerolde laken aan. Hij probeerde het vast te grijpen maar zijn rechterhand gleed eraf. Ook zijn linkerhand gleed van het laken af, maar hij zag kans de paal te grijpen. Met slechts één hand vast zag hij kans om overeind te blijven, maar daarbij zwaaide hij opzij en duwde kleine Thomas in het hete verfbad.

Het jongetje had geen tijd om te schreeuwen. Hij was ogenblikkelijk beneden het oppervlak verdwenen.

"Thomas!"

James liet de paal los en belandde met een smak op het platform. Op zijn buik over het platvorm schuivend greep hij naar zijn broer in het verfbad.

"Auuuuw," schreeuwde hij, zijn hand uit de hete vloeistof terugtrekkend. Zijn hand zag tot de pols toe helemaal blauw.

Op het moment dat Drew de kleine Thomas in het verfbad zag plonzen liet hij zijn papieren vallen en rende naar de trappen die naar het platform leidden. Toen James in het verfbad greep hield hij hem bij zijn hemd vast om te voorkomen dat hij er ook in zou vallen. James keek verwilderd naar zijn bezeerde hand.

"Je moet hem eruit trekken," schreeuwde Drew hem toe.

"HET IS TE HEET!"

"Als je het niet doet, zal hij sterven!"

James huilde: "Het gaat niet. Hij is toch al dood."

Drew keek naar het oppervlak. Er was geen teken van Thomas te bespeuren. "Ga weg," schreeuwde hij.

"Wat ga je doen?"

"Ga opzij," schreeuwde Drew weer, proberend de reus opzij te duwen.

"James!" Het was de predikant. "Ga opzij!"

Het duurde heel even voor de gezaghebbende stem zijn uitwerking had. James schoof naar de kant van het platform.

Drew viel op zijn buik en stak zijn arm tot zijn schouder in het verfbad. Iedere zenuw in zijn arm protesteerde in pijn en zei hem zijn arm terug te trekken. Met zijn tanden op elkaar geklemd vertrok zijn gezicht van de pijn, maar hij hield zijn arm in het bad en zocht naar de kleine Thomas. Iedere beweging deed de hitte nog toenemen en bezorgde hem nog meer pijn; zijn vingers verdoofden; zelfs als hij de jongen zou vinden, wist hij niet of hij in staat zou zijn hem vast te pakken. Daar! Heel even dacht hij dat hij wat voelde. Drew greep en trok.

Niets.

Nu stond ook de predikant op het platform aan de kant waar William stond. Alle werkers stonden nu om het verfbad heen. Ze bleven op een veilige afstand van de hete zijkanten staan.

"Kijk daar!" De predikant wees naar het midden van de kuip. De rug van een kleine hand dreef midden in de kuip aan het oppervlak. Het was te ver weg.

"Hebben we een lange paal of zoiets?" schreeuwde Drew.

"Daar!" Eén van de arbeiders wees naar een hoek van het gebouw.

Op dat moment verdween de hand weer beneden het oppervlak.

Drew uitte een verwensing. Op William wijzend, schreeuwde hij: "Trek het doek strak!" William greep de paal. De predikant ging naast hem staan om hem te helpen. Hij keerde zich tot James en riep: "Trek het doek strak en houd het goed vast!"

James bleef verslagen zitten en leunde met zijn voorhoofd op zijn blauwe geverfde hand.

Drew sloeg zijn arm weg. "James help me je broer te redden!" De reus keek niet begrijpend naar hem op. Op zijn voorhoofd bevond zich een grote blauwe vlek. "Hij is dood! Ik heb mijn broertje vermoord!" snikte James.

"Hij is niet dood!" Drew greep hem bij zijn hemd en probeerde hem overeind te trekken.

Maar de reus was te zwaar.

"Hij is niet dood," schreeuwde Drew weer. "Help me hem te redden!"

"Niet dood?"

"Niet als jij me helpt!"

Drew's verzekering bracht de reus tot actie.

"Trek het doek strak! Zo strak als je kunt!" schreeuwde Drew.

Eerst trok James langzaam, maar toen vastberadener. De stof kwam uit het verfbad omhoog en werd strak getrokken.

Drew dook onder de paal door en probeerde op de rand van het platform in evenwicht te blijven. Hij plaatste zijn tenen over de rand op dezelfde manier waarop hij in een meer zou duiken. Hij zou slechts één kans hebben. Hij kon het zich niet permitteren uit te glijden.

Hij sprong op het strakgetrokken doek. Het plotselinge gewicht deed William en de predikant grommen, maar ze hielden het doek strak. Het doek was glibberig en wiebelde van de ene naar de andere kant. Zijn armen en benen om het doek slaande probeerde Drew te voorkomen dat hij eraf zou glijden. De hitte van het bad sloeg op hem neer. Hij voelde zich als een varken aan het spit.

"Goed. Laat me nu langzaam zakken!" riep Drew.

Terwijl het doek langzaam zakte, speurde Drew het oppervlak af naar Thomas.

"Stop!" riep hij. "Dat is genoeg!" Drew hing slechts een paar centimeter boven de hete blauwe vloeistof. Om zich in evenwicht te houden spreidde Drew zijn benen en draaide zich naar rechts, waarbij hij zijn heupen midden op het doek hield. Hij dreigde even uit zijn evenwicht te raken. Hij zag kans weer goed te gaan liggen, maar niet voordat zijn linkervoet in de hete vloeistof werd ondergedompeld. Zijn gezicht vertrok van pijn en hij drukte zijn hoofd tegen het natte doek.

"Drew, we zullen je inhalen," zei de predikant zachtjes. "Het is waarschijnlijk toch al te laat. We willen niet ook jou verliezen."

Drew schudde zijn hoofd. "Houdt het doek strak."

De predikant knikte. "Heere, help hem," bad hij.

Drew stak voor de tweede keer zijn arm in de vloeistof. Een brandende pijn golfde door hem heen. De tranen sprongen in zijn ogen toen hij probeerde niet aan de pijn te denken en zich te concentreren op de kleine Thomas.

Daar! Zijn hand voelde iets. Net buiten zijn bereik. Hij strekte zich verder uit en zijn hand botste ertegenaan, waardoor het nog verder buiten zijn bereik kwam.

"NEE," schreeuwde hij. De pijn was meer dan hij verdragen kon. Het werd zwart voor zijn ogen. Hij vermande zich. *Als je buiten bewustzijn raakt, ben je er geweest,* zei hij tot zichzelf.

Hij moest zich verder uitstrekken, maar dat kon hij slechts op één manier doen, en daar voelde hij niets voor. Hij wist ook niet of hij daartoe in staat was. *De jongen is dood. Red jezelf.*

Hij haalde diep adem en plonste toen zijn hoofd, schouder en het bovenste deel van zijn borst in de hete vloeistof. De pijn was ondragelijk. De hete verf vulde zijn oren en sijpelde door zijn oogleden. Zijn ogen brandden. Vaag hoorde hij het geschreeuw van de omstanders aan de andere kant van het oppervlak.

De donkerte die hem omringde was meer dan alleen maar de afwezigheid van licht; het was een brandend hete vloeiende donkerte. Nog een andere donkerte dreigde: bewusteloosheid. Hij vocht ertegen, maar het kwam terug, sterker dan de eerste keer. Er dreigde nog een donkerte: de duisternis van de dood. Het was een vreemde gewaarwording. Het was koud. Midden in die brandend hete vloeistof waren de handen van de dood steenkoud. Zijn hand raakte opnieuw iets aan. Een arm. Toen een lichaam. Drew duwde de pijn weg en drong door de duisternis; hij greep het hemd van de jongen. Met alle macht trok Drew zichzelf en de kleine Thomas Cooper naar de oppervlakte.

Het laatste wat hij zich herinnerde was dat het leek of wel honderd handen hem uit de kuip trokken.

HOOFDSTUK 15

Na het incident van het verfbad was het eerste wat Drew zich kon herinneren een ritselend geluid. Het geluid herinnerde hem aan zijn kindertijd, als hij 's avonds in bed lag en net deed of hij sliep. Julia, de kindermeid, liep dan heel zachtjes door de kamer om hem niet wakker te maken. Met gesloten ogen probeerde Drew dan na te gaan waar ze was en wat ze deed door naar de geluiden te luisteren die ze maakte. Door het geruis van haar rok kon hij zeggen waar ze was. Het gekraak van de schommelstoel betekende dat ze aan het lezen of breien was – als hij het omslaan van een blad hoorde, wist hij dat ze aan het lezen was en als hij haar hoorde zuchten zat ze te breien. Julia zuchtte altijd om de paar minuten als ze aan het breien was. Het beste geluid was een zich verwijderend geritsel en het geluid van de deurklink. Dat betekende dat hij er in was geslaagd haar voor de gek te houden. Hij behoefde dan niet langer te doen of hij sliep en kon uit bed gaan, zolang hij dat maar heel stil deed.

Maar dit was Morgan Hall niet en het ritselende geluid kwam niet van Julia. Het geluid werd vergezeld door een zacht neuriën. Julia neuriede nooit.

Drew probeerde zijn ogen open te doen. Dat veroorzaakte een stekende pijn in beide ogen, wat zijn gezicht deed vertrekken, waardoor ook zijn wangen en lippen zeer deden. Hij lichtte zijn rechterhand op om zijn gezicht te betasten en hij voelde een stekende pijn in zijn arm. Met een kreun bleef hij bewegingloos liggen. Zijn ogen, zijn wangen en zijn arm deden allemaal pijn en zijn ogen zaten nog steeds dicht!

Het ruisende geluid van een rok kwam naar hem toe en verwijderde zich toen weer snel, gevolgd door het geluid van voetstappen op de trap naar beneden en daarna een gejaagde stem.

"Papa, papa, hij is wakker!"

Hij hoorde opgeluchte kreten en toen stampende geluiden die de trap op kwamen – zwaar gestamp dat gevolgd werd door licht getrippel van kleinere voeten.

"Drew, God zij gedankt!" Het was de stem van Christopher Matthews.

"Hoe voel je je?" De tweede stem was van Jenny.

Drew probeerde te glimlachen. Het was pijnlijk, maar wel gemakkelijker dan het openen van zijn ogen. Het duurde even voor hij antwoordde. Matthews en Jenny wachtten geduldig. "Wel..." Ook het spreken ging moeilijk. Hij had een ongelooflijke dorst, zijn mond was helemaal droog en zijn tong, lippen en tandvlees kleefden aan elkaar, "... zoals je kunt verwachten voel ik me een beetje blauw."

Even was er een onzekere stilte en toen een schaterlach. Het was een prettig geluid dat Drew altijd in verband bracht met de predikant van Edenford. Ook Jenny lachte en giechelde.

"Het halve dorp zit beneden voor je te bidden," zei Jenny. "Ze hebben de hele nacht voor je gebeden."

"De hele nacht? Hoe laat is het dan?"

"Bijna tien uur in de morgen," antwoordde Jenny. "Donderdagmorgen. Toen de mensen hoorden wat je gedaan hebt, zijn ze opgehouden met werken en zijn ze voor jou en Thomas gaan bidden."

"Sommigen zijn de hele nacht hier geweest," voegde Matthews hieraan toe. "De anderen bevinden zich in Cooper's huis."

Het noemen van de Coopers bracht hem een andere vraag te binnen, een vraag die hij nauwelijks durfde te stellen. Hij wist niet of hij het antwoord wel zou kunnen verdragen.

"Hoe is het met Thomas?" Op de een of ander manier moest hij het toch weten.

"Hij is nog niet bijgekomen," zei de predikant op sombere toon. "Hij is in leven, maar hij is vreselijk verbrand."

"Gaat hij dood?"

"Alleen God weet het antwoord op die vraag."

De herinnering aan de pijn schoot door zijn hoofd en langzaam begon hem weer te dagen wat er allemaal gebeurd was.

Plotseling helde het bed naar de rechterkant over. Iemand leunde erop.

"Kun je je ogen openen?" Matthews' stem kwam van direct boven hem.

"Ik heb het geprobeerd," antwoordde Drew. "Het doet heel erg zeer."

"We laten een dokter komen. Hij woont in Exeter en kan hier waarschijnlijk pas morgen zijn. Als het te zeer doet moet je niet proberen ze open te doen. Je kunt beter wachten tot de dokter er is."

Het geluid van de stem van de predikant ging van de ene naar de andere kant. Waarschijnlijk bekeek hij eerst het ene en toen het andere oog.

"Ik wil het nog een keer proberen. Tenminste nog één keer." Hij nam aan dat de predikant hiermee instemde. De druk aan de ene kant van het bed verdween en Drew lag weer horizontaal.

Je ogen openen was toch heel eenvoudig. Zonder er bij na te denken had Drew het zijn hele leven lang iedere dag gedaan. Maar deze dag niet. Met grote inspanning dwong hij zich zijn oogleden op te trekken. Zijn poging veroorzaakte hevige pijn. Het was een brandende pijn, de pijn van licht die door de kleine opening doordrong, en op de plaats waar plooien van zijn oogleden elkaar raakten, de pijn van rauw vlees tegen rauw vlees. Het kostte hem meer dan een minuut, maar uiteindelijk slaagde hij erin zijn ogen half open te doen. Er stonden tranen in zijn ooghoeken; de overvloed daarvan vormde zoutwatersporen op zijn gezicht.

Het eerste wat hij zag was Jenny. Haar handen waren gevouwen en tegen haar lippen gedrukt. De punt van een zakdoekje hing tussen haar handen. Toen zag hij de predikant. Hij had zijn rechterhand op zijn heup en met zijn linker veegde hij zijn tranen weg.

"Ik hoop dat ik er niet zo beroerd uitzie als jullie samen," zei Drew.

Er kwam geen antwoord. In plaats daarvan keerde de predikant zich zwijgend om en liep de trap af om de mensen beneden te informeren over Drew's vooruitgang. Drew wilde eigenlijk vragen waarom Nell niet bij Jenny en de predikant was, maar hij deed het niet. Hij wilde beslist niemand laten merken dat hij een bijzondere belangstelling voor haar had en bovendien werd hij al vertroeteld door een mooie vrouw. Het zou niet zo gepast zijn om te vragen waar haar zuster zat.

"Wat zie jij eruit," zei Jenny half lachend, half huilend.

"Ben ik echt helemaal blauw?"

Jenny knikte en giechelde. "Wacht maar eens even!" Ze rende de kamer uit.

Wacht maar eens even? Denkt ze soms dat ik weg zal lopen?

Even later was ze terug met een handspiegeltje dat ze hem voorhield. Toen hij zichzelf zag moest hij lachen, maar hij had er meteen spijt van. De pijn was verschrikkelijk.

Jenny trok de spiegel weg. "O wat spijt me dat," riep ze.

"Nee, het geeft niet. Het is niet jouw schuld." Drew zweeg en haalde een paar keer diep adem. "Ik wil ook de rest van me wel eens zien."

"Weet je het zeker?"

Drew knikte. Hij gaf aan hoe ze de spiegel moest vasthouden. "Houd de spiegel eens een beetje hoger. Nu een beetje naar beneden, nee, dat is te veel. Iets hoger, ja, daar." Drew kon nu zijn arm zien. Die was gezwollen en zat vol blaren. Aan het eind van zijn opgezette hand zaten vreemde blauwe worstjes vast. Zijn vingers. Ook die waren opgezet en vol rode blaren en natuurlijk zagen ze blauw.

"Wil je je voet ook zien?"

O ja. Doordat hij overal pijn voelde was hij zijn linkervoet helemaal vergeten. Nu voelde hij hem. De huid voelde strak aan en als hij hem bewoog deed hij pijn, maar het was niet al te erg. "Ik neem aan dat die ook blauw is."

Jenny knikte en ging op de rand van het bed zitten. Onwillekeurig huiverde Drew; ze zat veel te dicht bij zijn verbrande arm. Er klonken inwendige waarschuwingssignalen die hem ertoe dwongen zijn arm terug te trekken of haar te vragen een eindje op te schuiven. Maar er stond een zachte, vage blik in Jenny's ogen. Het was meer dan medelijden; haar ogen waren vol tederheid en romantiek. Drew besteedde geen aandacht aan de waarschuwingssignalen. *Wat was een klein beetje pijn in vergelijking met het feit zo dicht bij iemand te zijn die zo mooi was?* Ze wreef zacht en langzaam een paar haarlokken van zijn voorhoofd weg. "Je bent geweldig," zei ze half fluisterend. "Je bent een echte heer. Je bent knap en je bent moedig."

Ze leunde nog verder naar voren zodat haar gezicht vlak boven dat van hem was. Haar lange bruine haar viel aan weerskanten van Drew's gezicht. Ze waren nu helemaal samen; de koepel van Jenny's haar sloot de rest van de wereld buiten. Voor Drew was de sensatie een kwelling – terwijl haar twinkelende blauwe ogen, haar kleine neusje en zachte lippen boven hem hingen, kriebelde en schrijnde haar haar zijn verbrande wangen. Toen ze zich nog verder boog, verdween de pijn door de zachtheid van haar huid en de warmte van haar adem. Ze sloot zachtjes haar ogen en wreef haar lippen langs de zijne. Ze drukte niet hard – ze wilde hem geen pijn doen. Op de een of andere manier was de kus daardoor nog heerlijker.

Jenny's lange haar slierde over zijn gezicht toen ze opstond. Bij de deur keerde ze zich met een ondeugend lachje op haar gezicht om en ze was verdwenen.

Drew kwam erachter dat hij zich in het huis van de Matthews bevond, op de bovenverdieping in het bed van de predikant. Dat vermoedde hij tenminste daar Jenny zomaar door het huis kon lopen en precies wist waar ze een handspiegel kon vinden.

De kamer van de predikant was donker en zag er spartaans uit. Daar de kamer tussen de kamer van de meisjes en de studeerkamer lag, waren er geen ramen. Het enige licht viel door de deur. Boven hem waren ruwe balken te zien en de muren waren kaal. Op een tafeltje in de hoek stond een waskom en naast de deur stond een ladenkast tegen de muur. Het was een kamer om te slapen en zich aan te kleden en meer niet.

Nadat hij hiervoor eerst Drew's toestemming had gevraagd, begon Christopher Matthews dankbare mensen bij zijn bed te brengen. De eerste waren David en Shannon Cooper. De grote harige schoenmaker en zijn kleine vrouw overlaadden hem met dankbetuigingen waarbij de tranen hen in de ogen stonden. Ze werden vergezeld door hun middelste kind Margaret. Drew schatte dat ze een jaar of tien was. Ze stond stilletjes achter haar ouders, kennelijk onzeker door die blauwe vreemdeling in het bed en de geëmotioneerde situatie. De rooie James was niet bij hen.

De oude Cyrus Furham strompelde de trap op om hem te bezoeken. Door alle gebeurtenissen was de begrafenis van Rose uitgesteld tot vrijdag. Iedereen in Edenford bad dat het geen dubbele begrafenis zou worden.

"Ik denk dat we je onrecht aan gedaan hebben," hakkelde Cyrus. Hij boog zich voorover en klopte Drew op zijn borst. "God zegene je, jongen."

Ambrose Dudley was helemaal een verrassing. In tegenstelling tot al de andere bezoekers stond de schrijver kaarsrecht naast het bed met

192

ineengeslagen handen. Hij hield een brief vast die hij met zijn vingers streelde terwijl hij sprak. De scherpe lijnen van zijn magere gezicht en zijn harde ogen deden Drew weinig goeds verwachten. "Ik neem aan dat we bij je in de schuld staan," zei hij als vanzelfsprekend.

Drew knikte kort.

"Deze brief is voor je gekomen," zei hij en hij gooide de brief op Drew's buik. "Hij werd bezorgd door een ongewassen en wilde knaap met een wilde haardos. Zeker een vriend van je."

Toen de schrijver vertrokken was, greep Drew met zijn goede hand de brief en stopte hem onder de dekens. Hij kon niet het risico lopen dat iemand zou aanbieden hem voor te lezen.

Wat ironisch. Als Ambrose Dudley eens zou weten dat hij een boodschap van bisschop Laud had overgebracht.

De boodschapper was ongetwijfeld Eliot geweest en dat verontrustte Drew. Het feit dat de bisschop Eliot de brief had laten bezorgen, betekende dat de boodschap dringend was. Zodra hij er zeker van was dat hij alleen zou zijn, moest hij de boodschap onmiddellijk decoderen. En iemand moest hem zijn Bijbel brengen.

Drew ontving de rest van de bevolking zo minzaam mogelijk en bedacht dat ze allemaal hetzelfde zeiden. "Wat je gedaan hebt is geweldig. We wisten niet dat je zo was. Hartelijk bedankt en God zegene je."

Tenslotte was de laatste vertrokken, maar Nell was nog steeds niet verschenen.

"Je zult wel moe zijn," zei de predikant. Hij stond in de deuropening met zijn hand op de klink. "Ik zal de deur dichtdoen zodat je kunt gaan slapen."

"Wacht even. Zou u mijn Bijbel kunnen halen?"

Bij het horen van dit verzoek kreeg het gezicht van de predikant een tevreden uitdrukking. Hij bracht Drew zijn Bijbel. "Zal ik je er wat uit voorlezen?" bood hij aan.

"Hmm, nee, dank u. Ik denk dat ik liever alleen ben."

De predikant knikte. Hij zette de waskom op de vloer en plaatste het tafeltje naast het bed. Een kaars aanstekend, zei hij: "Als je wilt gaan slapen kun je zo zelf de kaars uitblazen."

"Dankuwel. Waar is Nell eigenlijk? Ik heb haar niet gezien."

De predikant sloeg zichzelf speels op het hoofd. "Dat had ik je natuurlijk al eerder moeten vertellen. Ze is bij de Coopers. James geeft zichzelf de schuld van het ongeluk. Zoals je wel gemerkt zult hebben, is hij zeer emotioneel. Hij begon dwaze dingen te zeggen, dat hij zichzelf wat zou aandoen en hij wilde naar niemand luisteren. Je wist dit natuurlijk niet, maar hij en Nell zijn al vanaf hun kindertijd erg bevriend met elkaar. Ze heeft altijd kans gezien hem in toom te houden. Daarom is ze nu bij hem om hem ervan te weerhouden iets doms te doen."

Drew hield zijn gedachten voor zich en knikte alleen maar.

"O," de predikant bleef bij de deur staan, "zo maar een voorstel. Je zou Galaten 6:7-9 kunnen lezen. Ik weet dat je momenteel een heleboel pijn hebt. Ik wil je alleen maar laten weten dat wat je gedaan hebt niet zonder beloning zal blijven. Daar zal God op toe zien. Als je iets nodig hebt, dan roep je maar." De predikant sloot de deur en Drew was alleen.

De gedachte dat Nell James Cooper aan het troosten was, knaagde aan hem. Hij vloekte zachtjes toen hij de Bijbel opensloeg. Hij haalde de brief onder de dekens vandaan en probeerde hem met één hand open te krijgen. Hij hoopte dat het maar een korte boodschap zou zijn. Hij voelde er niets voor om hem nu te gaan ontcijferen, maar hij zou niet in staat zijn te gaan slapen voor hij zou weten wat zo belangrijk was dat de bisschop Eliot gestuurd had om de brief te bezorgen.

De brief scheurde in tweeën toen hij hem probeerde open te vouwen. Hij vloekte opnieuw. Het nieuws over Nell greep hem meer aan dan hij zichzelf wilde toegeven. Hij schudde de ene helft van de brief open. Die was niet in code, maar in normaal handschrift! Hij liet het papier op zijn borst vallen, greep de tweede helft en schudde die open. De twee stukken papier bij elkaar houdend, hield hij ze bij het kaarslicht. De boodschap was geschreven in een nauwelijks te ontcijferen handschrift. *"Drngend! Onmoet me bij de brg over de rivir. Zaterdg 10. Eliot"*

Drew lag stil in zijn bed en staarde met half gesloten ogen somber voor zich uit. *Misschien betekent het helemaal niets. Het zegt dringend, maar Eliot maak een afspraak voor over pas twee dagen. En waarom zou Eliot persoonlijk met mij willen spreken? Is er iets met de bisschop gebeurd? Is mijn opdracht in Edenford in gevaar?*

Drew vouwde de stukken papier op en zocht naar een plaats waar hij ze zou kunnen verbergen. Als ze gevonden zouden worden, zouden ze gevaarlijker zijn dan de andere. Drew stak ze tussen de bladzijden van zijn Bijbel.

Juist toen hij op het punt stond de kaars uit te blazen, herinnerde hij zich het schriftgedeelte dat de predikant hem had genoemd. Wat was het ook al weer? O ja, Galaten 6:7-9. Bij de inhoudsopgave kijkend vond hij het paginanummer. Bij het flakkerende kaarslicht las hij:

"Dwaalt niet, God laat Zich niet bespotten; want zo wat de mens zaait, dat zal hij maaien. Want die in zijn eigen vlees zaait, zal uit het vlees verderfenis maaien; maar die in de Geest zaait, zal uit de Geest het eeuwige leven maaien. Doch laat ons goed doende, niet vertragen; want te zijner tijd zullen wij maaien, zo wij niet verslappen. Zo dan, terwijl wij tijd hebben, laat ons goed doen aan allen, maar meest aan de huisgenoten des geloofs."

Drew werd kort voor het middageten wakker. Hij kon ruiken dat er brood gebakken werd en – waren het bonen? Hij wist het niet zeker. De geur van het voedsel deed zijn maag rammelen.

"Goed dat je wakker bent!" Jenny duwde met haar heup de deur open. Ze droeg een dienblad met eten. De kandelaar met de rand van het blad opzij schuivend, zette ze het blad op het tafeltje naast het bed.

De Bijbel is weg! Drew wist zeker dat hij die, voor hij in slaap viel, op het tafeltje naast de kandelaar had gelegd. Hij probeerde over de rand van het bed te kijken om te zien of de Bijbel op de vloer gevallen was.

"Wat zoek je?" vroeg Jenny.

"Heb je mijn Bijbel van het tafeltje gehaald?" vroeg hij.

"Nee."

"Ligt hij op de vloer?"

Jenny keek op de grond. "Nee, ik zie hem niet."

Drew probeerde zijn schrik de baas te worden. "Da's vreemd," zei hij, "net voordat ik in slaap viel heb ik hem op de tafel gelegd."

Jenny zei onbezorgd: "Misschien heeft papa hem geleend." Ze schoof het tafeltje dichter naar het bed. "Ik breng je je eten," zei ze vrolijk.

"Misschien heeft papa hem geleend"... Stel je voor dat hij de brief van Eliot vindt.

"Mond open!"

Jenny probeerde hem een lepel eten in zijn mond te duwen.

"Ik kan heus zelf wel eten." Zijn irritatie over de verdwenen Bijbel bedierf Jenny's vrolijke stemming.

De lepel werd teruggetrokken en er vielen een paar kruimels op het bed. Met een pruilend mondje zei ze: "Ik dacht dat je het leuk zou vinden."

Het werkte.

Momenteel kan ik er toch niets aan doen, redeneerde Drew. *Als Matthews het briefje leest, moet ik een verhaal klaar hebben om het uit te leggen.* "Je hebt gelijk," zei hij tegen Jenny. "Dat vind ik zeker leuk."

Er verscheen weer een bedeesd glimlachje op haar gezicht en ze stak hem de lepel weer toe. Drew boog zich voorover. Het feit dat hij zo'n honger had en de persoon die hem te eten gaf zorgden ervoor dat dit het beste maal sinds maanden was. Gezien de economische situatie van Edenford was het een typisch maal – maïs, bonen en roggebrood. Daar water niets kostte, was dit het gebruikelijke drinken, en Drew had de laatste tijd heel wat water gedronken.

Het beste deel van de maaltijd was de kus na het eten onder de koepel van Jenny's haar. Deze keer drukte ze haar lippen stevig op de zijne en de kus duurde langer. Toen ze haar hoofd terugtrok, zuchtte ze.

Nell kwam hem pas laat in de avond opzoeken. Ze stond in de deuropening en zag er afgetobd en moe uit. Ze had een glimlach om haar mond en ze keek met vertedering naar hem, maar wat ze zei klonk formeel alsof ze op haar hoede was. Ze spraken over het ongeluk. De kleine Thomas was nog steeds buiten kennis; met James ging het wat beter en hij was niet langer een gevaar voor zichzelf.

Het trof Drew pijnlijk als ze over James sprak. Hij probeerde er geen aandacht aan te besteden, maar het lukte hem niet. Hij bedacht dat hij geen reden had om jaloers te zijn, zeker niet als hij eraan dacht wat er die dag tussen hem en Jenny was voorgevallen. Maar de gedachte dat Nell die rooie os getroost had, zette een domper op zijn stemming. Had ze zijn handen ook vastgehouden? Had ze hem omhelsd? Wat had ze eigenlijk gedaan om die kinkel tot kalmte te brengen?

Daar hij wist dat Nell zijn jaloezie zou afkeuren, liet hij niets merken. "Ik ben blij te horen dat het beter met James gaat," zei hij op afgepaste toon.

Zo Nell al enige bitterheid bespeurde, liet ze dat niet merken. Met halfgesloten ogen veegde ze met de rug van haar hand langs haar voorhoofd. "Als je het niet erg vindt ga ik nu weg," zei ze vermoeid. "Ik moet nog een paar dingen doen voor ik naar bed ga. Ik zou graag wat langer blijven, maar ik ben bang dat ik niet zulk erg goed gezelschap ben. Morgen misschien."

"Ik begrijp het," zei Drew vlak.

"Moet ik de deur dichtdoen?"

"Als het niet te veel moeite is."

Nell sloot de deur half en stak toen haar hoofd weer in de kamer. "Je ziet er trouwens prachtig blauw uit." Ze glimlachte vriendelijk en sloot de deur helemaal.

Drew lag uren wakker en liet alle gebeurtenissen van de voor hem zo korte dag de revue passeren – de dankbaarheid van de bevolking, de kennelijke trots van Christopher Matthews op hem, zijn gesprek met Nell en natuurlijk de kussen van Jenny. Dan was er verder dat probleem met de Bijbel nog. Wie had die nu eigenlijk? En wat nog belangrijker was, hadden ze Eliot's brief gevonden?

Al die gedachten maalden door zijn hoofd toen hij eindelijk in slaap viel. Het laatste wat hij zich herinnerde was het geluid van een stoel die verschoven werd. Het kwam uit de studeerkamer van de predikant. Hij moest weer laat aan het werk zijn.

Op zaterdag voelde Drew zich goed genoeg om op te staan. Toen hij wakker werd, werd zijn blik gevangen door een beweging bij de deur. Jenny lachte hem vriendelijk toe.

"Hoe voel je je?"

Drew gaf niet meteen antwoord. Hij was nog niet helemaal bij zijn positieven en verkeerde nog half in dromenland. Daar werd een andere taal gesproken dan in de werkelijke wereld. De ene taal is gebaseerd op een aantal irrationele voorstellingen; de andere bestaat uit een rationele opeenvolging van woordsymbolen. Drew had net zoveel moeite als een vreemdeling die de Engelse taal probeerde te spreken.

Jenny giechelde toen ze Drew met de vraag zag worstelen. "Is die vraag te moeilijk voor je?"

"Ik denk dat het best goed gaat." De taal van de bewuste wereld kwam langzaam bij hem terug.

"Wil je iets eten?"

Weer een vraag! Drew moest diep nadenken. "Ja, ik denk het wel."

Jenny was nu in de kamer. "Je ogen zijn in ieder geval open."

Ze had gelijk. Drew wreef met zijn linker hand over zijn ogen. "Au!" Hij was vergeten dat hij allerlei dingen niet kon doen zoals bijvoorbeeld zonder er verder bij na te denken zijn ogen uit te wrijven.

"Alles goed met je?" Jenny stond nu naast zijn bed en keek op hem neer, waarbij haar lange bruine haar naar hem toeviel.

"Ik moet alleen uitkijken wat ik doe." Drew keek naar haar op. *Wat een prachtig gezicht om bij wakker te worden,* dacht hij.

"Ik zal je ontbijt gaan halen." Ze keerde zich om en ging weg.

Drew voelde zich teleurgesteld. Hij had op een zoen gerekend.

"Zo, ben je van plan de hele dag te blijven slapen?" De vraag werd lachend gesteld. Nell stond met gevouwen armen in de deuropening.

"Ik dacht er eigenlijk aan jullie beneden gezelschap te komen houden."

"Ga je ons weer uit de Bijbel voorlezen?"

"Alleen maar als ik zelf het gedeelte mag uitzoeken."

Nell grinnikte. Haar glimlach werd breder en haar ogen lachten. Haar zo te zien gaf Drew een warm gevoel van binnen. *Waarom word ik zo door die vrouw aangetrokken? Behalve die zondagmiddag blijft ze steeds afstandelijk. Ze is niet zo mooi als haar zus. Waarom word ik dan zo door haar aangetrokken. Waarom voel ik me zo heerlijk als ik haar zie glimlachen?*

Jenny bracht het blad met het ontbijt en zette het net als de andere keer op het kleine tafeltje.

"Kom op Jen, laten we aan het werk gaan." Nell draaide zich om om weg te gaan.

"Ik denk dat ik maar bij Drew blijf als hij zijn ontbijt opeet."

"Hij is geen kind en hij kan best zelf eten. Laten we gaan. We hebben deze week al een paar dagen verspeeld."

Jenny's pruillip verscheen weer. Ze keek smekend naar Drew om tussenbeide te komen.

Drew glimlachte verontschuldigend. "Bedankt voor je aanbod." Er trok een frons over Jenny's gezicht.

Toen Drew probeerde naar beneden te lopen, viel hij bijna flauw. Hij had gewaarschuwd moeten zijn door de inspanning die het hem had gekost zich aan te kleden. Hij droeg maar één schoen – zijn opgezwollen en verbonden voet paste niet in de andere schoen. In het algemeen genomen voelde hij zich aardig goed. Net als zijn voet bonsde zijn rechterarm en zijn gezicht nog van de inspanning, maar verder voelde hij zich goed en hij wilde zijn bed uit om wat beweging te krijgen. Bovendien moest hij weer op de been zijn als hij die ontmoeting met Eliot wilde nakomen.

Gelukkig zat er een leuning aan de trap. Toen hij halverwege de trap was, werd het wazig voor zijn ogen en brak het koude zweet hem uit. Hij hield zich vast aan de leuning en probeerde weer helder te worden. De witte mist werd nog dichter en begon donker te worden.

Het volgende wat hij zich herinnerde was dat Nell en Jenny hem ieder aan een kant overeind hielden. Ze hielpen hem de trap af en zetten hem in een stoel. Een paar minuten later werd zijn hoofd weer helderder. Jenny depte voorzichtig het zweet van zijn gezicht.

"Waarom riep je ons niet," mopperde Nell.

Drew haalde zijn schouders op. "Ik dacht dat ik het zelf wel kon."

Nell schudde haar hoofd en ging weer naar haar werk bij het raam dat op de Hoogstraat uitkeek.

Toen hij zich weer wat beter voelde, bood Drew aan om uit de Bijbel voor te lezen, waardoor hij de kans kreeg naar zijn zoekgeraakte Bijbel te informeren. Jenny zei dat ze hem nog steeds niet gezien had. Nell zei dat ze dacht dat hij op de studeerkamer boven lag, en Jenny ging hem halen. Even later kwam ze met de Bijbel terug. Onder het voorwendsel een gedeelte op te zoeken, zocht Drew naar Eliot's brief. Die zat er nog steeds in, op dezelfde plaats dacht hij, maar helemaal zeker was hij daar niet van. Als dat wel het geval was, wist hij nog steeds niet of de predikant de brief gevonden had en hem weer op dezelfde plaats had teruggelegd. Toen kwam er een tweede gedachte bij hem op. Stel je voor dat Nell de Bijbel gebruikt had. Ze wist waar ze die kon vinden. Had ze de brief gelezen? Wat voor verklaring zou hij dan kunnen geven?

Het Bijbelgedeelte dat Drew las werd in gezamenlijk overleg gekozen. Nell deed haar woord gestand en Drew mocht uiteindelijk beslissen. Hij wilde meer lezen over de avontuurlijke apostel Paulus – *over* hem, niet *van* hem, zo benadrukte hij – maar hij wist bij benadering niet waar hij dat moest vinden. "Waarom begin je niet bij het begin van zijn avonturen," stelde Nell voor. Ze zocht het boek Handelingen, het negende hoofdstuk voor hem op. Voor dat hij begon voor te lezen, wierp hij een snelle blik op het hoofdstuk om na te gaan of er geen passages in voorkwamen die hem in verlegenheid zouden kunnen brengen.

"Wat is er aan de hand? Vertrouw je me soms niet?" plaagde Nell.

Terwijl Nell en Jenny met hun spelden, draden en lussen bezig waren, las Drew het grootste gedeelte van hoofdstuk 9 (op aanwijzing van Nell sloeg hij de laatste elf verzen en de hoofdstukken 10 en 11 over, want die gingen over Petrus) en de hoofdstukken 13 en 14.

Toen Drew over Paulus en Barnabas te Iconium las, waar ze van plan waren hen te stenigen, drong zich een verontrustende gedachte aan Drew op. Drew vroeg zich af wat de mensen van Edenford met hem zouden doen als ze er achter zouden komen waarvoor hij eigenlijk hier was.

Na het middagmaal en een dutje voelde Drew zich goed genoeg om het huis te verlaten. Nell stond erop dat er iemand met hem mee zou gaan. Christopher Matthews vroeg hem daarom of hij zin had in een wandeling. Toen Drew ja zei, gaf de predikant hem een wandelstok, een gift van de oude Cyrus Furman.

Het was goed om weer buiten te zijn. De lichte bries was stimulerend en koud aan zijn gezicht en voet en Drew verwelkomde de zon als een lang niet geziene vriend. Door de straten van Edenford lopend, waande hij zich een held die terugkeerde van het slagveld. Iedereen die ze tegenkwamen zei iets vriendelijks en bedankte Drew opnieuw voor het redden van de kleine Thomas. Bij iedere ontmoeting straalde Christopher Matthews als een trotse vader.

De predikant bracht Drew naar het woonhuis van de Coopers, dat zich boven de werkplaats van David Cooper bevond. Het was daar erg warm en er waren geen ramen of openingen voor ventilatie. Thomas lag opgezwollen en vol blaren voorover op een bed. Zijn moeder zat naast hem en depte zijn ledematen met een natte doek. De jongen had de ogen gesloten. Drew begon zich af te vragen of het wel zo'n goed idee was geweest hier naar toe te gaan. Het zien van de jongen deed hem bijna weer flauwvallen.

"Wordt hij weer beter?" vroeg Drew.

"Hij is in Gods handen," antwoordde de schoenmaker.

"Wat zei de dokter?"

Deze keer antwoordde de predikant. "Hij is niet gekomen." Er werd geen nadere verklaring gegeven en omdat zowel de predikant als de ouders boos keken, vroeg Drew niet verder.

"Hij reageert nu weer op ons," zei de schoenmaker.

Drew liep naar het bed. Thomas' gelaatstrekken waren door de zwellingen nauwelijks te herkennen.

"Thomas," zei hij, "ik ben het, Drew."

Er kwam geen antwoord.

"Ik hoop dat je weer gauw beter zult worden. Anders ben ik de enige blauwe persoon in de stad."

Het duurde even, maar toen krulde de mondhoeken van de jongen wat omhoog en er gleed een traan over zijn gezicht.

Toen ze weer naar beneden liepen, daalde er een regen van "Bedankt" en "God zegene je" van de Coopers op Drew neer. Hij wist tenslotte niet meer wat hij terugzeggen moest en daarom knikte en glimlachte hij maar. Er was even een gespannen moment toen Drew beneden was. James zat op een kruk een schoen te verzolen. Sinds het ongeluk was hij niet meer teruggegaan naar de verfbaden en hij gaf er de voorkeur aan om bij zijn vader te werken. De hand die de hamer vasthield leek wel een blauwe handschoen te dragen en op zijn voorhoofd zat een grote blauwe vlek. Toen hij Drew zag, liet James zijn hamer vallen en sloop door de achterdeur weg. De glimlachjes die daarvoor op ieders gezicht te lezen waren geweest, waren verdwenen toen beide mannen vertrokken.

"Het gaat niet om jou," zei de predikant toen ze naar huis liepen. "Hij is boos op zichzelf omdat hij de oorzaak van het ongeluk is, en nog meer omdat hij geen poging heeft gedaan zijn broertje te redden. Net als de vlekken op zijn hand en zijn voorhoofd herinner jij hem aan zijn falen. Dat is moeilijk voor hem. Iedere keer als hij zichzelf in de spiegel ziet, ziet hij dat Kaïn's teken."

"Kaïn's teken?"

"In het boek Genesis. Kaïn vermoordde zijn broeder Abel en daarom plaatste God een teken aan zijn voorhoofd om anderen te waarschuwen. Het was Kaïn's straf om met zijn schuld te leven. Zo voelt James zich nu ook."

Toen ze de Hoogstraat insloegen, zei Drew: "Ik heb eens nagedacht over iets dat u mij eerder zei."

"O ja, wat dan?"

"Dat God mij hier in Edenford gebracht zou hebben. Misschien ben ik wel hierheen gebracht om de kleine Thomas te redden."

De predikant dacht een ogenblik na. "Dat zou kunnen," zei hij. "Maar ik denk dat dat niet de enige reden is."

Op zaterdag werd het geheim van het verdwijnen van Drew's Bijbel opgelost. De predikant had hem geleend. Bij de voorbereiding van zijn preek was hij kennelijk nieuwsgierig geworden hoe de vertalers van de King James-Bijbel een bepaald gedeelte hadden vertaald. Drew sliep al en de predikant dacht dat Drew het wel niet erg zou vinden als hij zijn Bijbel even leende. Natuurlijk vond Drew dat niet erg, maar de vraag over het verborgen briefje bleef onbeantwoord. Had de predikant het nu wel of niet gelezen?

Ter voorbereiding van het sabbatsgebod op zondag hield alle werk in Edenford om drie uur op. Het avondmaal bestond uit groentesoep. Er was geen brood of vlees. De gesprekken tijdens en na de maaltijd waren niet erg geanimeerd. Net na half tien, toen de anderen erover dachten om naar bed te gaan, zei Drew dat hij de laatste dagen te veel geslapen had, dat hij nog helemaal geen slaap had en dat hij nog een eindje wilde gaan wandelen. Hij greep zijn wandelstok en vertrok. Niemand toonde zich verrast.

Het was koud buiten. Toen hij halverwege de Hoogstraat was, dacht Drew erover om weer terug te gaan voor een jas, maar hij besloot het niet te doen. In ogenschouw genomen hoe gemakkelijk het was geweest het huis uit te komen, wilde hij niet het risico nemen de zaak moeilijker te maken. Zijn voet zonder schoen werd koud, maar wat kon hij eraan doen? Hij moest verder.

Er scheen geen licht tussen de kieren in de luiken, wat erop wees dat de meeste mensen die in de Hoogstraat woonden, naar bed waren gegaan.

Terwijl hij naar beneden liep naar de Marktstraat, kwam er plotseling een gedachte bij hem op. Eliot had hem laten weten hem bij de brug te ontmoeten, maar hij had niet gezegd welke brug. Zou hij Eliot bij de noordelijke of bij de zuidelijke brug bij de molen ontmoeten?

Toen hij bij de Marktstraat was aangekomen moest hij een beslissing nemen. Hij keek de met bomen beplante straat af die hier en daar zwak verlicht werd door een lantaarn. De bomen wierpen donkere, grote schaduwplekken op de weg. Achter de bomen waren duidelijk de dorpsweide en de kerk zichtbaar in het maanlicht. Plotseling doken er twee figuren uit de schaduw van een boom halverwege de Marktstraat op. Drew trok zich terug in de schaduw van het laatste huis van de Hoogstraat. Door de stand van de maan werd hij niet helemaal door de schaduw van de bladeren bedekt. Hij drukte zich nog stijver tegen de muur aan. Er klonk gefluister en gegiechel. Hand in hand renden zij naar de Chesterfieldweg – van hem vandaan.

Drew koos de noordelijke brug, omdat dat de brug was waarover hij Edenford was binnengekomen en hij nam aan dat Eliot van diezelfde kant zou komen. Hij bleef aan de rechterkant van de Marktstraat lopen in de schaduw van de bomen die in een boog naar de hoofdweg liepen. De kerk passerend, liep hij door de Brugstaat, met aan weerszijden een muur van een halve meter, naar het noorden, en stak de brug met de drie bogen over. Hij keek uit naar Eliot. Er was niemand te zien. Maar hij maakte zich nog geen zorgen want het was nog te vroeg.

Drew zat op de stenen muur van de brug en wachtte. Toen de kou zijn kleren doortrok, zat hij binnen een paar minuten te rillen van de kou. Hij kreeg het door het geruis van de rivier beneden hem nog kouder, vooral zijn tenen waren verstijfd. Hij sloeg zijn armen om zich heen om warm te blijven, maar zijn rechterarm kon hij nog steeds niet goed buigen. Om zijn tenen te warmen stak hij ze in de knieholte van zijn rechterbeen. Hij begon zich af te vragen of hij wel bij de juiste brug zat. Het was te donker om de andere brug van hier af te zien; hij kon maar nauwelijks de molen onderscheiden. Terugkijkend naar het dorp kon hij in de hoger gelegen straten een paar lichtjes ontwaren. Hoe stond het met het kasteel op de heuvel? Nee, geen enkele kans. Het was te donker om...

"DREW!"

Drew keerde zich met een ruk om.

"Eliot?"

"Hier beneden!" De stem kwam van de rivieroever onder de brug. Drew keek naar beneden. Het was Eliot; zijn haar piekte alle kanten op.

Drew liep om het uiteinde van de brug heen en liet zich langs de rivieroever naar beneden glijden.

Eliot sperde uit verbazing zijn ogen wijd open. "Wat is er voor de... Wat zie jij blauw!" Hij barstte in lachen uit, zijn hyenagelach.

"Ssst! Iemand zou je kunnen horen!" En toen dat niet hielp: "Het was een ongeluk!"

"Werkelijk? Ik dacht dat je het expres gedaan had!" Eliot viel op de grond en rolde van het lachen door de bladeren op de oever. Soms hield hij even op, maar als hij dan weer naar Drew keek, begon hij opnieuw.

Tot dan toe had Drew zich zo'n zorgen gemaakt over het lawaai dat Eliot veroorzaakte, dat hij nog niet goed naar hem gekeken had. Eliot zag er nog vreemder uit dan hijzelf. Eliot zag eruit als een holenmens en droeg alleen maar een dierenhuid als lendendoek. Hij was vreselijk vuil en door zijn gerol op de modderige rivieroever werd hij nog vuiler. Overal op zijn benen, armen, borst en rug waren rode strepen te zien. Striemen? Bloed?

"Eliot, stil! Je maakt de hele stad wakker!"

Het duurde even, maar tenslotte liet Eliot zo nu en dan nog maar wat gegrinnik horen. Hij ging tegenover Drew staan en probeerde niet meer te lachen.

"In je brief stond dat het dringend was. Alles goed met de bisschop?"

"Ik heb iets geweldigs voor je, blauwe jongen," grinnikte Eliot.

"Alles goed met de bisschop?"

"Zeker. Wat zou er met hem kunnen zijn?"

"Weet ik veel. De laatste boodschap die ik van hem kreeg was nogal vreemd. Net of hij niet bijster gelukkig met me was."

Eliot zei spottend: "Jij bent ook wel erg stom, hè? Die vent houdt van je. Alles wat je doet vindt hij prachtig." Eliot stak een vinger in zijn oor een bewoog die heftig heen en weer.

"Waarom ben je hier?"

"Wacht even." Eliot dook achter een paar bosjes en haalde een tas te voorschijn. Uit de tas haalde hij een brief en een stuk papier. Hij overhandigde Drew eerst de brief. Er waren modderige vingerafdrukken op zichtbaar. "Van de bisschop," zei hij.

Drew nam de brief aan. Het zegel was verbroken. "Hij is open gemaakt."

"Ik wilde zien of het een liefdesbrief was. Wat betekenen al die getallen? Zeker een code? Waarom gebruiken jullie een code?"

"Je had die brief aan mij niet open mogen maken," zei Drew met stemverheffing.

Er verscheen een vreemde blik op Eliot's gezicht. Hij deed een paar passen terug en stak zijn vuile geballde handen omhoog. Het andere papier fladderde op de grond en belandde bij de rand van het water. "Wil je vechten? Kom maar op. Probeer het maar! Ik lust je."

Toen Drew niet antwoordde, liep Eliot op hem toe, sloeg hem op zijn schouder en in het gezicht.

Drew's gezicht vertrok van pijn, niet zo zeer door de slagen zelf, maar door dat zijn verbrande huid geraakt werd.

"Nou, kom op. Probeer het maar. Gebruik die stok maar als je wilt!" daagde Eliot hem uit.

Drew schudde zijn hoofd. "Houd op, Eliot! Wat heb je nog meer?"

Toen hij zag dat Drew niet van plan was op zijn uitdaging in te gaan, liet Eliot zijn vuisten zakken. Terwijl hij Drew strak bleef aankijken, haalde hij het papier bij het water op. Eén hoek ervan was nat geworden. "Er was een overval in Peterborough," zei hij. "Ze drukten daar die pamfletten van Justin. We hebben er een paar gevonden. Door Justin zelf met de hand geschreven. De bisschop wil dat je dit met de hand geschreven papier vergelijkt met het handschrift van die hulppredikant."

"Christopher Matthews?"

"Ja, zo heet hij. De bisschop denkt dat hij Justin wel eens zou kunnen zijn. Misschien ook niet. Ik heb ook een paar papieren naar andere jongens gebracht. Zelfde opdracht."

Drew nam het papier aan. "Zeg de bisschop dat ik de handschriften zal vergelijken."

"Zeg hem dat zelf!" spuwde Eliot uit. "In één van die gecodeerde liefdesbrieven van je."

Drew stak de brief en het voorbeeld van het handschrift in zijn hemd. Hij wilde zo snel mogelijk weg. Eliot was altijd al vreemd geweest, maar zo vreemd had Drew hem nog nooit meegemaakt.

"Ik moet weer terug," zei hij.

"Wat is er aan de hand? De blauwe jongen houdt er niet van om met mij gezien te worden, hè?"

Drew zette de punt van zijn stok op de helling en begon de helling op te lopen.

"Ik ben niet goed genoeg voor jou, hè? Je kunt wel van een bisschop houden, maar niet van zo iemand als ik." Eliot greep Drew bij zijn verbrande arm.

Drew uitte een kreet en duwde hem weg.

"Hè! Doet blauw pijn?" Eliot kwam weer terug en begon om Drew heen te springen en hem overal waar hij blauw zag te stompen en te knijpen. Alles deed zeer.

Drew probeerde de stompen af te weren, maar hij had slechts één arm om zich te verdedigen. Hij zwaaide met zijn stok, maar miste Eliot volkomen. Aan Eliot's gezicht was duidelijk te zien dat hij het leuk vond Drew pijn te doen.

Weer een zwaai met de stok en weer miste hij.

"Je bent wel erg traag, blauwe jongen!" Eliot gaf hem opnieuw een paar stompen om dit te bewijzen.

Drew werd steeds bozer. Hij probeerde weer de helling op te lopen, maar Eliot versperde hem de weg. Hij probeerde om hem heen te lopen, maar Eliot sprong voor hem.

"Eliot, ik ben moe van je spelletjes. Laat me erdoor."

"Probeer maar langs me heen te komen!" daagde Eliot hem uit. Hij stond boven hem op de helling met zijn handen op zijn heupen.

Drew keek om zich heen. De rivier was te breed om te proberen er overheen te komen, stroomafwaarts blokkeerde de fundering van de brug hem de weg. De enige manier om uit de rivierbedding te komen was langs de helling en die werd geblokkeerd door Eliot Venner.

Drew liep recht op Eliot toe. Eliot duwde hem terug. Een tweede poging leverde hetzelfde resultaat op. Bij zijn derde poging probeerde Drew net te doen of hij Eliot aan de linkerkant wilde passeren, maar in werkelijkheid dook hij aan de rechterkant langs hem heen. Het lukte, maar Drew's verbrande voet gleed uit over wat bladeren en met een bons belandde hij op de grond. Eliot zette zijn voet op Drew's rug en uitte een dierlijke kreet van overwinning.

Eliot's andere voet stond naast Drew's gezonde arm. Hij zag zijn kans. Hij liet de wandelstok los, greep zijn voet vast en trok er uit alle macht aan. De halfnaakte man viel op zijn rug op de grond. Drew probeerde overeind te krabbelen, maar het lukte niet en hij gleed de helling af.

Eliot stond weer overeind. Er was haat in zijn ogen te lezen en hij haalde overdreven zwaar adem. Hij gilde en viel Drew die nog steeds bezig was overeind te krabbelen, weer aan.

Met zijn handen hoog boven zich en zijn vingers als klauwen uitgestrekt viel Eliot weer aan. Drew deed het enige wat hij nog kon doen. Hij had zijn evenwicht weer en stond gebukt, klaar om zijn aanvaller af te weren. Eliot rende recht op hem af. Op het allerlaatste moment liet Drew zich op zijn goede schouder op de grond vallen en rolde tussen de benen van Eliot. De aanvallende Eliot vloog over hem heen in de rivier.

Voordat Eliot eruit kon komen, stond Drew over hem heen met een zware kei boven zijn hoofd. Zijn verbrande arm was stijf en zwak en hij kon de kei maar amper vasthouden.

"Zo is het wel genoeg, Eliot," schreeuwde Drew.

Eliot spuwde wat water uit en schudde zijn hoofd. "Ik deed het alleen maar voor de aardigheid."

"Zoek je plezier dan maar ergens anders."

"Ik dacht dat jij zoiets als een ridder was." Eliot schudde zijn hoofd. "Van ridders wordt verwacht dat ze van vechten houden. Wat ben jij voor een ridder?"

Terwijl Drew de kei nog steeds op hem richtte, kroop Eliot uit de rivier, greep zijn tas en liep stroomopwaarts.

Drew sloeg hem gade toen hij vertrok. Hij zou de steen niet eerder loslaten of zich omdraaien voordat hij er zeker van was dat Eliot vertrokken was. Toen herinnerde hij zich plotseling iets.

"Eliot!" riep hij half fluisterend. "Eliot!" Toen dat geen reactie gaf, schreeuwde hij. Hij moest verschillende keren roepen, voordat Eliot zich omkeerde.

"Shubal Elkins," riep Drew, "die knecht van lord Chesterfield. Heb jij die vermoord?"

Eliot keerde zich om en liep weer verder.

"Heb je hem vermoord?" riep Drew hem na.

Eliot Venner liet zijn tas vallen. Hij stak beide armen in de lucht en hield een wilde rondedans waarbij hij huilde als een wolf.

Een gewonde, uitgeputte Drew Morgan liep over de brug Edenford binnen. Hij kon maar niet begrijpen hoe Eliot zo veranderd kon zijn. Hij was altijd al een beetje gek geweest, maar deze Eliot was totaal onberekenbaar en gevaarlijk. Drew nam zich voor de bisschop in te lichten over het gevecht van deze nacht. Toen dacht hij weer aan de taak die hij moest uitvoeren – de vergelijking van het handschrift van Justin. Hij had altijd geweten dat er een mogelijkheid bestond dat Christopher Matthews Justin zou zijn, maar Nell had hem gezegd dat haar vader niet zo goed was in schrijven. Niettemin zou hij dat eens verder moeten nagaan. Dat betekende dat hij een gelegenheid moest zien te vinden de studeerkamer van de predikant binnen te sluipen. Hij hoopte maar dat het niet waar zou zijn.

"Meester Morgan?"

Drew maakte een sprong van schrik door die onverwachte stem. Er kwam een magere figuur uit de schaduw van de bomen voor het kerkgebouw te voorschijn. De vogelverschrikker Ambrose Dudley.

"Een beetje laat voor een wandeling, vindt u ook niet?" vroeg de vogelverschrikker.

HOOFDSTUK 16

Drew beefde. Door de vreemde avond voelde hij zich erg slap. Zijn tenen zagen vuil van de modder en waren bijna bevroren; hij sleepte zich met moeite voort en iedere stap bonsde in zijn hoofd; zijn verbonden rechterarm was helemaal stijf en hij kon zijn vingers nauwelijks bewegen. Alles aan hem deed zeer en hij wilde niets liever dan in zijn bed voor de haard kruipen.

Hij wilde niet meer aan zijn gevecht met Eliot denken. Hij was volledig van zijn stuk gebracht door het feit dat zijn leermeester zich tegen hem gekeerd had. Waarom wilde Eliot hem pijn doen?

En dan was daar nog die andere vreemde figuur, Ambrose Dudley. Drew was er niet zeker van dat de schrijver zijn verklaring over de late nachtwandeling had geaccepteerd en dat hij per ongeluk van de rivieroever in de rivier getuimeld was. Maar waarom zou Dudley hem eigenlijk niet geloven? Per slot van rekening was hijzelf ook nog laat aan de wandel geweest.

Op dat moment deed een opkomende gedachte hem huiveren. Dudley had de niet gecodeerde boodschap van Eliot aan hem overhandigd. Had hij die ook gelezen? Dat zou een verklaring voor zijn aanwezigheid kunnen zijn. Drew probeerde zich uit alle macht te herinneren of de brief tekenen had vertoond dat hij geopend was. Hij kon zich echter niets herinneren, maar hij was er ook niet alert op geweest. Maar dat deed er niet toe. Waar het om ging was dat Dudley aanwezig was geweest. Had hij zijn gesprek met Eliot gehoord? Hij moest in ieder geval iets gehoord hebben. Op zijn minst het gehuil.

Drew keek zenuwachtig achter zich. De straat was leeg. De schaduwen waren zwaar, zwaar genoeg om een magere schrijver te verbergen. Drew probeerde zo gewoon mogelijk te lopen, zo gewoon als voor iemand die helemaal blauw zag en bevroren tenen had, mogelijk was. Hij haalde diep adem om zichzelf tot kalmte te brengen.

Nou ja. Laten we aannemen dat Dudley de brief gelezen heeft en mijn gesprek met Eliot gehoord heeft. Maakt dat enig verschil? Nee. Mijn plan kan nog steeds werken. Om helemaal zeker te zijn moet ik echter haast maken en Edenford bij de eerste de beste gelegenheid verlaten.

Hij deed zo stil mogelijk de deur van het huis van de Matthews open en stapte de donkere kamer binnen. Van de vloer kwam een snurkend geluid. In de war gebracht, bleef Drew een moment staan om zijn ogen aan het donker te laten wennen. Na een paar maal met zijn ogen geknipperd te hebben, kon hij de kamer onderscheiden. De predikant sliep op de vloer. Drew had aangenomen dat hij vanaf vannacht wel weer op de verdieping zou gaan slapen.

Hij liep langs de slapende predikant heen naar de trap. Een lichtje bovenaan de trap verspreidde wat licht. Het licht kwam uit de studeerkamer, waar Nell in de stoel van haar vader over het bureau gebogen zat. Drew kon haar gezicht niet zien en ook niet wat ze aan het doen was en zij kon hem niet zien. Overwegende dat hij die avond er al een keer eerder niet in geslaagd was zijn modderige uiterlijk te verklaren, besloot hij langs de deur heen te glippen en zijn kamer binnen te gaan.

Zijn volgende stap kwam terecht op een losse plank die onder zijn gewicht kraakte.

"Oh!" Nell schrok op en sloeg haar linkerhand tegen haar borst. "Drew Morgan! Laat jij me even schrikken!"

Ze zag er echt geschrokken uit. Hoe ze ook over Drew mocht denken, ze was zich lam geschrokken.

"Het spijt me," zei hij schaapachtig. "Ik had niet de bedoeling je te laten schrikken. Je was bezig en ik wilde je niet storen."

Nell sloeg een paar bladzijden om op het bureau. "Had je een..." Ze sloeg een register of zo iets dicht voordat ze opkeek, "... een leuke... DREW MORGAN! Wat is er in hemelsnaam met jou gebeurd? Het lijkt wel of je in de modder aan het rollen bent geweest! Heb je gevochten?"

Zijn schaapachtige blik had een paar ogenblikken daarvoor goed gewerkt en daarom besloot hij die rol vol te blijven houden. "Ja weet je, ja en nee. Ik heb niet gevochten, maar ik heb wel in de modder liggen rollen. Ik denk dat ik nogal onhandig ben. Ik liep langs de rivier en ik ben van de oever afgevallen."

"Je ziet er vreselijk uit. Niet bepaald als een heer, meester Morgan. Je had wel kunnen verdrinken!"

Hij haalde zijn schouders op. "Misschien wel. Maar ik vind de rivier 's nachts als de maan erin schijnt zo mooi. Het is er zo vredig en ik wilde eens rustig nadenken." Hij wierp een blik op de papieren die ze op het bureau verborg. "Jij bent nog laat op, zeg."

"Ach, ja." Ze volgde zijn blik. Tevreden gesteld dat alles bedekt was, keek ze weer op. "'s Nachts kan ik het beste nadenken en dan schrijf ik in mijn dagboek. Ze klopte op de omslag van het boek dat gesloten voor haar lag.

Er hing een ongemakkelijke stilte tussen hen in. Nell speelde met haar ene hand met de rand van een stuk papier en trok met haar andere haar katoenen nachtpon hoger op. Drew stond op zijn omwikkelde, blauwe en modderige tenen te wiebelen.

"Ik denk dat ik maar eens naar bed ga," zei hij.

"Ik ook."

Drew ging naar zijn kamer, stak de kandelaar aan en deed de deur dicht.

Hij hield de brief van bisschop Laud bij het kaarslicht en bekeek de netjes neer geschreven nummers: (41/3/18/2) (40/15/17/1-2) (10/2/21/6-16) (23/13/6/3-11) (18/6/8) (10/12/23/25-27) (42/1/23/8).

Het eerste woord was gemakkelijk. Zijn naam. Vlak bij de kaars gezeten, gebruikte hij zijn Bijbel om de rest van de boodschap te ontcijferen. *"Wijkt niet af ter rechter- of ter linkerzijde. Want de dag des Heeren is nabij. Och dat ik mijn verzoek mocht doen en dat God mij zou doen wat ik begeer! Keer spoedig tot mij weder."*

In zijn bed liggend met zijn hoofd op zijn goede hand leunend, probeerde Drew de boodschap te begrijpen. Die bevatte eigenlijk weinig nieuws – houd uw koers, de tijd is kort, kom spoedig naar huis. En dan was er natuurlijk nog de gebruikelijke hartelijke opmerking wat hem de opmerking van Eliot in herinnering bracht... de minnaar van de bisschop. Dat dacht Eliot toch niet werkelijk? Drew huiverde bij de gedachte en probeerde snel ergens anders aan te denken.

Hij ging rechtop zitten en pakte het papier met Justin's handschrift erop. Het was gekreukt en de linker bovenhoek was er af gescheurd. Drew was er vrij zeker van dat het in betere conditie was geweest toen Eliot het had gekregen. Hij streek eerst de kreukels glad voordat hij het verder bestudeerde. Het schrift was onzorgvuldig en in haast geschreven, alsof de schrijver zijn gedachten niet snel genoeg op papier had kunnen krijgen. En dan verder de letters zelf. De hoofdletter T begon met een grote lus die tegen de stam van de letter aankrulde. De lagere lussen van de g en y liepen op een punt uit en de lussen waren zo smal dat het nauwelijks lussen te noemen waren. Drew had te weinig van het handschrift van de predikant gezien om te kunnen vaststellen of dit het zijne was. Hij zou het met een ander handschrift moeten vergelijken. In de studeerkamer zou hij waarschijnlijk wel een brief of aantekeningen voor een preek kunnen vinden.

Drew moest in zichzelf lachen toen hij weer naar het papier keek. Voor de eerste keer zag hij de woorden op het papier. Hij had zo intensief het handschrift bestudeerd dat hij geen aandacht had besteed aan de inhoud van de bladzijde. Het waren de gedachten achter deze woorden die heel Engeland op zijn kop zette. Hij streek het papier opnieuw glad en begon te lezen:

...volgen leiders van onze regering de Heere? Moeten ook wij evenals zij God verlaten? Dat verhoede God!

En hoe zal dan onze reactie zijn als zij zich in de naam des Heeren met de wetten van Engeland tegen ons keren?

Zullen we hen haat voor haat vergelden?

Zal onze reactie kwaad voor kwaad zijn?

De profeet Micha beantwoordt onze vragen.

"Hij heeft u bekend gemaakt, o mens, wat goed is; en wat eist de Heere van u, dan recht te doen en weldadigheid lief te hebben en ootmoedig te wandelen met uw God" (Micha 6:8).

Wat slechte mensen ons ook mogen aandoen, Gods eisen voor ons blijven dezelfde.

Zullen wij de gerechtigheid opgeven omdat wij onrechtvaardig behandeld worden?

Zullen wij de genade opgeven omdat anderen niet genadig zijn?

Zullen we weigeren ons voor God te verootmoedigen en het spoor volgen van slechte mensen? een spoor dat naar het verderf leidt?

"Helaas," zo roepen de Engelsen uit, "als we de kwade machten onder ons niet vernietigen, dan zullen die ons vernietigen!"

Mijn antwoord daarop luidt: "Dat zal zeer zeker niet gebeuren!"

Als er één boodschap in de Bijbel luid en duidelijk tot ons komt dan is het wel deze: Goddelozen zullen uiteindelijk falen en de rechtvaardigen zullen de overhand verkrijgen.

Ziet u hiervan de waarheid niet in?

Als dat u niet duidelijk is, ziet dan met de ogen van het geloof en God zal u dat duidelijk maken. De ouden hebben deze waarheid begrepen. Hoewel ze door goddelozen omringd werden, verkozen ze een leven des geloofs.

Door het geloof heeft Abel een meerdere offerande Gode geofferd dan Kaïn.

Door het geloof heeft Henoch God behaagd.

Door het geloof heeft Noach de wereld veroordeeld en werd hij een erfgenaam der gerechtigheid.

Door het geloof is Abraham God gehoorzaam geweest, niet wetende waar hij komen zou.

Deze mensen ontvingen niet de dingen die hen beloofd waren. Zij...

Van hieraf tot aan het eind van het papier misten er woorden doordat er een hoek van het papier was afgescheurd.

an verre gezien en zij hebben beleden dat ze gasten en   eemdelingen op de aarde waren.

zal God ons minder belonen als we net zo getrouw zijn   zij?

moeten niet door onze vijanden bepaald worden, maar   door onze hoop op de levende God die overeen   zijn wil

Drew legde het handschrift op de tafel en blies de kaars uit. Hij betwijfelde of Christopher Matthews de zo beruchte pamfletschrijver was. Maar één ding wist hij zeker – de predikant en de onbekende schrijver waren uit hetzelfde hout gesneden.

Een gil maakte hem wakker. Drew schoot overeind en kwam in actie terwijl hij zijn gedachten probeerde te ordenen. Het was de gil van een vrouw geweest. Nu klonk er een ander geluid. Gelach? Nee, geen gelach. Gesnik. Hij hoorde snikken.

Hij sprong uit bed. In het donker zocht hij zijn weg naar de deur. Zijn arm raakte iets aan. Krak! Hij hoorde de kandelaar op de grond vallen. Hij schopte hem uit de weg. Hij tastte naar de deur en vond de klink.

Drew was nu helemaal wakker en hij probeerde meer geluiden op te vangen zodat hij zou weten waar ze vandaan kwamen. Er klonk gesnik uit de kamer van Nell en Jenny. Hij liep op de deur toe. Nu hoorde hij ook gefluister en een geruststellende stem die troostende woorden sprak.

"Het is alleen maar een droom," zei de stem. "Alles is weer in orde nu. Het was alleen maar een droom."

Het was Jenny's stem.

Op zondagmorgen was Drew weer in staat zijn blauwe tenen in een schoen te wringen. Het was wel pijnlijk en hij liep kreupel, maar dat kwam hem goed uit. De pijn was draaglijk.

Toen Drew met ze naar de kerk liep, waren zowel Nell als Jenny tegen hun gewoonte in somber gestemd. Drew dacht dat het wel een gevolg zou zijn van de nachtmerrie die Nell die nacht gehad had. Zoals gebruikelijk was de predikant al naar de kerk gegaan om de deur open te doen. Bij de dorpsput ontmoette het sombere drietal de Coopers. De kleine Thomas, die nog steeds van top tot teen blauw zag, werd door zijn vader als een dankoffer aan een genadig God naar de kerk gedragen. De jongen was nog steeds verstijfd en hij had zijn ogen nauwelijks open. Halverwege op weg naar de kerk begon hij te huilen van de pijn, maar hij kwam weer tot bedaren toen ze de kerk binnen gingen.

Sinds de ramp in Norwich, toen dominee Laslett hem tijdens een dienst in het openbaar ontmaskerd had, was Drew voorzichtig bij het binnen gaan van een kerk. Hij keek altijd even snel rond of de overtredingen nog steeds zo waren. Als de dingen plotseling op hun juiste plaats gezet waren, zat hij in moeilijkheden. De avondmaalstafel bevond zich niet op de voorgeschreven plaats en er was ook nog geen hekwerk omheen geplaatst. Goed zo. De predikant stond voorin. Hij droeg geen toga. Goed. De schuldbelijdenis werd opgezegd volgens de voorgeschreven kerkorde. De mensen luisterden wanneer ze moesten luisteren, gingen staan wanneer ze moesten gaan staan, bogen hun hoofd en baden zoals voorgeschreven werd door de kerkorde van de Kerk van Engeland. Geen reden tot verontrusting.

Toen stond Matthews op om te preken. Zou hij een goedgekeurde preek voorlezen of zou hij zijn eigen preek houden? De predikant opende een boek. Het was zijn Bijbel. Goed zo. Tijdens zijn preek maakte hij gebruik van zijn aantekeningen. Het was geen goedgekeurde maar zijn eigen preek. Goed zo. Drew ontspande zich. Uit niets bleek dat ze hem door hadden.

Matthews had voor zijn preek een schriftgedeelte gekozen uit Deuteronomium dat handelde over Mozes' laatste instructies aan het volk Israël juist voordat ze het Beloofde Land zouden binnentrekken. Mozes zou niet met hen meegaan. Om redenen die Drew niet kende, was dit de manier waarop God het wilde.

Naar aanleiding van het schriftgedeelte formuleerde de predikant drie vermaningen voor de bevolking van Edenford:

Ten eerste vertelde hij hen dat ze hun hart op Gods Woord moesten zetten. Want Gods Woord is een betrouwbare en blijvende gids op uw levensreis. Ten tweede, vermaant uw kinderen in Gods wegen te wandelen. Een land is nooit verder dan één generatie van afval verwijderd, zo waarschuwde hij. Ten derde, het onderhouden van Gods geboden is nooit te vergeefs, het is uw leven. Hij legde uit dat deze derde vermaning de basis voor het ware geloof vormde. Gehoorzaamheid aan Gods wegen, zoals die in de Bijbel onderwezen werden, vormde voor het hele leven het fundament.

Tussen Nell en Jenny ingezeten dacht Drew over de woorden van de predikant van Edenford na. Toen de predikant de slechte daden van de huidige goddeloze generatie beschreef, verborg Drew zijn hoofd in zijn handen. Zijn schouders schokten. Jenny vroeg hem of hij zich niet goed voelde. Drew antwoordde niet. Toen de predikant zijn derde punt verder uitlegde, boog Drew nog verder naar beneden en zijn hoofd en handen lagen op zijn knieën.

"De toekomst voor Gods kinderen in Engeland ziet er somber uit," riep de predikant uit. "Aan de horizon zie ik donkere, dreigende krachten samentrekken, die het op onze ondergang gemunt hebben. Maar wij zijn Gods volk. We zijn niet zonder hoop. In zijn genade heeft God mij een visioen gegeven van het beloofde land ook voor het Engelse volk."

De predikant had aller aandacht. Zelfs degenen die tot nu toe hadden zitten doezelen, luisterden nu aandachtig. Hun predikant bood ze een blik in de toekomst en dat wilde niemand missen.

"God heeft me laten zien dat zijn getrouwe volk zal overwinnen. Meer dan overwinnen! God heeft me laten zien dat zijn volk zal leven in een land waar mensen hun hart op de dingen van God zullen zetten, zowel de burgers als haar leiders. Niet langer zullen zij streven naar macht en rijkdom en andere wereldse zaken. In dit land zal kinderen geleerd worden God te aanbidden en Hem al de dagen van hun leven te dienen. In dit land zullen mensen wonen die niet langer bang zijn voor vervolging. Want de regeringsleiders, de adel, de gewone mensen van de hoogste tot de laagste, zullen nederig wandelen met hun God. God heeft mij ervan verzekerd dat het niet te vergeefs is om van zo'n land te dromen. Dit is Gods wil voor ons. Dezelfde God die zijn volk uit het diensthuis leidde naar het beloofde land zal ook ons uit dit land van vervolging leiden naar het land van melk en honing. Niet langer zullen wij de slaven van slechte mensen zijn, want we zullen in een vrij land wonen."

Toen hij zijn preek beëindigd had, ging de predikant zijn gemeente voor in gebed. Toen ze haar hoofd boog om te bidden, vielen Nell's ogen op een vers in de Bijbel die nog steeds opengeslagen op haar schoot lag. *"En de Heere sprak tot Mozes, zeggende: 'Gij zult het land voor u zien, maar daarheen niet inkomen, in het land dat Ik de kinderen Israëls gegeven heb,'"*

Nell dacht aan deze profetie en aan haar vader en ze huilde.

"Mag ik iets zeggen?"

Na het einde van de dienst was Drew gaan staan en hij sprak luid. Een aantal kinderen die graag naar buiten wilden, stonden al in het gangpad. De volwassenen zochten hun spullen bij elkaar. De predikant stond naast de preekstoel. De woorden van Drew maakten aan alle activiteiten een einde.

"Wil je de gehele gemeente iets zeggen?" vroeg de predikant.

"Ja, mag ik naar voren komen?"

De predikant knikte.

Toen Drew langs Nell heen naar voren liep, trokken ouders hun rusteloze kinderen weer uit het gangpad.

Toen Drew op het podium stond, sloeg hij zijn ogen neer en vouwde zijn handen voor zich. Lange tijd stond hij daar alleen maar en zocht naar de juiste woorden. Hoe langer hij wachtte, hoe meer aandacht hij van ieder kreeg. Hij zei pas iets toen alle onrust was verdwenen en het heel stil was.

"Ik ben hier heen gezonden om jullie te bespioneren."

Er klonk een gemeenschappelijke zucht op uit de gemeente. Drew keek op. Het eerste gezicht dat hij zag was dat van Jenny. Er stond ontzetting op te lezen. Naast haar zat Nell met een dreigende blik in haar ogen. Achter in de kerk stonden David en James Cooper met de armen over de borst gevouwen. Ambrose Dudley's gezicht vertoonde naast zijn neus een groot aantal rimpels waardoor hij eruit zag als een wezel. Eén gezicht kon Drew niet zien omdat het achter hem was – wat maar goed was ook. Hij dacht dat hij de blik van de predikant op dat moment niet zou kunnen verdragen.

"Dat is waar," vervolgde hij. "Machtige mensen die de puriteinen haten, hebben mij doen geloven dat jullie slecht zijn en dat jullie een bedreiging voor Engeland vormen. Toen ik jullie zei dat ik op weg was naar Plymouth was dat een leugen. Mijn reisdoel was van meet af aan Edenford. Ik had de opdracht om jullie predikant, Christopher Matthews, te bespioneren en rapport uit te brengen over de afwijkingen van de orde van de Kerk van Engeland."

De gemeente begon steeds opgewondener te worden. Drew ging snel verder en begon luider en indringender te spreken.

"Ik heb diverse overtredingen geconstateerd waarvoor jullie vervolgd zouden kunnen worden: de avondmaalstafel staat niet tegen de oostelijke muur; er staat ook geen hekwerk omheen; uw predikant draagt geen toga tijdens de kerkdiensten; jullie buigen niet als de naam van Jezus wordt genoemd; en ook 's avonds wordt er tijdens de diensten gepreekt. Al die dingen zijn in strijd met de wet van Engeland."

De opschudding werd nog groter. Drew moest nog luider gaan praten.

"Er zijn mensen verhoord, veroordeeld, gegeseld en gebrandmerkt voor deze overtredingen! Ik ben daar persoonlijk getuige van geweest!"

Het lawaai in de gemeente werd nog luider. Drew moest schreeuwen om zich verstaanbaar te maken.

"Laat mij alstublieft uitspreken! Want ik heb nog een ander belangrijk punt ontdekt!" Hij bleef even stil. Het lawaai werd langzaam minder. "Ik ben er achter gekomen dat de mensen die jullie haten, het bij het verkeerde eind hebben!"

Stilte. Dit hadden ze niet verwacht. Sommigen dachten dat ze hem verkeerd verstaan hadden en vroegen aan de mensen die naast hen zaten wat hij nu eigenlijk gezegd had.

"Ze hebben het mis. Jullie hebben mij dat duidelijk laten zien. Jullie zijn niet slecht. Jullie zijn niet gevaarlijk. Ik heb er verkeerd aan gedaan jullie te bespioneren. De man die ik moest bespioneren, verwelkomde mij als gast in zijn huis. Jullie allemaal hebben mij geaccepteerd en jullie hebben mij als één van de uwen behandeld. Ik heb nooit geweten dat zoiets mogelijk zou zijn."

Er verschenen opgeluchte glimlachen op de gezichten.

"Door jullie daden hebben jullie mij de ware liefde van Jezus Christus laten zien. Ik ben jullie niet waardig. Mijn enige verzoek is dat jullie mij vergeven. Ik zal Edenford onmiddellijk verlaten en jullie nooit meer last bezorgen."

Met gebogen hoofd liep Drew van het podium af en hinkte naar de deur.

"Drew wacht," riep de predikant hem na.

Drew bleef midden in het gangpad staan.

"Laat hem maar gaan," schreeuwde iemand. Ook anderen sloten zich hierbij aan.

Christopher Matthews liep op Drew toe en sloeg een arm om zijn schouders. "Jullie hebben zijn belijdenis gehoord," zei de predikant, "en ik ben getuige geweest van zijn bekering. Is dit niet het wezen van alles wat we geloven. Christus stierf om ons onze zonden te vergeven! Wie van ons is er niet tot Christus gekomen dan alleen door de vergeving der zonden? Wie van ons heeft niet iets gedaan waarvoor hij zich moet schamen?"

De predikant wachtte op iemand die hem zou willen tegenspreken, maar zoals hij al verwacht had, deed niemand dat.

Zich tot Drew wendend zei de predikant: "Wil je dat? Wil je dat Christus je zonden vergeeft? Wil je een van zijn discipelen worden?"

Drew keek in de smekende ogen van de predikant. Zijn arm lag warm en stevig op zijn schouders. Hij wierp een snelle blik op Jenny. Net als haar vader had ook zij een smekende blik in haar ogen. Hij kon Nell's gezichtsuitdrukking niet zien. Ze hield haar hoofd gebogen en haar gezicht ging schuil achter een gordijn van bruin haar.

"Als Hij mij wil hebben," zei Drew zacht.

Die middag werd Drew Morgan in de rivier de Exe gedoopt.

In verband met de doopdienst ging tot blijdschap van de kinderen, het catechesatieonderwijs die middag niet door. Gedurende de uren dat het nog licht was aten, dronken en spraken de bewoners van Edenburg met elkaar. Zonder één enkele uitzondering gaf ieder lid de nieuw-bekeerde een hand. Hun gevoelens over het nieuwe gemeentelid waren echter nogal gemengd.

Jenny omarmde Drew net iets te lang, zodat de vrouwen die erom heen stonden dachten dat het geen pas gaf.

"Ik val van de ene verrassing in de andere!" zei Nell. Ook zij gaf Drew een korte omarming.

Ambrose Dudley stak een benige hand uit die droog en koud aanvoelde. "Welkom meester Morgan," zei hij. Naar voren buigend fluisterde hij: "Aan hun vruchten zult gij ze kennen, Mattheüs hoofdstuk 7, vers 20."

Die nacht lag Drew in het donker op zijn matras in de woonkamer van de Matthews. Hij staarde naar de balken van de zoldering en glimlachte.

Eliot, je bent een genie! dacht hij. *Je bent wel gek, maar toch een genie!*

De gebeurtenissen op die dag waren precies zo verlopen als Eliot voorspeld had. De list had voortreffelijk gewerkt. *"Zeg ze op zeker moment de waarheid door ze te vertellen dat je een spion bent."* Drew herinnerde zich dat hij gelachen had toen Eliot deze tactiek aan hem had voorgesteld. *"Nee, ik houd je niet voor de gek,"* had Eliot volgehouden. *Het werkt! Vertel ze dat je een spion bent en dat je het goed met hen voor hebt en dat je er niet mee door kunt gaan. Zeg ze dat zij je voor hun geloof gewonnen hebben. Dat je het licht gezien hebt (dat is een uitdrukking waar ze gek op zijn) en dat je de dwaling van je weg bent gaan inzien. Hoe meer je jezelf voor een schurk uitmaakt, hoe meer ze je willen vergeven. En dan – en dat is het beste van alles – zeg je dat je weggaat en dat je onwaardig bent om in hun midden te zijn. Ze zullen je smeken om te blijven!*

Werkelijk! Zonder gekheid! Ze smeken je te blijven. En dan vertellen ze je ieder geheim in de gemeente. In die bekeringstruc trappen ze allemaal. Je moet er alleen ernstig bij kijken en dan werkt het altijd!"

Ambrose Dudley was de enige moeilijkheid. De enige aanwijzing bestond uit het feit dat hij iets verwachtte en ongetwijfeld had hij het gegil, zo niet het hele gesprek, die nacht bij de rivier gehoord. Waarom had hij daar niets van in het openbaar gezegd? Waar wachtte hij op? Maar misschien maakte Drew zich te veel zorgen. Naar de reactie van de bevolking te oordelen had hij kennelijk ernstig genoeg gekeken, want het plan had uitstekend gewerkt.

Na een hele morgen gewerkt te hebben, bood Christopher Matthews Drew de kans om zijn studeerkamer boven in te sluipen.

"Je ziet er moe uit," zei hij. "Dat is natuurlijk niet te verwonderen. Je hebt gisteren een drukke dag gehad en ook vanmorgen ben je steeds bezig geweest. Waarom ga je niet naar huis en een poosje slapen?"

Drew deed zijn best er slaperig uit te zien. "Ja, ik ben moe," gaf hij toe. "Maar ik moet nog zoveel leren en u heeft hulp nodig. Het zal wel gaan."

Maar zoals Drew wel verwacht had, drong de predikant aan en hij kon gaan. Daar Nell en Jenny aan het werk waren, kon hij niet in de huiskamer slapen en moest hij naar boven. De predikant zou niet thuis zijn en Nell en Jenny zouden druk bezig zijn, een uitgelezen kans om de studeerkamer binnen te sluipen.

Nadat ze een sobere maaltijd genuttigd hadden, las Drew de meisjes die aan het werk waren voor uit de Bijbel. Toen geeuwde hij en liep de trap op voor een dutje. Hij opende de slaapkamerdeur luid genoeg om door de meisjes gehoord te worden.

Hij ging niet onmiddellijk naar de studeerkamer. Eerst wilde hij er zich van overtuigen dat het gesprek beneden gewoon verder zou gaan.

"Je vindt hem aardig, he?" hoorde hij Jenny vragen.

"Drew? Ik weet niet waar je het over hebt," antwoordde Nell. "Wat ga je tegen James zeggen?"

Nell gaf lange tijd geen antwoord. Drew deed zijn uiterste best om iets te horen.

"Nou?" Dat was Jenny weer.

"Ik heb hem niets te zeggen," zei Nell scherp.

Toen hun gesprek op het kantklossen kwam, vond Drew het veilig genoeg om naar de studeerkamer te lopen. Hij herinnerde zich de losse vloerplank, die Nell een paar nachten daarvoor had opgeschrikt en stapte met een grote pas daar overheen de studeerkamer binnen. Zijn ogen zochten de kamer af naar losse vellen papier.

Het bureau was keurig geordend, met aan de rechterkant twee stapels boeken. Middenop stond een ganzepen en een inktpot. Er lagen geen papieren op het bureau. Drew keek naar de boekenplanken boven het bureau. Hij zag de Bijbel van de predikant en trok die van de plank. Hij sloeg een paar bladzijden om en vond wat hij zocht. Aantekeningen voor de preek van afgelopen zondagmorgen. Deuteronomium, Mozes, de Israëlieten en het Beloofde Land.

Hij haalde de bladzijde met het handschrift van Justin uit zijn zak en legde die naast het papier met de aantekeningen. Hij zocht naar hoofdletters T en letters met een lus naar beneden – y, g, p. Er waren er genoeg om een goede vergelijking te kunnen maken. Hij beet op zijn lip en zuchtte. Tevreden gesteld stak hij het papier van Justin weer in zijn zak, de losse aantekeningen in de Bijbel en hij legde de Bijbel weer op de boekenplank.

Voordat hij vertrok keek hij nog eens naar het bureau om er zeker van te zijn dat hij alles achterliet zoals hij het gevonden had. Hij was overdreven voorzichtig. *Beter om helemaal zeker te zijn dan door onvoorzichtigheid betrapt te worden,* redeneerde hij. Hij keek naar de rij boeken op de plank. Sommige waren verder weggeduwd dan andere. Dat was zo maar willekeurig. Niemand zou een verandering daaraan opmerken. De pen en de inktpot waren niet aangeraakt. De twee stapels boeken op het bureau. Nog net zo als toen hij kwam...

Een van de boeken kwam hem bekend voor. Het lag helemaal onderop de rechtse stapel. Het was het boek dat Nell gesloten en voor hem verborgen had op de avond dat hij haar had laten schrikken toen hij thuiskwam van de ontmoeting met Eliot. Waarschijnlijk haar dagboek. De verleiding om er even in te kijken was onweerstaanbaar.

Drew keek naar de deur. Hij verwachtte niet daar iemand te zien staan – dan had hij ze de trap wel horen opkomen – maar hij keek om helemaal zeker te zijn. Heel langzaam legde hij de bovenste boeken aan de kant en trok het onderste naar zich toe. Hij opende de omslag. Er stond geen naam in en er was niets op geschreven. Er lag echter een fijn kanten kruisje in. Een boekenlegger? Hij pakte het op om het aandachtiger te bekijken. Het was prachtig geweven, zonder een enkele fout voor zover hij kon zien. De draden verspreidden een zwakke geur die hem aan Nell herinnerde. Het was dezelfde geur die hij had opgemerkt op de dag dat ze arm in arm naar de kasteelruïne gelopen hadden. Hij hield het kantwerk tegen zijn neus, snoof en dacht terug aan die dag.

Nadat hij het kruisje teruggelegd had voorin het boek, sloeg hij hier en daar een bladzij om. Het was het dagboek van Nell. Hij begon op een bepaalde bladzij te lezen. Lord Chesterfield was onredelijk. Hij had een bepaalde hoeveelheid kant gevraagd die onmogelijk in die tijd klaar kon komen. De crisis? Een feest op Theobalds. Nell keurde het huwelijk af. Op een andere bladzij stond vermeld dat zij en Jenny ruzie hadden gehad. Waarover stond er niet bij, maar Nell was boos geweest over het feit dat Jenny veel te goed van vertrouwen was en te naïef. Nell was bang dat

Jenny teleurgesteld zou worden. Op een andere bladzijde had Nell te kampen met trots. Ze vroeg of God haar vergeven wilde. En op weer een andere drong James zich aan haar op. Ze vroeg God om wijsheid hem te helpen volwassen te worden.

Die laatste bladzij maakte Drew woedend. De gedachte dat die harige reus zijn handen op Nell zou leggen verteerde hem. Toen trof hem plotseling iets. *Zegt ze ook iets over mij?* Hij keek de bladzijden door tot het einde van het boek en zocht naar zijn naam. Daar, Drew Morgan...

De deur beneden ging open en ging weer dicht.

"Papa!" Hij hoorde Jenny's kinderlijke uitroep. "Wat komt u thuis doen?"

Gehaast sloot Drew het dagboek en legde het weer op de hoek van het bureau. Toen pakte hij impulsief het kanten kruisje vooruit het boek en stak het in zijn zak. Luisterend naar stappen op de trap, plaatste hij de andere boeken weer boven op het dagboek. Nog steeds geen voetstappen. De predikant legde Nell en Jenny uit dat Cyrus Furman zich eenzaam voelde. Daar de Furmans geen Bijbel hadden, was de predikant naar huis gekomen om de zijne te halen zodat hij hem zou kunnen troosten uit de Schrift.

Drew liep haastig op zijn tenen over de krakende plank, duwde heel rustig de deurklink naar beneden en sloop de kamer in. Met bonzend hart lag hij op bed. De zware stappen van de predikant waren nu op de trap te horen. Een krakende vloerplank wees erop dat hij nu boven was. Even later kraakte de plank weer en klonk het geluid van naar beneden gaande voetstappen.

Drew lag meer dan twee uur op bed zonder te kunnen slapen. In het donker van de kamer haalde hij het kanten kruisje uit zijn zak en streelde het zachtjes. Het naar zijn gezicht brengend snoof hij Nell's geur op en wreef het tegen zijn wang.

De gemengde gevoelens in hem waren verontrustend. Nog nooit had hij zulke gevoelens voor een vrouw gehad. Hij had dikwijls wel andere vrouwen begeerd, zoals bijvoorbeeld Rosemary in de herberg van Mile End. Maar als zijn begeerte eenmaal bevredigd was dan verafschuwde hij Rosemary. Hij wilde haar nooit meer terugzien. Ja, hij begeerde Nell ook wel, maar het was niet alleen maar lust waardoor hij zich tot haar voelde aangetrokken. Hij wilde altijd bij haar zijn. Hij wilde haar gelukkig maken. Hij wilde dat zij naar hem zou kijken met hetzelfde respect als waarmee ze naar haar vader keek. Hij wilde dat ze voor altijd bij hem zou blijven. Maar hoe zou dat kunnen? Ze zou Edenford en haar familie nooit verlaten. En zijn toekomst lag in Londen, waar roem en geluk hem wachtten.

Alles waarover hij ooit gedroomd had lag nu immers binnen handbereik. Bekendheid. Roem. Misschien zelfs de ridderschap. Al die dingen zouden hem te beurt vallen als hij de wereld bekend zou maken dat Christopher Matthews de beruchte pamfletschrijver Justin was.

HOOFDSTUK 17

Zoals achteraf bleek was het niet nodig geweest dat Drew de studeerkamer van Christopher Matthews was binnengeslopen om te ontdekken dat de predikant Justin was. Een aantal avonden later werd hem tijdens een vergadering de identiteit van de beruchte pamfletschrijver meegedeeld.

Slechts een klein aantal mensen wisten van deze heimelijke vergaderingen die 's avonds gehouden werden achter in de werkplaats van de schoenmaker. Toen hij met Matthews aankwam, zag Drew zeven mannen in de achterkamer van de schoenlapper dicht op elkaar tussen de schoenen, stukken leer en stapels houten hakken zitten. De meesten van hen kende Drew: de schoenmaker David Cooper natuurlijk, Charles Manley, de herbergier, Cyrus Furman en Ambrose Dudley. Twee anderen had hij in de kerk gezien maar hij kon zich hun namen niet meer herinneren; de derde had hij nog nooit eerder gezien. Drew ging op de enige lege stoel naast de vreemdeling zitten, die hem onbeleefd aanstaarde. Drew voelde zich gehinderd en toen bedacht hij dat hij nog steeds blauw zag. De kleur verbleekte wel en iedereen in het dorp was eraan gewend. Maar voor de vreemdeling was hij natuurlijk nieuw en zag hij er vreemd uit.

De predikant bedankte allen voor hun aanwezigheid en ging voor in gebed. Hij vroeg God hen wijsheid te geven in de zaken die besproken zouden worden.

Na het gebed keek de predikant de kamer rond en hij moest grinniken toen hij zag hoe dicht iedereen op elkaar zat. "Meestal zijn we met zijn zessen, maar vanavond dus met zijn negenen. Onze twee nieuwe leden behoeven niet verder voorgesteld te worden. Dit is de eerste vergadering voor Ambrose Dudley. We kennen hem al jaren als onze gewaardeerde stadsschrijver. Hartelijk welkom, Ambrose."

Dudley knikte.

"En jullie kennen Drew Morgan natuurlijk allemaal, de held van de stad en onze nieuwste bekeerling."

Iedereen keek naar hem en Drew glimlachte.

"De derde heer die hier voor het eerst is, is een bijzondere gast. Ik heb hem gevraagd ons een zaak van het grootste belang mee te delen. Hij is een gerespecteerde puriteinse leider en een man naar Gods hart, John Winthrop."

Drew keek naar de gast die naast hem zat. Hij zat rechtop en keek zelfbewust voor zich uit. Zijn donkerbruine haar was langer dan dat van de meeste puriteinen en reikte bijna tot zijn schouders. Door zijn dunne rechte neus die naar zijn snor en op een punt uitlopende baard wees, leek zijn gezicht nog langer dan het in werkelijkheid al was.

De predikant vervolgde: "Ik heb meester Winthrop gevraagd om een bepaald onderwerp met ons te behandelen dat ik kort zal inleiden. Maar eerst moeten we ons met een paar andere zaken bezighouden." Hij keek weloverwogen naar Ambrose Dudley en Drew. Vanaf de kandelaars kringelde zwarte rook naar boven, waardoor de geheimzinnige sfeer nog verhoogd werd. "Na veel gebed hebben wij jullie verzocht met ons mee te doen en vanavond hier te komen, hoewel jullie niets van ons werk afweten en de reden waarom dat geheim gehouden moet worden. Wij vragen jullie in geloof met ons mee te doen en in ons geheim te delen."

"Als ik zo vrij mag zijn." Ambrose Dudley stak een magere arm omhoog om aandacht te krijgen.

"Ambrose," gaf de predikant hem toestemming.

"Voordat er enige geheime informatie wordt verstrekt, wil ik mijn bezwaren kenbaar maken tegen de aanwezigheid van meester Drew Morgan hier."

Voor de tweede keer die avond werden alle ogen op Drew gericht.

"Ik ben mij ervan bewust dat ik niet het recht heb om dit te zeggen, daar het mijn eerste vergadering is. Maar dat is ook de reden dat ik bezwaar heb tegen zijn aanwezigheid hier. Jullie kennen mij al meer dan drie jaar. Twee jaar lang heb ik jullie als schrijver gediend zonder dat ooit iemand een klacht tegen mij heeft ingediend. Geen enkele klacht. Maar pas nu nemen jullie mij in vertrouwen. Meester Morgan is hier echter pas een paar weken. Ondanks de uitkomst van de rechtszitting kwam hij hier aan als een zwerver en hij heeft zelf toegegeven dat hij een spion is. Ik wil jullie wel bekennen dat ik het pijnlijk vind dat jullie mij nu pas in vertrouwen nemen, terwijl een zwerver en een spion wel zo gauw vertrouwd wordt. Als jullie het mij vragen dan denk ik dat jullie een fout maken door hem zo snel jullie geheimen te vertellen."

Ambrose Dudley ging weer zitten.

"Misschien heeft hij wel gelijk," zei Charles Manley.

"Heren." Alle ogen richtten zich op de predikant. "Ik heb deze jongeman al eerder verdedigd en ik aarzel niet dat opnieuw te doen. Ik ben van mening dat er in heel Edenford geen betere man is dan Drew Morgan. Ik heb persoonlijk voorgesteld dat hij aan onze vergaderingen zal deelnemen. En dat voorstel trek ik nu niet in."

"Ik vind het wel goed." zei David Cooper.

"Ik ook," zei Cyrus Furman.

Ook de anderen gaven hun toestemming.

Ambrose Dudley knikte naar de predikant, ten teken dat hij er zich bij neerlegde.

Christopher Matthews legde de geheime operatie aan de nieuwkomers uit. Aangezien John Winthrop geen enkele reactie vertoonde, nam Drew aan dat hij reeds met de geheime activiteiten op de hoogte was. De predikant vertelde dat hij onder de naam Justin puriteins propagandamateriaal schreef. De geschreven bladzijden werden dan verborgen in de schoenzolen en op die manier naar diverse sympathiserende drukkers verstuurd. Een uitgebreid netwerk van vrijwilligers verspreidde vervolgens de pamfletten. De nieuwelingen zouden van tijd tot tijd worden ingezet om de schoenen af te leveren.

Drew was verbaasd over de kalme sfeer waarin de vergadering verliep. Ze spraken over hun illegale operatie of het de gewoonste zaak van de wereld was. Hij verwachtte eigenlijk dat ze gemeen zouden grijnzen bij het maken van hun plannen en dat de spanning dat ze hiervoor gepakt zouden kunnen worden, voelbaar zou zijn. Maar hiervan was bij degenen die aanwezig waren niets te bemerken. Het leek meer op de bespreking voor een begrafenis dan op een geheime bijeenkomst.

Nog iets anders viel Drew op – deze mannen waren meer dan broers voor elkaar. Hij kon dat zien aan de manier waarop zij naar elkaar keken, door de manier waarop zij met elkaar omgingen, nu en dan een klap op de schouder of een por in de ribben dat gevolgd werd door vriendschappelijk gebabbel. Ze waren niet alleen de zaak maar ook elkaar zeer toegedaan. Drew benijdde hun onderlinge vriendschap. Hij keek het wat afstandelijk aan en liet zich er emotioneel niet bij betrekken.

Er werd een nieuw manuscript van Justin te voorschijn gehaald en in een paar schoenen verborgen. Die schoenen moesten naar een zekere mijnheer Whiteley in Reigate gebracht worden. Die zou het manuscript dan weer naar een geheime drukpers in Londen brengen. Er werd afgesproken dat de vrijgezellen Charles Manley en Ambrose Dudley de goederen zouden afleveren. Manley was kennelijk blij dat zijn goede vriend nu deel uitmaakte van het geheime genootschap.

"Het heeft God behaagd om eerder dit jaar John Winthrop op mijn weg te plaatsen," zei de predikant toen hij zijn gast voorstelde. "Wij hebben beiden iets gemeenschappelijks. Hij doet legaal wat ik illegaal doe – pamfletten schrijven. Toevallig las ik zijn pamflet 'Argumenten voor vestiging in Nieuw Engeland', en toen ik het gelezen had was ik onder de indruk van de logica en de geestelijke diepte van het geschrift. Ik zocht hem op en ik heb verscheidene aangename discussies met hem gehad. Ik zou jullie de informatie wel hebben kunnen doorgeven, maar het leek mij beter als jullie het uit de eerste hand zouden vernemen. Hij zou de sleutel voor de toekomst van ons dorp wel eens in handen kunnen hebben."

Matthews gaf het woord aan zijn gast. Toen hij was gaan staan bleek hij langer te zijn dan Drew had aangenomen.

Winthrop streek zijn kleren glad en nam de houding van een spreker aan waarmee hij blijk gaf van zijn opleiding en ervaring. "Op 10 maart van dit jaar onzes Heeren 1629 heeft, zoals u weet, de koning van Engeland het parlement ontbonden. Sinds die datum regeert hij Engeland als een dictator en hij legt belachelijk hoge belastingen op – de scheepsbelasting is er daar een van – om daarmee geld te kunnen innen zonder de goedkeuring van het parlement. U hebt zelf aan den lijve ondervonden wat dit betekent. Hij legt u belasting op en de bisschop vervolgt u.

Om deze reden heb ik samen met elf andere godvrezende mannen de Cambridge Overeenkomst getekend. Wij geloven dat onze toekomst ergens anders ligt, in een ander land. Wij proberen toestemming te krijgen om naar Amerika te gaan emigreren.

Hoe kunnen we nu zo maar Engeland verlaten? Ik weet dat u dat allemaal denkt en dat valt van uw gezichten af te lezen. Ik ben ervan overtuigd dat God dit land zwaar zal beproeven en wel zeer binnenkort. Maar wees niet versaagd. Zo de Heere wil zal Hij ons en anderen een schuilplaats geven. In slechte tijden moet de kerk de wijk nemen naar de woestijn.

Denk eens aan de mogelijkheden! Wij hebben de kans een schuilplaats te bieden aan degenen die God wil behoeden voor de rampspoed die ons hier te wachten staat. De onmatigheid viert momenteel hoogtij in Engeland. Ik ben bang voor mijn kinderen! Wat er nu geleerd wordt op godsdienstig gebied is zo verdraaid dat zelfs de beste ideeën en meest hoopgevende dingen verdorven, verdraaid en volledig omver geworpen worden door de talloze slechte voorbeelden in het land. In Amerika kunnen we onze kinderen opvoeden God te vrezen en te dienen.

Wat zouden we beter kunnen doen en wat zou eerbaarder en waardiger kunnen zijn dan een kerk te stichten en die in haar beginperiode te ondersteunen en ons aan te sluiten bij zulke gelovige mensen? Het emigreren naar dit nieuwe land biedt ons de mogelijkheid ons aan te sluiten bij gelijkgezinde puriteinen en een zuivere kerk te stichten in een nieuw land.

Engeland is overvol en de armen vormen een grote belasting. Waarom zouden we hier op een paar akkers land moeten ploeteren als de hele aarde des Heeren is en we in Nieuw Engeland honderden bunders goed en beter land zouden kunnen bezitten?"

"Maar is het wel een goed land?" vroeg David Cooper.

Op die vraag had John Winthrop gewacht. Hij trok een drukwerk uit zijn zak. "Dit werd geschreven door dominee Francis Higginson, die zich eerder dit jaar in het nieuwe land vestigde. Luister naar wat hij over het land schrijft:

Het land rond de Baai van Massachusetts is zeer gevarieerd en bij de Charles rivier is de grond vruchtbaarder dan waar dan ook. In Salem, zoals onze nederzetting is genoemd, bestaat de grond uit kleigrond en op weer andere plaatsen uit kiezel of zand. In de vlakten is het landschap niet al te vlak en de heuvels zijn niet te hoog. De grond is zowel geschikt voor akkerbouw als voor veeteelt en een ieder kan de grond gebruiken zoals hij zelf wil. Hoewel de grond in het algemeen door dichte bossen wordt bedekt, hebben de Indianen op veel plaatsen de bossen gekapt en de grond geschikt gemaakt voor bebouwing, met name rondom de nederzetting. Ik heb me laten vertellen dat ongeveer drie mijl hier vandaan iemand op een kleine heuvel kan gaan staan en om zich heen duizenden bunders goed land kan zien zonder bomen.

Winthrop liet het papier zakken en vervolgde: "Higginson vertelt verder dat het koren er geweldig goed groeit – een dertig- veertig- zestig- en honderdvoudige opbrengst is heel normaal."

Iedereen in de kamer staarde hem met grote ogen aan.

"Hij beschrijft ook dat er volop water in het land is met een rijke visstand. Betere bossen bestaan er niet in de wereld – vier soorten eiken, essen, iepen, berken, jeneverbessen, cypressen, cederen, dennen en sparren. Wat de dieren betreft, er zijn beren, herten, wolven, vossen, bevers, otters en grote wilde katten."

"Hoe staat het met die Indianen? Zijn die gevaarlijk?" vroeg Charles Manley.

"Er zijn Indianen," gaf Winthrop toe. "Jullie hebben natuurlijk allemaal gehoord over de gevaren die Jamestown bedreigden. Maar ik geef er de voorkeur aan om het meer vanuit het oogpunt van zending te bekijken. Ook zij moeten het Evangelie van Christus horen.

Het is mijn taak hier u te vertellen dat ik een expeditie naar de nieuwe wereld ga voorbereiden. In het voorjaar varen we uit. En u bent allen welkom om u bij ons aan te sluiten."

"Vrouwen en kinderen ook?" vroeg David Cooper. "Is dat niet te riskant?"

"Er bestaat natuurlijk een zeker risico. Als we gaan, kunnen we omkomen door de honger of het zwaard en dan doen we onze gezinnen en vrienden verdriet aan. Maar zijn we hier dan wel veilig? Als we op de goede weg zijn dan zal God ons voor die dingen bewaren of ons in staat stellen die het hoofd te bieden."

"Ik niet," zei Ambrose Dudley. "Ik ben een Engelsman en dat zal ik ook altijd blijven."

Winthrop glimlachte. "Wat mijzelf betreft," zei hij, "ik heb zoveel ijdelheid van deze wereld gezien, dat ik al de verschillende landen als herbergen ben gaan zien en als de reiziger tenslotte aan het einde van zijn reis komt, zal hij tot de ontdekking komen dat het weinig verschil maakt of hij in een goede of een slechte herberg heeft gelogeerd. Het land waarin ik God het meest kan verheerlijken en waarin ik mij kan verheugen in de aanwezigheid van mijn vrienden, dat is mijn land."

"Wat denk jij van dat voorstel van John Winthrop?"

Drew en Matthews liepen van de werkplaats van de schoenmaker door de rustige straten van Edenford naar de Hoogstraat. Toen Winthrop zijn verhaal gedaan had, was de vergadering al spoedig opgeheven. Er werd ook niet verwacht dat er een beslissing genomen zou worden. Het was een uitnodiging geweest. Daar zouden ze nu over nadenken en met elkaar over discussiëren. De predikant vroeg Drew's mening.

"Het klinkt opwindend."

De predikant glimlachte begripvol. "Ja, dat dacht ik wel. Een ver land dat getemd moet worden door avontuurlijke personen, *jonge* avonturiers."

"Denkt u dat er iemand in Edenford met meester Winthrop mee zal gaan?"

De predikant schudde zijn hoofd. "Nee, ze zijn te zeer aan Edenford verknocht. Er is meer voor nodig dan een scheepsbelasting om ze hier weg te krijgen."

"Waarom liet u meester Winthrop dan helemaal hierheen komen om ons dit te vertellen?" vroeg Drew.

"God zei me dat ik dat moest doen."

Drew stelde het versturen van een boodschap naar bisschop Laud uit. Dat kwam niet omdat hij niets te melden had. In feite had hij alles waarvoor hij naar Edenford was gekomen voltooid – hij had een hele lijst van overtredingen van de predikant; meer dan voldoende om hem op te sluiten. En wat nog belangrijker was, hij had het geheim van Edenford ontdekt. Een vergelijking van de handschriften had duidelijk aangetoond dat Christopher Matthews Justin was; en nog belangrijker, hij had dat zelf toegegeven en Drew wist hoe de hele operatie verliep. Waarom aarzelde hij dan om de bisschop op de hoogte te brengen van zijn bevindingen?

Drew wilde niet dat er een einde zou komen aan zijn ervaringen in Edenford als de waarheid bekend werd. Hij had het ergste gedaan wat een spion kon doen – hij was gaan houden van de mensen die hij moest bespioneren. Hij werd hier geaccepteerd. Zelfs meer dan dat, hij werd gerespecteerd en gewaardeerd. Wat had de predikant op de vergadering ook al weer gezegd toen Dudley zijn aanwezigheid ter discussie stelde? "Ik ben van mening dat er in heel Edenford geen betere man is dan Drew Morgan." Dat was het mooiste wat er ooit iemand over hem gezegd had.

Nell stond tegen de lage stenen muur van het oude Saksische kasteel. Achter haar lag Edenford, blakerend in de hitte van de zonneschijn van de zondagmiddag. Op de achtergrond slingerde het blauwe lint van de Exe rivier zich traag langs het dorp en haar oppervlakte weerkaatste het zonlicht. Drew zat op de grond en terwijl hij haar gadesloeg, leunde hij tegen een granieten rotsblok. Haar handen vouwden een blad in zigzag vorm op. Als ze aan het einde van het blad kwam, streek ze het weer glad en begon opnieuw. Drew kon zich niet herinneren dat hij haar handen ooit werkeloos had gezien. Ze waren altijd met iets bezig. Op deze rustdag waren haar handen met een blad bezig.

De bomen strekten zich naast en over hen uit en omsloten hen in hun eigen privé koepel. Het door de bladeren gefilterde licht was zacht en vredig, waardoor het door de volle zon beschenen dorp wel een met groene, gele en blauwe penseelstreken geschilderde muurschildering geleek.

Op Nell's voorstel waren ze naar de kasteelruïne gegaan. Ze spraken over de gebeurtenissen in het dorp, het voedseltekort en het geldgebrek en hoe verschillend de mensen daarop reageerden. Nell zei wat over de verbeterde lichamelijke toestand van Drew. Zijn huid was nog maar heel vaag blauw en zijn rechter arm en linker voet waren weer volledig hersteld. Ze vroeg hem hoe zijn stage bij haar vader verliep en hij vertelde haar dat hij heel wat over de wolindustrie leerde. Toen raakten ze uitgepraat en vervielen in zwijgen. Nell was naar de muur gelopen en vouwde haar blad op en Drew zat op de grond en keek naar haar.

"James Cooper heeft me gevraagd met hem te trouwen."

"O?"

Nell deed haar mededeling als een vanzelfsprekende zaak zonder dat ze hem daarbij aankeek. Drew probeerde zijn antwoord zo normaal mogelijk te laten klinken. Hij hoopte dat de klank niet zo verschrikt klonk als hij zich voelde.

Nell schudde haar hoofd. "Op de avond dat je met papa naar die vergadering was, kwam James naar me toe en zei mij dat hij me wilde spreken. We gingen naar de dorpsweide en hij vroeg me of ik zijn vrouw wilde worden."

"Gefeliciteerd."

Nell draaide zich met een ruk om. Haar ogen vlamden van boosheid en verbijstering. "Gefeliciteerd? Is dat alles wat je te zeggen hebt?"

Drew kwam moeizaam overeind. "Wat zou ik anders moeten zeggen?"

Er sprongen tranen in haar ogen. Ze keek hem niet begrijpend aan. "Ik kan niet trouwen met James!"

"Waarom niet?"

"Hè!" Nell keerde zich met afschuw af. Ze haalde een zakdoek tevoorschijn en wreef woedend in haar ogen. "Ten eerste is hij zo dom als ik weet niet wat. En bovendien heeft hij dan nog dat opvliegende karakter. Ik ga niet met een man trouwen die het karakter van een kind heeft alleen maar omdat we even oud zijn en onze vaders vrienden zijn!"

"Denk je werkelijk dat je vader dat wel zou willen?"

"Dat is nog een reden! Wie moet er dan voor papa zorgen? Jenny is ook op huwbare leeftijd en door de manier waarop zij met jongens flirt zal het wel niet zolang duren voordat ze zal trouwen. En dan is papa helemaal alleen!"

Drew knikte alleen maar. Hij dacht er niet over om het met haar oneens te zijn.

"En dan is er natuurlijk nog de belangrijkste reden."

"De belangrijkste reden?"

Nell keerde zich naar hem om. Ze keek hem verbijsterd aan. "Jij bent ongelooflijk," zei ze. "Jij begrijpt ook helemaal niets, hè?"

Drew keek niet begrijpend.

"Jij natuurlijk, rare. Hoe kan ik nou met James trouwen als ik van jou hou?"

Drew bewoog zich niet. Hij probeerde erachter te komen of ze hem voor de gek hield, maar dat bleek uit niets. Haar wangen waren nat van tranen en haar sprankelende grijze ogen smeekten hem naar haar toe te komen. Hij deed een aarzelende stap in haar richting. Ze vloog in zijn armen en ze kuste hem steeds opnieuw.

Haar kussen waren warm en vermengd met tranen toen hij haar steviger tegen zich aan drukte. Hij hield haar zo stevig vast dat hij er bang van werd. Zoiets had hij nog nooit meegemaakt. Het leek wel of hun zielen samensmolten en nu deel van elkaar waren. Hij wilde haar nooit meer loslaten. Niets ter aarde kon er voor zorgen dat hij ze los zou laten. Maar Nell wel.

"Dit is niet goed," zei ze, zichzelf van hem losmakend.

Met de grootste moeite slaagde hij erin haar los te laten. "Wat bedoel je?"

Ze slaakte een diepe zucht. "Het zou het beste zijn als je maar gewoon wegging."

Ze stapte opzij, daarmee het pad vrijmakend dat naar beneden leidde.

Drew boog zijn hoofd en liep naar het pad toe.

"Wilde je echt gaan!"

Drew bleef staan.

"Is het niet genoeg dat je aardig, zorgzaam en knap bent? Moet je nu ook nog een heer zijn? Kom hier, lieveling!" Ze stak haar armen naar hem uit.

Nell Matthews en Drew Morgan zoenden elkaar tot ze uitgeput waren. Met zijn blauw gevlekte duimen veegde Drew de tranen van haar wangen. Hij kuste haar op de ene en toen op de andere wang, toen op het puntje van haar neus en toen weer op haar mond.

Na een poosje gingen ze op het muurtje van het kasteel zitten en keken uit over Edenford in de schemering. Nell leunde tegen Drew aan met haar hoofd op zijn schouder.

"En hoe nu verder?" vroeg Drew.

"Wat bedoel je?"

"Ik bedoel hoe moet het nu met James? Je vader? En hoe moet het nu met ons?"

Nell ging rechtop zitten en schoof een eindje van hem vandaan. "We gaan helemaal niets doen."

"Maar je zei dat je van me hield!"

"Ja, dat doe ik zeker. Maar er kan helemaal niets van komen."

"Hoe kun je dat nou zeggen?" Er klonk meer dan woede in Drew's stem door.

"Het kan niets tussen ons worden want we zijn te verschillend. We hebben een heel verschillende achtergrond en we hebben een heel verschillende toekomst." Drew probeerde haar te onderbreken, maar ze gaf hem niet de kans. "Het kan me niet schelen wat je zegt, maar in Edenford zou je nooit gelukkig zijn. Je houdt mij met dat net doen of je in de wolindustrie geïnteresseerd bent niet voor de gek. Jij hebt uitdaging, avontuur en opwinding nodig. De enige opwinding die we hier in Edenford hebben, is de opwinding waarvoor jij gezorgd hebt sinds je hier bent. Als je zou blijven zou je ongelukkig worden; en ik kan Edenford nooit verlaten. Kijk me niet zo aan. Begrijp je niet dat ik het verschrikkelijk vind dit te moeten zeggen? Dit moment zal me altijd bijblijven. Je weet niet hoe ik er naar verlangd heb dat je me in je armen zou houden. Tot mijn sterfdag toe zal ik me deze plaats, je omhelzing en je kussen blijven herinneren. Maar het kan niets worden tussen ons."

Later die avond lag Drew op zijn bed en herleefde ieder moment, iedere sensatie van die middag met Nell. Op de een of andere manier moest hij er haar van zien te overtuigen dat ze met hem mee moest gaan, weg van Edenford. En als dat niet zou lukken zou hij hier blijven. Voor haar zou hij dat kunnen opbrengen. Hij zou een keuterboer of herder willen worden als dat zou betekenen dat hij bij Nell zou kunnen blijven. Ze weigerde op al zijn argumenten in te gaan. Hij zou het haar moeten bewijzen.

Hij kon niet in slaap komen, maar dat deerde hem niet. Hij wilde blijven nadenken en zijn gedachten niet aan een willekeurige droom overgeven. Zijn dromen bij bewustzijn waren zoeter dan welke droom in slaaptoestand dan ook.

Hij dacht na wat hij als eerste zou moeten doen om Nell te overtuigen. Dat zou voorlopig geheim moeten blijven, maar hij hoopte dat hij haar dat een keer zou kunnen vertellen. Hij nam zijn Bijbel en zocht naar de juiste zinnen om zijn boodschap aan bisschop Laud door te geven. Na veel speurwerk vond hij ze en hij schreef zijn code op een stuk papier. Er stond op te lezen: (10/17/3/11-15) (42/24/6/1-4) (41/3/18/2). Vertaald betekende het: *"De man die gij zoekt, is niet hier. Andrew."*

Drew keek uit naar gelegenheden om met Nell alleen te zijn, maar dat waren zeldzaamheden en er zat dikwijls een lange tijd tussen. Na het avondeten vroeg hij haar eens mee uit wandelen te gaan. Jenny en haar vader vonden dat wel wat en met zijn drieën liepen ze naar de zuidelijke brug en weer terug terwijl Nell thuis bleef om de vaat te doen. Op een andere keer stond Jenny op het punt een pan soep bij mevrouw Everly te gaan brengen, een weduwe in het dorp die ziek was. Maar de oude mevrouw werd beter en Jenny's hulp was niet langer nodig.

Gedurende al die tijd was Nell afstandelijk en koeltjes en als er iemand in de buurt was, liet ze niets van haar genegenheid voor Drew blijken. Heel af en toe ving Drew haar blik op als ze dacht dat hij niet naar haar keek. Zodra hij haar blik ving, keek ze gauw ergens anders naar en deed net of hij niet bestond. De zondag die op hun ontmoeting volgde was de moeilijkste voor hem. Nell was aan de beurt om haar vader te helpen bij het catechisatie geven aan de kinderen. Drew probeerde haar te laten ruilen met Jenny, maar ze stond erop haar plichten na te komen. Hij bracht de hele kwellende zondagmiddag met Jenny door en moest voortdurend aan Nell denken.

Het duurde een hele week voordat Jenny weer aan de beurt was om haar vader te helpen en Drew en Nell weer alleen waren. Na het middageten toen ze onder een boom op de dorpsweide zaten, stelde hij haar voor de heuvel van de kasteelruïne weer op te lopen waar ze alleen zouden kunnen zijn. Ze antwoordde dat ze maar het beste op de dorpsweide konden blijven, waar ze niet in de verleiding zouden komen om iets te doen dat toch niet tot een bevredigend einde zou kunnen komen.

"Ik wil alleen maar met je praten," drong Drew aan.

"We kunnen hier ook praten."

"Je weet best wat ik bedoel."

"Jazeker, dat weet ik precies, meester Morgan. En daarom denk ik dat het maar beter is dat we hier blijven."

"Nell, als je echt van me houdt..."

Ze zond hem een waarschuwende blik toe dat al zijn geredeneer toch niet zou helpen. Hij probeerde het op een andere manier.

"Ik wil alleen maar ergens heen waar we vrij met elkaar kunnen praten. Dat is alles. Ik beloof je dat ik niets zal doen wat jij niet zou willen doen."

Nell verloor haar gereserveerdheid en sloeg haar ogen neer. "Dat is nou precies waar ik bang voor ben, Drew. Ik ben niet bang voor jou. Maar ik ben bang dat als we alleen zijn ik mijzelf niet meer zal kunnen beheersen. Ik denk dat je niet helemaal weet hoeveel ik van je houd."

Drew bloosde. De gedachte dat een vrouw als Nell zulke gevoelens voor hem koesterde, was bijna meer dan hij kon verdragen.

Hij stond op en stak haar zijn hand toe. "Ik zal je tegen jezelf beschermen."

Nell glimlachte liefjes. "Dat is zoiets als de kat op het spek zetten." Maar ze pakte zijn hand en ze liepen de heuvel op.

"Waarom wil je niet met me weggaan?"

Onder een boom verscholen zaten ze op een binnenmuur van het kasteel en Drew hield Nell in zijn armen. Met gesloten ogen hing ze tegen hem aan. Zijn armen lagen om haar middel en haar handen rusten op de zijne. Ze wiegden zachtjes heen en weer.

Zodra ze bij de kasteelruïne gekomen waren, was hun liefde weer ontvlamd. Ze zoenden elkaar vurig en hielden elkaar wanhopig vast alsof ze elkaar nooit meer zouden zien. Met zuchten en tranen gaven ze uitdrukking aan hun liefde.

"Ik kan gewoon niet met je meegaan. Dat zou tegenover papa niet eerlijk zijn."

"Heeft hij je dat gezegd?"

"Nee, zoiets zou papa nooit tegen me zeggen. Hij zou me zeggen te gaan als dat me gelukkig zou maken, want dat wil hij. Ik denk dat hij erg gelukkig zou zijn als ik met je zou trouwen."

"Laten we je vader dan blij maken."

Nell lachte. "Je begrijpt het gewoon niet. Er zijn een paar dingen die jij niet weet."

"Ik weet meer dan jij denkt."

Ze keek naar hem op. "O ja, weet je het nu?"

Hij knikte.

Ze leunde weer voorover en nestelde zich tegen hem aan. "Je weet alleen maar wat wij willen dat je weet."

Er klonk lawaai vanuit het dorp over de heuvelrug. Geschreeuw, paarden en wagens.

"Wat is daar beneden aan de hand?" Nell brak zich los uit Drew's armen en liep naar een plaats waar ze het dorp kon zien. Drew bleef zitten waar hij zat en sloeg haar gade. Wat hield hij van haar bewegingen; de manier waarop ze door de kamer liep, of hoe ze bij het praten haar armen en handen bewoog, en vooral de manier waarop haar slanke vingers bewogen als ze met het kantklossen bezig was.

"Drew, kom eens. Er is daar iets aan de hand!"

Drew sprong overeind en stond ogenblikkelijk naast haar. Beneden hen was het stadje Edenford in rep en roer. Overal waren soldaten te paard te zien. Vrouwen gilden; kinderen liepen rakelings langs de paarden; overal waar ze keken zagen ze mensen en paarden door de smalle straatjes krioelen. Het centrum van alle activiteiten was het kerkgebouw.

"PAPA!" Nell schreeuwde en bedekte toen haar mond met beide handen.

Ze konden zien hoe Christopher Matthews door twee stevige soldaten uit de kerk werd gesleurd. Zijn handen waren op zijn rug gebonden. Twee rijen voetknechten hielden de dorpelingen op een afstand, die probeerden hun predikant te hulp te komen toen hij op een wagen geladen werd.

"Kom mee!"

Drew greep Nell bij haar pols en trok haar door de stenen poort mee naar beneden de heuvel af. Ze struikelde een paar keer en hij moest zijn pas wat inhouden.

"Ga! O, red hem alsjeblieft!" Nell schreeuwde en gaf hem een duw dat hij door moest lopen. Met tegenzin liet Drew haar achter en rende langs het oneffen pad naar beneden. Hij baande zich een weg door de menigte in de Marktstraat en zag toen de wagen waarop Christopher Matthews zat langskomen.

Achter in de wagen werd de predikant door vier soldaten bewaakt en twee zaten er op de bok. Overal waren soldaten die het volk op een afstand hielden. Juist op het moment dat Drew zich tot de voorste rij een weg gebaand had, brak er een jongetje door de rij soldaten heen en rende de straat op. De soldaat vlak voor Drew verliet zijn post en rende achter de jongen aan.

Drew rende door de ontstane opening heen en nam een aanloop om achter op de wagen te springen. De soldaten die de predikant bewaakten sprongen op. Drew was nog niet op de wagen of een soldaat schopte hem in zijn maag en deed hem achterover tuimelen.

Hij viel hard op de grond. Voor hij weer overeind kon krabbelen, grepen twee soldaten hem vast. Ze trokken hem achter de rij soldaten en gooiden hem voor Nell neer.

Hij kon niets meer doen.

"Waar brengen ze hem heen?" schreeuwde Drew naar iedereen die maar luisteren wilde.

Cyrus Furman stond rechts van hen. De tranen stroomden over zijn gerimpelde gezicht. "Hij is gearresteerd," zei hij.

"Door wie? En waar wordt hij van beschuldigd?"

"Voor opruiing tegen de kroon."

"Wie liet hem arresteren?" Drew moest weten wie de opdracht had gegeven.

"Bisschop Laud," antwoordde de oude bewaker.

Drew hield Nell in zijn armen en ze zagen beiden hoe de hulppredikant van Edenford, Christopher Matthews, over de noordelijke brug naar Londen werd weggevoerd.

HOOFDSTUK 18

Toen de laatste ruiter de brug die uit Edenford leidde was overgestoken, kwamen de dorpsbewoners in het dorpshuis bijeen. De ruimte was al gauw gevuld met hevig gesticulerende, onstuimige mensen die bijeen dromden als schapen zonder herder. Een aantal mensen duwde een tegenspartelende David Cooper naar voren om de vergadering te leiden. Drew stond met zijn rug tegen de muur geleund vooraan. Nell stond aan de ene kant van hem en Jenny aan de andere.

De dikke schoenmaker stond op een houten kist, met zijn ene arm tegen een steunbalk leunend, en riep om stilte.

"Jullie weten allemaal wat er gebeurd is," riep hij. "Wat gaan we daar aan doen?"

Iedereen begon tegelijk te roepen. De schoenlapper maande ze met een beweging van zijn harige arm tot stilte. "Eén tegelijk, één tegelijk!" schreeuwde hij.

"We halen hem terug," riep iemand.

"Hoe? Door de soldaten te overvallen?" riep de schoenmaker. "En wat dan? Zijn we in staat om het tegen het hele Engelse leger op te nemen?"

"We kunnen hem toch niet zo maar weg laten halen," riep een vrouw.

Achteruit de zaal werd geroepen: "Ik vind dat het eerste wat we moeten doen is die spion die hiervoor verantwoordelijk is, ophangen! Laten we Drew Morgan ophangen!"

De ruimte vulde zich met geschreeuw en verwensingen en boze stemmen die om de dood van Drew Morgan riepen. De mensen die het dichtst bij Drew stonden, trokken hem van de jammerende, wanhopige dochters van de predikant vandaan. Zijn armen werden op zijn rug gedraaid. Een grote hand greep zijn haar vast en rukte zijn hoofd achterover. Drew stond recht tegenover de woedende rode reus, James Cooper. Drew's geroep dat hij onschuldig was ging ten onder in het geschreeuw om zijn dood.

"Wacht! Wacht!" riep David Cooper boven op zijn kist staande.

Niemand luisterde naar hem.

Zich in de menigte stortend baande de schoenmaker zich een weg naar Drew toe. "Laat hem los! Laat hem los!" schreeuwde hij steeds weer. Toen hij het centrum van het oproer had bereikt greep hij de arm van zijn zoon, die om Drew's nek geslagen was en trok die weg. Even leek het erop of James niet wilde toegeven. "Ik zei, laat hem los!" schreeuwde de schoenmaker nog eens.

Met tegenzin gehoorzaamde James zijn vader.

"Luister naar mij," riep hij tot iedereen in de zaal. "Zou Drew Morgan hier zijn als hij verantwoordelijk zou zijn voor de arrestatie van Christopher Matthews? Ja?"

De schoenmaker had een redelijk argument aangedragen en de mensen vonden dat niet leuk. Zij wilden geen redelijkheid maar wraak. Ze wilden actie. Ze wilden dat hun predikant terug zou komen.

"Ik zal zelf naar Londen gaan," riep de schoenmaker. "Ik neem Drew Morgan met me mee. Als hij is wie hij beweert te zijn dan weet hij waar ze Christopher Matthews hebben heengebracht. Ik beloof jullie dat we de predikant terug zullen brengen! En als ik tot de ontdekking kom dat Drew Morgan verantwoordelijk is voor de arrestatie van onze predikant dan vermoord ik hem eigenhandig!"

De mensen wilden wel meer, maar ze wisten op dat moment ook niet wat ze verder konden doen. Er werd besloten dat er een afvaardiging naar Lord Chesterfield zou gaan. Ze zouden hem verzoeken naar Londen te gaan om te proberen hun predikant vrij te krijgen.

Daar de bevolking van Edenford verder niets wist te doen, verliet een ieder met neerhangend hoofd de vergaderruimte en ze probeerden elkaar zo goed mogelijk te troosten.

Na een haastige voorbereiding kwamen David Cooper en Drew Morgan na drie dagen in Londen aan. Normaal deed men vier dagen over een reis naar Londen. Naast zijn kleren en zijn Bijbel nam Drew het zwaard van zijn grootvader ter bescherming mee – in eerste instantie tegen struikrovers, maar als de dingen verkeerd zouden uitpakken kon hij zich voorstellen dat hij het ook nodig zou hebben om zich te beschermen tegen de woede van een zekere schoenmaker.

Toen ze in Londen aangekomen waren, ontdekten ze dat de predikant in de Tower gevangen gehouden werd. Dat was een hele eer voor een gewone hulppredikant. Terwijl Cooper probeerde de predikant te mogen bezoeken, ging Drew naar London House om bisschop Laud te smeken of hij de predikant wilde vrijlaten.

De dikke kok verwelkomde hem met overdreven enthousiasme bij de deur en bracht hem in de bibliotheek hoewel de bisschop in vergadering was. Toen Drew de kamer binnenkwam, was bisschop Laud op een stoel met een hoge rugleuning gezeten helemaal achter in de kamer. Hij leunde met zijn hoofd op zijn hand. De gast van de bisschop zat op net zo'n stoel met zijn rug naar Drew toe. Toen de bisschop Drew in de deuropening zag staan, sprong hij overeind en zich tegenover zijn gast verontschuldigd, rende hij bijna door de kamer heen op hem toe. Drew kreeg een berenomhelzing en werd op zijn rug geklopt.

"Andrew, jongen! Goed je te zien!" De bisschop deed een stap terug en nam hem van top tot teen op. "Je ziet nog steeds een beetje blauw. O ja, ik heb het gehoord. Ik moet zeggen, erg moedig van je. Wat ben je mager geworden. Daar moeten we wel wat aan gaan doen, hè kok?"

"Jazeker, mijnheer." De kok liep over van enthousiasme en haastte zich naar zijn keuken.

"Kom binnen! Kom binnen! Ik wil alles over je avonturen in Edenford horen!"

Drew maakte een gebaar naar de bezoeker die tijdens de vereniging van de bisschop met zijn favoriete agent was blijven zitten. "Ik kan later nog wel eens terugkomen als het u beter schikt."

"Onzin. Hij weet in feite alles over je werk in Edenford. Het is een gelukkige samenloop van omstandigheden dat ik jullie hier alle twee tegelijk ontmoet."

Met zijn arm om Drew's schouders geslagen leidde de bisschop hem naar het andere einde van de kamer.

"Jullie aan elkaar voorstellen is nauwelijks nodig, denk ik," grijnsde de bisschop. Uit de stoel verrees een lange, magere figuur. Hij was zo mager dat hij op een vogelverschrikker leek.

"Welkom in Londen, meester Morgan," zei Ambrose Dudley.

"Goed gedaan! Prachtig werk!" prees bisschop Laud zijn twee agenten.

De drie mannen zaten in een kring. Ambrose Dudley had een tevreden grijns op zijn gezicht. De bisschop wilde deze overwinning kennelijk met hen vieren.

"Ambrose en ik kennen elkaar nog van Cambridge," legde de bisschop uit. "Vroeger was hij een slechte professor in oude geschiedenis en nu is hij een eerste klas spion. Dit was zijn eerste opdracht," vertelde de bisschop Drew. "We hebben dit plan in Cambridge bedacht. In ieder verdacht stadje hebben we agenten geplaatst en we wisten dat het jaren zou duren voordat ze als respectabele burgers aanvaard zouden worden."

"Zijn er ook mannen in andere plaatsen gestationeerd?" vroeg Drew.

"Nog vier anderen," zei de bisschop

"Vijf," corrigeerde Dudley hem.

De bisschop sloeg zijn ogen naar het plafond en telde op zijn vingers. "Je hebt gelijk," zei hij, "het zijn er vijf."

"Als u al een agent in Edenford had, waarom heeft u mij daar dan ook heen gezonden?"

De bisschop ging voorop zijn stoel zitten. "Dat was mijn idee. En het werkte, niet, Ambrose?" De bisschop leunde voorover en klopte Dudley op zijn knie. De grijns op het gezicht van zijn vriend werd nog breder. "Ik dacht als we de dingen een beetje in beweging brengen, een lont in het kruitvat gooien, versnelt dat de dingen misschien. En het werkte! Ik had natuurlijk de bedoeling Eliot te sturen, maar jij deed het net zo goed, en misschien nog wel beter!"

"Waarom heeft u mij niet over Dudley's rol in Edenford verteld?" vroeg Drew.

"Dat was een onnodig risico," antwoordde Dudley hem. "Ik heb te lang en te hard gewerkt om mijn vermomming in de waagschaal te stellen. Op deze manier zou ik daar nog steeds kunnen blijven als je gefaald zou hebben. Dan zouden we nog steeds een steunpunt in Edenford hebben." Dudley boog zich naar voren en gaf nu de bisschop een klopje op zijn knie. "De jongen had het er nogal moeilijk mee," grinnikte hij.

Drew was niet erg blij met de situatie. "Je hebt al het mogelijke gedaan om me in diskrediet te brengen."

"Zeker," antwoordde Dudley. "En daar had ik goede redenen voor. Als ik er in zou slagen je in diskrediet te brengen, zou ik beschouwd worden als een puriteinse kruisvaarder en zouden de mensen mij nog meer gaan vertrouwen. Zoals gebleken is, heb je jezelf uitstekend vermomd en ook dat werkte in ons voordeel."

De loftuitingen tussen de twee universiteitsvrienden hielden nog een uur aan. Toen verontschuldigde Ambrose Dudley zich. Hij zei dat hij er naar verlangde weer wat geneugten van de grote stad te gaan genieten.

Toen hij weg was vertelde de bisschop Drew hoe blij hij was dat hij niet al te ernstig verwond was geraakt bij het ongeluk van het verfbad. "Toch is er één ding waar ik mij ongerust over maak." De bisschop liep naar zijn bureau, trok een la open en haalde daar een stuk papier uit. Hij legde het op het bureaublad en draaide het zodanig dat Drew het kon lezen. Drew herkende zijn met de hand geschreven cijfers en de vertaling van de bisschop daaronder: (10/17/3/11-15) (42/24/6/1-4) (41/3/18/2): *"De man die gij zoekt is niet hier. Andrew."*

"Ik heb Ambrose niets gezegd over je laatste boodschap," zei de bisschop somber. "Zou je mij dit uit willen leggen?"

Terwijl Drew terugliep naar de stoel waarin hij gezeten had, probeerde hij de juiste woorden te vinden voor wat hij zou gaan zeggen. Hij wist dat dit moment moest komen en hij had al over zijn antwoord nagedacht, maar nu het moment aangebroken was, klonken al zijn verklaringen nogal onzinnig. Ook de bisschop ging weer zitten, vouwde zijn handen in zijn schoot en wachtte op Drew's antwoord.

"Christopher Matthews is geen slecht mens," begon Drew. "Terwijl ik daar was heb ik hem leren kennen. Ik woonde in zijn huis, ik at met hem en ik werkte met hem. Hij is een goede man met een goed gezin. De mensen van het dorp houden van hem. Ze respecteren hem en ze hebben hem nodig, zeker in deze tijd van economische achteruitgang."

Drew hield even zijn mond, maar de bisschop deed geen poging hem in de rede te vallen.

"Ik weet dat u denkt dat hij gevaarlijke ideeën uitdraagt, maar hij is een goede, bescheiden man die ik ben gaan respecteren."

Bisschop Laud keek naar de grond toen Drew uitgesproken was. Zonder zijn ogen op te slaan zei hij: "Matthews heeft twee dochters, hè?"

"Ja."

"Naar ik begrepen heb, twee hele mooie dochters."

"Ja, ze zijn erg mooi."

"Ben je verliefd geworden op een van die twee?"

Drew antwoordde niet onmiddellijk. De bisschop wachtte geduldig.

"Ja."

Een diepe zucht slakend richtte bisschop Laud zijn hoofd op en keek Drew strak aan. "Andrew, als je een opdracht moet uitvoeren die een langere tijd in beslag gaat nemen, bestaat dat gevaar altijd. Herinner je je Bedford nog? Ook daar werd je verliefd op de dochter van de predikant. Ze heette geloof ik Abigail, niet?"

Drew antwoordde niet.

"En in Colchester kreeg je een te nauwe band met die drukker en zijn meisje die we gevangen namen. Daarom wilde ik je eigenlijk niet naar Edenford sturen. Je zou daar langer moeten blijven waardoor het risico nog groter zou worden. Zie je niet in dat het zo steeds gegaan is, jongen? En net zoals je al die andere mensen inmiddels vergeten bent, zal je ook de bewoners van Edenford vergeten."

Drew was niet overtuigd.

"Andrew, luister naar me, ik weet waarover ik praat. Het kwaad komt in vele vormen op ons af, soms op een heel plezierige manier. Er wordt ons zelfs gezegd dat Lucifer zelf zich als een engel des lichts kan voordoen. Laten we er verder maar niet meer over praten. Het is voorbij en ik denk er niet meer aan. Hij sloeg op zijn knieën en stond op. "Kom, de kok heeft een uitgelezen maal voor ons klaar gemaakt. Laten we je overwinning vieren."

De rechtszaak van Christopher Matthews was een griezelig machtsvertoon van de geestelijkheid met bisschop Laud zelf als uitvoerder. Het proces werd in de beruchte Sterkamer gehouden in het paleis van Westminster. Het was een koninklijk onschendbaar hof, wat betekende dat haar gezag berustte op haar verleende soevereine macht. Het was niet gebonden aan de gewone wetgeving en het was niet afhankelijk van jury's voor aanklacht of gerechtelijke uitspraak. Dit gaf de koning en zijn belangrijkste raadsheer, bisschop William Laud, de vrije hand bij de vervolging van hun tegenstanders.

Het hof bestond uit de Kroonraad, twee hoofdrechters, bisschoppen van Laud en zo de koning van Engeland wilde, kon hij ook zelf zitting nemen. Toen koning Jacobus nog leefde, woonde hij regelmatig de rechtszittingen in de Sterkamer bij; hij hield van de debatten en in het bijzonder van het koninklijke voorrecht de gerechtelijke uitspraak te mogen doen en de straf op te leggen. Zijn zoon, koning Karel, was in tegenstelling tot zijn vader, niet geboeid door rechtsprocedures en bezocht processen in de Sterkamer hoogst zelden. Toen het gerucht de ronde deed dat de koning zelf aanwezig zou zijn bij het gerechtelijk onderzoek van de beruchte Justin, kwamen de mensen op de dag van de rechtszaak al om drie uur 's morgens opdagen om de gebeurtenis te kunnen bijwonen.

Toen Drew de afgeladen kamer binnenkwam, werd hij er weer onmiddellijk aan herinnerd waaraan de zaal zijn naam te danken had: het plafond was bezaaid met afbeeldingen van sterren. In een kleine ruimte, die nauwelijks groter was dan een portaal, stonden in U-vorm stoelen opgesteld. Aan het open uiteinde van het hof stonden nog meer tafels waaraan de diverse rechters zouden plaats nemen. Aan de ene zijde en verheven boven de tafels stond de zetel van de koning.

Door een onderschout werden Drew en Ambrose Dudley naar hun stoelen gebracht, die recht tegenover die van de rechters stonden. In overeenstemming met de procedures van de kamer had de bisschop een aanklacht tegen Matthews ingediend en er zouden getuigenverklaringen worden afgelegd, waaronder die van Drew. Tot verdriet van de bisschop bleek zijn favoriete agent een weinig behulpzame getuige te zijn. Drew's aanwezigheid in de rechtszaal was niet per se noodzakelijk, maar bisschop Laud had hem verzocht aanwezig te zijn. De bisschop had de bedoeling niet alleen het hof van de misdaden van Christopher Matthews te overtuigen, maar ook Drew. Drew ging erheen in de hoop een goed woordje voor de beschuldigde te kunnen doen.

Vanaf zijn stoel kon hij de hulppredikant van opzij zien. Hij zat helemaal onderaan in de stoel van de beschuldigde, maar Matthews zag hem niet. Toen Drew naar de menigte keek, zag hij een hoofd met zwart krulhaar uitsteken boven de menigte, die achter in de rechtszaal tegen de muur was samengedrongen. Ondanks zijn lengte moest de schoenmaker van Edenford op zijn tenen gaan staan om te kunnen zien wat er beneden hem in de kuil gebeurde. *Hij moet de hele nacht buiten in de kou gestaan hebben om hier binnen te kunnen komen*, dacht Drew.

Om precies negen uur schreden de rechters binnen en namen hun plaatsen achter de tafels in. Achter hen schreed bisschop Laud zelfbewust naar het midden van het hof. In gespannen verwachting keken de toeschouwers naar de zetel van de koning. Hun verwachtingen werden vervuld toen koning Karel de rechtszaal binnenschreed.

Na een paar voorgeschreven openingsprocedures, richtte Laud zich tot de rechters. Hij sprak tot hen op dezelfde manier waarop hij een reünie van oude collegevrienden zou hebben toegesproken. Hij begon met het voordragen van een populair rijmpje dat sinds kort de ronde deed in de wandelgangen van Whitehall.

Er is geen groter monster dan een puritein
Hij wil democratie; er mag geen koning zijn.

De bisschop wachtte even op het gegrinnik dat volgde.

Een puritein is hij die in zijn hart ontkent
de koninklijke wetten in het parlement.

Weer pauzeerde hij en er volgde opnieuw gegrinnik. De bisschop had duidelijk schik in zijn rol van aanklager in deze bijzondere rechtszitting.

Waar hij als burger een voorname plaats bekleedt
is hij niet trouw aan zijn gezworen eed,
en loochent daar met moed en geestigheid
de koninklijke onschendbaarheid.

"Uwe Hoogheid, heren en collega's, heden staat voor u een van deze monsterachtige puriteinen, Christopher Matthews, hulppredikant van Edenford in Devonshire." Laud wees op de beklaagde. "Ik durf te stellen dat hij de ergste van allemaal is. Dat zeg ik op grond van zijn lafhartige handelingen. Deze man wordt ervan beschuldigd het zaad van opruiing in het dorp Edenford te verspreiden, daarbij gebruik makend van zijn vertrouwenspositie als hulppredikant. Bekleed met het gezag van de Kerk van Engeland, heeft deze man het hart van zijn trouwe volgelingen vergiftigd! Maar niet alleen dat, hij heeft ook zijn verderfelijke ideeën door zijn geschriften over heel Engeland uitgezaaid, waarbij hij zelf schuil ging in anonimiteit!"

Hierna werden de aanklachten tegen Matthews voorgelezen:

"Ten eerste, Christopher Matthews heeft willens en wetens de wetten van de Kerk van Engeland overtreden door de avondmaalstafel niet af te schermen. Getuigen hebben gezien dat de tafel voor alledaagse handelingen werd gebruikt, waaronder het gebruik voor een rechtszitting waarbij door de hoge commissaris herhaaldelijk op de tafel werd geslagen.

Ten tweede, Christopher Matthews heeft willens en wetens de orde van de Kerk van Engeland ontwijd dat alle aangestelde bedienaren tijdens het verrichten van de handelingen in de erediensten een toga moeten dragen.

Ten derde, Christopher Matthews heeft welbewust het voorschrift overtreden dat het preken van slecht opgeleide predikanten verbiedt. Hij heeft geen gebruik gemaakt van de oude preken die juist voor dit doel bijeen gebracht zijn, maar hij verkoos in plaats daarvan zelf te preken, niet één, maar zelfs twee maal per zondag om zijn opruiende leugens te verspreiden.

Ten vierde, Christopher Matthews heeft welbewust illegale en opruiende geschriften geschreven, uitgegeven en verspreid onder de naam van Justin. In deze geschriften heeft hij Engelsen aangemoedigd zijn voorbeeld om de Kerk van Engeland en haar leiders en de koning ongehoorzaam te zijn. Dit verraad is de grootste misdaad van alle."

Op dit punt vroeg de opperste rechter Christopher Matthews of hij iets te zeggen had op het hem ten laste gelegde.

Matthews stond weloverwogen langzaam op. Hij keek naar Laud en de bijeen zittende rechters. Zich tot de rechters richtend zei hij: "De goede doctor," hij knikte naar Laud, "vond het gepast deze zitting met een gedicht te beginnen. Ik wil antwoorden met een gebed:

Van pest, verderf en hongersnood,
Van bisschoppen, priesters en diakenen,
Verlos ons Heer.

Gehuil en geschreeuw klonk van de tribune toen Matthews weer ging zitten. De bisschop werd vuurrood. De opperste rechter hamerde op tafel om stilte.

Voor meer dan een uur lazen aanklagers getuigenverklaringen voor, riepen getuigen op en werd Matthews door zijn beschuldigers onder vuur genomen. Al die tijd stond Matthews rechtop, het hoofd geheven terwijl zijn aanvallers, soms alleen en soms tegelijk, om hem heen zwermden. Eerst viel de één aan, dan een ander; als de een moe werd nam een nieuwe aanklager zijn plaats in, schreeuwde beschuldigingen, maakte verwijten en klaagde de eenzame predikant aan.

Drew moest terugdenken aan het spel met de beer dat hij met Eliot had bijgewoond. Christopher Matthews was de beer, van huis weggesleept, in de arena vastgeklonken en tot vermaak van de menigte tegen de honden opgehitst. Net als de beer bleef hij trots staan en verdedigde zich tegen de grommende bloedhonden die met ontblote tanden keer op keer op hem aanvielen. En net als bij het berenspel zouden de bloedhonden niet opgeven tot de beer dood was.

De predikant van Edenford was zichtbaar vermoeid toen de hoofdaanklager ging staan. Christopher Matthews had rood omrande ogen, een droge keel en een vertrokken gezicht toen de ontspannen bisschop Laud hem benaderde.

"Welke graad heeft u aan de universiteit behaald?" vroeg de bisschop.

"Ik heb geen enkele graad behaald," antwoordde Matthews.

"Heeft u helemaal geen graad?"

"Geen enkele."

"Heeft u ooit een universiteit bezocht?"

"Nee, nooit."

"Zelfs niet een enkele cursus?"

"Nee."

"U heeft geen graad, u heeft geen universiteit bezocht en u heeft zelfs geen cursus gevolgd. Vertel mij dan eens, mijnheer, met welk recht preekt en leert u dan? Op welke gronden veronachtzaamt u het onderwijs van geleerde mannen – mannen die hun leven gewijd hebben aan de bestudering van geestelijke zaken op onze beste Engelse universiteiten – en stelt u uw eigen achterlijk soort theologie daarvoor in de plaats?"

"Alleen door de genade Gods oefen ik mijn bediening uit, mijnheer."

Laud kreeg een woedeaanval. "Jij kletsende dwaas! Denk je dat je door zoiets te zeggen je kunt verheffen boven alle godvruchtige mannen van Engeland? Denk je werkelijk dat alle geleerdheid in je hoofd zit? Dat onze universiteiten nergens voor dienen? Dat predikanten maar het beste helemaal geen opleiding kunnen volgen? Dat God niet te vinden zou zijn in Engelands universiteiten? Wat een arrogantie! Hoe godslasterlijk!"

De bisschop gaf Matthews geen gelegenheid hierop te antwoorden, maar stelde hem een nieuwe vraag.

"Hoe lang bent u de hulppredikant van Edenford?"

"Iets langer dan twaalf jaar."

"Door wie bent u al die jaren onderhouden?"

"Lord Chesterfield is zo goed geweest in mijn levensonderhoud te voorzien."

"En dit is dan de manier waarop u zijn goedheid beloont? Door het fundament onder zijn geliefde land weg te trekken? Door zijn dorpelingen over te halen tegen hem in opstand te komen?"

"Mijn enige bedoeling was om in de geestelijke nood van de arme bevolking van Edenford te voorzien."

"Arme mensen? U zorgt ervoor dat ze verleide, oproerige gekken worden. En dan bazelt u wat over arme mensen. Ze organiseren en financieren een landelijke ring van uitgevers die in het geheim anti-koningsgezinde lectuur drukt en verspreidt."

"De mensen van Edenford zijn goede mensen, die..."

"Houd je mond, jij bazelende verwaande kwast! Ik wil geen kerels zoals jij in mijn kerk hebben die onschuldige mensen verleiden en ze voor hun eigen egoïstische doelstellingen gebruiken."

Bisschop William Laud liep langer dan twee uur fulminerend voor de aangeklaagde heen en weer. Zijn stem was hoog en krassend. Hij kreeg voortdurend woedeaanvallen en uitte hartstochtelijke bedreigingen. Het leek er wel op of het bloed van zijn gezicht zou stromen en hij beefde alsof hij geplaagd werd door een geheimzinnig vergif.

Toen de uitvarende bisschop zijn pas inhield, keek Drew met bewondering naar de beschuldigde man. Christopher Matthews was uitgeput, maar ongebroken. Hierdoor werd zijn aanklager nog bozer.

"Moge de almachtige God Engeland bewaren voor duivels zoals jij," besloot de bisschop. "En dat zal Hij ook doen. Wees daarvan verzekerd. Dat zal Hij doen. Want er zijn nog steeds mensen die Engelands grootheid op het oog hebben en niet zijn ondergang. Als goede Engelsen riskeren zij hun leven om Engeland te vrijwaren voor schurken zoals jij."

Drew begreep wat er zou komen. *Nee,* bad hij, *alstublieft, nee.*

"Als je gestraft wordt is het niet genoeg dat mannen en vrouwen op jou kunnen wijzen en hun kinderen kunnen waarschuwen voor een eerloos leven."

Nee, nee, nee! hamerde het in Drew's hoofd.

"Ze hebben ook iemand nodig op wie zij kunnen wijzen en zeggen: 'Kinderen, kijk dat is een moedig mens, een man die van God en zijn land houdt. Volg zijn voorbeeld na!'"

NEE!

"Ze zullen op iemand in de menigte wijzen, op mensen die Engeland redden van de opruiende leugens van zo'n boef als de hulppredikant van Edenford. En ze zullen zeggen: 'Jongen, ik wil trots op je zijn. Word net als hij!'" Bisschop Laud's dikke korte vinger wees op zijn twee agenten van Edenford. "Word net als Ambrose Dudley! Word net als Andrew Morgan! Zij waren kampvechters voor de waarheid en gerechtigheid en ze hebben Engeland verlost van zijn ergste vijanden."

Iedereen in de Sterzaal staarde naar Dudley en Drew. Maar slechts één paar ogen deerde Drew. De predikant van Edenford draaide zijn hoofd om naar Drew. Ze keken elkaar aan. Voor Christopher Matthews was het de genadeslag. Zijn benen begaven het en hij zakte op zijn stoel neer. Zijn hoofd zakte verslagen op zijn borst. De edele predikant van Edenford kon niet meer hebben. Er waren te veel aanvallers – grommend, bijtend en verscheurend – te veel om tegen te vechten. Hij was moe, uitgeput. Het schouwspel was voorbij. Hij had geen zin meer in terugvechten.

Bisschop Laud, de organisator en dompteur van dit spel met de puriteinen, glimlachte met een rood en bezweet gezicht in overwinning toen de zaal in applaus losbartte voor de twee moedige mannen die deze wilde en gevaarlijke vijand van Engeland hadden achtervolgd en gevangen genomen.

"We moeten een voorbeeld stellen, heer rechter," betoogde de bisschop.

Christopher Matthews' schuld was door het hof vastgesteld. De rechters hadden hun veroordeling uitgesproken. De overeenstemming – gewoonlijk uitgesproken door de opperste rechter – werd voorgelezen door koning Karel. De bisschop wilde nu over de straf praten. Afhankelijk van de zwaarte van de misdaden varieerden de straffen, maar het hof van de Sterkamer sprak nooit doodvonnissen uit. De bisschop wilde van Christopher Matthews de eerste uitzondering maken.

"Publiceren zonder toestemming is altijd als een zware overtreding beschouwd," zei hij, "die op gepaste wijze bestraft moet worden. Vroegere koningen hebben daarvoor de mate van de straf bepaald. Zo heeft koningin Elizabeth bijvoorbeeld de separatisten Greenwood, Barrowe en Penry laten executeren voor hun geheime publikaties. Kunnen wij de wet handhaven en een lagere strafmaat aanleggen?"

Al spoedig werd duidelijk dat zijn verzoek aan dovemansoren was gericht. Tot Drew's grote opluchting waren noch de koning, noch de rechters bereid deze zaak als een precedent voor de Sterkamer te laten gelden. De gewone gerechtshoven waren toch al woedend over de inmenging van de politieke Sterkamer in hun rechtsgebied. Het werd ten slotte een politieke beslissing. De koning wilde de demissionaire leden van het parlement niet onnodig tegen zich in het harnas jagen.

De straf voor Christopher Matthews werd vastgesteld en aangekondigd door de koning. Voor zijn criminele praktijken moest hij een boete van 10 000 pond betalen. Dat was een belachelijk bedrag, want dat zou hij in zijn hele leven nooit bijeen weten te brengen. Deze boete moest dan ook opgebracht worden door zijn mededorpsgenoten en erfgenamen tot die ten volle betaald zou zijn. Als aanvullende straf zou Matthews met zijn oor aan de schandpaal genageld worden. Na de uitvoering van deze straf zou zijn oor afgesneden worden. Ook zouden zijn wangen gebrandmerkt en zijn neus afgesneden worden. Op die manier zou hij zijn leven lang een waarschuwing vormen voor een ieder die overwoog zijn voorbeeld te volgen.

Drew's ogen schoten tijdens het voorlezen van de straf tussen de bisschop en de predikant heen en weer. De predikant hield zijn hoofd nog steeds gebogen. Nadat hij naar Drew gekeken had, had hij nauwelijks meer bewogen. Maar de reactie van de bisschop bracht Drew nog meer in verwarring. De gezette bisschop zat kalm in zijn stoel toen de straf werd voorgelezen. Het was niet zijn gewoonte een tegenslag zo rustig te aanvaarden.

Juist op het moment dat de rechtszitting verdaagd zou worden rende er een boodschapper de zaal binnen. Hij overhandigde de bisschop een lange met doek omwikkelde bundel en fluisterde hem iets in het oor. De bisschop trok het doek van de bundel en keek naar de inhoud. Toen hij dat deed, greep hij naar zijn hart en viel terug in zijn stoel.

"Dr. Laud, is er iets? Voelt u zich niet goed?" vroeg de opperrechter.

"Een ogenblik, opperrechter," zei de bisschop ademloos.

In de zaal heerste doodse stilte en iedereen wachtte op de bisschop. Hij beefde toen hij ging staan. "Verbijsterend," zei hij zwakjes. "Dit is verschrikkelijk."

"Heeft u daar iets wat met deze rechtszitting te maken heeft?" vroeg de opperrechter.

"Niet direct, edelachtbare," zei de bisschop. "Maar het heeft te maken met Christopher Matthews."

"Dat willen we dan graag vernemen."

"Het betreft een burgerlijke aangelegenheid, edelachtbare."

"Desalniettemin willen we graag horen wat u ons te zeggen heeft."

"Mij wordt meegedeeld," zei de bisschop zo zacht dat de mensen zich voorover moesten buigen om hem te verstaan, "dat deze man niet alleen schuldig is aan opruiing, maar dat hij ook schuldig is aan de moord op de zoon van Lord Chesterfield."

De woorden veroorzaakten een enorm tumult in de zaal.

"Het is waar," schreeuwde de bisschop. "We hebben ooggetuigen! En," de bisschop wikkelde de bundel die hem net overhandigd was verder af, "we hebben ook het wapen waarmee de jongen werd vermoord!" Hij hield een pijl boven zijn hoofd, de pijl van de kruisboog die Drew uit het hoofd van de zoon van Lord Chesterfield getrokken had. "Het was een mislukte poging tot ontvoering! Matthews en zijn kornuiten probeerden geld van de rijke vader van de jongen los te krijgen. Toen ze de jongen geen baas konden, heeft hun leider, Christopher Matthews, de jongen met dit ding door het oog geschoten! Het lichaam van de jongen ligt in een ondiep graf tussen twee grote eiken onder wat gebladerte. Mijn informant kan de schout precies vertellen waar hij het lichaam van de arme jongen kan vinden!"

Drew sprong op. Hij had het woord "LEUGENAAR" op de lippen, maar hij kreeg niet de kans het uit te spreken. Juist toen hij wilde schreeuwen was er een explosie van licht en pijn en toen duisternis.

HOOFDSTUK 19

Er viel fel licht op zijn gezicht. Zijn hoofd stond op het punt uit elkaar te barsten. Hij keerde zich op zijn ene zijde en toen op zijn andere, maar hij kon het licht niet vermijden. Hij tilde zijn hand op om zijn ogen te beschermen. Dat was beter, maar de pijn was er nog steeds.

Het duurde even voordat hij begreep waar hij was, niet omdat de plaats hem onbekend voorkwam, maar omdat hij zijn ogen niet langer dan een paar seconden kon openhouden. Hij lag op zijn bed in London House. Het licht van de morgenzon viel op zijn gezicht.

Met een kreun ging hij overeind zitten. Hij was er niet zeker van of hij dat zou kunnen volhouden. Zijn hoofd bonsde en hij voelde zich misselijk en duizelig. Hij probeerde de pijn zo goed mogelijk te verdragen en bij bewustzijn te blijven. Nu het zonlicht van achteren kwam, voelde zijn achterhoofd het pijnlijkst. Hij betastte het.

"Aauw!" schreeuwde hij. Dat was fout. Directe pijn.

Toen hij zijn hand liet zakken, zag hij iets van goud flikkeren. Bijna op hetzelfde moment voelde hij een ongebruikelijk gewicht aan zijn vinger. Het was een grote gouden ring met een grote robijn erin.

Net buiten zijn raam kon hij in de tuin van de bisschop het geknip van een schaar horen. Hij probeerde te gaan staan en liep op onvaste voeten naar de tuin om daar een paar antwoorden te krijgen.

"Je hebt mij teleurgesteld, Andrew," was het eerste wat de bisschop tot hem zei. Hij was gestopt met het snoeien van zijn rozen en hij zat nu op zijn knieën op het gazon en voerde een grasprietje aan zijn dwergschildpad.

Drew stond met zijn ogen te knipperen en probeerde niet dubbel te zien.

"Het spijt me dat we je moesten neerslaan."

"Heeft u dit gedaan?"

De bisschop plukte nog een graspriet en hield het voor de liploze mond van de schildpad. Het dier kauwde waarderend op het sprietje. "Eén van mijn mensen deed het. Hij zat achter je om je in de gaten te houden. We moesten je tegen jezelf beschermen."

"Dat is dan niet erg zachtzinnig gebeurd. Kregen de mensen geen achterdocht?"

"Helemaal niet. Zie je, hij werd gearresteerd toen hij je had aangevallen. Toen ze hem buiten de rechtszaal trokken, schreeuwde hij dat hij tot de volgelingen van de predikant behoorde, dat er nog honderden waren zoals hij die graag hun leven zouden willen geven voor hun leider, enz. enz. In werkelijkheid is hij een gewone struikrover die ik wel eens kleine karweitjes laat opknappen. Hij werd naar de gevangenis in Fleet Street gebracht en daar werd hij onmiddellijk vrijgelaten. Het zag er allemaal echt uit en het diende ons doel. De mensen zijn er meer dan ooit van overtuigd dat Christopher Matthews een gevaar voor Engeland is. Zo zie je maar, jongen, je misplaatste schuldgevoelens hebben de predikant geen goed gedaan."

"Wat zou mij ervan kunnen weerhouden de waarheid als nog te vertellen?"

De bisschop voelde zich diep gekwetst. "Andrew," zei hij rustig, "naast de koning ben ik de hoogste autoriteit in Engeland. God heeft bepaald dat Karel de koning van Engeland is en dat ik hem dien als zijn geestelijk adviseur. *Samen vormen wij Engeland.* Wat we ook doen is goed, omdat we het in de naam van God voor Engeland doen." Hij ging zijn huisdier weer voeren en voegde eraan toe: "Als je het nu zou vertellen zou je alleen jezelf maar schaden. Want zie je, terwijl je buiten westen lag, ben je Engelands nieuwste held geworden."

Drew keek niet begrijpend.

Bisschop Laud stond op en veegde het gras van zijn knieën. "Heb je de ring nog niet gezien?"

Drew stak zijn hand op en keek naar de ring met de robijn.

"Dat is je eerste beloning van koning Karel voor al je moeite. Mooi hè? Zie je, de koning is van mening dat Engeland op dit moment een held nodig heeft. Iemand die de aandacht zal afleiden van zijn weigering het parlement bijeen te roepen, van de scheepsbelasting en ontelbare andere kleinigheden. Dat begrijp je toch wel? Jij bent het volmaakte antwoord! Je bent jong en knap en je bent de kroon en het land toegewijd. Je bent net van een gevaarlijke missie teruggekeerd waarbij je bijna gedood werd. Je hebt één van Engelands meest beruchte vijanden ontmaskerd. En terwijl je tegen die man in de Sterkamer getuigde, werd je bijna weer gedood! De koning is zwaar onder de indruk."

De bisschop stond nu recht voor hem. Hij hield Drew's hand bij de vingeruiteinden vast en bracht de ring dichter naar zijn gezicht.

"Dit is een teken! Koning Karel wil ter ere van jou over een week een receptie houden. Hij wil je in het openbaar als een vriend van de kroon belonen. Andrew, dit is alles waar je altijd al van gedroomd hebt! Jij bent Lancelot en koning Arthur wil zijn beste ridder eer bewijzen!"

De week verliep verder zonder incidenten. Daar de bisschop het druk had met staatszaken zag Drew hem zelden. Helemaal alleen in London House achtergelaten, piekerde Drew hevig over zijn situatie. Tot zijn eigen ontsteltenis moest hij constateren dat zijn herinneringen aan Edenford met de dag vervaagden. Nu hij weer terug was in een luxe omgeving met een goede slaapplaats en overdadige maaltijden, besefte hij hoeveel hij in Edenford gemist had.

Christopher Matthews wilde echter niet uit zijn gedachten verdwijnen, maar wat kon hij er uiteindelijk aan doen? Bovendien had de predikant zich schuldig gemaakt aan het illegaal schrijven van pamfletten. Wettelijk gezien was Matthews fout geweest. Hoe zou Drew zich schuldig kunnen voelen door de wetten van het land hoog te houden?

En wat die wetten van het land betreft, de koning zou ter zijner ere een receptie geven! Net als er met grootvader was gebeurd! De admiraal had koningin Elizabeth en Drew had koning Karel gediend.

Drew had helemaal koude handen van de spanning toen hij zich voor de receptie kleedde. Hij dwong zichzelf ertoe niet aan Christopher Matthews, Edenford en Nell te denken.

De feestzaal van Whitehall schitterde van licht, luxe en vrolijkheid. Iedereen die in Londen belangrijk was – de machtigen, de rijken en de adel – was op uitnodiging van de koning zelf aanwezig. En de reden daartoe was Drew Morgan te eren, Engelands jonge held.

Toen hij de zaal binnenkwam, gekleed als edelman en met de bijzondere permissie het zwaard van zijn beroemde grootvader te mogen dragen, ging iedereen staan en applaudisseerde.

Toen koning Karel hem beloonde met een medaillon voor moedige dienst keek een ieder met ontzag toe. Ze lachten toen ze hoorden dat hij door het leven van een jongetje te redden helemaal blauw geverfd was. Ze stonden in de rij om hem de hand te schudden. Kleine jongens keken naar hem op of hij een god was.

Zijn ouders, Lord en Lady Morgan, waren naar Londen gereisd om zich bij de elite van Londen aan te sluiten om hun zoon eer te bewijzen. Ze brachten een jaloerse Philip met zich mee. Lord Morgan droeg nieuwe kleren en Lady Morgan droeg een adembenemend diamanten halssnoer dat speciaal voor de gelegenheid was gekocht. Zijn ouders schepten over hem op en vertelden iedereen dat ze altijd al geweten hadden dat hij tot iets groots was voorbestemd. Toen ze naar hem keken zag Drew dat ze bang waren en in hun smekende blik lag het verzoek om de illusie van een gelukkig thuis niet te bederven. Zijn succes was hun succes en daar Drew zijn ouders kende, wist hij dat ze er zoveel mogelijk uit zouden halen.

De hele avond door bleef bisschop Laud dicht bij Drew en hij handelde als een trotse vader.

Drew had de meeste mensen, die in de rij stonden om hem de hand te drukken, nog nooit eerder ontmoet. Er was echter één man die hij wel kende. Hij was van ver gekomen om hier te kunnen zijn. Lord Chesterfield gaf Drew een hand, maar er was zelfs geen zweem van een glimlach te zien.

"Ik feliciteer je met gemengde gevoelens, jongeman," zei hij. "Het geluk van Engeland is mijn ondergang; je hebt in één keer de moordenaar van mijn zoon ontmaskerd en mij van mijn dorpsbestuurder beroofd. De één kan ik helemaal niet vervangen en de vervanging van die ander zal moeilijk zijn. Heb je belangstelling voor die baan?"

De werkelijke moordenaar van zijn zoon deed snel een stap vooruit om daarmee te voorkomen dat Drew iets doms zou zeggen. Hij greep de Lord bij de hand en leidde hem weg. "Ik ben bang dat je ergens anders zult moeten zoeken," zei de bisschop met een verkrampte glimlach. "Andrew is voor de koning en mij te waardevol. We kunnen hem niet laten gaan."

Lord Chesterfield gaf de bisschop eenzelfde soort glimlach terug. "Mijn dierbare bisschop, er is geen enkele reden om je protégé in bescherming te nemen. Mijn aanbod was maar een grapje."

De bisschop had zich geen zorgen behoeven te maken. De gedachte Lord Chesterfield de waarheid te vertellen was niet bij Drew opgekomen. Zijn gedachten verwijlden bij een dorp vier dagen reizen naar het westen. Dat kwam niet door wat Lord Chesterfield gezegd had, maar door wat hij droeg. Een kanten kraag. Kanten manchetten en een overvloed aan kanten versiering. Kunstig vervaardigd kant uit Edenford, gemaakt door de vaardige handen van twee mooie jonge vrouwen die in de Hoogstraat woonden. Die zaten nu, op dit zelfde moment van Drew's glorie, in hun spaarzaam gemeubileerde woonkamer te treuren over de afwezigheid van hun vader, die in de Tower van Londen zat opgesloten.

De gedachten aan Edenford, Nell en Jenny namen hem helemaal in beslag – hun schoonheid, hun lachen, het ontbijt met Christopher Matthews die aan het hoofd van de tafel uit de Bijbel las, die voor zijn dochters bad en daarna de vraag stelde die hij iedere morgen stelde: "Wat gaan we vandaag voor God doen?" Het gestoei op het kegelveld tussen de predikant en zijn oude vriend David Cooper, hun kwinkslagen, de ernstige blik in hun ogen als ze elkaar in het geheim ontmoetten, de genegenheid die de predikant bij de dorpsbewoners had voor zijn opofferingen voor hen.

Op het moment dat hij het kant zag dat Lord Chesterfield droeg, kwamen al die gedachten bij hem boven. In vergelijking met het leven van de eenvoudige mensen van Edenford, waren al die lichten in Whitehall, de edelstenen, de weelde, de loftuitingen en al dat uiterlijk vertoon van de adel van Londen een hol klinkend vat.

Hij had hier niets te zoeken. Niets van wat de koning hem zou kunnen geven, was vergelijkbaar met de rijkdom aan emoties die hij op een enkele zondagmiddag met Nell Matthews ervaren had.

Hij wist wat hem te doen stond. Drew Morgan zou een eenzame kruisridder worden. Een man met een missie.

Hij zat huiverend in het donker aan de waterkant en zijn vingers speelden met de zwaardschede. Hij wachtte op de gevangenisboot. De rechtszaak over de moord van de predikant was verlopen zoals te verwachten was geweest. Het lichaam van de zoon van Lord Chesterfield en de kruisboog waren gevonden op de plaats die Laud had aangegeven. Tezamen met de pijl en het ooggetuigen verslag van Ambrose Dudley (hij beschreef het standpunt van de overleden Shubal Elkins, zoals hem dat door de bisschop was verteld), viel er voor de rechters weinig meer te beslissen. Hun oordeel luidde dat Christopher Matthews eerst de straffen zou moeten ondergaan die hem in de Sterkamer waren opgelegd en dat hij daarna naar Tower Hill zou worden gebracht om onthoofd te worden. Ook dit was een ongebruikelijke strafoplegging voor iemand van zo lage afkomst. Alleen hooggeplaatste gevangenen werden meestal onthoofd; bij gewone mensen werd het doodvonnis vrijwel altijd door ophanging voltrokken. Maar de door bisschop Laud hartstochtelijk afgelegde verklaringen voor de rechtbank gaven de zaak zo'n grote ruchtbaarheid dat de rechters van oordeel waren dat de omstandigheden een ijzingwekkender straf rechtvaardigden.

Nadat het vonnis te Westminster was uitgesproken, werd de gevangene per sloep over de Thames naar de Tower gebracht. Dat was veiliger, want de straten waren zo smal en hadden zoveel blinde hoeken dat een veilig transport van de gevangene niet zeker was. Twee nachten daarvoor was Christopher Matthews veilig naar de Tower overgebracht. Vanuit de Thames Street had Drew alles behoedzaam gadegeslagen en opgemerkt hoe alles in zijn werk ging. Toen was hij over een ontsnappingsplan gaan denken.

Vanuit de schaduw onder de brug zag Drew de gevangenisboot aankomen. Er zaten twee schildwachten en hun gevangene met een kap over het hoofd in, een vrouw, als de geruchten die hij had opgevangen juist waren. Drew liep haastig de wal op naar de straat en rende zo snel als hij kon door Upper Thames Street naar de Tower. Afgezien van twee dronkelappen die elkaar bij het lopen overeind hielden, was de straat verlaten. Toen hij hen voorbij rende, riepen ze iets over voorzichtig doen. Rechts van hem zag Drew af en toe hoe de boot tussen de gebouwen en de bomen vorderde.

Zijn hart bonsde en zijn longen barstten bijna. De pijn negerend, rende hij nog harder. Juist voordat de straat op de werf uitkwam, verliet Drew de weg en gleed over de met natte bladeren bedekte en glibberige kade naar beneden. Hij gleed tot aan de waterkant. Zwaar hijgend dook hij in elkaar en keek uit naar de boot. Aan de rivieroever was het donkerder en nu hij op gelijke hoogte met het water was, werd zijn uitzicht door de dunne mist belemmerd. Hij hoorde de riemen in het water plonzen voordat hij de boot met zijn drie inzittenden in het oog kreeg.

Drew trok zijn schoenen uit en gooide ze aan de kant. Hij stak het in de schede zittende zwaard op zijn rug in zijn blouse. Zo zachtjes als hij kon waadde hij de rivier in en liet zich met de stroom van de rivier meedrijven. Hij was de boot nog een eind voor.

Hij zwom naar de stenen muur aan de rand van de werf. Hij bleef dicht bij de muur om te voorkomen dat iemand op de werf hem zou kunnen zien. Haastig maar behoedzaam zwom hij onder de vier kanonnen door die daar waren opgesteld om binnenkomende schepen met saluutschoten te verwelkomen. Juist achter de kanonnen hield hij stil. Er bevond zich daar een trap die van de werf naar de waterkant voerde. Hij dook onder tot hij de stenen trappen voorbij was. Weer stopte hij om te zien hoe ver de boot gevorderd was. Die was precies op de plaats waar hij moest zijn. Hij had tijd genoeg.

Een paar meter achter hem maakte de stenen muur een scherpe bocht naar het kasteel. Drew volgde de bocht totdat de muur weer parallel liep met de loop van de rivier. Op dit punt zou hij de boot even uit het oog verliezen. Als de bewakers dezelfde koers zouden volgen als bij het vervoeren van Matthews zouden ze zolang mogelijk afstand van de werf houden. Dan zouden ze de waterpoort van de Tower loodrecht benaderen. Dat zou hem de tijd geven die hij nodig had. Terwijl hij wachtte haalde hij diep adem.

Het geluid van zijn zware ademhaling weerklonk tegen de stenen muur. Het water uit zijn ogen wrijvend probeerde hij naar het midden van de rivier te kijken. Niets. *Ik zou hem nu toch moeten zien*, dacht Drew. Hij wachtte, maar nog steeds geen boot. Allerlei mogelijkheden flitsten door zijn hoofd: *Iemand of iets heeft hen gewaarschuwd; iemand anders heeft hen onderschept; ze zijn omgekeerd of ze hebben hun koers veranderd – maar om welke reden dan wel?*

Plotseling plonsde er een riem in het water en de boeg van de boot verscheen om de hoek een paar meter van hem vandaan. Hij was zo dichtbij dat hij de grijze en witte bakkebaarden van de bewaker kon zien. Hij raakte bijna in paniek. Zover mogelijk terugleunend in de schaduw, probeerde hij iets te bedenken. Zijn plan was geweest de boot te volgen. Die moest door de waterpoort heen onder de werf en door Traitor's Gate naar de muren van de Tower. Op het moment dat de boot de poort zou bereiken zou hij onder de boot zwemmen en zo binnen komen. De veranderde koers van de boot had ze gevaarlijk dichtbij gebracht terwijl er nog verscheidene meters naar de poort afgelegd moesten worden. Drew's enige kans was nu al onder de boot te zwemmen, maar het was te ver; zolang zou hij zijn adem niet kunnen inhouden.

Drew's vastbeslotenheid overheerste zijn gezond verstand. Hij haalde diep adem, dook onder en zwom naar de boot. Het water was donker en vuil en hij kon slechts een paar centimeter voor zich uitkijken. Hij zwom vooruit. Toen hij dacht dat hij ver genoeg gezwommen had en nog steeds geen boot was tegengekomen, keek hij naar het oppervlak.

Plons! Op een paar centimeter van zijn hoofd gleed een roeiriem in het water. Drew dook dieper toen die langs hem gleed. Met een flinke trap gleed hij onder de boot en zich aan de rand vasthoudend trok die hem door het water naar de waterpoort van de Tower van Londen.

De boot ging de poort binnen. Drew wist dat ze er door waren want nu de boot onder de werf doorvoer werd alles nog donkerder, een diepe duisternis omhulde hem. De boot kwam tot stilstand. Drew's longen barstten bijna, maar hij durfde nog niet aan de oppervlakte te komen. In de tunnel zou het minste gerucht hem verraden. Hij hoorde de gesmoorde commando's van de bewakers. Bijna tijd. Hij werkte zich naar de achterkant van de boot. Zijn longen schreeuwden om lucht. Hij vroeg zich af hoe het zou zijn om in te ademen en alleen maar water binnen te krijgen. Hij hoorde het geluid waarop hij gewacht had. De "Verraders Poort" draaide op zijn scharnieren. Hij kon de stroom voelen toen de poort door het water bewoog. Hij kwam aan de oppervlakte en hoopte dat de beweging van de poort voldoende zou zijn om ieder geluid dat hij zou maken te verbergen. Zijn gezicht kwam uit het water op maar een paar centimeter afstand van de dikke achterkant van de roeiende bewaker. Drew hapte zo zacht mogelijk naar lucht en dook toen weer onder de boot. Hij luisterde naar tekenen dat de bewakers hem gehoord hadden. Tot zijn opluchting voer de boot weer verder.

De gevangenisboot liep een kamer binnen die juist binnen de muren van de St. Thomas Toren lag. Nog steeds onder water, hoorde Drew gedempte geluiden van commando's. De roeiriem van de bewaker hing onder een scherpe hoek naar beneden en de achterkant van de boot gleed zijwaarts af. Er was een schok toen de boot de onderste trede van de stenen trap raakte. Drew wachtte op zijn kans om weer aan de oppervlakte te komen. De boot wiegde een paar keer heen en weer. Nog niet. Toen dook de voorkant wat dieper het water in. De gevangene was uit de boot gestapt. Nu! Drew kwam aan de achterzijde van de boot omhoog. "Kijk uit waar u loopt, mevrouw," hoorde hij de bewaker zeggen. Drew dook weer onder, deze keer dieper, tot hij de basis van de stenen trap vond. Hij volgde de treden tot de rand, toen een hoek om tot hij aan een muur kwam. Hij volgde de muur tot hij bij een hoek van de kamer kwam. Voorzichtig kwam hij weer boven en snakkend naar de nodige lucht keek hij naar de trap. De bewakers waren druk bezig. Een van de bewakers uit de boot was nu in gezelschap van een bewaker uit de Tower en samen leidden ze de gevangene met de kap naar boven. De andere bewaker in de boot duwde zich af en roeide weer terug naar vanwaar hij gekomen was. Achter hem werd de "Verraders Poort" gesloten. Drew was er in geslaagd de Tower van Londen binnen te komen.

Hij verschool zich een aantal minuten in de schaduw van de vochtige hoek en luisterde naar geluiden en bewegingen. Het enige geluid dat hij hoorde bestond uit het gekabbel van het water tegen de traptreden. Hij zwom naar de trap toe en klom uit het water op de eerste trede. Hij trok het zwaard uit zijn hemd van zijn rug en haalde het uit de schede. Hij stond druipend, met blote voeten op de trap. Tot nu toe had hij er niet aan gedacht dat hij, overal waar hij heenging, een druipspoor zou achterlaten. Hij legde het zwaard neer. Hij trok zijn hemd en broek uit en wrong ze uit en hij wreef zich zo goed mogelijk droog. Toen hij weer aangekleed was, liep hij schuifelend de trap op om de onderkant van zijn voeten droog te krijgen. Hij droop nog steeds, maar nog maar een klein beetje. Toen hij boven gekomen was en zich in de open ruimte van de St. Thomas Toren bevond keek hij naar beide kanten voor bewakers. Een open ruimte, de Watergang genaamd, scheidde de St. Thomas Toren van de buitenmuur en de andere gebouwen van de Tower. Als hij de Watergang zou oversteken en er iemand op de Hall Tower, de Bloody Tower of de buitenmuur zou staan, zou hij gezien worden. Centimeter voor centimeter sloop Drew langs de muur naar de rechthoekige toren aan de oostkant van St. Thomas waar een weg liep. Tegenover de ronde Hall Tower was de kortste afstand om over te steken. Hij keek naar de muren en torens tegenover hem. Een soldaat op de muur liep in tegenovergestelde richting. Drew rende met in zijn ene hand het zwaard en in zijn andere hand de schede de gang over. Hij volgde de ronding van de Hall Tower en dook onder de poort de Bloody Tower in.

Christopher Matthews werd in de Bloody Tower gevangen gehouden. "Dezelfde kamer als Sir Walter Raleigh," had de bisschop snoevend gezegd, alsof het een eer zou zijn. Drew was vast besloten dat de huidige bewoner niet hetzelfde lot zou ondergaan als zijn vorige beroemde bewoner. Koning Jacobus had Sir Walter Raleigh laten onthoofden.

Een nauwe draaitrap leidde omhoog. Het leek wel of die uit steen gehakt was. Er was slechts ruimte voor één persoon op de trap. Drew liep al draaiend omhoog met zijn zwaard voor zich uit. De trap leidde naar een portaal met een aantal houten deuren. *Zit de predikant achter één van die deuren? Hoe kom ik er achter, achter welke?* Het leek niet zo'n goed idee om op de deuren te gaan kloppen om te vragen wie er achter zat. Er moesten toch bewakers zijn die hier sleutels van hadden. Daar had hij zijn zwaard voor meegenomen.

Hij wilde het portaal door lopen toen hij achter zich voetstappen op de trap hoorde, niet alleen voetstappen maar ook het gerinkel van sleutels. Drew rende terug naar de trap. Op datzelfde moment verscheen er een bewaker bovenaan de trap; hij was dik, had een zwarte baard en bewoog langzaam. Hij keek naar beneden om een sleutel uit te zoeken. Op het moment dat hij opkeek, sloeg Drew hem met het gevest van zijn zwaard in het gezicht. Door de kracht van de slag viel de man met zijn hoofd tegen de stenen muur. Hij stortte voorover op de grond en bloedde hevig uit een snee op zijn voorhoofd. Er viel geen teken van leven te bespeuren.

Drew greep de sleutels, maar hij had er geen idee van welke deur hij zou moeten openen. Hij rende naar de eerste en hij moest heel wat sleutels proberen voordat er een paste. Hij zwaaide de deur zachtjes open. Achter in de kamer staarde een vrouw met grote ogen hem aan. Ze hield een laken voor zich. De vrouw in de boot? Drew wist het niet

"Neem mij niet kwalijk dat ik u stoorde, mevrouw," zei hij schaapachtig.

Hij probeerde de volgende deur. De laatste sleutel die hij probeerde paste. De kamer was donker. Hij riep verschillende keren de naam van de predikant, maar niemand antwoordde.

Er moet een betere manier zijn, dacht Drew bij zichzelf. Hij keek achter zich in het portaal naar de bewaker. Die had zich niet bewogen. Drew liep naar de volgende deur.

De deur zwaaide open. Christopher Matthews zat achter een houten tafel op een stoel met een hoge rugleuning. Er lag een geopende Bijbel voor hem. Drew stapte de kamer binnen en deed de deur achter zich dicht.

"Drew!" De predikant stond op. Hij staarde naar een natte Drew Morgan die een zwaard en de sleutelbos van de bewaker droeg en zei: "O nee."

"Opschieten!" Drew beduidde Matthews dat hij hem moest volgen.

Matthews ging zitten. "Drew, weet je wel wat je aan het doen bent?"

"U bevrijden! Volg me. U moet opschieten!"

De predikant bewoog niet. Hij keek naar de vlammen in de haard naast de tafel. "Nee," zei hij. "Ik ga niet met je mee."

Drew was sprakeloos.

"Ga hier zo spoedig mogelijk weg, Drew. Red jezelf."

"Ze gaan u doden."

Deze keer bleef de predikant zwijgen en hij staarde in de vlammen.

"Ik kan u redden! U behoeft me alleen maar te volgen!"

Op dat moment besefte Drew het niet, maar toen hij oud geworden was en aan deze ontmoeting terugdacht, realiseerde hij zich dat het die ene zin was die bepalend was voor het besluit van de predikant.

"Drew, was jij degene die me aan bisschop Laud hebt uitgeleverd?"

De woorden troffen Drew als een mokerslag. Hij had geweten dat die vraag uiteindelijk een keer tussen hen zou staan. Op dit moment was hij echter helemaal geconcentreerd op zijn reddingspoging en de vraag overviel hem.

"Daar hebben we nu geen tijd voor," zei hij. "Laten we gaan!"

Christopher Matthews stond op en liep op hem toe, heel langzaam, niet met de pas van iemand die op het punt staat uit de meest beroemde gevangenis van Engeland te ontsnappen. Zijn beide handen op Drew's schouders plaatsend, zei hij: "Dat is het enige waar we nu tijd voor hebben. Jij hebt me toch niet uitgeleverd aan bisschop Laud?"

De vraag was nu niet meer te ontwijken. "Dat was mijn opdracht. Ik sloop uw studeerkamer binnen en vergeleek uw handschrift met het handschrift van Justin. Ik wist het natuurlijk helemaal zeker na de vergadering in de werkplaats van meester Cooper. Maar ik kon het niet doen. Ik zei de bisschop dat u niet Justin was."

Er stonden tranen in de ogen van de predikant. "Tijdens de rechtszitting in de Sterkamer, toen bleek dat jij mijn beschuldiger was, stond ik op instorten. Toen die man je aanviel, wist ik beter. Maar ik moest het je vragen."

De predikant keerde zich van Drew af. "Je had gelijk toen je bisschop Laud vertelde dat ik niet Justin ben."

"Niet Justin? Bent u *niet* Justin?"

Matthews keek Drew aan en schudde zijn hoofd. "Ik ben Justin niet."

"Maar hoe... waarom?"

Op dat ogenblik leek het of het gezicht van Christopher Matthews oplichtte. Hij keek omhoog en zei: "Natuurlijk! Dank u, Heere!" Hij greep een sprakeloze Drew bij de schouders, trok hem naar een stoel en drukte hem erop neer. Een stoel tegenover zijn bevrijder aanschuivend, leunde hij naar voren en zei: "Luister goed. We hebben waarschijnlijk niet veel tijd. Alles valt nu op zijn plaats." Opnieuw keek hij omhoog en zijn lippen spraken zacht de woorden: "Dank u, Heere." De tranen stroomden hem over de wangen toen hij vervolgde: "Drew ik ga je iets vertellen wat slechts drie mensen weten. Jij zal de vierde zijn. Nell is Justin."

"Maar uw handschrift... Ik heb uw handschrift vergeleken," wierp Drew tegen.

"Ja, dat was mijn handschrift. Een voorzorgsmaatregel voor het geval dat er iets als dit zou gebeuren. Ik kopieerde Nell's manuscripten voordat ze werden weggestuurd om haar te beschermen. Niemand behalve Jenny, Nell en ik kennen de ware identiteit van Justin, en nu jij dan natuurlijk."

"Ook David Cooper niet?"

"David denkt dat ik Justin ben."

Drew begon het te begrijpen. Christopher Matthews was bereid te sterven om zijn dochter te beschermen.

"Maar u kunt nog steeds ontsnappen," riep Drew wanhopig uit. "In een andere stad kunt u een andere identiteit aannemen. Na verloop van tijd kunnen Nell en Jenny weer naar u toekomen. Het geheim zou dan bewaard kunnen worden."

De predikant glimlachte. Gezien de situatie was dat nogal merkwaardig. Het was een ontspannen glimlach, een tevreden glimlach zelfs. Een soort glimlach van trots die een vader deelt met zijn zoon als er niemand anders in de buurt is. De glimlach maakte Drew woedend. Hij zette zijn leven op het spel om Matthews te redden en Matthews reageerde of ze na het eten in de zitkamer een gesprekje aan het voeren waren.

"Ik weet waarom God je naar Edenford stuurde," zei Matthews.

"Laud, niet God!" schreeuwde Drew.

"God stuurde je," hield de predikant vol. "Daar ben ik nu zekerder van dan ooit. Maar je hebt wel gelijk. Je bent in gevaar en je moet ontsnappen voor ze je gevangen nemen."

"Ik neem u met me mee."

"Ik ga niet. Ik vertrouw erop dat dit Gods wil in mijn leven is. En nu, Drew Morgan, wordt het tijd dat jij Gods wil in jouw leven gaat ontdekken. Niet je wensen en je verlangens, niet al die zelfzuchtige dingen waarover je je hele leven gedroomd hebt, maar Gods wil, Gods plan met jou."

Matthews trok Drew van zijn stoel en duwde hem naar de deur.

"Ze gaan u doden!" riep Drew.

"Ja, daar ben ik zeker van. 'En vreest niet voor degenen, die het lichaam doden en de ziel niet kunnen doden, maar vreest veel meer Hem, Die beide ziel en lichaam kan verderven in de hel.'"

"Is dat uit de Bijbel?"

"Je zult zelf moeten uitzoeken wat het verband is. Drew, luister naar me, jij vormt de sleutel van dit alles. God wist dat dit allemaal ging gebeuren. Hij zond je met een bedoeling naar Edenford. Jij moet Jenny en Nell beschermen als ik er niet meer ben. Door dit alles heen heb ik mij alleen maar zorgen over hen gemaakt. Wie zou er voor hen zorgen als ik zou sterven. Nu weet ik het! Dat ben jij. Ik leg ze in jouw handen."

"Hoe kan ik ze nou beschermen? Als ik naar Edenford terugga, zullen de mensen me vermoorden!"

"Zie je niet, Drew? Het past allemaal in elkaar! Edenford moet naar de woestijn vluchten. Engeland is niet langer veilig voor hen. Ze kunnen de straf, die hen door mijn gevangenneming is opgelegd, nooit opbrengen. Ze kunnen niet in een land blijven dat het geloof in God vervangt door een uitwendige belijdenis. Edenford moet naar de wildernis vluchten waar ze een nieuwe gemeenschap op kan bouwen en waar ze in alle vrijheid God kan dienen. Mijn dood is het beste wat Edenford kan overkomen. Daardoor zullen ze gedwongen worden te vluchten. En jij moet met ze mee gaan; ik vertrouw mijn dochters aan jou toe. Zorg voor ze! En zeg ze dat hun papa van hen houdt."

Er klonk lawaai aan de andere kant van de deur.

"Je moet ontsnappen!" fluisterde de predikant. Het was de eerste keer dat Drew iets van paniek in zijn stem bemerkte.

Met tegenzin reikte Drew naar de deurknop. Hij moest eruit. Hoe bevrijd je iemand die zich niet wil laten bevrijden?

Christopher Matthews plaatste een hand op zijn schouder. "God zij met je, mijn zoon."

Drew deed de deur net ver genoeg open om naar buiten te kunnen kijken.

Hij kon maar op één manier het portaal in kijken, de kant van de nauwe trap. Het lichaam van de bewaker was verdwenen. *Nou goed*, dacht Drew, *de bewakers weten dat er iets aan de hand is, maar ze weten niet waar ik ben. Ik kan overal op het terrein van de Tower zijn. Maar ik kan de andere helft van het portaal niet zien. Er is maar één manier om daar achter te komen.*

De deur openzwaaiend sprong Drew met getrokken zwaard in het portaal. Die was leeg! Toen hij op zijn tenen naar de trap liep, voelde hij iets nats... bloed. Hij stond in het bloed van de bewaker. Hij stak zijn nek uit om langs de trap omlaag te kijken. Geen enkel teken van leven, geen enkel geluid. Hij zou zich beter gevoeld hebben als hij iets gehoord zou hebben, bij voorkeur geluiden op een afstand.

Met zijn rug tegen de stenen muur sloop hij langzaam naar beneden.

BENG! De punt van een piek trof de muur slechts een paar centimeter van Drew's neus. "Blijf staan en geef je over," riep de bewaker.

Drew liep, zich met het zwaard beschermend, achteruit de trap weer op. De doorgang was te smal om er mee te kunnen zwaaien. Bovenaan de trap gleed Drew uit en hij viel. Het was weer dat bloed van die bewaker.

BENG! De speer stak weer toe. Alleen de draaitrap redde hem ervoor vast gespiest te worden. De spies kon niet ver genoeg gedraaid worden om hem te raken. Drew kreeg een idee. In plaats van naar boven te gaan, kroop hij zo snel mogelijk naar beneden. De soldaat zag hem en hief zijn hellebaard op. Voordat hij hem naar beneden kon zwaaien, schopte Drew hem in zijn borst en de bewaker viel ruggelings naar beneden.

Drew rende de trap weer op en sprong over de bloederige traptrede heen.

Twee andere bewakers wachtten hem met gevelde hellebaarden op. Hij keerde zich weer om naar de trap. Zijn tegenstander op de trap had zich hersteld en kwam met zijn hellebaard vooruitgestoken de trap weer op. Drew stapte opzij om de piek te ontwijken. Met een zwaardslag sloeg hij hem tegen de grond en hij haalde uit naar de bewaker. Hij miste hem. Het zwaard – het zwaard dat zijn grootvader hem gegeven had en dat hem had beschermd tegen talloze Spanjaarden – sloeg tegen de muur en brak. Drew bleef hulpeloos staan met het gevest van het gebroken zwaard in zijn hand, terwijl er drie speren op hem werden gericht.

Bisschop Laud was woedend. Toen de bewakers vernamen dat Drew in London House woonde, werd de bisschop in kennis gesteld. Een uur later zat Drew in de bibliotheek van de bisschop met een vuurrode, schreeuwende bisschop tegenover zich.

"Ik heb je alles gegeven!" schreeuwde hij. "Wat bezat je toen je naar mij toe kwam?"

"Niets."

"Niets!" herhaalde de bisschop. "Ik gaf je een thuis. Ik gaf je te eten en ik gaf je kleren." Toen rustiger, maar niet minder nadrukkelijk: "Ik gaf je mijn liefde. Wat heeft je behekst? Hoe is het mogelijk dat je mij dit aandoet?"

Drew gaf geen antwoord.

"Antwoord mij, jij vervloekte dwaas!"

Nog steeds zei hij niets.

De bisschop kookte van woede. "Ik kan je maken en breken," gilde hij. "Wat dacht je? Waarom geef je zo veel om een ketter dat je voor hem in de Tower van Londen ingebroken bent en een bewaker verwond hebt?"

"Is hij niet dood?"

"Wie?"

"Die bewaker."

"Nee, je hebt hem alleen een snee in zijn voorhoofd gegeven."

"God zij gedankt."

De woorden bleven hangen. Ze ontstelden zowel Drew als de bisschop. Het was de eerste keer dat Drew God ergens voor dankte.

"Wat heeft die predikant met je uitgehaald?"

Bisschop Laud stuurde Drew niet terug naar de Tower. Hij stuurde hem ook niet onmiddellijk weg. Zijn straf was dat hij gedwongen werd de executie van Christopher Matthews bij te wonen en daarna zou hij zijn vrijheid herkrijgen. De bisschop liet hem de keus: keer binnen drie dagen berouwvol terug naar London House of word een vijand van de kroon en het land. Als Drew niet binnen drie dagen zou terugkeren, dan zou bisschop Laud hem laten opsporen en hem laten arresteren voor zijn poging Christopher Matthews te bevrijden. Het was heel eenvoudig: Drew kon kiezen om als een vluchteling te leven of naar huis terugkeren. Maar de bisschop maakte Drew duidelijk dat, als hij ergens in de buurt van Edenford gegrepen zou worden, hem hetzelfde lot zou wachten als dat van Christopher Matthews.

De lucht zag er dreigend uit; een straffe noordenwind deed een ieder die er mee in aanraking kwam verstijven. En op deze dag dat de executie zou plaatsvinden, waren er heel wat mensen die ermee in aanraking kwamen.

De heuvel van de Tower stond zo vol toeschouwers dat het Drew voorkwam of de hele omtrek was uitgelopen om de executie mee te maken. Mensen dromden samen op verhoogde platforms, die speciaal voor zulke gelegenheden waren vervaardigd. Voor de mensen in Engeland waren executies een vorm van gratis vermaak. Ze waren wel niet zo opwindend als beren- of stierengevechten, maar ze behoefden er ook niets voor te betalen.

Drew werd door twee grote kerels vooraan bij het schavot gebracht. Hij had het plan de predikant te redden nog steeds niet opgegeven. In de nacht voor de executie had hij allerlei plannen bedacht. Maar door de grote menigte die aanwezig zou zijn, zou hij bij de uitvoering daarvan hulp nodig hebben. Hij hoopte dat David Cooper de leiding zou nemen bij een reddingspoging en dat hij hen op het moment dat ze zouden aanvallen, kon helpen. Een ander idee was om zich los te rukken van zijn bewakers, het schavot op te springen, de beul te overmeesteren, de bijl te grijpen, de schout en zijn helpers af te weren, Matthews te bevrijden en dan te ontsnappen. Hoe hij dan zou moeten ontsnappen was hem nog niet duidelijk. Hij had geen paard en hij wist niet hoe hij door de menigte heen zou kunnen komen. Hij moest maar op zijn ingevingen vertrouwen als het zover was.

Hij speurde de menigte toeschouwers af om te zien of hij bekende gezichten zag. Hij herkende niemand. Hij zag alleen maar vreemde gezichten met een verwachtingsvolle blik in hun ogen. Ze konden nauwelijks wachten op het moment dat de beul het afgehouwen hoofd van de gevangene omhoog zou houden.

Toen de gevangene naar het schavot werd geleid, steeg er een gejuich op. In een plechtige processie schreden de beul, die de bijl droeg, en zijn helper, de gebonden gevangene die begeleid werd door de schout en de aalmoezenier, voort. Bisschop William Laud had de rol van aalmoezenier aan zichzelf toebedeeld. Op het moment dat de processie in zicht kwam, werd Drew aan beide zijden door reusachtige handen vastgegrepen. Kennelijk volgden de twee bewakers de orders van de bisschop op die er zeker van wilde zijn dat Drew de executie zou zien. Hij worstelde om los te komen, eerst halfslachtig om te zien hoe sterk ze waren. De handen verstevigden hun greep. Nu worstelde hij hevig om los te komen, maar zonder enig resultaat. Ze raakten zelfs niet uit hun evenwicht.

De beul en zijn helper bereikten de bovenkant van het schavot. Toen ze een pas opzij deden werd Christopher Matthews zichtbaar, met achter hem de schout. Drew sloot zijn ogen en huiverde en hij probeerde zijn tranen en zijn neiging om over te geven te bedwingen. Na de nacht van de mislukte reddingspoging had de predikant de straf, die hem in de Sterkamer was opgelegd, ontvangen. Er was een bloederige plek zichtbaar waar eens zijn linkeroor had gezeten, zijn neus was afgesneden en zijn wangen waren rood en zwart gebrand met de letters S. L. van "Seditious Libeler" (Oproerige Lasteraar).

Bisschop Laud verscheen als laatste op het schavot. Een ieder nam zijn plaats in en de menigte werd stil. De feestelijkheden zouden beginnen.

De schout las de beschuldigingen en de strafmaat voor. Toen werd de gevangene de gelegenheid gegeven zijn laatste woorden te spreken. Andere predikers, die Matthews op het schavot waren voorgegaan, hadden de gelegenheid aangegrepen om een preek te houden, soms een tamelijk lange preek, waarbij zij hun leven nog een paar uur konden rekken. Maar de hulppredikant van Edenford wenste hun voorbeeld niet te volgen.

Toen Matthews op het schavot naar voren stapte, was het duidelijk dat hij veel pijn had. Hij wilde gaan spreken maar stopte toen, zijn gezicht vertrokken van de pijn door zijn brandende wangen en de snee in zijn neus.

Drew schopte zijn bewaker aan de linkerkant en duwde gelijktijdig de bewaker aan zijn rechterkant opzij. Maar zijn pogingen waren tevergeefs. De greep op zijn armen werd verstevigd en hij werd van de grond getild. Zijn bewakers staarden naar hem maar zeiden niets. Ze zetten hem weer op de grond, maar ze hielden hem in een ijzeren greep vast.

Matthews vermande zich, hij tilde zijn hoofd op en sprak toen: "God is mijn getuige" – als een gevolg van het afsnijden van zijn neus had zijn stem een raspende, nasale klank – "dat ik geleefd heb overeenkomstig de voorschriften van Zijn Heilig Woord. Ik sta hier vandaag omdat ik verkozen heb God meer te gehoorzamen dan mensen."

De dienstdoende aalmoezenier reageerde onmiddellijk op deze verbale aanval. Luid, zodat iedereen het horen kon, zei Laud: "De stem van de heilige Kerk van Engeland is de stem van God!"

Matthews negeerde hem. "De troon van Engeland en zijn kerk veroordelen mij. Maar over enkele ogenblikken zal ik voor de troon van God staan. En hiervan ben ik ten volle verzekerd: Voor zijn troon zal ik door de genade Gods door Jezus Christus, mijn Heere, schuldeloos bevonden worden."

Er steeg een gemurmel op uit de menigte. Op de tribune ontstond tumult. Geschreeuw. *De reddingspoging!* dacht Drew. Hij wierp een blik op zijn twee bewakers, toen op de tribune en keek toen hoe hij zo snel mogelijk op het schavot zou kunnen komen. Toen twee mannen werden weggeleid, werd het tumult minder. Er was geen sprake van een reddingspoging, alleen maar van een straatgevecht.

De schout fluisterde iets tegen Matthews. De predikant ging verder: "Met overstelpende droefheid in mijn hart moet ik vaststellen dat degenen die over Engeland heersen godvrezende mensen die hun gedachten uitspreken niet langer verdragen. Tot deze kooplieden in haat, die de schijn van godvrucht hebben, maar de kracht daarvan missen, wil ik profeteren dat u tijdelijke overwinningen kunt behalen, maar dat u uiteindelijk zult falen. Er zal een grote exodus gaan plaatsvinden. God zal degenen die getrouw zijn een land der belofte geven. En net als bij het oude Israël zal er een godzalige natie uit de woestijn voortkomen."

Op dat moment kreeg de predikant Drew in het oog. Matthews kreeg een medelijdende uitdrukking op zijn gezicht en de tranen stroomden over zijn wangen. Hij richtte zijn laatste woorden rechtstreeks tot Drew. "Die nieuwe natie zal niet gesticht worden door menselijke wijsheid of menselijke kracht; de grootheid van die natie zal gefundeerd zijn op het Woord van God. 'NIET DOOR KRACHT, NOCH DOOR GEWELD, MAAR DOOR MIJN GEEST ZAL HET GESCHIEDEN, ZEGT DE HEERE DER HEERSCHAREN!'"

Christopher Matthews werd naar het blok geleid.

Drew worstelde om los te komen.

Matthews weigerde de hem aangeboden blinddoek. Hij legde zijn hoofd op het blok.

Bisschop Laud liep op de veroordeelde toe. Hij vroeg: "Denk je niet dat je je hoofd zodanig moet neerleggen dat je blik op het oosten gericht is, waar onze Heere is opgestaan?"

"Als het met het hart in orde is," antwoordde Matthews, "doet het er niet toe hoe het hoofd ligt."

Drew worstelde uit alle macht om zichzelf te bevrijden. Hij schopte, rukte en schreeuwde. Maar niets hielp.

De beul hief de bijl op.

"NEE," schreeuwde Drew.

KLAP!

Er klonk gejuich op uit de menigte.

De eerste klap scheidde het hoofd niet van het lichaam van de predikant. De beul hief zijn bijl opnieuw.

KLAP!

Weer gejuich.

De hulpbeul wees erop dat het hoofd nog steeds niet helemaal los was.

KLAP!

De beul hield het hoofd van Christopher Matthews hoog in de lucht zodat iedereen het kon zien. De menigte werd uitzinnig.

Drew hing als een pop in de armen van zijn bewakers.

Bisschop Laud schreed plechtig op het lichaam van de dode predikant toe en sprak een gebed uit. Toen liep hij naar de rand van het schavot en keek naar Drew.

"Drie dagen," zei hij. En toen tot de bewakers: "Geef hem zijn spullen en laat hem gaan."

HOOFDSTUK 20

Hij rende. Hij rende zo snel en zo ver als hij kon. Verblind door woede baande hij zijn weg door de sadistische menigte, en het interesseerde hem niet waar hij heen ging als hij maar zover mogelijk van het schavot weg kon komen.

Hij rende door de stad van de thuislozen die op de trappen van de St. Paul's kathedraal woonden. Hij rende door Fleet Street en liep langs de gracht die naar de gevangenis voerde die dezelfde naam droeg. Hij rende langs de Strand en verachtte de mensen die daar handel dreven alsof het een gewone dag zou zijn. *Een goed mens... een godvruchtig mens... stierf vandaag! Trekt niemand zich daar iets van aan?* Hij rende langs Charing Cross, weg van Whitehall, weg van de koning en de bisschop. Hij rende over de Ridderbrug. Hij rende tot zijn longen bijna barstten en hij door zijn tranen bijna niets meer kon zien. En toen hij niet verder kon, liet hij zich in een greppel vallen, drukte zijn gezicht tegen de grond en huilde.

Hij lag daar uren. Ruiters te paard trokken aan hem voorbij, rijtuigen en voetgangers die klaagden over lange werkdagen, slechte meesters en gierige werkgevers. Ze liepen hem allemaal voorbij. Niemand vroeg hem of hem wat mankeerde.

Het was avond voor hij uit de greppel opstond. De sombere dag was overgegaan in een zwarte nacht. De wind was toegenomen tot stormkracht en voerde regen met zich mee. Drew's hoofd bonsde zo erg toen hij opstond dat hij bijna weer onderuit ging. Hij strompelde naar de weg, zijn ledematen waren gevoelloos en zijn gezicht vertoonde geen enkele uitdrukking. Zijn armen slingerden langs zijn lijf. Toen hij zijn ene voet voor de andere zette, was hij er zich nauwelijks van bewust dat hij over de Ridderbrug weer terug liep naar Londen.

Doelloos liep hij door de straten van de stad. Koetsiers riepen naar hem dat hij uit de weg moest gaan. Hij struikelde en viel in een open riool dat in het midden van de straat liep. Vanuit hun raam riepen prostituées naar hem. Hij besteedde er geen aandacht aan. Wisten ze het niet? Wisten ze niet dat hij dood was?

Na een poosje bemerkte hij dat hij tegenover London House stond. Er kwam licht uit de bibliotheek van de bisschop en boven waren nog twee ramen verlicht. Voor een van de ramen bewoog een grote gestalte. De gestalte was zo groot dat het alleen de dikke kok maar kon zijn. In zijn gedachten zag Drew het interieur van het huis – zijn kamer, de slaapkamer van de bisschop, waar ze uren wakker gelegen hadden en gepraat hadden over ridders en kruisvaarders, de bibliotheek waarin hij uren had doorgebracht met lezen en zich, ver van de conflicten thuis, kon ontspannen. De bisschop zou wel aan zijn bureau in de bibliotheek zitten en wat werk afmaken of een brief schrijven, maar deze keer niet in code. Alleen zij tweeën kenden de code.

Zonder een spier te vertrekken liep Drew weg van London House.

Hij slenterde door Mile End Road toen het hard begon te regenen. Het was een zware regenbui, die door de wind door de straat gedreven werd. Zijn gezicht beschermend tegen de striemende regen vluchtte Drew een hem bekend voorkomende herberg binnen.

"Doe die deur dicht!" schreeuwde iemand toen hij binnenkwam. Drew leunde tegen de binnenkant van de deur tot hij de deur in het slot hoorde vallen. Toen strompelde hij naar een lege tafel en liet een spoor van water achter zich.

"Bier?" gromde de herbergier. De man had lichtrood haar en een knobbelneus.

Drew keek hem met niets ziende ogen aan.

"Ben je doof?" schreeuwde de waard.

Nog geen antwoord.

Om zijn stamgasten te vermaken stelde de waard zijn volgende vraag nog luider en hij pauzeerde bij ieder woord. "WIL... JE... EEN... PINT... BIER?" Hij koesterde zich in het gelach dat opklonk.

Drew voelde in zijn zakken. "Ik weet niet of ik geld bij mij heb," mompelde hij.

De waard vloekte. "Gooi hem eruit," schreeuwde hij naar een stevige man die op een stoel in de hoek zat. De man met een borst als een biervat gromde wat en kwam op Drew af.

"Wacht!" Een man met grote bakkebaarden en een bierkroes in zijn hand stond tussen Drew en de andere man in. Hij boog zich dichter naar Drew toe en zei: "Jij bent toch Drew Morgan!"

Drew staarde hem aan maar kon hem niet thuisbrengen. Hij kon zich niet herinneren die bakkebaarden ooit eerder gezien te hebben.

"Jazeker, hij is het!" De man met de bakkebaarden straalde toen hij naar de andere gasten riep: "Dit hier is Drew Morgan!"

"Weet je het zeker?" vroeg de waard hem.

"Ik weet het zeker!" zei de man met de bakkebaarden. "Toen ik tijdens de koninklijke receptie vlees naar het paleis bracht, zag ik hem. Ik stond in de keuken toen iedereen plotseling begon te klappen en te juichen. Ik steek mijn hoofd om de deur om eens te kijken wat er allemaal aan de hand is. En daar staat hij!" De man met de bakkebaarden stompte hem op de borst waarbij hij heftig knikte. "Hij is het! Drew Morgan, de spion!"

"Het lijkt wel of ie dronken is."

"Hij is die spion, wat ik je vertel. Dat ben je toch, jongen?" De man met de bakkebaarden stond vlak voor hem.

Drew knikte.

Er werden wat stoelen achteruit geschoven en iedereen ging staan om Drew te bekijken.

"Geef die man eens een biertje!" riep de waard. "Gratis, meester Morgan. We krijgen niet iedere dag een held over de vloer. U mag net zoveel bier drinken als u wilt."

"Ik heb bewondering voor je, knaap," zei Bakkebaard. "Hoe is het om spion te zijn? Zeker wel opwindend hè? Ben je wel eens bang geweest dat je gepakt zou worden?"

Er werd een kroes bier voor Drew op tafel gezet. Hij nam een slok en knikte toen als antwoord op de vraag van Bakkebaard.

Iedereen juichte hem toe.

"Wat voor soort opleiding moet je daar eigenlijk voor volgen om geheim agent te worden?"

"Geheim werk?" Een vrouw met een half open blouse drong zich binnen de kring. "Als we over geheim werk praten dan ben ik een expert!"

Er volgde een daverend gelach op haar uitlating.

De vrouw drong zich verder naar voren en ging bij Drew op schoot zitten.

"Rosemary is de beste die er aan deze kant van Londen te vinden is," zei de herbergier met een grijns en een knipoog.

Drew keek naar het gezicht van de vrouw op zijn knieën.

"Wacht is effe!" riep ze. "Wacht is effe! Ik ken jou! Je kwam hier een tijdje geleden met die jongen van Venner, ja toch?" Ze keek naar de mannen die om de tafel stonden en zei: "Da's een vreemde jongen hoor, die jongen van Venner. Erg vreemd!"

Drew begreep niet goed wat ze bedoelde, maar haar commentaar op Eliot leverde een stormachtig gelach op.

"En jij!" Rosemary richtte haar aandacht weer op Drew. "Ik was toch je verjaardagscadeautje, hè?"

Drew bloosde. "Zoiets ja," zei hij.

"Zie je wel. En voor zover ik mij herinner rende je van mij weg!" Met een verbaasde glimlach op haar gezicht zei ze: "Hoor je dat jongens? Ik krijg een tweede kans met de held!"

"Laat hem met rust, Rosemary!" Het was de roodharige waard. "Je brengt hem in verlegenheid. Je kunt toch wel zien dat hij een slechte dag heeft gehad?"

"Ik zie niet in waarom," zei Bakkebaard. "'t Mot juist een goeie dag voor 'm wezen. De vent die hij bespioneerde is vandaag onthoofd!"

"Da's waar!" zei de herbergier.

"Ben je niet naar Tower Hill geweest, jongen?" vroeg Bakkebaard. "De hele stad mot er wel gestaan hebben."

"Het was de beste executie die ik ooit gezien heb," zei iemand.

"Je kletst uit je nek," antwoordde een ander. "De beul moest drie keer slaan om het gedaan te krijgen. Dat was slagerswerk!"

"Een botte bijl," zei Bakkebaard.

"Dat vond ik er nou juist het mooie van," antwoordde de eerste man. "Drie slagen – Klap! Klap! Klap!" De man sloeg met de zijkant van zijn hand op de tafel om het effect kracht bij te zetten. "Eén enkele klap is niks. Dan is het veel te gauw voorbij."

"Ik hou ervan koninklijke hoofden te zien," zei Rosemary.

"En ik hou van precisiewerk. Een scherpe bijl. Eén slag. Klap!!"

"Je bent niet goed snik! Hoe meer slagen, hoe mooier. Klap! Klap! Klap!"

Drew schoof van de tafel af. Rosemary viel met een bons op de grond. De deur opengooiend rende hij naar buiten en trotseerde de regen en de wind die hem in het gezicht striemden. Hij liep over het midden van de modderige weg terug naar het centrum van Londen.

Hij had ongeveer een halve mijl afgelegd toen hij dacht iemand achter een boom te zien duiken die een aantal meters voor hem links van de weg stond. Hij vertraagde zijn pas en ging aan de andere kant van de straat lopen. Hij hoorde soppende voetstappen achter zich. Hij keerde zich juist op tijd om om een vuist op zich te zien toekomen. Hij viel op zijn knieën in de modder. Er klonken nog meer voetstappen achter hem. Iemand greep hem van achteren bij zijn haren en trok zijn hoofd naar achteren. Met wazige ogen herkende Drew de man voor hem. Hij had in de herberg gezeten. Weer kreeg hij een klap. Beng! Weer een. Beng! De man die zijn haar vasthield liet los en Drew viel op zijn gezicht in de modder.

Half bewusteloos merkte hij dat hij omgedraaid werd. Iemand doorzocht zijn zakken en voelde in zijn hemd.

"Hij zei toch dat hij geen geld had!" zeurde een stem.

"Hoe kon ik dat weten?" antwoordde een raspende stem. Hij is een held en helden zijn rijk."

Toen hij niets kon vinden, schopte de man met de raspende stem hem in de ribben.

"Laat hem met rust," zei zijn maat.

"Hij verdiende het," zei de raspende stem. "Helden behoren rijk te zijn."

Drew lag kreunend in de modder. De regen sloeg op hem neer. Na een paar minuten liep er een stroompje modderwater in zijn neus en mond. Hoestend en rochelend draaide hij zich op zijn rug, wreef in zijn nek en probeerde overeind te komen, waarbij hij op de modderige weg verschillende keren uitgleed.

Drew liep langs Aldgate en toen naar het zuiden naar de Thames. Hij kwam bij Tower Hill en stond voor het schavot op dezelfde plaats waar hij de predikant van Edenford had zien sterven.

Net onder het schavot zag hij zijn bundel liggen. De mannen van Laud moesten die daar achtergelaten hebben toen hij was weggerend. Het eerste wat hem opviel was dat er iets aan ontbrak. Het gebroken zwaard. Als hij op zijn reizen ergens stopte, zette hij zijn zwaard altijd tegen de bundel aan, maar nu was het weg. Het had zijn grootvader goede diensten bewezen, maar hij had er niets aan gehad, ook niet bij zijn poging om Christopher Matthews te bevrijden.

Hij viel op zijn knieën om na te gaan wat er in de bundel zat. Voornamelijk kleren. Hij vond ook een beurs met geld. Die moest de bisschop erin gestopt hebben. Hij telde het. Een aanzienlijk bedrag. "Helden behoren rijk te zijn," lachte hij bitter. Onder in de bundel lag zijn Bijbel... de Bijbel die bisschop Laud hem had gegeven... de Bijbel die de puriteinen haatten... de Bijbel waaruit hij Nell en Jenny had voorgelezen toen ze naast het open raam in de Hoogstraat aan het kantklossen waren.

Hij huilde.

Een doodvermoeide Drew Morgan beklom de trap naar het schavot en stond op de plaats waar het blok was geplaatst. De regen stroomde van zijn gezicht en handen; de wind deed hem huiveren en de kilte trok door zijn huid naar zijn hart. Hij vond het wel goed. Hij wilde dat de wind zijn hart zou doen bevriezen en zijn verstand zou verdoven zodat hij niet meer behoefde na te denken. Dan zou hij ook niets meer behoeven te voelen.

Hij keek naar de lege tribunes om hem heen. Niemand juichte hem toe, niemand applaudisseerde voor zijn moed. Niemand prees zijn dapperheid dat hij een man had laten doden die alleen maar van zijn gezin wilde houden en zijn God wilde dienen.

Toen Drew op zijn handen en knieën viel, zag hij bloedspatten op het hout. Het bloed van Christopher Matthews... Onschuldig bloed... Vergoten bloed. Het was diep genoeg in het hout doorgedrongen om niet door de regen weggespoeld te worden. Drew wreef met zijn hand over de sporen, maar de vlekken verdwenen niet. Hij trok zijn hemd uit en wreef daarmee wild over de planken. Maar het bloed van Christopher Matthews liet zich niet wegwissen, een blijvend getuigenis van Drew's schuld. Die kon hij niet uitwissen. Hij zou met die vlekken moeten leven.

Wat was er verkeerd met hem? Alles wat hij ooit in zijn leven gewild had, was slechts een paar mijl weg. Hij behoefde maar naar London House te lopen en zijn erfenis opeisen, de bisschop omhelzen, het applaus in ontvangst te nemen, de beloningen aanvaarden en de held zijn die de bisschop en de koning hem wilde laten zijn. Maar al die dingen fascineerden hem niet meer. Het was of de betovering van dat alles gebroken was en alsof het goud dat hij gezocht had vergaan was tot as.

Christopher Matthews had de betovering verbroken. Hij bezat al die dingen niet en toch was hij de rijkste man die Drew ooit had ontmoet. Nu was Drew Morgan's goud tot as vergaan en bezat hij niets meer. Niets, alleen maar smadelijke herinneringen aan wat hij nooit zou kunnen krijgen, wrede herinneringen aan fouten die hij nooit zou kunnen herstellen, spottende herinneringen aan de jongen die zo groots wilde zijn.

Herinneringen aan Nell die tussen de kasteelmuren bedeesd glimlachte; de kleine Thomas met zijn blauwe gezicht die hem zo stevig omhelsde dat het pijn deed; Matthews die hem tegen Dudley's beschuldigingen fier verdedigde; Jenny's lieve kussen onder de koepel van haar haar; de oude Cyrus Furman die zijn dode vrouw in zijn armen hield; Eliot die half naakt naast de rivier danste; Laud die in de Sterkamer zonder ophouden zijn slachtoffer aanklaagde; het verminkte lichaam van de zoon van Lord Chesterfield; Christopher Matthews die in de Tower zijn stralende hoofd ophief en "Dank U, Heere" zei.

"Ik begrijp het niet!" schreeuwde Drew naar de hemel. "Hoe kon hij dat doen? Hoe kon hij dankbaar zijn toen zijn vijanden de overwinning hadden behaald? Hoe kon hij blij zijn toen hij op het punt stond te sterven?"

Drew snikte en sloeg met zijn vuisten op het schavot. Toen kwamen de woorden boven, de woorden van de predikant: *"Edenford moet naar de woestijn vluchten. Ik vertrouw mijn dochters aan jou toe. Zorg voor ze! En zeg ze dat hun papa van hen houdt."*

Drew schudde zijn hoofd. "Ik kan het niet!" schreeuwde hij.

"Vlucht naar de wildernis. Zorg voor mijn dochters."

"Ze zullen niet naar mij willen luisteren!"

"Vlucht naar de wildernis."

"Ze zullen me vermoorden als ik terugga!"

"Niet door kracht, noch door geweld, maar door Mijn Geest zal het geschieden, zegt de Heere der heerscharen!"

"Nee, dat is onmogelijk!"

"NIET DOOR KRACHT, NOCH DOOR GEWELD, MAAR DOOR MIJN GEEST ZAL HET GESCHIEDEN, ZEGT DE HEERE DER HEERSCHAREN!"

"Nee," snikte hij.

"En vreest niet voor degenen, die het lichaam doden en de ziel niet kunnen doden, maar vreest veel meer Hem, Die beide ziel en lichaam kan verderven in de hel."

"O God, help me!" riep Drew. "Vergeef mij voor wat ik gedaan heb."

Drew Morgan viel voorover op het schavot. De zware regen roffelde op de houten planken.

"NIET DOOR KRACHT."

"Heere, leer mij lief te hebben."

"NOCH DOOR GEWELD."

"Heere, geef me kracht."

"MAAR DOOR MIJN GEEST ZAL HET GESCHIEDEN."

"Heere, neem mijn zelfzucht weg."

Hij sprak tot God tot de zon opging.

Er waren die dag twee sterfgevallen. Op het schavot op Tower Hill stierf Christopher Matthews door de beul en ging de eeuwige heerlijkheid binnen. Drew Morgan stierf die dag aan zichzelf.

HOOFDSTUK 21

Een veroveraar zou Edenford niet meer geplunderd kunnen hebben dan de uitspraak van de rechtbank van de "Star Chamber". Hun leider werd er door gedood. De economie werd erdoor geruïneerd en de geest van haar inwoners gebroken. De veroordeling van Christopher Matthews had tevens tot gevolg dat de mensen van Edenford geen enkele zeggenschap meer hadden over hun eigen dorp.

Alle bedrijven stonden nu onder toezicht van de koning van Engeland. Winkels, bezittingen en allerlei apparatuur was in beslag genomen. Alles werd verbeurd verklaard tot het dorp de boete van 10.000 pond, die Christopher Matthews was opgelegd, betaald zou hebben. Tot de winkels die in beslag genomen waren, behoorden ook de schoenmakerij van David Cooper, het gereedschap en het materiaal van de kantklosserij van Nell en Jenny en de wolindustrie van Lord Chesterfield – alles wat daartoe behoorde, van de schapen tot de voorraad wollen stoffen. De huren gingen omhoog, er werden aandelen vastgesteld en boetes uitgedeeld. De manier waarop alles betaald zou moeten worden was eenvoudig: De koning kreeg als eerste zijn geld – de scheepsbelasting en de boete van Christopher Matthews. Daarna moest Lord Chesterfield zijn geleende geld en de beperkte winsten worden betaald. (Chesterfield had te vergeefs geprobeerd een groter winstaandeel te bemachtigen. Hem werd te verstaan gegeven dat het zijn straf was voor het feit dat hij een puriteinse predikant had aangetrokken. Bovendien wilde de koning zo snel mogelijk zijn geld.) Het derde en kleinste gedeelte van het inkomen van het dorp ging naar de dorpelingen.

Om zijn zaken in Edenford te behartigen, benoemde de koning David Hofman, de dikke commissaris als zijn vertegenwoordiger. Dat was een voor de hand liggende keus daar Hofman belast was met de plaatselijke rechtspraak, die hij graag uitoefende om de vrede en zijn eigen veiligheid te handhaven. Een Anglicaanse bisschop werd tot predikant van Edenford benoemd. Het was een van de drie predikantsplaatsen die hij had. De andere waren Tiverton en Halberton. De nieuwe bisschop plaatste de avondmaalstafel direct tegen de oostelijke muur en liet er een hek omheen zetten. De diensten werden beperkt tot wat in het gebedenboek was voorgeschreven, niets minder maar zeker ook niets meer. Dat betekende dat er geen prediking meer was en dat er ook geen middagdienst meer werd gehouden. In plaats daarvan werden de mensen aangemoedigd om in overeenstemming met het handboek van koning Jacobus' *Book of Sports* sport te beoefenen.

Edenford was niet meer hetzelfde dorp dat Drew Morgan bijna een jaar daarvoor was binnengetrokken. Vanuit zijn uitkijkpost tussen de muren van de kasteelruïne viel het verschil Drew onmiddellijk op. Hij zat in de schaduw van het oude Saksische domein en sloeg de mensen van Edenford gade die op weg waren voor hun dagelijkse bezigheden. Ze liepen met neerhangende schouders. Ze begroetten elkaar beleefd maar zonder echte hartelijkheid. Het dorp was zijn levendigheid, zijn hoop en zijn wil om te leven kwijt.

Hij was een van de belangrijkste oorzaken van deze gedrukte stemming en van de aanwezigheid van de nieuwste inwoners van Edenford – in het bijzonder van de waggelende hoge commissaris die rondliep of hij de koning was en die gevolgd werd door een troep gewapende mannen. Daarbij kwamen nog de soldaten die hij hier en daar in het dorp had opgesteld en het leek wel of het dorp door een buitenlands leger was bezet. Drew merkte nog een andere nieuwe inwoner op, Eliot Venner. Het was niet moeilijk hem te herkennen. Zijn wilde haardos en zijn verwaande gang vielen tussen de conservatief geklede en bedrukt rondschuifelende dorpelingen onmiddellijk op. *Hij draagt in ieder geval nu meer dan alleen maar een lendendoek*, dacht Drew.

De aanwezigheid van Eliot deed bij hem een verontrustende vraag verrijzen. Wat wist hij over Drew's situatie? Had hij sinds de rechtszaak nog contact met de bisschop gehad? Met Eliot was dat moeilijk in te schatten. Hij zou al die tijd weg geweest kunnen zijn voor een opdracht of ergens in de bossen geweest kunnen zijn. Misschien bestond zijn opdracht wel uit het opsporen van Drew.

Het was nu drie maanden geleden dat Christopher Matthews ter dood was gebracht en dat Drew die nacht op het schavot zijn leven aan God had gegeven. In die drie maanden was hij via allerlei omwegen van Londen naar Edenford gereisd; geen directe route, maar eerder een zwerftocht door het Engelse landschap. Tijdens zijn tocht bad Drew. Als hij ging zitten las hij uit de Bijbel, met name uit de Evangeliën. Hij dacht na over wat hij las en liep dan weer biddend verder. In die drie maanden leerde Drew een discipel te worden en Jezus was zijn leermeester. Alles wat Jezus tot zijn discipelen gezegd had, nam Drew ter harte. Hun lessen werden zijn lessen, de opdrachten die zij kregen, werden ook zijn opdrachten. Toen hij de woorden las die de dood van Jezus aan het kruis beschreven, huilde hij en hij dacht aan een andere trouwe discipel van de Heere, Christopher Matthews. En toen hij de opdracht van de opgestane Heere las, moest hij denken aan de opdracht die Matthews hem gegeven had: "Edenford moet naar de wildernis vluchten. Zorg voor mijn dochters."

Drew Morgan was naar Edenford teruggekeerd om die opdracht uit te voeren.

Hij verborg zich naast het huis aan het eind van High Street, tegenover het nu kale korenveld dat eens de plaats was geweest waar Matthews altijd gebeden had. Hij stak zijn hoofd om de hoek en keek de High Street af. Jenny kwam moeizaam lopend met twee emmers water zijn kant op. De afgelopen vier avonden had ze datzelfde karwei op precies dezelfde tijd uitgevoerd. Ze zette de emmers neer en deed de deur open. Toen pakte ze haar emmers weer op en ging naar binnen. Drew glipte om de hoek, volgde haar naar binnen en deed de deur achter zich dicht.

"O!" Jenny liet de emmers vallen en knoeide water op haar kleren en de vloer. "Je liet me..." Ze draaide zich om. "Drew!"

Nell kwam de trap aflopen. Ze bleef halverwege staan en hield zich aan de leuning vast. Haar gezicht was uitdrukkingsloos en ze keek hem met koude ogen aan.

Jenny liep achteruit van hem weg. Ze struikelde over een van de emmers en viel.

Op dat moment verscheen James Cooper. Ook hij kwam van boven. Hij was groter en rooier dan Drew zich herinnerde. "JIJ!" schreeuwde hij met een dikke vinger op Drew wijzend.

Nell hield zich met twee handen aan de leuning vast toen hij haar opzij duwde om langs haar heen te gaan.

Drew stak beide handen omhoog. "Alsjeblieft, ik ben hier niet gekomen om moeilijkheden te maken. Ik wil alleen met jullie praten."

"Je hoeft niets te zeggen," zei de rooie reus op hem toe stormend. "Ik heb maar één minuut nodig om..."

Drew's verzoek vond geen gehoor en hij kreeg een geweldige slag op zijn kaak. Hij viel met zijn hoofd tegen de deur. James trok Drew naar buiten en sleepte hem naar het bouwland waar hij hem zonder een geluid te maken afranselde.

Drew herinnerde zich een vrouwestem gehoord te hebben. Door de slagen van James was het moeilijk uit te maken of het Jenny of Nell was die naar de reus schreeuwde dat hij moest ophouden voordat hij hem zou vermoorden. Toen werd alles zwart voor zijn ogen.

Toen hij zijn ogen weer opsloeg, zag hij een langzaam ronddraaiende beweging die hem samen met het rondtollen in zijn hoofd doodziek maakte. Hij lag aan de overkant van de zuidelijke brug. De ronddraaiende beweging kwam van het scheprad van de watermolen naast de rivier. Drew kroop naar de waterkant en gaf over.

Hij bleef onder de brug zitten tot het donker werd en strompelde toen weer terug naar de ruïne van het kasteel.

Drew maakte zijn kamp aan het verste uiteinde van het kasteel, het gedeelte dat door het bos overwoekerd was, waardoor hij voldoende dekking had om niet vanuit het dorp gezien te worden. Hij kende slechts één persoon die ook wel eens naar het kasteel kwam – Nell. Hij wilde dat ze nu bij hem was. Kon hij maar met haar alleen praten, zij zou hem kunnen begrijpen.

In zijn herinnering zag hij haar op de trap staan met James achter haar. Was hij uit de slaapkamer gekomen? Hij wist het niet zeker. Maar in ieder geval was hij van boven gekomen. Wat deed hij daar? Waarom was hij eigenlijk in het huis? Hoe hij ook zijn best deed, hij kon zijn jaloezie niet de baas worden en al gauw werd hij woedend. De gedachte dat James zo dicht bij Nell was werd hem te veel. Het deed meer pijn dan de afranseling van James.

"Heere, ik heb geduld nodig en ik heb het nu nodig," bad hij. *Hoe moet het verder als Nell me niet wil vergeven?*

"Toch zal ik van haar blijven houden," zei hij hardop. "Ik zal altijd van haar blijven houden."

Zelfs als ze met James trouwt? Of is ze al met hem getrouwd?

Die gedachte trof hem als een dolksteek. De dolk was wel onzichtbaar maar hij voelde de pijn echt. "Misschien kan ik haar wel niet krijgen, maar niets kan mij weerhouden om van haar te blijven houden," zei hij.

Die woorden deden hem goed. De pijn ging wel niet weg, maar ze werd draaglijker. Drew Morgan vond troost in de gedachte dat wat James Cooper ook zou doen, hij hem niet kon beroven van zijn liefde voor Nell. Dat kon niemand. Zelfs Nell zelf niet.

Dat was een opwindende openbaring voor hem. *Wat Nell ook zal zeggen of doen, ze kan niet voorkomen dat ik van haar houd. Ze kan me pijn doen. Ze kan me in de steek laten. Maar ze kan niet voorkomen dat ik van haar houd.*

Drew ging slapen en zijn liefde voor Nell Matthews hield hem die nacht warm.

"Ik heb een Barnabas nodig."

Drew zat tegen een stenen muur geleund. De Bijbel op zijn knieën lag opengeslagen bij de Handelingen der apostelen, hoofdstuk 9. Hij las de verzen opnieuw: "Saulus nu, te Jeruzalem gekomen zijnde, poogde zich bij de discipelen te voegen; maar zij vreesden hem allen, niet gelovende, dat hij een discipel was. Maar Barnabas, hem tot zich nemende, leidde [hem] tot de apostelen."

"Ze waren bang voor hem… Ze geloofden niet dat hij een discipel was. Heere, ik heb een Barnabas nodig," zei hij weer.

"Jenny!" Het werd half gefluisterd en half geschreeuwd.

Jenny's hoofd draaide in zijn richting en haar bruine haar golfde om haar heen. Ze stond voor de deur met de emmers water naast haar en toen hij riep stond ze op het punt de deur open te doen. Op haar gezicht viel ontsteltenis te lezen en ze greep opnieuw naar de deurklink.

"Jenny, alsjeblieft, ik zal je niets doen!"

Ze wachtte, haar hand nog steeds op de deurklink.

"Kom naar mij toe bij de molen aan de rivier."

Ze schudde nee.

"Alsjeblieft Jenny, vertrouw me."

Ze stemde wel niet toe, maar ze schudde niet meer met haar hoofd. Met haar hand nog steeds op de deurkruk staarde ze naar de onderkant van de deur en dacht over zijn verzoek na.

"Alsjeblieft," smeekte hij, "Zo gauw mogelijk. Ik zal daar op je wachten."

Hij wachtte niet op haar antwoord. Toen hij wegging stond ze bewegingloos voor de deur. Hij ging naar de rivier en wachtte. En terwijl hij wachtte bad hij.

De zon zonk achter de westelijke berg en over de rivier en de met gras bedekte hellingen trok de schemering. Hij durfde niet over de rand te kijken want dan zou hij door veel mensen gezien kunnen worden. Hij moest er daarom genoegen mee nemen iedere paar seconden naar de heuvelrug te kijken om te zien of Jenny er aan kwam. Langzaam ging de schemering over in de nacht.

Zoals een hert plotseling een open plek in het bos binnenstapt, verscheen Jenny Matthews op de heuvelrug. Ze bleef staan. Drew glimlachte en liep op haar toe. Ze deinsde achteruit.

"Dank je wel dat je gekomen bent," zei Drew.

"Iedereen weet dat je hier bent."

De glimlach op Drew's gezicht trok weg en hij keek om zich heen.

"Nee, ik bedoel in Edenford. Ze weten in ieder geval dat je hier gisteren was. James heeft het aan iedereen verteld."

"Dat kan ik hem niet kwalijk nemen," zei Drew.

"Waarom?" vroeg Jenny. "Waarom ben je teruggekomen?" Haar stem beefde en haar ogen vulden zich met tranen. Het deed Drew pijn te beseffen dat hij daarvan de oorzaak was. Ze was de mooiste vrouw die hij ooit gezien had; haar onschuld maakte haar bekoring nog groter.

"Je vader heeft mij teruggestuurd."

"Vader?" Haar stem schoot verwachtingsvol omhoog.

"Ik praatte met hem in Londen. Hij vroeg mij je te zeggen dat hij van je houdt."

Jenny's hand ging omhoog naar haar wang om haar tranenstroom af te vegen. "Bezocht je mijn vader in de gevangenis?"

Drew grinnikte. "Niet precies. Ik probeerde hem te bevrijden."

"Bevrijden?"

Hij knikte.

"Ik begrijp het niet. Wat is er gebeurd?"

"Hij weigerde te ontsnappen. Hij zei dat dat jou, Nell en de bewoners van Edenford in gevaar zou brengen. Hij vroeg me voor jullie te zorgen."

"Dat is net wat voor papa," snikte Jenny. "Hoe ben je weggekomen?"

"Ik kwam niet weg. Ik werd gevangen genomen."

Ze keek hem niet begrijpend aan. Het was nu bijna donker.

"Maar dat is nu niet zo belangrijk," zei Drew. "Je moet me helpen. Je moet mijn Barnabas zijn."

De overgang was te snel voor haar. Ze begreep het verband niet.

"Weet je, niemand anders dan alleen Barnabas vertrouwde Paulus na zijn bekering. Jenny je moet mij vertrouwen."

"Je lijkt papa wel," zei ze lachend, "die legde de dingen ook altijd met Bijbelteksten uit."

Wat was het goed haar te zien lachen. "Wil je me vertrouwen?" zei hij.

Haar glimlach trok weg en ze keek naar beneden. "Wat wil je dat ik zal doen?"

"Alles wat je voor me moet doen is het regelen van ontmoetingen tussen mij en een paar mensen uit het dorp."

"Waarom heb je daar mijn hulp voor nodig?"

"Na die ontvangst gisteren in jullie huis denk ik niet dat het slim zou zijn om overdag door de Market Street te lopen."

"Ik denk dat je gelijk hebt," zei ze. Er was even een stilte. "Met wie wil je spreken? Meester Cooper?"

"En Nell."

"Nell wil niet met je praten."

Dat kwam aan, maar was wel begrijpelijk. "Wil je het haar in ieder geval vragen?"

"Nu moet ik gaan." Jenny draaide zich om en stapte van de rand af. "Ik zal er over denken," zei ze.

"Bid ervoor!"

Ze bleef staan en keek hem met een goedkeurende blik aan. "Ja, ik zal er voor bidden."

Hij leunde op een arm en las over Paulus en Barnabas op Cyprus. Paulus had juist de tovenaar Elymas met verblindheid geslagen toen Drew een twijg hoorde kraken. Er was iemand in de ruïne! Drew rolde op zijn buik en kroop achter de dichtstbijzijnde muur. Met hoeveel waren ze? Hij keek naar beide kanten achter zich. Er was geen beweging te zien. Alleen maar bos. Hij stond voorzichtig op en keek over de muur.

Beschenen door het gespikkelde zonlicht stond Nell Matthews in de open doorgang van de kasteelruïne. Diep in gedachten slenterde ze langzaam door de grote hal van het kasteel. Ze was alleen. Haar donkerbruine haar rustte zacht op haar witte katoenen blouse, tegen haar donkere rok bungelde een schaar aan een lint. Drew herinnerde zich hoe graag hij haar had gadegeslagen als ze met haar kantwerk bezig was. Die schaar was bijna een verlenging van haar rechterhand. Ze kon hem pakken, een draad doorknippen en weer verder gaan met haar kantwerk in één vloeiende beweging.

Drew was over zichzelf verbaasd te merken hoe hij ernaar verlangd had haar te zien. Hij durfde niet te spreken uit vrees dat hij haar daardoor zou afschrikken. Voor een paar minuten was hij er tevreden mee haar alleen maar te zien.

Nell wandelde naar het centrum van de ruïne en ging op een muur zitten, op dezelfde plaats waar ze meestal zat als ze met Drew in de ruïne was. Nu kon Drew haar gezicht zien. Het was een somber gezicht en haar ogen stonden dof. Ze had niet meer de vastberaden trek op haar gezicht, die hooghartige blik die Drew zo had geïntimideerd en geïrriteerd bij hun eerste ontmoeting.

Hij stond stilletjes op en klom over de lage stenen muur. Hij was al halverwege voor ze zijn beweging uit haar ooghoek opving. Ze sprong van de muur overeind. Toen ze hem herkende, rende ze naar de deuropening. Drew moest nog over een andere lage muur klimmen en hij moest rennen om haar in te halen. Toen ze de deuropening bereikt had kon hij haar arm pakken. Hij draaide haar om en greep haar bij de schouders.

"Ik ga gillen!" waarschuwde ze hem.

Instinctmatig keek Drew achter haar in de verwachting een roodharige reus de heuvel op te zien hollen.

"Nell, ik moet met je praten!"

"Wat doe je hier?" schreeuwde ze, terwijl ze zich probeerde los te rukken.

"Je vader stuurde mij."

Ze hield op met zich los te rukken. "En jij denkt dat ik dat zal geloven?"

Het vuur sprong uit haar grijze ogen, een laaiend vuur van woede. Met een snelle beweging greep ze haar schaar en richtte de punt op Drew's borst. "Laat me gaan!"

Drew liet haar los en ze struikelde een paar stappen achteruit. Toen draaide ze zich om en rende de helling af.

"Waarom zou ik anders teruggekomen zijn?" schreeuwde hij haar na. Hij zag haar het pad afrennen en toen ze de gebouwen waarin de weefgetouwen stonden passeerde, verloor hij haar uit het oog. Zuchtend liep hij weer terug de ruïne in en ging op een grote steen zitten. Hij kon haar niets kwalijk nemen. Ze was bang, wie zou dat in haar omstandigheden niet zijn? Maar hoe moest hij zijn belofte aan God en de predikant nakomen als niemand met hem wilde praten?

"Waarom ben je teruggekomen?"

De stem schrikte Drew op. Nell stond in de deuropening. Hij wilde van de steen op staan.

"Blijf waar je bent!" beval Nell. "Beantwoord alleen mijn vraag."

"Kwam je daarvoor terug?"

"Er klopt iets niet. Je hebt hier niets te zoeken. Er is niets meer wat je ons kunt afpakken. Dus daarvoor ben je niet teruggekomen."

"Of rond te blijven hangen na de ontvangst die James me gisteren heeft bezorgd," voegde Drew daaraan toe. Hij kon het niet helpen zich een beetje zelfingenomen te voelen. Ze was helemaal van haar stuk gebracht en dat hinderde haar.

"Het was verkeerd van James om je een pak slaag te geven," zei ze.

"En ik was verkeerd door je zo'n pijn te doen."

Nell vocht een verloren strijd tegen haar tranen. "Je hebt nog steeds mijn vraag niet beantwoord," zei ze.

"Dat heb ik wel gedaan. Je vader stuurde mij."

"Dat vertelde hij je dan zeker tijdens de rechtszitting in de Star Chamber? Of was het tijdens de executie. Jij en Dudley hebben wel op een indrukwekkende wijze toneel gespeeld, hè?"

Drew wachtte tot ze weer een beetje tot zichzelf gekomen was.

"Hoe heb je dat kunnen doen?" schreeuwde ze naar hem. "Hij hield van je!"

Nu was het Drew's beurt om tegen zijn tranen te vechten.

"Dat weet ik," zei hij beschaamd.

Ze zwegen alletwee geruime tijd.

"Nou, hoe zit het?" wilde Nell weten.

"Alles wat ik kan zeggen is dat alles wat er gebeurd is nooit mijn bedoeling is geweest." De verachtelijke blik op Nell's gezicht maakte hem duidelijk dat ze niet erg overtuigd was. Hij vervolgde: "Ik sprak met je vader in de gevangenis. Hij vroeg me je te vertellen dat hij van je hield. Hij vroeg me ook of ik voor je wilde zorgen."

Nu had hij het helemaal gedaan. "Ik kan wel voor mezelf zorgen, dank je. Wel, meester Morgan, het lijkt erop dat je aan de opdracht van mijn vader hebt voldaan. Je kunt dus nu wel gaan."

"Nell ik weet dat je me niet zult geloven, maar ik ben veranderd. Ik heb Jezus gevraagd mijn Heiland te zijn."

"Ja, dat hebben we al eens vaker gehoord," zei ze sarcastisch.

"Wat kan ik doen om je te overtuigen?"

"Er is niets wat je zou kunnen doen om mij te overtuigen, meester Morgan. Je hebt tegen ons gelogen. Je hebt ons welbewust bedrogen. Je vermoordde mijn vader en je vernietigde mijn dorp. Ik denk dat je zelfs niet met mijn vader gepraat hebt nadat hij gevangen genomen werd. Ik denk niet dat je het lef had om hem onder ogen te komen. En ik denk dat je hier teruggekomen bent om je schuldige geweten te sussen. Nou, zo gemakkelijk gaat dat niet. Je zult ermee moeten leven. Ik kan dan wel een

272

christen zijn, maar ik ben niet gek."

"Je vader was niet Justin. Dat was jij."

Hij gooide het er plotseling uit. Hij verloor snel terrein en het was het enige wat hem nu nog kon redden. Op hetzelfde ogenblik dat hij haar reactie zag, wist hij dat hij verkeerd gehandeld had. Hij had die blik van afgrijzen een keer eerder op haar gezicht gezien, die keer toen hij haar in de studeerkamer van haar vader aan het schrikken had gemaakt na zijn terugkeer van zijn ontmoeting met Eliot aan de rivier. Op dat moment herinnerde hij zich ook haar schreeuw in het donker en het geluid van Jenny's geruststellende woorden. Ze kende de prijs die betaald moest worden om Justin te zijn en ze was er doodsbang voor.

"Er waren slechts drie mensen die het echte geheim kenden," zei hij. "Je vader, Jenny en jij. In de nacht dat je vader mij vergeven heeft en mij vroeg voor jullie te zorgen, heeft hij mij de waarheid verteld. Hij is gestorven om jou te beschermen."

Nell rende snikkend de heuvel af. Drew sloeg haar gade en hij vroeg zich af of hij juist gehandeld had.

"Pssst!"

Jenny stond weer voor de deur met de emmers water aan haar voeten. Haar bruine haar zwierde weer om haar heen toen ze zich naar het nu bekende geluid draaide. "Ga weg!" siste ze.

"Jenny, alsjeblieft!"

Ze liep op Drew toe. "Wat heb je mijn zuster gedaan?"

"Dat kan ik uitleggen, maar niet hier. Ontmoet me bij de rivier."

Jenny liep weer terug naar haar emmers en wierp hem een boze blik toe.

"Ik kan het uitleggen," zei hij weer.

Met haar handen op haar heupen stond ze vlak voor hem bij de rivier, veel minder weifelend dan bij hun vorige ontmoeting. "Wat heeft Nell je verteld?" vroeg hij.

"Niets," zei Jenny. "Ze rende alleen maar naar boven en deed de deur van haar slaapkamer op slot. Ze wilde niet met me praten."

"Hoe wist je dan dat ik er iets mee te maken had?"

Jenny keek naar hem of hij de domste persoon van de wereld was. "Jij bent de enige die haar ooit zo van haar stuk zou kunnen brengen."

"Ik vertelde haar dat ik wist dat zij Justin was."

Op Jenny's gezicht stond ontzetting en angst te lezen.

"Het spijt me," zei Drew. "Het was de enige manier om haar ervan te overtuigen dat ik met je vader gesproken heb. Waarom zou hij mij dat vertellen als hij mij niet vertrouwd had?"

"Je vertelt echt de waarheid, hè?"

Drew knikte.

"Over alles?"

"Jenny, het was nooit mijn bedoeling je vader wat aan te doen. Ik zou mijn leven er voor over hebben als ik hem terug kon brengen."

"O Drew!" Jenny sloeg haar armen om hem heen en huilde.

"Dus je gelooft me?"

Ze beantwoordde zijn vraag met een glimlach.

Hij sloot zijn ogen en richtte zijn gezicht op de hemel. "Dank U, Heere!"

Ondanks Jenny's vurig smeken weigerde David Cooper Drew te ontmoeten. Hij waarschuwde Jenny van hem vandaan te blijven en hard weg te rennen als hij bij haar in de buurt kwam.

Drew liet zich hierdoor niet ontmoedigen. Hij schepte moed uit zijn eerste bekeerling en hij was niet van plan het op te geven. Hij was vol vertrouwen dat er een antwoord moest zijn; alles wat hem te doen stond was de juiste vraag te stellen. Hij begon Jenny te ondervragen en hij vroeg haar de reactie van de inwoners van de stad op de nieuwe gang van zaken in Edenford te beschrijven. Ze voelden zich of ze in een gevangenis leefden met soldaten die hen altijd in de gaten hielden, zei ze. Zij hadden genoeg van de kerkdiensten en wilden weer een preek horen. Sommige mensen gingen helemaal niet meer naar de kerk en hadden het gevoel dat God hen verlaten had. Er behoefden natuurlijk geen dorpsvergaderingen meer belegd te worden want alles werd voor hen besloten.

"Vergaderingen!" riep Drew uit. "Zijn er helemaal geen vergaderingen meer?"

Jenny aarzelde. Sinds ze gezegd had dat ze geloofde dat hij de waarheid sprak, was dit de eerste keer dat hij iets van terughoudendheid in haar bespeurde.

"Er waren eerder ook geheime vergaderingen over die pamfletten van Justin enzo," zei Drew. "Zijn die vergaderingen geheim? Wil je me er daarom niet over vertellen?"

Jenny knikte. "Ik wordt zelfs verondersteld daar niets van af te weten. Maar James Cooper heeft een grote mond."

Bij het noemen van James Cooper kreeg Drew een naar gevoel. De vraag waarom James in het huis van de Matthews was geweest was nog steeds niet opgelost. Maar het was nu niet het geschikte moment om daar naar te vragen. Hij liet het gaan.

"De beslissing is aan jou," zei Drew.

Een klein groepje mannen uit Edenford ontmoette elkaar in het geheim in het huis van de oude Cyrus Furman. Onder hen bevonden zich een paar veteranen van het vorige geheime genootschap – David Cooper, Charles Manley en sinds kort ook James Cooper. Sinds de gevangenneming van de predikant en de inbeslagname van de schoenmakerij was de achterkamer van Cooper niet langer beschikbaar. Jenny wist niet wat er tijdens de geheime bijeenkomsten besproken werd, maar ze wist wel dat er alleen maar trouwe puriteinen werden uitgenodigd. Het was het overblijfsel van de gelovigen in Edenford. De luiken werden dichtgedaan en tien mannen schaarden zich zachtjes pratend om een enkele kandelaar.

Er werd zachtjes op de deur geklopt. Iedereen verstijfde.

"Rustig maar, mannen," zei David Cooper, "soldaten kloppen meestal niet zo zacht voordat ze een vergadering uit elkaar jagen." Tot de eigenaar van het huis zei hij: "Cyrus, kijk eens wie daar is."

De oude man strompelde naar de deur. "Hé, juffrouw Jenny, waarom kom jij zo laat op de avond nog hierheen?" Hij deed de deur open. Die zwaaide verder open dan zijn bedoeling was en twee mensen stapten de kamer binnen.

"Jij weer?" James kwam overeind en deed met gebalde vuisten een uitval naar Drew.

Jenny ging voor Drew staan.

"James!" riep zijn vader. "Ik regel dit!"

"Ik heb hem al eerder in elkaar geslagen toen hij zijn gezicht liet zien en ik wil het nog wel een keer doen!"

De oudere Cooper greep zijn zoon rond zijn middel vast en stopte hem in zijn aanval. "Heb je hem geslagen? Dat heb je me niet verteld. Je zei alleen maar dat je hem gezien had." De schoenmaker keek Drew eens goed aan. Zelfs in het vage lichtschijnsel waren de schrammen en kneuzingen nog goed te zien. "Wat wil je van ons?" zei hij.

"Ik heb een boodschap voor u."

"Van wie?"

"Van Christopher Matthews."

"Ik denk dat je maar beter kunt gaan," zei de schoenmaker. Hij moest nu twee mensen in toom houden, zichzelf en zijn zoon.

"Luister naar hem," schreeuwde Jenny. "Hij vertelt de waarheid!"

"Wat heb je dit meisje verteld?" De schoenmaker was ziedend. "Meester Cooper!" schreeuwde Jenny, "ik wil niet dat u over mij praat of ik zo stom ben als een ezel. Eerst geloofde ik Drew ook niet. Maar hij vertelde mij iets dat hij alleen van mijn vader gehoord kan hebben. Ik geloof dat hij de waarheid vertelt."

"Wat hij weet zal hij wel door marteling uit de predikant gekregen hebben!" zei James. "Ik heb gehoord dat ze pijnbanken hebben waarop ze iemand aan handen en voeten vastbinden met een stuk ijzer zodat hij helemaal krom getrokken wordt en zich niet meer kan bewegen."

"Zo is het wel genoeg, James!"

"Jenny, ben je er zeker van dat hij de waarheid vertelt?" vroeg de schoenmaker.

Jenny keek Drew aan. "Ja," zei ze, "ik weet het zeker."

"Wat is de boodschap die je volgens jou van Christopher Matthews moest overbrengen," vroeg de schoenmaker Drew.

"Vlucht naar de wildernis."

Voor langer dan een uur vertelde Drew de mannen over zijn ontmoeting en mislukte reddingspoging in de Tower van Londen. Hij vertelde hen over het ultimatum van bisschop Laud en dat de tijd al lang verstreken was.

"Dit is weer een valstrik!" schreeuwde James Cooper. "We zijn er al eens ingetrapt en ik ben niet van plan dat nog eens te doen."

Er was geen andere manier om ze te overtuigen. "Kijk," zei hij, "vraag jezelf eens af wat ik door hier aanwezig te zijn zou kunnen winnen. Hoe zou ik jullie nog meer schade kunnen doen dan ik al gedaan heb. Dat heeft toch geen enkele zin?" Die redenering werkte bij Nell en hij hoopte dat de mannen op deze vergadering ook zo logisch konden denken. Toen waagde hij zijn kans. "Van allen die hier nu aanwezig zijn, heb ik het meeste te verliezen."

Hij verwachtte niet dat ze hem meteen zouden geloven en dat deden ze dan ook niet.

"Op dit ogenblik is er een andere spion van bisschop Laud in het dorp aanwezig."

Ze luisterden aandachtig.

"Zijn naam is Eliot Venner."

"Er is niemand in het dorp die die naam heeft," zei Cyrus Furman.

Drew beschreef zijn vroegere leermeester – het wilde haar en de uitpuilende ogen.

"Mitchell!" zei Cyrus. De anderen waren het met hem eens.

"Thomas Mitchell," zei Cyrus.

"Zijn naam is Eliot Venner," corrigeerde Drew, "en hij is naar mij op zoek. Als hij mij te pakken krijgt, vermoordt hij me. Hij heeft ook Shubal Elkins vermoord."

"Hoe kunnen we weten of je dit niet allemaal verzint?" Dat was James natuurlijk weer.

"Ik stel mezelf kwetsbaar op in de hoop dat jullie mij zullen geloven. Iedereen in deze kamer kan mij op ieder moment laten doden. Het enige wat hij daarvoor hoeft te doen is Eliot op mij afsturen."

"Dat lijkt me wel een goed idee!" lachte James.

Maar niemand lachte met hem mee.

"Houd je mond, James," zei zijn vader. En tot Drew: "Ik zal je verhaal natrekken om te kijken of je de waarheid spreekt. Als je dat niet doet, krijg je met mij te maken."

Drew knikte.

Twee dagen lang verborg Drew zich in de kasteelruïne. Hij was ermee accoord gegaan dat hij met niemand in het dorp contact zou zoeken zolang het geheime genootschap zijn verhaal controleerde. Drew bracht de tijd door met lezen in zijn Bijbel, bidden en aan Nell denken. In de tweede nacht glipte hij het dorp binnen en klopte op de deur van Cyrus Furman, niet wetende welke ontvangst hem te wachten zou staan.

De deur ging open en hij werd binnen gelaten. Dezelfde mannen als de vorige keer waren weer aanwezig. James zag er niet vriendelijker uit en de andere mannen keken zonder enige uitdrukking op hun gezicht voor zich uit. De eerste hint hoe zijn lot eruit zou zien kwam met de eerste woorden van David Cooper.

"Ga zitten, zoon," zei hij.

Zoon. Dat klonk goed. Een man die je wil vermoorden gebruikt zo'n woord niet.

De schoenmaker beschreef voor Drew hoe hij Mitchell – of Eliot – verteld had dat hij dacht dat hij Drew Morgan had zien rondhangen bij de noordelijke brug. "Je had de ogen van die jongen moeten zien uitpuilen," lachte de schoenmaker.

"Die puilen altijd uit!" wierp Cyrus in het midden.

"Nou, deze keer puilden ze nog verder naar buiten," lachte de schoenmaker. "Hij greep twee soldaten en ze renden naar de rivier als honden achter een stuk worst."

Daar Drew's kwetsbaarheid nu was vastgesteld, vertelden zij hem nu waarover zij op hun geheime vergaderingen spraken. Ze spraken over hetzelfde onderwerp als waar Drew hen toe aanmoedigde. Ze waren van plan om naar de Nieuwe Wereld te vluchten. De schoenmaker zei dat ze Lord Chesterfield verteld hadden dat ze met de expeditie van John Winthrop mee wilden gaan. Hij was boos geworden en had geweigerd. Hij had de hoge commissaris meer wachtposten laten uitzetten om te voorkomen dat ze zouden vertrekken. Er werd hun verteld dat ze pas konden vertrekken als de scheepsbelasting en de boete afbetaald waren.

"Dat is alleen maar een uitvlucht," zei de oudere Cooper. De koning heeft besloten om zonder parlement te regeren en daarom moet hij andere middelen zien te vinden om aan geld te komen. Dat heeft niets te maken met scheepsbelasting of een boete, maar met heel iets anders. We nemen het niet langer. Bovendien zijn we geestelijk gezien aan het verkommeren. Matthews heeft ons een visioen laten zien van een land waar we een stad kunnen bouwen die gebaseerd is op ons geloof, vrij van de tirannie van belastingen en Anglicaanse regels. We zijn in totaal met tien gezinnen. Zo God het wil zullen we op de een of andere manier naar de Nieuwe Wereld vertrekken."

Ze vertelden hem wat ze tot dusverre gedaan hadden. John Winthrop had een vloot van elf schepen. Vier daarvan zouden in maart uit Southampton vertrekken. De andere zeven zouden een maand later volgen. De tweede vloot zou van Southampton naar Plymouth varen, waar ze kolonisten uit Devonshire en andere westelijke graafschappen zouden oppikken.

"Weet Lord Chesterfield wanneer de schepen vertrekken?" vroeg Drew.

"Helaas wel, ja."

"Dat betekent waarschijnlijk dat hij de bewaking in april zal opvoeren."

"Dat denken wij ook," zei de schoenmaker.

"Ik denk dat ik weet hoe ik jullie naar de Nieuwe Wereld kan krijgen," zei Drew.

"Kijk uit, dat is een valstrik," waarschuwde James.

"Laat je plan eens horen, zoon," zei de schoenmaker, zijn zoon negerend.

"Hoeveel paarden en wagens gaat u gebruiken om in Plymouth te komen?"

"Geen een. We zijn niet rijk, Drew."

"Kun je twee paarden en wagens huren? We hebben goede paarden nodig die goed kunnen draven."

"Misschien dat we er een paar van Lord Chesterfield kunnen krijgen. We kunnen hem vertellen dat we transport nodig hebben voor een bijzondere bestelling van stoffen naar Exeter."

"Goed. Ik ken een bijzondere code die goed te pas kan komen. En ik heb James nodig om iets gevaarlijks te doen."

"Ga je dat zelf ook doen?" vroeg James.

"Ja."

"Als jij het kan, kan ik het ook."

"Daar rekende ik op," zei Drew.

Drew legde zijn plan aan de mannen op de geheime vergadering uit. Ze vonden het nogal een riskante onderneming voor een paar wolwerkers, maar ze gaven toe dat het hun enige hoop was. Een voor een verlieten ze met wisselende tussentijden het huis van Cyrus Furman. Behalve David Cooper was Drew de laatste die vertrok.

"Ik wil dat je weet dat ik mijn aandeel in de dood van Christopher Matthews zeer betreur," vertelde Drew de schoenmaker. "Ik weet hoe zeer hij op je gesteld was. Ik hoop dat je me op zekere dag zult kunnen vergeven."

De zware, zwarte schoenmaker knikte en klopte Drew op zijn rug.

"Nog iets anders. Ik wilde dat niet zeggen toen iedereen hier was. Maar de predikant vroeg me nog iets te doen."

"Wat dan?"

"Hij vroeg me voor Nell en Jenny te zorgen en ze te beschermen."

Cooper legde zijn arm om Drew's schouders. "Daar hoef je je geen zorgen meer over te maken, zoon," zei hij. Ze zijn niet meer in Edenford. Voor hun eigen veiligheid heb ik ze uit Edenford weggestuurd."

"Waarheen?"

De schoenmaker schudde zijn hoofd. Daar hoef jij je geen zorgen over te maken, zoon. Ze zijn nu veilig."

"Wat is dit?"

De zwaarlijvige hoge commissaris hield een verfrommeld stuk papier in zijn hand. Er stonden een aantal cijfers op. Eliot Venner stond tegenover hem aan de andere kant van het bureau.

"Die stomme schoenmakers zoon probeerde het voor me te verstoppen. Ik betrapte hem toen hij het aan het vertalen was en ik bij hem binnenliep."

De commissaris legde beide handen met het papier daartussen op zijn buik. Zijn maag knorde. Het duurde nog twee uur voor het etenstijd was. Zo lang kon hij het niet zonder voedsel stellen.

De boodschap op het papier luidde: (13/9/22/10/12/18/17/5)(2/24/15/9/-6/2/15)(17/5/24/11)(16/26/5/2/1/18/9/2/1)(2/24/15/9/22)(24/13/15/6/9)(10/12/15/2) (9/24/17/2/15).

In de linkerbovenhoek was het getal 3 geschreven en omcirkeld en onder het eerste cijfer stond een P.

"Dat is het handschrift van James." Eliot leunde over het bureau en wees naar de omcirkelde drie en de eerste letter. "En dan nog iets. Drew Morgan heeft hier ook iets mee te maken."

"Drew Morgan? Die moet wel gek geweest zijn om hier terug te komen."

Eliot haalde zijn schouders op. "Ik herken de code. De bisschop en hij gebruikten die om met elkaar te communiceren."

"Dan weet je ook hoe die ontcijferd moet worden?" Eliot schudde zijn hoofd. "De bisschop heeft die code niet aan mij uitgelegd. Voor zo ver ik weet gebruikten alleen hijzelf en Drew die code."

De hoge commissaris wreef over de middelste van zijn drie onderkinnen. Dit beloofde een interessante morgen te worden, iets dat zijn aandacht tot etenstijd in beslag zou nemen. "De cijfers moeten natuurlijk de betekenis van letters hebben," zei hij. En nummer 13 is de letter P." Hij ging rechtop zitten. "Ik heb het," riep hij. "Nummer 1 is de letter A, 2 is B, enzovoort."

Hij stak zijn dikke vingers omhoog toen hij de letters van het alfabet telde tot de letter P. Hij zakte weer achterover. "Dat komt niet uit," zei hij. "P is de zestiende letter van het alfabet en niet de dertiende."

"Zoals ik al zei is James Cooper een domkop," zei Eliot. "Misschien telde hij wel verkeerd."

Die gedachte klonk de commissaris als redelijk in de oren. Zijn vingers kwamen er weer aan te pas toen hij een vertaling probeerde te maken.

"Wat heeft u?" vroeg Eliot toen het eerste woord klaar was.

"M-I-V-J-L-R-Q-E" zei de commissaris. Hij leunde weer achterover in zijn stoel. "Wat betekent die drie daar in de hoek?"

"Dat zou James' codenummer kunnen zijn," stelde Eliot voor. "Drew is 1, iemand anders 2 en James is nummer 3."

"Nee, James schreef de drie, weet je nog."

"Het moet iets makkelijks zijn. Zo slim is James niet."

"Dat is het natuurlijk!" De commissaris ging met een ruk overeind zitten. "Hij schreef dat nummer op omdat hij een stommeling is. Het is een hulpmiddel bij de ontcijfering."

Eliot kon hem niet volgen.

"P is nummer dertien op het briefje, ja?"

Eliot knikte.

"Toen we telden bleek P nummer zestien in het alfabet te zijn."

Weer een knik.

"Zie je het niet?" De commissaris genoot van het feit dat hij het geheim had opgelost voor Eliot. Wat volgens hem ook niet te verbazen viel. Eén van de dingen die hij in zijn baan niet leuk vond was het feit dat hij voortdurend in verband gebracht werd met onontwikkelde mensen. "Laat ik het je gemakkelijk maken," zei hij. Wat is het verschil tussen zestien en dertien?"

"Drie."

"Precies." Een korte, dikke vinger wees weer naar de omcirkelde drie in de bovenhoek.

Eliot's wenkbrauwen schoten omhoog. Hij begreep het.

De commissaris vertaalde het eerste woord opnieuw en deze keer trok hij van ieder nummer het getal drie af. Na het eerste woord grinnikte hij triomfantelijk. Toen hij klaar was met het hele briefje las hij het hardop voor. "Plymouth. Eerder dan oorspronkelijke plan. Begin april. Later meer."

"Ze gaan springen!" schreeuwde Eliot.

Niet zolang ik commissaris ben. Stuur de commandant van de soldaten naar me toe. In april lopen er hier meer soldaten rond dan inwoners."

HOOFDSTUK 22

Vrijdag, 19 maart 1630. Tien uur 's avonds. Twee wagens reden langzaam door de High Street tussen de huizen en het korenveld. Drew Morgan leidde het paard voor de eerste wagen aan de teugels; James Cooper hield de teugels van het paard van de tweede wagen. Een groot canvas zeil bedekte de lading van beide wagens. Vanonder het canvas op Drew's wagen stak het kale en verschrikte gezicht van de kleine Thomas Cooper. Zijn vader David zat achterop de wagen die door James bestuurd werd. Drew en James deden hun best hun schichtige paarden kalm te houden. Het was nog te vroeg om lawaai te maken.

Drew klopte op zijn zakken. Ze zaten vol stenen. Tot nu toe verliep alles volgens plan. De commissaris en Eliot hadden met succes de gecodeerde boodschap ontcijferd. Ze verwachtten nu dat er tot april niets zou gaan gebeuren. Dit was om drie redenen voor de uitvoering van het plan van het grootste belang: ten eerste zou ten opzichte van de toestroom van troepen in de maand april het aantal soldaten klein blijven; ten tweede zou het tijdstip onverwachts zijn; en ten derde zou de haven van vertrek een verrassing zijn. De commissaris en Eliot verwachtten dat de ontsnapping in april zou plaats vinden, maar in werkelijkheid zou dat in maart gebeuren. Ze dachten dat de vertrekhaven Plymouth zou zijn, maar in werkelijkheid zou dat Southampton worden.

Drew leidde zijn paard voorbij het huis in het open veld waar de weg Market Street kruiste. De hoofdweg van Edenford strekte zich voor hem uit – aan de linker kant bevond zich het centrum van het dorp, de dorpsweide en de kerk, aan de rechterkant de zuidelijke brug die uit het dorp leidde. Drew keek nog een keer achterom naar het dorp waaraan hij zoveel herinneringen had. Toen keerde hij zich tot de zuidelijke brug. James zat met de andere wagen vlak achter hem.

Drew's paard hinnikte. Deze keer deed hij geen moeite het tot bedaren te brengen. Ze liepen langzaam naar de brug. Drew keek in de richting van het dorp. *Waar is hij? Ze waren al bijna bij de brug. Dat kan toch niet? We sluipen het dorp uit en niemand die het merkt!*

Juist op dat ogenblik stommelde Eliot uit het dorpshuis aan het eind van Market Street met een fles in zijn hand. Hij schreeuwde nijdig naar de mensen binnen en sloeg de deur dicht. *De hanengevechten op vrijdagavond. Precies op tijd Eliot.*

Eliot was dan wel op tijd, maar niet op koers. Hij liep in de verkeerde richting en zag hen niet.

Waar gaat hij heen? Zijn huis is deze kant op! Drew hoestte zo luid mogelijk. Terwijl hij dat deed liep hij iets van zijn paard vandaan zodat de ontstelde Eliot hem goed zou kunnen zien.

Eliot draaide zich om en gluurde in zijn richting.

"Ze zien ons!" schreeuwde Drew.

Terwijl Eliot naar hen keek, telde David Cooper tot drie en verdween toen onder het zeil dat de wagen bedekte. De kleine Thomas lichtte het zeil op, telde tot drie en verdween eveneens onder het zeil.

"Bewakers! Bewakers!" schreeuwde Eliot. Hij rende onvast op zijn benen naar de wagens toe. "Drew Morgan," schreeuwde hij, "kom onmiddellijk terug!"

Drew schreeuwde naar de wagens. "Iedereen goed vasthouden, het wordt een wild ritje!"

Drew en James sprongen op hun wagen en vuurden hun paarden aan. In een wolk van stof verdwenen de wagens over de zuidelijke brug naar Exeter en Plymouth.

Na ongeveer een halve mijl bracht Drew de paarden tot staan. Thomas en zijn vader sprongen achter van de wagen af.

Drew liep naar ze toe. "Ze moeten vlak achter ons zitten," zei hij. Tegen Thomas: "Bedankt vriend. Zonder jou hadden we het niet voor elkaar gekregen."

Thomas liet een brede grijns zien. Door het ongeluk was hij kaal geworden en zat hij van top tot teen onder de littekens. Zijn gewrichten waren nog stijf en ze zouden waarschijnlijk nooit meer helemaal herstellen. Maar deze avond was hij in een beste stemming. Hij gaf Drew een stevige omhelzing.

"Hij wilde met alle geweld helpen," zei zijn vader, "en op jouw wagen rijden."

David Cooper omhelsde Drew eveneens en zei: "God zij met je, Drew." Tegen James zei de schoenmaker: "Ik zie je in Honiton. Zorg dat je op tijd bent."

"Ik zal op tijd zijn," zei James.

Drew klom weer op de wagen. Met al die stenen in zijn zakken viel dat niet mee. Hij zag Thomas en zijn vader verdwijnen in de donkere schaduw van het bos. Als Eliot en de soldaten langs gekomen waren, zouden ze weer naar Edenford terugkeren om zich aan te sluiten bij de andere vluchtelingen aan de andere kant van de noordelijke brug. David Cooper zou de groep vluchtende puriteinen leiden, eerst naar het noorden van Tiverton, dan naar het oosten naar Halberton en dan naar het zuiden naar de haven van Southampton. Het zou geen makkelijke reis worden. De vluchtelingen moesten haast maken om zich op 29 maart bij John Winthrop en de *Arbella* te kunnen aansluiten.

Drew riep naar James: "Denk eraan, gebukt blijven zitten met je hoofd naar beneden!"

"Ik weet heus wel wat ik moet doen," gromde James terug. "Rijden maar en bemoei je met je eigen zaken."

"Vort!" Drew zette zijn paard in beweging. James was vlak achter hem. Op de weg naar Exeter kregen de twee wagens vaart. De weg liep als de golven van de zee op en neer waardoor de mannen op de wagens elkaar soms uit het oog verloren als ze door een dal reden. Toen hij op een hoog punt was, keek Drew in de verte achter zich. De achtervolgers moesten nu zichtbaar zijn, maar er was nog niets te zien. Hij spoorde de paarden aan en wachtte op een volgend hoog gelegen punt. Nog was er niets te zien. Was er iets verkeerd gegaan? Waren David Cooper en Thomas ontdekt? Of misschien wel de grotere groep op de weg ten noorden van het dorp? Drew ving een blik op van James die ook achterom keek. De rode reus zat met een dreigende blik in zijn ogen in elkaar gedoken op zijn wagen.

De wagens hobbelden gevaarlijk van karrespoor naar karrespoor, waarbij de wielen soms van de grond kwamen en ze in de bochten soms slipten. Het was moeilijk om de paarden te mennen en tegelijkertijd gebukt te blijven zitten. Drew spreidde zijn benen nog verder om zijn evenwicht te bewaren. Hij keek weer achterom. Nog niets te zien.

Juist toen hij overwoog zijn paard in te houden zag hij zijn achtervolgers op een heuvelrug verschijnen. Goed zo. James had ze ook gezien. Zijn dreigende blik veranderde in een vastberaden trek en hij spoorde de paarden tot grotere snelheid aan. De paarden van de achtervolgers waren sneller. Drew had daarop gerekend. Eliot en zijn soldaten zouden hen steeds meer inhalen. Drew schatte dat er een stuk of tien soldaten moesten zijn. De rit was te wild om ze goed te kunnen tellen. Hij dook weer in elkaar en spoorde de paarden aan. Ze moesten nog verder van Edenford verwijderd zijn. Eliot moest niet te gauw ontdekken dat de wagens alleen maar met bundels wollen stof beladen waren.

De vrouwen waren heel wat avonden bezig geweest met het bundelen van de stoffen om de wagens daarmee te kunnen beladen. Iedere bundel moest ongeveer de zithoogte hebben van een van de reizigers. Na een poosje kregen de vrouwen echt plezier in hun werk. Iedere bundel kreeg de naam van één van de personen van de groep. Op een paar van de bundels was een gezicht getekend, andere hadden bijnamen gekregen. Eén van de vrouwen zette een afgemaakte bundel op een stoel en deed of het haar man was. Toen vertelde ze hem wat ze al jaren lang had willen vertellen.

Op de avond van de ontsnapping waren de bundels rechtop staande op de wagens geladen en met een zeil bedekt. Bij het begin van de rit waren ze rechtop blijven staan, maar door het gehots van de wagens waren ze nu allemaal omgevallen. Maar dat was nu niet belangrijk meer. Als de lading echt uit mensen had bestaan, zouden ze nu ook achter op de wagen boven op elkaar gelegen hebben.

"Vort, vort!" vuurde Drew zijn paard aan.

De weg werd vlakker. Nog ongeveer een mijl en dan zou de weg enigszins naar het zuiden afbuigen en de afstand tussen de weg en de rivier de Exe zou steeds groter worden. Pas na de kruising met de rivier de Culm liep de weg weer met een scherpe bocht naar het westen; pas bij de havenstad Exeter kwamen de rivier en de weg weer bij elkaar. Maar Drew Morgan en James Cooper hadden niet het plan zo ver te komen.

Drew keek weer achterom. Eliot haalde hen te snel in. De gezichten van de ruiters waren al te onderscheiden.

Bij dit deel van het plan ging het om twee dingen: Gebukt te blijven zitten en bij de bocht naar het oosten te komen. Het was van het allergrootste belang dat ze ver voor hun vervolgers uit bij die bocht zouden komen. Als Eliot en zijn mannen de bocht eenmaal door waren, zouden ze de wagens voortdurend kunnen blijven zien tot ze hen ten slotte ingehaald zouden hebben. Daarom moesten James en Drew gebukt blijven zitten. Het was niet de bedoeling dat ze nog op de wagens zouden zitten als Eliot hen in gehaald had. Als ze gebukt bleven zitten zouden Eliot en de soldaten bij het dichterbij komen niet zo gauw in de gaten krijgen dat de wagens geen bestuurders meer hadden. Dat zou James en Drew een grotere kans geven om te ontsnappen.

Dat was wel belangrijk want het was niet de bedoeling dat ze gevangen zouden worden. De twee mannen op de wagens waren niet van plan om zich op te offeren. Het waren twee mannen die iets hadden om voor te leven – iets dat ze beiden op het oog hadden. Om precies te zijn iemand die ze op het oog hadden – Nell Matthews.

Drew keek achterom en ving de blik op van James. Hij zag de bocht ook. Drew dwong zijn paard naar links. Zijn wagen raakte een karrespoor, waardoor alle vier de wielen van de grond kwamen en Drew bijna van de wagen gegooid werd. De twee rechterwielen raakten de grond weer juist in de bocht. Drew leunde naar links en schreeuwde weer naar zijn paard. De twee linkerwielen raakten met een dreunende slag de grond. Drew keek achterom juist op het moment dat een paar bomen hem het gezicht op James ontnamen. Verder terug zag hij Eliot en zijn soldaten aankomen. Drew trok de teugels strak en verminderde zijn vaart.

James kwam door de bocht geslipt waarbij de achterkant van zijn wagen wegschoof. Ook hij hield na de bocht zijn paard in.

Drew sprong van de nog rijdende wagen. Hij gaf het paard een klap op zijn bil. "Vort, vort, vort!" James deed hetzelfde. De paarden reageerden wel, maar slechts ten dele. Ze wisten dat er geen menner meer op de bok zat. Drew tastte naar de stenen in zijn zakken. Nog steeds schreeuwend gooide hij stenen naar de paarden. Hij miste en de paarden dreigden buiten zijn bereik te komen. Hij gooide meer stenen en miste weer. Hij wist dat als hij de paarden niet hard genoeg zou raken ze nog een klein eindje verder zouden lopen en dan zouden blijven stilstaan. Weer gooide hij. Weer mis. Naast hem gooide James ook.

"Verder gooien kan ik niet!" zei Drew.

James' gezicht vertrok van inspanning. Het werkte. Een steen raakte het paard van Drew op zijn bil. Verschrikt vloog het vooruit. De derde steen raakte het andere paard achter het oor en het paard vloog met zo'n vaart vooruit dat het het andere paard bijna inhaalde.

Drew en James renden over het grote open veld naar de rivieroever waar ze zich in het riet zouden kunnen verbergen. Ze zouden bij de rivier moeten zijn voordat Eliot en de soldaten uit de bossen door de bocht zouden komen.

Drew was sneller dan de zware James. Terwijl hij door het gras rende, keek Drew naar de weg. Een stofwolk gaf aan dat hun paarden nog steeds verder draafden. Hij keek de andere kant op. De weg was verlaten... tot nu toe.

Drew bereikte de rand van de oever en sprong in het riet. Hij kwam op zijn buik in het riet en klom weer terug naar de rand. Hun paarden draafden nog steeds verder. James rende zwaar hijgend en met zijn armen zwaaiend naar de rivieroever.

Achter hem verschenen Eliot en de soldaten om de bocht.

"Lopen!" schreeuwde Drew.

Het enige antwoord van de rode reus was een zwaar gehijg en het geplof van zijn laarzen die de grond raakten. Hij ging langzamer lopen.

Drew keek achter James. Eliot wees naar de wagens en schreeuwde iets.

James zwoegde met snel op en neer gaande borst naar de oever. Hij moest nog een paar meter afleggen toen Eliot zijn hoofd omdraaide om iets naar de soldaten achter hem te schreeuwen.

James liet zich in het riet op de oever vallen. Hij rolde tot halverwege de oever en kwam met zijn gezicht omhoog tot stilstand. Zijn enorme borst hapte naar lucht.

Had Eliot James gezien? Drew hield zijn adem in toen hij naar de achtervolgers keek. Niemand verminderde vaart. Niemand wendde zijn paard om het veld over te steken. Ze hadden het gehaald! "Kom op, opstaan! Dit is geen tijd om te rusten!" Drew boog zich met een glimlach over zijn medeplichtige. Hij bedoelde het half schertsend. Ze moesten wel zo gauw mogelijk verder, maar de manier waarop Eliot en zijn soldaten de twee niet bemande wagens najaagden, gaf James in ieder geval de tijd om op adem te komen. Tot zijn verbazing haalde James nog een keer diep adem en ging toen staan.

De twee mannen liepen terug naar het bos waar ze van te voren hun bagage hadden verscholen. James bundel was maar licht; de meeste spullen werden door zijn gezin meegenomen. Drew's bundel bevatte zijn kleren, zijn bijbel en iets dat hem zeer dierbaar was en dat hij een dag na zijn bekering had ontdekt. Het kanten kruis dat hij uit Nell's dagboek had gepakt was tussen zijn kleren gevouwen.

Drew stak zijn hand naar James uit. Hier zouden ze uit elkaar gaan. James zou teruggaan naar het bos en dan naar het westen lopen waar hij net buiten het dorp Honiton de groep vluchtende puriteinen zou ontmoeten. Drew wist niet waar hij heen zou gaan. Hij had zich zo goed mogelijk van zijn taak gekweten. Nell en Jenny waren in veiligheid, althans volgens David Cooper. En Drew had geen reden om aan de woorden van de schoenmaker te twijfelen. De mensen van Edenford waren op weg naar de Nieuwe Wereld waar ze bevrijd zouden zijn van bisschop Laud en een op geld beluste koning. Alles wat Christopher Matthews hem gevraagd had, was uitgevoerd. Drew moest nu proberen om uit handen van bisschop Laud te blijven en gaan ontdekken wat God met zijn leven voor had.

Bijna met tegenzin schudde James hem de hand. "Waar ga jij heen?" vroeg hij.

Drew haalde zijn schouders op. "Ik weet het niet."

Ze lieten elkaars hand los en keken elkaar aan. Er ontstond een pijnlijke stilte.

Drew klopte James op zijn schouder. "God zij met je," zei hij. "Doe Thomas en je vader de groeten."

James knikte. Hij keerde zich om en liep het bos in. Drew Morgan stak de rivier over en liep naar het westen.

Drew bracht de zaterdag alleen door. Hij liep over de wegen van Devonshire ten noorden van Exeter en vermeed Dartmoor, een groot granieten plateau met rotsen en ondiepe moerassen, een dunne bodemlaag en harde grassoorten. Hij gaf de voorkeur aan het midden van het graafschap. Het was een vruchtbaar gebied met veel korenvelden, gras en bos. Het leek wel wat op de omgeving van Edenford.

Onder het lopen bad hij; als hij rustte las hij uit zijn Bijbel. Dat was alles wat hij nu had – God en de bijbel. Hij probeerde zichzelf te vertellen dat dat genoeg was. Misschien moest hij wel zo worden als de apostel Paulus, van stad naar stad trekkend, lerend en predikend, maar zich nergens blijvend vestigen. Wel vrienden hebben, maar geen familie. Geen vrouw. Er waren momenten dat hij dacht dat hij tevreden zou kunnen zijn met zo'n soort leven, maar hij wilde ook vaak meer. Hij wilde het soort leven dat Christopher Matthews in Edenford had – een gezin, goede vrienden, de gemeenschap met gelovigen... het soort leven dat de predikant genoten had tot Drew Morgan naar Edenford was gekomen.

Drew volgde de Creedy rivier tot hij in een dorp Crediton kwam. Het was zondagmorgen en hij ging naar de kerk. Omdat het een puriteinse gemeente was, was de avondmaalstafel niet afgeschermd en de begaafde maar jonge predikant hield zijn eigen preek zonder een toga te dragen. Tijdens de preek dwaalden Drew's gedachten af. Hij werd getroffen door de overeenkomst tussen Edenford en Crediton. Het waren beide kleine dorpen aan een rivier gelegen. De mensen hadden een puriteinse overtuiging. Terwijl de predikant in vertrouwde termen preekte, leek het wel een familiebijeenkomst in de zitkamer van de predikant. Het verschil tussen de twee dorpen bestond uit hun nijverheid: Edenford was een gemeenschap die van de wol bestond en de bewoners van Crediton waren boeren.

Na de dienst maakte Drew kennis met de predikant die hem voorstelde aan Richard Tottel, een boer en vader van drie dochters en een zoon. Tottel nodigde Drew uit voor het zondagmiddagmaal.

In vergelijking met de bewoners van Edenford vormden de Tottels een armoedige familie; het ware arme graanboeren. Richard was een ernstige man met een sterk karakter, recht door zee, wijs en nuchter. Hij had daar ook reden toe. Onder de grijze luchten en regenbuien van Crediton hadden hij en zijn voorvaderen sloten schoongemaakt, afscheidingsmuren gerepareerd, nieuwe stenen in woonhuizen en schuren aangebracht en hun velden bewerkt met slechts een bescheiden succes. Door zich generaties lang veel te ontzeggen en hard te werken had de familie steeds nieuwe akkers ontgonnen en hadden ze een zeker aanzien onder hun buren gekregen.

Tottel's drie dochters, waarvan de oudste twee op huwbare leeftijd waren, bleven bij Drew in de buurt als vliegen bij de stroop. Ze waren niet knap maar hadden mooie zwarte ogen; ze waren slim en erg keurig. Hun vader stuurde hen steeds weg, maar ze kwamen ook steeds weer terug.

Mevrouw Tottel was Richard's derde vrouw. Zijn beide andere vrouwen waren in het kraambed gestorven. Ook een aantal van zijn kinderen was aan de stuipen of de griep overleden. Maar het was Drew wel duidelijk dat deze mensen zichzelf niet beklaagden en dat ze niet bij de pakken neerzaten. Ze gingen gewoon door met de dingen die ze doen moesten. Ze waren door hun dagelijks leven gehard en waren niet gemakkelijk van hun stuk te brengen.

Terwijl de meisjes van Tottel hem nauwlettend in de gaten hielden, proefde Drew voor de eerste keer in zijn leven een taart uit de West-Country, een appeltaart met vla erop. En daar ze maar zelden gasten hadden, werd er ook nog room opgesmeerd – gekookte room en melk met een beetje suiker erin. Het eten was heerlijk en Drew vond het een goed idee om een paar dagen in Crediton te blijven. Hij kon zichzelf nog niet zo goed als boer zien, maar misschien had God hier wel een taak voor hem. Dat dacht hij in ieder geval tijdens het eten. Na het eten kreeg hij heel andere gedachten.

Na de maaltijd ging het hele gezin rond het vuur zitten om te praten en te roken. Drew kreeg te horen dat het in dit deel van het land een wijdverbreide gewoonte was. Tottel, zijn vrouw en dochters en zelfs de jongere kinderen, staken een pijp tabak aan en lurkten de hele middag tevreden aan hun pijp. De Tottels namen het Drew kwalijk dat hij niet mee wilde doen. Kort daarop vertrok hij en ging hij ging weer op weg.

Die nacht sliep hij in de open lucht. Hij keek omhoog naar de sterren, dacht na en bad. Misschien moest hij niet zo onverdraagzaam zijn. Hij was niet eerlijk tegenover de Tottels geweest. Hij hoopte een ander Edenford te vinden, net zo'n gezin als dat van de Matthews en net zo iemand als Jenny en Nell. Maar Crediton was Edenford niet en de Tottels waren geen Matthews.

In de Handelingen der apostelen herlas hij de zendingsreizen van Paulus en hij kwam aan het gedeelte waarin Paulus en Barnabas vanuit Antiochië werden uitgezonden voor hun eerste zendingsreis. Hij werd weer helemaal in beslag genomen door alles wat er verteld werd over hun ervaringen op zee toen ze eerst naar Cyprus en vervolgens naar Perga en Pamfylië voeren. Voordat hij in slaap viel, besloot Drew naar de kust te trekken.

Hij vermeed Exeter en Plymouth en reisde oostwaarts tot hij het Kanaal bereikte bij Lyme Bay. Voor pasen kwam hij in Charmouth aan. Hij vond geen puriteinse kerk en hij ging daarom naar een dienst van de Kerk van Engeland, maar daar liep hij weg voordat de dienst beëindigd was. Om de een of andere reden moest hij er voortdurend aan denken dat wat de bisschop van Charmouth aan het doen was, op hetzelfde ogenblik door bisschop Laud in de St. Michalis kerk in Londen werd gedaan.

De volgende dag was 29 maart, de dag waarop het eerste deel van de vloot van John Winthrop zou uitvaren voor de Nieuwe Wereld. Als alles goed gegaan was dan zouden David Cooper en zijn gezin en al de andere vluchtelingen uit Edenford aan boord zijn. Zouden Nell en Jenny daar ook bij zijn? Dat zou Drew graag willen weten. Alles wat de schoenmaker hem had willen vertellen was dat ze in veiligheid waren. Maar waar was dat? Zou Cooper daarmee bedoelen dat ze alle moeilijkheden zouden moeten meemaken die de vluchtelingen in de Nieuwe Wereld te wachten stonden? Waarschijnlijk niet. Het lag meer voor de hand om aan te nemen dat ze ergens veilig op het landgoed van een rijke puritein zouden zitten, die na het horen over de heldhaftige dood van hun vader, bereid was hen op te nemen.

Die middag liep Drew naar de kust en keek uit over het water. Hij verwachtte niet echt dat hij ze zou zien op de eerste dag van hun uitvaren, maar toch ging hij kijken. Met uitzondering van een paar Vlaamse vissersboten waren er geen schepen te zien.

Dinsdag en woensdag ging hij weer kijken en hij kwam tot de conclusie dat ze waarschijnlijk 's nachts voorbij gevaren waren. Drew probeerde niet teleurgesteld te reageerden en hij vervolgde zijn reis langs de kust.

In Christchurch nam hij de boot naar het eiland Wight alleen maar omdat hij op het water wilde zijn. Paulus en Barnabas waren naar Cyprus gevaren en het eiland Wight was Drew's Engelse alternatief. Hij nam in Yarmouth zijn intrek in een herberg.

Hij had het verhaal over de eerste zendingsreis van Paulus en Barnabas in de bijbel gelezen en hij was nu over hun tweede reis aan het lezen. Hij werd pijnlijk getroffen toen hij las dat de twee een meningsverschil kregen waardoor ze verder gescheiden optrokken. Het waren vrienden, broeders in Christus. Waarom lieten ze zich dan scheiden door een meningsverschil? Hij voelde zich steeds droeviger gestemd.

Hij probeerde er niet aan toe te geven. *Ik voel me alleen maar eenzaam,* redeneerde hij. *Dit gebeurt nu eenmaal vaker tussen mensen.* Om zijn gedachten af te leiden van de droevige scheiding tussen mensen, las Drew in hoofdstuk 16 over Paulus' verblijf te Troas. De apostel kreeg een visioen van een man aan de overzijde van de zee die hem toeriep dat hij moest oversteken om hen te helpen.

's Maandags werd hij wakker met zijn gedachten bij de oversteek naar de Nieuwe Wereld. Ze waren een week geleden onder zeil gegaan. Ze moesten nu iets minder dan een kwart van de route naar hun nieuwe bestemming hebben afgelegd. Hij kleedde zich aan en liep naar de kade.

Toen hij door de straat liep die tussen twee grote gebouwen door naar de kade leidde, werd de lucht vervuld met angstige kreten. Toen hij naar de kade keek, zag hij een op hol geslagen rijtuig op zich afkomen. De koetsier hing tegen de zijkant aan en de enige passagier – een man op leeftijd – schudde hulpeloos in het rijtuig heen en weer. Een aantal mensen holden achter het rijtuig aan en riepen naar het paard dat het moest blijven staan.

Het paard was bang en had zijn ogen wijd open van schrik. Drew liep met wild bewegende armen op het paard toe. Het paard bleef op hem toekomen. Drew keek snel naar weerskanten om opzij te kunnen springen als dat nodig mocht zijn. Aan weerskanten was niets te zien waar hij achter zou kunnen springen. Als hij niet ver genoeg opzij zou springen, zou hij overreden worden. Toen schoot er een gedurfde gedachte door hem heen. Verander de richting van het paard.

Hij trok zijn jas uit en liep schreeuwend en met zijn jas zwaaiend op het paard toe. Toen het paard vlak bij was, gooide hij zijn jas omhoog. Het paard steigerde. Het kwam weer neer en steigerde nog een keer. Drew liet zijn jas vallen en met opgeheven armen probeerde hij het verschrikte dier te kalmeren. Weer steigerde het paard. Een paar mensen die achter het rijtuig waren aangehold, hadden het nu ingehaald. Ze stonden nu naast het paard en een van hen zag kans om het paard bij de teugel te grijpen. Het dier kwam tot rust.

De oudere man schreeuwde orders om voor de koetsier te zorgen, maar het was te laat, de man was dood. Hij had een beroerte gekregen en was opzij gevallen. Het was nog steeds niet duidelijk waardoor het paard geschrokken was.

De oudere man kwam naar Drew toe om hem te bedanken. Hij stelde zich voor als Captain Burleigh, de kapitein van kasteel Yarmouth. Hij was een ernstige maar keurige heer en al hoogbejaard.

Ook Drew stelde zich voor.

"Morgan?" zei de oude man. Je bent toch niet toevallig familie van admiraal Amos Morgan?"

"Dat is mijn grootvader." Drew glimlachte bij de herinnering. Het was lang geleden dat hij aan zijn grootvader gedacht had.

"Maar natuurlijk!" De kapitein greep Drew bij de schouders en nam hem van top tot teen op. "Je lijkt precies op hem. En hoe is het met de oude Amos?" vroeg hij.

Hij is helaas verleden jaar overleden. We waren erg op elkaar gesteld."

"Gecondoleerd," zei de kapitein. Je grootvader en ik hebben samen heel wat beleefd."

Captain Burleigh nodigde Drew uit om op kasteel Yarmouth te logeren. Drew reed met het rijtuig naar de herberg waar hij logeerde om zijn spullen op te halen en toen gingen ze naar het kasteel.

Tijdens een overdadige maaltijd met rund- en kalfsvlees onthaalde kapitein Burleigh Drew met verhalen over zichzelf en Drew's grootvader. Sommige daarvan had Drew al gehoord en andere waren nieuw voor hem. Drew hoorde dat Burleigh op zee gevangen was genomen en dat hij drie jaar in Spanje had gezeten. In 1610 hadden hij en zijn drie zoons Sir Thomas Roe vergezeld op zijn reis naar Guana.

Zonder in details te treden vertelde Drew dat hij er geen behoefte aan had om een landheer zoals zijn vader te worden en dat hij zich nu aan het oriënteren was op wat hij zou gaan doen. Of Captain Burleigh had niets over zijn ontvangst bij de koning gehoord of hij wilde er niet over praten. Hoe dan ook, Drew was er blij om.

"Als je een beetje op je grootvader lijkt, dan zal je het wel op zee zoeken," zei de kapitein. "Als ik nog jong was zou ik dat ook doen. Mogelijkheden te over op zee. Denk bijvoorbeeld eens aan Duinkerken. Als het aan mij lag dan stuurden we er een vloot heen om die stad aan de Spanjaarden te ontfutselen. En denk eens aan hun roofovervallen in het Kanaal, we hebben er het volste recht toe. Maar wie luistert er nog naar een oude zeebonk als ik? En als je niet van vechten houdt dan is er altijd nog de koopvaardij – handel in het Caribische gebied, slaven halen uit Afrika, mensen vervoeren naar de nieuwe kolonies in Amerika... Dat herinnert me trouwens ergens aan! Ik ben morgen uitgenodigd door kapitein Milbourne om aan boord van zijn schip te komen ontbijten. Peter Milbourne, een goede kerel. In Guana stond hij onder mijn commando. Ga met me mee, jongen. Als je wilt kan ik wel zorgen dat je daar aan kunt monsteren als bemanningslid! Zo niet, wat heb je dan nog te verliezen? Je krijgt in ieder geval een ontbijt."

Het gesprek met Captain Burleigh bracht duizend dierbare herinneringen aan zijn grootvader en zijn avontuurlijke verhalen over de zee terug. Hij stemde toe de volgende dag mee te gaan.

Toen de boot met Captain Burleigh en Drew naar het schip dobberde, hing de mist als een deken over de baai. De lucht was dicht en ziltig. Captain Burleigh zat rechtop, zijn rug kaarsrecht, zoals het een man van zijn positie betaamde. Er trok geen glimlach over zijn gezicht, maar Drew wist dat hij er zich op verheugde weer op zee te zijn, zelfs al was het dan alleen maar in de haven.

Kapitein Peter Milbourne was een kleine man met een volle bruine baard. Hij keek strak en stuurs, maar toen hij zijn vroegere kapitein zag trok er een glimlach over zijn gezicht die steeds breder werd. De twee kapiteins schudden elkaar de hand en Captain Burleigh stelde Drew voor als de kleinzoon van admiraal Amos Morgan. Kapitein Milbourne was duidelijk onder de indruk en hij verwelkomde Drew aan boord.

De kapitein van het schip begeleidde zijn twee gasten over het dek naar de grote hut waar ze zouden eten. Drew draaide zich om om zijn gastheer te volgen en toen zag hij Nell Matthews op de trap van het benedendek naar boven komen.

HOOFDSTUK 23

Rond de ontbijttafel van kapitein Milbourne zaten Drew, Captain Burleigh, Lady Arbella en haar echtgenoot, Mr. Johnson en John Winthrop. Tot Drew's verbazing bevond hij zich aan boord van de *Arbella*, genoemd naar Lady Arbella, de dochter van de graaf van Lincoln en één van de belangrijkste passagiers van het schip. Volgens plan was het schip op 29 maart uitgevaren, maar door de ongunstige wind was het niet verder gekomen dan Yarmouth.

De conversatie was aangenaam en afwisselend en ging over de vooruitzichten van het weer, de behoefte aan aanvulling van de voorraden daar ze zolang in de haven moesten blijven liggen en zo nu en dan vertelde de kapiteins een verhaal over hun avonturen op zee. Aller aandacht werd op Drew gevestigd toen Captain Burleigh het gezelschap vertelde hoe de jongeman hem op de kade had gered. Toen bood kapitein Burleigh Drew's diensten aan aan kapitein Milbourne.

"Je wilt dus zeeman worden?" vroeg de scheepskapitein Drew.

"De zee heeft mij altijd aangetrokken, maar ik denk dat God wil dat ik naar de Nieuwe Wereld ga."

Kapitein Burleigh toonde zijn verbazing. "Gisterenavond wist je nog niet wat je wilde gaan doen. Waardoor wil je plotseling kolonist worden?"

De wending van het gesprek trok in het bijzonder de belangstelling van Winthrop. Drew was er vrijwel zeker van dat Winthrop hem herkende van de geheime bijeenkomst in Edenford, maar de tot gouverneur benoemde man over de kolonie van Massachusetts Bay had niets gezegd. Nu ze over de kolonies spraken, toonde hij meer belangstelling.

Drew was niet van plan hen te vertellen dat hij zijn besluit genomen had op het moment dat hij Nell Matthews op het dek gezien had. Dat was ook maar ten dele waar – maar het had hem wel de zekerheid gegeven die hij nodig had. In eerste instantie had hij zijn besluit genomen op grond van wat hij gelezen had over Paulus in Troas. In het visioen van de apostel had Paulus een man gezien die hem had opgeroepen om het Evangelie aan de Macedoniërs te brengen. Drew was door dit visioen getroffen. Het was alsof God hem door dit verhaal naar Amerika trok. Hij moest een stad bouwen in de wildernis die gebaseerd was op het Evangelie van Christus. De aanwezigheid van Nell op de *Arbella* had dat visioen alleen maar bevestigd.

Drew vertelde het gezelschap over het visioen.

"We hebben al een volledige bemanning," zei kapitein Milbourne. "Om precies te zijn tweeënvijftig man. Maar aangezien je de kleinzoon van Amos Morgan bent, is het minste wat ik kan doen je voor je overtocht in dienst te nemen. Wat je vestiging daar betreft, zal je met Winthrop hier moeten praten." De kapitein wees met zijn vork naar de gouverneur. "Zodra je aan land bent, is hij de baas."

"Ik wil daar wel over praten," zei Winthrop op effen toon die geen enkele belofte inhield.

Toen de maaltijd voorbij was, namen de twee kapiteins afscheid van elkaar en Drew stond erbij. De andere gasten waren al vertrokken.

"Dat zou ik bijna vergeten," zei de oudere kapitein terwijl hij tegen zijn voorhoofd tikte. "Ik moet je een boodschap van de marine doorgeven. Slecht nieuws eigenlijk. Er wordt gezegd dat de Duinkerkers schepen in het Kanaal hebben die op Engelse schepen jagen. Veertien dagen geleden hebben ze de *Warwick* geënterd. Ze is op haar eentje uit de Downs vertrokken en sindsdien is er niets meer van haar vernomen. Het was een mooi schip – tachtig ton met slechts tien stukken geschut. Haar kapitein was Mason." De oudere kapitein liep naar de deur. "Houd de horizon in de gaten en blijf bij elkaar," adviseerde hij.

Drew keerde met Captain Burleigh terug naar het kasteel van Yarmouth om zijn spullen op te halen. Toen ze het schip verlieten, liet kapitein Milbourne vier keer het kanon op het voordek afschieten als een afscheidssaluut voor de oude zeeman. Toen Drew een paar uur later op het schip terugkeerde, werd hij meteen naar de hut van de kapitein gebracht. Een norse kapitein Milbourne begroette hem.

Tijdens Drew's afwezigheid had Winthrop hem over de activiteiten van Drew ingelicht, die tot de executie van Christopher Matthews hadden geleid. Winthrop vertelde ook dat hij door een jonge vrouw was benaderd, die ernstige bezwaren had geuit tegen Drew's aanwezigheid aan boord.

"Morgan, het is niet mijn gewoonte zeelui naar hun verleden te vragen," zei de kapitein. "De meesten hebben een verleden dat ze liever vergeten willen. En politiek en godsdienst, puriteinen en royalisten zullen mij een zorg zijn. Maar ik hebt wel voor dit schip te zorgen."

Hij nam Drew nauwkeurig op alsof hij een zeekaart bestudeerde. Hij vroeg zich af of het de moeite zou lonen om zoveel rompslomp op zijn hals te halen.

Tenslotte zei hij: "Uit respect voor je grootvader zal ik je laten aanmonsteren als Winthrop je tenminste toe wil laten in Massachusetts. Ga naar hem toe in zijn hut en praat met hem en kom dan terug om me te vertellen wat hij gezegd heeft."

John Winthrop zat in zijn dagboek te schrijven toen Drew aanklopte. Hij luisterde aandachtig toen Drew de gebeurtenissen in Edenford beschreef die tot de dood van Christopher Matthews en tot zijn eigen bekering hadden geleid.

"David Cooper heeft mij verteld hoe je hen hebt helpen vluchten," voegde Winthrop daaraan toe.

"Is zijn gezin ook aan boord van de *Arbella*?"

Winthrop schudde zijn hoofd. "Zij zitten op de *Talbot*," zei hij. "Toen het besluit genomen werd om uit Edenford te ontsnappen, maakte Cooper zich zorgen over de veiligheid van de dochters van Matthews en terecht. Hij zond ze naar mij. Al die tijd zijn ze bij mij geweest. Aan boord van dit schip zijn zij de enigen uit Edenford."

Bij het horen dat Nell en Jenny zo dichtbij waren, klopte Drew het hart in de keel. "Hoe kan ik u overtuigen dat ik oprecht verlang u op deze expeditie te vergezellen?" vroeg Drew.

Winthrop streek nadenkend met een dunne vinger over zijn lange, rechte neus. "Bij het ontbijt wees je op het visioen van Paulus over die man uit Macedonië en je zei dat je dacht dat God door dit verhaal tot je sprak. Geloof je dat werkelijk?"

Drew knikte. "Hoe meer ik erover nadenk, hoe duidelijker het voor me wordt," zei hij. "Eén van de laatste preken die Christopher Matthews in Edenford hield, ging over Mozes die zijn volk naar het Beloofde Land moest leiden. Daarna nodigde hij u uit om op de geheime vergadering te komen spreken. Als hij nog geleefd zou hebben dan denk ik dat hij zijn gemeente naar de Nieuwe Wereld gebracht zou hebben. Hij is niet meer in staat om zijn visioen voor zijn volk te vervullen en daar ben ik verantwoordelijk voor. Zoals ik het zie, is het mijn verantwoordelijkheid zijn opdracht uit te voeren. Dat is het minste wat ik doen kan voor de man die zoveel voor mij gedaan heeft."

"Toen ik een jongen was," zei Winthrop, "had ik weinig belangstelling voor godsdienst. Ik was een verdorven jongen. Toen ik een jaar of twaalf was, las ik een paar godsdienstige boeken, waardoor ik mij zorgen ging maken over mijn verdorvenheid. Daarna was ik niet meer zo slecht als daarvoor, maar ik was nog steeds slecht. Toen ik later student werd aan de universiteit van Cambridge, werd ik ernstig ziek. Ik was ver van huis en van iedereen verlaten en ik keerde mij tot God. Maar dat duurde slechts totdat ik beter werd. Toen ik een jaar of achttien was, kort nadat ik getrouwd was, kwam ik onder het gehoor van dominee Ezekiel Culverwell. Dat was een man Gods, een groot puriteins prediker. Hij werd voor een tijdje uit zijn ambt ontzet omdat hij geen toga droeg. Toen las ik de werken van William Perkins, die me totaal van mijn stuk brachten. Hij overtuigde mij ervan dat alles wat ik zelf kon doen mij alleen maar voor God verwerpelijk maakte. Zijn geschriften leerden mij dat ik niet zomaar kon aannemen dat ik behouden was. Ik bleef lange tijd erg vroom, maar ik was zeer onzeker over mijn geloof."

Winthrop sloot zijn ogen bij het terugkomen van de herinneringen aan het verleden. Hij scheen één van die herinneringen uit te kiezen om die aan Drew door te verteilen.

"Tenslotte," zei hij, "toen ik dertig was, begon ik een beter begrip te krijgen voor mijn totale verlorenheid. Mijn opvoeding, mijn familievermogen, mijn relaties, het stelde allemaal niets meer voor. Ik werd in diepste wanhoop gedompeld. En vanuit die diepte werd ik omhoog getrokken. En alle beloften waarover ik nadacht, stelden mij Christus voor ogen en zeiden: 'Ik ben uw heil.' Op dat moment werd er een nieuwe mens in mij tot leven gewekt."

Drew wachtte op Winthrop. Het was een bijzondere herinnering en hij wilde hem niet in de rede vallen.

"Ik had Ezekiel Culverwell. Jij had Christopher Matthews. Door Gods genade heeft de bediening van deze beide mannen ons bij elkaar gebracht. Wie ben ik om iemand tegen te houden die Gods wil in zijn leven wil zoeken?"

Drew keerde terug naar de kapiteinshut om het besluit van de gouverneur mee te delen. De kapitein hoorde het nieuws zonder enige uitdrukking op zijn gezicht aan. "Het zal een lange reis worden," zei hij. "Als we met elkaar overweg kunnen, zal het een plezierige reis zijn, als dat niet het geval is, kan dit schip een drijvende hel zijn. Je verantwoordelijkheden zijn eenvoudig: Gehoorzaam de bevelen en doe je plicht. Dat is alles wat ik te zeggen heb. Ga naar het matrozenverblijf en meld je bij meneer Prudden.

De volgende dag kwam ds John Cotton, een vriend van Winthrop, aan boord van de *Arbella* om voor de kolonisten een preek te houden. De preek, "Gods belofte aan zijn planting" was gebaseerd op 2 Samuël 7:10: "En Ik heb voor Mijn volk, voor Israël, een plaats besteld, en hem geplant, dat hij aan zijn plaats wone, en niet meer heen en weder gedreven worde..." Cotton wees op de overeenkomst tussen de puriteinen en Gods verkoren volk en stelde dat het Gods wil was dat ze de Nieuwe Wereld zouden gaan bewonen. Hij stelde de vraag: "Maar hoe kan ik weten of God mij aangewezen heeft om mij daar te vestigen?" Zijn eigen vraag beantwoordend stelde hij: "Als er verkeerde dingen zijn die vermeden kunnen worden, dan kan dat een verhuizing rechtvaardigen. Ten eerste, als er sprake is van ernstige zonden, die zich in een land verspreiden en het dreigen te verwoesten. Ten tweede, als mensen overladen worden met schulden en rampspoed. Ten derde, als er sprake is van vervolging."

Dat heeft zowel betrekking op waar we nu wonen als op de plaats waar we in de toekomst zullen wonen. Maar u moet er wel van verzekerd zijn dat de u toebedeelde plaats inderdaad uit Gods hand komt: ... maar we moeten wel onderscheiden hoe God ons een plaats aanwijst. Als u zich ergens vestigt en u kunt niet zeggen: 'Deze plaats is mij door God aangewezen,' dan kunt u niet verwachten dat u daar gelukkig zult zijn. Kunt u zeggen dat God deze plaats u heeft toebeschikt en u verlost heeft van allerlei belemmeringen? Hebt u ontdekt dat God voor u plaats gemaakt heeft door wettige besluiten, of aankoop, of toedeling of enig ander recht? Als dat zo is, dan is dit de plaats die u door God is toegewezen. Hier heeft Hij ruimte voor u gemaakt.

Drew voelde zich aangesproken door de boodschap die door de spreker zo welsprekend verwoord werd. Maar wat hij het mooiste tijdens de dienst vond, was zijn uitzicht op Nell en Jenny Matthews aan de andere kant van het dek. Jenny keek af en toe naar hem, maar Nell geen enkele keer. Nell keek tijdens de preek geen enkele keer op en het leek wel of ze zich niet goed voelde.

Na de preek baande Drew zich een weg door de menigte naar de plaats waar Nell en Jenny hadden gezeten. Tot zijn schrik zag hij dat Nell door twee vrouwen ondersteund benedendeks werd gebracht. Toen ze Drew aan zag komen, bleef Jenny op het dek staan. Ze sloeg haar armen om hem heen.

"O Drew, dank God dat je veilig bent!" schreide ze. "Ik zou je wel verteld hebben dat we uit Edenford weggingen als ik de kans had gehad. Maar Nell en meneer Cooper hebben het voor me stil gehouden tot we vertrokken. Als ik een keus had gehad zou ik nooit uit Edenford weg zijn gegaan zonder je vaarwel te zeggen."

Drew omhelsde haar opnieuw. Het was goed om weer zo dicht bij haar te zijn. "Ik weet het," zei hij. "Jij was de enige die mij geloofde. Dat zal ik nooit vergeten."

"Ik geloof nog steeds in je," zei ze met neergeslagen ogen.

Ze werden er zich beiden van bewust dat ze de aandacht trokken van te veel matrozen. Met tegenzin lieten zij elkaar los en gingen een eindje van elkaar af staan.

"Is Nell ziek?" vroeg Drew.

"Al sinds we uit Edenford weg zijn," antwoordde Jenny. "Eerst dachten we dat het door alle zorgen kwam en door gebrek aan slaap, maar nu weten we het niet meer. Ze heeft geen enkele weerstand meer en ze ligt de meeste tijd van de dag op bed."

"Ik zal voor haar bidden," zei Drew.

Jenny stond stralend tegenover hem.

"Wat is er?"

"Het is zo fijn om je zulke dingen te horen zeggen," zei ze. "Je bent nogal veranderd sinds ik je de eerste keer ontmoette. Je lijkt meer zelfvertrouwen te hebben en je bent volwassener geworden. Dat is erg aantrekkelijk."

Om zes uur in de morgen van 8 april stak de wind uit het noordoosten op. De schorre stem van een bootsman riep: "Alle hens aan dek! Ankers lichten, ahoy!" De hele bemanning kwam in beweging. De zeilen werden gehesen, de ra's vastgezet en het anker werd uit de diepte van de haven gelicht. De kapitein liep orders schreeuwend over het dek, waarvan de meeste voor Drew geen enkele betekenis hadden; andere begreep hij wel maar hij wist niet hoe hij ze uit moest voeren. Maar met de andere matrozen was dat niet het geval. Ze voerden de bevelen van de kapitein onmiddellijk en met de grootste spoed uit. Het was een vreemde mengeling van kreten en handelingen. Binnen een paar minuten was de *Arbella* onder zeil. Drew kon het geluid van het water horen toen het schip door de vroege morgenbries gedreven, door het water kliefde op weg naar het smalle deel van het Kanaal dat "De Naalden" werd genoemd.

Omdat er maar een zwakke wind stond, waren niet alle schepen in staat voor eb uit de haven te komen. Om even voor tienen was de *Arbella* buitengaats. De wind ging plotseling liggen en het schip bleef drie of vier mijl voor "De Naalden liggen. 's Avonds om tien uur stak er een flinke wind op uit het noorden. Het anker werd weer gelicht en het schip zeilde door de nacht. Toen het morgen werd, lagen ze tegenover Portland.

"Alle hens! Klaarmaken voor gevecht!"

Vanaf de achtersteven konden acht zeilen gezien worden. In de veronderstelling dat het Duinkerkers waren beval de kapitein dat de kruitkamer en het geschutsdek in orde gemaakt moesten worden. Alle hangmatten werden naar beneden gebracht, de kanons werden geladen en de kardoezen in gereedheid gebracht. Omdat de kolonisten hier gekwartierd waren, werden ze tijdelijk bij de zeelui ingedeeld. Er werden vijfentwintig man, waaronder Drew, als musketier aangewezen.

De wind bleef uit het noorden komen. De acht schepen liepen in op de *Arbella*. Ze hadden meer wind en de afstand tussen de schepen werd steeds kleiner. De kapitein meende nu zeker te weten dat het Duinkerkers waren.

Bij wijze van proef schoot de kapitein met een kruisboog een pijl af waaraan een vuurbal was bevestigd. Die bleef op het water een heel tijdje branden. Als het nodig zou zijn, zou de vuurbal een goed wapen zijn.

De vrouwen en kinderen werden benedendeks gebracht, zodat ze niet direct gevaar zouden lopen. Toen alles klaar was, verzamelden de mannen op het bovendek zich voor een bidstond. Allen werden hierdoor bemoedigd. Hoewel ze zich allen van het gevaar bewust waren, was er geen vrouw of kind dat angst vertoonde. Er waren acht schepen die ten strijde trokken tegen slechts vier schepen van Winthrop en de Duinkerkers, zo werd er verteld, hadden minstens dertig kanons aan boord van ieder schip. Maar de mannen van de *Arbella* stelden hun vertrouwen op de Heere der heerscharen. Dat, en de moed van de kapitein, gaf de kolonisten vrede en kalmte

Tegen één uur in de middag waren de acht schepen de *Arbella* tot op een afstand van 1 mijl genaderd. Om hen te laten zien dat hij niet bang was, voer kapitein Milbourne in de richting van de hem achtervolgende schepen. Als ze van plan waren hem aan te vallen dat kon dan maar beter gebeuren voor het vallen van de nacht.

Drew en de andere musketiers stelden zich in een rij op en maakten hun musketten klaar.

Toen de acht schepen dichterbij kwamen, bleken het geen Duinkerkers maar bevriende schepen te zijn. Drie schepen waren Engels en de anderen waren Hollanders en Fransen. Ze waren alle op weg naar Canada en Newfoundland. Toen ze dichterbij gekomen waren, begroetten de schepen elkaar en de angst en het gevaar veranderden in vrolijkheid en het uitwisselen van groeten.

Toen het gevaar geweken was, zagen ze twee vissersboten in het Kanaal en ze kochten een hoeveelheid uitstekende vis.

De volgende dag voeren ze Plymouth voorbij. De dag daarna passeerden ze Scilly eiland en waren ze op open zee.

Drew ging benedendeks naar het matrozenkwartier. Nu ze buiten het Kanaal waren, werd de vaart van het schip anders en Drew begon de ongemakken van het leven van een zeeman te ervaren. Hij was uitgeput. De dag begon met een stevige noordwester storm. Zware zeeën sloegen tegen de boeg van het schip met het geluid en de kracht van een smidshamer. De golven sloegen over het dek en doorweekten Drew en de andere matrozen. De ra's van de bovenzeilen werden los gemaakt en de grootzeilen bolden; de wind floot door het wand; losse uiteinden touw zwierden in de wind; mannen schreeuwden bevelen en de *Arbella* ploegde zich door de golven op weg naar de Nieuwe Wereld. Achter haar volgden de *Talbot,* de *Ambrose* en de *Jewel.* Drew begon te beseffen dat het leven van een zeeman niet half zo romantisch was als zijn grootvader hem had doen voorkomen.

Hij stond onvast op zijn benen en een matroos vertelde hem dat het minstens drie dagen zou duren voor hij zeebenen zou hebben. Drew kroop het vooronder in, waar zijn verblijf was en hij bemerkte dat die vol tuigage, reserve zeilen, oude rommel en scheepsvoorraden lag, die nog niet opgeruimd waren. Door het rollen van het schip was alles door elkaar gevallen. Tussen al die rommel moesten Drew's kleren, Bijbel en andere persoonlijke dingen liggen, waarschijnlijk helemaal onderop. Drew moest aan het gezegde van de oude zeeman denken: "Alles op zijn plaats, niets aan de hand."

Er waren geen kooien en er drong alleen maar een heel klein beetje licht door het scheepsluik heen. Hij mocht vier uur gaan slapen en dan zou hij voor het eerst wacht moeten lopen. Drew viel op een zeil en sloot zijn ogen. Hij dacht dat hij door uitputting wel meteen in slaap zou vallen, maar dat was niet het geval. Juist toen hij insluimerde, maakten de eerste verschijnselen van zeeziekte hem ruw wakker. Terwijl het schip van zijn ene op zijn andere zijde rolde en de geur van buiswater het vooronder vulde, werd Drew vier uur lang geplaagd met afwisselende golven van slaap en misselijkheid. Twee keer rende hij naar het dek en gaf hij aan de lijzijde van het schip over.

Een natte, koude en uitgeputte matroos was blij dat hij zijn eerste wacht kon gaan waarnemen. Aan dek was in ieder geval frisse lucht, maar in vergelijking met de steeds weer terugkerende golven van misselijkheid leken de golven van de zee kalm.

Hij was niet de enige. Het hele gezelschap was zo zeeziek dat er op deze zondag geen preek gehouden werd.

De volgende dag was het mooi weer en degenen die ziek en kreunend in hun hut lagen, werden aan dek gebracht. Er werd een touw gespannen vanuit het vooronder naar de hoofdmast en zich vasthoudend aan het touw, zagen ze kans aan dek te komen. De warmte van de zon en de frisse lucht deden ze goed en de meesten waren na een poosje weer in een goede stemming.

Drew had opdracht gekregen de hoofdmast in te vetten. Hij klom met een emmer vet in de mast en werd door de bewegingen van het schip heen en weer geslingerd. Vanuit zijn uitkijkpost zag hij Jenny Nell langs het touw aan dek brengen. Ze schuifelde langzaam vooruit met haar arm om haar middel geslagen en ze leunde zwaar op Jenny. Ze was niet in staat het touw goed vast te houden; haar hand lag alleen maar op het touw en viel er steeds weer af. Jenny legde dan haar hand weer op het touw, maar die gleed er even later weer af. Terwijl de anderen elkaar vrolijk vertelden dat ze zich nu veel beter voelden, bracht Jenny Nell, die zich niets beter voelde, weer terug naar het vrouwenverblijf.

Toen Drew klaar was met het invetten van de mast, bad hij voor Nell.

"Nee!" schreeuwde kapitein Milbourne in antwoord op Drew's derde verzoek om Nell te mogen spreken. "Dat zou alleen maar problemen geven en die wil ik op mijn schip niet hebben! Man, zij is notabene de vrouw die je niet aan boord wilde hebben!"

"Dat weet ik," zei Drew. Maar toch is het belangrijk dat ik haar te zien krijg. Ik wil alleen maar met haar bidden."

"God kan je gebeden vanuit het vooronder ook wel horen," zei de kapitein. Toen hij de teleurstelling op Drew's gezicht zag, zei hij: "Kijk eens hier jongeman, er zijn hier veel vrouwen aan boord en in de koloniën zijn er nog meer. Waarom maak je je dan zo druk over die ene vrouw die je niet wil hebben. Laat haar gaan. Er komt wel iemand anders langs."

Op dek werd de nieuwe wacht opgeroepen.

"Dat is mijn wacht," zei Drew. "Dankuwel meneer voor uw advies."

Drew liep naar het dek. De zee was kalm en er stond een licht briesje, nauwelijks voldoende om de vaart in het schip te houden. Ze waren die dag weinig gevorderd. Het was elf uur 's avonds en met nog drie anderen had hij de wacht op het dek. Eén stond vooraan bij de boeg van het schip; de andere twee stonden bij de achtersteven. Drew liep naar stuurboord en keek naar het noorden. De lucht was donker en helder en de sterren waren goed zichtbaar, evenals de maan die hier veel kleiner was dan hij ooit in Engeland had gezien. Zoals tijdens de hele reis woei er een koude wind; iedereen droeg winterkleding.

"Goede avond, meneer."

De stem schrikte Drew op. Hij draaide zich in de richting van de zachte stem. Het was Jenny.

Ze giechelde dat ze hem had laten schrikken.

"Jenny, wat doe jij hier aan dek?"

Ze trok de omslagdoek die ze droeg steviger om haar schouders. "Ik wilde je vertellen dat ik niet kon slapen, maar dat is niet waar."

Drew keek haar verbaasd aan.

"In werkelijkheid heb ik aan één van de matrozen gevraagd wanneer jij wacht moest lopen. Dat is de enige gelegenheid dat we samen alleen kunnen zijn."

Hij keek naar haar zachte trekken, die beschenen werden door het maanlicht. Het zwakke licht van de hemel weerspiegelde in haar blauwe ogen. Haar mondhoeken krulden lichtelijk omhoog, waardoor ze kuiltjes in haar wangen kreeg. Misschien kwam het omdat hij zich zo eenzaam voelde. Misschien kwam het door het feit dat ze hem accepteerde terwijl de anderen aan hem twijfelden. Voor hem stond een vrouw die hem niet afwees en die met hem alleen wilde zijn. Wat de reden dan ook mocht zijn, Drew verlangde er sterk naar haar in zijn armen te nemen en zijn liefde die hij al maandenlang in moest houden, de liefde die hij had voor iemand die niets met hem te maken wilde hebben, te uiten. Het kostte hem veel moeite er niet aan toe te geven.

Hij keek naar beneden. Dat moest wel. Als hij haar was blijven aankijken zou hij zijn zelfbeheersing verliezen. "Ik ben blij dat je gekomen bent," zei hij. "Hoe is het met je zus?"

Zijn vraag stelde haar teleur. Ze kreeg een pruilmondje. Ze draaide zich naar de zee en leunde tegen de railing. Als ze samen praatten leek het wel of het altijd over Nell, de inwoners van Edenford of haar vader moest gaan. Ze praatten altijd over iemand of iets anders en nooit over zichzelf. Maar ze deelde zijn zorgen wel.

"Ze gaat iedere dag achteruit," zei Jenny. "Ik maak me echt zorgen over haar." Ze knipperde een paar tranen weg terwijl ze uitkeek over de door de maan verlichte golven. "Ik was dertien toen mama stierf. Papa noemde het tering. Nell toont dezelfde verschijnselen als mama voor ze stierf. Ze teert helemaal weg, ze heeft geen energie meer, ze haalt nauwelijks adem en soms kent ze me zelfs niet eens. Drew, ik maak me grote zorgen."

Hij sloeg zijn arm om haar heen. Ze keerde zich naar hem toe en ze omhelsden elkaar. Jenny huilde zachtjes met haar hoofd tegen Drew's borst. Hij keek naar de twee wachten op het achterdek. Ze stonden samen geanimeerd te praten, zich waarschijnlijk niet bewust van het feit dat Drew tijdens zijn wacht een vrouw omhelsde. Toch bracht Drew Jenny naar een plaats waar ze uit het gezicht stonden.

Ze hief haar gezicht naar hem op. Met zijn duimen veegde hij de tranen van haar wangen. Ze plaatste haar handen op zijn onderarmen en trok zich langzaam aan hem op. Met haar hoofd enigszins achterover gebogen, raakte ze met haar lippen de zijne aan, trok toen weer terug en drukte toen weer haar lippen op zijn mond. Drew's vingers volgden de lijnen van haar hoofd en terwijl hij haar tegen zich aantrok, streelde hij haar lange bruine haar. Haar lippen waren zacht en warm van tranen. Met haar armen om zijn nek geslagen stond Jenny op haar tenen voor hem en ze drukte zich tegen hem aan.

"Ik houd van je," zei ze tussen haar kussen door. "Vanaf het moment dat ik je zag, wist ik dat ik altijd van je zou houden."

Iets in hem zei dat hij nu onmiddellijk moest stoppen voordat ze nog verder zouden gaan. Maar het was de stem van het verstand en hij bemerkte dat zijn verstand op dat ogenblik weinig te vertellen had over zijn gevoelens. Hij begeerde Jenny. Ze was warm, vol leven en ze hield van hem. Ze hield van hem!

Ik kan toch ook wel van haar gaan houden? Als ik dat zou doen dan zou alles veel eenvoudiger worden. Waarom houd ik van een vrouw die niet van mij houdt? Waarom wil ik de waarheid niet onder ogen zien? Nell zal nooit van me houden en Jenny houdt wel van me.

Maar hij hield niet van haar, althans niet op die manier.

Drew trok zich langzaam terug. Jenny hield haar ogen gesloten en ze tilde haar hoofd weer omhoog om weer gekust te worden.

"Ik loop wacht," zei hij. "Er lopen hier nog meer mannen rond. Als ze me zien, krijg ik problemen."

Ze opende haar ogen. Het noemen van de werkelijkheid had een einde gemaakt aan het romantische ogenblik.

Drew hield haar handen in de zijne. Ze was zo mooi. Hij was een dwaas.

"Ik heb de kapitein gevraagd of ik naar beneden mocht om Nell op te zoeken. Hij weigerde. Ik weet trouwens ook niet waar ik goed aan zou doen. Het zou waarschijnlijk alleen maar zin hebben als ze door mij te zien zo ziedend zou worden dat ze er beter door werd."

Jenny lachte.

"Ik zou je nu stilletjes naar beneden kunnen brengen. Iedereen ligt toch te slapen."

Drew schudde zijn hoofd. "Dat is te riskant. Als ze zouden merken dat ik niet op mijn post zou zijn, zouden ze me ter dood kunnen veroordelen."

"Wanneer is je wacht afgelopen?"

"Om vier uur in de morgen."

"Kom dan naar het vrouwenverblijf. Ik zal je daar opwachten."

"Nee, je hebt je slaap nodig."

Jenny lachte ondeugend. "Geloof me, ik zou vannacht toch niet kunnen slapen."

"Ik kom zo gauw mogelijk na vieren naar je toe."

Drew werd om precies vier uur afgelost. Hij rekte zich uit en liep slaperig naar het luik, maar in plaats van naar beneden naar het vooronder te gaan, sloop hij naar het vrouwenverblijf. Zijn gezicht vertrok toen hij zachtjes op de deur klopte. De deur zwaaide onmiddellijk open. Jenny stond op hem te wachten. Ze nam hem bij de hand, trok hem naar binnen en sloot toen de deur achter hem. Toen hij vooroverboog om zijn ogen op het donker in te stellen, ging ze op haar tenen staan en ze kuste hem.

Met een speels schouderophalen en een ondeugend glimlachje trok ze hem door de kamer naar de hoek waar Nell in haar kooi lag. Ze moesten uitkijken waar ze liepen – er lagen overal vrouwen en kinderen op de vloer te slapen.

Jenny en Drew knielden naast Nell's bed. Ze had holle wangen en haar gezicht was met zweet bedekt. Ze lag bewegingloos en Drew kon maar nauwelijks haar ademhaling horen. Het deed hem pijn haar zo te zien. Ze lag zo stil en was zo kwetsbaar en hij voelde zich tot in zeker opzicht verantwoordelijk voor haar toestand. Het was zijn schuld dat ze niet voor het raam in High Street zat en aan het kantklossen was voor die vrekkige Lord Chesterfield; of haar scherpe geest en wijsheid aan het papier toevertrouwde in de hoop daarmee de wereld te veranderen. In plaats daarvan lag ze stervend voor hem.

"Wat doe jij hier?" De vrouw die ook in de hoek lag waar Nell's kooi zich bevond, leunde op een elleboog overeind. Met haar andere hand trok ze de deken tot haar kin omhoog. Drew herkende haar als de vrouw aan de ontbijttafel toen hij voor het eerst op het schip was. "Ik ga de kapitein roepen!" zei ze.

"Doet u dat alstublieft niet Lady Arbella!" smeekte Jenny. "Hij heeft niets kwaads in de zin. Hij is een vriend. Ik heb hem mee naar beneden genomen om voor mijn zuster te bidden."

Lady Arbella keek Drew onderzoekend aan. Ze scheen op te merken dat hij op zijn knieën lag.

"Als u wilt kunt u de kapitein roepen," zei Drew, "maar Jenny zegt de waarheid. Ik ben hier om voor Nell te bidden."

Lady Arbella werd niet milder gestemd. "Goed dan. Bid."

Drew vouwde zijn handen en liet zijn armen op de bedrand rusten. "Lieve God," zei hij, "ik weet niet goed hoe ik tot U bidden moet, maar vergeef mijn onervarenheid, want ik heb uw hulp nodig. Ik weet dat ik geen recht heb U gunsten te vragen, zeker niet als het Nell betreft. Maar toch wil ik U bidden, want iets anders kan ik niet doen. Lieve Heere, wilt U haar alstublieft beter maken. Niet door haar, maar door mijn zonden ligt ze hier. Haar hele leven heeft zij U gediend. Ze heeft kinderen over U verteld. Ze heeft de Bijbel gelezen en gebeden en een heilig leven geleid. Ze heeft haar leven op het spel gezet om haar land te helpen, toen ze zag dat het van U afdwaalde. Ze verdient het niet om te sterven. Ik wel. Als er iemand moet sterven, geef mij die ziekte dan. Als zij mag leven wil ik er graag voor sterven. Laat haar alstublieft leven. Alstublieft. Amen."

Drew wachtte even voor hij zijn hoofd ophief.

"Lieve God in de hemel," bad Lady Arbella, "verhoort U alstublieft het gebed van deze jongeman en wilt U Nell Matthews genezen."

Drew keek naar haar. "Dank u," zei hij.

Voordat hij ging staan, keek hij nog een keer naar Nell. Hij liep behoedzaam naar de deur. Hij zag niet het gedeeltelijk door een deken bedekte handje. Toen hij erop trapte, verscheurde de schreeuw van een kind de stilte. Iedere vrouw in de hut zat meteen recht overeind en staarde hem aan. Drew verstijfde.

Drew werd veroordeeld tot twintig geselslagen. Hij werd in het openbaar geslagen, een nacht in de boeien gesloten en hij kreeg slechts water en brood. Lady Arbella had hem bij de kapitein verdedigd, maar dat had geen resultaat gehad. Het deed er niet toe waarom hij in het vrouwenverblijf was. Drew Morgan had een bevel van de kapitein niet opgevolgd en daarvoor moest hij gestraft worden.

De striemen schrijnden, maar wat hem nog meer pijn deed, was het feit dat Nell's toestand niet verbeterde. De tijd dat ze bij kennis en aanspreekbaar was, werd iedere dag korter. Het leek erop of God niet naar Drew's gebed geluisterd had.

Op dinsdag 24 mei gaf de kapitein de opdracht het schip op de wind te leggen zodat de zeilen van de bezaanmast gestreken konden worden. De *Jewel* en de *Ambrose* kwamen dichterbij om te informeren of er iets mis was. Ze waren opgelucht toen ze vernamen dat alles goed was. Daar ze nu dicht bij elkaar lagen, kon er nieuws uitgewisseld worden. Met de bemanning van de *Jewel* was alles in orde, maar aan boord van de *Ambrose* waren twee passagiers gestorven. Ze hadden dezelfde verschijnselen gehad als Nell Matthews.

Toen op 31 mei de eerste dieptepeilingen werden gedaan, waren er aan boord van de *Arbella* twee mannen in een slecht humeur – kapitein Peter Milbourne en Drew Morgan. De kapitein was geïrriteerd dat het peillood geen grond vond. Maar dat was in vergelijking met een nog grotere zorg slechts een bijkomstigheid. Tijdens de storm van 21 april waren ze de *Talbot* uit het oog verloren en ondanks herhaalde pogingen hadden ze haar daarna niet meer gezien. De drie andere schepen bleven op koers maar kapitein Milbourne was met vier schepen uit Engeland vertrokken en hij wilde ook met vier schepen aankomen. Drew deelde in zijn zorgen, maar om andere redenen. Aan boord van de *Talbot* bevonden zich de familie Cooper en de meeste andere inwoners van Edenford. Waarom had God ze geholpen Edenford te ontvluchten om ze op zee een graf in de golven te laten vinden? Beloonde God op die manier degenen die Hem trouw waren? En hoe stond het met Nell? Ze werd niet beter en de ziekte bleef zijn tol eisen. Volgens Jenny was ze nog slechts vel over been. Drew hield niet op voor haar te bidden, maar zijn gebeden werden opstandig.

Op woensdag 2 juni liet de kapitein de zeilen verwisselen. Hij was er zeker van dat ze dicht bij de noordelijke kust moesten zijn en daar ze wisten dat er voor de zuidelijke kust gevaarlijke zandbanken lagen liet hij de hoofdmast van een sterk dubbel zeil voorzien. Hij wilde niet het risico lopen dat de oude zeilen zouden scheuren als ze de gevaarlijke rotskust zouden naderen.

Op donderdag 3 juni beval de kapitein dat het peillood opnieuw moest worden uitgegooid. Geen grond. De schepen werden door een dikke mist en zware regen omgeven. Om twee uur in de middag gaf hij opnieuw bevel het peillood uit te gooien. Op tachtig vadem diep kregen ze grond. Het was fijn, grijs zand. De kapitein veranderde van koers en liet een kanon afvuren om de andere twee schepen te waarschuwen.

Vrijdag, 4 juni. Om vier uur in de morgen veranderde de *Arbella* opnieuw van koers. De mist was zo dik dat ze slechts een meter of tien voor zich uit konden zien. De kapitein liet om de twee uur een diepte-peiling doen, maar ze kregen geen grond.

Zaterdag, 5 juni. De mist trok op en uit het noordoosten stak een storm op die regen met zich meebracht. De kapitein gaf opdracht om twee keer per wacht te peilen. Maar ze vonden geen grond.

Zondag, 6 juni. God verhoorde de gebeden van de kolonisten. Hoewel het nog steeds mistig en koud was, werd er om twee uur in de middag grond gevonden op een diepte van 8 vadem. De mist begon op te trekken en in noordelijke richting was op ongeveer vijf tot zes mijl afstand de kust te zien. De kapitein nam aan dat het Kaap Sable was.

Maandag, 7 juni. Een peiling gaf een diepte van 30 vadem. Daar het een rustige dag was, stelde de kapitein voor dat ze zouden gaan vissen. Binnen twee uur vingen ze zevenenzestig kabeljauwen, waarvan de meesten een meter lang waren en een omtrek van bijna een meter hadden. De vangst kwam net op tijd, de voorraad gezouten vis aan boord was op. De hongerige kolonisten hadden een waar feestmaal.

Dinsdag, 8 juni. Het was nog steeds koud. Om 3 uur 's middags kwam er weer land in zicht. Het bleek Mount Mansell te zijn. Vanaf de kust woei een verfrissende wind met een zoete geur die iemand met de geur van bloemen vergeleek. Net als bij de ark van Noach, zond God de kolonisten een teken van zijn gunst in de vorm van een duif die op het schip ging zitten.

Woensdag, 9 juni. Aan stuurboord was het land de hele dag zichtbaar. Het was een land met veel heuvels.

Donderdag, 10 juni. Het schip verloor het contact met het land. Daarna werd het weer even zichtbaar en opnieuw verdween het land. Om 4 uur in de middag werd er aan stuurboord opnieuw land zichtbaar. Het was een heuvelrug met drie toppen die de Three Turks' Head werden genoemd. Tegen de avond konden met het blote oog bomen worden gezien.

Vrijdag, 11 juni. Kaap Ann kwam in zicht. Bij het eiland Shoals lag een schip voor anker. Vijf of zes vissersboten zeilden langs de kust.

Zaterdag, 12 juni. Om vier uur in de morgen was de *Arbella* dicht bij de haven. De kapitein schoot twee kanons af om zijn aankomst bekend te maken. Ze passeerden de smalle straat tussen de eilanden Baker en Isle en ze gingen voor anker. Om ongeveer twee uur in de middag kwamen John Endecott, de gouverneur van Salem, meneer Skelton, de predikant en kapitein Levett aan boord om de kolonisten in Massachusets Bay te verwelkomen.

HOOFDSTUK 24

Zeggen dat de nieuw aangekomen kolonisten enigszins teleurgesteld waren over wat ze van de nederzetting van Salem zagen, zou aan hun gevoelens niet helemaal recht doen – dat zou zoiets zijn als zeggen dat bisschop Laud zich niets van de puriteinen aantrok.

Drew's eerste gedachte was dat de armoedige verzameling hutten en onderkomens aan de baai de restanten waren van een vroegere verblijf-plaats. De echte kolonie moest ergens achter de bomen schuil gaan. Maar toen hij aan land gegaan was, drong de werkelijkheid al gauw tot hem door. Dit was Salem. Hij probeerde zich te herinneren wat hij precies had gehoord over de Nieuwe Wereld. Misschien verwachtte hij wel te veel. Maar de gezichtsuitdrukkingen van zijn medepassagiers overtuigden hem ervan dat ze net zo ontsteld waren als hij.

Gouverneur Endecott en zijn plaatsvervanger John Winthrop liepen druk pratend langs Drew heen. Endecott had een rond gezicht en grote ogen met zware oogleden. Hij droeg een lange witte snor die aan de uiteinden wijd uitstond en een lange dunne baard van ongeveer twee vingers breed die aan zijn kin geplakt leek. Hij keek stuurs en sprak op een afgebeten toon die duidde op een humeurig karakter.

Drew hoorde slechts een flard van Endecott's uitleg aan Winthrop, maar dat was genoeg om hem te doen begrijpen dat de nederzetting een mislukking dreigde te worden. Van de tweehonderd kolonisten die een jaar daarvoor waren aangekomen, waren er nog maar vijfentachtig over. Meer dan tachtig van hen waren gestorven en de rest was teruggegaan naar Engeland. Tijdens de winter was de kolonie evenals Jamestown en Plymouth getroffen door een ziekte. De ziekte had de nederzetting zo zeer geteisterd dat Endecott zijn geschillen met de separatisten opzij had gezet en gevraagd had of Samuel Fuller uit Plymouth wilde komen. Dokter Fuller had veel ervaring met scheurbuik, koorts en andere ziekten die dikwijls het gevolg waren van een lange zeereis. Dank zij de kundigheid van de dokter was niet de hele nederzetting te gronde gegaan.

Toen de leiders buiten gehoorafstand waren, zag Drew dat de boot waarin Jenny zat de kust naderde. Hij ging naar haar toe om haar te begroeten en om haar uit de buurt van de twee mannen weg te houden; hij wilde niet dat ze zou horen wat die twee te zeggen hadden.

Jenny en Drew liepen samen met de andere nieuwe kolonisten door de nederzetting heen. Met gras bedekte hutten van diverse afmetingen stonden door modder en slijk van elkaar gescheiden langs de kust verspreid. De paar kinderen die Drew en Jenny zagen, waren smoezelig en droegen gescheurde kleren. Ze waren somber en stil en van enige opwinding, die bij de aankomst van drie schepen met nieuwe immigranten toch verwacht mocht worden, viel niets te bespeuren. De inwoners van Salem begroetten de nieuwkomers hartelijk; ze spraken wel opgewekt maar in hun ogen was daar niets van te lezen. De diepliggende en sombere ogen van Salem lieten gekwetste zielen zien – ze waren alle problemen meer dan zat, ze hadden genoeg van het voedseltekort en de begrafenissen van hun vrienden. De mensen van Salem waren terneer geslagen en ontmoedigd en een nieuwe lading kolonisten kon daarin geen verandering brengen. Een jaar geleden waren er ook nieuwe emigranten gearriveerd; de meesten daarvan lagen nu in de bossen begraven.

Jenny's gezicht, dat er altijd zo onschuldig en vrolijk uitzag, zag wit van ontsteltenis. Ze keek alsof ze over een kerkhof liep en daar een steen vond met haar eigen naam erop. Drew probeerde haar zonder succes wat op te vrolijken.

De enige positieve afleiding op die dag was de ontdekking van aardbeienplanten die in volle bloei stonden. De vruchten waren groot, rood en sappig. Na zoveel dagen gezouten vlees gegeten te hebben, was het plukken en eten van de aardbeien een feest op een voor het overige teleurstellende dag. Om haar wat af te leiden van de situatie van de nederzetting, stelde Drew voor dat ze wat aardbeien zouden plukken voor Nell en dat ze die om haar wat op te vrolijken aan boord zouden gaan brengen.

Die eerste nacht sliepen alle nieuwkomers aan boord van het schip, waaronder ook Winthrop en een Indiaanse gast. Het Indiaanse stamhoofd, een vriend van Endecott, was gefascineerd door het grote zeilschip en vroeg of hij aan boord van de *Arbella* mocht slapen. Hij kreeg toestemming en hij sliep alleen op het dek. Op zijn laatste nacht als wacht van de bemanning hield Drew de slapende inboorling goed in de gaten. Het was niet alleen nieuwsgierigheid, want kapitein Milbourne had de wacht orders gegeven de Indiaan goed in de gaten te houden. Hij wilde voorkomen dat er zich midden in de nacht nog meer, niet verwachte gasten bij hun hoofdman zouden voegen. De Indiaan was donker en gespierd en zijn kleding van huiden en schelpen liet zien waar hij vandaan kwam. Toen hij aan boord kwam, was hij een en al glimlach en keek hij met grote ogen rond. Nadat hij het schip gezien had, ging hij tevreden op het dek liggen slapen. En waarom ook niet? Hij had niet net de beschaving achter zich gelaten om ergens in de wildernis te gaan wonen.

Drew hoorde al een paar kolonisten zeggen dat ze met het schip weer terug wilden keren naar Engeland. Dit was geen nieuw Jeruzalem, het was Hades, het dodenrijk zelf. Drew was het met hen eens. Als hij op zijn eentje was gekomen, zou het nog wat anders zijn geweest. Maar hij was niet alleen – hij was verantwoordelijk voor twee vrouwen. Hij had beloofd voor de veiligheid van Jenny en Nell te zorgen. Hij wist zeker dat Christopher Matthews nooit bedoeld kon hebben dat zijn dochters zouden wonen in zo'n... zo'n... Het woord schoot hem te binnen, maar Drew wilde het niet uitspreken... wildernis. Dit was een wildernis. Hij hield niet van het woord, want dat was nu net het woord geweest dat de predikant had gebruikt om het te beschrijven. "Het is tijd voor Gods volk om naar de wildernis te vluchten."

Zijn eerste opwelling was Jenny en Nell weer zo gauw mogelijk veilig naar Engeland te brengen. Maar hij kon de woorden van de predikant niet uit zijn gedachten krijgen. Dacht Christopher Matthews werkelijk dat dit een plaats voor Gods volk was?

Als nieuw aangekomen gouverneur van Massachusetts Bay riep John Winthrop de volgende dag een uur voor de middag een vergadering bijeen. Alle mannen en vrouwen die daartoe in staat waren, moesten de vergadering bijwonen. Alleen degenen die voor de zieken moesten zorgen, behoefden niet te komen. Gebruik makend van deze uitzondering stond Drew erop dat Jenny aan boord zou blijven. Het was maar beter dat ze een aantal dingen die gezegd zouden gaan worden, niet zou horen.

Winthrop verscheen in een vuile en versleten broek en hemd en hij droeg versleten laarzen. Hij leek meer op een bediende dan op een rijke heer van stand. Hij liep naar het midden van het dorp, een modderige plaats tussen de verspreid staande hutten, en sprak het volk toe.

"Ik behoef u niet te vertellen dat dit nu niet bepaald de plaats is die we ons van de Nieuwe Wereld hadden voorgesteld."

Er klonk wat zenuwachtig gelach. Niemand voelde zich geroepen deze verklaring te weerspreken.

"Maar tegen de herfst zal een ieder van u een redelijk onderkomen hebben en tegen de zomer van volgend jaar zullen wij deze wildernis veranderd hebben in een echte gemeenschap. Ik houd u niet voor de gek. Onze voorraden zijn beperkt en beneden onze verwachting. We moeten onmiddellijk koren gaan zaaien en bidden dat we tegen de herfst voldoende kunnen oogsten. Zo gauw mogelijk zullen we een schip naar Engeland sturen voor nieuwe voorraden."

"Met dat schip wil ik wel terug!" De man die sprak droeg een wit hemd met een plooikraag en hij droeg een kort geknipte baard. Drew kende hem niet zo goed en hij wist alleen maar dat hij een vrouw en drie zonen bij zich had en dat hij Worthington heette.

"Ik hoop dat je je zult bedenken, Peter," zei Winthrop.

"Het is nooit mijn bedoeling geweest om als een varken in de modder te gaan leven," antwoordde Worthington. "En ik heb mijn gezin ook niet hier gebracht om ze in het bos te gaan begraven!"

Verscheidene mannen brachten soortgelijke gevoelens onder woorden. Winthrop stak beide handen omhoog om weer hun aandacht te krijgen. Hij ging niet verder voor iedereen stil was. Endecott stond naast hem. De nieuwe gouverneur stak zijn hand uit en Endecott overhandigde hem een aantal papieren.

"Toen we op weg hierheen waren, heb ik mijzelf wat vragen gesteld over wie we eigenlijk zijn en wat we hier in deze Nieuwe Wereld proberen te bereiken. Ik heb mijn gedachten daarover op deze papieren gezet. Afgelopen nacht heb ik mij net als u afgevraagd of we door Engeland te verlaten een vergissing gemaakt hebben. Toen herlas ik wat ik eerder op papier gezet had. Meer dan ooit tevoren geloof ik nu dat God een plan met ons heeft. En Gods plan met ons is dat we hier blijven en niet dat we naar Engeland zullen terugkeren. Ik zal deze ideeën aan u voorlezen, waarbij ik de hoop uitspreek dat ze dezelfde invloed op u zullen hebben als ze op mij hadden."

Winthrop hield zijn papieren omhoog en begon te lezen. Drew keek naar de kolonisten om hem heen. De over elkaar gevouwen armen, de vastberaden kaken en de op elkaar geperste lippen maakten hem duidelijk dat de gouverneur een verloren slag leverde. Maar hij vervolgde: "Ik heb het door mij geschreven stuk de titel gegeven: Een model voor christelijke naastenliefde."

Na een lange verhandeling over de geestelijke basis van de christelijke liefde gegeven te hebben, die van toepassing zou moeten zijn op de nieuwe gemeenschap in Massachusetts, ging Winthrop in op hoe deze uitgangspunten in de praktijk toegepast zouden moeten worden. Hij las:

"We zullen nu aandacht besteden aan hoe we de hier beschreven uitgangspunten in de praktijk moeten toepassen. Daarbij kunnen we een viertal zaken onderscheiden: ten eerste, de personen; ten tweede, het werk; ten derde, de doelstelling en ten vierde, de middelen die ons ter beschikking staan.

Ten eerste de personen. We zijn een gezelschap dat belijdt volgelingen van Christus te zijn... We moeten ons derhalve verbonden weten door de band der liefde en, willen we troost ontvangen uit die verbondenheid met Christus, die ook in ons leven tot uitdrukking brengen.

Ten tweede, het werk dat ons te doen staat. Door de voorzienigheid en buitengewone overeenstemming in de gemeenten van Christus is er wederkerig besloten een gemeenschappelijke verblijfplaats te zoeken onder een gepaste vorm van zowel burgerlijk als kerkelijk bestuur.

Ten derde, de doelstelling is ons leven zodanig in te richten dat we de Heere beter kunnen dienen, opdat het lichaam des Heeren, waartoe wij behoren, zal toenemen en gedijen; dat wijzelf en ons nageslacht meer bewaard zullen worden voor de algemene verdorvenheid van deze boze wereld.

Ten vierde, het werk en de doelstelling die ons voor ogen staan. Die zijn zoals we zien buitengewoon en daarom moeten we ons niet tevreden stellen met gebruikelijke middelen. Het soort werk dat we in Engeland gedaan hebben of gedaan zouden moeten hebben, moeten we ook doen op de plaats waar we heen gaan en zelfs meer dan dat...

Maar als we de doelstellingen die we ons voorgenomen hebben uit het oog zullen verliezen, God zullen verlaten, deze tegenwoordige wereld zullen liefhebben en vleselijke begeerten zullen najagen, grote dingen voor onszelf en ons nageslacht zoeken, dan zal de Heere, vertoornd over zo'n afkerig volk, in gramschap tegen ons ontsteken en Hij zal ons straffen voor het verbreken van dit verbond.

De enige manier om deze rampspoed te voorkomen en voor ons nageslacht te zorgen is de raad van Micha ter harte te nemen: recht te doen, barmhartigheid lief te hebben en ootmoedig te wandelen met onze God. Te dien einde moeten we het werk dat ons wacht in verbondenheid met elkaar ter hand nemen als een enig man. We moeten elkaar in broederlijke liefde ondersteunen, we moeten bereid zijn onze middelen met anderen te delen. We moeten in alle zachtmoedigheid, vriendelijkheid en vrijwilligheid in elkaars noden voorzien. We moeten in alles met elkaar meeleven, delen in elkaars vreugde en verdriet. We moeten met elkaar werken en lijden en onze opdracht en onze gemeenschappelijke arbeid, onze gemeenschap als leden van hetzelfde lichaam, moet ons altijd voor ogen staan.

Zo zullen we de eenheid des Geestes in de band des vredes bewaren. De Heere zal onze God zijn en er behagen in scheppen te midden van ons, zijn eigen volk, te wonen en Hij zal ons in al onze wegen zegenen, zodat we zijn wijsheid, macht, goedheid en waarheid zullen zien op een wijze die wij vroeger niet gekend hebben. We zullen bemerken dat de God van Israël te midden van ons woont; tien van ons zullen duizend vijanden kunnen weerstaan; Hij zal ons stellen tot lof en heerlijkheid zodat mensen van toekomstige generaties zullen zeggen: "De Heere doe ons zoals Hij Nieuw Engeland heeft gedaan." We moeten bedenken dat we een stad op een berg zullen zijn en dat aller ogen op ons gericht zullen zijn."

Winthrop liet zijn papieren zakken, keek naar de voor hem staande mensen en vervolgde:

"We hebben geen gemakkelijke taak. De winter komt eraan en als we kijken naar wat er de afgelopen winter in Plymouth en Salem is gebeurd dan zullen sommigen van ons die niet overleven. Maar het sterven voor een droom is niet tevergeefs. Het offer dat wij brengen – of dat nu door ons leven of door onze dood gebracht wordt – zal de basis vormen voor een nieuwe gemeenschap. Een gemeenschap die eeuwenlang een zegen voor onze kinderen en kindskinderen zal zijn. Ieder gezin moet zelf tot een besluit komen. Wat mijzelf betreft, ik heb besloten hier te blijven en mijn vrouw en kinderen zo spoedig mogelijk uit Engeland te laten overkomen. Engeland heeft mij niets anders te bieden dan vervolging en strijd. Ik vecht liever tegen de wildernis dan tegen de bisschoppen van de kerk van Engeland. Want de heerlijkheid heeft het oude Engeland verlaten en zal nu op het nieuwe Engeland overgaan."

Sommigen waren niet tot andere gedachten gebracht en besloten terug te gaan naar Engeland. Maar John Winthrop haalde die dag toch veel mensen over. Eén van hen was Drew Morgan.

Het eerste wat hen te doen stond, was een nieuwe vestigingsplaats vinden. Salem had niet voldoende middelen om het aantal mensen dat met de tweede golf kolonisten gekomen was te herbergen. Er werden verkenners uitgestuurd langs de Charles en Mystic rivier om een nieuwe locatie te zoeken. De berichten die terugkwamen verdeelden het gezelschap. Ze konden niet tot overeenstemming komen, maar voor verdere discussie was geen tijd. Er moest gezaaid worden en er moesten huizen gebouwd worden. Het gevolg was dat er tegen de wil van John Winthrop een aantal gescheiden nederzettingen ontstond.

Sir Richard Saltonstall vestigde Watertown, vier mijl stroomopwaarts aan de Charles rivier; William Pynchon vestigde Roxburry; Mattapan werd gevestigd en werd later door Roger Ludlow hernoemd tot Dorchester; waarnemend gouverneur Dudley vestigde Newtown; Increase Nowell was de baas van het basiskamp te Charleston en John Winthrop vestigde Boston.

Alles draaide om overleven en iedereen was aan het werk. Sommigen werden aangewezen om de gemeenschap van vis te voorzien. De vissers werden in groepen verdeeld en altijd waren er twee boten op het water. Iedere groep deed zijn best zo veel mogelijk vis te vangen. De gemeenschap moest zo veel mogelijk vis inzouten om de komende winter te kunnen overleven.

Andere groepen moesten onderkomens bouwen, die geschikt zouden zijn om de winter door te komen. De hutten die gebouwd werden, kregen de naam Engelse wigwams, omdat ze veel overeenkomst vertoonden met de huizen van de Pequotindianen. Op een rechthoekig stuk grond werden boomtakken in de grond gestoken. De takken werden bovenaan naar elkaar toegebogen en aan elkaar gebonden. De verticale staanders werden met horizontale takken met elkaar verbonden waardoor er een stevige structuur ontstond. Ieder huis had aan de ene kant een deuropening en aan de andere kant een stookplaats. Het geheel werd met berkenbast of riet overdekt. Het meubilair bestond uit een tafel met vier poten en een bank die uit boomstronken was gemaakt.

De vrouwen die daartoe in staat waren werkten 's morgens op het veld en staken bij laag tij plaggen bij de rivieroever. De andere vrouwen deden huishoudelijk werk onder leiding van meneer Skelton, de predikant, die ook verantwoordelijk was voor de voedselvoorraad. Hij moest het voedsel iedere dag eerlijk verdelen.

Meneer Higginson, de andere predikant van de kolonie, werd belast met de pastorale zorg en de prediking op zondagen, waarbij hij de kolonisten voorhield wat het betekende God en elkaar te dienen.

De kolonisten kwamen iedere morgen bij elkaar om het werk te verdelen. Om twaalf uur was er een korte onderbreking om te eten en dan werkten ze weer tot vier uur 's middags. De rest van de dag waren ze vrij om zich met hun gezin bezig te houden.

Toen op 2 juli, twintig dagen na aankomst van de *Arbella*, eindelijk de *Talbot* arriveerde, was het werk al goed gevorderd. Als eersten van de tweede vloot schepen hadden op 1 juli de *Mayflower* en de *Whale* de haven bereikt en op 6 juli waren alle schepen veilig aangekomen.

Het duurde niet lang voor de profetie van Winthrop dat sommige kolonisten zouden sterven in vervulling ging. Op de dag dat de *Talbot* aankwam, verdronk Winthrop's zoon toen hij aan het vissen was. En in augustus werd Lady Arbella ziek en stierf; haar man, Isaac Johnson stierf een maand later. Hun dood maakte diepe indruk op de kolonie.

Daar tegenover stond dat Nell zich wat beter ging voelen. Ze was van boord gehaald en naar één van de Engelse wigwams in Boston gebracht dat als ziekenhuis dienst deed. De tijd dat ze bij kennis was, werd langer en haar grauwe huidskleur veranderde in een gezondere kleur. Op de dag dat de *Talbot* in de haven aankwam, waren Jenny en Drew bij haar. De deur vloog open en David en James Cooper liepen de wigwam binnen. Ze hadden gehoord dat Nell dicht bij de dood geweest was. Ze wisten niet dat ook Drew Morgan in Nieuw Engeland was. De schoenmaker was met stomheid geslagen en James was woedend.

Drew liep met de twee mannen naar buiten en vertelde hoe hij hier in de Nieuwe Wereld was terecht gekomen. Toen James hem sommeerde terug te keren naar Engeland met de *Lyon*, die terug zou varen om nieuwe voorraden op te halen, maande zijn vader hem tot kalmte. God had met iedereen een plan en kennelijk was het Gods bedoeling dat Drew naar Massachusetts zou komen. Uit zijn toon proefde Drew dat de schoenmaker zelf ook niet al te blij was hem hier in de kolonie terug te vinden, maar daar kon nu niets aan veranderd worden. James was niet te overtuigen.

Er waren nog twee mensen die bij hun ontscheping niet blij waren toen ze Drew Morgan zagen – Marshall en Mary Ramsden. Ze waren nu getrouwd. Toen Drew ze gekend had was zij Mary Sedgewick geweest en hij een idealistische puritein die in Colchester illegale pamfletten drukte.

Ze droegen nog steeds de brandmerken op hun wangen. Marshall had zijn haar laten groeien zodat het niet zo opviel dat hij zijn linkeroor miste. Toen ze Drew op een afstand zagen, was hun gezichtsuitdrukking niet vijandig, maar ook zeker niet vriendelijk. Ze keerden zich om en liepen weg.

Drew was nu minder boos op God. Het leek erop of God berouw gekregen had en zijn gebeden nu verhoorde. Nell werd weer gezond. De *Talbot* had de mensen uit Edenford veilig afgeleverd op de kust van Massachusetts. En hoewel de nederzetting hem aanvankelijk zwaar was tegengevallen, werd ze iedere dag beter en hoe langer de mensen samenwerkten, hoe eensgezinder ze werden.

Drew was een van de ijverigste in de kolonie. Iedere dag deed hij zijn werk dat hem was opgedragen en om vier uur 's middags, als de anderen naar hun gezinnen terugkeerden of onder een boom met elkaar praatten, bouwde hij een wigwam voor Jenny en Nell. Zijn ijver trok de aandacht van de anderen en werd een bron van vermaak voor een paar Pequotindianen.

Er kwamen regelmatig drie Indianen kijken naar het werk van de kolonisten. Ze stonden dan aan de rand van het grote bos en wezen naar dingen en lachten. En daar Drew altijd de laatste was die aan het werk was, werd hij dikwijls hun enige vermaak. Hij probeerde er geen aandacht aan te besteden dat hij zowel voor de kolonisten als voor de Indianen in het middelpunt van de belangstelling stond. Hij wist hoe de kolonisten over hem dachten – zijn reputatie was met de aankomst van de *Talbot* gevestigd – maar hij vroeg zich af waarom de Indianen zo om hem moesten lachen. Moesten ze lachen om hoe hij eruit zag of om zijn manier van werken? Of deed hij iets verkeerd?

Het geraamte van het huis was gebouwd – de takken waren stevig in de grond geplant en bovenaan naar elkaar toegebogen en aan elkaar gebonden. De deurposten waren geplaatst en hij was bijna klaar met de stookplaats, de haard van stenen en de schoorsteen van takken. De Indianen wezen naar zijn werk en lachten. Met hun handpalmen naar beneden maakten ze omhoog gaande cirkelbewegingen.

Drew had er genoeg van. Met een stok in zijn hand liep hij tot halverwege naar de Indianen toe. Ze hielden op met lachen. Hij had ook de aandacht getrokken van de mensen die onder de boom zaten te praten. Eén van hen was Winthrop, die naar de ontmoetingsplaats was gekomen om de stemming van de kolonisten te peilen. Terwijl de mannen hem gadesloegen, balanceerde Drew de stok in zijn ene hand en wenkte hen met de andere hand.

"Kom op!" zei hij. "Als ik het verkeerd doe, laat me dan eens zien hoe het wel moet."

De Indianen keken hem achterdochtig aan.

Drew wenkte opnieuw. "Laat mij eens zien hoe het moet."

Ze bewogen niet.

Drew liep nog een eindje naar ze toe. De Indianen liepen een eindje achteruit naar het bos toe.

"Wacht!" zei Drew en hij stak zijn hand omhoog. Hij bewoog de tak in zijn hand weer en wenkte opnieuw naar hen. "Help me. Laat me zien hoe ik het moet doen."

Drew liep langzaam op de Indianen toe. Eén van de mannen onder de boom sprak luid genoeg om hem te laten horen: "De dwaas. Ze zullen hem doden!" De mannen gingen staan.

Twee van de Indianen trokken zich nog verder terug in het bos toen Drew vooruit liep. Eén bleef staan. Drew reikte hem de tak aan.

De Indiaan keek naar de tak en toen naar Drew. Toen stak hij zijn hand uit en pakte de tak aan. Drew glimlachte en knikte. Naar de wigwam wijzend zei hij: "Laat me nu eens zien hoe het moet."

De Indiaan keek achterom naar zijn metgezellen. Ze staarden terug en wachtten af wat hij zou gaan doen.

Drew deed een paar stappen in de richting van de wigwam en beduidde de Indiaan dat hij hem moest volgen. De Indiaan keek naar de stok, toen naar de wigwam en volgde Drew.

Toen ze het bouwwerk hadden bereikt, wees Drew naar de stok en de schoorsteen en maakte toen het opwaartse gebaar dat de Indianen zo geamuseerd had. De Indiaan met de stok in zijn hand knikte en grinnikte; hij wees naar de schoorsteen, herhaalde het opwaartse gebaar en grinnikte weer.

Met een hulpeloos gebaar haalde Drew zijn schouders op. "Wat moet ik doen?" vroeg hij.

De Indiaan reageerde niet.

Drew wees naar de tak, toen naar de Indiaan en de Indiaan bij de hand nemend bracht hij hem bij het bouwwerk. Hij scheen het te begrijpen. Een paar minuten lang liep de Indiaan om het bouwwerk heen dat Drew gebouwd had en hij bekeek het aandachtig. Hij pakte een paar horizontale takken vast en schudde eraan. Toen liep hij naar een ander punt en schudde opnieuw. Een paar verbindingen die Drew gemaakt had schoten los. De Indiaan maakte ze op een andere manier weer vast en schudde opnieuw. Deze keer bleven ze vastzitten. Op handen en voeten gezeten stak hij zijn hoofd in de haard en keek in de schoorsteen omhoog. Hij lachte, trok zijn hoofd terug en maakte met zijn hand het ronddraaiende gebaar.

"Vuur," zei Drew. "De schoorsteen zal vlam vatten."

Deze keer was het de Indiaan die Drew bij de arm pakte. Hij bracht hem bij de rivieroever. Samen groeven ze wat klei op en de Indiaan liet Drew zien hoe die aan de binnenkant van de schoorsteen moest worden aangebracht. De kolonisten wisten dit wel, maar het werd niet altijd gedaan en zeker niet zo grondig. De Indiaan hielp Drew niet alleen met het bepleisteren van de binnenmuren, maar ook met de bovenkant en de buitenzijden van de schoorsteen.

De volgende dag kwam de Indiaan terug om de klus samen met Drew af te maken. De volgende dag begonnen zij samen de dakbedekking aan te brengen. Drew was niet langer op zijn eentje een bron van vermaak voor de onder de boom zittende mannen en de Indianen bij het bos. Ze voerden nu samen een toneelstuk op, Drew en Sassacus.

Drew's Indiaanse partner was in het bijzonder geïnteresseerd in de manier waarop de Britten hun wigwams van deuren voorzagen. Hoewel de Engelsen hun wigwams grotendeels hadden nagebouwd van de Indianen, waren er twee Europese aanvullingen. De schoorsteen en de houten scharnieren voor de deur. De Indianen hadden een gat in het plafond van hun hut om de rook van hun vuur kwijt te raken en ze gebruikten een soort gordijn als deuropening. Het bleek dat Sassacus erg trots was op het feit dat hij een schoorsteen had helpen bouwen die de hut niet in vlam zou zetten en hij keek aandachtig toe hoe Drew de deur aanbracht.

De hut van Nell en Jenny had nog iets dat de ander hutten van de kolonisten niet hadden. Op zekere avond wees Sassacus naar de schoorsteen, bewoog zijn vingers snel op en neer, liet ze op het rieten dak vallen en maakte toen weer het inmiddels bekende ronddraaiende gebaar. Drew begreep wat hij bedoelde. De vonken uit de schoorsteen zouden het dak in brand kunnen zetten. Het was zowel voor de kolonisten als voor de Indianen een probleem. Drew vond er een oplossing voor.

Hij ging naar de *Arbella*, die nog steeds voor anker lag en hij onderhandelde met kapitein Milbourne over de koop van de zeilen die gedurende de oversteek gescheurd waren. Hij bedekte de hut van Nell en Jenny met deze gescheurde canvas zeilen. Sassacus was onder de indruk van het materiaal.

Drew begreep dat hij een goede gooi gedaan had en hij ging terug naar het schip om nog meer zeil te kopen, genoeg voor de hut van hemzelf en die van Sassacus. De Indiaan liep met Drew naar het dorp van de Pequots en twee avonden lang voerden het bouwteam Drew en Sassacus het toneelstuk op voor een ander publiek.

De Ramsdens zagen hem niet aankomen. De werktijd was voorbij maar een bouwteam had net hun wigwam klaar en ze wilden er onmiddellijk intrekken. Hun nieuwe onderkomen stelde wel niet veel voor, maar het was toch aanzienlijk beter dan een tent te delen met nog een paar gezinnen. Bovendien was het een thuis en een nieuw begin. Aan het verdriet en de haat die ze in Engeland hadden meegemaakt dachten ze geen moment meer... tot hun onverwachte gast arriveerde. Zijn aanwezigheid herinnerde hen aan alles wat ze wilden vergeten.

Marshall en Mary Ramsden hadden net wat spullen in hun hut gebracht en ze wilden weer naar buiten gaan om nog meer te gaan halen toen de deur openging en Drew Morgan in de deuropening stond.

"Welkom in Nieuw Engeland," zei Drew.

Marshall bleef abrupt staan en blokkeerde de opening zodat Mary tegen hem opbotste.

"Wie is het Marshall?" vroeg ze.

Marshall zei aanvankelijk niets. Hij fronste zijn voorhoofd en de brandmerken op zijn wangen werden vuurrood.

"Marshall?" vroeg Mary weer. "Is er iets, Marshall?"

Marshall stapte opzij, waardoor Mary oog in oog kwam te staan met de onverwachte gast.

"O!" Kennelijk had ze Drew niet verwacht. Met een hand greep ze de deurklink vast en haar andere hand vloog naar haar borst. Haar ontstelde blik gaf blijk van grote bezorgdheid en ze keek beurtelings van Drew naar haar man.

"Wat doe jij hier?" vroeg Marshall. De vraag werd niet op vriendelijke maar op uitdagende toon gesteld.

"Ik kan begrijpen dat je niets van wat ik jullie wil zeggen zult geloven," begon Drew.

"Dan zijn we het in ieder geval ergens over eens. En nu kun je beter vertrekken." Marshall's woorden troffen Drew als een zweepslag.

Drew accepteerde dat. Hij verdiende het. Hij keek naar Mary om te zien of ze de gevoelens van haar man deelde. Ze keek alleen maar bezorgd naar haar man en was bang voor wat hij zou kunnen doen.

"Ik kom hier om jullie vergeving te vragen."

Er kwam geen antwoord. Er was geen enkele blijk van mededogen te bespeuren.

"Ik heb verkeerd gehandeld. Ik heb veel mensen erg veel leed berokkend. En het ergste was dat ik zelfs niet geloofde in de zaak waar ik voor stond. Om het eenvoudig te stellen, ik wilde erkenning en rijkdom en daarom heb ik voor mensen gewerkt die mij dat zouden kunnen geven."

Drew wachtte op antwoord. Maar er kwam geen antwoord. Marshall hield zijn armen stevig tegen zijn borst gekruist. Zijn opeengeklemde kaken lieten duidelijk zien dat hij moeite had zich te beheersen. Mary keek bang naar haar man.

"Zoals ik al zei, ik kan begrijpen dat jullie me niet zullen geloven. Maar sinds de tijd dat we elkaar ontmoet hebben ben ik een volgeling van Jezus Christus geworden..."

"Dat verhaal hebben we eerder gehoord," interrumpeerde Marshall. "Door dat te geloven hebben we die versieringen op onze wangen."

Het had geen zin om nog verder te gaan. Nu niet in ieder geval.

"Het spijt me heel erg," zei Drew. Met een laatste blik op Mary draaide hij zich om.

"Drew." Dat was Mary's stem.

"Laat hem gaan," schreeuwde Marshall.

"Niet naar me schreeuwen, Marshall Ramsden!" Mary was verontwaardigd. Ze had altijd een vurig karakter gehad. Ze sprak weer tot Drew: "Je hebt ons meer pijn gedaan dan je beseft," zei ze.

Drew keerde zich weer om.

"Dit betekende nog niets," ze wees op de brandmerken op haar wangen, "in vergelijking met de pijn die we voelden toen je Justin tot zwijgen hebt gebracht."

Toen ze sprak, brandde de schrijnende pijn over de executie van Christopher Matthews in Drew's borst.

"We kenden het risico toen we zijn pamfletten drukten," vervolgde Mary. "Maar we wisten ook dat, als we gepakt zouden worden, iemand anders die pamfletten zou drukken. Wij waren alleen maar de verspreiders. Jij heb een stem tot zwijgen gebracht. Tijdens het proces van Justin hebben we om een wonder gebeden. Op Tower Hill hebben we gebeden dat er iemand zou komen om hem te helpen ontsnappen." Tranen sprongen in haar ogen. "En we hebben over de receptie gehoord die de koning je gaf. Het valt voor ons moeilijk te begrijpen waarom God een godzalig mens als Christopher Matthews liet sterven en iemand als jij liet leven."

Ook Drew huilde. "Dat heb ik mij ook afgevraagd," zei hij. "Ik heb geen enkele verontschuldiging voor mijn daden. Ik verdien Gods genade niet. Maar alles wat ik kan zeggen is dat ik door zijn genade vergeven ben."

"Genade die je wel kunt gebruiken, denk ik zo." Marshall's woede was niet minder geworden.

"Niet alleen God heeft me vergeven, maar ook Christopher Matthews."

"Dat gaat je gemakkelijk af om een dode man woorden in de mond te leggen."

"En ik heb al mijn vroegere verlangens opgegeven. Mijn enige verlangen is nu het werk voort te zetten van de man die ik gedood heb. Daarom ben ik hier. Waarom zou ik anders hier zijn? Hier is geen rijkdom en eer te behalen. Hier is alleen wildernis, gevaar, ontbering en de kans om een gemeenschap op te bouwen die gebaseerd is op wetten van Gods Woord. God is mijn getuige dat ik mijn leven heb toegewijd aan het slagen van deze onderneming."

Meer kon Drew niet doen. Mary deed een stap achteruit en ging naast haar man staan. Er zou vandaag geen sprake zijn van vergeving.

Toen hij terugliep keek hij twee keer achterom over zijn schouder. Ze bleven in dezelfde houding staan als toen hij wegging. Marshall de armen gekruist voor zijn borst en Mary naast hem.

Een paar minuten later liep Drew weer terug naar de wigwam van de Ramsdens. Ze waren er niet meer. Ze haalden waarschijnlijk weer wat van hun bagage op. Drew ging toch maar aan het werk.

"Wat doe jij aan mijn huis?" Marshall liet de dingen die hij droeg vallen en rende op Drew af.

Drew legde het laatste zeil dat hij had over het rieten dak van de hut. "Hierdoor wordt het dak van je hut beschermd tegen vonken uit de schoorsteen," zei hij terwijl hij verder ging met zijn werk. "Morgen zal ik ook je schoorsteen verder afmaken. De bouwers pleisteren meestal niet helemaal tot bovenaan en ze pleisteren de buitenkant ook niet. Ze maken er zich te gemakkelijk vanaf."

"Je moet van mijn huis afblijven," schreeuwde Marshall.

Mary greep haar man bij de arm. "Wat hij zegt, klinkt redelijk Marshall!"

"Niemand anders heeft zeil op zijn huis!" schreeuwde Marshall.

"Nell en Jenny Matthews wel."

"Matthews?" vroeg Mary.

"De dochters van Christopher Matthews. Zij zijn met de *Arbella* aangekomen."

De volgende dag maakte Drew het karwei aan de schoorsteen van de Ramsdens af.

Nell liep zonder hulp van de ziekenhut naar haar nieuwe huis. Ze schuifelde eigenlijk meer en tegen de tijd dat ze de korte afstand had afgelegd was ze doodmoe. Maar in aanmerking genomen dat iedereen verwacht had dat ze zou sterven, was het een opmerkelijke vooruitgang.

"Drew heeft het gebouwd!" Jenny hield de deur voor haar oudere zuster open, terwijl Drew achter haar liep om haar op te vangen als haar krachten het zouden begeven.

Nell bleef even tegen de deurpost leunen en liep toen naar de ruwe tafel en bank. Jenny en Drew wachtten geduldig tot ze weer op adem was gekomen. Nell keek naar de takken die aan de binnenkant zichtbaar waren, naar de haard van ruwe stenen, naar de aangestampte grond die met stro bedekt was en ze voelde met haar hand over de ruwe tafel.

"Mooi," zei ze en toen begon ze te huilen.

Drew verwachtte geen lof. Dankjewel zou al mooi geweest zijn. Maar hij was ook niet voorbereid op tranen. "Dit is natuurlijk alleen maar tijdelijk voor de winter," zei hij. "Als het lente wordt zal ik een mooi huis met twee verdiepingen voor je bouwen. Waar je maar wilt. Jij zegt waar het moet komen en ik zal het voor je bouwen."

Nell bedwong haar tranen. Met een zakdoek depte zij haar ogen en neus. "Dank u, maar dat is niet nodig. Ik waardeer wat u allemaal voor ons heeft gedaan, meester Morgan, vooral in de tijd dat ik ziek was. Maar ik kom wel weer op krachten en van nu af aan kunnen Jenny en ik wel voor onszelf zorgen."

"Nell! Hoe kun je zo grof tegen Drew zijn?" Jenny schoof dichter naar

Drew toe.

"Drew, zei je?" zei Nell. "Sinds wanneer ben jij zo vertrouwelijk met meester Morgan? Wat is er tussen jullie voorgevallen tijdens mijn ziekte?"

"Dat is niet eerlijk," zei Drew. "Jenny heeft alle aandacht aan je besteed. Ze heeft voortdurend bij je bed gezeten. Ik begrijp niet dat je zo bitter gestemd bent."

"Bitter gestemd? Waarom zou ik bitter zijn. Kijk eens om je heen. Door jou zitten we hier op die godvergeten plaats en leven we als dieren in een stal. Tijdens de oversteek ben ik bijna gestorven. Wie weet of ik de winter doorkom; tientallen die gezonder waren dan ik hebben het niet overleefd. Jij hebt de enige man in ons gezin gedood."

"Nell, zo is het genoeg." Jenny liep naar haar toe. "Je bent moe. Je zult je beter voelen als je wat gerust hebt."

"Wil jij mij bemoederen?! Ik mag dan lichamelijk wel zwak zijn, maar geestelijk in ieder geval niet. Meester Morgan zei dat hij mijn houding niet begreep. Natuurlijk begrijpt hij die niet! Zijn vader werd niet verraden en vermoord! Het was niet zijn familie die uit elkaar gescheurd werd! Het was niet zijn leven dat verwoest werd!"

"NELL!"

Drew kwam tussenbeide. "Laat haar uitspreken," zei hij. "Ze heeft dit allemaal al een hele tijd willen zeggen."

"Hoe moeten we aan de kost komen." Nell huilde nu openlijk. "Hoeveel deftige mensen in Nieuw Engeland zullen er behoeftes aan kant hebben? Er zijn hier zelfs geen weefgetouwen waar we kleren mee kunnen maken. Hoe kunnen we hier ooit overleven?"

"Ik zal voor je zorgen," zei Drew. "Dat heb ik je vader beloofd."

"O ja? Beloofde je hem dat terwijl zijn wangen gebrandmerkt werden of toen ze zijn oor afsneden?"

Nu was het Drew's beurt om boos te worden. "Zo is het wel genoeg Nell! Ik heb geprobeerd bisschop Laud van je vader vandaan te houden. Na zijn arrestatie heb ik geprobeerd hem te bevrijden. Alles wat ik in mijn leven wilde heb ik opgegeven in de hoop dat ik eens op hem zou gaan lijken. En wat dit huis betreft," Drew wees om zich heen, "ik geef toe dat het niet veel zaaks is. Maar het is slechts tijdelijk. Ik heb je gezegd dat je volgend jaar tegen deze tijd een mooi huis zult hebben en dat meen ik."

"Wat weet jij van mooie huizen af? Jij hebt dit huis gebouwd."

"Ik zal je zeggen wat ik van mooie huizen weet," zei Drew door opeengeklemde kaken. "In vergelijking met Morgan Hall was jullie huis in Edenford net zo aantrekkelijk als deze wigwam!" Er werd zo hard op de deur gebonsd dat het hele bouwsel stond te schudden.

"Nell? Nell? Is alles in orde met je?" Het was James Cooper.

Voor Nell iets terug kon zeggen, vloog de deur open.

"Jij weer? Wat doe je hier?"

"Dat is dezelfde vraag die ik jou wilde stellen toen je met Nell in Edenford van de trap afkwam," zei Drew.

De rode reus greep Drew bij zijn hemd vast en hief zijn vuist omhoog.

"James Abel Cooper, laat hem los!" Nell verloor snel het laatste restje van haar krachten. Haar geschreeuw naar James putte haar uit.

"Ik zal met hem afrekenen voor jou Nell." James begon Drew naar buiten te sleuren.

"Nee!" Nell's stem was niet luid, maar James was bekend met de klank daarvan. Hij bleef staan en liet Drew met tegenzin los.

"En nu alletwee luisteren. Alletwee d'r uit en kom hier nooit meer binnen."

"Nell, liefje," zeurde James.

"Als het moet sta ik op en gooi ik jullie er alletwee uit!" zei Nell.

"Nell Matthews, ik heb lang genoeg op je gewacht," zei James. "Je vader is dood en je hebt een man nodig als je hier wilt overleven. Ik ben naar je toegekomen om je te vertellen dat het tijd wordt dat we gaan trouwen."

"Nu niet, James," zei Nell. "Eruit."

James Cooper wees met een dikke, harige vinger naar Nell. "Ik meen het Nell. Ik ben het op jou wachten moe. Of we gaan zeer binnenkort trouwen of je kunt het helemaal wel vergeten. Als ik naar buiten ga is alles voorbij."

"Dat is alles wat ik vraag," zei Nell vermoeid. "Ik wil dat het voorbij is. Ga naar buiten."

James keek haar stomverbaasd aan. Toen hij zag dat ze het meende, gaf hij met zijn hand een klap op de deur. Die vloog open en sloeg met een dreun tegen de zijkant van de hut waarbij het bovenscharnier brak. Hij liep met grote passen naar buiten.

"Jij ook," zei Nell tegen Drew.

"Dat kun je niet menen!" schreeuwde Jenny. "Ik kan begrijpen dat je James de deur wijst, maar je kunt Drew er niet uitzetten."

"Ik meen het."

"Dit is ook mijn huis. En Drew kan hier komen wanneer hij maar wil!"

"Niet zolang ik leef." Naar ze eruit zag zou dat niet lang duren. Bleek en bevend legde ze haar hoofd op de tafel.

Jenny keek naar Drew. "Wacht buiten op me," zei ze. "Ik zal een deken op de grond leggen zodat ze wat kan gaan rusten."

Zijn boosheid was verdwenen. Haar zo aan de tafel te zien zitten nam al zijn woede weg. Ze had een aantal dingen gezegd die hem diep gekwetst hadden, maar ze was moe, ziek en bang. Hij wilde nu dat hij dat bedacht had voor hij die dingen gezegd had.

Drew liep naar buiten en sloot de kapotte deur zo goed mogelijk.

"Het spijt me," zei Jenny toen ze Drew bij de arm nam. "Nell meende niet wat ze zei."

"Ja, dat deed ze wel. Maar ze is ziek en bang. En ze heeft gelijk."
Jenny knuffelde zich tegen hem aan. "Laten we naar het bos wandelen."
Het was begin oktober en de bladeren waren aan het verkleuren. De zon
zakte naar de horizon en het bos vertoonde een schitterende kleurenpracht.
In de nederzetting was nauwelijks iets van activiteit te bespeuren dan alleen
de gebruikelijke karweitjes – water uit de rivier halen, wat vuur halen bij
een buur als de haard per ongeluk was uitgegaan en wat reparatie-
werkzaamheden aan de wigwams. Na een aantal maanden was er een
dagelijkse routine en een zekere veiligheid ontstaan. Ongetwijfeld zouden
er een aantal mannen onder de boom zitten die Drew en Jenny arm in arm
zagen wegwandelen. Daar er verder weinig nieuwtjes uit te wisselen vielen,
moesten ze wel over elkaar praten.

"Je hebt een prima wigwam gemaakt," zei Jenny.

"Het stelt niet veel voor," zei Drew. "Het is eigenlijk raar… Ik heb altijd
mijn grootvader bewonderd en ik wilde op hem lijken. Hij bouwde Morgan
Hall en ik bouwde een wigwam. Dat is bepaald niet iets om over op te
scheppen."

"Drew Morgan, zo moet je niet praten! Verkeerde je grootvader in
levensgevaar toen hij Morgan Hall bouwde? Bouwde hij het voor iemand
anders terwijl hij zelf in een tochtige tent sliep?"

"Nee, dat niet."

"Als jij over zijn middelen zou kunnen beschikken had je nog wel iets
groters als Morgan Hall kunnen bouwen en als hij zo weinig zou hebben
gehad als jij dan betwijfel ik of hij iets mooiers had kunnen bouwen!"

"Da's erg aardig van je. Dankjewel."

Ze waren nog maar net in het bos toen Jenny Drew achter een boom trok.
"Nee, meester Morgan," zei ze, "*jij* wordt bedankt!" Ze sloeg haar armen
om zijn nek en ze kuste hem vurig.

Drew wist niet wat er met hem aan de hand was. Hij hield van Jenny,
maar hij hield meer van Nell. Het was verkeerd van hem om Jenny
hierheen te brengen. Het was verkeerd van hem om zich niet ogenblikkelijk
van haar los te maken. Maar het was zo heerlijk haar tegen zich aan te
voelen. Ze was warm en ze verlangde naar zijn omhelzing. Ze hapte naar
lucht.

"Drew, lieveling, ik heb je al dagenlang hiervoor willen bedanken, maar
er was nooit tijd om samen te zijn."

Ze drukte zich weer tegen hem aan.

"Jenny." Drew probeerde haar te stoppen.

Ze greep van achteren zijn hoofd vast en trok met alle macht. Hoewel
hij weerstand bood, kwam zijn mond op de hare terecht.

"Jenny, nee!" slaagde hij te zeggen met hun lippen nog steeds op elkaar
gedrukt. Ze luisterde niet. Haar handen achter zijn hoofd vastgrijpend

slaagde hij erin zichzelf te bevrijden. "Nee, dit is niet goed!"

In zijn verlangen om sterk te zijn sprak hij misschien iets te ruw. Jenny stond met een gekwetste uitdrukking op haar gezicht voor hem.

"Wat bedoel je met nee?" vroeg ze.

"Dit is niet goed. Dat moeten we niet doen."

Er trok een speels glimlachje over haar gezicht. "Zo, meester Morgan," zei ze spinnend als een kat, "ben je zo verlegen?" Ze greep hem bij zijn hemd en speelde met zijn kraag. "Je verbaast me. Ik wist niet dat je zo vormelijk en fatsoenlijk was."

Drew nam haar handen in de zijne. "Dat is het niet," zei hij.

"Goed zo!" Haar ogen lichtten op en ze leunde weer tegen hem aan.

"Jenny! Luister naar me. Alsjeblieft!" Hij hield haar op afstand. Ze trok zich los en er verscheen een pruilende trek om haar mond. Er viel boosheid in haar ogen te lezen.

"Het kan niet," legde hij uit. "Zo kunnen we niet met elkaar omgaan."

Hij begreep dat wat hij bedoelde tot haar doordrong, want ze deed een paar passen achteruit. Ze kreeg tranen in haar ogen en haar onderlip trilde.

"Jenny, ik wil je geen pijn doen. Je bent de enige vriend die ik in de wereld heb overgehouden."

"Vriend?" Ze schreeuwde het woord uit.

Drew knikte. "Je bent mijn meest dierbare vriend. Je vertrouwde me toen niemand anders dat deed en dat zal ik nooit vergeten. Ik houd van je als een vriend en dat zal ik altijd blijven doen. Maar mijn hart behoort Nell toe."

De tranen werden snikken.

"Jenny..." Drew stak zijn arm naar haar uit.

"Raak me niet aan!" Ze sloeg zijn hand weg.

"Jenny, alsjeblieft. Begrijp me."

Ze deinsde achteruit of hij een wilde beer was. Haar rug raakte een boom en ze vertrok haar gezicht van de pijn. Ze snikte nu onbeheerst. Haar benen begaven het en naast de boom zonk ze ineen.

"Jenny, ik wilde je geen pijn doen, maar ik wist niet hoe ik het anders zou kunnen zeggen." Hij deed weer een stap in haar richting.

Haar ogen gingen wijd open en ze strekte haar hand als een klauw uit. Langzaam liep ze achteruit van de boom vandaan en ze zei: "Ik weet precies wat je zeggen kunt."

Drew wachtte op haar vervolg.

"Je kunt je laatste vriend op aarde gedag zeggen." Ze rende het bos uit. Drew kon haar de hele weg naar de nederzetting horen snikken. Door het gebroken scharnier koste het haar wat tijd om de deur open en weer dicht te krijgen. Drew kon haar gesnik niet langer horen.

HOOFDSTUK 25

De dorpsvergaderingen en de kerkdiensten werden in de Bostonkolonie onder een boom gehouden want er waren geen gebouwen die groot genoeg waren om iedereen te bevatten. Drew was gewoon om vroeg aanwezig te zijn, een gewoonte die nog uit Edenford stamde. Hij begroette de mensen bij hun aankomst. Ze groetten hem beleefd, maar zonder hartelijkheid terug. Als de dienst begon zat Drew altijd alleen. Nell en Jenny kwamen altijd expres laat. Drew zat dan al ergens en zij konden ver van hem vandaan gaan zitten. Hoewel David Cooper wel vriendelijk leek, nodigde hij Drew nooit uit om zich bij hem en zijn gezin aan te sluiten, wat maar beter was ook. Als Drew naast James Cooper moest zitten, wist hij niet of hij zijn aandacht wel bij de preek kon houden. Het leek hem moeilijk verheven gedachten te koesteren als de persoon die naast je zat je eigenlijk aan stukken wilde scheuren. Het gevolg was dat als de kerkdienst begon er altijd een lege ruimte was rondom de plaats waar Drew zat.

Dominee Higginson hield goede preken. Er zat een goede lijn in, ze waren bijbels en iedereen had er wat aan, maar het waren niet de preken van Christopher Matthews. Ze misten zijn vurigheid.

Als de kerkdienst afgelopen was, ging een ieder zijns weegs. Ze gaven Drew een hand, glimlachten hem toe en liepen weg. Voor Drew was de zondag de eenzaamste dag van de week. Op de andere dagen moesten de mannen noodgedwongen wel met hem samenwerken.

Op de laatste zondag van oktober bracht Drew Morgan een vriend van hem mee naar de kerk, de Pequotindiaan Sassacus. De aanwezigheid van de donkere, bijna naakte gast bracht de gemeente in beroering. De mensen van Boston wisten nog niet goed raad met de Indianen. Sommigen vertrouwden hen alleen maar als ze zelf een geweer vasthielden. Maar geweren werden tijdens de kerkdiensten niet toegestaan, zelfs al werd de dienst dan ook onder een boom gehouden. De meesten waren het er wel over eens dat ook de Indianen over Jezus Christus moesten horen, maar daar waren zendelingen voor. Het Evangelie naar de Indianen brengen was één ding, maar Indianen mee naar de kerk nemen was een andere zaak.

Het probleem werd opgelost toen John Winthrop Sassacus in Gods kerk onder de boom welkom heette en de Indiaan en Drew uitnodigde naast hem te komen zitten. Drew deelde zijn Bijbel met de Pequotindiaan en wees de woorden aan hoewel de Indiaan geen Engels kon lezen. De Indiaan hield het kanten kruis dat in de Bijbel lag en dat eens van Nell was geweest, omhoog. Drew drukte het aan zijn hart om daarmee de Indiaan te laten zien dat het één van zijn dierbaarste schatten was. Als er gebeden werd, beduidde Drew Sassacus dat hij zijn hoofd moest buigen en zijn ogen moest sluiten. Drew gluurde dan tussen zijn oogleden door of Sassacus zijn ogen wel gesloten hield. Dat was niet het geval. Sassacus gaf hem dan goedmoedig een standje dat hij had zitten gluren.

De Pequotindiaan werd Drew's vaste gast op zondag. Ze bezochten de kerkdiensten en bleven de rest van de middag bij elkaar. Drew deed zijn best de Evangelieboodschap aan de Indiaan uit te leggen, hoewel die maar erg weinig Engels kende. Tijdens die gesprekken leerde Drew wat woorden en zinnen in het Algonquin.

"Meester Morgan, mag ik even op uw tijd beslag leggen?"

Het was na werktijd en Drew legde wat riet op zijn wigwam, een van de laatste die in de nederzetting gebouwd werd. Hij keek op om te zien wie hem aansprak. Het was John Winthrop.

"Zeker, gouverneur. Wat kan ik voor u doen?"

De gouverneur van de kolonie had een ernstige uitdrukking op zijn gezicht. Dit zou niet zo maar een praatje worden. Drew vroeg zich af waarover hij hem wilde spreken. Had het iets met Nell en Jenny te maken? Of zou hem gevraagd worden Sassacus niet meer mee naar de kerkdiensten te nemen?

"De voorraden zijn laag," zei de gouverneur. Drew haalde opgelucht adem. Het was wel een ernstig probleem, maar niet persoonlijk. "We hebben niet genoeg voor de hele winter." Het was geen inschatting maar de vaststelling van een feit. Door gebrek aan voedsel zouden er deze winter mensen sterven.

"Wat kan ik doen om te helpen?" vroeg Drew.

"Ik heb iemand nodig die met de Pequots kan praten om ze over te halen ons meer koren te verkopen. Ze hebben ons al een beetje verkocht, maar we hebben meer nodig, veel meer." Winthrop boog zich dichter naar hem toe. "Je hebt vriendschap met Sassacus gesloten. Denk je dat hij bereid is ons te helpen om meer koren van zijn stam te kopen?"

"Hij is een goede vriend van me," zei Drew. "We kunnen vragen of hij ons wil helpen."

Sassacus stemde erin toe te helpen en Winthrop onderhandelde met de leiders van de Pequots over meer koren. De Indianen hielden net voldoende over om zelf de winter door te komen. Maar nog hadden de kolonisten niet genoeg.

De gouverneur zond daarom Drew per schip naar de Narragansetts om een aanvullende voorraad graan te kopen. Drew nodigde Sassacus uit om met hem mee te gaan. Dat zou handig zijn want beide stammen spraken Algonquin. Toen Drew de naam Narragansetts noemde, weigerde Sassacus en Drew drong niet verder aan. Tot vreugde van de kolonisten keerde Drew terug met 100 schepel graan. Ze hadden nu genoeg om de winter door te komen, aangenomen dat de *Lyon* op tijd terug zou zijn.

"Kan ik je helpen?"
Drew was bezig de deur in zijn wigwam te plaatsen en Marshall Ramsden keek met zijn handen op zijn heupen toe. Mary stond achter hem en glimlachte.
"Dat zou ik erg waarderen!"
De twee mannen hingen de deur aan de houten scharnieren in de deuropening.
"Is de bepleistering in de schoorsteen al helemaal klaar?" vroeg Marshall.
"Ja, dat is gisteren gebeurd."
"En hoe staat het met het zeil? Ik zie dat het er nog niet op zit."
"Alle zeil is op."
"Heb je geen zeil voor jezelf bewaard?"
"Ik heb het mijne aan jou gegeven."
Marshall stond tegenover Drew en keek hem lange tijd aan. Hij schudde zijn hoofd en wreef zijn kin terwijl er een glimlach over zijn gezicht trok. Hij kon Drew niet helemaal volgen. "Ik heb je verkeerd beoordeeld," zei hij.
"Je hebt me goed beoordeeld. Ik heb me als een dwaas aangesteld en ik heb een heleboel goede mensen, zoals jij en Mary, pijn gedaan. Daar zal ik mijn leven lang spijt van hebben."
"Maar je bent veranderd."
"Door Gods genade, ja."
"Jammer eigenlijk," zei Marshall, "ik mocht die oude Drew Morgan wel." Drew keek hem niet begrijpend aan. Dat was nu juist waar Marshall op uit was. "Maar ik ben hier gekomen om de nieuwe Drew Morgan te bewonderen en te respecteren. En ik zou graag zijn vriend willen zijn."
"Ik ook," zei Mary.
Bij de deur van Drew's net afgekomen huis omhelsden de drie elkaar. Het was het eerste huis dat hij het zijne kon noemen. 's Avonds deelden zij het maal en ze vertelden elkaar hun belevenissen sinds die zorgeloze dagen in Colchester.
Drew kreeg te horen dat de brandmerken op Marchall en Mary's gezicht veel deuren voor hen hadden geopend. Hoewel de bevolking van Engeland in het algemeen de brandmerken van Laud als een oneer beschouwde, waren er een aantal welgestelde puriteinen die ze als een ereteken van moed beschouwden. Eén van hen was een welgestelde puritein uit Oxford die hen ertoe overhaalde naar de Nieuwe Wereld te gaan. Hij was oud en niet meer in staat om zelf te gaan, maar hij wilde wel een aandeel hebben in de vestiging van een gemeenschap waarin God koning was. Hij vertelde

de Ramsdens dat hij dat het beste kon doen door in een jong echtpaar te investeren. Als zij het werk op zich zouden nemen en er voor zouden zorgen dat er baby's kwamen dan zou hij zorgen voor het geld en de voorraden.

"Zei hij letterlijk dat jullie moesten zorgen dat er kinderen zouden komen?" vroeg Drew lachend.

Marshall knikte met een brede glimlach op zijn gezicht. Mary grinnikte en bloosde.

"Hij is buitengewoon goedgeefs geweest," voegde Marshall eraan toe. "Hij heeft me beloofd te helpen bij het opzetten van een drukpers in Boston zodra daar behoefte aan zou bestaan."

"Je eigen drukpers?"

De jongensachtige opwinding op Marshall's gezicht liet zien hoe blij hij was.

"Voor het zover is," zei Mary, "wil hij dat we hem schrijven over het leven in de kolonie hier. Hij zal het laten drukken en dan door heel Engeland verspreiden om anderen aan te moedigen ook naar de koloniën te gaan."

"Ik heb hem wat verslagen toegestuurd, maar ze zijn niet echt goed," zei Marshall. "Ik ben een drukker, geen schrijver. En het spijt me dat ik de goede man moet teleurstellen."

Drew hief zijn hoofd op. "Dank U, Heere," zei hij.

Mary en Marshall keken hem verbaasd aan. "Dank je God voor het feit dat Marshall geen schrijver is?"

Drew knikte. "Ja, omdat ik precies weet waar je er één kunt vinden."

"Kan jij schrijven?" vroeg Mary. "Zeg alsjeblieft ja want we zijn wanhopig."

"Nee, ik niet. Maar ik weet waar jullie iemand kunnen vinden die dat wel kan. Hier in de kolonie."

De sneeuw viel pas in de kolonie tegen het einde van november. Het ging gepaard met een kou die de kolonisten in Engeland nooit hadden meegemaakt. Met het koude weer kwamen ook ziekte en dood. De voorraden moesten verdeeld worden en de rantsoenen waren laag. De *Lyon* werd pas tegen het einde van december verwacht. Drew wist dat gouverneur Winthrop het schip had teruggestuurd met een lange lijst voor voorraden die van vitaal belang waren, maar hij had er nooit aan gedacht wie al die voorraden zou moeten betalen. In vertrouwen werd hem verteld dat Winthrop de kolonie met zijn eigen geld bevoorraadde. Hij hoorde de gouverneur nooit een enkele klacht daarover uiten, zelfs niet toen de kolonisten hem ervan gingen beschuldigen dat hij te weinig gedaan had om honger en ziekte te voorkomen.

Toen het koude weer toesloeg, bleef Nell gezond. Hoewel ze nooit meer helemaal op krachten was gekomen, ging ze tot Drew's opluchting niet achteruit. Hij maakte zich nu meer zorgen over Jenny. Sinds de tijd dat ze in het bos van hem was weggehold, was ze veranderd. Ze keek altijd somber en leek in niets meer op het vrolijke springerige meisje van vroeger. Ze glimlachte maar zelden en lachen deed ze helemaal niet meer.

"Wat heb je met mijn zuster gedaan?" fluisterde Nell. Terwijl Drew aan het werk was, stond ze met een dikke omslagdoek om haar schouders geslagen in de sneeuw.

Drew was langsgekomen om wat reparaties aan de buitenkant van de wigwam uit te voeren. Hier en daar was het zeildoek verschoven. Het was laat in de middag en Jenny lag te slapen.

"Je moet hier niet buiten blijven staan. Het is veel te koud voor je," zei Drew. "Ga naar binnen."

"Ik ga niet naar binnen voor jij mij verteld heb wat je met mijn zuster hebt gedaan!"

Je bent er koppig genoeg voor om hier buiten te blijven staan, zei Drew tot zichzelf.

Nell vervolgde: "Ze loopt de hele dag te kniezen. En ze wil me niet vertellen wat er gebeurd is! Drew, zij is de enige die ik overgehouden heb! Wat heb je haar gedaan?"

"Ik heb haar gezegd dat ik niet van haar hield."

"Dat is wel het stomste wat je kon zeggen! Ze is nog maar een kind! Waarom zeg je zoiets tegen haar?"

Drew trok met een ruk aan een touw. De hut stond te schudden.

Nell sloeg haar armen over elkaar en staarde hem aan. Ze was niet van plan weg te gaan voor dit was opgelost.

Hij keek haar rechtstreeks aan. "Jenny hoopte dat er iets meer tussen ons was. Ik houd wel veel van haar, maar ik ben niet verliefd op haar."

"Heb je zo'n ontvankelijk kind verteld dat je veel van haar houdt? En dan vertel je haar even later dat je niet van haar houdt."

"Sta ik hier voor de rechter?"

"Ik kan maar niet begrijpen dat je het ene moment zo briljant kan zijn en het volgende moment zo ongevoelig!"

"Vind je me briljant?"

"Nee, ik vind dat je geen greintje invoelingsvermogen hebt."

"Nell, ik wilde haar niet kwetsen."

"Voor iemand die anderen niet wil kwetsen ben je daar aardig goed in."

Drew onderdrukte zijn woede die in hem opkwam. Dit was niet bepaald het leukste gesprek dat hij sinds kort gevoerd had, maar hij praatte in ieder geval met Nell. En intussen kwamen ze misschien ook een klein beetje nader tot elkaar.

Drew koos zijn woorden zorgvuldig. "Zoals ik al zei, ik probeerde haar niet te kwetsen. Vertel mij eens hoe een man een vrouw moet zeggen dat hij niet van haar houdt zonder haar te kwetsen." Nell had daar zo gauw geen antwoord op.

"Maar dat is slechts een deel van het probleem," zei hij.

"O ja, en wat is dan wel het andere deel?"

"Ze is niet alleen van streek omdat ik haar zei dat ik niet van haar hield, maar ze is ook overstuur omdat ik haar gezegd heb dat ik van jou houd."

Nell rolde met haar ogen. "Waarom heb je haar dat gezegd?"

"Omdat dat zo is."

"Alles wat er ooit tussen ons geweest is, is voorbij. Het stierf met mijn vader."

"Het kan door onze Heere weer opgewekt worden."

Nell's mond viel open. "Drew Morgan! Jij durft! Is er dan niets te laag voor jou? Wil jij God gebruiken om mij te manipuleren?"

"Natuurlijk niet! Ik bid iedere avond voor jou en Jenny, zonder dat ik daarmee wil manipuleren. Mijn gebeden en verlangens zijn oprecht."

"Het zou beter zijn als je voor jezelf zou bidden."

"Ik bid ook voor mezelf."

"En nu we het toch hebben over jou ongewenste bemoeiing met ons leven..."

"Ik dacht dat we het hadden over mijn liefde voor jou."

Nell deed of ze hem niet hoorde. "... wil ik je laten weten dat we je hulp niet langer nodig hebben. We zijn wel in staat om voor onszelf te zorgen."

"Hoe?"

"Ik ben toevallig gevraagd de ervaringen in de kolonie te gaan beschrijven voor publicatie in Engeland. Meester Ramsden en zijn vrouw Mary leven aan de andere kant van de boom waar altijd vergaderd wordt in het bos. Hij heeft me in dienst genomen om het leven in de kolonie schriftelijk te gaan vastleggen en daar betaalt hij mij voor. Heel goed, mag ik wel zeggen. Het lijkt er dus op dat God voor ons, arme, hulpeloze Matthews-meisjes zal zorgen zonder jouw hulp daarbij nodig te hebben."

"Gefeliciteerd Nell! Wat ben ik daar blij mee."

De *Lyon* kwam niet in december zoals de bedoeling was geweest. En ook niet in januari. De graanvoorraad raakte op. Er waren geen riviermosselen meer te vinden. Grondnoten waren er ook niet meer. De kolonisten in Massachusetts Bay baden of God het meel en de olie wilde vermenigvuldigen zoals Hij dat voor de arme weduwe in het Oude Testament gedaan had. Maar ze hadden geen profeet die Elia heette; ze hadden alleen maar een gouverneur die bang was dat de *Lyon* schipbreuk had geleden. Gouverneur Winthrop belegde een vergadering met de twee predikanten, John Endecott en nog een paar leiders van de kolonie. Ook Drew Morgan werd uitgenodigd. Sommigen stelden voor een hulpexpeditie naar Plymouth Colony te sturen en daar om hulp te gaan vragen; anderen wilden weer contact opnemen met de Indianen en als de Indianen niet bereid zouden zijn tot onderhandelen, met geweld te nemen wat ze nodig hadden. Winthrop luisterde naar alle voorstellen en woog ze zorgvuldig af. Hij besloot een vastendag uit te roepen voor 6 februari. Op die dag zouden ze zich aan Gods genade overleveren als nooit tevoren.

Op 4 februari gaf de gouverneur het laatste beetje meel uit de gemeenschappelijke opslagplaats aan een arme man die bijna dood ging van de honger. Ouders gaven hun laatste beetje voedsel aan hun kinderen en gingen daarna hongerig naar bed. Het zag er naar uit dat de vastendag door gebrek aan voedsel een dag eerder zou beginnen dan was voorgenomen.

Het werd 5 februari en het was bitter koud. Terwijl de kolonisten zich op het ergste voorbereidden, zeilde de *Lyon,* beladen met voorraden, de haven binnen. Op haar weg naar Engeland was ze een schip tegen gekomen dat haar mast verloren had. Ze had het schip op sleeptouw genomen en door de ontstane vertraging was ze pas nu teruggekeerd naar de kolonie. De ruimen van de *Lyon* waren gevuld met tarwe, meel, erwten, havermout, rund- en varkensvlees, boter, kaas, vet en vaten citroensap voor degenen die aan scheurbuik leden. Gouverneur Winthrop gelastte de vastendag af en riep in plaats daarvan een dankdag uit. Het was een teken van Gods gunst! Hij had de gebeden van zijn volk verhoord en in hun behoeften voorzien net als voor de Israëlieten in de woestijn!

Het werd een dag van vreugde en omhelzingen en dankbaarheid en de kolonisten prezen Gods voorzienigheid. Nog geslachten lang daarna zaten mannen bij het haardvuur en vertelden hun kinderen over Gods goedheid en hoe hij zijn zegen over de kolonie van Massachusetts Bay had uitgestort. Zesentwintig nieuwe kolonisten uit Engeland vierden het feest mee. Onder hen bevond zich de zeer gerespecteerde meneer Roger Williams.

Drew nam met vreugde deel aan de festiviteiten van de kolonie en was net zo opgetogen als de rest tot er iets gebeurde dat zijn blijdschap helemaal wegnam. Terwijl de mensen om hem heen dansten en zongen, zag Drew iets dat zijn hart verkilde. In de baai van Boston dobberde een sloep op en neer en was op weg naar de kust. Het was één van de vele boten die die dag op en neer voeren. Al die andere brachten voorraden die de mensen weer tot leven wekten. Maar deze sloep niet. Aan boord bevond zich het kenteken van de dood. Met toenemende vrees zag Drew de sloep, waarin Eliot Venner zat, de kust naderen.

HOOFDSTUK 26

De feestelijke stemming in de kolonie bleef tot in het voorjaar en de zomermaanden gehandhaafd. Toen de dagen warmer werden en de grond droger werd, werd de hele kolonie aangegrepen door een nieuwe vastberadenheid. De voltooiing van een aantal nieuwe bouwprojecten droeg daaraan nog meer bij. Iedere nieuwe bouwplaats was een bevestiging van het feit dat er midden in de wildernis een stad aan het verrijzen was. De gezinnen zouden in huizen wonen en niet langer in met riet bedekte hutten. Er zouden bedrijven opgezet worden, waarin mannen de beroepen zouden uitoefenen waarvoor bekwaamheid en opleiding nodig was. Iedere nieuwaangekomene was in eerste instantie een gewone arbeider die moest werken om te overleven. Maar nu zouden schoenmakers weer schoenmaker en smeden weer smid kunnen worden. Tot nu toe hadden de kolonisten zich nauwelijks gerealiseerd hoe zeer hun persoonlijke identiteit samenhing met hun beroep.

Nell Matthews kwam hier net als alle andere geschoolde werkers achter. Het beschrijven van het leven in de kolonie voor de weldoener van de Ramsdens, was voor haar een bezigheid die haar nieuwe kracht gaf. Iedere morgen schreef ze. Ze legde belangrijke feiten en gebeurtenissen vast, schreef over de indrukken en gevoelens van mensen en ze schreef op wat er gezegd werd. 's Middags ging ze van huis naar huis en van bedrijf naar bedrijf en ze interviewde mensen. Ze wilde weten hoe de mensen dachten over het tijdperk dat ze hun beslissing genomen hadden Engeland te verlaten tot nu toe. 's Avonds rangschikte ze haar aantekeningen voor haar werk de volgende morgen.

Ze ondervroeg iedereen in het dorp en een paar mensen interviewde ze twee keer. Iedereen, behalve Drew Morgan. Ze probeerde zelfs Sassacus te ondervragen zonder Drew daarin te kennen.

Drew was bereid te wachten. Hij wist dat het slechts een kwestie van tijd was voor ze naar hem toe zou komen. Ja, ze was koppig, maar ze was ook nauwgezet. Het zou een zware strijd zijn, maar Nell zou nooit genoegen nemen met een onvolledig verslag over het leven in de kolonie. Ze zou naar hem toe komen.

Intussen bouwde Drew een huis met twee verdiepingen. Hij had zijn diensten aangeboden aan een timmerman die een huis voor zijn gezin, dat uit zeven personen bestond, wilde bouwen. In ruil daarvoor zou de timmerman Drew leren hoe hij een huis moest bouwen. De timmerman was een eerlijk man, die Drew's bereidheid om zijn arbeid in te ruilen voor kennis, respecteerde. Dat gold niet voor alle vaklui. Nu de kolonie niet langer door hongersnood bedreigd werd, rekenden sommige vaklui buitensporig hoge prijzen voor hun diensten. Sommigen rekenden zelfs zoveel dat ze maar een paar dagen in de week behoefden te werken om aan een goed inkomen te komen.

Het huis dat Drew bouwde was groot genoeg voor een gezin. De ingang leidde tot een ruime kamer met een grote stenen haard. Hij diende zowel voor keuken als voor zitkamer. Net achter de voordeur leidde een trap aan de rechterkant naar de verdieping die twee slaapkamers had. Zoals Drew beloofd had, bouwde hij het huis voor Nell en Jenny. Zelf zou hij in zijn wigwam blijven wonen tot hij een ander huis voor zichzelf zou kunnen bouwen. Maar toen hij het de meisjes Matthews aanbood weigerden ze erin te trekken. David Cooper had gezegd dat ze bij hem in konden trekken, maar dat huis was al overbevolkt. Bovendien zag Nell zich nog niet onder hetzelfde dak wonen als James, hoewel hij haar, sinds ze hem buiten de deur van haar wigwam gezet had, niet meer had lastig gevallen of zelfs maar een poging had gedaan om met haar te praten. De Ramsdens boden Nell en Jenny aan om bij hen in te trekken tot er een ander huis gebouwd was, maar er waren maar een paar bouwvakkers en de tijd ging snel voorbij. De winter kwam eraan waarin er niet gebouwd zou kunnen worden. Nell wilde niet een hele winter de Ramsdens tot last zijn.

Het was gouverneur Winthrop die de meisjes overhaalde in het huis te trekken. Hij zei dat het alleen maar voor de winter zou zijn. Als het voorjaar zou worden, zou hij persoonlijk helpen een huis voor hen te bouwen. Maar hij was verantwoordelijk voor de gezondheid van iedere kolonist en het zou blijk geven van slecht rentmeesterschap als ze in een hut zouden blijven wonen als er een huis voor hen beschikbaar was. Daar Nell geen slechte rentmeester wilde zijn, stemde ze toe en ze trokken in het huis dat Drew gebouwd had.

Die zaterdagmiddag was er een briefje op Drew's deur vastgeprikt. Zoals gewoonlijk hield alle werk om drie uur op, zodat men zich kon voorbereiden op de zondag. Drew was net van de baai teruggekeerd naar huis. Hij droeg een musket, de eerste die hij ooit bezeten had. Hij had het gekocht van de bootsman van de *Hopewell*. Hoewel er geruchten de ronde deden over moeilijkheden met de Indianen, had Drew nooit de behoefte gevoeld een musket te hebben... tot Eliot Venner naar de kolonie gekomen was.

Het briefje was van Nell. Na alles wat er was voorgevallen, was hij over zichzelf verbaasd hoe emotioneel hij reageerde bij het zien van haar handschrift, vooral bij het zien van zijn naam. Het briefje nodigde hem uit om op zondagmiddag bij haar te komen eten. Ze wilde hem een paar vragen stellen om haar verslag over de kolonie af te maken.

Zondagmiddag stond Drew voor de deur van het huis dat hij zelf gebouwd had. Het was op een kleine heuvel gebouwd en de baai strekte zich als een bewegend tapijt voor het huis uit. Het was laat in de zomer en de bladeren ritselden in de wind. Hij klopte op de deur.

"Meester Morgan." Nell deed beleefd en formeel toen ze de deur voor hem opendeed.

Drew volgde haar naar de zitkamer. De geur van stamppot en vers gebakken brood kwam hem tegemoet.

"Waar is Jenny?" vroeg hij.

"Ze is naar vrienden," antwoordde Nell. "We zullen het zonder haar moeten stellen." Om te voorkomen dat hij zou denken dat zij dat zo geregeld had, voegde ze er haastig aan toe: "Na de dienst werd ze uitgenodigd voor een wandeling langs de baai. Ik ben blij voor haar. Zoals je weet, is ze veel te veel op haar zelf. Dit is de eerste keer dat ze met vrienden van haar eigen leeftijd uit is sinds we hier zijn. Om eerlijk te zijn, was ik verbaasd dat ze de uitnodiging aannam. Misschien deed ze het omdat ze wist dat jij zou komen."

Nell roerde in de stamppot in een grote zwarte ijzeren pot die aan een haak boven het vuur hing. Ze keek op naar Drew, wachtend op zijn reactie. Hij zat aan tafel en volgde met zijn vingers het patroon van de houtnerven. Als hij zich iets aantrok van de verklaring liet hij het niet merken.

"In ieder geval," vervolgde ze, "worden we dan niet gestoord om dit af te maken zodat je weer op tijd kunt vertrekken."

"Ik heb geen haast."

"Het is niet goed om hier met mij alleen te zijn. Dat geeft geen pas. Je weet hoe de mensen roddelen. Als ik had geweten dat Jenny er niet zou zijn had ik de Ramsdens uitgenodigd om aanwezig te zijn." Nell was zenuwachtig. Het was niets voor haar om zo te babbelen.

Nell schepte de stamppot op en gaf hem brood. Ze baden en aten zwijgend.

Toen Drew zijn tweede bord stamppot at, vroeg Nell hem naar zijn indrukken over de kolonie toen hij daar aan kwam. Drew beantwoordde haar vragen en gaf zijn eerste indrukken weer – zijn aanvankelijke teleurstelling over de kolonie, hoe hij zich gevoeld had toen hij in een met riet bedekte wigwam moest wonen, terwijl hij in Morgan Hall was opgegroeid, zijn onverwachte vriendschap met Sassacus en zijn officiële reizen naar de Pequots en de Narragansetts om over voedsel te gaan onderhandelen.

Hij probeerde tijdens de maaltijd en het interview haar niet aan te kijken, maar hij vond het wel moeilijk dat niet te doen. Het was het eerste normale gesprek dat hij met haar voerde sinds de dood van haar vader. Hij kon zich later niet meer herinneren hoe de stamppot gesmaakt had, zo zeer was hij op gegaan in haar aanwezigheid. Hij voelde zich nog steeds geïntimideerd door haar intelligentie en zelfvertrouwen – dat was sinds de eerste keer dat ze met elkaar gegeten hadden niet veranderd – en ze wond hem nog steeds op. Zijn borst zwoegde en het bloed joeg door zijn aderen.

Nell legde haar ganzepen op het papier als teken dat het vraaggesprek was afgelopen. Het was te gauw voorbij. Drew dacht erover om nog een bord stamppot te vragen om nog langer bij haar te kunnen zijn.

Nell leunde voorover. Ze zette haar ellebogen op tafel en leunde met haar kin op haar gevouwen handen. "Dit is een mooi huis," zei ze. "Ik heb je nog niet bedankt voor het feit dat we hier mogen wonen. Welbedankt."

"Ik heb je toch beloofd dat ik een huis voor je zou bouwen."

Ze schudde haar hoofd. "Dit is jouw huis. In het voorjaar trekken we eruit."

Drew wilde geen ruzie met haar maken. Dat zou een mooie zondagmiddag bederven.

"Het schijnt dat ik je nog voor iets anders moet bedanken," zei ze. "Ik heb met Mary Ramsden gepraat."

Toen Nell Mary's naam noemde, voelde Drew zich onbehaaglijk worden. Hoeveel hadden ze elkaar verteld? Het laatste wat Drew zou willen, was dat ze zouden gaan praten over zijn werk als spion in het verleden. "De Ramsdens zijn een aardig stel," zei hij. "Ik ben erg op hen gesteld."

"Naar wat ik van ze gehoord heb, ken je ze al van Colchester."

"Wat heeft ze je verteld?"

"Niet zoveel eigenlijk. Alleen maar dat ze je al kenden uit Colchester."

"Wat heeft dat te maken met dat je me ergens voor wil bedanken?"

Nell vertoonde haar intimiderende glimlachje. "Een deel van je geheimzinnige verleden? Of moet ik zeggen van je beruchte verleden?"

"Je zou me alleen nog maar meer gaan haten als ik je dat vertellen zou," zei hij.

Nell's glimlach trok weg. "Het spijt me," zei ze. "Ik wilde je echt bedanken." Ze ging rechtop zitten en legde haar nog steeds gevouwen handen op de pen en het papier. "Mary vertelde me dat jij me hebt aanbevolen voor deze baan."

Drew haalde zijn schouders op. "Marshall had iemand nodig die kon schrijven. Toevallig kende ik zo iemand."

"Weten ze dat ik Justin ben?" Haar stem beefde lichtelijk toen ze de vraag stelde.

"Natuurlijk niet. Dat zal ik nooit tegen iemand zeggen."

"Dat weet ik," zei ze met gebogen hoofd. "Maar ik moest het je toch vragen."

Er viel een stilte. Drew dacht krampachtig na om iets te bedenken waardoor het gesprek op gang kon blijven. Hij wilde niet dat de middag voorbij zou zijn.

Hij bedacht iets. "Ik wil je voor het eten bedanken. Het was heerlijk."

Ze zei hem dat het haar een genoegen was geweest.

"En voor je vraaggesprek met mij. Dankjewel dat je me in je verslag hebt willen opnemen."

"Graag gedaan."

Weer een stilte.

"Ik heb dit gemist," zei hij.

"Wat heb je gemist?"

"Die zondagmiddagen samen, die middagen die we samen waren in die oude Saksische ruïne vanwaar je op Edenford uitkeek."

Fout. Hij was een grens gepasseerd. De beledigde blik van Nell liet duidelijk zien dat hij verboden terrein had betreden. Maar nu hij daar toch eenmaal was, kon hij net zo goed verder gaan.

"Nell! Wat moet ik doen om je vergeving te ontvangen?" schreeuwde hij.

"Het is geen kwestie van vergeven," zei ze. "Ik vergeef je. Maar ik kan niet van je houden. Niet na wat je gedaan hebt."

"Ik geloof je niet," zei hij.

"Het kan me niet schelen wat je gelooft."

"Ik heb veel van je vader geleerd," zei Drew. "En één van de belangrijkste lessen die hij mij geleerd heeft, is dat de liefde nooit opgeeft."

"En kijk eens waar dat hem heeft gebracht."

"Dat geloof ik niet."

Nell nam een zakdoek en snoot haar neus.

"Vertel je me nu wat ik moet geloven?"

"Je lijkt veel op je vader," zei hij, "maar je bent diep gekwetst en je bent bang dat, als je weer van iemand zult gaan houden, je weer gekwetst zult worden."

"Ik denk dat u nu maar beter kunt gaan, meester Morgan."

"Ik denk dat u gelijk heeft, juffrouw Matthews." Drew probeerde hun gesprek op een fatsoenlijke manier te beëindigen. "Hebt u nog verdere vragen voor me?"

Nell keek met niets ziende ogen naar haar papieren. "Er is nog één vraag die ik iedereen gesteld heb en u nog niet gevraagd heb. Wat dacht u toen op de vijfde februari de *Lyon* in de haven arriveerde?"

Toen hij niet antwoordde, keek ze op.

"Wat is er?" vroeg ze.

"Herinner je je... wacht even?" Drew sloot zijn ogen en hij probeerde zich te herinneren welke naam Eliot in Edenford gebruikt had. "Thomas Mitchell! Herinner je je een man met de naam Thomas Mitchell, die naar Edenford kwam nadat ik was weggegaan?"

Nell schudde haar hoofd. "Ik ken niemand met die naam."

"Een wilde haardos, uitpuilende ogen en een pokdalig gezicht."

Weer schudde ze haar hoofd.

"Hij is één van Laud's mannen. Bij hem heb ik mijn opleiding gekregen."

Het noemen van de naam van de bisschop bracht afgrijzen op haar gezicht. "Drew, wat probeer je me te vertellen?"

"Hij is hier in de kolonie. Ik zag hem toen hij van de *Lyon* aan wal kwam."

"Wat doet hij hier?" Er klonk paniek in haar stem.

"Hij zei dat hij zich in Roxbury kwam vestigen. Dat hij met Laud gebroken had."

"Denk je dat hij de waarheid vertelt?"

"Nee."

"Wat doet hij dan hier?" Nell begon te huilen. De angst die ze dacht achtergelaten te hebben in Engeland, nam weer bezit van haar.

"Ik weet het niet," zei Drew. "Na de dag dat hij aangekomen is, heb ik hem niet meer gezien."

Nell beefde. Drew wilde nu dat hij het haar maar niet verteld had.

"Hoe was zijn naam ook weer? Mitchell?"

"Die naam gebruikte hij in Edenford," zei Drew. "Zijn werkelijke naam is Eliot. Eliot Venner."

Nell hapte naar adem. "Daar is Jenny mee meegegaan!" riep ze. "Ze zei dat ze met de Billingtons en met een jongeman met de naam Eliot Venner naar de baai zou gaan!"

Drew stormde de deur uit en keek over de baai uit.

"Goede middag, meester Morgan." De stem kwam van de rechterkant. Jenny liep de heuvel op. Ze was alleen.

"Is alles goed met je?" riep hij.

"Waarom zou het niet goed met me zijn?" De onverschilligheid in haar stem was onmiskenbaar.

"Jenny!" Nell stond in de deuropening.

"Wat is hier aan de hand?" vroeg Jenny.

"We zijn alleen maar ongerust over je," antwoordde Nell. "Is alles goed met je?"

"Prima!" antwoordde Jenny. "Ik heb een fijne middag gehad."

"Met Eliot Venner?" vroeg Drew haar.

"Uw leermeester!" antwoordde ze.

"Heeft hij je dat verteld?"

"Hij heeft me heel veel verteld. We zijn de hele middag samen geweest. Het is echt een aardige vent."

Drew hief zijn vinger naar Jenny op. "Blijf van hem vandaan Jenny. Hij is gevaarlijk."

"Sinds wanneer maak jij je zorgen over mij?" kaatste Jenny terug. Ze stapte statig het huis binnen en ging meteen naar boven.

"Ik zal wel met haar praten," zei Nell en ze sloot de deur.

Uit alles wat hij hoorde, begreep Drew dat Eliot sinds zijn ontscheping een model-kolonist was geweest. Door overal te vragen kwam Drew er achter waar de Billingtons woonden. Het was een gezin dat wat grof in de mond was en dat bestond uit vijf personen, twee zoons en een dochter. Ze bleken Eliot een paar maanden daarvoor ontmoet te hebben. Eliot had hen bezocht en had Jenny wel aardig gevonden en daarom hadden ze hen aan elkaar voorgesteld en hen beiden gevraagd 's middags bij hen te komen. Eliot had zich al die tijd als een echte heer gedragen.

Drew lichtte David Cooper in over Eliot's aanwezigheid. De schoenmaker had Eliot niet lang na de festiviteiten in februari op een afstand gezien, maar hij scheen zich niet al te veel zorgen te maken. "Ja natuurlijk. Hij heeft ons wel achtervolgd. Dat was nu eenmaal zijn opdracht. Dacht je soms dat de hoge commissaris dat persoonlijk zou gaan doen?" Cooper blies zijn wangen op en spreidde zijn armen uit toen hij het over de dikke commissaris had. "Wat zou hij ons hier bovendien kunnen aandoen. Denk je soms dat hij ons allemaal naar de Sterkamer zou kunnen verschepen?"

Ook gouverneur Winthrop maakte zich geen zorgen. De gouverneur was met dominee Roger Williams in gesprek toen Drew bij hem op bezoek kwam. Williams sprak waarderend over Eliot die hij tijdens de overtocht had leren kennen. De predikant vergeleek hem met Johannes de Doper, die er ook niet zo aantrekkelijk zou hebben uitgezien, maar die wel zeer geestelijk was geweest.

"Mensen veranderen," zei de gouverneur. "Dat moet jij toch zeker weten."

Drew was niet overtuigd. Hij kende Eliot en Eliot's methoden. Hij moest er achter zien te komen waarom hij hier in de kolonie was en hem dan zien tegen te houden van wat hij van plan was te gaan doen.

"ELIOT!"

Drew zag hem toen hij op het punt stond een wigwam aan de baai binnen te gaan. Hij had zijn armen vol kleren en allerlei huishoudelijke artikelen. Hij was alleen.

"Drew!" riep Eliot terug. "Ik kom zo terug." Hij verdween in de hut en kwam even later weer te voorschijn. "Drew! Goed je weer te zien." Hij stak zijn hand uit om hem te begroeten.

Drew vouwde zijn armen over elkaar. "Wat doe jij hier?"

"Ik hield niet van Roxbury en zij hielden niet van mij; Boston staat me veel beter aan." Naar de wigwam wijzend zei hij: "De Billingtons zeiden me dat ik hun hut mocht gebruiken daar zij nu een echt huis hebben."

Eliot was veranderd. Het was niet meer dezelfde Eliot die hem naar het berengevecht had meegenomen of die in de studeerkamer van de bisschop had gezeten en zeker niet dezelfde Eliot die hem bij de rivier de Exe had aangevallen. Hij scheen rustiger, meer volwassen en meer zeker van zichzelf. Ook zijn taalgebruik was verbeterd. Was Eliot werkelijk veranderd of voerde hij alleen maar een toneelstuk op. Hij had zelfs zijn haar gekamd.

"Wat doe je in de kolonie van Massachusetts Bay," informeerde Drew.

"Daar hebben we het al over gehad, niet?"

"Dan gaan we het er nog een keer over hebben. Waarom ben je hier?" Eliot kruiste ook zijn armen over elkaar. Hij glimlachte breed. Het was geen verdorven of dreigende glimlach, maar in combinatie met zijn ogen was die nog steeds verontrustend. "Waarom kun je niet accepteren dat ik ben wie ik zeg te zijn?" "Omdat ik je ken."

"En je weet hoe ik te werk ga; je kent mijn methoden en mijn acteertalent."

"Precies."

"En er is in dat grote christelijke hart van jou geen ruimte voor de mogelijkheid dat God me behouden heeft?"

"Moet ik dat geloven? Dat je behouden bent?" vroeg Drew.

"Je wilt toch ook dat iedereen dat van jou gelooft, of niet soms?"

"Vertel mij eens wat over je bekering."

"Goed." Eliot sloeg zijn uitpuilende ogen opwaarts. Hij sprak vlug en monotoon. "Niet lang nadat Christopher Matthews was geëxecuteerd, begon ik te twijfelen aan zowel mijn werk als aan de ideeën van de bisschop. Hoe kon de bisschop nu zo'n goede man laten doden? Als iemand het verdiend had om te sterven, was ik het wel. Ik was de zondaar, niet Matthews. Ik voelde mij ellendig en ik kon geen vrede vinden. In mijn uiterste wanhoop wendde ik mij tot de enige die mij kon redden, Jezus Christus. Ik vroeg Jezus mij te reinigen van mijn zonden en in mijn hart te komen. Dat deed Hij en tot op de dag van vandaag werkt Hij op een wonderlijke manier in mij. Dat is het. Tevreden gesteld?"

"Je houdt me voor de gek," zei Drew.

"Ja natuurlijk."

Drew werd woedend. Hij voelde zijn gezicht vertrekken.

Eliot lachte. "Jouw getuigenis, mijn getuigenis, wat is het verschil? Ze zijn toch precies hetzelfde."

"Wat doe je hier, Eliot? Zit je achter mij aan?"

"Dat weet ik nog niet."

"Wat bedoel je?"

"De bisschop wil dat ik je geen kwaad doe," brieste Eliot. "De dwaas! Ik heb nooit begrepen wat hij in jou zag. Hij wil alleen maar dat ik de kolonie te gronde richt."

"Hoe? Door het contract te laten herroepen?"

"Je begrijpt toch wel Drew, dat ik je niet al mijn geheimen kan verklappen. Ik weet nog niet hoe. Weet je, jij bent nog een grotere dwaas dan hij, Morgan. Waarom accepteerde je gewoonweg niet al het goud en de eer die hij je wilde geven. Je bent een stommeling, Morgan! Wat zoek je hier eigenlijk?"

"Ik heb meer dan bisschop Laud mij ooit zou kunnen geven," antwoordde Drew.

Eliot snoof verachtelijk. "Zoals je wilt," zei hij. "In ieder geval, de bisschop wil jou treffen door de mensen te treffen die jij boven hem verkoos. Hoe dat moet gebeuren heeft hij aan mij overgelaten."

Jenny! Daarom ging Eliot achter Jenny aan! Drew balde zijn vuisten. "Jij laat Jenny Matthews met rust!"

"Da's een aardig grietje, hè?" Eliot grinnikte gemeen.

"Ik waarschuw je Eliot, laat haar met rust!"

"En anders? Ga je me slaan? Dan zou je je broeder in de Heer slaan. Hoe ga je dat uitleggen aan al die fijne christenen om je heen? Ze vinden me allemaal een toffe kerel."

Drew begon zich terug te trekken. "Ik vind er wel iets op om je tegen te houden," zei hij.

"Je kunt me niet tegenhouden," lachte Eliot. "Dat weet je. Christenen moeten het beste van iemand geloven. Ze willen geloven dat hun dierbare God iemand als mij kan behouden! Jij weet hoe het plan in zijn werk gaat. Dat is het mooie ervan! Het werkt altijd en dat kan jij niet verhinderen."

"Ik vind wel iets!" schreeuwde Drew. "En laat Nell en Jenny met rust. Ik meen het Eliot. Blijf bij ze uit de buurt!"

"Ik wens je ook veel zegen, broeder in Christus!" schreeuwde Eliot hem na.

Drew kon die nacht niet slapen. Hij moest iets bedenken om Eliot Venner aan de kaak te stellen. Hij dacht terug aan alles wat Eliot hem geleerd had over het infiltreren van puriteinse gemeenschappen. Op de een of andere manier moest hij zijn leermeester op zijn eigen terrein verslaan. De moeilijkheid was dat de kolonisten Eliot niet kenden zoals hij hem kende. Ze zouden Eliot geloven tot het te laat zou zijn. *Hoe kan ik ze waarschuwen? Hoe kan ik voorkomen dat mensen geloven wat ze willen geloven?*

Drew bad om wijsheid. Hij bad voor Nell en Jenny's veiligheid. Hij bad het langst voor Eliot. Drew was tot de conclusie gekomen dat er eigenlijk maar twee manieren waren om Eliot te stoppen: God zou hem moeten bekeren of Drew zou hem moeten doden.

Op zondagmorgen hield dominee Higginson een buitengewone preek over Gods nooit aflatende liefde naar aanleiding van de profeet Hosea. Hij verklaarde dat hoewel de vrouw van de profeet zich als een prostituée had gedragen en ontrouw was geweest, Hosea haar voor ondergang behoedde. Higginson besloot zijn preek met te stellen dat God zijn kerk net zo lief heeft als Hosea zijn vrouw liefhad.

Drew hoorde maar nauwelijks wat er gezegd werd. Hij stond achteraan in de gemeente en hield Eliot in het oog, die vrijwel helemaal vooraan zat. Drew bad dat God hem op de een of andere manier zou aanraken, maar dat leek niet waarschijnlijk. Hij zag Eliot een paar keer omkijken naar Jenny Matthews. Als ze elkaar in het oog kregen, glimlachte en knipoogde hij. Jenny glimlachte dan naar hem terug. Drew werd woedend. Hij herinnerde zich dat Jenny ook naar hem op die manier gekeken had. Eliot liet hem geen keus.

Drew was naar de kerk gekomen om Eliot als de moordenaar van Shubal Elkins aan de kaak te stellen. Hij zou naar Winthrop hebben kunnen gaan en zijn beschuldiging aan hem persoonlijk hebben kunnen uiten. Natuurlijk zou Eliot ontkennen. Het zou bijna een half jaar duren voor de briefwisseling met Engeland die Drew's beschuldiging zou bevestigen terug zou zijn. Intussen zou Eliot vrij zijn om te doen wat hij wilde. Dat zou te lang duren. Als de beschuldiging echter in het openbaar werd geuit dan zou, hoewel Eliot het voordeel van de twijfel zou krijgen, iedereen gewaarschuwd zijn. Ze zouden meer op hun hoede met hem omgaan.

Dominee Higginson stond op het punt de dienst te beëindigen. Het werd tijd dat Drew zijn vroegere leermeester aan de kaak zou stellen.

"Dominee, mag ik wat zeggen?"

Eliot was hem voor. Zijn wilde rode haar achterover strijkend stond Eliot voor de gemeente.

"Wilt u iets zeggen dat de gehele gemeente ten goede zal komen?" vroeg de dominee.

"Ik moet u iets belijden," zei Eliot. "Er is iets dat u, nu ik hier bij u woon, moet weten over mij."

"En wat dan wel?"

"Ik ben een moordenaar," zei Eliot.

De gemeente hield haar adem in. Alles ging precies zo in zijn werk als Eliot Drew tijdens zijn opleiding had verteld. Trek hun aandacht door het ergste te bekennen wat je maar bedenken kunt.

"Afgelopen jaar heb ik op de weg van Tiverton naar Edenford een man gedood. Ik had niet de bedoeling hem te doden. Hij viel me aan en ik moest me verdedigen. Niemand weet dat ik het gedaan heb." Eliot begon te huilen. Echte tranen.

"Als ik ook wat mag zeggen!" David Cooper kwam overeind. "Ik kom uit Edenford. Ik kende de man die gedood werd. Het was een beestachtige, sadistische moord en zeker geen daad die uit zelfverdediging is gebeurd."

Eliot keek met grote schrik rond. Zijn uitpuilende ogen waren wit van angst. Hij zag eruit of hij op het punt stond zijn zelfbeheersing te verliezen. "Daar weet ik niets van! Eerlijk! Niets!" De tranen stroomden hem nu over de wangen. "Hij kwam met een mes op me af en sloeg me tegen de grond. Toen hij met zijn mes naar me uithaalde, sloeg ik hem met een steen in zijn gezicht. Er was niemand anders in de buurt. Ik liet hem midden op de weg liggen. Jullie moeten me geloven!"

John Winthrop stond nu voor de gemeente. Hij richtte zich tot David Cooper. "Kan iemand anders het lichaam verminkt hebben?"

Cooper schudde zijn hoofd. "Dat weet ik niet. Elkins, de man die vermoord werd, was al een paar dagen dood toen zijn lichaam gevonden werd."

Winthrop: "Bestaat er u enig bekend bewijs dat het getuigenis van deze man ongeloofwaardig maakt? Stond deze Elkins bekend als een struikrover?"

Cooper: "Hij was knecht bij Lord Chesterfield."

Winthrop: "Kunt u getuigen dat het een man van onbesproken gedrag was?"

Cooper: "Nee, hij was wreed en hij had een slechte reputatie."

Winthrop tot Eliot: "Als niemand dit wist, waarom vertelt u dit ons nu dan?"

Eliot snikte nog wat na en snoot zijn neus en het duurde geruime tijd voor hij kon antwoorden. "Ik word sinds die vreselijke dag door dromen achtervolgd."

Dominee Higginson mengde zich in het gesprek.

"Heeft u dit aan God beleden?"

Eliot glimlachte flauwtjes en wreef weer langs zijn neus. "O ja," zei hij. "In feite is die dag het middel tot mijn bekering geweest." Op dat moment keek Eliot om en blikte naar Drew achter in de gemeente. "Hij was mijn inspiratie."

Aller ogen richtten zich nu op Drew Morgan.

"Ziet u, wij waren beiden in dienst van bisschop Laud," vervolgde Eliot. "Ik zag hoe de executie van Christopher Matthews Drew veranderde. Hij had alles wat de koning en de bisschop hem konden bieden van de hand gewezen. Hij gooide het allemaal weg. Ik kon het niet begrijpen! Toen zag ik de verandering in Drew Morgan's leven en op dat moment wilde ik net zo worden als hij. Ook ik vroeg Jezus Christus om mijn Heiland te worden. Ik verwierp de bisschop en ik rende weg. De bisschop achtervolgt mij ook nu nog. Als hij mij zal vinden, zal hij mij doden. Alles wat ik nu wil, is een plaats vinden waar ik in vrede kan leven en mijn Heere kan dienen. Maar ik zie nu in dat dit niet de plaats is. Ik heb een man gedood. Ik ben niet waardig om onder goede mensen als u te wonen. Met het volgende schip zal ik naar Engeland terugkeren en op God vertrouwen dat Hij mij voor bisschop Laud zal beschermen."

Drew kookte van woede. Dit was precies volgens het boekje. Belijd je zonden, vertel ze dan dat je niet waard bent om bij ze te wonen, beloof ze weg te gaan en ze zullen je smeken om te blijven. En dat zou dan ook gaan gebeuren. Drew kon het aan de ogen van de gemeenteleden zien.

"Hij liegt!" schreeuwde Drew. "Hij heeft Shubal Elkins in koelen bloede vermoord. Hij werkt nog steeds voor bisschop Laud. Hij is hierheen gestuurd om de kolonie te gronde te richten!"

Hij had de woorden nog niet uitgesproken of Drew wist dat hij een fout gemaakt had. Hij speelde Eliot precies in de kaart. *"Zodra je je zonde beleden hebt, zullen ze je gaan verdedigen,"* had Eliot hem eens gezegd. *"Ze zullen alles doen om je te verdedigen."*

Winthrop: "Kunt u uw beweringen staven, meester Morgan?"

Drew: "Eliot heeft me gisteren zelf verteld dat hij hierheen gekomen is om de kolonie te vernietigen."

Eliot: "Drew, waarom doe je dit? Waarom zeg je dingen die niet waar zijn? Ik dacht dat je mijn vriend was. Door jou ben ik nu christen!"

Winthrop: "Heeft iemand anders uw gesprek gehoord?"

Drew: "Nee."

Eliot: "God is mijn getuige, ik weet niet waarom Drew mij vals beschuldigt. Drew, heb ik je op de één of andere manier gekwetst? Komt het doordat ik juffrouw Jenny bezoek? Als dat je pijn doet, zal ik dat niet meer doen."

Winthrop: "We blijven het probleem houden wat we met meester Venner moeten doen totdat zijn onschuld bewezen is."

Roger Williams ging staan. "Wat ik al eerder gezegd heb, zal ik nu in het openbaar herhalen. Ik kan getuigen dat meester Venner een geestelijk mens is. Ik ben samen met hem op de *Lyon* naar de kolonie gekomen, en ik ben van mening dat hij een betrouwbaar man is met een diepe belangstelling voor geestelijke dingen. Naar mijn mening zou het onrechtvaardig zijn om hem gedurende de tijd dat zijn verhaal geverifieerd wordt, op te sluiten, tenzij dan dat iemand hem kan beschuldigen van enige onrechtmatige daad hier in de kolonie. En zelfs als we het ergste zouden ontdekken, wat dan nog? Kijk eens naar de man!"

De gemeente zag een verslagen en gebroken Eliot Venner voor zich staan.

"Dit zou niet de eerste keer zijn dat God een schurk veranderde in een godvrezend man. Zijn we de lessen uit de Bijbel vergeten. Mozes was een moordenaar, maar toch gebruikte God hem om zijn volk naar het Beloofde Land te brengen. Koning David was niet alleen een moordenaar maar ook een overspeler, maar de prachtigste psalmen zijn van zijn hand en hij werd de man naar Gods hart genoemd! Ik zeg dat we de genade Gods in deze man aan het werk moeten laten en als we de feiten uit Engeland te horen krijgen, kunnen we verder zien."

De gemeente volgde de raad van Williams op. Daar niemand iets aanvoerde dat Eliot in diskrediet bracht, werd hem toegestaan vrij man te blijven. Nadat de dienst beëindigd was, schaarde de gemeente zich om hem heen. Ze zeiden hem hoe zeer ze zijn moed bewonderden om zijn zonde te belijden en ze drongen erop aan dat hij in Boston zou blijven. Ze beloofden hem voor Drew te bidden dat God zijn jaloezie zou vergeven. Jenny Matthews stond naast Eliot en hield zijn hand vast.

Drew ving ook wat flarden op van andere gesprekken. Een paar mannen die dagelijks onder de vergaderboom zaten, herinnerden eraan dat Drew en dat meisje van Matthews samen naar het bos gelopen waren. Ze herinnerden zich hoe ze zich altijd, sinds hun aankomst in de kolonie, aan hem had vastgeklampt en dat hij een huis voor haar en haar zuster gebouwd had. Geen wonder dat hij Eliot haatte nu dat meisje van Matthews haar aandacht aan Eliot besteedde.

Drew stond alleen. De mensen die om Eliot hadden heengestaan liepen met een grote boog om hem heen toen ze weggingen. Toen hij zich omdraaide om weg te gaan, hoorde hij zijn naam roepen.

Zijn aanhang met zich meevoerend, liep Eliot Venner op hem toe. Met zijn armen uitgespreid omhelsde hij Drew. "Ik vergeef je, broeder," zei hij. "Ik zal bidden dat we dikke vrienden worden." En zich dicht naar Drew's oor buigend, fluisterde hij: "Je kunt me niet tegenhouden."

Er liep iemand gelijk met hem op. Drew keek op en zag het vertrouwde gezicht van David Cooper.

"Een bekende vertoning," zei hij. "Iets dergelijks heb ik nog niet zolang geleden in Edenford ook al eens gezien."

"Hij doet het stapje voor stapje, net als hij me eens geleerd heeft." Drew keek naar de schoenmaker. "Je gelooft hem dus niet?"

"Laat ik zeggen dat ik geleerd heb je te vertrouwen."

Drew bleef staan. "Dank je," zei hij. "Dat betekent heel veel voor me."

"En Eliot vertelt je dat hij hierheen gekomen is om de kolonie te gronde te richten?"

"Ja, gisteren, toen ik hem zei dat hij Jenny met rust moest laten."

"Wat is hij van plan?"

"Dat weet ik niet."

De schoenmaker slaakte een zucht. "We hebben een probleem."

"Ik reken op één ding," zei Drew.

"En dat is?"

"Eliot is krankzinnig. Het zal hem veel moeite kosten zich als een christen te gedragen. Dat kan hij niet lang volhouden. Op zeker moment zal hij zich bedrinken en ondoordachte dingen gaan doen. Hij valt vrouwen lastig en..." Drew stopte even. "... hij maakt dingen kapot. Hij houdt ervan dingen kapot te maken."

"Shubal Elkins," zei de schoenmaker

Drew knikte. "Shubal Elkins."

Zoals Drew verwachtte, was Jenny razend op hem.

"Hoe kon je zulke dingen tegen hem zeggen?" schreeuwde Jenny.

Het was de middag na Eliot's "schuldbelijdenis". Dit gesprek kon niet vermeden worden. Drew liep dus de heuvel op naar het huis van Nell en Jenny. Hij moest Jenny ervan overtuigen uit de buurt van Eliot te blijven.

"Je kent hem niet zoals ik hem ken!" hield Drew vol. Hij stond bij de haard en Jenny stond woedend en bijna in tranen tegenover hem. Nell zat op de bank met haar rug tegen de tafel geleund en keek naar hen.

"Jij praat over de oude Eliot! Maar hij is veranderd!"

"Jenny, ik vraag je mij te geloven. Eliot vertelde mij dat hij je alleen maar pijn wil doen om zich op mij te wreken. Daarom is hij hier. Zijn belijdenis, zijn gedrag, het is allemaal toneelspel! Hij is bijzonder gevaarlijk!"

Jenny begon te huilen. "Het is een goeie, aardige man," zei ze zacht. "Zijn hele leven is hij slecht behandeld omdat hij arm was en omdat hij er zo uit ziet; maar dat is nu allemaal niet belangrijk meer. Dat oude is voorbij. Dit is de nieuwe Eliot."

"Hij is helemaal niet veranderd. Het is alleen maar toneelspel!" schreeuwde Drew.

"Dat zei ook iedereen in Edenford over jou," schreeuwde Jenny terug. "Ik was de enige die je geloofde! En nu denk ik hetzelfde over Eliot. Je hebt het mis en dat zal ik je bewijzen!"

Drew wist niets terug te zeggen. Wat voor argumenten kon hij aanvoeren? Als zij niet in hem geloofd had, zou hij nooit het vertrouwen van de puriteinen in Edenford gewonnen hebben. Maar ten aanzien van Eliot had ze het volkomen mis. Gevaarlijk mis.

Herinneringen aan Jenny en Edenford kwamen weer bij hem boven. De eerste keer dat hij haar gezien had, was ze de trap af komen stormen en ze was in haar vaders armen gesprongen, over zijn schouder heen naar hem kijkend met dat guitige lachje van haar; de manier waarop ze had zitten giechelen toen hij voorgelezen had uit het Hooglied; haar zachte zoenen onder de koepel van haar haar toen hij weer aan het herstellen was; haar zorg over Nell's gezondheid op de reis naar Nieuw Engeland. Ze was zo levendig en zo zorgzaam. Ze verdiende geluk. Drew was zo zeer met haar begaan dat het hem pijn deed. Op de één of andere manier moest ze voor haar eigen onschuld beschermd worden.

"Ik ben het met Drew eens," zei Nell. Ze stond van de bank op, haar armen over haar borst gevouwen. Ze sprak op zachte, moederlijke toon. "Het kan geen kwaad om voorlopig uit zijn buurt te blijven. Als wat Drew zegt waar is, komt dat gauw genoeg aan het licht."

Jenny deinsde achteruit. Haar kin beefde en ze begon te huilen. "Houd nou eens op met me als een kind te behandelen! Al die jaren heb ik van je gehouden, ik heb naar je geluisterd en ik heb je gesteund. Toen iedereen verwachtte dat je met James zou gaan trouwen, ben ik er voor jou geweest.

Toen papa gearresteerd werd en je iedere nacht nachtmerries had, was ik er om je te troosten!" Ze liet haar tranen nu de vrije loop. Haar stem beefde en soms haperde ze. "Van alle mensen, dacht ik dat jij tenminste... jij tenminste zou begrijpen wat niemand... niemand anders kan begrijpen."

Ook Nell huilde nu. "Jenny, ik heb het beste met je voor. Ik wil niet dat iemand je kwetst!"

"Je wil niet dat ik gelukkig ben," gilde Jenny.

"Dat is niet waar!"

"Dat is wel waar! Jij wil Drew hebben! En wie heb ik?"

Drew kon het niet helpen blij te zijn met deze opmerking van Jenny, al was het maar voor even. *Jij wil Drew hebben.* Ze zou daarmee kunnen bedoelen dat Drew altijd meer aandacht besteedde aan Nell, maar het zou ook kunnen slaan op iets wat tussen de twee zussen was voorgevallen. *Weet Jenny iets dat ik niet weet?*

"Lieve Jenny. We hebben elkaar en dat zal altijd zo blijven."

Jenny lachte spottend. "Nou, dat is dan prachtig voor jou! Jij hebt mij en jij hebt Drew en wat wordt er nu van mij verwacht? Dat ik aan de kant blijf staan en dat ik er tevreden mee zal zijn dat jullie tenslotte eens tot de conclusie zullen komen dat jullie van elkaar houden, gaan trouwen en kinderen krijgen? Nou, daar ben ik dan niet tevreden mee! Ik wil ook een man en een gezin! En ik wil trouwen met een man die in jouw ogen te min is, jammer dan! Dat is dan mijn beslissing en niet de jouwe!"

Jenny rende het huis uit. Nell keek Drew wanhopig aan en rende naar boven. Drew bleef alleen in de zitkamer achter. Hij wachtte lange tijd in de hoop dat Nell naar beneden zou komen. Ze kwam niet en hij ging naar huis.

Eliot's grootspraak achtervolgde hem: *"Je kunt me op geen enkele manier tegenhouden!"*

De volgende dag begon Drew Eliot in de gaten te houden. Op de tweede dag verloor Drew hem uit het oog. Eliot was verdwenen.

Twee weken lang zag niemand in Boston Eliot. Toen hij weer terug-keerde, bracht Eliot een grote hoeveelheid pelzen met zich mee. Hij was op jacht geweest, zei hij. Hij verkocht zijn buit en ging opnieuw op jacht. Hij bracht goede pelzen mee terug en hij kreeg al spoedig de reputatie van de beste pelsjager van de kolonie te zijn. De pelshandelaren waardeerden hem natuurlijk erg – hij werd hun beste leverancier. Samen met de pelshandelaren werd Eliot rijk.

Sassacus en Drew zaten tegenover elkaar in Drew's wigwam. De meeste mensen in de kolonie waren nog steeds zo verbijsterd over de manier waarop Drew Eliot behandeld had dat het goed was om eens een avond met een vriend door te brengen die hem accepteerde. Ze hadden hertebout gegeten. Sassacus had het vlees meegebracht en Drew had het gebraden.

Na het maal vertelde Sassacus dat er in de Pequotstam onenigheid was ontstaan. Sommigen van hen waren niet gelukkig met de Britse kolonisten – ieder jaar kwamen er meer kolonisten die steeds meer land in beslag namen. De Pequots werden steeds meer op elkaar gedreven tussen de Narragansett baai en de rivier de Connecticut. Nu drongen de kolonisten ook uit het oosten op. Er was ook sprake van onenigheid tussen de Pequots en de Mohikanen. Jarenlang hadden ze onder een gemeenschappelijk bestuur geleefd, maar een deel van de Mohikanen wilden nu onafhankelijkheid.

"Het zijn moeilijke tijden," besloot hij.

"Voor ons ook," voegde Drew daaraan toe.

"En wat de dieren in de bossen betreft," zei Sassacus. "Het lijkt wel of er een duivel door het bos trekt. Onze krijgers hebben konijnen, wasberen en andere dieren gevonden die op palen gespiest zijn, met een opengesneden buik en uitgerukte ogen."

"Wat heb je nog meer gezien of gehoord?"

"Ik heb alleen dieren gezien, maar anderen hebben met Hollandse en Franse handelaren gesproken. Iemand doodt hun pelsjagers en steelt hun pelzen. Daar geven ze ons de schuld van, maar wij doen dat niet."

Eliot. Hij kan zich niet aanpassen. Hij moet zich uitleven. Hij moet doden.

Het verslag van Sassacus verklaarde Eliot's afwezigheid en hoe een stadsjongen uit Londen in zo korte tijd een succesvol pelsjager kon worden. Drew slaakte een diepe zucht. Hij putte weinig troost uit de wetenschap dat hij gelijk had toen niemand naar hem wilde luisteren. Eliot kon doen wat hij wilde. De slachtpartij was begonnen.

HOOFDSTUK 27

Eliot Venner en Jenny Matthews trouwden in de tweede week van november, twee weken voor de eerste sneeuw viel.

De bruiloft werd onder de vergaderboom gehouden. De bruid en de bruidegom waren één en al glimlach toen zij elkaar hun beloften gaven. Er werden geen ringen gewisseld. Dat was een rooms ritueel en ze behoefden hier niet langer onder de onzichtbare hand van de katholieke invloed te leven.

Nell stond naast haar zusje. Tijdens de hele ceremonie keken ze elkaar glimlachend aan en deelden in elkaars vreugde. Alles was goed zo, ze waren bij elkaar. Ze hadden ontelbare uren samen kant makend, pratend, roddelend en biddend voor het raam op de Hoogstraat doorgebracht. Ze vormden een hecht gezin en ze waren altijd bereid geweest elkaar in alles bij te staan. Het zou niet goed geweest zijn als Jenny zonder Nell aan haar zijde getrouwd zou zijn. En Nell deed haar uiterste best om niets te doen dat de bruiloft van haar zus zou kunnen bederven. Maar op onbewaakte ogenblikken – ogenblikken die Jenny niet zag – trok er een bange trek over Nell's gezicht, alsof ze een voorgevoel van gevaar kreeg.

Voor de Boston kolonie was de bruiloft een aanleiding om feest te vieren, dankbaar te zijn en vooruit te blikken. De kinderen van Eliot en Jenny zouden de eersten zijn van een nieuwe generatie die in de kolonie geboren zou worden.

Drew kon niet delen in de feestvreugde. Zijn gevoelens waren wel enigszins vergelijkbaar met die hij had gehad toen hij aan de voet van het schavot op Tower Hill had gestaan. Daar waren het bisschop Laud en Christopher Matthews geweest, de overwinnaar en de overwonnene; hier waren het Eliot Venner en Jenny Matthews, het beest en zijn prooi. *En dat is mijn schuld. Het was mijn trots, mijn eerzucht, mijn vervloekte ijdelheid die de roofdieren naar het huis van de Matthews leidden.*

Heel even wilde Drew wel dat hij geen christen was. Dan zou de oplossing gemakkelijk geweest zijn; als hij Eliot gedood zou hebben, zou dit alles niet gebeurd zijn! Hij klemde zijn tanden op elkaar en balde zijn vuisten en wilde wel vloeken. *Maar heel even, Heere*, bad hij, *mag ik het spel heel even spelen volgens hun regels. Ik kan dit oplossen! De enige reden dat Eliot dit kan doen, is dat hij weet dat mijn geloof mij niet toestaat dat ik hem te grazen zal nemen! Heere, ontsla mij maar heel even van mijn plicht. Dat is alles wat ik van U vraag!*

Gods antwoord op zijn gebed kwam in de vorm van een bekend Bijbelvers: "Niet door kracht, noch door geweld, maar door mijn Geest zal het geschieden, zegt de Heere der heerscharen." Dat was de tekst die Jenny's vader had aangehaald toen de mannen van Edenford geweld hadden willen gebruiken tegen bisschop Laud; Matthews had die tekst ook weer aangehaald op het schavot voor hij stierf. *Christopher Matthews leefde en stierf terwijl hij geloofde in dat woord. Dat moet ik ook doen.* Drew ontspande zijn vuisten.

Na de plechtigheid liep Jenny op zeker moment van de mensen die haar gelukwensten vandaan en liep op Drew toe die aan de kant stond. Toen ze op hem toeliep deinde haar bruine haar van de ene naar de andere kant en haar ogen straalden. Ze vertoonde haar ondeugende glimlachje en Drew was over zichzelf verbaasd hoe zeer hem dat nog bekoorde.

"Drew, ik ben zo blij dat je naar mijn bruiloft gekomen bent!" Ze sloeg haar armen om hem heen en drukte hem teder tegen zich aan.

Haar haar geurde en haar warmte was bijna meer dan hij kon verdragen. Hij drukte zijn wang tegen haar voorhoofd en hield haar stijf vast.

"Eliot en ik zijn zo gelukkig!" zei Jenny. "Je zult het zien Drew, hij is een goede man. We zullen jou en Nell op het eten vragen." Ze maakte zich uit zijn omhelzing los en keek naar hem op. "Ze houdt van je Drew."

"Jenny, ik heb je nooit pijn willen doen," zei Drew.

"Nu weet ik dat wel." Ze glimlachte naar hem. Haar ogen waren vochtig. "Alles is nog goed gekomen. Jij hebt Nell en ik heb Eliot."

Drew trok haar dicht tegen zich aan. *Hij mag haar niet hebben. Hij mag haar niet hebben,* herhaalde Drew steeds weer voor zichzelf. *Als ik haar niet laat gaan...*

"Jenny!" Het was Eliot. "Jenny, kom eens even hier. Ik wil je wat laten zien."

Jenny Venner liet Drew staan en haastte zich naar haar echtgenoot.

"God zij met je, Jenny," mompelde Drew.

Voor de tweede keer in die twee maanden liep Drew het heuveltje op naar het huis dat hij voor Nell en Jenny gebouwd had en waar Nell nu alleen woonde. Het was zondagmiddag en Nell had hem op het eten gevraagd. De vorige keer was hij uitgenodigd omdat ze hem nodig had voor haar verslag over de kolonie. Deze uitnodiging kwam als een verrassing.

De baai strekte zich met een rustige golfslag uit tot de horizon. De bomen waren nu kaal. Het waren de laatste dagen van oktober. Drew hoopte op een middag zonder verwikkelingen. Gezien het verloop van hun relatie waarschijnlijk een ijdele hoop. Het was bovendien een egoïstische wens; maar hij had op dit moment geen behoefte aan nog meer problemen.

Hij was samen met David Cooper naar Winthrop gegaan en ze hadden tegenover de gouverneur hun bezorgdheid uitgesproken over Sassacus' "duivel". De schoenmaker had meer gegevens verstrekt over de gruwelijke moord te Edenford. Terwijl Drew verslag uitbracht, bedacht Drew dat hij Sassacus had moeten meenemen, omdat zijn verhaal slechts informatie uit de tweede hand was. Zoals bleek was de gouverneur door de berichten van andere Indianen en pelsjagers al op de hoogte van de verminkingen. Winthrop gaf toe dat de verminkingen allemaal een zelfde patroon vertoonden en hij vond het een samenloop van omstandigheden dat deze gebeurtenissen hadden plaats gevonden op hetzelfde moment dat Eliot in dat gebied was geweest. Maar hij kon niets doen zonder verdere bewijzen. Toen Drew bleef aanhouden, had de gouverneur hem gewezen op het punt dat ook Drew op dat ogenblik in de buurt was geweest. Voor zover hij wist kon ook Drew dit alles gedaan hebben. Weer een poging om Eliot een halt toe te roepen en weer een poging die mislukte.

Alstublieft, Heere, bad Drew toen hij Nell's huis naderde, *ik vraag U alleen maar om een aangename middag.*

Juist op dat moment ging de deur van het huis open en kwam er een roodharige reus tevoorschijn. James Cooper. Nell stond achter hem. Geen van tweeën zagen ze Drew. James keerde zich om om gedag te zeggen en Nell omhelsde hem. De reus beantwoordde die omhelzing met zijn berenklauwen en drukte Nell veel te stevig tegen zich aan naar Drew's mening.

"Dankjewel," zei Nell glimlachend. "Dat is erg aardig van je."

Pas toen James zich omkeerde om weg te gaan, zagen ze Drew staan. James zei niets toen hij langs hem heenliep; hij glimlachte alleen maar schaapachtig en trok zijn zware rode wenkbrauwen op.

"Kom binnen, meester Morgan!" zei Nell met een lieve glimlach.

"Wat kwam hij hier doen?" vroeg Drew.

Er kwam een boze trek op haar gezicht. "Sinds wanneer moet ik je toestemming hebben om iemand te ontvangen?"

Da's geen beste start, Drew, zei hij tot zichzelf. En tot Nell: "Je hebt gelijk. Neem me niet kwalijk. Vergeef me alsjeblieft, ik ben een beetje gespannen..." Hij maakte zijn zin niet af, maar hij dacht, *zeker als het jou betreft.*

"Okay," zei ze. Haar woorden vergaven hem, maar haar toon was nogal kil.

De zitkamer was leeg toen hij binnenkwam. Drew snoof de geur van gebakken vis op. "Wie komt er nog meer?" vroeg hij

"Niemand. Alleen wij tweeën."

Hij dacht eraan haar te herinneren aan een paar dingen die zij de vorige keer dat hij hier geweest was, had gezegd. Dingen als: "*Het is niet gepast als de buren zouden weten dat we hier alleen zijn*" en "*Als ik had geweten dat Jenny er niet zou zijn, had ik de Ramdens uitgenodigd.*" Maar hij zei niets. Hij wilde een plezierige middag.

Het eten smaakte goed. Gebakken kabeljauw, brood en maïs. Nell deed aardig, zelfs hartelijk. Drew was een beetje in de war, maar hij genoot.

"Ik neem aan dat je me voor je verslag nog meer wil vragen," zei hij. Ze was de tafel aan het afruimen. Hij keek rond om ook iets te doen te hebben.

"Nee," zei ze.

"O," zei hij. Hij pakte een lepel op en tikte ermee op de tafel. Ze pakte hem de lepel af en legde hem bij de rest van de vaat. Ze waren met hun rug naar elkaar toegewend; zij bij haar borden en hij aan de tafel.

"Ik denk erover om naar Engeland terug te keren," zei ze.

"Dat kan je niet menen!" Drew sprong op.

Nell bleef met haar rug naar hem toegewend staan. "Daarom was James hier," zei ze. "Hij gaat in het voorjaar terug. Hij wil hier weg. Ik zou met hem mee kunnen gaan."

"Maar je zei me dat je niet van hem houdt," riep Drew uit.

"Ik houd ook niet van hem!" Nell draaide zich om en keek Drew aan of hij een imbeciel was. "Ik ga niet terug om bij James te zijn! We varen alleen maar terug als vrienden."

"Ik kan niet geloven dat je naar Engeland terug wil!" schreeuwde Drew. "Hoe zit het dan met bisschop Laud?"

"Wat zou me daar kunnen gebeuren wat me niet op deze ellendige plaats zou kunnen overkomen?" schreeuwde ze terug. Ze raakte hoe langer hoe meer haar zelfbeheersing kwijt. "Als je gelijk hebt wat Eliot betreft, wat maakt het dan nog uit waar ik woon? Hij kan me zowel hier als in Engeland doden! En als hij me niet zal doden, zullen de Indianen dat wel doen en anders ga ik van honger of van de één of andere ziekte dood!" Ze huilde. "Hier heb ik niets!" schreeuwde ze. "Niets dan pijn, lijden en dood! Ik heb geen familie... Jenny ben ik kwijt geraakt... Eliot zal haar pijn doen, Drew! Ik weet het – Ik voel het. Ik kan dat niet aanzien... Ik zal sterven als hij haar wat doet... Ik zal sterven!"

Ze viel snikkend in zijn armen.

Toen hij haar vasthield was het enige hoorbare geluid haar gesnik.

"Als je naar Engeland teruggaat," zei hij zacht, " ga ik met je mee."

Ze trok zich terug en keek hem aan. Haar gezicht was nat van tranen. Ze zei niets, maar bleef hem aanstaren.

"Ik heb veel over Edenford nagedacht," zei ze. Ze vond een zakdoek en ging aan tafel zitten.

Drew ging naast haar zitten. Hij grinnikte.

"Wat is er?"

"Ik herinner me dat je mij eens vroeg om God te beschrijven."

"Ik vroeg je om te vertellen in wie je geloofde," corrigeerde ze hem, blij met de herinnering. "En je zei dat God in de bomen woonde!"

"Ik wees naar de hemel!" protesteerde Drew.

Ze lachten alletwee.

"En ik zal nooit vergeten hoe je keek toen je voor mij en Jenny het Hooglied begon voor te lezen," zei ze.

"Ja, je liet me erin lopen!"

"Alleen maar omdat je ons die verschrikkelijke King James-vertaling wilde opdringen!"

Ze staarden beiden zwijgend naar de tafel en ze dachten terug aan Edenford.

"Ik herinner me dat je gezegd heb dat je Edenford nooit zou verlaten," zei Drew.

"Dat wilde ik ook niet," zei ze zacht.

Er viel een ongemakkelijke stilte tussen hen. Nell krabde met een nagel over een nagel van haar andere hand. Drew verschoof met zijn vinger een kruimel over de tafel.

"Drew, ik ben hier zo bang," zei ze.

"Dat weet ik."

"Zou je echt met me teruggaan naar Engeland?"

"Als je hier uit de kolonie zou weggaan, is er niets meer wat me hier bindt."

"Maar ik kan veilig teruggaan. Niemand daar weet dat ik Justin ben. Maar als jij teruggaat, zal Laud zeker proberen je te doden."

"Ja, dat weet ik."

"En toch zou je teruggaan?"

Drew knikte.

Nell keek naar haar vingers toen ze weer sprak: "Ik herinner me nog hoe je keek toen ik zei dat James me gevraagd had met hem te trouwen."

"Ik was wanhopig," zei Drew.

"Ik herinner me nog goed dat je me feliciteerde!"

"Wat had ik anders kunnen doen?"

"Je zou me hebben kunnen verbieden met hem te trouwen."

Drew lachte. "En zou je me dan gehoorzaamd hebben?"

"Nee," lachte Nell.

Drew verschoof de broodkruimel over de tafel. "Ik herinner me nog goed dat je me zei dat je van me hield," zei hij.

Nell bestudeerde lange tijd haar vingernagel. Ze begon zachtjes te huilen. Haar hoofd opheffend, veegde ze een traan weg. "Dat doe ik nog steeds," fluisterde ze.

Drew kon zijn oren niet geloven. Hij zat als verlamd aan de tafel.

Nell begon te lachen en bedekte toen haar mond met haar hand. "Je zou jezelf eens moeten kunnen zien, meester Morgan!"

"Houd je echt van mij," stamelde hij.

"Ja, Drew. Mijn lieve Drew."

Hij nam haar in zijn armen en kuste haar koortsachtig en hield haar zo stijf vast alsof hij bang was dat iets of iemand hem van haar zou kunnen scheiden.

"Drew, lieve Drew, kun je me vergeven?" huilde Nell tussen hun kussen door.

"Ssst. Alles is nu goed!"

"Ik haatte je toen vader stierf. Ik gaf jou daar de schuld van."

Drew streek door haar haren. "Dat is nu niet belangrijk meer."

"Ik wilde je niet vergeven, maar ik ben altijd van je blijven houden."

"Niets, maar dan ook helemaal niets," zo beloofde hij, "kan ons nog ooit scheiden."

Het was al laat toen Drew van de heuvel van Nell'ś huis naar zijn hut toe liep. Hij wilde schreeuwen. Hij wilde zingen. Hij wilde het aan iemand vertellen; hij wilde iedereen vertellen dat Nell Matthews van hem hield. Halverwege de heuvel bleef hij met de handen op zijn heupen staan en hij keek omhoog. "U bent ongelooflijk!" riep hij omhoog. "Ik vroeg alleen maar om een aangename middag!"

De volgende zondag ging Sassacus met Drew en Nell mee naar de morgendienst en hij zou ook met hen meegaan voor het middagmaal daarna. De Indiaan bleek belangstelling voor de God van de Britse kolonisten te hebben. Hij was een regelmatig bezoeker van de morgendiensten geworden zodat hij wist wanneer hij moest gaan zitten en gaan staan. Hij probeerde al een paar gezangen mee te zingen en hij volgde aandachtig de Schriftlezingen en de preek, hoewel hij minder dan de helft begreep van wat er gezegd werd en hij sloot tijdens het hele gebed zijn ogen (na een poosje was Drew ermee opgehouden hem te controleren).

Op deze bijzondere zondag werd Sassacus helemaal afgeleid. Toen de dienst begon was alles gewoon geweest. Dominee Higginson sprak het votum uit en ze waren juist klaar met het zingen van het eerste lied. Eliot en Jenny waren er nog niet, maar Jenny had zich aangekleed voor de kerk en de twee kwamen meestal te laat. Toen het lied beëindigd was en de gemeente weer was gaan zitten, verschenen Eliot en Jenny. Ze brachten een andere Indiaan met zich mee.

De meeste mensen keken opgetogen en de blikken gleden heen en weer van Drew, Nell en hun Indiaanse vriend naar Eliot, Jenny en hun Indiaanse vriend. Eliot had de gemeente alle aanleiding gegeven om trots op hem te zijn. Hij verdiende als pelsjager goed de kost, had van een gegoede familie die naar Engeland terugkeerde een huis gekocht, was met één van de gerespecteerde meisjes van Matthews getrouwd, woonde alle kerkdiensten en vergaderingen bij als hij thuis was en nu volgde hij Drews voorbeeld door vriendschap met de Indianen te sluiten. De mensen van Boston konden maar niet begrijpen dat Drew ook niet trots op Eliot was.

In hun trots op die zondagmorgen bemerkte niemand de reactie van

Sassacus toen hij het trio zag aankomen. Drew's vriend verstijfde op het moment dat hij de andere Indiaan zag en hij bleef voor de rest van die morgendienst bijzonder gespannen. Tijdens de dienst leunde Drew naar hem toe en vroeg hem wat er aan de hand was. "Later," antwoordde Sassacus. Maar hij bleef zo opgewonden dat Drew betwijfelde of hij iets van de preek hoorde. De Indiaan realiseerde zich zelfs niet dat de dienst was afgelopen tot de mensen gingen staan om naar huis te gaan.

"Drew! Nell!" Eliot wenkte hen dat ze naar hem toe moesten komen. Jenny hing aan zijn arm, maar aan haar gezicht te zien deed ze dat niet uit toewijding. Ze hield haar hoofd gebogen en knipperde zenuwachtig met haar ogen. Haar kin beefde.

Uncas, die door kerkmensen omgeven werd, werd bezig gehouden door een aantal mensen die hem de hand wilden schudden.

Sassacus stond eenzaam aan de kant. Toen Drew hem wenkte om bij hen te komen, weigerde hij en bleef gespannen en waakzaam op een afstand staan.

"Ik wil jullie aan iemand voorstellen," zei Eliot toen Drew en Nell dichterbij kwamen.

Drew haatte de vertoning. Eliot buitte zijn positie uit. Als een afwachtende aasgier, nam hij iedere gelegenheid te baat om de spot met zijn prooi te steken. Overdreven hartelijk en vrolijk, met Jenny steeds aan zijn zijde, begreep Drew Eliot's verborgen boodschap heel goed: *Je kunt niets doen om me tegen te houden.*

"Ik wil je graag aan een vriend van mij voorstellen," dweepte Eliot. "Drew Morgan, dit is Uncas. Uncas is een Mohikaan."

Drew stak zijn hand uit. De somber kijkende Indiaan drukte Drew zo krachtig de hand dat het pijn deed. Nell stak haar hand niet uit. De koude ogen van de Indiaan ontmoetten de hare. De Indiaan bekeek haar met een blik die haar een onrustig gevoel gaf.

"Misschien zouden jij en ik zendeling moeten worden voor deze Indianen!" Eliot sprak zo luid dat iedereen hem wel moest verstaan.

Terwijl Eliot op de verwachte bijval wachtte, keek Uncas naar Sassacus die op een afstand was blijven staan. De ogen van de Mohikaan waren als graniet.

Drew richtte zijn aandacht op Jenny. "Hoe is het met je?"

"We kunnen niet gelukkiger zijn," antwoordde Eliot voor haar, haar hand op zijn arm strelend. "Ze is een fantastische vrouw!"

Jenny zei niets. Toen ze opkeek zag Drew dat ze een blauwe plek onder haar ene oog had. Hij moest zijn uiterste best doen om Eliot niet te slaan.

Zoals bleek was het niet het juiste moment om iemand op het eten te hebben. Drew en Nell wilden over de mishandeling van Jenny praten. Het niet genoemde onderwerp hield hun gedachten gedurende de hele maaltijd bezig. Ook Sassacus was opmerkelijk stil. Drew had hem altijd als een bedachtzaam man gekend, die liever luisterde en keek dan praatte. Maar sinds ze thuisgekomen waren had hij vandaag nauwelijks gesproken.

"Je houdt niet zo van Uncas, hè?" vroeg Drew tijdens het eten.

"Geen goede man."

"Denk je dat hij belangstelling heeft om iets over God te leren?" vroeg Nell.

"Uncas heeft alleen maar belangstelling voor Uncas."

"Waarom denk je dan dat hij naar de kerk kwam? vroeg Nell.

Sassacus keek naar zijn bord. "Ik zou het niet weten," zei hij.

Tijdens het eten deden ze hun best een wat prettiger gesprek op gang te krijgen, maar zonder succes. Ze praatten over het weer, wanneer ze de eerste sneeuw konden verwachten. Het afgelopen jaar was die laat gevallen. Sassacus scheen blij te zijn te horen dat de kolonie er nu, wat de voedselvoorziening betrof, veel beter voorstond dan het vorige jaar. Drew en Nell glimlachten toen Sassacus hen vertelde dat hij zijn oog had laten vallen op een bepaald meisje van de stam. Hij verwachtte dat hij de volgende winter wel een hut met haar zou delen.

Gedurende de falende pogingen om een aangenaam gesprek gaande te houden, kwamen Drew en Nell er achter dat Uncas een van de stam-hoofden van de raad was en leider van de Mohikaanse oppositiepartij die met de Pequots wilde breken. Er deden geruchten de ronde dat er sprake zou zijn van gewapend verzet. Gezien Uncas' reputatie nam Sassacus de geruchten serieus. Hij stond bekend als een krijger zonder hart. Hij was hard en meedogenloos, en wat nog erger was, als ambitieus. Uncas wilde het enige stamhoofd van de Mohikanen zijn.

Kort na het eten vertrok Sassacus. Hij dankte zijn gastheer beleefd en keerde terug naar de bossen.

"Drew, ik ben erg bang. Wat moeten we doen?" vroeg Nell. Ze zaten voor het vuur en Drew begroef zijn hoofd in haar haren.

"Ik ook," zei hij. "We moeten het aan God overlaten en op onze kans wachten."

"Maar hij heeft haar geslagen!"

"Dat weet ik," zei hij zacht. "Dat weet ik."

"Kunnen we dan helemaal niets doen?"

"Er zijn een heleboel mannen die hun vrouw slaan," zei Drew. "Dat is geen misdaad."

De vlammen knetterden in de haard en de gloed van het vuur hield de kilte op een afstand. In het huis, samen voor het vuur gezeten en met de armen om elkaar heen geslagen, voelden ze zich veilig. Ze hadden besloten om in de kolonie te blijven. Waar ze ook zouden wonen, veilig waren ze nergens en daarom konden ze net zo goed hier blijven. Ze hadden ten minste elkaar; daar waren ze in ieder geval zeker van.

"Denk je dat hij haar zal doden?" vroeg Nell.

"Het is zijn aard om mensen pijn te doen."

"Je hebt mijn vraag niet beantwoord."

Misschien was de wens de vader van de gedachte, maar Drew dacht niet dat Eliot Jenny zou doden. Hij had veel grotere plannen dan Jenny alleen.

"Nee, ik denk het niet. Maar we moeten iets bedenken waardoor ze met ons in contact kan komen als ze hulp nodig heeft."

Nell keerde haar gezicht naar hem toe. Ze wilde graag wat doen en alles was beter dan zo maar hulpeloos te blijven zitten.

"We moeten dat meteen gaan doen," zei Drew, "want Eliot zal na verloop van tijd Jenny zeker van ons vandaan houden."

"Waarom?"

"Zij staat het dichtste bij hem en ze gaat nu al zien wie hij in werkelijkheid is. Dat vormt een bedreiging voor hem. Hij kan het risico niet nemen dat ze met iemand gaat praten."

Nell knikte begrijpend.

Drew legde haar de Bijbelcode uit die hij en de bisschop hadden gebruikt.

"Dat werkt niet," zei Nell onmiddellijk.

"Waarom niet?"

"We gebruiken niet dezelfde vertalingen," zei ze. "Jenny en ik hebben de Geneefse Bijbel. Jij hebt die andere vertaling."

Drew negeerde de duidelijke sneer op zijn vertaling. "Dan moet ze haar boodschap alleen naar jou sturen of moet ze hele verzen gebruiken of zoiets. Als we het probleem onderkennen kunnen we er iets aan doen."

Vervolgens liet hij haar zien hoe de boodschap eruit zag als ze gecodeerd was.

"Dat was dus dat papier in je Bijbel!"

Drew keek haar aan. "Heb je die gecodeerde boodschap in mijn Bijbel gezien?"

Ze knikte. "Papa liet hem in zijn studeerkamer achter. Ik wist niet wat het betekende en het interesseerde mij ook niet."

"Zag je de boodschap van Eliot ook?"

"Bedoel je daarmee dat ik in je persoonlijke dingen snuffelde, meester Morgan? Ik vond de gecodeerde boodschap toevallig."

Hij zei op een spottende, overdreven toon: "Dus jij las die beruchte, verboden en schandelijke King James vertaling van de Bijbel stilletjes in je vaders studeerkamer?"

"Ik was nieuwsgierig," verdedigde ze zichzelf.

Ze onderbraken hun plannenmakerij met een paar zoenen.

Toen noemde Drew een aantal gevaren die het plan met zich mee zou brengen. Eliot zou achterdochtig worden als hij Jenny een briefje aan Drew of Nell zou zien geven. Ze moesten iemand vinden die minder verdacht zou zijn. De Coopers konden ze daarvoor niet gebruiken want die kwamen ook uit Edenford. Ze moesten iemand vinden die ze konden vertrouwen en die geen band met Edenford had. De Ramsdens. Dat was het. Voor zo ver zij wisten, was Eliot niet op de hoogte van hun relatie met de Ramsdens.

"Eliot mag geen gecodeerde boodschap zien!" waarschuwde Drew. "Hoewel hij die niet kon vertalen, heeft hij al eerder een gecodeerde boodschap gezien en hij zou dat onmiddellijk met mij in verband brengen!"

We moeten God vragen hem met verblindheid te slaan!" zei Nell.

In de bijtende kou liep Drew de heuvel af naar zijn hut. Het zou niet lang meer duren voor de eerste sneeuw van de winter zou vallen. De lucht was helder en er stond een halve maan aan de lucht. Drew kon maar niet begrijpen dat die in Boston veel kleiner leek dan in Engeland.

Er was iets niet in orde bij zijn hut. Stond er iemand naast? Hij kon het niet helemaal duidelijk zien. Hij versnelde zijn pas en tuurde scherp naar zijn hut. Toen begon hij te rennen. Daar stond iemand. Nee, hij stond niet, maar hij leunde achterover tegen de hut. Hij rende nog harder.

"O Heere, alstublieft, nee!" riep hij.

Sassacus was buiten aan de hut vastgebonden. Hij was met wijd uitgespreide armen en benen tegen de zijkant van de hut uitgestrekt. Er was geen beweging te zien.

Toen Drew dichter bij kwam, werd het beeld duidelijker. Al zijn kleren waren uitgetrokken en hij was overal open gesneden. Zijn onderhuidse spieren waren aan de lucht blootgesteld. Hij droop van het bloed. Een oppervlakkige ademhaling deed zijn opengesneden wangen trillen en liet zijn tanden zien waardoor hij op een vis leek die op het droge door zijn kieuwen lucht probeerde te happen.

Er waren zoveel wonden en zo weinig tekenen van leven dat Drew niet wist waar hij moest beginnen. Hij probeerde een hand los te krijgen.

"Sassacus! Houd vol! Ik ga hulp halen!"

Hij sloeg zijn ogen op. Zijn rug kromde zich tegen de hut en hij keek recht omhoog naar de sterren.

"Unn...nnkss."

Drew kon hem maar nauwelijks horen. "Ik heb je binnen een minuut los." Maar hij loog. De aanblik van zijn vriend had hem van alle kracht beroofd. Drew's handen frommelden aan de leren riemen, maar in zijn pogingen hem los te krijgen maakte hij geen enkele vooruitgang.

"Unnn... kasss," zei Sassacus weer.

"Uncas? Heeft Uncas dit gedaan?"

De Indiaan knikte.

"Nog iemand anders?"

Weer een knik.

"Sassacus, heeft Eliot Venner dit gedaan."

Weer knikte de Indiaan.

"Bi.. vo.. me."

"Houd vol, Sassacus, huilde Drew terwijl hij de knopen probeerde los te krijgen.

"Bi.. vo.. me."

"Voor je bidden?"

Sassacus knikte. Zijn hoofd viel opzij. Drew's vriend was dood.

Buiten zichzelf van woede rende Drew door de nederzetting naar het huis van Eliot. Hij bonsde op de deur, schreeuwde Eliot's naam en daagde hem uit naar buiten te komen. Niemand antwoordde. Hij rende om het huis heen en bonsde op de vensterluiken. Geen antwoord. Hij rukte een tak van een boom en gebruikte die als stormram om de deur open te breken. Het was binnen donker. Hij rende van kamer naar kamer en schreeuwde Eliot's naam.

De Venners waren verdwenen.

HOOFDSTUK 28

Eliot keerde een week later beladen met een grote hoeveelheid pelzen, naar de kolonie terug. Hij zei dat hij op jacht was geweest en dat hij zijn vrouw meegenomen had om haar te laten zien wat hij deed als hij van huis was. Ze waren ook een poosje bij de Pequots geweest. Toen hij over de moord op Sassacus hoorde, speelde hij op een ongelooflijke manier de rol van de ontstelde en bedroefde vriend. Hij deed het zo voortreffelijk dat vrijwel iedereen in de kolonie hem geloofde. Hij zei dat het hem niet verbaasde dat Uncas hier de hand in had gehad. De twee hadden onenigheid met elkaar gehad. Volgens Eliot was de Indiaan krankzinnig en gevaarlijk.

Ondanks Drew's bezwaren zag gouverneur Winthrop geen aanleiding Eliot te beschuldigen van de moord op Sassacus. Volgens Drew's getuigenverklaring had de Indiaan de naam van Eliot niet genoemd. Een knik van een in doodstrijd verkerende Indiaan kon toch niet als een bewijs worden aangevoerd om daarmee iemand voor het gerecht te dagen.

Onder het voorwendsel dat ze Jenny wat naaigerei bracht, bezocht Nell het huis van de Venners. Eliot wilde niet dat Nell binnenkwam en hij zei dat hij het materiaal aan Jenny zou geven. Nell stond erop haar zuster te zien. Ze zag wel kans om binnen te komen, maar Eliot bleef in de zitkamer bij hen zitten. Nell nam er de tijd voor om haar zus nieuwe steken en methoden bij te brengen. Eliot was zichtbaar verveeld, maar hij bleef toch al die tijd bij hen. Eén keer onderbrak hij hen door Jenny op te dragen bier voor hen te halen. Ze sprong ogenblikkelijk op, maakte haar zin waar ze mee bezig was niet af en ging onmiddellijk bier voor haar echtgenoot halen. Terwijl de zusters verder met elkaar praatten, dronk Eliot zijn bier. Nell stelde Jenny voor nog een kroes bier voor haar man te gaan halen en spoedig daarna nog één.

Toen Eliot even naar buiten moest om te wateren, vertelde Nell haar zus over de code.

"Hoe zag ze eruit?" vroeg Drew.

Nell's handen beefden. Ze vocht tegen haar tranen. "Ze is als de dood voor hem, Drew. Je kent haar nauwelijks terug. Ze is mager en bleek. Iedere keer als hij naar haar toekomt of tegen haar praat, zie je haar schrikken. Ze glimlacht geen moment en haar ogen staan levenloos." Nell kon haar tranen niet langer bedwingen. "Ik ben blij dat papa dit alles niet meer hoeft mee te maken."

De winter van 1631 was moeilijk en Eliot en zijn vrouw werden door de andere kolonisten nauwelijks gezien. Aanvankelijk gaf hun afwezigheid aanleiding tot allerlei grappen, toen tot roddelpraat en tenslotte tot verwarrende speculatie. Als iemand bij ze langs ging om te informeren of er een zieke was, wimpelde Eliot ze bij de deur af. Niemand werd ooit uitgenodigd binnen te komen en Jenny kregen ze helemaal nooit te zien. Of ze deed een dutje, of ze was aan het werk, of ze voelde zich niet lekker.

In januari en in het grootste gedeelte van februari viel er veel sneeuw. De vrouwen kwamen zelden buiten; zij hadden hun taak binnenshuis en moesten koken en voor de zieken zorgen. Er waren maar weinig sociale bijeenkomsten en niemand onder de kolonisten maakte zich dus ongerust over Jenny's afwezigheid.

Drew en Nell zagen Jenny pas weer op de eerste zondag in maart tijdens een kerkdienst. Eliot en Jenny kwamen laat en ze waren al weer vertrokken toen de kerkdienst was afgelopen. Als ze niet samen met Eliot was gekomen, zou Nell haar zus niet herkend hebben. Ze zag er bleek en in zichzelf gekeerd uit, ze had holle wangen en rond haar diepliggende ogen vertoonden zich donkere schaduwen. Ze droeg haar rechterarm in een draagband. Een ongelukje, legde Eliot uit; ze had haar arm bij een val van de trap gebroken. Tijdens de dienst keek Jenny niet één keer op en ze glimlachte geen moment.

In het voorjaar ging Eliot weer op jacht, maar niet voor een paar weken zoals hij tot nu toe gewoon was geweest. Hij bleef slechts één, hoogstens twee dagen weg.

Op zekere dag zag Nell hem in de bossen verdwijnen. Ze wachtte een uur en holde toen naar Jenny's huis. De deur zat aan de buitenkant op slot en de deurklink was met leren riemen vastgebonden. Alle vensterluiken zaten dichtgespijkerd. Nell klopte en zei wie ze was. Van achter de gesloten deur kwam Jenny's zwakke stem terug. Het leek of ze ziek was. Ze had een hese stem, ze haalde steeds haar neus op en ze kon geen zin afmaken zonder hevig te hoesten. Toen Nell zei dat ze de deur open zou maken en binnenkomen, werd Jenny bijna hysterisch. Ze smeekte Nell weg te gaan. Toen Nell dat weigerde, werd Jenny zo radeloos dat ze onsamenhangend begon te praten. Ze zei dat als Eliot erachter zou komen dat Nell langsgekomen was hij zowel haar en Drew zou vermoorden. Ze smeekte Nell om weg te gaan. De enige manier waarop Nell Jenny weer tot rust kon brengen, was te beloven dat ze weg zou gaan.

Toen Nell thuisgekomen was, was ze zo vreselijk boos dat ze de hele dag moest huilen. Ook Drew deed een poging Jenny te spreken te krijgen, maar ook hij slaagde er niet in.

Het was Mary Ramsden die er tenslotte in slaagde tot haar door te dringen. Ze haalde Jenny over om een venster op een kiertje open te doen en ze gaf haar wat eten en medicijnen. Toen Eliot thuiskwam en merkte dat zijn vrouw een vensterluik had opengedaan, sloeg hij haar bont en blauw.

Anderhalve maand lang zag niemand in de kolonie Jenny. Gedurende die tijd liep Nell iedere dag dat Eliot niet thuis was, langs het huis van de Venners. Ze bleef dan heel even bij één van de vensters aan de zijkant staan om een stukje papier door een kier te schuiven. Iedere dag stond er een andere boodschap en een vers uit de Bijbel op. Ze schreef haar zus hoe zeer ze van haar hield en ze herinnerde haar aan Gods liefde. De meeste Bijbelverzen waren troostwoorden uit de Psalmen, zoals "Al ging ik ook in een dal der schaduw des doods, ik zou geen kwaad vrezen, want Gij zijt met mij; Uw stok en Uw staf, die vertroosten mij." Nell hoopte alleen dat haar zus eraan zou denken de briefjes na lezing te verbranden zodat Eliot ze niet zou vinden.

Op een dag, toen ze haar briefje door de kier probeerde te frommelen, hoorde ze een zwakke stem aan de andere kant.

"Nell?"

"O Jenny! Fijn dat ik je stem hoor! Hoe is het met je, schat?"

"Ik heb papa afgelopen nacht gezien, Nell."

"Papa?"

"Hij riep me. Hij zei dat alles goed was, Nell. Papa zei dat alles goed was."

"Ja Jenny, alles zal goed komen."

"Nell."

"Ja Jenny?"

"Hij zei mij dat hij van me hield."

"Ja Jenny, papa houdt van je. En ik ook."

De Boston kolonie groeide. Het was weer tijd om te bouwen en iedereen was druk in de weer om zijn steentje bij te dragen aan de uitbreiding. De dagen werden langer en de kolonisten trokken hun winterkleren uit. De stad was vervuld met beloften. De mensen van Massachusetts Bay brachten hun droom in vervulling en veranderden de wildernis in een stad Gods.

Drew kwam uit zijn hut te voorschijn en strekte zich uit. Het schemerde en hij had honger. Het was een drukke en goede dag geweest. Zijn spieren deden pijn van het hout halen voor de nieuwe schoenmakerij van David Cooper. De dikke zwartharige schoenmaker was erg opgetogen over het feit dat hij weer een nieuwe werkplaats zou krijgen. Drew had aangeboden hem te helpen met het bouwen daarvan, daar de schoenmaker echte vaklui, die buitensporige prijzen vroegen, zich niet kon veroorloven. Midden op de dag trokken John Winthrop en Alex Hutchinson, lid van de gemeenteraad, hem terzijde en ze vertelden hem dat de mensen van Boston onder de indruk van hem waren. De twee mannen vroegen hem of hij wilde overwegen lid van de gemeenteraad te worden. Drew kon nauwelijks wachten om Nell het nieuws te gaan vertellen.

"Drew! DREW!" Mary Ramsden rende op hem toe met een soort schilderijtje in haar hand. Ze was buiten adem en kon maar nauwelijks praten.

"Jenny..." zei ze.

Drew greep Mary bij de schouders. "Wat is er met Jenny?" schreeuwde hij.

Mary hapte naar adem. "... gaf me dit. Ik liep langs haar huis... ze wenkte mij door het venster... en gaf me dit. Toen verscheen Eliot achter haar.. ze was bang... ze was zo bang." Mary haalde diep adem. "Ze zei dat het voor mij was, als dank voor mijn hulp toen ze ziek was." Weer haalde ze diep adem. "Maar ik denk dat er een geheime boodschap in verborgen is."

"Waarom denk je dat?"

"Ze zei dat ze in het bijzonder trots was op de rand. Dat zei ze twee keer. Ze was bang, Drew. Echt bang."

Drew speurde de rand af. Het waren een aantal kruisjes in bruin, geel en oranje volgens een op het oog willekeurig patroon. Bovenaan de rand was niets bijzonders te zien. Aan de rechterkant ook niet. Ja... daar aan de benedenrand. Drie getallen -- 40, 21 en 35.

Drew overhandigde het borduurwerk aan Mary. "Wacht hier even!" Hij dook zijn hut in en kwam even later weer met zijn Bijbel naar buiten.

"Wat was het eerste getal ook weer?"

Mary bekeek de onderkant van het borduurwerk. "Veertig."

Drew telde in de inhoudsopgave de Bijbelboeken. "Veertig! Mattheüs. Het volgende nummer."

"Eenentwintig."

Drew sloeg Mattheüs, hoofdstuk 21 op. "Volgende nummer!"

"Vijfendertig."

Hij vond Mattheüs 21 vers 35 en las hardop: *"En de landlieden, nemende zijn dienstknechten, hebben den een geslagen, en den anderen gedood, en den derden gestenigd."*

"God helpe ons," huilde Mary.

"Mary, ga Marshall halen. Zeg hem naar Nell's huis te gaan. Zeg hem zijn geweer mee te nemen." Mary knikte grimmig en rende naar huis.

Drew greep zijn musket en laadde het. Zijn handen beefden toen hij de pan met kruit laadde en de kogel erin stak. Toen rende hij naar het huis van de Coopers.

Kleine Thomas was buiten op het veld met een paar vriendjes aan het spelen. Het was al bijna donker, maar door de gebrekkige manier van lopen was hij gemakkelijk te onderscheiden. Het viel te betwijfelen of hij ooit helemaal zou herstellen van zijn val in het verfbad.

"Thomas! Kom ogenblikkelijk hier!"

"Meester Morgan!" De jongen rende op hem toe.

"Luister naar me Thomas. Luister heel goed." Door de ernstige toon en uitdrukking op Drew's gezicht was de jongen één en al oor. "Ga naar huis en ga je vader en James halen..."

"Maar James vertrekt morgen naar Engeland," viel de jongen hem in de reden.

"Dit is belangrijker. Zeg ze dat ze naar Nell's huis moeten gaan en dat ze hun geweren mee moeten nemen. Zeg ze dat Nell ogenblikkelijk hulp nodig heeft. Snel nu!"

Thomas rende zo snel als zijn stijve benen hem konden dragen.

De boodschap van Jenny waarschuwde alleen voor gevaar, maar er werd niet in vermeld waar of wanneer. Het maakte Drew nu echter niet meer uit of Eliot vanavond, morgen of over een maand iets van plan was. Hij wilde vanavond de zaak tot een oplossing brengen.

Zijn eerste doel was Nell beschermen. Marshall en de Coopers zouden dat doen. Hijzelf ging naar Eliot's huis. Jenny moest niet één nacht langer met die man doorbrengen.

Het huis was donker toen hij dichterbij kwam. Hij liep op een afstand om het huis heen en keek of hij ergens door een kier in een van de luiken licht zag komen. Maar hij kon nergens licht bespeuren. Hij gebruikte de boom die voor het huis stond als dekking om op het huis toe te lopen en hij hield het geweer in zijn bezwete handen.

Hij sloop naar de deur. Die was niet op slot en ging krakend open.

Krak!

Hij duwde de deur met zijn schouder verder open en liep snel langs de trap naar de zitkamer. Het was zo donker dat hij nauwelijks iets kon zien. Hij keek of hij iets zag bewegen, maar er bewoog niets. Er was niemand.

Zijn borst ging van de spanning hijgend op en neer. Drew wachtte tot zijn ogen meer aan het donker gewend zouden zijn. Hij probeerde zijn lippen te bevochtigen, maar zijn mond was kurkdroog. Het was een vreemd idee om in het donker in iemands huis te zijn en dat het Eliot Venner's huis was, maakte het nog vreemder.

Toen zijn ogen aan het donker gewend waren en hij details kon onderscheiden, werd hij misselijk door wat hij zag. Overal lagen dode dieren... ze lagen op de tafel en hun darmen hingen op de vloer; wasberen, konijnen en eekhoorns waren tegen de muur gespijkerd alsof ze gekruisigd waren.

"Eliot!" schreeuwde hij.

Zijn opkomende misselijkheid bestrijdend, stormde Drew de trap op. De kamers boven zagen er net zo uit. Tafels lagen ondersteboven. Overal lagen kleren. Laden hingen half uit de kasten als tongen die uitgestoken werden om hem te bespotten. Overal lagen verminkte dieren en sommige waren met Jenny's kleren aangekleed.

Drew moest zich aan de muren vasthouden toen hij de trap af rende en uit het huis vluchtte.

Door de frisse lucht voelde hij zich nauwelijks beter. Hij was nog nooit zo blij geweest om een huis achter zich te laten. Het enige wat hij nu nog kon doen, was naar Nell's huis gaan en zich bij de anderen voegen. Ze zouden hem kunnen helpen bij het bedenken wat hij nu verder moest doen.

Om bij Nell's huis te komen, moest hij weer langs zijn eigen hut naast het bos heen om de weg te bereiken die naar de heuvel leidde. In het dorp was alles rustig, alsof er niets aan de hand was. Weer een vredige avond in de Nieuwe Wereld.

Hij hoorde een gil uit het bos. Jenny!

"Drew, rennen. Hij wil je doden!" Jenny stond aan de rand van het bos. Alleen. Ze kon zichzelf niet overeind houden en leunde met een hand tegen een boom.

Drew rende op haar toe.

"Nee," schreeuwde ze. "Rennen Drew, rennen!"

Een ogenblik later verscheen er vanachter een boom een hand die haar tegen de grond sloeg. Jenny schreeuwde toen ze tegen de grond smakte.

Om haar te bereiken moest Drew een kleine open ruimte oversteken.

Eliot Venner verscheen. Zelfs op deze afstand kon Drew het wit van zijn ogen zien. Hij droeg alleen een lendendoek. Over zijn borst, armen en benen liepen verfstrepen. Hij greep Jenny bij haar haren en trok haar overeind. Hij lachte zijn hyenalach toen hij haar in het bos trok.

"Eliot!" schreeuwde Drew naar het bos rennend.

Hij drong in het bos door, keek achter bomen en struiken en luisterde of hij kon horen welke richting ze gingen. Daar! Eliot sleepte Jenny mee met zijn hand tegen haar mond gedrukt. Drew kon haar gesmoorde snikken horen.

Blijf tegenspartelen Jenny, dan kan ik je inhalen.

Drie stappen. Hij struikelde over een boomwortel die boven de grond uitstak en hij viel. Zijn musket vloog uit zijn hand. Meteen daarop verschenen er overal tussen de bomen Indianen. Vijf. Tien.

SSSUUUUMP! SSSUUUUMP!

Ze sloegen met knuppels op hem in. Steeds weer.

SSSUUUUMP! SSSUUUUMP! SSSUUUUMP!

Hij kreeg een harde klap achter op zijn hoofd; hij zweefde tussen bewustzijn en bewusteloosheid. Hij was er zich van bewust dat hij met zijn gezicht in de modder lag, al het andere was onduidelijk. Er klonken ritselende geluiden om hem heen. Toen meer lawaai. Stemmen.

Jenny? Huilde Jenny?

Hij kon de woorden niet verstaan. Anders. Mannenstemmen.

"Nee!"

Weer geritsel.

"Eerst die vrouw in het huis."

Alles werd zwart voor zijn ogen.

Hij proefde grond; bladeren en modder in zijn droge mond. Zijn achterhoofd voelde aan of het gespleten was, zijn voorhoofd bonsde. Het bos. Hij lag nog steeds in het bos. Hoe lang al? Het was donker en mistig. Geweerschoten. Waren dat geweerschoten die hij hoorde op het moment dat hij weer bij bewustzijn kwam?

Krak!

Een schot! Jenny! Nee, Nell. Eerst die vrouw in het huis!

Drew worstelde zich op handen en voeten omhoog. Hij kon zijn hoofd maar nauwelijks oprichten. Hij dwong zichzelf ertoe niet aan de pijn en de misselijkheid te denken die hem probeerden te overmeesteren. Zich vastgrijpend aan een boom, slaagde hij erin te gaan staan.

Een stem in zijn hoofd maande hem te lopen. *Nell heeft me nodig. Ik heb beloofd voor haar te zorgen. Ze heeft me nu nodig.*

De musket. Hij keek naast zich op de grond. Zijn musket was verdwenen!

Drew duwde zich van de boom af en kwam half struikelend, half rennend in beweging. Hij liep over het grasveld naar de verspreid staande Engelse wigwams. Dunne rookslierten kringelden uit de schoorstenen omhoog. Een aantal wigwams was donker toen hij er langs liep. De bewoners lagen te slapen. Ze hadden de schoten niet gehoord. Andere kolonisten stonden voor hun wigwam, de deur open en hun vrouw dicht bij hen. Ze keken allemaal in de richting van Nell's huis. Ze hadden de geluiden wel gehoord, maar ze konden niets zien. Nell's huis werd door een uitloper van het bos aan het oog onttrokken.

Toen Drew langsrende schrokken de toeschouwers op. Ze wilden weten wat er aan de hand was. Hij antwoordde niet.

Hij bereikte de weg die met een bocht naar de heuvel van Nell's huis voerde. Harder. Hij moest harder lopen. Zijn longen zwoegden. Zijn hoofd bonsde. Hij dwong zichzelf voort en dacht maar aan één ding: *Bescherm Nell. God bescherm Nell.*

Toen hij om de uitloper van het bos was heengelopen, zag hij Nell's huis. Het was donker. De luiken waren gesloten. Het licht dat door de kieren in de luiken kwam, was het enige teken van leven. Drew bleef staan. Alles leek zo vredig.

Hij begon weer te lopen in een sukkeldrafje. Zijn ogen schoten heen en weer, uitkijkend naar enig gevaar of een plotselinge beweging. Toen hij de helling naar het huis opliep, kwam aan de rechterkant de baai in zicht, die lag te glinsteren in het maanlicht. Het huis was nog steeds ver weg. Aan zijn linkerkant lag een groot veld dat het huis van het bos scheidde. Er bewoog niets.

Toen hij dichterbij kwam, zag hij donkere plekken op het veld. Toen hij nog dichterbij kwam, zag hij dat het mensen waren. Ze lagen met hun gezicht naar beneden. Ze waren dood. Eén, twee, drie. Drie dode Indianen.

Een wilde, onmenselijke kreet verscheurde de stilte. Uit het bos kwam een paard gestormd, gevolgd door talrijke rennende Indianen. Eliot! Zijn rode wilde haardos waaide in de wind naar achteren toen hij op Drew afkwam.

"Rennen, jongen! Rennen!"

David Cooper schreeuwde naar Drew uit de deur van Nell's huis. In zijn ene hand hield hij zijn musket en met de andere zwaaide hij naar Drew om naar het huis te rennen.

Eliot liet nu zijn ware aard zien. Zijn ogen puilden van woede uit zijn hoofd en waren nu vrijwel helemaal wit. Er trok een verdorven grijns over zijn gezicht. Zijn gegil klonk als de schreeuw van een dier in doodsnood.

Drew rende naar de open deur. Hij dwong zijn vermoeide benen te bewegen en bij iedere stap bonsde zijn hoofd. Het was te ver. Eliot kwam te snel op hem af. Hij zou het nooit halen. Drew's hart en longen leken wel uit zijn borst te barsten. De Indianen zaten vlak achter Eliot. Ze kwamen allemaal met opgeheven wapens op hem af. Met ogen vol haat kwamen ze schreeuwend op hem af. Hij was nu bijna halverwege. Ze kwamen te snel. Hij zou het nooit halen.

De luiken van het huis vlogen open.

BENG! BENG!

Musketten spuwden vuur en rook uit de vensters van het huis. Vlak voor Eliot's paard vloog er aarde omhoog. Een Indiaan sloeg tegen de grond en rolde weg.

BENG! BENG! BENG!

Eliot's paard struikelde en zijn berijder vloog over zijn hoofd door de lucht. Nog een Indiaan viel.

FFFFSUT! Voor Drew sloeg een pijl in de grond, vlak voor zijn voeten. Hij struikelde. Een andere pijl floot langs zijn hoofd.

Drew trok zijn hoofd tussen zijn schouders en rende de steile helling naar het portaal op.

FFFFSUT!

Hij stormde langs de dikke schoenmaker heen het huis binnen. De deur sloeg achter hem dicht. Ook de luiken werden gesloten. Hij had het gehaald.

Nell vloog in zijn armen. "O Drew, je bent veilig. God zij gedankt!"

Hij hapte naar adem. Nell omarmde hem zo stijf dat hij bijna stikte. Iedereen glimlachte. De schoenmaker, Marshall Ramsden en zelfs James Cooper grinnikte.

"Ik dacht dat ze je te pakken gekregen hadden, jongen," zei de schoenmaker.

De feestvreugde duurde niet lang.

Marshall gluurde door een kier in de luiken.

"Ze trekken zich weer terug in het bos," zei hij.

Terwijl Nell Drew's hoofd verbond, vertelde ze hem over de eerste aanval. Eliot en de Indianen waren over het veld naar hen toe komen sluipen en waren zeer verrast geweest door geweervuur ontvangen te worden. Drew vertelde over de hinderlaag waarbij ze Jenny als lokmiddel hadden gebruikt.

"Heeft iemand haar gezien?" vroeg Drew.

Niemand had haar gezien.

"Waarom doet Eliot dit?" vroeg Marshall.

"Eliot heeft de opdracht gekregen om de mensen die me dierbaar zijn te kwetsen," zei hij.

"Opdracht?" vroeg de schoenmaker.

"Laud. Hij kan mij niet vergeven dat ik Nell en Jenny boven hem verkozen heb."

De vrome schoenmaker vervloekte de prelaat.

"DREW MORGAN!"

De stem kwam van buiten.

"Dat is Eliot," riep Marshall, die door de kier in het venster keek. "Hij heeft Jenny bij zich!"

Drew rende naar het raam. Marshall deed het luik iets verder open zodat Drew ook naar buiten kon kijken. Eliot stond bij de rand van het bos. Hij hield Jenny voor zich en drukte een mes tegen haar keel.

"IK ZAL HAAR DODEN!" schreeuwde hij. "ALS JIJ NIET NAAR BUITEN KOMT, ZAL IK HAAR DODEN!"

Drew sloot het luik.

"Wat ga je doen?" vroeg de schoenmaker hem.

"Ik moet naar buiten."

"Nee!" gilde Nell. "Nee, Drew, alsjeblieft. Ik wil niet jou ook nog eens verliezen."

"Ze heeft gelijk," zei de schoenmaker. "Als je naar buiten gaat, doden ze zowel jou als Jenny."

"Ik moet het in ieder geval proberen," zei Drew. "Ik heb haar vader beloofd dat ik haar zou beschermen. Ik moet het proberen!"

Drew keek naar Nell. Ze hoefde niets tegen hem te zeggen; hij had haar gezicht al zo dikwijls gadegeslagen – soms in het geheim en soms meer openlijk – dat hij wist wat ze dacht. De vastberaden blik in haar staalgrijze ogen en de op elkaar geknepen lippen maakten hem duidelijk dat ze het met hem eens was. Hij trok haar naar zich toe en hield haar stijf vast. Het had zo lang geduurd voor ze elkaar uiteindelijk gevonden hadden. Hij wilde niet dat er nu een einde aan zou komen. *Alstublieft, God, laat er nu geen eind aan komen.*

Hij maakte zich uit haar omhelzing los en liep naar de deur. Neem in ieder geval een wapen mee," riep Marshall.

Drew schudde zijn hoofd. "Als ik een wapen bij me heb, zullen ze me niet dichterbij willen laten komen."

"Hier, neem dit mee." James reikte hem een pistool aan.

Drew weigerde.

"Je kunt het hier verstoppen," zei de schoenmaker het pistool grijpend. Hij keerde Drew om en stak het achter op zijn rug in zijn riem.

Het van hout en metaal gemaakte pistool was groot en trok zijn riem strak, waardoor hij maar amper lopen kon. Als hij het pistool plotseling nodig zou hebben, wist hij niet hoe hij het snel zou kunnen grijpen.

"David had vijf stenen, toen hij Goliath tegemoet ging," zei de schoenmaker. "Jij hebt slechts één kogel. Zorg er voor dat die raak is."

"Voor zover ik mij herinner had David slechts één steen nodig," zei Drew. Hij deed de deur open en ging naar buiten. Het laatste wat hij zag toen hij de deur achter zich sloot was Nell die op haar knieën gelegen bad en huilde.

"We bidden voor je, Drew!" De stem deed hem schrikken. Hij draaide zich om. Daar, langs de kant van de weg, met hun gezicht naar het bos gekeerd, stond een groep kolonisten. Ze hadden allemaal hun wapens meegenomen.

"We hoorden het geweervuur," legde John Winthrop uit. Naast de gouverneur stonden de beide predikanten Higginson en Williams.

Drew bedankte hen voor hun aanwezigheid en gebed.

Terwijl Drew naar het veld liep, waren de ogen van alle kolonisten op hem gericht. Terwijl hij verder liep, nam hij de situatie op. Eliot stond voor de bomen en hield Jenny, met het mes op de keel, als een schild voor zich. Achter hem verscholen zich een onbekend aantal Indianen achter bomen en struiken.

Drew liep midden naar het veld en bleef toen staan. Zijn hart stond bijna stil toen hij Jenny beter kon zien. Haar gezicht en armen waren zwart van vuil en geronnen bloed. Haar jurk was gescheurd; haar prachtige haar was met vuil, bladeren en twijgen bedekt. Eliot hield haar aan haar haren overeind. Zijn linker arm was om haar heengeslagen zoals een matroos zich aan een touw vastklemde. Met zijn rechterhand drukte hij het mes tegen haar keel. Haar hals vertoonde al een paar rode strepen waar ze gesneden was. Met wijdopengesperde angstogen keek ze uit haar ooghoeken naar Eliot.

Drew kon nu een aantal Indianen onderscheiden. Eén van hen herkende hij als Uncas.

"Doorlopen!" schreeuwde Eliot naar Drew.

"Nee!" gilde Jenny. "Ren weg, Drew!"

Eliot rukte haar hoofd wild achterover. "Bek dicht!"

Instinctmatig liep Drew naar Jenny toe. Achter Eliot lichtten een aantal Indianen hun boog op. Drew bleef staan. "Laat haar gaan, Eliot!"

"Hier komen of ik dood haar!" Eliot's ogen puilden nog verder uit en met iedere ademteug bolden zijn wangen. Zweet droop van zijn kin.

"Je wilt haar niet hebben. Je wil mij," riep Drew.

Uncas zei iets. Drew kon hem niet verstaan, maar Eliot wel. Hij draaide zijn hoofd snel naar de Indiaan, waardoor het mes in Jenny's hals sneed.

"Dit is mijn jacht," schreeuwde hij naar de Indiaan.

Jenny gilde en ze zakte in elkaar. Eliot rukte haar overeind en eiste dat ze bleef staan. Op de een of andere manier slaagde ze erin hem te gehoorzamen.

Drew voelde zich hulpeloos. Hij moest iets doen, en wel direct. "Eliot! Dit is iets tussen jou en mij!" schreeuwde Drew. "Maar je zult hierheen moeten komen om me te pakken!"

"Okay, blauwe jongen," siste Eliot.

Drew had die blik eerder gezien. Eliot keek altijd zo als hij mensen wilde intimideren en schrik aanjagen. Hij sperde zijn uitpuilende witte ogen wijd open en hij grijnsde wreed. Hij leek op een door de duivel bezeten dier. Met hortende stappen schoof Eliot Jenny midden over het veld naar Drew toe totdat hij nog maar een paar meter van zijn vroegere leerling verwijderd was.

"Drew, het spijt me verschrikkelijk," huilde Jenny.

Eliot bootste haar stem na. "Ja Drew. We hebben zo'n spijt. Zooo'n spijt!"

"Het is voorbij Eliot! Laat haar gaan!" zei Drew.

"Voorbij?" bouwde Eliot hem na. "Het is helemaal niet voorbij; het feest gaat pas beginnen!" Hij rukte Jenny's hoofd achterover. Haar gil werd gevolgd door een hevig gesnik dat Eliot kennelijk opwond.

"Nee, Eliot. Het is voorbij. Kijk maar, daar!" Drew wees naar de gewapende kolonisten. "Je kunt ze nu niet meer voor de gek houden. Ze weten wie je bent!"

"Maar haar kan ik nog afmaken!" Eliot streek met zijn mes langs Jenny's keel, waardoor er weer een rode lijn verscheen. Langs het lemmet van het mes liep een druppel bloed naar beneden. Eliot volgde voor een kort ogenblik gebiologeerd de druppel bloed langs het blinkende mes.

"Je hebt volop de gelegenheid gehad haar te doden en je hebt het niet gedaan!" riep Drew.

Eliot staarde hem aan.

"Je hebt haar niet gedood omdat je mij wilde hebben," zei Drew.

Eliot grijnsde. Het was een afschuwelijke grijns. Hij sperde zijn uitpuilende ogen nog verder open. "Ik zou haar graag laten gaan!" zei hij op zangerige toon. "Maar dat kan niet. Ik heb haar aan Uncas beloofd nadat ik je gedood heb. Dat is toch eerlijk, of niet soms? Ik heb per slot van rekening Rosemary aan jou afgestaan. En hem geef ik Jenny." Zijn grijns werd nog breder. "Ik had gelijk over Rosemary hè, of niet soms?"

Drew deed een stap naar rechts. "Het is Jenny of ik, Eliot! Je kunt ons niet beiden doden. Als je mij wilt, zal je haar moeten laten gaan."

Eliot deed een stap naar links waardoor hij weer tegenover Drew kwam te staan. Weer gaf hij een haal aan het mes. Weer verscheen er een rode snee.

Drew bleef staan. Aan zijn linkerkant bevonden zich het huis en de kolonisten. Aan zijn rechterkant was het bos met de Indianen. Als hij Eliot zo ver kon krijgen dat hij Jenny zou laten gaan, zouden de kolonisten haar misschien dekking kunnen geven tot ze bij het huis was.

"Je hebt gefaald, Eliot! Je zou de kolonie verwoest kunnen hebben, maar nu niet meer! Je zou zowel Jenny als Nell gedood kunnen hebben, maar nu niet meer!" Drew lachte hem uit. "Denk eens aan al die verloren tijd, Eliot, denk eens aan al die tijd dat je jezelf moest beheersen en dat je net moest doen of je normaal was. Al die verloren tijd waarin je probeerde de mensen te overtuigen dat je te vertrouwen was. En wat staat daar nu tegenover? Helemaal niets! Je bent mislukt! De infiltrant van bisschop Laud kon zijn toneelspel niet lang genoeg volhouden om zijn opdracht uit te voeren! Je hebt niets gewonnen omdat ik slimmer ben dan jij! Die arme Eliot Venner, dat handige straatjongetje van Londen – de das om gedaan door de zoon van een rijke edelman!"

Eliot begon dierlijke geluiden te maken.

Drew lachte weer. "Weet je, je bent nog stommer dan die dikke bisschop die je van de straat plukte!" schreeuwde hij. "Laud denkt dat hij Justin gedood heeft! Hij heeft het mis! Justin ontsnapte. Die zit nu daar, in dat huis!"

Eliot keek naar het huis achter Drew.

"Arme domme bisschop en zijn onhandige handlanger! Je hebt de verkeerde gedood. Christopher Matthews was helemaal Justin niet! Dat is Nell!"

Eliot liet een duivels gekrijs horen en duwde Jenny met kracht naar Drew toe.

Jenny botste tegen hem aan waardoor hij achterover op de grond tuimelde. Terwijl Eliot met zijn mes naar hen uithaalde kneusde het pistool in zijn broeksband zijn rug toen hij met een plof op de grond viel. Jenny lag bovenop hem toen het wilde, kwijlende gezicht van Eliot Venner op hem toekwam. Met een uiterste krachtsinspanning rolde Drew Jenny van zich af en het mes sloeg juist naast zijn hoofd in de grond. De schorre schreeuw van teleurstelling van een jager die zijn prooi mist, klonk in Drew's oren. Toen Eliot zijn mes uit de grond rukte voor een tweede poging, stompte Drew hem met zijn elleboog op de slaap en Eliot viel opzij.

Jenny. Ze moet naar het huis. Ik moet Jenny naar het huis brengen. Drew krabbelde overeind op hetzelfde moment als zijn aanvaller en hij ging tussen Eliot en Jenny instaan. Ze lag nog steeds half verdoofd op de grond en ze bewoog langzaam. Eliot grijnsde zijn gele tanden bloot en zwaaide zijn mes heen en weer. Zonder Eliot een moment uit het oog te verliezen, greep Drew achter zich en hielp Jenny overeind. Ze was erg zwak en had geen kracht meer over. Ze trok zich aan Drew omhoog en hield zich aan hem vast, waardoor hij bijna zijn evenwicht verloor. Drew wilde zich omkeren en haar helpen, maar dat was onmogelijk; hij moest Eliot in de gaten houden en hem met zijn ogen zien tegen te houden totdat Jenny overeind was en ze naar het huis kon rennen. Ze stond nu overeind en haar hand lag op zijn rug. Ze voelde het pistool.

"Nee!" schreeuwde hij tegen haar. "Rennen! Naar het huis!"

Jenny hoorde hem niet. Ze greep de kolf van het pistool. Drew duwde haar hand weg. Het pistool viel op de grond.

"Ren naar het huis," gilde hij. Ze bewoog niet. Weer schreeuwde hij.

FFFFSUT! Drew's rechterbeen droeg hem niet meer. Met een pijl diep in zijn dij viel hij op een knie. De pijn brandde in zijn been, een pijn die hem kreupel maakte en optrok naar zijn heup. Hij deed zijn uiterste best om overeind te blijven en niet te vallen. *Als ik val ben ik er geweest. Ik moet Jenny in veiligheid brengen. Ik moet Nell redden. Ik moet Eliot tegenhouden.*

FFFFSUT! Een gil. Ver weg. Nell. Een gil van Nell. Drew wist dat als hij zijn hoofd om zou draaien, Eliot meteen op hem zou zitten, maar Nell gilde! Waarom? Drew wierp een snelle blik op het huis. Nell schreeuwde iets over Jenny. Jenny lag voorover op de grond en er stak een pijl uit haar rug.

"NEE!" De schreeuw welde als een explosie in hem op.

BENG! BENG! BENG! BENG!

De kogels floten om hem heen en sloegen in de bomen van de bosrand. Schors en spaanders vlogen in het rond en de Indianen trokken zich in het bos terug. Twee van hen vielen op de grond, de anderen vluchtten en renden naar de veiligheid van het bos en het donker.

Op het moment dat Drew zich weer omkeerde, sprong Eliot, wild met zijn mes zwaaiend, op hem af. Drew zwaaide heen en weer en zag twee keer kans het mes te ontwijken. Eliot wierp zich op Drew en sloeg hem tegen de grond; de geverfde en bezwete borst van zijn aanvaller drukte zijn hoofd tegen de grond, de stenen en de distels van het veld. Hij probeerde

Eliot van zich af te duwen, maar zijn handen waren te nat en gleden weg. Omdat ze zo dicht op elkaar lagen, kon Eliot in ieder geval niet steken. Daarvoor zou hij zich eerst op moeten richten. Drew was niet in staat hem tegen te houden – zijn gewonde been deed verschrikkelijk pijn en Eliot was te zwaar en te sterk. Drew dacht hoe zeer hij ten opzichte van Nell, Jenny en Christopher Matthews had gefaald en hij voelde een diepe pijn. Hij had geprobeerd nog iets goed te maken, maar hij had te veel kwaad aangericht, er was niet voldoende tijd geweest om alles in orde te maken en nu was alles voorbij.

De beschilderde borst van Eliot rees omhoog toen hij zich klaar maakte om zijn mes in zijn slachtoffer te drijven; Drew blokkeerde zijn arm, maar Eliot was te sterk; hij zou het mes niet veel langer tegen kunnen houden; het zou zijn doel vinden. Om de een of andere reden moest Drew aan zijn grootvader denken; hij had altijd gedacht dat hij net als zijn grootvader zou sterven als hij oud zou zijn en niet op deze manier. Eliot veranderde van houding, waardoor hij zijn volle gewicht achter het mes zou kunnen zetten als hij zou toesteken. Daarbij raakte zijn knie de pijl in Drew's dij. Drew schreeuwde van de pijn. Eliot vond dat prachtig en schopte opnieuw naar de pijl. Als een hete pook draaide de pijl in Drew's been en hij gilde in doodsnood. Nu lachte Eliot als een hyena. Drew voelde dat de bewusteloosheid als een donkere mist over zijn ogen trok. Zijn armen hadden geen kracht meer. De Londense wildeman schopte de pijl opnieuw.

BENG!

Het was een luide knal, luid genoeg om Drew uit de opkomende bewusteloosheid te doen ontwaken. Het geluid van een musket die van vlakbij werd afgeschoten. Drew's aanvaller veerde overeind, zijn armen vielen naar beneden en het mes viel op de grond. De wilde ogen van Eliot Venner staarden zonder iets te zien in de verte en de rechterkant van zijn gezicht zag zwart van de kruitdamp toen hij langzaam voorover op zijn prooi zakte.

Vechtend tegen de pijn, worstelde Drew om vrij te komen van het gewicht van het levenloze lichaam van zijn aanvaller. Drew schoof Eliot opzij en hij ging zitten om te zien wie het schot afgevuurd had en wie zijn leven gered had.

Leunend op een elleboog, viel het rokende pistool uit haar hand. Hun ogen ontmoetten elkaar slechts voor een enkele seconde. Maar in die ene seconde vertelden de stervende ogen van Jenny Matthews Drew dat ze hem altijd lief zou hebben.

Nell liep van achteren op haar echtgenoot toe en sloeg haar armen om zijn nek. "Zit je aan vroeger te denken," vroeg ze.

Drew knikte.

"Ze wachten op ons," zei ze.

"Geef me nog even tijd."

Drew Morgan zat aan tafel in de zitkamer van het door hem gebouwde huis dat uitkeek over de baai van Boston. Voor hem lagen twee boeken, de Bijbel die hij uit Engeland had meegebracht en zijn dagboek. Er waren tweeëntwintig jaar verstreken sinds het ogenblik dat hij daarin zijn eerste aantekeningen had gemaakt:

16 mei, 1632. Jenny is vandaag begraven. Ze is nu bij haar vader. Ik bid dat hij mij zal vergeven; ik ben er niet in geslaagd haar in veiligheid te brengen. Mijn enige troost is dat ze nu op een plaats is waar niemand haar meer kwaad kan doen.

Nell zat naast haar man en streelde zijn arm. "Ik ben blij dat we niet naar Engeland zijn teruggekeerd. God is hier goed voor ons geweest."

Drew knikte instemmend en bladerde zijn dagboek door. Er was een bladzij waarbij een envelop lag.

26 februari, 1645. Vandaag brief ontvangen uit Engeland. Bisschop William Laud, aartsbisschop van Canterbury werd op 10 januari van dit jaar geëxecuteerd. Gedurende zijn proces werd hij in de Tower van Londen vastgehouden en werd toen onthoofd. Bij het bericht van zijn dood stonden twee citaten.

Nehemia Wallington merkte met blijdschap op: "Zijne kleine genade, die grote vijand van God, zijn hoofd afgehakt."

John Dod schreef: "Het kleine vuurwerk van Canterbury werd uitgedoofd op Tower Hill. Ik kan het niet helpen dat ik hierbij gemengde gevoelens heb. Bisschop Laud was een verdorven en hatelijk mens. Maar voor mij is hij altijd goed geweest."

"Heb ik je ooit verteld dat je vader een profeet was," vroeg Drew.

Nell glimlachte. "Hoe bedoel je?"

"Toen hij mij in Edenford moest bewaken, nam hij mij mee om samen met David Cooper te gaan kegelen. Na het spel gingen we bij de rivier zitten en je vader vertelde ons een verhaal over een arme man die een dief probeerde te beroven. De dief schold hem uit en zei de arme man dat hij het helemaal verkeerd aanpakte en vervolgens vertelde hij hem hoe hij op

de juiste manier te werk moest gaan om iemand te beroven. Daarop beroof-
de de arme man de dief op de juiste manier."

Nell lachte. "Dat is typisch een verhaal voor mijn vader."

"Hoe dan ook, na het verhaal vergeleek je vader de dief met bisschop
Laud en hij stelde dat de bisschop Engeland aan het leren was hoe ze
moesten haten en moorden en dat zijn eigen onderwijs hem ten slotte ten
val zou brengen. Volgens de rapporten die ik over Laud's proces heb, was
de man die de bisschop het vurigst aanklaagde één van Laud's vorige
slachtoffers in de Sterkamer. Laud's aanklager had geen oren en zijn
wangen waren gebrandmerkt."

Nell wees naar de envelop. "Waarom bewaar je die?"

"Ik weet het niet. Hindert het je dat ik die bewaar?"

"Een beetje wel."

Het was een brief van aartsbisschop Laud, door hem geschreven vanuit
de Tower van Londen, een paar dagen voor zijn executie. Drew ontving
hem pas toen de bisschop allang dood was. In de brief schreef de
aartsbisschop dat niemand hem ooit zo had teleurgesteld als Drew. Hij zei
dat hij geen berouw had over zijn daden. De naam van Eliot werd niet
genoemd. Onderaan de brief had de bisschop geschreven: (6/1/17/20-23)
(40/5/14/13) (5/1/7/5-7) (22/5/4/1-2). "*God zij op uw reis met u. Mijn
geliefde.*"

Het was dezelfde boodschap die Laud gebruikt had om Drew de code
te leren.

Nell boog zich voorover en sloot het dagboek. "Ik wil vandaag niet aan
aartsbisschop Laud denken," zei ze. "Dit is een bijzondere dag en ik wil
niet dat hij die bederft."

"Of je het nu leuk vindt of niet," zei Drew, "als hij er niet was geweest,
zouden we elkaar nooit ontmoet hebben."

"Maar toch wil ik vandaag niet aan hem denken." Ze wees op de Bijbel
die naast het dagboek lag. "En ik houd ook nog steeds niet van die
Bijbelvertaling." Ze drukte zijn arm en kneep hem in zijn wang. "Kom,
het is tijd om te gaan."

Drew en Nell Morgan liepen arm in arm de heuvel af naar de oude
vergaderboom, die sinds de bouw van de kerk allang niet meer diende als
locatie voor de diensten. Hun familie stond op hen te wachten. John, hun
oudste zoon, was twintig jaar oud. Lucy, negentien jaar, stond naast haar
uitverkorene, William Sinclair, een schoolmeester, en Roger, zestien, leek
precies op zijn vader toen die zo oud was.

Drew stond als een trotse vader voor hen.

Samen met dominee John Eliot, de voormalige predikant van Roxbury,
bedreef John zending onder de Indianen. Samen met zijn leermeester
bestudeerde John Indiaanse talen en probeerde hij dertien kolonies op te
zetten van "Biddende Indianen", die in totaal uit 1000 leden bestond.

Lucy was een vasthoudende jonge vrouw, die zich het lot van de mishandelden, de verwaarloosden en de verschoppelingen aantrok. Door haar openhartigheid was ze meer dan eens in moeilijkheden geraakt. Maar ze had een sterke overtuiging en hoewel haar vader het niet altijd met haar eens was, was hij trots op haar vastbeslotenheid.

Over Roger viel nog niet veel te zeggen. Hij droomde over pioniers en verhalen over het westen. Drew twijfelde er geen moment aan dat de jongen een ontdekkingsreiziger zou worden.

"Vandaag beginnen we met een nieuwe familietraditie." Drew richtte zich met vaderlijk gezag tot zijn gezin. "Een traditie die bij de Morgans van geslacht tot geslacht zal worden doorgegeven tot op de dag van Jezus Christus, onze Heiland."

Hij keek ieder kind afzonderlijk aan. John had zijn moeders grijze ogen; Lucy leek op Jenny, de tante met haar prachtige haar, die ze nooit gekend had; Roger was nerveus en rusteloos.

"De traditie waarmee we vandaag zullen beginnen, is het doorgeven van de geestelijke erfenis van onze familie aan de volgende generatie." Drew hield zijn Bijbel omhoog. "Dit is het symbool van onze erfenis, de Bijbel die ik uit Engeland heb meegebracht. Hierin..." Drew sloeg de Bijbel open en haalde er een kruisje uit, "... ligt een kanten kruis. Dat is de bijdrage van jullie moeder aan de familie-erfenis."

Hij legde het kruisje weer terug en sloot de Bijbel. "De persoon die dit boek bewaart, heeft een tweevoudige verplichting. Ten eerste zal het zijn verantwoordelijkheid zijn de geestelijke erfenis van de familie Morgan door te geven aan de volgende generatie. Ten tweede moet hij uit de volgende generatie iemand kiezen die hem zal opvolgen. Tijdens een familie-bijeenkomst zoals deze moet hij de Bijbel en het kruis aan de kandidaat doorgeven, en hem laten beloven dat hij trouw zal blijven aan God en zijn Woord."

Nell gaf Roger een standje. Met zijn schoen trok hij figuren op de grond en hij luisterde niet. De jongen ving de blik van zijn moeder op, zuchtte en keek naar zijn vader.

"Voorin de Bijbel," Drew opende de omslag, "moet een lijst gemaakt worden van alle Morgans die belast zijn met het doorgeven van de geestelijke erfenis. De lijst begint met mijn naam." Hardop las hij:

"Drew Morgan, 1630, Zacharia 4:6."

"Daaronder heb ik geschreven:

"John Morgan, 1654, Mattheüs 28:19."

John glimlachte. Hij vond de tekstkeuze van zijn vader mooi.

373

"Het Bijbelvers dat bij mijn naam staat werd mij gegeven door mijn geestelijke vader en jullie grootvader Christopher Matthews. Het is mijn levensvers geworden. Als vader van John heb ik een levensvers voor hem gekozen: "Gaat dan henen, onderwijst al de volken, dezelve dopende in den Naam des Vaders, en des Zoons, en des Heiligen Geestes."

Drew Morgan overhandigde de Bijbel aan zijn oudste zoon. "Als hoofd van de familie Morgan vertrouw ik jou de verantwoordelijkheid toe het geloof van de familie Morgan door te geven en te bewaren. Ik bid God dat hij je een zoon mag geven aan wie je op zekere dag deze Bijbel zult overhandigen met dezelfde opdracht. Ik bid ook dat je even trots op hem zult mogen zijn als ik op jou."

Drew omhelsde zijn zoon; Nell kuste hem op de wang.

"Ik beloof voor God dat ik mijn best zal doen uw trots waardig te zijn," zei John.

"We zijn al trots op je, zoon."

Die verdere middag bleef de familie Morgan en William Sinclair bijeen onder de vergaderboom, herinneringen ophalend over hun verblijf in de kolonie van Boston en allerlei verhalen vertellend waarvan sommige nauwelijks te geloven waren. Het hoogtepunt van de middag brak aan toen Drew Morgan zijn gezin het verhaal vertelde van het allereerste begin van het geloof van de familie Morgan.

"Het verhaal begint op kasteel Windsor," zei hij, "op de dag waarop ik bisschop Laud ontmoette. Want op die dag ging het bergafwaarts met mijn leven."